唯酒 著

上 册

青岛出版集团 | 青岛出版社

图书在版编目（CIP）数据

冬日姜饼/唯酒著.—青岛：青岛出版社，2024.4
ISBN 978-7-5736-1948-8

Ⅰ.①冬… Ⅱ.①唯… Ⅲ.①长篇小说－中国－当代 Ⅳ.①I247.5

中国国家版本馆CIP数据核字（2024）第033193号

DONGRI JIANGBING

书　　名	冬日姜饼
作　　者	唯　酒
出版发行	青岛出版社（青岛市崂山区海尔路182号）
本社网址	http://www.qdpub.com
邮购电话	18613853563
责任编辑	郭红霞
特约编辑	常春红
校　　对	李晓晓
装帧设计	千　千
照　　排	梁　霞
印　　刷	三河市良远印务有限公司
出版日期	2024年4月第1版　2024年4月第1次印刷
开　　本	16开（640mm×920mm）
印　　张	35.5
字　　数	587千
书　　号	ISBN 978-7-5736-1948-8
定　　价	69.80元（全2册）

编校印装质量、盗版监督服务电话 4006532017　0532-68068050

目录

上册

第一章   1
苏州下雪了

第二章   47
宽慰是晨曦之光

第三章   76
合法婚姻的代价

第四章   118
生活碎片

第五章   168
一地鸡毛

第六章   211
丈夫的期待

目录

下册

第七章 渐入佳境	257
第八章 结婚的意义	287
第九章 温柔可抵千钧之力	343
第十章 人间烟火和浪漫理想	388

第十一章 相方滤镜	421
第十二章 冬日姜饼	458
番外一 恋爱在结婚之后	483
番外二 可爱吞金兽	517
番外三 蒋姜姜，锵锵锵……	543

第一章
苏州下雪了

　　蒋燃回来的前一天晚上，苏州下雪了。
　　最先"下"起来的地方是林鲸的朋友圈。刚落下来几颗"盐粒子"的时候，她就刷到了七八个朋友发的小视频。南方人对雪天有着谜之狂热。
　　隔天早上，她上班路过忠王府，透过车窗看见几株梅花伸出院墙，皑皑白雪压在枝头上。
　　这份心动只持续了半个小时。
　　她在距离溪平院最近的车站下车，感受到冬日的寒风劈头盖下。湿冷的空气将人吹得直打哆嗦，运动鞋也踩湿了，冻得脚趾麻木。
　　下雪好烦哪，深受恶劣天气迫害的她决定退出"南方爱雪人士群聊"。
　　林鲸到办公室换上工装后，早会时间到了。
　　因为下雪，小区的临时维护工作自然多了起来，经理花了半个小时宣讲。结束后他找到林鲸："16幢1105的业主住进来了，你及时关注，别被投诉了。"
　　林鲸："好的，知道了。"
　　她在公司办公系统中找到这位业主的信息——蒋燃，手机号码……林鲸赶紧和业主取得联系，先发了条短信过去：
　　"蒋先生您好，我是溪平院的物业管家林鲸，这是我的手机号码，加了您的微信，方便的话通过一下，有问题请随时联系我。"
　　之后，她搜索手机号码添加对方的微信，等待通过。

· 1 ·

林鲸工作的这个小区叫溪平院，是广恒地产品牌旗下的高端住宅区，坐落于湖东，距金鸡湖景区、商圈不超过十分钟车程。

不过这一切繁华和便利与林鲸无关，她住的是老城区的"老破小"房子，并且以她的工资很难买得起这里的房。

至于林鲸一个汉语言文学专业毕业的人为什么会在物业公司工作呢，这是后话了。

早上处理完几个报修问题，待她回到办公室时，业主还没有通过好友申请。

同事们在闲聊、抱怨"996"，林鲸则对着电脑发呆，忽然想起真是巧，她还认识一个也叫蒋燃的人，不过那是很久以前的事了。

过了一会儿，桌面传来一串手机振动声，林鲸的目光从电脑屏幕上移了过去。

顾一帆："林鲸？"

林鲸："怎么了？"

顾一帆："方便给我转两万块钱吗？需要周转一下，下个月收到尾款就还给你。"

林鲸放下手机，眉头跟着皱了起来。

顾一帆和林鲸是相亲认识的，交往两个月了，见面的次数不多，每次都客客气气的。

林鲸不担心顾一帆不还钱，他家境不错，人在国企上班，而且两家父母都认识，只是她总觉得跟相亲对象借钱怪怪的。

林鲸犹豫的时候总想起顾一帆那张让人没法拒绝的脸，最终败给了面子。

但帅哥的脸没让她失去理智，她细心备注了"借款"，以防出现纠纷。

一上午过去，终于到了午饭时间，大家相继点外卖或用微波炉热饭。

林鲸接到了好友的电话。

鹿苑今天从上海回来，找不到饭搭子，就把林鲸叫了出来："中午出来吃饭，时代广场新开了一家韩国烤肉店，大众评分很高。"

大雪天吃点儿烤肉什么的，肉香四溢，"吱吱"冒油……林鲸想想就觉得幸福。

她爽快地答应："行啊，我现在从办公室出去，到了给你打电话。"

林鲸花了十五分钟来到那家烤肉店，鹿苑已经用手机扫码点餐了："你看看还要吃什么？"

林鲸看她已经点了的菜，五盘肉，再加一个蔬菜拼盘、一个菌菇拼盘，再点就吃不完了："就这些吧。"

鹿苑点头："那就下单了。"

两个人废话不多说，在服务生把小食和水果端上来的时候就忍不住开吃了。水果是自助的，两个人吃完一盘西瓜后五花肉才刚烤上。

林鲸说："我再去拿点儿水果。"

正值中午，烤肉店的人非常多，林鲸在那儿等了片刻才排到。她刚拿起盘子，就看到隔断背面站了一个熟悉的身影。

林鲸喊他："顾一帆。"

顾一帆没听见，端着托盘向里走去，留给她一个后脑勺。

林鲸端着水果回到座位，目光还在餐厅里扫视。鹿苑看她魂不守舍的，问："看什么呢？"

"我刚才看见顾一帆了。"

"叫过来一起吃呗。"

紧接着，林鲸就在靠窗的位置看到他了，他身边还有一个女生，两个人并排坐在一起，看上去关系匪浅。

顾一帆将手机放在桌上盯着屏幕，顺手包了个生菜卷喂到女生嘴里。

女生情绪不高，手指搓了搓红色的名牌纸袋，说："你不是说没钱了吗？"

顾一帆："是没钱了啊，信用卡和花呗都被刷爆了，跟朋友借的钱。"

"那还给我买戒指？喊！"

"还不是为了哄你开心？"顾一帆眼神充满抱歉地看着女生。

女生又问："跟哪个朋友借的？我认识吗？"

"你不认识。我下个月发工资就还给她。"

餐厅里虽然嘈杂，但仔细听，林鲸和鹿苑还是可以辨认出两个人的对话内容。

女生又想起什么来："对了，和你相亲的那个女生漂亮吗？"

"还行。赶紧吃东西吧，我下午还有事。"

"很优秀吗？"她又不死心地追问了一句。

顾一帆略显迟疑，不太愿意在女生面前提起林鲸："就那样吧，在广恒的物业上班。"

"物业？"女生有些不屑，"那也没有很了不起嘛，你妈看上她什么了，就因为她是本地人？"

顾一帆默认。

林鲸和顾一帆刚认识的时候听说过他有个处了三年的前女友,是北方人。顾一帆的父母嫌姑娘家太远,条件又不好,勒令他分手了。

但林鲸不知道,他们并没有断。

对顾一帆这种明明和前女友藕断丝连,又在相亲对象面前伪装单身的行为,林鲸除了恶心,无可形容。鹿苑气势汹汹地站起来,准备跟顾一帆对峙。

"你干吗?"

"你干吗呢?"

她看看林鲸,林鲸看看她。

林鲸还坐在椅子上,举着手机对着顾一帆和姑娘拍了一张照片,面色平静。

"不是,你就这样吗?他骗你。"

林鲸冷静地说:"我待会儿还要上班呢,一时半会儿撕不完的。"

现在还惦记着上班,鹿苑也是服了林鲸:"请你年底一定拿个'十佳员工'的奖章回来,不然对不起这份敬业精神。"

林鲸:"工龄不满一年的员工不参与评比,我明年再努力。"

鹿苑:"……"

林鲸反过来宽慰好友:"毕竟是相亲嘛,我也不喜欢他啊,这个不行就下一个。他要是不认账,我就把照片甩出来,长辈别赖在我头上就行。"

鹿苑所有的愤怒情绪化成一个字:"牛。"

要说不心烦是假的,林鲸烦着呢,顾一帆还欠了她两万块钱……

至于这段关系,林鲸觉得大概就像暴风天少女头上的贝雷帽,随时有可能不属于自己,现在被顾一帆亲手掀掉,省得她动手了。

林鲸和鹿苑吃完饭在商场门口分开。

林鲸回到办公室,接到社区的通知:受恶劣天气影响,晚上或将暂时停水。

林鲸在业主群发了通知,让大家提前做储水准备。

立马有业主埋怨:"怎么动不动就停水?收这么高的物业费,你们一点儿作用都没起到。"

她寻思着这是社区的问题,也能怪到物业头上吗?她解释了半天,还是被骂得又累又丧气。

林鲸趴在桌子上,被手机顶了一下胳膊肘。

顾一帆："小鲸，我不能跟你去看话剧了，要出差。抱歉。"

林鲸："没事，你忙。"

顾一帆："这个剧团好像要在苏州演好几场，下周回来陪你看？"

林鲸将手指停在屏幕上，琢磨了一会儿措辞，开始打字："其实你没有必要应付我。今天中午我在时代广场看见你和你女朋友了，找机会跟家里说清楚吧，我们不合适。"

她等了足足五分钟，顾一帆发来一句话："你说什么？"

她把照片甩给他，铁证如山。

林鲸："请你把钱还给我，然后我们别联系了。"

发完，她等了好久不见顾一帆回复，于是又发了一个问号过去。

绿色的聊天气泡左边出现了一个红色的感叹号，她被顾一帆删除好友了。

林鲸后背冒火，太阳穴隐隐发涨，这人欠钱还删好友是什么迷幻操作？

她无语地将手机重重放回桌上，被气笑了。

对面的同事被吓了一跳："怎么了？"

"没事。"她闷闷的，心说：这人以为这样就可以赖掉了？微信转账记录是可以作为法律凭证的！法盲！

虽然已经留了后手，但她还是有点儿懊恼，不该因为不好意思拒绝而把钱借出去，面子哪里有钱重要啊！

桌上的工作手机又连续振动起来。

蒋燃通过了她的好友申请。

蒋燃："林小姐，天然气显示无法充值，可否安排人来检查？"

她能找谁呢？还不是得她亲自过去？林鲸烦躁地想。

林鲸："在的，蒋先生。您家里有人在吗？我现在去一趟。"

蒋燃："我六点以后在家。"

林鲸："好的，待会儿见。"

蒋燃："嗯。"

林鲸预感今天绝对又要加班。果不其然，经理抱着蓝色的文件夹走进来，着急地通知："四点半开会，大家准备一下。"

这一声令下把整个办公室的人都得罪了，因为正常是五点下班……他走后群里沸腾起来，天怒民怨。

"有什么事不能早点儿说？让我准时下班能死是吧？"

"你干脆半夜开得了。"

林鲸看看窗外灰青色的天，大有风雨欲来的颓唐之势，又开始下雪了，唉，烦！

会开到晚上八点，领导无非是强调消防安全、公共设备的维护以及业主投诉问题，没一个是重点又每一个都是重点。会议结束后她的手机消息爆满，好几位业主反映家里的水管被冻住了，林鲸一一叮嘱他们用毛巾把外露的水管包住，防止水管爆裂。

她正准备回家时，又有位老奶奶打电话来，强调让林鲸过去："小林，你过来给我看一下，你过来，我自己弄不明白。"

林鲸看了一眼时间，有点儿绝望。

老奶奶家的小阳台没有封，管道上已经落了一层厚厚的雪，老人家坐在屋内指挥道："你去给我弄好，我可弄不来。"

林鲸穿着单薄工作服走到北风呼啸的露台上，把管道从上到下包裹住，没一会儿身体就被冻得跟干尸似的，一丝热气都没了。

回到屋内的她并没有得到老人家的体谅，老人家反而嗔怪道："这是你们物业早该想到的事，害我没水用，真不知道你们是怎么办事的。"

林鲸也委屈："昨天已经在业主群提醒过啦，电梯里也贴了通知，最近天气不好，我们也在努力改善服务质量，您及时关注一下群消息。"

老太太不听："我又不会玩微信，怎么知道啊？"

林鲸没拆穿她整天在业主群里发链接，毕竟服务行业的人不能跟客户吵。

"我看你们就只想拿钱，不想服务。"老太太见林鲸不反驳，还骂上瘾了，"不想干就别干。"

林鲸一开始只是郁闷老人家不讲理，门被关上的刹那，竟感觉到眼眶酸胀……工作这么久，她还是没有办法对挖苦言语无动于衷。

已经快九点了，她还没吃饭……今天过得糟透了，怪不得说"成年人的崩溃只在一瞬间"。

忽然，她想起1105的业主家还没有去，都忙忘了！

她还不能崩溃，于是赶紧抹干眼泪，但愿下一位业主是个好说话的人，不要恶语相向，不要投诉，拜托了。

她摁响门铃，不到半分钟就有人来开门，是一个年轻的男人。

"蒋先生，实在不好意思，我迟到了。"林鲸来不及多看业主的脸，下意识地道歉，"打扰您了。"

蒋燃迟疑了片刻："林鲸？"

林鲸这时才抬头看眼前的男人，个子很高，穿着灰色毛衣、黑色休闲长裤，勾勒出衣下的清瘦身材，脸庞清俊干净，眼睛清澈，乌黑的头发耷拉在额前，清爽的样子像刚洗完澡。

他的表情本来是散漫的，看见她的那一瞬间，扫过来的眼神带着一丝困惑之意。

怎么是她？

对方的诧异感形成一种无形的压力，将林鲸束缚在一个密不透风的玻璃罩子里，她推门的手指顿了一下。

接着，她听见自己匆忙又不太流畅的声音："是燃气账号充不进去吗？"

蒋燃点头："嗯。"

林鲸脚步踟蹰，走廊的风已经将她脸颊上的泪水吹干，挂在脸上像两串冰碴子，眼睛还红着。

"卡还在吗？"

蒋燃没有回答，而是将门开得更大一点儿，侧身让她："外面冷，进来说吧。"

趁下一阵冷风涌来前，林鲸无暇顾及自己低落的情绪，穿上鞋套走入客厅。室内暖融融的，空气中弥漫着咖啡的香气。

暖气让骨头缝儿都活络起来，林鲸没乱瞟，但目光所及之处，装修风格并不是现在流行的浮夸轻奢风，而是简约又有质感的原木家具，清雅舒适。

这座房子好像一只精美的英式骨瓷杯，里面盛着温柔的拿铁咖啡。

蒋燃在电视柜里找到燃气卡："这个？"

林鲸走向厨房："我先在机器上试一下看有没有用。"

蒋燃在她身后静静看着她的后背，插在裤兜里的手指微动。

林鲸把卡插在读取器上，立马听到清脆的"嘀"一声响，她的嗓音充斥着嘶哑感："卡没问题，您用什么充值的？"

蒋燃又把手机递给林鲸，已经打开了支付界面。

林鲸接过手机快速点了几下，心里大概清楚是怎么回事了。她刚要说话，眼前多了一杯水，蒋燃干净修长的手指握着杯子："你先喝点儿水，慢慢说。"

林鲸愣了一下，接过杯子，水温是正好的，喝完嗓子舒服多了。

"谢谢。"

蒋燃伸手，林鲸把杯子还到他手上，他将其放到桌上。

"前阵子园区燃气公司换系统了，你这个账号应该是旧账号，需要更新才能充值。"

"燃气公司在哪儿？"

林鲸如实告知，又提醒："不过他们的上班时间是周一到周五，早上九点到下午五点，你别跑空了。"

蒋燃皱了一下眉。

"如果时间协调不过来，我们物业可以集中代办，不过需要您写一个授权声明，然后提供身份证复印件。"

蒋燃："那拜托了，我晚点儿发你。"

"那这个卡我先拿走了，弄好给您送过来。"林鲸办完了事，走到门口，"再见。"

蒋燃跟出来，冒出一句："雪太大了。"

门里橙黄的光线虚虚笼在她身上，她站在晦暗处，低声说道："是啊。"

林鲸回头，发现男人手里多了一把黑色的长柄伞，手柄是银色的狐狸头，在灯光下显得很精致。

他似是轻叹了一声，看她的眼神应该是认出她了。但他没有刻意提这件事，将伞放到林鲸手里，嘴角轻扯："早点儿回家吧，路上注意安全。"

温柔的声音似春风过境，山野复苏。

林鲸受宠若惊又不知所措，快速走进电梯，竟忘了回应。

林鲸在办公室里检查好门窗和电源，出来时已经九点半了。

她掂了掂手中的伞，然后做了一个决定——放回办公室。

这伞看着挺贵的，又不好收进包里，她拿回家肯定要被控制欲极强的母亲盘问一番。

小区门口的岗亭顶落了一层厚厚的雪，保安穿着黑色的制服，像松树一般立在那里。林鲸叫了网约车，但今晚雪大路难走，司机被堵在前面的红绿灯路口，两分钟了还一动不动。

林鲸站在岗亭下，笑着说："我在这里躲一下，等车。"

年轻的保安客气地点头："林管家，现在才下班哪？"

林鲸回道："对啊，又加班了。"

之后对方笑了笑表示同情，然后专心站岗，没再说话。

一道引擎声刺破安静的气氛，由远及近，从小区里驶出一辆深蓝色的帕拉梅拉，在闸口停下。

保安小哥闻声赶紧跑过去，驾驶座的车窗降下，里面坐着的正是蒋燃。保安弯腰问道："蒋先生，您要出去？"

蒋燃骨节分明的手指搭在方向盘上，有节奏地敲击着，随后他把临时停车牌递了出来。

林鲸站在雪地里，雪花伴着冷风扑在她苍白的脸上，女生卷翘的睫毛尖都沾了雪，白皙的鼻头被冻得泛青，看着有点儿窘迫。她下意识地往车里瞅了一眼，蒋燃似乎能感应到落在自己脸上的目光，正要回望过来。

刹那间，她赶紧低下头，把围巾往脸上拉了拉遮住脸，假装看手机，这才错过尴尬的对视场面。

唉，她像半个小时前那样，又软弱了一次。

蒋燃的目光落在她脸上三秒，随后车身劈开墨蓝的夜色，猩红的尾灯灯光逐渐模糊，车子融入车流中。

第二天上午，林鲸去了一趟燃气公司，帮几位业主更新账号，回到办公室时都快中午了。

同事们坐在椅子上七嘴八舌地聊着天，不时传出笑声。

她放在椅子上的伞不知被谁放到了桌上。

坐在她对面的是资深管家赵姐，还有另外一位同事张妍，两个人也在小声交谈。

"干什么去了啊？"赵姐用笔杆敲了敲隔板，"这都要吃饭了。"

林鲸解开脖子上的围巾，坐在椅子上喘了一口气："去燃气公司了，唉，那儿的工作人员态度好差。"

赵姐说道："人家可不是服务行业，没必要对谁都给好脸，不像咱们。"

林鲸不想提糟心事了，问道："你们刚在聊什么啊？"

张妍抢话道："在聊你桌上的伞。好哇你个小鲸鲸，原来是个隐形的富家小姐？"

林鲸疑惑地问道："伞怎么了？"

张妍问："你是不是飘了，买把伞还要定制的？"

"定制？"林鲸微微张着嘴，抑制不住地吃惊。她一直觉得这概念只会出现在电影里，或者上海滩贵妇们拍照时使用的。

她端详着栩栩如生的小狐狸头，连毛发被风吹起的形态都雕刻得异常逼真，然后搜了这个品牌，每年限量发售，普通款的伞价格都能抵得上她一个月的工资，更别说这些特殊的定制款。

一把伞还能玩出这么多花样来？

她的第一想法是，要早知道这伞是这价格，她绝对不会随便将其放在办公室，被人偷了怎么办？

林鲸解释："这伞不是我的，昨天去16-1105的业主家，他借给我的。"

张妍问："蒋先生吗？"

"你认识？"林鲸听到这个称呼，心脏猛地跳了一下。

"不认识啊。"

张妍笑着说："今天早上在门岗执勤，看到他开车出去，换临时停车牌的时候车窗摇下来了，只看了一眼侧脸，大帅哥，鉴定完毕！"

林鲸："……"

张妍："赵姐她们也看见了，喏，你问她帅不帅？"

赵姐笑看着两个人，承认道："帅的，帅的。"

"开这么好的车，住这么好的房子，关键长得还这么帅，年纪轻轻的，这不是人生赢家是什么？"张妍眼睛冒星星，"我要羡慕鲸鲸了。"

林鲸问："那我把16幢的事让给你管？"

张妍赶紧摆手："别了别了，9楼的那个任老太很坏的，不是使唤人给她掏马桶就是跪着擦地，不理她她就投诉骂人。我们物业的人又不欠她的，自己找个保洁不行吗？你的上一任就是被她气走的。"

林鲸恍然大悟，原来不止她一个人觉得老太太刁钻。

但谁让她是业主呢？他们物业工作人员还是要服务对方的。

张妍继续说："没事，给你一个任老太，又给你一个蒋先生，公平。你经常跟帅哥接触，心情会变好的。"

林鲸并不想多跟蒋燃接触，这年头路上骑电瓶车的人都知道要戴头盔，怕被开宝马的同学认出来，太尴尬了。

她说："还不都是业主？"

张妍站起来，手搂着林鲸的脖子，和她靠在一起，低笑着说："我说的是这个吗？你争点儿气将人拿下，以后姐妹跟你混。"

林鲸刚要开口，对面的赵姐发话了："你给她出什么馊主意？凭我多年在物业混的经验，这样的男人不是'英年早婚'就是名草有主。高质量男生很稀有、很抢手，不会等着被你发现。我们还是做好手头的工作，过自己的生活要紧。"

说的也是，张妍叹了一口气，回去继续工作了。

中午吃过饭，林鲸给蒋燃发了条微信，问他何时在家，她把燃气卡送过去。

结果她等了一下午，蒋燃也没回消息。

比起燃气卡，其实她更想快点儿把伞还回去，那伞在这间办公室里太扎眼，放哪儿都显得格格不入，像一颗孔雀蛋掉进了茅草窝。

临下班前，又被任老太太喊过去帮忙，林鲸顺便敲了一下蒋燃家的门，没人应答。

她走到楼下时，手机响了起来。

"林鲸？"电话那头传来清冷的男人嗓音，"我是蒋燃。"

林鲸接到这电话十分意外："蒋先生，您怎么有我的电话？"

蒋燃笑着问："不是你给我的吗？我存了。"

林鲸想起来了，是她昨天发的短信，主动自我介绍，还提供了电话号码，说方便联系。

她面露窘色，尴尬了一下。

蒋燃说："抱歉，一直在开会，才看见你的微信消息。"

林鲸："想问问您什么时间方便，我把卡和雨伞还给您。"

蒋燃停了一会儿，出声："这几天不在苏州，等我回去吧。"

林鲸下意识地摸了摸自己的耳朵，这动作在心理学上体现了一定程度上的心虚意味。或许是想到赵姐说的话，她吊诡地心生邪念，小声问："那你的家人这几天也不在吗？我去……"

"你很着急吗？小林管家。"他语气带笑，有些逗弄意味，似是在调侃她做事过于实诚木讷。

"……"她听出他的情绪来，表情泄气，抠了一下手指。

"房子我一个人住，平时没人去。"蒋燃起了认真解释的心思，语气正经不少，跟她说，"劳烦你帮我多保管几天。"

林鲸低声说："我才知道，你的伞是私人定制的，万一给我保管丢了，不太好。"

蒋燃轻飘飘地说："不是什么重要的东西，丢了就丢了。"

林鲸这天五点准时下班。

她回到家时妈妈正坐在客厅里看综艺节目，笑得前仰后合，爸爸从厨房里端出菜，正准备吃饭。

"你怎么回来了，不是跟小顾去看话剧吗？"

林鲸见桌上只有一盘油麦菜，还有半锅鸡汤是昨晚剩下的，问爸爸："今天没买菜吗？怎么就吃这个？"

"以为你不回来，我和你妈就不费劲折腾了，对付着吃两口。"爸爸笑着对她说，转身又进了厨房，"我再弄个油爆虾，一会儿就好，你先去洗手。"

"问你话呢，怎么现在回来了？"妈妈盯着她问。

林鲸躲去洗手间，咕哝："还是别问了，怕你希望破灭。"

妈妈察觉出不对，跟了过去："你们俩怎么了？"

林鲸甩了甩手，在毛巾上擦干："你让我吃完饭再回答行吗？不然咱们都没心情吃了。"

施季玲同志还是在吃饭的时候逼问出了原因，惋惜地说道："小顾挺好的，工作稳定，模样好，家里还有两套房。不懂你在挑什么。"

林鲸无语："我谈恋爱就只看这些啊？"

施季玲："不然你还想看什么？看灵魂？你有那境界吗？"

"……"林鲸决定把锅给顾一帆扣实在了，说道，"他和前女友还没断，我去凑什么热闹啊？"

听完这话，老妈的态度立马一百八十度转变，把顾一帆骂了个狗血淋头，什么"小畜生""痴货"轮翻上阵："他还看不上我女儿，不看看自己是什么东西！"

林海生连忙给她盛汤："淡定，淡定，小心气出高血压来。"

老妈放下筷子，一鼓作气地说道："你还是继续相亲吧！"

林鲸跟着放下筷子："还来？"

老妈态度强硬："你都二十五岁了，过完年二十六岁，谈两年恋爱就结婚要孩子了。好货不等人，好男人也不等你，过两年看你还有没有那么多选择！"

林鲸对这事十分无奈："我必须结婚吗？那么多人不结婚过得也挺好啊。"

"是有人过得好，但那种生活不适合你。前两年你一门心思要创业，不还是失败了，老老实实回来上班了吗？"老妈这妇女主任不是白当的，说得头头是道，"我知道现在年轻人想法多，觉得我们老一辈的人迂腐。但做人切忌人云亦云，没有自己的想法，别人说什么，你就学什么，那你跟'墙头草'有什么区别？"

林鲸吃完饭赶紧溜回房间，隐约还能听见施季玲主任的发言："前两天，叶教授说要把他老婆的侄子介绍给鲸鲸来着，我给拒了，回头我问问人家，要是对方没相到合适的，就让两个人见一面。"

…………

· 12 ·

林鲸躺在床上，给鹿苑发了条语音："我又要加入相亲大军了。"

鹿苑给她打电话回来："跟你妈坦白了？"

"嗯。"

"你干吗听他们的？不想去你就不去呗，他们还能拿枪指着你啊？"鹿苑就没有相亲的烦恼，"我家老鹿要是逼着我相亲，我就给他展示一下什么叫叛逆。"

"我也不想啊。"林鲸把脸埋进枕头里，瓮声瓮气地说，"今天老两口以为我不回家吃饭，菜都不烧了，老林见我回来又急急忙忙地加了两个菜……我觉得特别难受，不忍心惹他们生气，至少面子上要过得去。"

"……"鹿苑沉默了一阵，说，"施主任要知道顾一帆还借了你的钱，不得把他家点了？"

"没跟她说呢。"林鲸轻轻叹气，纳闷地说道，"怎么现实中相亲的人，顾一帆这类都算奇货可居了？"

"什么？"鹿苑没听清。

林鲸说："没什么，我这两年感觉压力很大，想躺平……让我碰上一个钱多人好长得又帅的对象吧！"

鹿苑："想屁吃吧你，好好搬砖。"

林鲸笑着说："知道不可能，就想想呗。"

那天早上发生了一件挺有意思的事，顾一帆的父母来找林鲸，据说顾一帆失踪了。

当时小区门口人比较多，有校车停在那儿接小孩儿上学。

林鲸只好把两个人带到物业办公室里。

顾一帆妈妈的情绪一开口就崩了，她拉着林鲸的手问道："鲸鲸，顾一帆最近有没有跟你联系啊？"

这是什么情况？

他爸爸说："这小子好几天没回家了，跟单位也请假了，电话打不通，没人知道他去哪儿了。"

林鲸的第一反应是：他不会是欠了高利贷跑路了吧？身边不是没有这样的事。

这前任相亲对象到底是个什么奇葩？她斟酌了一下还是决定不把这种可能性告诉二老了，没想到顾一帆的妈妈说："鲸鲸，你能不能帮我们找找一帆啊？"

林鲸想到那天最后是在烤肉店见到顾一帆的，便回答："阿姨，我真的不清楚。不过你们可以联系一下他的女朋友，她应该知道。"

老两口愣怔半天说不出话来，是心虚，也是不甘。林鲸几乎能从对方的微表情里看出他们其实是知道顾一帆和女朋友没分干净的，只是瞒着她而已。

她轻轻侧了一下头，微笑着，虽然没说话，但是微表情也告诉这对老夫妻，自己已经什么都知道了。

顾爸爸恨铁不成钢地说道："这个逆子，到现在还死不知悔改！"

顾妈妈拽着林鲸的手，仿佛抓得越重越有可信度："鲸鲸，一帆就是死脑筋，被那姑娘迷住了。我们做父母的是很支持你的，也只有你能管住他啊。"

"阿姨，你们家庭内部的事，还是关起门自己解决比较好。我有自己的生活，没那么多时间。"林鲸冷淡地摆出态度，让顾家父母傻眼了。

整个早上，林鲸的手都被顾一帆的妈妈抓红了，老太太的哭声和埋怨声吵得她脑仁儿疼，可她又不能开口叫这对可怜巴巴的老夫妻走人，现场乱得跟街道办似的。

这时，张妍站在门口喊她："林鲸，有人找你。"

林鲸像碰着了救星一般，感激地看了一眼张妍，站起来说道："叔叔、阿姨，我还要工作，就不留你们了。"

老夫妻颤巍巍地站起身，又跟她念叨了两句，这才不得已地走出去。

林鲸本以为同事纯粹是为了给她解围找了个借口，倒没想到院子里还真有个人。

蒋燃站在那里，脚下是石墨灰的地砖，两边的雪脏兮兮地冻成了冰。他握着手机，黑色夹克敞着领口，里面是一件同色的圆领毛衣，露出一截白皙干净的脖颈，很养眼。一个男人竟有那么些遗世独立、卓尔不群的味道……

见人出来，他微微笑了一下，倒是没叫她，而是问："是不是打扰你工作了？"

"没。"林鲸赶紧摇头。

老夫妻警惕着眼前这个年轻男人，目光不肯移开，直到林鲸把他们送出院子。

林鲸回来时见蒋燃还站在那里，哭笑不得地解释："朋友出了点儿事，他父母想找我帮忙，我也无能为力。"

蒋燃把手机放回口袋里,接她的话说:"正好我帮你解围?"

"嗯。"她默认,问,"你回来啦?"

问完她愣了愣,觉得这话有点儿暧昧,改口道:"我的意思是,你出差回来啦?"

"来拿东西。"他说。

林鲸跑回办公室把卡和伞拿出来:"其实你说一声,我可以给你送过去的,不用麻烦你亲自来一趟。"

"不远。"蒋燃表情很淡,偏了一下头,垂着眼,特意迁就她的身高,"你不用像对甲方那么严肃,我们是第一天认识吗?"

"啊?"林鲸心下惊讶。

蒋燃弯唇笑了笑,说道:"你不记得了?以前在燕家巷。"他似是回忆了一下,在自己腰间比画了一下,"你好像这么高,和思南差不多,小小一只。"

"现在记起来了。"林鲸不好意思地说。但是她工作的时候,哪好意思跟业主叙旧啊?

没想到他还记得她那个时候的样子。

蒋燃不知道她是真记得还是假记得,没继续纠结这个问题,转而说:"能带我转转吗?我刚搬来这个小区,还不太熟。"

"没问题。"林鲸心头忽然"嘟嘟"冒着说不清意味的泡泡,热气腾腾的,她热络地问,"那我们现在就参观一下小区?"

蒋燃笑了笑,抬手指了指树枝上"啪啪"往下掉的雪,有的已经化成了水:"天还是很冷。"

"我先回办公室穿件外套。"林鲸说。

"我在这里等你。"

林鲸穿上羽绒服,黑色长款的,包裹到脚踝。

两个人并肩走到主干道上,小区的绿化很好,两旁的林道是别处移植过来的高大桂花树,在雪天仍旧是翠绿的颜色,如今上头覆着雪,像戴了顶小帽子似的。

林鲸尽职尽责地充当着"小导游"的角色,介绍道:"到了八九月份,满城都是桂花香。"

蒋燃低垂着眼睫,耐心地给小林管家捧场:"有机会见识一下。"

林鲸挠了挠耳朵,人家就是苏州长大的,燕家巷的桂花树可比这儿的好多了,她在鬼扯什么呀?

"呃，你有想去的地方吗？"

两个人正好走到大门口，那儿有个喷泉，如今已经被冻住了，几条奶白色的水柱固定着。

蒋燃说："固定停车牌是在保安室机房办的？"

林鲸恍然大悟："我忘记在安保系统里给你更新车牌号了。"

所以他每天出去，都在用临时停车牌。

"现在就去？"她提议。

两个人来到保安室机房，碰到那天站岗的保安小哥，正好是由他负责录入数据，他对着两个人笑了一下。

保安想在业主面前表现出专业性，故意说："林管家，你那天晚上就该找我给蒋先生录入数据的，他这些天都是用的临时车牌，每次进出都要花时间换，很不方便。"

林鲸的脸"唰"地红了，她想堵住小哥的嘴。

他竟然揭穿自己在门口装没看见蒋燃的事。

出来后，蒋燃看着她似笑非笑，不咸不淡地说："原来你看见我用临时车牌了。"

林鲸耳根子被火烧了似的，心想：他全都知道。

一上午，林鲸又帮他把网球馆和游泳馆的门禁卡开通了。彼时她才反应过来蒋燃说的"转转"是解决生活配套设施需求，并不是通俗意义上的找她叙叙旧，看看小区风景。

蒋燃说得委婉，她没把该做的工作做到位，倒是挺会异想天开，竟然觉得人家在约她。

后来，蒋燃没有什么需要再联系林鲸了。

他应该挺忙的，不经常出入小区。

林鲸下班回家，听到爸妈在说顾一帆的八卦。原来离家出走的这出戏，是他瞒着父母去女朋友的老家了，被对方的父母死缠烂打，恩威并施，闹着要他给女孩子一个名分，说白了就是逼婚。

一边是强势高傲的父母，一边是刁民般的女方家人，顾一帆被逼得两头为难，干脆当起了缩头乌龟。

施主任正在拖地，红色的柚木地板锃亮，蚊子踩上去都要打滑。她似乎把全身的怒气都撒到了拖把上，低声咒骂道："二十六七岁的东西了，还玩暗度陈仓那一套，什么玩意儿啊？他父母也不是好东西，知道儿子是什么德行，自己管不住，还想让我们鲸鲸当接盘侠给他们管儿子，以为我看不出来？死一边儿去吧。"

林鲸坐在沙发上，将冬枣咬得"嘎嘣"脆，腮帮子一鼓一鼓的。她听着妈妈骂人，莫名其妙地有种爽快感，故意说道："幸好及时止损了，得饶人处且饶人啦，施主任。"

"少卖乖，你心里乐着吧。"施主任看着女儿，"我不高兴就骂，管他是谁，欺负我囡囡就是不行！对了，你们俩没经济纠纷吧？"

林鲸瞟了瞟她："没。"

"那就好。"施主任放下拖把，坐到她身边，商量着说，"上次说的叶教授的老婆的侄子要给你介绍对象来着，有时间去见见？"

林鲸赶紧逃窜："我真的怕了，万一再遇见一个顾一帆这样的人呢？"

施主任说："你都不去一下怎么知道人家不好？说不定对方是个长得帅、性格好，又合你眼缘的人呢？"

林鲸没听妈妈瞎吹，回了屋。

林爸爸问出关键所在："说了这么多，条件怎么样啊，你了解清楚了吗？"

施季玲轻轻叹息："就以前住叶教授家的那个男孩子，没怎么打过交道，也没注意。说是妈妈早年过世，父亲再婚去国外了，他就一直住姑姑家。毕业后他在外地工作，最近才回苏州的。"

林爸爸闻言放下手机，蹙着眉说："怎么听着条件不太好啊？经济方面大差不差就行了，可对方的家庭着实不靠谱，婚姻不是两个人的事，是两个家庭的结合。"

施女士有些气馁地说道："因为在人家心中，咱们鲸鲸就该配这么个条件的人。不是说嘛，你在媒人眼里是什么样的，看她给你介绍的对象就知道了。"

林爸爸说："还是别见了。"

"死马当活马医呗，见个面又不会少块肉。万一孩子人品好呢？"施女士有些感慨，"现在这个社会，女性已经崛起了，进步的速度是男性跟不上的。优秀的女人会越来越多，优秀的男人倒成稀有动物了。"

林爸爸不服气："你这是搞两性对立，老婆。"

"我说的不是事实吗？我身为女人，不为自己的同性讲话，难道为狗男人讲话？"施女士说，"不管了，要是再不好就当让她见识一下社会的险恶！"

林鲸洗完澡，坐在书桌前擦头发，本来打开电脑准备写点儿东西的，看到文件夹里过去公司成百上千的原稿、方案，心生厌烦情绪，千头万绪理也理不清。

正好听见妈妈的一番有关"条件匹配"的言论，林鲸差点儿破防。

她是什么条件呢？是个25岁了还一事无成，龟缩在没前途也没"钱途"的工作岗位上的失败者。

林鲸在年尾的时候工作特别忙，施主任如此厉害的大手都抓不到她的尾巴。

相亲的事也暂时搁置了。

本来施主任在和林海生讨论之后，越发觉得叶教授的侄子不行。他们比较看重对方的家庭氛围，因此比较介意单亲家庭。

但后来某次施主任和叶教授的老婆蒋蔚华女士聊天，说到蒋蔚华那个侄子元旦节后去美国总部述职了，忙得要死。

听听，一般的小职员能捞着机会去美国出差吗？他还是去总部！于是，施季玲又心动了，心比"墙头草"还容易弯折。

但蒋蔚华那边的消息就跟暴风天的风筝细线似的，要断不断，也不着急，搞得施季玲都不好上赶着问。

这天林鲸加班，快七点时接到老妈的电话："还回不回来吃饭啦？"

当时她抱着表格正在挨家挨户地敲门，物业准备在春节前帮住户们清洁外立墙，正在征询大家的意见然后签字。

"我今天加班，晚点儿回去。"

"一个小物业管家，就赚那么点儿工资，怎么还这么忙？"老妈看着外面黑咕隆咚的天实在担心，嗔怪道。

这话让林鲸哽了半天。

施季玲心里急，自知说错了话，只好叹气："下周我给你约见面了啊，你记得把时间空出来。"

"下周更忙，你约了也是白约……"林鲸话没说完，施季玲就把电话挂了。

冬日天黑得快，林鲸站在莱茵灰色调的走道里，头顶的灯光柔和却冰凉，她一瞬间有些失神。她也想知道，就挣这么点儿工资，怎么那么忙呢？

抬头她才看见自己正站在16幢的11楼，蒋燃家的门口。

她摁了门铃，蒋燃身着白衣黑裤过来开门，见是林鲸，眼里闪过一丝惊讶之色，问："还没回家？"

"嗯。"林鲸弯着眼，笑得机械，"有个意见征询表需要你签一下字。"

"这里吗？"蒋燃已经自然而然地接过她手里的板夹，指腹不经意地擦过她的指背，互相传递了一些温度，两个人都没在意。

蒋燃垂下眼认真看了起来。

林鲸抬起眼，看见客厅里横陈着超大号的黑色行李箱，不知他是要走还是刚回来。

气氛有点儿安静，她闲来无事问道："要去出差吗？"

蒋燃简短回应："刚回来。"

说完，他便在征询表最后签上自己的名字，在林鲸要等电梯的时候，他没有立马关门，而是站在那儿陪她聊了两句话："周末也加班这么晚？"

林鲸说："我周末不休息，工作日调休。"

蒋燃又问："周几休息？"

林鲸以为他有事，便说："一般是周四，不过我手机24小时开机，业主找我我会第一时间回复。"

电梯门开了，蒋燃对她点头示意，让她不用机械地回话，柔声提醒她注意脚下安全。

隔天周日，广恒地产公司开年会，下午是全员总结大会。

她来公司的时间不长，难得有和其他部门同事交流的机会。

领导在上面或者自我检讨或者展望未来，小员工讨论的一般就是工资、福利、晋升前景……

投简历的时候，林鲸本来应聘的是地产部门，但HR看她文静单纯，认为她不太适合地产部，那里是男人喝酒"厮杀"的地方，便把她调剂到了物业部门。

当时HR给画了挺大的一个"饼"，溪平院是高端住宅区，面对的客户群体都是不一样的，她肯定能学到不少东西，一个季度后就给她转岗。

林鲸开始不懂大公司的套路，工作三四个月后才发现不是这么回事。且不说无论接触的业主是什么高专业、高素质人群，她在人家眼里就是个物业服务者而已，根本锻炼不到什么。

薪资待遇和她预想的也差了一大截，基本工资是苏州最低标准，其他都是按照奖金和补助的形式发放，这样社保和公积金就能按照最低标准缴。公司为了省钱可谓绞尽脑汁，"粗心大意"的员工看似没吃什么亏，实则吃了大亏。

今天年会,她才知道无论在物业部门工作多久,基本工资是不会提高的,晋升更是毫无门路。

大公司的HR套路玩得深哪。

在另一个小区工作的同事告诉她:"物业服务部不给公司赚钱的,基本上没有什么绩效,所以工资就是这样,难招人,但没啥事业心的人干着挺稳定的。"

林鲸心里冒出了一个大大的感叹号,犹如醍醐灌顶。她不得不复盘自己投简历时的心情,是因为经历一次打击,生活一团糟,低潮期听从了施季玲的建议,选一个靠谱的大公司。

现在看来,她当初的选择有点病急乱投医、慌不择路的感觉。

她要的职业前景不是委曲求全、混吃等死。

想通了这件事,她不甘心做这台重型机械里一颗无关紧要的小螺丝钉。

在HR没有兑现她的转岗承诺后,林鲸主动出击,年会后给公司的市场部门经理投了简历,想去做美居业务。

这些天她一下班就窝在房间里,熬了两个大夜,终于把一份样板房推广策划案做了出来。

然后,她跟市场部的陈凌经理约了周四见面。

周三早上,她用指腹压了压酸胀的眼皮,从房间里出来,施季玲端着早餐"飘"到她面前,问道:"你明天休息吗?"

林鲸坐下吃早餐:"有事吗?"

施季玲笑得愉悦:"就上次相亲那件事啊,我给你约好了,周四见面。"

林鲸一听这话就炸毛了,提高音量喊了一声:"妈,我明天约领导谈工作。"

施季玲说:"我知道啊,不就是为了转岗的事情吗?你上午聊完工作,中午正好和那个男孩子吃饭,完美。"她说完,两根手指头分开,再往上一戳,比了个主持人金星的招牌手势。

林鲸对她的建议无话可说,专心吃早餐。

施季玲坐在她对面说教:"人家约你周四见面,刚好摊上你休息,你说巧不巧?"

林鲸急着上班:"那你把对方的联系方式给我吧,我联系他。"

施季玲笑眯眯地说:"我把你的电话给人家了,中午你去就完了。"

林鲸怔在门口:"一点儿信息都不给我,我是去被选妃的吗?这又是个自命不凡的'妈宝男'?"她对相亲已经有些 PTSD(创伤后应激障碍)了,顾一帆的阴影随时笼罩在头顶。

"少放屁,跟你说去就行了。"施季玲眼里流露出一丝得意之色,"这个男孩子可是外企的高管,还是市场总监,很厉害的。"

林鲸穿上羽绒服出了门,摇头叹气,这都什么啊?

不过先不告诉林鲸男方的信息是蒋蔚华和施季玲共同商量出来的结果,毕竟两家以前住在一个巷子里,哪怕不怎么打交道,也会天天碰面。

如果施季玲跟林鲸说是和以前的邻居相亲,林鲸多半怕尴尬,就不去了。

周四早上,林鲸化了妆,穿着干练地出门了。

雾霾蓝色的衬衫,搭配一条奶茶色的阔腿裤,外面是一件羊绒大衣,她整个人显得精致又干练。她在地铁里看见自己的身影,忽然想到"光鲜靓丽"这个词已经远离她很久了,自信心也随之消失,每天都是灰头土脸的,穿着呆板的工作服来回穿梭。

陈凌看了林鲸做的方案,面部表情有些精彩。

过了一会儿,她问林鲸:"你以前是做什么的,怎么去物业服务部了呢?"

林鲸尴尬地笑了笑,回答:"阴错阳差。"

陈凌点头:"这个方案虽然有点儿瑕疵,但整体思路是非常不错的。我先带回去研究一下,春节过后我来跟周经理要人,你时间上安排得过来吗?"

林鲸默默心喜,回道:"我随时可以。"

陈凌说:"小姑娘,你长得这么漂亮,业务能力不错,还有上进心,前途一定不错的。"

林鲸用微笑回应对方的夸奖,之后陈凌建议:"一起吃午饭?"

林鲸回道:"我中午家里有事。"

陈凌松了一口气:"正好我也有事要办,就先走了,年后见啊。"

"再见。"

从咖啡馆出来,林鲸按照施季玲同志的指示去了相亲的餐厅。

湖边的风吹散了她脸上的热气，她一边走一边吐槽，还真是皇帝选妃子，搞得这么神秘。

见面的地方是个网红餐厅，靠近湖边，她过了座桥就走到了。

那是一座座非常有氛围感的小房子，四周是圆弧形的玻璃，篱笆院墙上挂满了小彩灯，晚上打开会一闪一闪的。

林鲸在外面做了会儿心理建设。她站在花坛后面，忍不住用目光在里面找寻年轻男性的身影，有一桌只坐了一个人……

她没看到陌生的男性，倒是看见了一个认识的人——蒋燚。

林鲸当时心里就像有一万只羊驼飞奔而过，本来相亲就挺烦了，还被儿时男神亲眼见证自己的相亲过程，她有点儿接受无能。这就叫"社会性死亡"吗？

在"进去丢层脸皮"和"被相亲对象骂没素质"之间，林鲸毫不犹豫地选择了后者，准备给施季玲打电话，说自己临时有事不能去了。

另一部工作手机上，蒋燚的名字却在此时在屏幕上跳跃，林鲸惊了一下，手机差点儿掉在地上。

她立即背过身，接起电话。

"林鲸，进来吧，我看见你了。"

蒋燚站在落地窗边，静静地看着外面那个像受惊的小鹿一样的小姑娘，语调平淡地说。

"蒋先生，你找我有什么事吗？"她用心伪装着自己的情绪，尽量使声音听上去专业又平静。

蒋燚还立在那儿，似是要等到林鲸进来才会坐下。

他清了清嗓子："中午和你吃饭的人，是我。"

林鲸不知道自己花了多长时间才挪进去，反正每个动作都非常机械，各种想法如暴雨来袭的前奏，在脑袋里翻飞。

蒋燚坐在她对面，似乎看穿了她的心思，解释："怕你尴尬不能安心工作，就没提前告诉你。"

林鲸在桌下抓了抓裤子，真是谢谢他的贴心。确实，骂对方是"选妃"要比心情忐忑好受多了。

"你早知道了？"

蒋燚没否认："比你早一些。"

她感觉心情很微妙，忍不住又问："你不尴尬吗？"

"说实话，有点儿。"蒋燃手指点在茶壶上，倒了杯水推到林鲸面前，扯唇笑了笑，"所以将心比心，我一个人承受这份尴尬感，就不邀请你共同承担了。"

"……"他说得轻松，她一时竟分不清他这话有几分真。

林鲸被他调侃的话逗笑了，很佩服他说话的艺术，她就做不到这么游刃有余。她悄悄看了一眼他搭在桌上的手指，又瘦又长，松松握拳，很惬意的样子，并不像不自在。

她不知道说什么："我都没想到是你。"

蒋燃看着她，她的一双大眼睛里充满了不安之色，看得出她其实还是年龄小、单纯，不会隐藏情绪。于是他配合着她，自嘲道："我也没想到是你，和邻居小妹妹相亲，我这个做哥哥的感觉挺奇妙。"

这种对决，高下立见，他张弛有度，她紧绷如弦，林鲸都能感觉到自己在气场上输了不止一星半点。

"既然你知道，怎么还答应啊？"

她这么一问，蒋燃倒是有些沉默了，半天没回答。林鲸虽然看不透他的心思，但是脑子转得飞快，已经帮他想出了答案："是因为长辈认识，你不好拒绝才答应下来的吗？"

蒋燃闻言挑了一下眉，不予置评。

林鲸就当他默认了，笑着说："没想到你也会相亲，那我心理平衡多了。"

"我怎么不会相亲？"蒋燃好笑地问她。

林鲸细数起来："感觉以你的条件，外貌、经济、工作都不错，你找个条件相当的女朋友应该不难吧。"

蒋燃饶有兴趣地问："谈恋爱就看这些条件吗？"

林鲸有些意外了。

她没好意思像施季玲女士那样问，不看这些条件看灵魂吗？

不过很明显，蒋燃在选择异性方面，看上去就比她多了很多考量的要素。

林鲸有种感觉，蒋燃并没有真正把她当成相亲对象，而只是个曾经认识的小妹妹、熟人，这点从他松弛的表现就可以得出结论。

她不知道这场见面有没有继续进行下去的必要。

直到蒋燃捕捉到她飘忽不定的眼神，他像确定了什么似的，问："之前相过亲吗？"

"几次吧。"林鲸在桌下搓了搓手指，有点儿尴尬。

蒋燃看着她，眼底露出说不出含义的笑意，问："一般都做什么？"

林鲸抬起眼帘看着他，有些奇怪地说："走流程。"

蒋燃抬手轻摁了一下桌上的点餐铃，"叮"的一声，很有让林鲸打起精神的效果。

他说道："既来之，则安之，我们也走一遍流程。"

林鲸看到他眼底的轻松之色："真的？"

这时，服务生抱着平板电脑过来，弓腰询问："请问现在要点餐吗？"

蒋燃说："点。"

服务生把平板电脑给两个人，在这方面两个人很有默契，各自点自己要吃的东西，没有虚假客气问对方想吃什么。

林鲸想到自己自从来物业服务部工作后，忙到连去一次漂亮的餐厅打卡的时间都没有了，心中愤愤然，说是稳定轻松的工作，实则并非如此。

这家餐厅上菜慢，是在"大众点评"的评论区被多次提及的，林鲸也没什么好意外的。

等餐的时候她把文件袋往托特包里塞，被蒋燃看到了，他问："今天也加班？"

林鲸实话实说："不是，约人谈工作的事情。"

蒋燃好像对这种事情的敏锐度极强："准备跳槽？"

"也不算。"林鲸并不准备隐瞒，或许是因为刚刚和陈凌谈得顺利，她自己说起来也有点儿自信，"是内部转岗，我想去市场部做活动策划。物业这个岗位不是特别适合我。"

蒋燃不置可否，只给了一点儿鼓励的话："你想好了，就去做。"

不知道他是不是也认同了她并不适合物业管家这个岗位。

蒋燃见她拘束，忽然问："有想问我的问题吗？"

林鲸睁圆一双杏眼，局促地说："我不知道该问你什么啊，从何问起？"

蒋燃喝了一口水，眼神一如既往地清澈，或者说有些许柔和，但莫名其妙地让人很有距离感。

"不是说走流程吗？如果你有想了解的事，我们可以打发时间，就当朋友聊天。"

林鲸还真有个问题："那……你是做什么的啊？"

这个问题的核心是：他干什么可以赚这么多钱？

蒋燃反问:"你来之前,家里人没跟你讲吗?"

"外企做市场的?具体的情况没说。"林鲸回忆着老妈的话,当时她没仔细听。

蒋燃学着她不确定的样子说:"差不多,做医疗器械的,或者说卖轮椅的?"

不过,他轻挑眉心的样子很好看,林鲸见他眉眼舒展,忽然觉得气氛似乎没那么僵了。

"医疗器械听上去是个很高层次的行业,但是被你说成卖轮椅的,又感觉很通俗。"林鲸有点儿没搞懂。

蒋燃给她解释:"轮椅是二类医疗器械。"

"是什么样的?"林鲸很有兴趣地问,过后又觉得自己像打破砂锅问到底的好奇宝宝。

蒋燃直接在手机浏览器里点开一个网址,然后将手机递到林鲸眼前。

林鲸看到这是他们公司的网站,美资企业汇思力。网页上是一把黑色的轮椅,她略略看一眼有点儿高科技的质感,但外行也看不出更多端倪,这是距离她的生活有点儿远的东西。平常她见的就是药店门口摆放的那种简易轮椅,2599元一台的那种。

所以当林鲸看到这个产品下面的指导价,并默默地将美元换算成人民币,发现竟要二十多万元时,她倒吸了一口凉气。

"好贵啊,是我买不起的样子。"她惋惜地把手机还给蒋燃,仿佛多看一眼也要收费。

蒋燃有点儿拿她没办法:"难道不是希望永远也用不到吗?"

"都用不到,那你们怎么赚钱?"林鲸脱口而出后才发现这问题听着像找碴,但也很期待蒋燃的答案。

蒋燃静静地看了她几秒,没有回答。林鲸抬头和他对视,确切地说是勇敢地"对峙",只可惜没过几秒她就承受不了对方的眼神,心虚地挪开视线。

蒋燃笑了一声:"我发现你看着很乖,但内心有点儿邪恶。"

林鲸松了一口气:"吓死我了,我以为你要说我是'杠精'。"

"给你留点儿面子。"蒋燃笑着瞧着她,又认真回答她的问题,"医疗器械的发明是为了改善病人的生存状态。接下来的话你或许不信,但我是这个世界上最希望伤病折磨减少的那一类人。"

对方的格局和包容心让林鲸觉得自己真不是个东西,竟然用龌龊的心思揣摩别人。

幸好此时餐上来了，截断了林鲸乱七八糟的思绪。

蒋燃细心地将挡住她视线的杯子挪开一些，才顾上铺开自己面前的餐布，低声说道："好了，专心吃东西。"

教养是从小形成的，林鲸本来对他这自然而绅士的动作很受用，但听这最后略带命令的一句话，不凶但感觉像打发小孩。

他是把她当成没长大的小女孩了吗？

这餐厅的灯光氛围极好，暧昧不清，林鲸在对方不在意的时候抿了抿嘴。

行吧，不说就不说。

蒋燃似乎注意到林鲸憋得难受，便说道："觉得尴尬可以随便说点儿什么。"

"问问题也可以吗？"

"我说过不可以？"刚才他不是一直在让她放肆问？

"你的工作忙吗？"

"时忙时闲，时间上算自由。譬如现在，我可以安排跟你一起吃饭。"

林鲸羡慕这样的工作："那应该职位很高吧？"

"不算太高，年龄和履历在这里，压力也随职位锐增。"

"你和前女友为什么分手？"

"……"

蒋燃动作停顿，盯着她，没生气，但越发想笑，半天才无奈地从齿间冒出一句话："林鲸，我让你问点儿打发时间的问题，不是让你揭伤疤。"

林鲸为自己得意忘形的好奇心想切腹自尽，赶紧说道："错了，错了。"

"……"

"我真的错了，再也不问了。"林鲸闷头喝水，又在嘴唇前做"拉拉链"的动作，发誓再也不玩火自焚。

林鲸确定，蒋燃配合长辈的撮合跟她吃一顿饭，只是应付而已。

他是真的对她一点儿意思都没有。

蒋燃下午还有会要开。

"难得休息，我准备看场电影，然后坐地铁回去。"林鲸赶紧说。

"好。"蒋燃拿上车钥匙往停车场走去。

林鲸买了电影票，候场的时候忍不住回忆起和蒋燃吃饭的这一个多小时发生的事、说过的话、对视的眼神……

　　她发现自己的记忆力变好了，能像电影截图一样，把有用的画面一帧帧地存储下来。

　　怎么就这么巧呢？她居然和他相亲，林鲸揉了揉不自觉笑僵的脸颊。

　　美中不足的就是她问了两个很弱的问题，蒋燃可能会觉得她安静的外表下藏着一个神经病的心。

　　这是漏洞。

　　然后她闲来无事，在网上搜索汇思力这个公司。百度百科上是总公司的一段介绍，天价轮椅竟然真是他调侃的说辞，心脏起搏器、心脏支架……总之一切听着就涉及高精尖技术的器械才是主要业务。

　　林鲸点进官网，看见了蒋燃的信息。他毕业后就进入汇思力集团，四年前担任大中华区市场总监一职，在半年前的行业新闻截图里，头衔已经变成了总经理。

　　而今年他才31岁。

　　林鲸自己都觉得，这次相亲着实可笑。

　　他们都是从一个小巷子里出来的，都是人，她大概是精英阶层的对照组。

　　看完电影回到家，林鲸踢了鞋子，把自己往沙发上摔去。施季玲主任像吸铁石一样自然地吸附到她身边，意味深长地笑起来："怎么样，这次满意吧？"

　　林鲸瞟了瞟老妈："可能我满意没什么用。"

　　施季玲惊讶："你不会没认出来吧？这男孩子就是以前住在燕家巷的叶老师的侄子啊，他还给你扎过辫子来着，你真不记得啦？"

　　林鲸："我记得，我还知道你最近联系了蒋燃的姑姑。"

　　"对啊。"

　　"妈，你介绍前没打听清楚人家现在是什么情况吗？"林鲸自己都觉得有点儿难堪。

　　"当然清楚了，外企高管嘛，我印象里他小时候高高帅帅的，现在收入应该也不错吧，在苏州买房、买车什么的肯定不成问题。"

　　林鲸说："他是汇思力的总经理。就是2012年园区招商的时候，第一家进驻科技产业园的那个美资企业，是医疗器械制造行业的龙头企业，他不是随随便便一家皮包公司的项目经理。"

施季玲也是在职场上混的,这么说她不可能不知道,林鲸话没说完,老同志就安静下来了。

林鲸补充:"他还是溪平院的业主,我管辖范围内的甲方。"

施季玲:"……"

情况有点儿可怕,还有点儿尴尬。幸亏她当时不在场,不然肯定羞愧地跑路了。

林鲸欲哭无泪:"我去之前还挺不乐意的,讽刺人家选妃……"

施季玲喃喃:"谁能想到燕家巷那个寄人篱下的小男孩,将来这么有出息啊?……"

不过她很快给自己找补:"有出息怎么了?他不还是要相亲,娶妻生子吃喝拉撒?"

"那是一个概念吗?"林鲸说,"现在让你踹了我爸,去跟刘德华相亲,你觉得成功率高吗?"

施季玲:"我当然是乐意的咯。不过我和刘德华都犯重婚罪吧?"

"这不是重点。"

林鲸自恃清醒,不做无谓考虑,妈妈倒是敢:"我觉得我被你绕进去了,这个男孩能和刘德华比吗?我要跟上亿粉丝争呢,你顶多也就几个女的竞争者。只要人是你喜欢的,你争取一下怎么了?如果不喜欢,管他是什么身价,照样踹。"

林鲸:"我喜欢脚踏实地,不喜欢做梦。"

施季玲不屑地说:"出息,有梦想谁都了不起!"

老同志虽然这么说,倒也没跟进后续情况了。

女儿觉得不合适就算了,就是有点儿可惜,蒋燃这个"金龟婿"错过可就没了。

之后,林鲸偶尔在小区里见到过蒋燃几次。天气好的时候,他偶尔会在小区外面的公园里跑步,回来的时候林鲸正好开完早会。

不过和同事走在一起,林鲸不好意思特意和蒋燃打招呼,匆忙别开脸。

春节日益临近,很多老家在外地的业主提前回去过节了。还有部分外国人不懂春节风俗,或者老人行动不便,物业征集了需要帮忙贴春联的业主,统一采购物料。

腊月二十九这天,林鲸值班,和同事在小区里挂好了小灯笼,去16

栋贴起了春联。

9楼的老太太似乎是一个人过年,看见林鲸来了,老人脸上终于露出久违的笑容,还塞了一把进口车厘子给她:"奖励你,吃吧。"

林鲸心情也不错,但只拿了一颗车厘子:"谢谢,您自己吃吧,我要忙啦。周一来给您拜年。"

任老太太傲娇地进了屋。

林鲸和张妍对视一眼,无奈地摇头。

"继续吧,下一户是11楼的。"张妍看着表格说。

林鲸怔了怔:"哪个?"

"1106家,小夫妻回老家了。"

"哦。"

好巧不巧,两个人刚开始贴春联,对面的门被打开了。

蒋燃穿着黑色棒球服、宽松运动裤,额发微凌乱,衬得一张清俊的脸越发勾人,比穿正装阳光亲和很多,极富力量感。

他拎着网球拍的袋子,应该是要出门运动。

看见林鲸站在门前,他眼底微闪诧异之色。

林鲸站在高处,绽放职业微笑:"新年好啊,要帮忙贴春联吗?"

蒋燃见她踩在梯子上摇摇晃晃的,说了句"当心",手下意识地做虚虚一扶的动作,但没碰到她的身体。他笑意很淡,问:"什么时候下班?我去市区,顺路送你。"

林鲸抿了抿唇,都没来得及说话。

蒋燃的手机这时不合时宜地响了起来,两个字跳跃在屏幕上,他几乎是下意识地蹙眉,表情不耐烦,说了句"稍等",然后转身接电话了。

"陈嫣?"

林鲸和张妍贴完11楼的春联,蒋燃家的门仍是虚掩状态,两个人隐约听见里面的低低交谈声。

两个人不好打扰业主,快速乘电梯下楼。

走到楼下,张妍才忍不住戳了戳林鲸的手臂:"鲸鲸,蒋先生这么好吗?他还主动提出送你回家?"

林鲸对此也挺意外的,都不知道怎么解释,心虚地碰了碰自己的鼻子:"人家没说送我回家啊,估计是想捎我一段?都快过年了,我们也没休息,业主善良呗。"

这话张妍信了,对此极有认同感。

· 29 ·

"那他也算有心了。说起来,我已经很久没有在国家法定假日休息了,连谈恋爱的时间都没有。"

林鲸陪她叹气,给了句正确但没用的安慰:"各有取舍吧,服务行业的人就是这样。"

小区太靠近湖边,夜风习习,吹到脸上,带来一股若有若无的水草腥气。林鲸揉揉干涩敏感的鼻子,回想起蒋燃愠怒的表情,忍不住猜测电话那头的人是谁,可以如此牵动他的情绪。

蒋燃驱车来到了洲际酒店。

他跟别人约好的时间是七点半,深冬的南方并不比北方暖和,路上车流如织,两旁的商铺霓虹灯闪烁,红色的光点一闪一闪地跃进蒋燃的瞳孔。

他降下车窗,在路边等了一会儿,不见人来,这才将车停进去。

酒店的工作人员给他指了路,顺道说:"陈小姐已经交代过了,您会过来的。"

蒋燃点头,脸上没有表情,走入电梯。

他在门上叩了几下,不消片刻,里边传来急匆匆的脚步声。

陈嫣拉开门的时候,兴奋而夸张的笑容已经洋溢在脸上,对着蒋燃喊:"我来陪你过春节啦。"

她踮脚,两条细长的手臂搂着蒋燃的脖子。这么长时间没见面,又是远隔千山万水,人心会变软,她相信蒋燃不会拒绝这份撒娇和惊喜。

陈嫣穿着正红色一字肩毛衣,露出白皙的脖颈,黑色的长发打着卷垂下,将将遮住领下风情,女人味十足。

蒋燃推开她,正色道:"我记得和你约在楼下。"

那些辛苦积攒许久的小火苗,被蒋燃一秒浇灭,她沉寂了三秒,充耳不闻似的盯着眼前男人的头发、脸、穿着打量着。他成熟了,更有魅力,她笑说:"怎么穿着运动服来了?不过你这样也很好看。"

蒋燃侧身站在走廊上,没有要进去的意思,语气不冷不热:"我原本有事,被你叫来。"

"那真是抱歉,所以你来见我连衣服都懒得换一下。"陈嫣忍不住冷了脸,心一点点下沉,"我打扰你的事情了。"

蒋燃问:"你想就站在门口说,还是去楼下?"

陈嫣的语气隐含屈辱之意:"蒋燃,你有必要这么对我吗?长辈的事不是我能管的，我也很无辜好吗？你干吗把气都撒在我身上？"

"陈嫣，"蒋燃静了片刻，决意今晚在这里就把话说完，"你不用转移话题或者甩锅给别人。"

其实，蒋燃除了一开始看到陈嫣的名字感到不快之外，其余时候心里根本是无波无澜、无所谓的。

陈嫣精致的面孔因情绪激动而震颤，她咬了咬唇："你什么意思？"

蒋燃说："我们已经分开很久了，这些年也没见几次，走在路上碰见你，我不一定会回头。"

陈嫣眼眶里积蓄着泪，她都没想到蒋燃会决绝到这个地步："这么说，我还要谢谢你恨我，所以才记得我了？"

"你错了。"蒋燃眼波未动，烦躁地转动着车钥匙，"我不至于恨你，但也不想再看见你们这些人了。要不是看在和蒋诚华的那点儿情分上，我今天不会过来。"

话音落地，陈嫣怒气冲冲地"咣当"一声把门摔上了。

蒋燃在原地愣怔了一秒，抬腿离开。

林鲸大年三十还在上班。

往年上学、上班，她都是早早地放了假在家里刷剧，或者和朋友出去玩，开心且无聊。

大年三十上班听上去很惨，林鲸倒觉得这样忙也挺好的，忙起来思想就不会放松地想一些乱七八糟的事，也能避免七大姑八大姨的问话。

除夕之夜，地铁六点停运，她在这之前回到家，正好赶上吃晚饭。

家里开着地暖，她一进门就脱了外衣，换上舒服的家居服。妈妈精明地盯着她，终于抓到把柄："啧啧，又不穿棉毛裤。"

林鲸："不要，丑死了。"

爸爸端着菜出来："赶紧洗手吃饭了！今晚我准备再挑战一下看春晚。"

妈妈："我等着看你能忍到几时。"

吃过晚饭，林鲸收到不少新年祝贺，还有零零碎碎的微信红包。

公司给了备用金，她在业主群里发了两个200元额度的随机红包，原本一潭死水的业主群立马活泛起来。

林鲸祝大家新年快乐，然后看到排列整齐的"林管家，新年快乐"的祝福语。

蒋燃也在业主群里，没有任何表示。他似乎不屑于抢红包，也没发言。

林鲸不免想到前天他不悦的表情。

过了一会儿，她假借给业主们群发祝福微信的机会，用心编辑了一条问候消息，给他发了过去。

第二天早上六点，手机在枕边振动。

蒋燃："新年快乐。"

接下来的几天，林鲸和同事们轮班去溪平院值班，直到初七正式上班。

初四这天早上，林鲸接到了顾一帆的电话，他约她出去见面。

出门前，林鲸特意换了件新买的红色长裙，衬得她的皮肤像瓷釉一样白皙，寓意着新年新开始，主要是债主的气场要拿出来。

两个人约在园区 CBD 里的一家星巴克见面，林鲸玩了一会儿手机，顾一帆才从远处跑过来。

看见林鲸精致但不显刻意的打扮，顾一帆眼睛一亮，惊喜地说道："我都没想到你还会答应我出来。"

林鲸摇头，问他："你找我来想说什么事？"

顾一帆先道歉："对不起，删你微信的事不是我干的，是我前女友。那天我和你聊天被她看见了，她情绪很崩溃，就抢了我的手机。"

林鲸有点儿意外，要死要活地非要纠缠在一起的苦命鸳鸯，如今就成前女友了？

"你们分手了？"

顾一帆面露尴尬之色，缩着脑袋："嗯。我年前请假去了一趟她家，她爸妈太可怕了，逼我结婚。我都不知道那个地方的彩礼重得像敲诈，他们还说他们已经老了，她弟弟就靠我了，这话听着就吓人。"

林鲸："……"

顾一帆继续说："现在的年轻人生存压力都很大啊，我们家条件是还可以，但也只够把自己的生活过得更好一点儿……"谁还顾得上别人？

林鲸完全理解顾一帆说的这些，相亲嘛，大家都是默认把物质条件作为第一考量标准的。

但是顾一帆和女朋友不是"顶风作案"也不要分开吗？怎么能用钱衡量他们之间的感情？

林鲸承认自己有点儿不怀好意，问他："你被吓怕了？"

"……"顾一帆笑了笑,"但这是事实。你和我相亲,不也是因为我的家庭条件还不错吗?"

林鲸没有否认:"有这方面的原因。"

顾一帆见她承认了,就问她:"林鲸,以前我们也没认真谈,现在我干干净净的,再没有乱七八糟的事,我们能继续接触吗?"

林鲸若有所思地盯了他一会儿,半晌没说话。

"怎么了?"

林鲸把手机扣在桌上,有点儿无语地说:"我就是觉得你很搞笑。我今天答应你出来是因为你还欠我两万块钱,一直不说还给我。前段时间见你爸妈崩溃,我没忍心火上浇油,怎么可能还想和你继续交往?"

顾一帆记起这件事了:"哎,我忘了。"

"那你能把钱还给我吗?"

顾一帆憋屈地给林鲸转了账,这才发现她把手机倒扣在桌上的时候,收款码其实都调出来了。

他嘲讽地笑了笑:"我妈还夸你临危不乱,是个好女孩,原来你只是惦记我借了你的钱啊?"

林鲸点了收款,两万块钱终于回到自己的口袋里,她的心跟着放了下来,这才有心情点拨顾一帆两句:"欠债还钱天经地义,谁的钱都是辛苦赚来的,比任何虚无缥缈的面子都重要。你妈妈标准里的'好女孩'不是接盘侠。我们也不稀罕做'好女孩',努力赚钱,为的就是生活能有更多自主选择的权利。结婚是一种选择,不是找个依附,你明白?"

这天陈嫣去机场。

司机老刘上楼帮忙拿行李,蒋燃在楼下等了片刻,点了一根烟,让烟自己燃着,没抽。

他在这时接到了蒋诚华的电话:"劳烦你亲自把陈嫣送上飞机,我和你张姨也能放心。"

蒋燃沉默着,没给予回应,挂了电话。

陈嫣从酒店里出来,手上拎着小羊皮链条包,漂漂亮亮地站在那里,监督司机把两个大号行李箱搬进后备厢。

蒋燃手里的烟烧完了,他去垃圾桶旁将其摁灭,听见陈嫣在身后笑着说:"是你爸让你送我去机场,不是我自己要求的,你别这么看着我。"

蒋燃抬头,看见洲际酒店一楼侧面的商铺正是一家咖啡馆,窗边坐了一个女孩子,这段时间经常在他眼前出现的那个。

此刻,她对面还有一个男人,林鲸一贯洋溢着笑容的脸上出现了不合时宜的不耐烦神色。

她是柔润的鹅蛋脸,下颌棱角也柔柔的,大眼睛黑白分明,看人的眼神总透着一股真诚和善良之意。当然,她怀揣小心思的时候也挺邪恶的,比如戳他痛点的时候。

莫名其妙地,蒋燃有些心神难静,一时做出了不合乎情理的选择。

他对陈嫣说:"你上车吧。"

陈嫣讶然地看着他:"你不送我去上海了吗?"

蒋燃说:"我还有事,老刘送你去。"

"蒋燃,你要不要做到这个程度?送我一趟都不肯?我为了你大老远地飞过来!"

蒋燃不说这都是她自己的选择,与他无关,只是告诉她:"你需要的是司机,显然我不是。"

说完,他对老刘使了个眼色。

老刘打开车门:"陈小姐,请上车。去上海的高速路上可能会有点儿堵车,我们得快点儿。"

陈嫣迫于时间紧张,无话可说,跺了跺脚上车了。

"蒋燃,你的风度都没了。"

这话被关在车门里,蒋燃懒得听,也没听见。

他推门进了咖啡馆,在吧台前点了杯美式,然后找了个地方安静地等着。

在他的位置,他一抬头就能看到林鲸的后背,她的肩颈线优美,整个人像一条即将震鳍远游的蝴蝶鱼。

这会儿林鲸被顾一帆缠住了,也不算缠住,而是普信男纠缠不休,激发了她的好胜欲。林鲸觉得自己花两个月时间和他拉扯真是亏大了。

她想试试自己最近的口才是不是有长进,眼前就是个练手的对象。

她从窗户的倒影里,竟看到蒋燃坐在那里。他没在和人谈事或者看手机,似乎只是为了闲闲地晒太阳。

林鲸转过头去,蒋燃正巧与她目光接触,停顿了几秒,她慌乱地别开了头。

但蒋燃没有移开视线,悠闲地等着她似的。

过了一会儿，林鲸又偷瞄了一眼，蒋燃抬头看着她，嘴角勾着戏谑的笑容。

"……"

他在逗她玩吗？

林鲸心里"咚咚"打鼓，她给他发了一条微信："蒋先生，你在这儿等人？"

蒋燃拿起手机，打字给她回复。

"中午要和这个人吃饭吗？"

林鲸才不会和顾一帆一起吃午饭。

"不啊。"

蒋燃笑了笑，打字："那把一起吃午饭的机会给我，行吗？"

林鲸能说不吗？

理智和感性都告诉她，不可以，她必须答应他。

林鲸："好的，不过要等一下。"

蒋燃："嗯，等你半个小时。"

林鲸看着这几个字，心头一动。他竟然还限时？她悄悄地转头偷瞄了他一眼。

蒋燃这下终于在看手机了，但也仅有片刻工夫。他不解地抬头看向她，然后歪了一下脑袋，指尖轻叩桌面，意思是让她不要总是开小差偷看他。

林鲸脸上浮现赧然神色，她乖乖收回视线。好奇怪，明明他们什么都没有做，一句话也没说，愣是给她一种暗送秋波的隐秘感。

咖啡店里的顾客吵吵嚷嚷，如织穿梭，这个精心设置的小秘密只有他们两个知道。

顾一帆表示，他今天对林鲸的表现非常失望，大有"她终于露出真面目"的指责之意。

在第八次听到他话里表述着"我妈说"的时候，她终于确定，这的确是个精神没断奶的"妈宝男"。她完全失去了和他好好沟通的兴致，非常想说一句："回去跟你妈过吧！"

但是蒋燃在后面看着她，她不能这么说。

顾一帆今天来的目的是因为他妈妈说，林鲸是个条件不错的女生，适合当老婆，给他下了命令，务必挽回林鲸。

林鲸因为有人在等自己，期待感如坐了热气球一般向上飞腾着，完全没有在意顾一帆在说什么屁话，整颗心都飘着，宛如冬日天空中飘忽的云朵，一簇簇的，风一吹就散开。

半个小时后，蒋燃将时间掐得很准，起身走到门口，安静地看着林鲸。

林鲸也跟着站了起来。

顾一帆问："你要走啊？"

林鲸没耐心地说道："就这样吧，跟你妈说我不同意。"

顾一帆很郁闷，他条件这么好，本地人，在国企上班，家里还有两套房，林鲸凭什么看不上他？他不就曾经跟前女友藕断丝连吗？这是长情的男人本就不能割舍的情感哪。这是优点好不好？

见林鲸忽然要走，他早就注意到蒋燃了，疑惑地问道："刚刚那个男的一直在看你，你们认识？"

林鲸心情不错地点头："我的朋友，他在等我吃饭，我先走了。"

说完她离开椅子，匆匆走向门口。

顾一帆看着两个人并肩走出店门，心情说不出地复杂，只要不瞎的人就能看出，等林鲸吃饭的男人无论从哪方面来看，条件都比他好了不止一星半点儿。

他更是郁闷得不行。

CBD的楼宇是充满棱角的冰冷面具，折射出行人的各种心情，还有极力隐藏的心态。

林鲸穿上大衣，胡乱拢了拢前襟。见蒋燃不说话，她问："你怎么不问问我这个人是谁啊？"

蒋燃盯着她的长发，故意说："猜了一下，没猜到，但是我看得出来，你不喜欢他。"

有这么明显吗？

她小声说："有点儿讨厌的一个人。"

蒋燃将手插在裤袋里，透过布料可以看见修长的指骨形状，手指聚拢了一下。

他笑了一声："嗯，看出来了。你一直不好意思拒绝他，所以我给你限定了时间。"

林鲸心虚。其实她哪里是不好意思拒绝啊，还不是因为他在，若是她一个人，肯定要把顾一帆挤对到抱头痛哭。

当然，这点儿小心思她不会对蒋燃说。

和顾一帆的奇葩遭遇，她也不会说。

蒋燃大概猜出来了，笑问："是不是我影响你发挥了？"

林鲸瞧着他："你可以不要这么真实。"

蒋燃："好，我不说了。"

林鲸又问："你一大早怎么在这里？"

蒋燃倒是坦诚："送一个人。"

林鲸弯唇笑了笑，狡黠地说："我猜是你的前女友。"

蒋燃稍显意外，微挑眉："女生的第六感这么准？"

其实也不是，而是林鲸从年前那通电话开始猜，然后结合他避之不谈的表情，那肯定是和私人感情有关。她迟疑着，想道歉："那……"

蒋燃在这方面很有分寸，故作求饶语气："不问了，好不好？"

"好，我不问。"林鲸看男人撒娇，立马不忍心了。

不知道这样是不是有点儿双标，其实在听到蒋燃承认的时候，她心底闪过一丝痛感，分手了他还要去送人，两个人情意很深吗？她眼里的小火苗都变弱了。

"你想吃什么？"林鲸转移话题。他个子很高，看着和她有将近二十厘米的身高差，她走近就必须仰头看他。她仔细看了看，他的眼睛真的很漂亮，漆黑澄澈，三十几岁了，眼神还如此干净。

冬日的风穿过高楼大厦，扑到林鲸脸上，鼻尖都被冻得没什么知觉了，她只感觉发丝在鼻头乱飞，痒痒的。

蒋燃偏头看她，笑容有些莫名其妙，指了指她的头发："有点儿乱了，整理一下。"

"怎么了？"

"头发压在衣服下面了。"

林鲸随手扯了两下，但是几撮头发被风吹得太乱，随手扯根本不管用，还扯掉了两根。她在心里尖叫，这是什么尴尬场面？

蒋燃就这么静静地看着女孩子整理头发，也不催促，不提醒，像欣赏什么艺术画似的。直到看见还有一撮头发被压在项链下面，他才出声："介意我碰你的头发吗？"

"谢谢。"林鲸抿唇。

蒋燃把手机放到林鲸手里，让她帮忙拿着，这才站到她身后，手指从脖颈根处撩起头发，轻轻将发丝全部带了出来。他的手指冰凉，触碰到女生后颈温热细嫩的肌肤，她轻颤了一下。

两个人都有点儿紧张。

他动作笨拙小心，林鲸也屏息凝神，仿佛这会儿千丝万缕的人际关系都被忘了，她那一头秀发才是最重要的。

弄好后，两个人忍不住相视一笑，蒋燃低声说："不好意思，没经验。"

陪林鲸吃完饭，蒋燃回家拿了点儿东西，去了蒋蔚华家。

叶昀和蒋蔚华正在下棋，叶思南坐在沙发上看电视，屋里暖融融的，窗台上一枝绿梅正在悄然开放。

蒋燃脱下外套放在沙发背上，蒋蔚华问他："你这几天在哪儿过的？春节也见不着人。"

蒋燃去厨房接了杯水，倚在门框上，不紧不慢地喝着，漫不经心地回道："有点儿忙，就没过来。"

蒋蔚华了看桌上蒋燃带来的高档年货，叹了一口气："美国人都不过春节的吗？忙成这个样子。"

叶思南咬着苹果，一眼就瞄到蒋燃给她买的最新款iPad，还带pencil的，惊喜得要死，飞奔过去跟他表白，顺便帮腔："外国人本来就不过春节啊，人家过元旦，妈，你懂不懂？"

蒋蔚华丢下棋子，去厨房做饭："我不懂你懂。你哥像你这么大的时候都进外企实习了，你呢？除了对着手机嘻嘻哈哈的你还会什么？"

叶思南捣鼓着她的新iPad："这算是人身攻击吧？我也拿你跟舅舅比，你开心吗？"

蒋蔚华："大过年的，别逼我揍你。"

叶昀对着蒋燃耸了耸肩膀，表示女人真无奈："蒋燃，来陪我下盘棋。"

蒋燃拍了一下叶思南的额头，让她闭嘴。

"来了。"

吃过晚饭，蒋蔚华让蒋燃留下来过夜。

蒋燃洗完澡，陪长辈在客厅里坐了一会儿，蒋蔚华的电话响了，她接了不到一秒，人就站了起来："你让她回来找蒋燃干什么？"

她用口型问蒋燃：陈嫣来过？

蒋燃不置可否，倒没什么异样情绪，继续看电视。

蒋蔚华走进书房,对蒋诚华吼了起来:"你让她来干什么?戳你亲儿子的心窝子吗?啊?"

蒋诚华被亲妹妹骂得找不着北了,半天没吐一句话。

"你是不是个东西啊?小时候你嫌他是个累赘,就随便丢。现在他大了,有本事了,你又让你那个小继女过来恶心他干什么?"

蒋诚华在电话里服了软,说这事是自己考虑不周。

过后蒋蔚华苦口婆心地说:"我在帮你拉拢儿子,你怎么就不懂呢?他大了,又会赚钱,他外婆那边的亲戚眼红得很,稍微说你点儿不好,看以后谁给你养老?你指望你的续弦老婆,还是只会花钱的便宜女儿?"

蒋诚华在那边一阵沉默。

蒋蔚华对哥哥命令:"马上就到他妈妈的忌日了,无论他多不爱搭理你,你都必须打电话。"

…………

蒋燃在外头听得挺清楚的,怪他听力太好。叶思南警惕地看着他,想安慰也找不到说辞,末了只好来一句:"哥,你要喝果汁吗?"

蒋燃起身,胡乱地揉了揉她的头发,还是浅笑,看不出情绪:"不喝,睡觉了。"

他趿着拖鞋回到房间,倚在床头。

外面刮着风,窗棂发出"哐哐"的响声,扰人清净。他忽然心里空得厉害,像一艘与地球永久失联的飞船,回不来了,最后的结局是变成一堆太空垃圾。

直到后半夜他才睡着,但也尽做乱七八糟的梦。

他梦到上初一的那年,缠绵病榻的妈妈走了。没出三七,父亲就和自己的英语老师出双入对,后来再婚,他被送到姑姑家生活,满眼满心都是对未来的惘然情绪。

他自知寄人篱下,必须懂事,才不会被嫌弃,就这么一直咬紧牙关过着。

寒假里,蒋蔚华让他带叶思南。小丫头年龄小,又骄横,蒋燃催促她关掉电视去写作业,她被催促烦了,就口出恶言:"这是我家,又不是你家,你凭什么不让我看电视?你能不能滚啊?"

童言无忌,伤人至深。

少年红着眼睛,再也忍不住,泪珠在眼眶里打转,小拳头攥得发白。当天夜里,他慌慌张张地骑上自行车,凌晨才到家,身体被冻得没有了知觉。

但过去的家，早就不是家了，里面再也没有妈妈了。

月光洒在地板上，他倚在门上，委屈地哽住了呼吸，小小的身体被碾得七零八碎。

过去的父慈子孝，一帧帧画面全被撕碎了，变得虚无。

林鲸下午在小区里检查地灯，抱着手机在小程序上记录。

远远听见几道脚步声，她正准备起来打招呼，却不想起身太猛了，人差点儿往后仰倒。

蒋燃穿着黑色的冲锋衣和长裤，更显人高腿长，扶了一把她的肩膀，还是没碰到，提醒道："小心。"

林鲸惊奇地说："难得见你没开车出去啊。"

蒋燃仍是淡笑，让人看不出情绪："嗯，随便走走。"

林鲸就是觉得他状态不太好的样子，脸色不怎么好，胡子也没刮……虽然这样也是帅的。

"你没事吧，是不是晚上没睡好？"她小声问。

蒋燃瞧着她关心的模样，淡淡地说："有点儿，我现在回家睡会儿。"

"那我不打扰你了，再见。"

蒋燃走了几米远，又回头问她："今天几点下班？"

"不加班的话，五点。"她被忽然提问，搞得有点儿蒙。

蒋燃了然："下班后来我家一趟行吗？有点儿东西给你。"

"哦，好啊。"

林鲸没好意思问是什么东西，笑了笑和蒋燃告了别。

等到五点半，她换了自己的衣服，白色的毛衣和牛仔长裤，散开被纱网兜住的头发，头发打着自然的波浪卷垂下，她对着镜子抿了两下唇膏，过了一会儿觉得唇膏的颜色不太对，又用纸巾擦掉，素着一张脸过去了。

天已经暗下来，蒋燃家里的光线竟也没比外面亮多少。窗帘紧拉着，客厅里开了一盏廊灯，因为光源少，里面灰蒙蒙的，本来温馨的装修风格也略显颜色深重。

蒋燃穿着一身宽松的家居服，白T恤衫和灰色的运动长裤，光着脚踩在地上。

林鲸问："要我来拿什么啊？"

蒋燃侧身让她进屋，关了门。客厅冷得跟冰窖一样，好像没开空调，他说:"一些水果,你带回去吧,我马上要出差,放着会坏。"

他讲话带着鼻音,又笑着补充:"我没动,你不要嫌弃。"

林鲸走近,看见餐桌上摆了好多水果,包装都很精致,没拆封,一看就是客人送的那种,品种也很贵。

她用手指碰了碰那些水果,说了句:"好多。"

"多吗?"蒋燃想了想,说,"有点儿重,我开车送你。"

他去电视柜里找车钥匙,林鲸正在想,难道这些水果都要送给她吗?

然后她就听到一声震地的响动,蒋燃那么大一个人摔在了地上,一动不动。

一米八几的大高个男人砸下去,毫无生气地躺着,跟死了一样,把林鲸的胆子都吓飞了。

她赶紧放下手里的东西跑去扶他。

蒋燃太沉了,林鲸根本弄不动,急得满头是汗,在想怎么办。

应该先叫救护车,让他维持原状躺在地上吗?

手腕托着他的脖子,那儿的皮肤很热,手机在桌上,她想先把他扶到沙发上再打电话。她刚挪动了一下,蒋燃就醒了,他抬起眼皮,疲惫地看着林鲸。

他自己也蒙了一下,随即反应过来,笑着说道:"别白费力气了,就你这小身板挪不动我。"

林鲸告诉他:"你发烧了。"

蒋燃没有要起来的意思,就着林鲸抱他的姿势,脑袋枕着她的手腕,静静地平复了一下气息:"不好意思,借你的手臂一用,我缓一缓。"

林鲸揪着心:"醒了就好,你吓死我了。"

"你担心被误会杀人灭口吗?"蒋燃累得眼皮皱成了三道,眼窝看上去更显立体,原本白皙的肤色也泛红,他笑了笑。

林鲸将手腕换了个角度托他的头,问道:"你不难受吗?还笑得出来。"

"没,第一次晕倒,倒觉得新奇。"他鼻音有些重地回答。

蒋燃低低喘气,鼻腔里的呼吸都是滚烫的,尽管俊朗的面孔略带病弱之感,却像个坏脾气的小孩子。

过了一会儿,林鲸把他扶到沙发上,打开空调。

两个人坐着,忽然觉得这画面很好笑,林鲸正了正脸色,问他:"你吃药了吗?"

蒋燃没说话,林鲸又问:"没有药?"

"我不知道自己发烧,回来就觉得累,晕。"蒋燃摸到左手腕,有一根林鲸的头发被无意间钩了下来。他没扔,就当一股细绳,在掌心里来回搓着。

"帮我看看,电视柜那个抽屉里有没有药。"

林鲸按照他的提示去翻找,里面干干净净的,只有几份保险合同。

"你家连医药箱都没有。"她惊讶地说。

蒋燃无辜:"我搬来不到一个月。"

"要不送你去医院吧?"她犹豫,看见蒋燃求饶的眼神后又于心不忍,没什么大病就把他往医院丢,他也挺可怜的。

纠结半天,她还是找跑腿买了温度计、退烧药。

半个小时后,林鲸烧了水喂他吃药。她没扶他进卧室,而是让他躺在沙发上,身上盖了条厚厚的毯子。

体温还在38摄氏度以上,蒋燃又迷迷糊糊地睡着了。

林鲸烧水的时候,发现他的厨房十分干净整洁,台面纤尘不染,看得出来他应该是不在家开伙的。

也就是说,他也没吃晚饭?

照顾人照顾到一半,就这样走了她良心不安,她便推了推蒋燃:"想吃什么?我帮你叫外卖?"

蒋燃从被子里伸出手,随便一搭,眼皮都没睁开,手就这么压在她的掌上。男人的手远比想象中大,骨节也硬,沉沉地覆着她的手。

他不情不愿,看上去很不舒服,含混地念了一句:"什么都不吃。"

林鲸其实没有照顾人的经验,但也知道什么都不吃不行,往常生病都是林海生同志亲自照料她的,好像给她煮了粥?

她又执着地问:"那要不要喝粥?发烧应该不能吃油腻的东西吧。"

蒋燃在病中被烦得没招:"随便。"

林鲸坐在地板上,在外卖软件上徘徊,有几家粥铺,都不在她平时点餐的选择内,下面的评论也不太好,说小作坊的粥不是很干净。

最后,她还是决定买了米和蔬菜亲自煮。

不知道施季玲同志知道她第一次正儿八经地做饭是给别人吃,会不会被气哭。

林鲸虽然没怎么做过饭,但实践起来觉得并不算难,毕竟煮粥还是毛毛雨功夫。二十分钟后,不沾烟火气的厨房便粥香四溢,米粒黏稠,看着非常可口。

她又把新鲜的圆白菜切丝，用橄榄油和照烧汁拌了一个……说不上来是蔬菜沙拉还是中式小咸菜的调味品。人生病没胃口的时候吃起来，是很爽口开胃的。

做完这些事，她竟然莫名其妙地获得了成就感。

她把吃的东西端去沙发边，喊醒蒋燃："喝粥好不好？"

人生病的时候性子是有点儿执拗的，借故幼稚，不知道在跟谁置气。蒋燃也不例外，愣怔地看着林鲸，清俊的脸在昏蒙蒙的光线下倒是显得有点儿委屈。

林鲸催促："吃东西，不然明早退烧了你也没力气起床。"

女生的眼神装作犀利。

蒋燃迷蒙中被恐吓了一顿，被迫乖乖喝粥，胃里舒服了，才露出一点儿惊喜又宽慰的表情。

离开前，林鲸又给他身上加了床被子，确认他没法踢被子，这才满意。

其实，她也听说过加被子不是科学退烧方法的，可她从小到大都是这么过来的，一直很奏效。

林鲸到家快十点了，爸爸妈妈边等她边看电视，她一进门妈妈就不满地说："你们领导要死啊，大过年的让加班，给你打电话你也不接，担心死我们啊。"

林鲸脱掉外衣，拿着睡衣去洗澡，疲倦地说："不是领导留的，朋友出了点儿事。我的手机没电了。"

爸爸忙打圆场："哎，你谅解一下嘛，鲸鲸那手机天一冷电量就消耗得快。"

林鲸冲了个热水澡，出来时爸妈已经睡觉去了。桌上给她留了水果和夜宵，是一碗小馄饨，用炖烧杯保着温，她坐下吃了几口，然后想到一件事，去厨房里翻箱倒柜。

声音太大，她妈妈披着衣服出来，打着哈欠问："你又要干什么？"

"你不要管，去睡觉啦。"林鲸蹲在厨房的地上，实在找不到，于是又咧着嘴笑着讨好妈妈："我爸的杨梅泡酒呢？"

"干什么？你拉肚子了？"

林鲸说："我朋友发烧了，我觉得他应该是有点儿感染。"

43

她妈妈亲自给她找，倒了几颗出来放在保温瓶里，叮嘱："你让他就含在嘴里，不要吞下去啊，效果很快的。"

"知道了，我吃过的。"

她妈妈眯着眼睛，笑得意味深长，问道："这么上心啊，男的女的？"

林鲸面颊一烫，嘴硬地说道："当然是女孩子，一个人在这里。"

她妈妈叹息："身边没人照顾着，不容易啊，你们女孩子是应该互相帮助。"

林鲸："……"

隔天，林鲸补春节的假期，睁眼的时候，才想到蒋燃说要出差。早上是人的脑子最清醒的时候，她忽然觉得自己休息了还跑过去有点儿殷勤，就给他发了条消息，问烧退了没。

七点多的时候，蒋燃回复："没量体温。"

林鲸吐槽他真是少爷作风，退没退烧的，他自己感觉一下不清楚吗？

过了一会儿，蒋燃又发来消息："你今天过来吗？"

林鲸的心被牵着，他希望她过去吗？

她还没回，下一条消息就来了。

蒋燃："门的密码是011402，你来的时候我可能在睡觉。"

林鲸叹了一口气，起床洗漱，换衣服。

她到溪平院的时候，照常和保安打招呼，对方笑着问："林管家，今天你值班哪？"

林鲸摸了摸头发，心虚地说："对啊。"

说完她赶紧往16幢走去，做贼似的，生怕被同事看见。

林鲸自己开了门，发现玄关多了一双白色的棉布拖鞋。她换上，听见里间传来洗漱的声音，蒋燃已经起床了。

她把家里搜刮来的蔬菜和肉拎进厨房，然后开始思索做点儿什么，或者待会儿蒋燃出来跟他说什么。

不知不觉，她的脸又有点儿烫。

蒋燃出来看见林鲸时，又是诧异的表情，不知道是装的还是真的，明明拖鞋都给人拿出来了。

他挨着餐桌边看林鲸发呆的背影，忽然出声："小林管家，堂而皇之地翘班？"

林鲸吓了一跳，回头说："我今天休假。"

"今天不是周四。"他是真的意外,本以为她在上班,才花点儿小心思把人喊过来的,没想到真让她辛苦这一趟了。

"调休。"林鲸目光穿过清透的日光瞧着他。

他换上了白衬衣、黑裤子,还戴了一副烟丝色的细框眼镜,随时可以出门的社会精英装束,人模狗样地站在那里,对她笑着。

"你发烧好了?"

蒋燃活动了一下手腕,欠揍地控诉:"你给我盖了几层被子?压得我喘不过气,早上醒来一身汗。"

林鲸回他:"有的盖就不错了,你现在不是活蹦乱跳了吗?"

蒋燃似是从昨晚的状态里活过来了,早上洗了澡,一扫疲惫之色,眉眼干净,如寒月一般透彻。他听着林鲸凶巴巴的话语,也不恼,心情不错地厚着脸皮凑近她。

从倚着餐桌,挪到倚着岛台,他不太想跟林鲸说自己已经退烧了,不然把人留在这里伺候自己,显得太不是东西。

林鲸问:"你想吃什么?"

"你会做什么?"

林鲸说:"还是吃粥吧,牛肉粥,行吗?"

"听你的。"

林鲸淘米的时候,看见厨房的玻璃门上映出了两个人的身影,依偎得很近,蒋燃正眼睛一眨不眨地盯着自己看。

很久以后蒋燃才意识到,也是从这一天起,林鲸在厨房安静忙碌的背影给了自己一种稳稳的未来生活的具体场景。

水珠顺着女生细柔的手指流下,她倒掉奶白色的淘米水,觉得气氛安静得异常了,便出声:"你在想什么?"

蒋燃回神,手肘撑着台面,低语道:"在想小林管家从昨晚到现在辛苦了,我很抱歉。"

低哼,气氛瞬间变得暧昧不清,黏黏糊糊的。

她当时脑子一热,说了句混账话:"这就感动了?说不定我是想图你点儿什么。"

三十岁上下的男人,有钱又知分寸,有情趣,懂礼貌,还有让人垂涎的样貌,正是最有魅力的时候,她这等凡夫俗子怎能不心动?

说完,林鲸发觉自己真是昏头了,这种屁话也敢往外说,看你怎么收场。

蒋燃低低地笑开了,盯着她发红的耳垂看,想摸一摸,手抬到一半终是放下了。半晌,他从齿间冒出一句狎昵的话语:"你怎么不知道,也许,我求之不得你图点儿什么?"

　　成年人的交流方式,往往直接,又裹着明晃晃的暧昧意思,把难以启齿的话变得那么坦荡。

　　这回应让林鲸的脸烧得滚烫。

　　蒋燃这样的男人让人心里酥麻,又难以招架,她赶紧收敛心情,装不明白:"我说要把你家的水果都拿走,你以为是什么?"

　　蒋燃看着她的眼睛:"哦。"

第二章
宽慰是晨曦之光

林鲸觉得，是她亲手折断了自己和蒋燃的暧昧关系。

那天两个人一起吃了早饭，他没再说什么。

蒋燃开车送她回家，他再去虹桥机场。

爸爸妈妈打牌回来，看见家里忽然多了这么些东西，好奇问是谁送的。

林鲸坐在沙发上，正拿着手机给鹿苑发消息，随口说了句："朋友给的。"

施季玲翻了翻，东西价格可都不便宜，七七八八加起来也要两千块钱了："你哪个朋友这么高级，不喊人来家里吃个饭吗？"

林鲸胡诌："人家很忙的，就随手的事，你们别搞得像恩惠好吧？"

施季玲："问问还不行啦？"

看出她不愿意多说，林海生扯了扯妻子的衣服，低声说："你没看出她回来情绪有点儿低吗？"

夫妻俩进了厨房，施季玲才哼声道："谁知道她呢？现在的小女孩真是的，动不动就不开心了，赶紧谈恋爱吧，找个男的哄她。"

林海生瞥了瞥自己的妻子："你不是说男的不靠谱，你这辈子要是没男人能多活二十年吗？"

施季玲没理老公，扒着玻璃门偷看女儿，见她咧嘴对着手机傻笑，于是愤愤地说道："你瞧瞧，你瞧瞧，刚刚还拉着脸，现在又开心了……真是搞不懂她。"

林海生大言不惭:"嗯,我闺女笑起来真好看!"

林鲸的确有点儿矛盾,但多半是责备这十几个小时反复横跳的心情。
她拍了一张照片给鹿苑发过去,又说了事情的来龙去脉。
鹿苑:"就这?"
林鲸:"我感觉好烦哦。"
鹿苑:"也对,你是应该烦,这机会送上门了你都把握不住,你干什么吃的?"
林鲸:"你能不能别说这些没用的?"
鹿苑:"看你啊,这男的条件那么好,住溪平院的房子呀。上次丧的时候你说找个有钱人也好的。"

鹿苑的话好像能刺伤眼睛似的,林鲸瞟了一眼在厨房做饭的爸妈,赶紧抱着手机回房间。

林鲸:"我就是感觉不对劲。我小时候很喜欢他的,当然,现在他那么优秀我也开心。可能是两个人的差距太大了吧,我感觉自己在高攀,怕他真觉得我图他什么,就胆小了呗。"

鹿苑:"你真的……你没觉得这个男的在勾引你?拿水果就是个借口,出差怕坏他不会放在冰箱里吗?不能送给亲戚朋友吗?非得给你?"

林鲸懵懂地点头:"好像是呀。"

鹿苑得到认同,激动起来:"他还主动把家里的密码告诉你了,就是让你经常去的意思。啧啧,一个大男人发烧还跟你撒娇,苦肉计,太会了,太会了……"

林鲸像被推到马路中间的小羚羊一样,忽地紧张起来。

鹿苑:"管他是不是白月光,既然对方也露出这种苗头,你就上呗,最起码试试。不是我说,好男人真的不多,既然你想结婚,不多试一下怎么知道哪个好呢?"

林鲸:"……"

鹿苑安慰她:"没事,你们经常接触,机会多着呢。"

林鲸在鹿苑说了一通话后发现,快速爱情已是普遍模式,她却抱着自己迂腐的逻辑对蒋燃双标起来,竟然期盼两个人能从最纯粹的心动环节开始。

所以她接受不了物质层面的高攀行为,怕破坏了想象。

不过,他们应该也没机会接触了,因为她要转岗。

春节年假过去了。
那天早上过后,她和蒋燃也没多少交集。
林鲸在业主群发票选活动,他从不参与,也不发言。
偶有几次沟通,三言两语把事情说完,多一句废话都没有,林鲸照常办事,蒋燃也不是多事的人。他很忙,很多事都不计较。
周一开完早会,林鲸提交了转岗申请,陈凌那边早已虚席以待。
但还是出了点儿意料之中的岔子,隔天物业服务部的周经理和人资部门的人同时找她,说要谈谈。
周经理把她叫到办公室,问:"是不是在这边工作有不愉快的事?"
林鲸摇头:"没有啊。"
周经理坐在椅子上,姿势像小学班主任似的,看上去挺威严:"那怎么要辞职?"
林鲸说:"觉得这个岗位不适合我,我想接触业务。一开始来的时候我也是往市场部投的简历,人资承诺三个月后转岗,但没有兑现,现在我还是想去市场部。"
周经理似乎很不能理解林鲸的话:"真的不是工作不开心?"
"经理,我有自己的职业规划。"林鲸无奈地说道。
周经理说:"你们小姑娘不就喜欢压力不大、朝九晚五的工作吗?而且你是本地人,不需要养家,市场部很累的。"
林鲸低声反驳:"我来工作不是养老的啊,这份工作也并不轻松。"
周经理意外林鲸竟还有这心思,就直说来意了:"这么说吧,转岗现在有点儿困难。"
林鲸一听这话,眉心跟着跳了一下。
周经理继续说:"你也知道,咱们管家岗位是最难招人的,尤其是溪平院这样的小区,要学历,要专业,还要求英语口语。你现在忽然要走,让我上哪里找个和你一样水平的人尽快上岗啊?"
"而且,市场部那边也不是非你不可,那边竞争大着呢。"
林鲸明白过来,正是因为物业管家这个岗位内容繁杂,要求又高,薪资待遇却一般,所以迟迟招不到人。
哪里像体面的市场部,每年的毕业生都趋之若鹜。
大厂招个"双一流"院校的工程师容易,招一个烧饭可口的阿姨却很难，一样的道理。

林鲸不知道自己该哭还是该笑。

周经理说:"我目前能做出一些妥协。你的工作能力有目共睹,投诉也是最少的,我并不想让你走。我会跟上面申请提前给你升储备干部,薪资也涨到主管级别,至少你等到新员工上岗再转。

"如果你现在执意要转,也不是不可以,但领导会卡,和辞职再应聘进来是一样的难度。"

周经理这是直接把她转岗的路子堵死了。

直系领导们并非不讲理的人,大家都有自己的难处,有生杀予夺权力的是公司高层,他们只管剥削,不管员工死活。

林鲸有点儿烦,这其实是在辞职和继续这份工作之间做选择。

她原本计划要转岗,心早跟着走了,如今转不了,难免闷闷不乐。

她在家吃饭的时候话都少了,林海生问她是不是不舒服,林鲸敷衍着说没胃口。

她对物业管家这个工作没什么好感,每天面对的不是报修就是各种投诉,全是负面情绪,她是肯定想走的。

于是,她有事没事就看招聘网站。

现代网络大数据太周密了,隔天晚上吃饭的时候,林鲸接到一个陌生电话,对方说是某个传媒文化公司的,问她是不是在找工作,可以出来聊一聊。

听筒的声音很大,即使不外放也能听见一些,施季玲看了林鲸一眼。

林鲸赶紧说:"不是啊,你们打错了。"

她挂了电话后,施季玲盯着林鲸问:"鲸鲸,你转岗的事情怎么样了?"

林鲸说:"有点儿困难,领导说最起码一个季度或者半年后再转,招不到人。"

施季玲:"那你就再等等,不急着转。"

林鲸不说话了。

工作这事是施季玲的高压线。或许是被两年前林鲸开公司创业给弄的,施季玲极其反对女儿在工作上反复折腾。

施季玲:"无论如何,广恒的这份工作你不要乱动心思,安分点儿。"

她的语气十分严肃,不容置喙。

晚上林鲸把这件事跟鹿苑吐槽。

鹿苑也劝她:"我也觉得你别跟施主任坦白,至少等到下一份工作稳定了再说。她太强势了,万一给气出毛病来,你要为了你们家家宅安宁着想。"

林鲸躺床上,揪着床头的毛绒抱枕,唉声叹气:"人生真的太难了,太难了。"

鹿苑也说:"太难了,太难了,想躺平。"

林鲸:"你叫个屁,我现在才是处在人生低谷好吧?"

鹿苑:"你只允许自己吐黑泥还不允许别人低潮啦?我跟你讲,我那个领导——"

鹿苑工作的单位比较正式,她今年开始负责科技展会的宣传推介工作。

"就汇思力集团,宣传部换领导了,支棱起来了,今年不来我们推介会。吃了几次瘪,领导还让我去联系人,人家连大门都不给我进。"

林鲸听到"汇思力"三个字,心被提了起来,怎么就这么巧呢?她语气平常地问:"你干吗执着于这家?那么多公司报名抢着在展会上拿位置好吧。"

"你傻吗?人家名气大、企业形象好呗。"鹿苑笑起来,这才说起自己真正的目的,"客气话我就不多说了,问问你家老林认不认识高层,帮我约一下。"

林鲸无语:"你当我爸是看大门的老头吗?什么人都认识?他要是有本事,早给我安排到联合国上班去了。"

鹿苑:"听听你说的是人话吗?"

林鲸笑了:"你说的汇思力宣传部领导我不认识,总经理我倒是熟,但我不会给你拉线的。"

鹿苑在那边尖叫:"林鲸,你要是不帮忙你就是王八蛋,这辈子睡不到男神,永远没法得到幸福……"

林鲸:"反弹!"

鹿苑:"反反弹!"

如果能帮朋友的话,林鲸肯定会尽力帮忙的,但是去找蒋燃,这事就变得非常难为情了。

隔天早上她去上班,开完早会回到座位上,盯着桌上的一朵玫瑰发起呆来。其实她的办公桌上什么装饰品都没有，就电脑、文件夹，这朵玫瑰还是同事给的，她随手便插在矿泉水瓶子里。

她刚入职的时候，连一个保温杯都不会放在桌上，下班了就带回家。

这是一种心理暗示，她准备随时走人，就不会花心思装扮自己的工位。

低落的心情持续了好几个小时，直到她下午去健身房，见到一个久未见面的人。

室内网球场里，蒋燃正在跟一个外国男孩子打球。

他穿着白色的T恤衫、运动短裤，露出来的一截小腿修长又紧实，大汗淋漓地在蓝色橡胶地面上奔跑，鞋底和地面摩擦发出尖锐的"刺啦"声音。

那个外国男孩子应该是私教或者陪练，装备齐全，身材非常好，蒋燃和他站在一处，体格上竟一点儿都没输。

看见林鲸，蒋燃点了一下头。

林鲸办完了事，准备走开。

走到门口时，她又想起了鹿苑的事。

要不丢脸就丢脸吧，反正以后他们也没什么见面的机会了，面子算什么？

她扭头往里走了一步，又受不了似的退回来，看见蒋燃的背影都觉得很尴尬，这叫什么事？

姐妹，我若是给你约到人，你记得喊我"爸爸"！

林鲸在心里默默地想。

可是她要怎么说呢？被拒绝岂不是"社死"现场？人家凭什么要卖这个面子？于是她又纠结起来，心脏像发了疯的拨浪鼓，"咚咚咚"地狂跳。

里面，蒋燃跟陪练说："今天就到这里，不打了。"

陪练说道："才半个小时。"

蒋燃看着门边那道纤细的身影时隐时现，像一只偷吃东西的小仓鼠，笑了一声："我忽然有事，下次吧。"

陪练回道："那好吧。"

林鲸在门口踟蹰，像极了迟到不敢面对班主任的中学生。蒋燃穿了件外套，从球馆内走出来。

他在林鲸背后站了几秒，林鲸听到他的脚步声，回头看来。

刚刚还在里面的人，立马就"飘"到面前了。

蒋燃的短发汗湿了，耷拉在额前，整个人的状态比以往要放松，脸被热红了，高挺的鼻梁上沁着汗。

林鲸感觉他全身都在冒热气，但没有男生普遍的汗臭味，味道干干净净的，清爽得像个二十岁出头的男学生，甚至有点儿幼稚。

林鲸抿唇："你不是在打球吗？"

蒋燃懒洋洋地笑了，非常坦荡地说："我觉得你有话想对我说，就出来了。"

林鲸心跳都快了一拍，这人能不能不要这么懂？她只不过往里多看了一眼，他这也能捕捉到？

他是眼神定位器吗？

她手指钩了钩工作服的衣摆，半晌没说出话。

但是，蒋燃看着她，那干净又温和的眼神，让她一下子把紧张的心绪放了下来。

蒋燃看她不说话，不知道在想什么，眉眼含笑，给她一个台阶下："开玩笑，是我有话想跟你说。"

林鲸觉得这话不像真的，便问："是什么？"

蒋燃用毛巾把脸上的汗擦了擦，两个人并肩走着，手臂偶尔会相碰。他的运动服外套外面有防水层，无意间擦过林鲸的手臂，发出"刺啦"的声音，暧昧的摩擦声让林鲸的神经紧了紧。

他眼风扫到林鲸，似玩笑地说："你先吧，我怕将心里话说出来，你扭头就走。"

那好吧。

林鲸一不做二不休，开口道："我有个朋友，负责博览中心的推介工作，联系不到你们公司的宣传部门……"

她简单地把问题说完，蒋燃仔细听着，了然地说："原来是这事。"

林鲸搓了一下手指，有点儿难为情："我不知道你们是什么情况，但想着如果不麻烦的话，就帮一下我朋友。"

蒋燃解释："今年公司进行战略调整，砍了很多产品线，会比较忙，没时间参加科技展会。"也因为不重要。

林鲸讷讷地说："原来是这样啊。"

看来这事没什么戏了。

"那算啦，我也就这么一说。"

两个人走下体育馆台阶，蒋燃腿长步子跨得大，错开她两步的距离，便站在那里等她，待林鲸下来才一并走出去。

"推介会在周末？我回头安排工作人员对接。"

林鲸惊讶："不耽误你们工作？"

蒋燃挑眉，揶揄她："那算了？"

林鲸有些窘："别，别，别。"

蒋燃说："没多大的事，去参会对我们来说也有宣传效果，不过要辛苦一下我的员工了。"

听见他这样说，林鲸都不知道该说什么好了。

不过她回头又想，原来有了优质的人际关系，很多难题往往一句话就能解决。天下老板都是这么不近人情的，随随便便一句话便主宰了员工的休假时间。

林鲸心情有点儿复杂，她自己就是被剥削的阶级，和蒋燃是对立的，这矛盾很深哪。

林鲸只能感谢，问："你要跟我说的事是什么？"

蒋燃默了默，停在16幢前的台阶下，忽然改了主意："回头再说吧，等我把你交代我的事安排好。"

他又偏着头看她，刻意迁就她的身高，林鲸的脑袋里冒出一个恐怖的想法，就两个字：宠溺。但他眼神认真，只是狎昵的语气里裹着调侃意味。

林鲸装得一本正经："别这么说，是我请求你帮忙。"

蒋燃在这一刻将紧张的气氛变得轻松，笑说："嗯，请求和要求，对我来说是一个意思。"

夜色在天幕中如墨水般缓缓化开。

两个人在楼前分别。

蒋燃的办事效率非常高，林鲸都没来得及跟鹿苑说自己已经帮她求了人，待到周一晚上，汇思力的实习生已经联系了鹿苑，确定参加展会，并问物料的要求。

因为派来的是实习生，工作积极配合，抱着学习的态度，"苑姐"长"苑姐"短地叫着，鹿苑非常受用，工作也很顺利。

"鲸鲸，你还真认识汇思力的总经理？"

彼时林鲸吃完了晚饭，正坐在房间里刷公众号，惊讶地问："这么快？"

"嗯，效率很高。"鹿苑笑眯眯地问道，"别打岔，回答前一个问题。"

林鲸："汇思力的总经理就是我说的童年男神，我的业主兼相亲对象。"

鹿苑捂住自己的嘴，防止惊叫声溜出齿缝："你要不要牛到这种程度，随便相亲相到这种级别的人？"

林鲸："我上次不是和你说了吗？那是个我高攀不起的人。"

鹿苑："我当时就以为条件好点儿而已，没想到这哥们儿竟有点儿翻手为云覆手为雨的味道了！"

林鲸叹气："所以我才说差距很大。"

鹿苑："我现在理解了。"

"你也觉得我配不上？"林鲸受伤。

鹿苑实话说道："那压力的确大，搁我也气短了半截。"

林鲸继续刷着公众号，看到曾经的竞品公司的文章，心里不是很痛快，唉声叹气，鹿苑问："你怎么了？不开心？"

林鲸说："其实我还是想辞职，强迫自己一百遍，就是不喜欢现在的工作，能怎么办呢？尤其是动了要离职的心思以后，我现在做什么事都很烦。"

鹿苑说："只要不怕你妈发火。"

林鲸："就是啊，我放不开和她作对，怕她气翻天。"

鹿苑："你在乎家庭和谐，所以畏畏缩缩。你妈可不怕你伤心，可以肆无忌惮地挟制你。"

俗话说，光脚的不怕穿鞋的。

林鲸沉默，看着别人一片繁荣前景，心里难免泛着酸意，还有阵阵刺痛。

鹿苑："周三晚上，我回苏州看你吧？"

林鲸笑："行。"

还是闺密好。

林鲸这些天随便投了几份简历，只是试试看，没想到都收到了反馈。

她的简历做得漂亮，以前在媒体行业的工作经验也算丰富，和 HR 在线上沟通没问题，直到对方问她可否找个时间面聊，或者什么时间可以入职。

林鲸看到这样的字眼，就有点儿矛盾了，下意识地看了看爸妈的房间。她还没有下定决心辞职呢，只好抱歉地跟人家说，自己还在职，需要协调。

当然，这些给反馈的普遍都是小型公司，对老妈来说代表了三个字：不靠谱。

周三晚上，鹿苑开车接林鲸去吃饭。

"明天休息了，要不要去无锡玩玩？"鹿苑问。

林鲸说："算了吧，年初事情多，出去玩手机也响个不完，都没心情了。"

鹿苑想了一下："我觉得吧，你现在的主要问题不是工作，而是做什么事都会焦虑，即使换了工作，过段时间抑郁的状态又会卷土重来。你应该改变的是现在的生活状态，谈一段恋爱，出去旅行，或者搬出去独居一段时间……试试看。"

林鲸叹气："我考虑考虑。"

吃晚饭的地方在李公堤的一家网红餐厅，堵了一会儿车，两个人到的时候，湖边亮起了彩色小灯，布置如梦似幻。

鹿苑去找车位，林鲸先下来。

"林鲸！"她听见有人喊她。

赵思康拎着公文包，西装革履，一副斯文模样，和一个女生牵着手站在不远处冲她打招呼。

两个人走过来，赵思康说："远看背影像你，还真是。"

林鲸问："巧啊，你们来吃饭？"

赵思康笑她："你这不是……不吃饭我来干什么？"

林鲸也笑，直白地说："这不是话赶话地客套嘛，不然碰面说什么？"

"原来咱们之间都要客套了。"赵思康说，"你跟谁一起来的？"

林鲸："就我和鹿苑，她去停车了。"

赵思康："那一起吧，我请客。"

鹿苑停完车过来了，林鲸开玩笑说："行啊，你女朋友不介意就好，我们就当蹭饭。"

赵思康的女朋友装出大方的样子，赶紧说："不介意，不介意，多蹭几顿，我顺便挖挖他的黑历史。"

席间，赵思康的女朋友暗暗问起他们三个是怎么认识的，是什么关系。没等两个女孩子开口，赵思康自己就招了："我们上学时是一个社团的，我比她们大两届。"

"那怎么成朋友的？你一个男的，看人家是小美女？"

鹿苑看热闹不嫌事大，喝着茶说："对啊，他贪图我们的美色，不然谁稀罕跟他做朋友啊？"

赵思康的女朋友在桌下踩了踩他的鞋子，林鲸赶紧澄清道："没，没，之前在学校就是认识的，后来一起开公司，你懂吧？"

"那公司呢？"

赵思康说："关了。"

林鲸不尴不尬地补充了一句："所以我们各回各家，老实当打工人。"

他女朋友又问："是什么样的公司啊？就你们两个人吗？"

赵思康其实也不愿意提起不开心的事，脸色僵硬地回答："小公司。还有俩人。"

林鲸低头吃东西，听着他们交谈，莫名其妙地有种被揭伤疤的难堪感觉。

饭后，鹿苑接到电话要回去加班。

林鲸说："我坐地铁回去。"

赵思康："我们送你，正好也要去市区。"

他女朋友求知欲极强的样子，似是非要从林鲸身上挖出一点儿八卦的蛛丝马迹，挽着林鲸的手臂："对啊，对啊，一起走。"

林鲸看着女生，心说，这女朋友难道是复读机吗？怎么就没看出她一点儿都不想和他们一道走？

盛情难却，林鲸只好说："那麻烦了。"

赵思康的女朋友说："麻烦什么，都是朋友啊。"

林鲸："……"

林鲸家住在一个老小区，路不是很好走，她原本想叫赵思康将车停在路边即可，却不想他死活要在女朋友面前装，展现一下车技："能开进去。"

结果路边的电瓶车很多，还是林鲸下来指挥才把车倒回去。

待赵思康的车子拐出小区，她才拎着包往家里走，却不想一进门就看到施季玲阴沉沉的脸色。

"妈，你怎么了？"

"别叫我妈，我不是你妈！"老妈穿着睡衣，坐在沙发上不怒自威。

林鲸没意识到事情的严重性，还笑着问："我又做什么事惹你生气啦？"

施季玲问："刚才是赵思康送你回来的？你不是说跟鹿苑一起吃饭吗？"

林鲸："是跟鹿苑啊，然后在餐厅碰见赵思康，就一起吃了顿饭。"

"还撒谎，你是不是当你妈很好骗？"施季玲从茶几下面抽出一个文件夹，正是林鲸几天前打好的辞职报告，但是她没想好要不要上交，还在犹豫。

林鲸有口也说不清了。

施季玲："我就说你上次接到面试电话是怎么回事，原来又是想动歪脑筋了，还想和狐朋狗友混在一起，开什么公司啊？我就问你，创业是那么简单的吗？你们那群人哪个像能吃苦的样子？"

林鲸头痛地扶额："你能不能别妄下定论？真就是吃顿饭而已！"

施季玲："辞职报告不是你写的？"

林鲸无奈地说："我只是考虑，还没做。我和赵思康没有任何关系，你不要随便牵扯别人。"

施季玲问："这么凑巧两件事就碰到一起啦？你别把你妈当傻子，你的小心思都是我玩剩下的！"

林鲸喝着水，被老妈的强势弄得倍感压力，说起话来也不自觉地变得凉飕飕的："我没把你当傻子，谁敢把你当傻子呢？你那么厉害。"

施季玲正在生气，脑子也不清醒。她不觉得自己说话的语气有任何问题，倒是一下就听出林鲸话里的嘲讽之意，于是火上心头。

"鲸鲸，你说这话是在扎妈妈的心吗？我和你爸哪里对不起你？我们精心照顾你吃穿，从小到大舍不得让你做一次饭，下班晚了给你煮夜宵。你比你那些在外地打拼的同学不知道舒服了多少倍，怎么就不知足？"

林鲸这些天已经被焦虑的情绪弄得接近崩溃，不知道自己是不是抑郁了，只感觉大脑已经分泌不出多巴胺，这半年来，她一点儿都不快乐。

她红着眼睛跟妈妈说："我当初要报考外地的大学，你们不同意。我要搬出去住，你们也不同意。我做什么事你们都不同意，你们非让我待在这个破岗位上天天受气。妈，你能让我喘口气吗？"

施季玲的眼泪"哗哗"地往下掉："合着爸爸妈妈心疼你，娇惯你，还是我们错了？你太没良心了！"

林鲸见她哭，很愧疚，可一点儿安慰她的力气都没有。

于是母女俩各自进屋抹眼泪。

第二天林鲸休息，睡到十一点多才起床，一睁眼望着天花板，第一感觉是：嗓子和眼睛都好疼！

她洗漱好出来，看见往常给她留饭的餐桌上空空如也。

林鲸："……"

手机上有条微信消息。

爸爸："鲸鲸，昨晚你不该对妈妈说那些话，她一夜都没睡着，一直在哭，爸爸也跟着难受。晚上她回来你要好好跟她道个歉，不许再说赌气的话。妈妈纵然有错，也都是为你好。"

林鲸："我知道了，爸爸。"

林鲸在沙发上坐了一会儿，哭到半夜她也好累，这会儿眼珠子都懒得晃动。

直到接到周经理的语音电话，通知她下午去溪平院开会，每个人必须到场，林鲸杀人的心都有了。她一个星期就休息这么一天，还要被占用半天去听领导念经！

但是她又有什么办法呢？

这就是打工人的生活。

她赶紧煮了碗面，换了衣服赶去溪平院。

会开了三个多小时，领导在上面口若悬河，总结上个月的工作，下面的员工百无聊赖地转着笔，偷玩手机，或者翻白眼吐槽。

会议结束的时候是六点，天早已黑了。

林鲸一天只吃了碗面，不顶饿，肚子瘪瘪的，但更难受的是头疼，眼睛疼，不知道是不是眼泪流多了的原因。

她裹着外套，在物业院子前的石凳上吹风，总之还不想回家。

蒋燃下班经过小区门口时，看见女孩单薄的穿着，身体薄得要被风吹走似的。

他把车停回去，没进家门，折返了回来。

林鲸以额头抵着石桌，似乎睡着了，感觉到身侧有一道屏障把冷风挡住了，立马就醒了过来。

是蒋燃，他似乎在她身边站了一会儿，穿着正装，领带被扯开了，人高腿长地站在那里，有点儿严肃，跟穿着运动服时判若两人。

"怎么在这里睡着了？"蒋燃在她身边坐下，身上一股清冽的味道钻入林鲸的鼻间。

林鲸今天没化妆，睫毛纤长卷翘，眼珠漆黑，眉形细长，眼下的皮肤哭得有点儿红肿，显得稚嫩又委屈。

　　她揉了揉眼睛，问道："有事吗？"

　　蒋燃的心被扯了一下，他将手搭在桌上，十指蜷曲，松松地握拳，看着她的眼睛说："我没事，你不舒服？"

　　林鲸"嗐"了一声，语气匆匆地说："也没什么，心情有点儿不好。"

　　蒋燃默了片刻，说道："如果你需要我帮忙，可以提，任何事都可以。"

　　林鲸想到什么，开口道："对了，谢谢你上次帮了我朋友，她说有机会请你吃饭。"

　　"有机会？这话听着虚，不用了。"他睨着她可怜巴巴的眉眼，调侃道。

　　林鲸也不能说什么，只好转移话题："那天你说有话要跟我说，是什么？"

　　蒋燃笑了笑："在这儿不适合说，可以去家里吗？"

　　又去家里……林鲸不好意思地摸了摸眼皮："我不太方便，你如果开灯，会看见我的眼睛是肿的，我一点儿面子都没了。在这儿说吧。"

　　一阵沉默后，蒋燃轻声笑起来，嗓音偏柔，半晌才出声："是想跟你说声抱歉，那天早上对你说的话轻佻了。"

　　林鲸一下子就反应过来，反而是她不好意思，脑袋蒙蒙的："不用，不用，是我先开玩笑的。如果你觉得这样不好，要道歉也是我道歉。"

　　"没必要。"

　　"嗯？"

　　蒋燃坐在小石凳上，他个子很高，两条腿蜷缩得不好受，只得拎了拎裤腿。

　　"我没有开玩笑，内容是认真的。"

　　林鲸脑子更加反应不过来，她一时没懂他的意思："可以说得清楚一点儿吗？"

　　"第一次吃饭那天，我们正式走过流程。也就是说，我没有把你排除在外，这样懂吗？"

　　林鲸："……"

　　蒋燃见她呆呆的表情，不知是不是被他的话吓住了："既然要选择结婚，林鲸，你没有考虑过我们可以继续接触下去，然后恋爱、结婚这样的后续吗？"

林鲸的手还支着脑袋，说是瞳孔地震也不为过，只是这个姿势有点儿傻，她都忘了调整。

她抬起眼皮瞅他，浓浓的夜幕下，男人幽深的眼眸如一汪寒潭，一如既往地漂亮，神色很认真，听他说话的语气不像在开玩笑。

就是……林鲸不太懂他为何拿这种认真的表情说着像玩笑的话。

院子里往常会有鸟鸣声、淙淙流水的杂音相伴，这下倒是安静得诡异。

她多想有什么东西稍微出点儿声，以缓解她此刻的紧绷情绪。

可惜什么声音也没有。

林鲸目光和他相对，低声重复："恋爱结婚，后续？"

蒋燃坐在不远处，眼神微凛，直达人心："想过吗？"

林鲸诚实地摇头。

其实她不是没想过，而是想了之后觉得不可能，也不合适。

蒋燃一点儿都不意外，反而说："那你现在想一想，可以吗？"

好半天，林鲸才回神，想起什么，问道："难道你考虑过这些？"

"你以为我在逗你？"蒋燃好笑地看着她，他坐在低处实在太委屈一双长腿了，便站了起来，顺势给林鲸递去一只手，要拉她起来，说道，"这种事我不开玩笑，否则不会约你去家里，开暧昧的玩笑，更不会在这儿吓唬你。"

林鲸把手搭在他的手上，他的掌心温热，宽而薄，触感却是细腻的，一看就是长时间养尊处优。蒋燃手腕一用力，将坐着的姑娘轻飘飘地拉了起来。

"我……"林鲸想了一下说辞，刚一开口又卡壳。

蒋燃和她并肩走在一起："你可以慢慢考虑，不着急给我答复。"

林鲸盯着地面："实话告诉你吧，我也不是什么都没想。"

蒋燃无声地看着她，等她说。

林鲸："我们第一天吃饭那天，我好像没有对你说过我的情况。你能听一下再做决定吗？"

蒋燃挑眉："洗耳恭听。"

林鲸胸中悄悄舒了一口气，她放开了似的说："哎，其实我什么样子你也看到了，普通大学毕业，不甘心进公司打工，和朋友创业，但是能力跟不上野心，再加上经验不足，撑了两年，公司关掉，大家一拍两散。去年，我把自己关在家里三个月，什么事都干不了，怕见人。我爸妈见不得我自暴自弃，就催我找工作，但我再也不想回到以前的行业了，随便找了家大公司的小岗位上班，一直窝在这里图安稳。"

说她是废物也不为过，林鲸这样想。

林鲸说得平淡又缓慢，蒋燃也静静地听着，并不急于发表意见。

林鲸继续说："安稳不是长久之计，我不喜欢这样的生活，却无可奈何，甚至知道自己的问题在哪儿，但不知道怎么改。我其实不想相亲，只是企图多一个人陪我，想走出目前死水一样的生活状态。"

林鲸觉得，自己的目的已经和盘托出，但凡对方多一点儿心眼儿，都会认为她是在努力地找一个长期饭票，目的太明朗了。

蒋燃听完这话，也许会安慰她两句，然后借口离开，她却没料到他问："你今年多大了？"

"25岁，"林鲸仰头看向他清俊的侧脸，"准确地说应该要26岁了。"

两个人走过树荫，林鲸走在里侧，沿路的树上一枝柳枝垂下扫过她的耳朵。蒋燃抬手拨开树枝，等林鲸走过，他才跟上。

"好年轻。"他轻叹。

"这还年轻？"林鲸笑他不懂，"现在00后都出来上班了好吗？"

蒋燃径自说道："刚才你说的时候，我在心中打了腹稿，应该安慰你这点儿小失败不算什么，未来还很长，但想了想，安慰的话都太缥缈。未来不一定会更好，也许最好的时光便是当下你最厌恶的生活。"

林鲸抿着唇，不走了，晶亮的眼眸看着他。

蒋燃凝视着姑娘茫然的眼神，两个人间的氛围陡然变得紧张，他缓缓地说："林鲸，我懂你的失败和苦闷情绪，这句话分量够吗？你经历的失败，我都经历过，甚至更多，所以感同身受。我今年31岁了，去年还在职场斗争中差点儿卷铺盖走人，不是更绝望？"

林鲸想到自己曾经偷偷看过的他的履历，那是她不曾见过的风景，于是狡黠地猜测："但是你赢了对手，对吗？"

她刚要说他凡尔赛，蒋燃轻拍了一下她的额头，无奈地摇头："我在说我们的事，你在想什么？"

我们的事……

林鲸假装捂脑袋，有点儿沮丧地说道："可是我没有你的魄力和强大心脏。"

两个人有一搭没一搭地聊着，不知不觉走到了湖边栈桥上，湖水从暗处一波波地涌来,将木板晃起,人好似浮萍在湖中央漂着,没有着力点。

林鲸紧靠玻璃围栏站立着,感觉木板都快断了,自己和蒋燃会掉下去,抬眸望去的时候,才看见蒋燃宽阔的肩膀。男人立在那里,身躯体格摆在那里,比她稳多了,让人很有安全感,还挺想让人往他的臂弯里偎一偎的。

她听见蒋燃说:"小时候有段日子很难熬,习惯逼自己喝'鸡汤',喝多了也腻。"

"但是我记住了一句话,生活不可能像你想象的那么好,但也不会像你想象的那么糟,人的脆弱和坚强一面都超乎自己的想象。有时我们可能脆弱得因为一句话就泪流满面,有时也发现自己咬着牙走了很长的路。"

他的声音温润而低沉,宛如一段悠扬的曲子,浸透一般流到她的四肢百骸。林鲸感觉到半个身体都是酥麻的。

她出神了好久,才意识到蒋燃也在看她,眼神温柔得没有边界,像无尽纵容着她。

"林鲸,你想要的书上的那种爱情,我可能没办法给,但如果你想要的是陪伴,想改变目前的生活状态,我应该可以陪你一起走下去。"他这样说。

后面她也没说答应还是不答应,就被蒋燃牵着手稀里糊涂地离开了栈桥,他甚至笑着调侃:"这地儿不适合谈正经事,你晚上也少来。"

林鲸的感观都集中在自己被握住的手上,慌张地反驳:"我晚上都下班了,才不会来,担心你自己吧。"

他不信,含混地说:"是这样吗?"

再然后,她上了他的车,被他送回了家。

两个人互相说晚安。

林鲸爬上楼,打开门,只看见爸爸一个人在客厅里看电视。

林海生问她:"吃饭了没有啊?"

"没有。"林鲸往屋里看,"我妈呢?"

林海生瞥了瞥她:"你说呢?在屋里睡觉呢。"

鉴于她昨晚的表现,她爸爸也没给她做饭,于是林鲸自己去厨房炒了碗饭,凑合一顿,快吃完的时候才看见炖锅里有给她留的鸽子汤。她伸开五指在锅盖上探了探,还是热的。

她饿的时候不挑食，把能填饱肚子的东西都吃了。

洗漱完，林鲸死皮赖脸地溜进爸妈的房间，隔着被子抱住施季玲女士，跟她撒娇："老同志别那么小气，我错了，真的错了，你就原谅我这一回吧。"

施季玲原本还拉着脸："你是谁啊？我那么讨厌怎么配原谅你呢？"

林鲸继续厚脸皮地说："我是王八蛋，都是我的错！"

施季玲在被子里偷笑，语气僵硬地说："你是王八蛋，那我是谁？"

林鲸将脸埋进她的脖颈间，理直气壮地说："你是我妈，那自然是王七蛋！"

"……"

这话欠扁，换来施主任的一顿暴打，她伸出手本想掐林鲸，到底没忍心，胡乱揉了揉女儿的头发，过了好久才说："其实妈妈也不对，好像不应该那么强势。但我只是希望你少走弯路，少受苦，待在我们身边有什么不好呢？"

既然敞开心扉又互相道歉了，于是母女俩又抱头痛哭了一阵，这会儿好得跟失散多年似的。

林鲸回到房间时，已经十点了。

她躺进被子里，摩挲着两部手机，一部是她自己的，还有一部是工作手机，蒋燃加的是她工作的那个微信号。

其实她很想给他发一条消息，说一说关于今晚的事，但是点开对话框跟业主说私事，又觉得是对工作的亵渎。

不过，她能说什么呢？

算了吧。

过了一会儿，床头柜上的手机响了起来，是她私人的那部，来电的是陌生号码1377……林鲸看着熟悉的数字，心头一动，立马想到这个手机号码是谁的。

"喂？"她睁开眼，嗓音来不及调整，透着一丝绵软感。

"林鲸，睡了？"蒋燃的声音透过电话传来，和真人是不一样的质感，有点儿陌生。

林鲸陡然清醒了，从床上坐起，都不需要过程。她搓了搓凉飕飕的手臂，神思混乱地问："什么事？"

一句话把蒋燃给噎住了，林鲸似乎还没转换自己的身份。她已经不是单纯的物业管家了，而是他的女朋友。

林鲸回过神来，才小声问："你怎么知道我的这个电话号码？"

蒋燃笑："你家里人给我的。"

林鲸讷讷地应声："哦，这样。"

蒋燃这会儿刚洗完澡，穿着浴衣坐在床边，头发都没擦。他今晚不太睡得着，陪林鲸尴尬地虚晃了几个来回，才想起说正事："我加了你的这个微信，你通过一下。"

林鲸将手机拿开一点儿，看见了好友申请里蒋燃的头像。

她点了通过，也笑着说："我通过了。"

"嗯。"

她问："给你我的号码的时候，你怎么不打这个电话，也不加微信？"

蒋燃低声笑起来，话语在齿间慢慢研磨："那会儿还没确定你会答应做我的女朋友。"

林鲸的脸突地热起来，好烫。

蒋燃不准备在今晚为难她了，逗了两句，便说："好，晚安了，早点儿睡。"

"晚安。"

林鲸挂断电话，抱着手机仰躺着看着天花板，她这是要恋爱了吗？

黏糊到这么晚了还要打电话说晚安……还有点儿尴尬，但是听到有人特意跟她道晚安，她心里又满得要冒泡泡。

过了很久，她才平复心情，听见窗外开始下雨，雨滴拍打在玻璃上，"噼里啪啦"地响，如声声珠子掉落在玉盘上，也叩在她的心上。

是啊，她也许不会拥有书中的神仙爱情。成年人为了生活而将就，安全感和陪伴是他能给的。

林鲸在这一天，也选择了妥协。

之后的过程像大部分相亲情侣那样，他们逐渐适应生活中多了一个与自己有牵绊的人，尽力平衡恋爱、工作和生活三者的关系。

蒋燃做着一份随时要出差的工作，经常忙过头就不回家。林鲸的工作虽然没有那么夸张，但是琐碎的事情非常多，而且她在服务行业，工作时间也和旁人有所不同。

国家法定假日、周末，她通通没有，休息时间和蒋燃完美错开。

一开始，蒋燃还会配合林鲸的休假，特意在周四那天空出时间把她拉出来吃饭、看电影，但是恋爱的新鲜感过后，林鲸就支撑不住了，经常一上车就窝在副驾驶座上睡觉，要么就是在吃饭的时候拼命回工作消息。

后来蒋燃意识到，这是她一周仅有的一天休息时间，她只想抓紧休息，根本没精力"陪玩"。

于是他也不出门了，直接把约会地点放在家里。两个人一起吃饭，然后找部电影，窝在沙发上随便看看。

气氛好的时候，他们偶尔会牵手，然后拥抱、接吻，分享一些成年人隐秘的话或是玩笑。

不愉快的时候也有，比如林鲸在工作中和业主沟通不畅，下班回到蒋燃家，无法及时转变情绪，小脸还拉着，说话语气也略冲。

蒋燃倒是不恼，一贯好脾气地哄她两句，然后提醒她不要把工作的事带回家。久而久之，见扭转不过她的小脾气，蒋燃会发挥男人的本能，自动远离矛盾中心，去书房忙工作，等林鲸自己消了气再过来找他。

蒋燃也不是个完美的人，经常在约会这件事上放林鲸的鸽子。

两个人本来说好等她下班去某个餐厅"打卡"，结果她不过是晚了十几分钟去找蒋燃，他已经累得躺在沙发上睡着了。林鲸拍拍他的肩膀，被他长臂一揽压在怀里，语气不耐烦地说："别吵我。"

林鲸无语，陪他躺了一会儿，然后面无表情地打开外卖软件。

外卖到了，蒋燃也醒了。

他恢复清明后，糊里糊涂地拿着车钥匙就往外走："你下班了？走吧。"

林鲸坐在餐桌边看着他，冷飕飕地说："走哪儿？过来吃饭吧，我九点前回家。"

蒋燃："……"

时光就这样不紧不慢地来到夏天。

两个人的关系趋于稳定，顺利得不像话。

林鲸时常怀疑自己和蒋燃不吵架的原因，本质上还是相处时间少。蒋燃自从谈了恋爱，就像稳定了大后方似的。

家里有了根"定海神针"，他放心地把精力投入别的地方，稳得像结婚多年，但她也总见不到人。

某天，蒋蔚华和施季玲相约去寺庙里上香，找相熟的算卦大师给两个人算了一下婚期，结果令人欣喜，大师算出两个合适的时间，一个是今年秋天，还有一个是后年春天。

也就是说，两个人要么过几个月就结婚，要么再等一年半。

两位家长瞅了对方一眼，各怀鬼胎，然后异口同声地说："秋天好啊，凉快！"

本来嘛，相亲这种程序就是图两个人快速走入婚姻，一年半听着就让人感到绝望。

施季玲有点儿担心林鲸不同意，心有戚戚焉，但不好意思跟蒋蔚华说。

倒是蒋蔚华先开口："我回去跟蒋燃说说这件事，儿大不由娘了。"

施季玲趁机说："就是啊，孩子都有自己的主意。"

回到家，林鲸听到这个馊主意，差点儿被水呛到："妈，你别听风就是雨的。两个人糊里糊涂地结婚，不好再离吗？"

施季玲的道理一大堆："怎么会不好？蒋燃要是不好你会选他吗？"

林鲸："恋爱和结婚是两回事。"

施季玲说："反正你自己考虑，我把话给你搁在这儿，今年不结就得等到后年。你26岁了，工作清闲，把该办的事办了多好？这种事要趁早。难道你想等到30岁，正是升职拼事业的时候，忽然有了孩子拖你的后腿吗？"

这话也不是没道理，可结婚的事情她都没考虑好，就说到生孩子什么的，会不会想多了？

林海生站在女儿这边，护短道："你让她自己想啊，怎么又这么强势？说好了要改的。"

其实，施季玲觉得蒋燃条件不错，长得帅，温柔懂礼，又那么会赚钱，这种优质的男孩子拉到大街上都算稀缺动物了。不是只有林鲸喜欢他，别的小姑娘也不瞎。一年半之后，谁知道是什么结果？

她没好气地回道："说了要改，改不掉能怎么办？我还知道人民币好处多多呢，赚不到有什么办法？"

林鲸一直觉得，蒋燃的想法应该跟自己的一样。

晚上，两个人聊天的时候无意间提起这事，蒋燃很自然地说："今年结婚也可以，我需要先把手头的工作安排一下。"

林鲸惊讶，心说：你不觉得太早了吗？万一我不是你想要的那个人呢？

她始终保持着理智，沉默了许久。

蒋燃似乎能精准捕捉到她的情绪，懒懒的声音传来，问她："你不想结婚？"

两个人相亲的尽头就是结婚，说不想结婚，那她不是耍人吗？

林鲸抿了抿唇，说道："只是觉得有点儿早。"

蒋燃笑了笑："是有点儿，不过早结晚结，肯定是要结婚的。"

林鲸问："长辈提议之前，你考虑过这件事吗？"

"我没想过和别人结婚。"蒋燃这样回答，斟酌了一会儿字句，然后低声说，"林鲸，我是想和你结婚的。"

夜晚将他的声音放大，拉长，像一句表白。

被困扰了一天的烦躁和犹豫不决的情绪，终于被他拨开云雾，她似看见了清澈的天空和太阳，感觉身心轻松。

林鲸得承认，妈妈施加一千句一万句的压力，不如蒋燃说的一句想和她结婚。

她一时被蛊惑了。

确定了婚期，两家人在一起吃过了几次饭。老妈虽然对这个时候还见不到蒋燃的父亲颇有微词，但蒋蔚华一家对他们尊敬有加，该有的礼数全有，让人挑不出毛病来。

蒋蔚华说："我那个哥在加拿大生活了十几年，身体也不好，来一次费老大劲，我代他跟你们赔罪！"

林海生赶紧说："哪里的话，我们理解的。"

蒋蔚华："婚礼他一定来，到时候多罚他几杯酒，掏空他的腰包，给鲸鲸改口费。"

施季玲："孩子好就行了，别这么说，我们不是不讲理的人。"

蒋燃和林鲸站在最后面看着大家虚假客套，手紧紧牵着。他对这种承诺不屑一顾，只是抱歉地看了林鲸一眼。

林鲸朝他笑了笑，意思是：没关系啦。

两个人领证是特意请了一上午的假，中午蒋燃送她回溪平院，然后自己去上班。

结婚证上，两个人笑得平淡又温馨。

蒋燃穿着规矩的白衬衫，证件照也如此好看，英俊面孔实在夺人眼球。林鲸忍不住起了炫耀的心思，拍了一张照片发给鹿苑："姐妹，我已婚啦。"

一秒钟后，鹿苑回复消息："好帅！这么速度的吗？"

林鲸："合适就结了，也没什么好挑的。"

鹿苑："确实。有这样的高质量男人你还挑个什么劲儿？"

林鲸"凡尔赛"起来："也就一般般吧。"

鹿苑："啧啧，上次不是说辞职了也不见面了吗？我都忘记问了，你们怎么又联系上的？"

林鲸："就是帮你问展会，又说上话了，然后他就……"后面的她用省略号代替了。

鹿苑："你这叫成全姐妹，成全爱情。"

鹿苑："嘿嘿，这么快结婚你该不会是有了吧？"

林鲸尴尬："咳咳，我们还没做。"

鹿苑惊呆了下巴，文字聊天已经不能满足她了，一个电话打了过来。

"你是不是不好意思跟我分享？"

林鲸无奈："我们能不能不讨论蒋燃在那方面的问题了？好猥琐的样子。"

"我都分享给你了，你有什么不好意思的？"鹿苑问道，"不是，你们也谈了半年了吧，怎么可能没做过？"

林鲸冤枉："确实没做啊，工作都忙得要死，我每天都回家的。他不提，我总不能主动提出要那个吧？"

鹿苑无语："不试试那方面的能力你怎么敢嫁的？这是你的'性福'啊！很严肃的，不开玩笑宝贝！"

林鲸红着脸咕哝："我嫁给他是因为他人很好。不过，他身材不错，个子高，不至于有什么功能障碍。"

"啧啧，瞧你那点儿出息，该不会是手都没拉过吧？"听林鲸不好意思，鹿苑也不纠结。

"看不起谁呢，我们都接过吻了，还躺在一张床上睡过午觉！"林鲸怒了。

鹿苑那边有事要忙，速战速决道："恋爱半年就亲个嘴你还挺骄傲。行了，后面有什么不懂的事你再问我吧，姐妹我是你的狗头军师，知无不言！"

林鲸："滚吧你。"

挂了电话，林鲸也有点困惑，蒋燃这个年龄，应该是进入一段关系后很快就"三垒"了啊。

该不会他真有问题吧？

远在公司忙碌的蒋燃并不知道自己正在被新婚老婆及其闺密议论。

接下来的三天婚假，两个人要忙的事情很多。

婚礼前一天的傍晚，蒋燃去帮林鲸搬家，女孩子的东西又多又零碎，她妈妈给她整理出了好几个打包箱。

这些天林鲸本来被试婚纱、看酒店、邀宾客等事情弄得很疲惫，看着这些箱子就头大，忍不住埋怨道："妈，我以后还要经常回来住的，你给我全装完搞得我没家了一样，特别没有安全感。"

施季玲说道："嘿，我好心给你收东西你还埋怨起来了？看看你这屋里有多少东西，冬天的衣服我还没收拾呢。"

蒋燃走过去，接过施季玲手里的箱子，说道："妈，我来吧。"

施季玲眉开眼笑："哎，看看人家。"

蒋燃看了林鲸一眼，在她耳边小声调笑："结婚以后还要经常回来住，这是哪个地方的规矩？"

林鲸拍打了他的手臂一下。

最后还是蒋燃和她爸爸一起，把这些东西搬进蒋燃开来的一辆 SUV 里的，不得不说，家里有两个男人干活儿就是效率高。

到了溪平院，林鲸就不得不自己动手了。

掀开后备厢，她搬了个小箱子，蒋燃拦住她："去刷卡吧，我来。"

林鲸用脑袋蹭了蹭他的肩膀，开了句玩笑话："还是夫妻共苦比较好，不然显得我太不是人。"

蒋燃垂着眼好笑地看着她："下午看你试婚纱累得手臂都抬不起来，休息一会儿吧。"

这方面就非常不公平，试礼服这方面林鲸累成狗，而蒋燃只需穿一套西装就帅得天怒人怨。

于是，林鲸装模作样地拎着自己的小包包，抿唇笑："那我搬这个。"

蒋燃揉揉她的脑袋，搬起箱子往电梯间走去："以前怎么不知道你这么会？"

林鲸脚步轻快地跟上他："不装了，摊牌了。"

"……"

或许是已经进入已婚状态，林鲸面对蒋燃时不自觉地变得娇气起来，又嗔怪地说道："你在我家怎么就没那么体恤我呢？"

蒋燃看看她，说道："不太习惯，怕被你妈……妈说我们黏糊。"

蒋燃下去两次才把行李搬完，问清里面是衣服后，便拿进主卧。

他的房间是极简的冷淡风,家具和地板是原木色的,床品也是偏浅色系,看上去就舒适又有质感,还干净,如果适逢阴雨天,她能在床上厮磨一天。

房间里的东西很少,除了床和衣柜,还有一盏落地灯,灯罩低垂着,像个乖巧又听话的小守卫,整洁得不像一个男人住的房子。

林鲸之前每次来,都不太好意思进他的卧室。

"你有洁癖吗?"林鲸忍不住问。

蒋燃瞧着她,语气堂而皇之地轻佻起来:"你说哪一种洁癖?"

"哼。"林鲸不说话了。

蒋燃帮她把箱子拆开,整理她的衣服,连接浴室的双排衣柜已经被他腾出一半来。

但是,林鲸的衣服比他想象的多,女孩子的内衣内裤收纳盒就有好几只。他草率了,空间根本不够。

"还有冬天的衣服没拿过来?"他问。

林鲸不好意思地点了点头:"你好像不太喜欢在卧室里放很多生活用具?"

蒋燃站在高处帮她挂长裙,无奈地看着她:"有点儿,但结婚了,尽量妥协吧。"

林鲸揉揉脸颊,怎么今天总觉得他刻意把她往某个方向上带呢?难道是因为他们领了证,有了合法的关系?

收拾到天黑,她瘫坐在地上,结果还有两个箱子没收拾。

"不好意思啊,把你的卧室弄得这么乱。"

蒋燃接过她递来的挂衣架:"也是你的卧室。旁边有个小储物间关着,改天让家具店的人过来量一下尺寸,给你改成衣帽间就好了。"那本来就是留作衣帽间的,但蒋燃一个单身男人住着,就没多动。

林鲸听到他这样说,立马就充满期待,瞳仁里都闪着细碎的光:"我从小到大,还没有过衣帽间呢。"

蒋燃:"以后都会有的。"

话音落地,没等林鲸反应过来,他又补充了一句:"你以前也没有老公,今后不就有了?"

如果他不说后面一句话的话,林鲸还觉得这是对未来生活的美好构想,可说了,林鲸越来越觉得他是故意把她往羞的方向带。

林鲸想到了什么,说道:"北面的那个客房我看平时没人住,先把衣服放在那里吧,以后再收拾。"

说完，她踩着拖鞋"噔噔"地跑过去了，打开门，发现屋子已经变成了蒋燃的书房。

"这……"

蒋燃走过来说："我把原来的书房让给你。"

林鲸"啊"了一声："原来那间屋子朝南，每天都会有阳光啊，这间背阴。"

蒋燃笑，做了个"请"的手势："去看看自己的书房吧。"

于是，林鲸打开蒋燃原本的那个书房，空间只是比主卧小一点儿而已，有二十多平方米，一整面墙的书柜，旁边是一张转角书桌，可以放她的手办等小玩意儿。

薄纱微拉，桌上有一个烟丝色的磨砂瓶，瓶里插着几株奶橘弗朗和紫罗兰，搭配在一起，漂亮又舒服。

讲道理，这种家居的感觉她非常喜欢。

不仅是这一间房，她是喜欢整个家的装修风格。第一次来的那天她就看上他家了，当时外面风雪呼啸，她有个臭不要脸的想法，如果给她一个机会，她肯定马不停蹄地搬进去住。

现在，她都开始想象要给自己的私密空间添置什么东西了，还有一大片空地方，沙发？投影仪？还是健身器材？啊啊啊！

但林鲸也有点儿不好意思："这间屋子你让给我了，不太好吧。"

蒋燃原本站在门口，身体靠着门框，闻言走进来："我在家时间少，用不到，让属于你的小天地尽量舒服点儿。"

林鲸心中又开始冒泡泡了，"咕嘟咕嘟"的，他怎么这么好？她下意识地想挨他近一些，没料到蒋燃率先一步挪开。

林鲸："……"

"我看到你的房间有瑜伽垫？工作累了你可以在这边练。还缺少什么东西，婚礼过后我们一起去买。"他神色冷淡，像在认真吩咐工作，说的话又很熨帖。

林鲸走过去握住他的手，将其夹在自己的双手掌心里，不知道说什么好了，就弯着眼睛笑了笑，努力点头。

蒋燃也笑了，看着她的眼睛，少顷，郑重地说道："林鲸，这个家就拜托你了。"

"好的。"她眨着眼睛。

气氛正好，林鲸仰头，蒋燃自然地搂过她的腰，两个人欲接吻。刚碰到他的身体，她就摸到他的西裤袋子里装着一个小盒子。

她拿出来，竟然是一枚钻戒。

"你这是……？"她愣了愣。

蒋燃无奈地摊手，原本冷淡的眼睛里染上些许赧色，他说："原本想找个机会，然后布置好气氛，和你说一些浪漫的话，但时间仓促，我们总也凑不到一块儿去……"

林鲸一边嘴上说着"不用不用，我也不喜欢尴尬的仪式"，一边对着窗户整理自己的头发，夹去耳后发现还是好乱，匆匆地说："你等我一分钟，去一下洗手间，我这样太不好了！"

蒋燃拉住她的手腕："你不用苛求完美。我喜欢的不是自己想象中的你，是现实中的你。"

林鲸想哭，他再追求真实她也不想若干年后回忆起这天，自己是这模样啊！

蒋燃怕人跑了似的，把戒指给林鲸套上手指，眼神深沉："林鲸，抱歉没有给你浪漫的求婚体验。和你在一起的每一天我都很开心，也许我对你来说还不够好，但是我会尽力做一个好丈夫。"

算了，林鲸觉得仪式什么的也不是很重要，有蒋燃这句话就够了。

她眼眸晶亮地凝视着他，想开口给他回应，蓦地，头顶的灯光暗淡下来，蒋燃低下头来。

他的唇覆了上来，很有技巧地吮吻着她，舌尖撬开牙齿，夺走她所有的呼吸。

和以前的每一次都不一样，这次的吻带着明目张胆的情欲色彩，往常两个人也会在约会气氛好的时候吻一下，但蒋燃多是克制着，只亲吻嘴唇，不伸舌头，在送她回家时，在车上略微敷衍又随意地亲亲，有时吻落在嘴角，有时吻落在鼻尖上。

林鲸始料未及，身体被压得连连后退，蒋燃捞起她的腰，往自己身上压，于是两个人的身体紧紧地贴在一起。

她感觉到身体失重，反应过来的时候人已经被他抱到书桌上坐着了，两只细细的手腕也被他反压着摁在墙上。

林鲸被吻得连连失守，裙边卷起，裙底凉风阵阵。

她挣扎无果，喘息的空隙，脸压在他的肩膀上，声音都沙哑了："你忽然好凶，这是我鸠占鹊巢的代价吗？"

蒋燃坏笑着瞧她，又加深了这个吻，噙着她的唇，好久才冒出声音：

"是合法婚姻的代价。"

"……"

许久之后,林鲸感觉舌尖那湿漉的温热触感仍未散去。

第二天,场面一度混乱又匆忙,结婚的新人都没宾客激动,众人各种起哄。

她也是这天才见到蒋燃的父亲,对方个子很高,身板修长,完全不像蒋蔚华说的那般"年纪大了,不方便坐长途飞机",长相一看就是蒋燃的父亲的那种老年式英俊样子,剑眉星目,皮肤保养得极好,头发和礼服都一丝不苟,不像容易接近的长辈。

他见到林鲸,倒是亲切地开口:"这就是鲸鲸啊,真人这么漂亮。"

在大家的注视下,林鲸挺不好意思地喊了一声:"爸爸。"

她感觉有点儿别扭。

蒋燃温柔地给她递去一个眼神,面露同情之色。

蒋诚华身上保留着江浙沪这一带商人的气质,儿女婚嫁方面出手阔绰,他给林鲸的改口费是一张卡,据他自己说里面是六位数的金额,还是大几十的那种。

后面林鲸发现一件挺微妙的事情,蒋燃只给她介绍了蒋诚华。

但是,这位父亲还带了自己的妻子和女儿过来,蒋燃不说,蒋诚华也没着重铺开了讲,一带而过。

林鲸有点儿耳闻,确认这是蒋诚华的第二任太太和继女。

下午,一行人到了酒店,施季玲才说起昨晚他们长辈一起吃饭的事:"蒋燃爸爸的续弦带来的这个女儿很漂亮嘛,看着挺乖,但不爱说话也不笑。哥哥结婚,她不高兴吗?"

林鲸当时正在补妆,从镜子里瞅了瞅妈妈,说她杞人忧天:"你管这么多干吗?人家在国外定居,不在一起生活的。"

施季玲说:"以后就是亲戚啊,又不是不来往。"

林鲸:"哎呀,你不要管啦。"

施季玲白她一眼:"你这个小囡囡,又不爱听我说话。你都结婚了,妈妈还能对你唠叨几次呢?"

话音落地,林鲸自己的脑海里也忍不住回放出那对母女的样子,的确养眼,但怎么说呢,她们好像很拘谨?

晚上还有繁杂的仪式,林鲸的盘发很重,现在她有点儿头痛。

她想趁换礼服的时候前去露台透透气，顺便给蒋燃发了条微信，问他现在是否有空。

蒋燃回："我这就过去。"

林鲸穿着长裙走出来，路过男方家那边的休息室，发现门是虚掩的。

蒋燃和他父亲相对而立。

林鲸无意偷听，只是想站在那边等一等蒋燃，不料听到父子的对话。

蒋诚华说："上次还只是听你姑姑说认识了这姑娘，怎么才半年就结婚了？我都来不及准备。"

背着人，他说话的语气和形容冷了许多，也不亲切了。

蒋燃的婚礼西装是偏简约的款式，依然能衬得他绰约不凡，不去看室内的婚礼布置，他倒有点儿像在参加晚宴，不刻意隆重，但清贵十足。

他问蒋诚华："你要准备什么？通知你来就是了。"

蒋诚华微愠怒地说："你这说的什么话？你把我们杀了个措手不及，你张阿姨和陈……"

蒋燃立即打断他的话："不要再提这些事，尤其是在鲸鲸和她父母面前。"

蒋诚华："好，我不提，但的确太快了，你们互相足够了解吗？"

蒋燃一贯温柔英俊的面孔上，竟然出现了不耐烦和厌烦的情绪，林鲸从未见识过，哪怕是两个人偶有拌嘴的时候。

他生气的表情和眼神，让林鲸有些害怕。

安静许久，蒋诚华叹气，似是对儿子无可奈何。

蒋燃低声开口："我和林鲸很合适，我也想尽快成家。"

后面的话她没有继续听，她默默地垂着脑袋，世界变得清冷寂静起来。

忽略掉父子不和的谈话，蒋燃的坦白话语深深烙印在她心里。

或许是家庭原因，她是一个性格敏感又细腻的女生，常年伴随着焦虑和不安全感。

两个人明明是相亲后在一起的，说好她只想找一个安全的港湾停靠，可她的脑海里的小爬虫时刻在勤奋工作，拼命寻找着蒋燃不喜欢她的证据、两个人相处的 bug（漏洞），这有点儿自虐。

明明他们就是因为合适才结婚啊，蒋燃说得也没错，她到底在期待什么呢？

第三章
合法婚姻的代价

林鲸准备尽快走开时,有人撞到了她的肩膀:"抱歉,不是故意的。"

她回头看去,一个女生站在她身后,女生穿着一袭裸色长裙,很瘦,温柔娴静地微笑着,对林鲸伸出手:"你好,认识一下,我叫陈嫣,是蒋燃的——妹妹。"

林鲸不知道她为什么要停顿一口气,但看出对方脸上的紧绷神色,对方虽然是笑着和她打招呼的,脸上也明晃晃地写着三个字——不得已。

林鲸点头,客气地和对方说:"林鲸,鲸鱼的鲸。"

陈嫣不紧不慢地念着她的名字,嘴角轻挑,笑着说道:"好特别的名字。"语气有些意味深长。

这时门被人从里面推开。

"来了怎么不进去?"蒋燃走到林鲸身边,错开半个身位,直接将她和陈嫣隔开。他忽略了陈嫣,问林鲸:"想出去走走?"

林鲸拨弄着自己身上的长裙,问他:"这么重的裙子,去哪儿走走?"

蒋燃看了一眼手机,说道:"那去露台上坐一会儿。"

"嗯。"她也正是这个意思。

话音落地,蒋燃执起她的手,推开旁边的小侧门。

那里有一套户外沙发,茶几上摆着精致而丰富的水果拼盘,人坐在这里可以眺望金鸡湖。蒋燃帮她整理了一下裙摆,笑着说:"从这里可以看到家里的窗户。"

"哪里？"

蒋燃随手一指："那儿。"

"你指得好宽泛，我看不见啊。"

于是蒋燃坐过去一些，贴在她的身后，握起她的手，指着一个方向。林鲸好像看见一个很像的房顶，倒不是房子多特别、多高，而是她天天在小区工作，外墙什么样她闭着眼睛都能画出来。

"好像是耶，你怎么发现的？"

她兴奋地回头，才发现两个人已经靠得这么近了。蒋燃嘴角漾着戏谑的笑容，他低头噆了几下她的唇。

"你！"林鲸无奈地发现自己被耍了。

今天婚宴，她涂着正红色的口红，嘴唇宛如一朵待开的小花。她的嘴形清晰而漂亮，唇峰闪着水润的光泽。

两片唇粘连片刻分开。

蒋燃本来浅色的嘴唇吃到了她的口红，多了一块儿斑驳的红。配合他今天一身禁欲的正装，他整个人像个流连浮花浪蕊的公子哥。

林鲸忍不住笑他，拿出手机给他照镜子："看看你，好滑稽。"

蒋燃长臂搭在沙发后背上，十分松散的状态，往她跟前凑了凑，厚着脸皮说："你帮我擦掉。"

于是林鲸捧着他的脸，用拇指的指腹蹭了蹭他的唇。

玩闹片刻，两个人才安静下来。

蒋燃问她："累吗？"

林鲸："还好，只是头上的发卡和发胶好多，有点儿疼。"

"辛苦了，再坚持一下。一辈子也就这一次。"

林鲸倚着他撑在沙发上的手肘，作为支撑，遥遥看着楼下的热闹风光。

"刚刚你没和你妹妹说话，有点儿不礼貌啊。"

蒋燃一时没反应过来："谁？叶思南？"

林鲸提醒他："那个叫陈嫣的女生，不是你的妹妹吗？"

秋日的凉风打着小卷儿往上吹，吹乱他原本利落的短发，将棱角分明的侧脸修饰得更显瘦削，他嘴角的弧度被压了下去，眼底也染上一丝阴鸷之色。

林鲸听见他说："没当兄妹处过，不熟悉。"

当时，林鲸只理解了字面意思，以为是蒋燃介怀父亲再婚，连带不喜欢继母和妹妹，心说原来他这样拥有强大心脏的人，也有解不开的心结。

陈嫣在走廊上失落了好久，看着蒋燃和新婚妻子挨在一处低声说着话，忙里偷闲地享受着一刻的独处时光。

两个人明明一整天都在见面，还这样亲昵。

蒋燃何时这样照顾过别人？

她就不该来受虐。

两个人只在露台上待了一小会儿，林鲸就被化妆师喊进去换礼服了。

后来，在聚光灯下，花团锦簇，喜乐盈天，林鲸被摄像机和光束照得有点儿睁不开眼，在倍感紧张的情绪中，司仪宣读了婚礼誓词，然后提醒他们交换戒指。

她在这份惶惶然的不真实感中，努力去看蒋燃的脸，他低头给她戴上了戒指，而后亲吻她，表情十分专注。要说什么幸福感她不太有，只有紧张和局促情绪，台下起哄的人好多，仪式太盛大了，而她又不太习惯把自己放在焦点处。

蒋燃见她脸色不好，扶了一下她的腰，在她耳边小声说："再坚持一下，马上就可以休息了。"

新婚夫妻的一点儿暧昧画面被无限放大，朋友在下面喊："蒋总，你跟嫂子说的什么？我们也想听。"

蒋燃看着那人，笑容很是恣意，不答，随手折了一朵林鲸手上的花向他丢去，笑斥："什么你都要听。"

花正巧砸到嘴贫男孩子的额头，他夸张地捂着"伤口"，振振有词地念叨："看看，悄悄话不给我们听算了，这就护上短了。"

宾客开怀大笑，只当在台上公然咬耳朵是恩爱小夫妻的情趣。

林鲸自己的脸也笑僵了，她不知道蒋燃的笑有几分真诚，还是说，就算他不太喜欢自己，只是觉得合适，也可以在人前装得天衣无缝。

林鲸佩服这样的人。

她就办不到，想想刚刚他说的所为何事，她的心里还难受着呢。

或许是因为两个人相处的时间确实短，整个婚礼现场并没有什么感人时刻。

后来请双方长辈上台发言，蒋诚华西装革履地站在那里，说着一些冠冕堂皇的话，特别好听，什么一定会把林鲸当成自己的女儿疼爱，绝不让她受一丝委屈……诸如此类。

蒋燃和林鲸坐在台下，他的手在桌下悄悄地帮她揉捏着手腕，他小声问："有没有好一点儿？"

林鲸娇气地说："我穿了一天高跟鞋，脚疼。"

蒋燃笑了笑："那可能暂时没办法了，等回家。"

然后轮到女方父母发言。哪怕是婚礼准备时间这么短，林海生还是找出了女儿从小到大的照片以及摄像资料，放在大屏幕上向宾客炫耀。

老林同志今天本来穿得又帅又精神，一个大男人，开口就哽咽了，然后哭成了个泪人。原先准备好的演讲稿都用不到了，他语无伦次地说，屏幕上这个漂亮又优秀的姑娘是他的女儿，从呱呱坠地养到26岁，今天终于嫁人了。

他虽然舍不得，但看着女儿结婚，有丈夫可以保护她，他心中的石头终于落下了，卸任了的感觉，快乐又失落。

施季玲在暗处掐他的胳膊，威胁他不要说这些有的没的，没看见男方家长多冷静？不要给女儿丢脸！

但林海生巨大的悲伤和幸福情绪，如海水一样奔腾释放。

放在以前，林鲸也会觉得爸爸的这套观点迂腐，还把她的照片放在屏幕上放大，好丢人，因为除了他自己，没谁会稀罕他的宝贝女儿。

可在今天，爸爸开口的瞬间，她就很想哭了。

这个世界上，再没有任何人比爸爸妈妈更爱自己了，谁都不可能。父母给的安全感，让她对这场仓促的婚礼逐渐释怀了。

她还苛求什么呢？她已经嫁给了自己喜欢的人，他的物质条件是不少女人趋之若鹜的，他温柔，会赚钱，还愿意娶自己，自己还要什么矫情的爱情？

她结婚了就稳定了，这是爸爸妈妈的愿望，也算求仁得仁。

她扭过头去，目光去寻找蒋燃，只见他凝视着台上的林海生，笑容不再，眼神幽沉，认真听着，握她的手的力度又加重了一些。

这天晚上十一点多，送走所有的宾客后，蒋燃去办理退房手续，林鲸在休息间里换衣服。

婚礼场地有些物品被损坏，酒店正在派人清点，需要一点儿时间。

蒋诚华和蒋蔚华两兄妹在婚礼一结束就走了，林海生觉得蒋燃太斯文，不放心，怕他被酒店坑，就说亲自去跟酒店方理论。

林鲸把他劝住，蒋燃三十岁的人了，又不是小孩子，怎么可能被坑？

林海生喝了点儿酒，就把心中的不满情绪说了出来："我不是对蒋燃有意见，可他父母是怎么回事？他们拍拍屁股就走了，问都不问一句。婚宴本来就又累又费事，他们一点儿都不知道为儿女分忧！"

施季玲挽着林海生的手臂："这件事，我也觉得是他爸做得不对，生意做这么大的人总该有点儿东西的，没想到就这点儿度量？"

林鲸赶紧让父母打住："你们赶紧回去睡觉吧，我爸要困死在这里了。你们这样说，搞得我也是'妈宝女'一样，什么事都要你们出马。"

施季玲说："家人之间互相帮助，和'妈宝'有什么关系？年轻人办婚礼，本来就是为了老人的面子，又不是谁一个人的事。"

林鲸推着两个人，撒娇道："走吧，走吧！"

等她把父母劝走，已过了十二点。

林鲸拎着东西去找蒋燃，见他还穿着婚礼上的衣服，外套脱掉了，身上一件白衬衫，纽扣解开两颗，露出了清瘦的锁骨和喉结。他应酬了一天，比自己更累，瞳仁都染着倦色。

蒋燃让林鲸坐在沙发上等着，自己耐心地和工作人员沟通了一会儿，大致确认了被损坏物品的价格，又刷了两万元钱赔给他们。

对方赶紧说："蒋先生，这钱多了。"

蒋燃摇了摇头："给你们做小费，辛苦各位。我太太也困得睁不开眼了，我们得赶紧回家。"

大概是金钱驱使，对方最后非但没埋怨被迫加班，还客客气气地送两人出门。

车内安静，司机专注地开着车，一言未发。

林鲸手指撑着下巴说："干吗赔这么多？我爸还担心你被坑。"他赔的几乎是原有金额的两倍了，她知道他有钱，但也不能这么铺张。

蒋燃伸手把她搂进怀里，懒懒散散地说："也不多。有钱难买我乐意，万银易得伊欢喜。这句话你听过吗？"

听得出来他话语里的恣意和豪爽之意，林鲸暗想，也不知道他这得意是哪里来的，明明他累得眼皮都睁不开了。

她咕哝："你今天这么开心啊？"

"结婚能不开心吗？"他垂着眼皮瞧瞧她，隐秘地说，"但是，你今天下午有点儿不高兴，能告诉我怎么了吗？"

林鲸惊诧，难道她那么细致的情绪也被他捕捉到了？

她当然不会告诉他，自己听到那段话而产生了硌硬的心理反应。

于是她碰了碰头发，扯开话题："就是头疼，这头发，回家都不知道怎么洗了，全是发胶。"

蒋燃紧了紧手臂，出了个主意："我帮你洗？"

林鲸不信："你会什么啊？你是短发好打理，我们女孩子的头发又长又多，洗起来很麻烦的。"

蒋燃打量了一下她的秀发，的确又长又多，淡淡地说道："发量的确多。"

林鲸其实已经困得不行了，但怕睡过去的话，下车的时候再被叫醒就更痛苦，于是强撑着眼皮和他说话："我从小就是发量达人，再熬夜也不担心秃头。"

蒋燃却说："嗯，我知道。"

"你又知道了？"林鲸满脸不信的表情。蒋燃说："你不记得了？你小的时候，我帮你绑过辫子。"

林鲸没说话，蒋燃以为她又不记得了，低声描述："那时你应该刚上小学，喜欢扒在窗户上，我每次从巷子里走过，都能看见你的小肉脸。"

林鲸想起来了。

那个时候她七八岁的样子吧，还和奶奶住在一起，被养得很胖很胖。但是小胖姑娘很早就有了审美能力，也知道新搬来的小哥哥长得好，白衬衫，牛仔裤，腿很长，面庞干净俊俏，骑着山地自行车，从巷子里穿风而过，小小年纪就把人帅裂。

知道他的初中每天五点半放学，他六点钟到家，林鲸经常卡着点儿扒在窗缝里瞅他。

那周她生病了，连着几天没上学，鼻涕眼泪见天地流，哪儿都去不了。奶奶陪她玩了半天，实在受不了就借口出门打牌了，还给她买了一张硬邦邦的果丹皮，让她抱着啃。

林鲸那些天都坐在大门边上，监视着来往车辆。

蒋燃连续几天看见这个小胖妹妹在家待着，便留了神，这才发现她是生病了，小肉脸都小了一圈。

见他推着车走过来，林鲸都没来得及收回脸上的傻笑，就害怕地往门里躲。

蒋燃不知道林鲸为什么怕自己，应该是他做出什么举动了？他在原地站了一会儿，看见木门边缘她半掉的小花苞露了出来，毛茸茸的，像个小狮子。

他便招了招手:"你过来,头发掉了。"

于是林鲸挪步过去。

蒋燃因为住在姑姑家,要照顾叶思南,扎个辫子对他来说不难,他很快就帮林鲸把两条小羊角辫绑好了,动作也堪称温柔。

林鲸是想说谢谢的,讪讪地扭过头来,甜甜地道了一声:"谢谢哥哥。"

这时,她吸了半天的鼻涕虫就这么利落地从鼻孔里掉了出来,还正巧掉到了蒋燃的虎口处。鼻涕顺着少年修长的骨节,流到了手背上……黄澄澄、黏糊糊的。

林鲸当场就崩溃地哭了!

回忆就此打住,林鲸抿着唇不想说话了。

蒋燃紧了紧手臂,"嗯?"了一声,寻求她的反应。

林鲸面无表情地说:"不记得,你编的吧?"

蒋燃:"……"

两个人回到家,林鲸直奔浴室,卸发卡的时候扯断了好几根头发,最后足足取下来二十多根发卡,感觉脑袋都轻了半斤。

只是一头的发胶让她陷入困境,水淋一遍头发还纹丝不动,这发胶质量太好了。

蒋燃放好东西,来到浴室门口,见她这样费力还不知道几点才能睡觉,便走过去捞起她弯着的腰,把她的身体往上提了提:"我来。"

林鲸的后背瞬间僵直,随后她便听见蒋燃问:"先用水冲,还是先用洗发水洗?"

林鲸半天才找回自己的声音:"用温水冲一遍,把头发冲顺。"

语毕,头皮传来他的手指的温度,他摁揉着她的发根,然后手指当梳子,一点点地梳开她打结的头发。林鲸垂着头,看到洗手池里自己的黑发随着水流漂着,逐渐变得柔顺。

蒋燃的手臂一直落在她的肩膀上,呈从背后拥抱她的姿势,体温就此传来。

用了两次洗发水,换了五次水,他扯下浴巾,盖在她的脑袋上,笑说:"这样,可以了。"

林鲸接过毛巾,胡乱揉擦着滴水的头发:"谢谢。"

洗头发的过程中,她一句话都没说。

其实他们都好累了，蒋燃的衬衫前面湿了一大片，他伺候她这么长时间……浴室的暖光好亮，把林鲸照得有点儿不好意思，各种情愫都被放大了。

蒋燃的目光沉了几分，他无声地笑了笑，掐了一下她的脸，说："不早了，赶紧洗澡睡觉。我去外面的浴室冲一下。"

林鲸惊魂未定。她也不知道自己怎么回事，大概是因为想起鼻涕虫的事情，让她无法直视蒋燃，尤其是时隔十多年，他又帮她洗头发。

目送他出去后，林鲸脱掉裙子，卸妆，洗澡，最后把头发吹得半干，迷迷糊糊地掀开被子爬上了床。

林鲸一边睡，心里一边打鼓……也睡不安宁，乱七八糟的想法涌上心头。这一天下来兵荒马乱，她就这样把自己的一生交给了这个男人，满怀期待，又充满不安。

过了一会儿，蒋燃穿着睡衣进来，房间里只留了一盏落地灯，没对着床，灯影落在墙壁上。

他的床上睡着一个女人。

他没有立即上床，而是绕到林鲸这边，想看看她的睡颜，这是两个人第一次同床过夜。

这时，林鲸惊醒似的睁开了眼。

"是我。"他笑，坐在床边抚揉她的肩膀，安慰着她。

林鲸盯着他，过了一会儿，眼睛变得有点儿红："我知道，我们是相亲结婚，也算无爱婚姻了，你只是觉得我合适，不见得多喜欢我。就算以后离婚，我也不求你说我什么好话，但是别把鼻涕虫的事情说出去好吗？"

这是她今天最真的真心话了，她借着睡蒙的那股劲儿说了出来。

蒋燃俯身把她落在脸上的头发拨开，露出那张俊俏的小鹅蛋脸。

他问："知道不知道今天是我们的新婚之夜，你跟我说'离婚'两个字，合适吗？"

林鲸睁大眼睛，呆呆地看向他，眼睛没有什么光泽，迷茫又执拗地问："那你答应吗？"

"林鲸，你对这场婚姻是有多消极？"蒋燃自嘲地说。

"嗯？"她蒙了蒙。

蒋燃抚摸着她的脸，有些不悦，见她半天不说话，才低声哄着："好。睡觉吧。"

林鲸第二天早上被闹钟吵醒的时候，发现自己蜷在蒋燃的臂弯里，与他交颈而卧。

　　她从枕头底下把手机拿出来摁掉。

　　两个人紧紧拥抱着躺在被子里，真像一对恩爱夫妻。昨晚他们说完话，没精力干什么了，便卷着被子各睡各的，不知道怎么回事，早上就滚到了一起。

　　她睁着眼睛看了一会儿天花板，待神思清明后，才意识到自己的已婚身份，从蒋燃怀里爬了出来。

　　蒋燃睡得很沉，眼皮合着，眉心舒展，是一种十分放松的状态。林鲸忍不住侧着身子看了他一会儿，他确实帅，三十岁的人了状态还这么好，毛孔都看不见。他微抿着唇，短发乱乱的，神态有点儿幼稚。

　　林鲸叹了一口气，不看精神层面，她是真的不亏，还捡了个大便宜。

　　她掀被起身的时候，蒋燃身体贴上来缠住她，手臂就往她的腰上扣。林鲸无意吵醒他，怔了一会儿，待他安静不动之后才拿掉他的手。

　　不到七点，这是她上班一贯的起床时间，已经形成了生物钟，她走到洗手间里才意识到自己还有一天婚假。

　　但是她无暇想那么多了，浴室的窗户是开着的，风一吹她就闻到了自己头发上的浓烈香味，还是昨晚那个发胶的味道。

　　怎么回事？她对着镜子看了看自己的头发，这才发现颅顶那里的发丝粘在一起。

　　林鲸："……"

　　呵，蒋燃根本就没给她洗干净！看着是伺候她，姿势挺到位，还洗了两遍，但他是真的不懂怎么照顾女孩子。

　　于是她坐在浴缸边，自己又洗了一遍头发，吹干之后头发才终于柔顺蓬松起来。

　　看着水流淙淙向下，汇聚波纹，流进下水管，她忽然想到小时候妈妈使唤爸爸拖地的一些趣事。

　　林海生每次都听话照做，迅速拖完地去看球赛，把妈妈哄得团团转，直夸他是个疼老婆的男人，待她亲自检查后，才发现地上全是头发和水渍。

　　男人就喜欢敷衍了事。

　　不知道蒋燃是不是这样的人，林鲸忍不住把蒋燃和爸爸进行对比，这样想来还挺有意思的。

她顺便洗了个澡,换了衣服出来时,蒋燃还没醒,但是身体转了个方向,背对着她睡着。

放在桌上的手机响了几下,工作群里,周经理在@几位同事,说赵姐的孩子生病了,赵姐要请几天假,排到今天休息的同事先不要休息了,等下个月赵姐回来上班再说。

他也知道林鲸请的是婚假,就没有提她。

几位管家在工作大群里一一回复"收到",转头就在无领导的小群里埋怨,本来一周就一天休息时间,够累了,还要给别的同事调班,什么计划都被打乱了。

领导这么爱工作,怎么不自己顶班呢,就知道奴役别人,发奖金的时候倒没想着大家。

林鲸没有发言,去翻了业主群的消息,把这两天待办的事情都交代给了有关的职能部门的人。

这时才七点出头,她等蒋燃起床等得有点儿无聊,反正自己也睡不着,索性去做早餐。

七点半,她回到卧室,坐在床边碰了碰蒋燃的手,小声说:"我先去办公室一会儿,处理点儿事。早餐在桌上,你起床记得吃。"

蒋燃还闭着眼,鼻间闻到女孩子的味道,她在床边与他低声交代,声音清婉,搅弄着清晨的空气,昨晚那点儿不高兴的情绪全被抵消了。

他把人往床上一拽,压在身下,像个少爷似的任性地说道:"不许去,今天不是假期吗?"

林鲸手抵在他的胸膛上,捶打了一下:"你昨晚没给我洗干净头发,回来找你算账。"

"是吗?"他亲了亲她的发心,笑说,"我看挺干净的。"

林鲸从床上逃下来,换了工作服,出了门。

从16幢到办公室,她走路就需要2分钟。不得不说,这个上班距离非常爽,是所有工作的人可望而不可即的,但是林鲸做到了。她以后可以睡到上班前一刻钟再起床,再没有起床困难户的烦恼了。

婚后第一天上班,她踩着高跟鞋走在路上,心情与以往到底有所不同。

两旁是参天的桂花树,当初说的"满城尽是桂花香"已经到来,一簇簇黄色的小花拥挤在绿叶之间，好似一幅浓墨重彩的立体油画。

路上，她遇到了认识的女业主，对方正在遛狗："林管家，这么早就来上班啦？"

对方还不知道自己已经结婚，林鲸于是微笑着与对方寒暄："对，早上好啊。"

"早啊。"

林鲸看着她的大金毛，贴心地提醒："如果狗狗早上出来拉便便，记得拿个方便袋清洁一下，被小朋友踩到就麻烦了。"

女业主手里除了牵引绳什么也没有，被林鲸这么提醒，她只好尴尬地笑了笑："哎哟，忘记了，下次一定带。"

林鲸来到办公室，打开电脑，把一些琐碎的事情处理了。

过了一会儿到八点，陆续有同事来上班，看见她不免起哄问道："林鲸，结婚的感觉如何啊？"

林鲸忍俊不禁："除了累，没别的感觉。"

"欢迎加入已婚少女行列！"

林鲸和对方碰了碰喝水的马克杯。

早上的事情挺多的，过了一会儿，有业主跟她说要更换停车牌。林鲸顶着太阳去了趟安保控制房。

录完新车牌之后，对方拉着她说，近期有教育机构的销售人员偷偷溜进小区打广告，买通业主里应外合进来的，还在电梯上贴物料，这让物业也没办法。对方让她在业主群里讲一下，提醒业主千万不要信这些乱七八糟的人，被骗了钱物业是不予理赔的。

"好的，我知道了。"她站在保安室门口，用文件夹挡了挡太阳，双眼微眯。

上午十点多，小区里是没有什么人和车的，太阳太毒了。

一道引擎声由远及近地传来，蓝色的帕拉梅拉在和闸道还有一段距离的时候便停了下来，林鲸转过头去。

她穿着白衬衫、黑长裤，掩饰不住纤腰长腿，身材凹凸有致，头发松松地绾了个发髻，两撮碎发掉到脸颊两边，认真工作的模样有种飘忽的美感。

蒋燃把车窗降下来，林鲸看见他上半身穿了件质地偏柔的白衬衫，很有工作的精致感，但又没那么严肃，衬着他的长相倒显得很亲和。

他看着林鲸，嘴角微扬，一本正经地说："林管家，我的车辆识别坏了，闸杆不抬，可以帮我看看是怎么回事吗？"

"……"

林鲸一开始没懂他在搞什么，走近两步看到他的眼神才明白过来，绷着脸说："蒋先生，您的车距离闸口太远了，系统无法识别车牌，您开近一点儿闸杆就抬起来了。"

"哦，原来是这样。"蒋燃像煞有介事地点头，恍然大悟的样子，而后用只有两个人能听见的声音对林鲸说，"我出去一趟，下午回来。"

旁边有人，林鲸没好意思问他去干什么，脸上挂着职业笑容，跟他告别："蒋先生，再见。"

蒋燃轻笑："再见。"

执勤的保安问她："你们不是已经结婚了吗？搞什么这么客气？"

林鲸笑笑，没说话了。

回到办公室，她才看见蒋燃在九点多给她发了条微信："公司有事，我去一趟。"

这会儿有点儿闲，林鲸坐在办公桌前犹豫是今天销假正式上班，把休息留到以后呢，还是现在回家躺一会儿？

但是又觉得蒋燃都出门了，她一个人回家也没什么意思。

放在桌上的手机"叮"了一下。

蒋燃："工作制服很好看。"

林鲸并不想应承这句浮夸的赞美，严肃地回复："蒋先生，开车的时候请不要玩手机，为自己的生命安全负责，也为他人负责。"

很快，蒋燃发来一张照片解释："在等红灯。"

"遵命，蒋太太。"

林鲸笑着："好好开车，不要回复我了。"

过了一会儿，手机又响，林鲸都准备好说辞教育他了，这次是鹿苑发来的消息。"昨天在酒店的休息室里，你有没有看见我的手表？"

林鲸调出照片发给她："帮你拿回家了，你跑得比兔子还快，这么贵的东西也随处丢。"

鹿苑："姐妹地道。这么会过日子，不当菲佣可惜了，来我家当保姆吧。"

林鲸："你能不能滚？"

鹿苑："嘿嘿，新婚感觉如何？才十点多就起床了啊？看来昨晚战况不是很激烈啊。"

林鲸："我不仅起床了，而且已经上班两个小时了。"

鹿苑："什么玩意儿？婚礼对你来说就是个流程吧？你当百米赛跑啊，还没开始就结束了。"

林鲸不禁想，不仅她将婚礼当百米赛跑，蒋燃也当百米赛跑，婚礼第二天就各自回归工作岗位，堪称劳模。

林鲸："悄悄和你说，昨晚根本就没战况。我太困了，那状态跟喝醉没什么区别，还作死地跟他说离婚什么的……"

鹿苑："牛！"

林鲸："也不知道他有没有生气，今晚回来再说吧。"

鹿苑："你在老虎头上蹦迪，蹦得还挺开心。"

林鲸："婚礼的伴手礼，等你下周末回来给你，和手表一起。"

说到伴手礼，林鲸想到了什么，退出微信。

她回了趟家，把婚礼的伴手礼拿去分给同事们，办公室里瞬间热闹起来。

结婚她没有邀请同事，一来确实关系没好到那个份儿上，邀同事参加婚礼不合适；二来怕同事觉得她在赚份子钱。她不止一次听同事说谁谁结婚，搞得大家份子钱都出不起了。

有的同事当场就拆开了礼盒，发现里面零食的品种有很多，酒心巧克力、喜饼、曲奇、小糖果，还有一张小贺卡藏在最下面，上面的字是蒋燃的手写体，让礼品公司印出来的，还有一双筷子，寓意成双成对、般配和谐。

有个男同事点了点东西，说道："林鲸，你可以啊，伴手礼这么丰富，这一套下来得几百块钱吧？我结婚的时候就给大家发了一袋喜糖。"

林鲸并不知道喜糖还有这么多弯弯绕绕的讲究，这些都是长辈操办的，她没管。

她笑了笑，说："是吗？我不清楚。"

男同事说："伴手礼嘛，反正我是舍不得花这么多钱的。"

张妍打断那名男同事的话，说道："你懂什么啊？林鲸自己家条件就不错，她老公也超级有钱的，你觉得隆重，对人家来说就是毛毛雨啦。"

男同事："也对，也对，没法比。"

林鲸坐在电脑后，手指在键盘上打着字，渐渐意识到同事讨论的话题变了味道。

张妍坐下来，拆了一颗酒心巧克力塞进嘴巴，慢慢品尝了一会儿这种充满层次感的甜品，层层俘获味蕾。

她吃完巧克力喝了口水，碰了碰林鲸的肩膀，小声说道："话说回来，你的运气真的够好的啊。来上班不到一年，不仅这么快升主管，还把人生大事解决了，嫁给溪平院的业主。这班上得真值！我怎么就没这么幸运呢？"搞得林鲸目的性特别强一样。

林鲸手指停顿，对张妍说："不是说了吗？相亲认识的。"

张妍看上去不太相信："也是牛了，反正我相亲没相到条件这么好的男人。"

这些话或许是张妍无心说出来的，并不含有任何意味，林鲸却觉得她没意思透顶了，这话听了很不舒服。

没想到朝夕相处，关系还算好的同事竟然这样说，某段时间里，林鲸甚至把张妍当自己的朋友一样对待，无偿给她顶过班，带妈妈烤的蛋挞给她。

但是如果林鲸说，她和蒋燃结婚并不是为了钱，也没人相信，于是她不再解释。

张妍没发觉林鲸不开心，还在继续说些有的没的，引起其他同事发出歆羡的声音，问道："真的吗？这么好啊？"

几个女人凑在一堆聊着，这可比工作有意思多了。

林鲸手指"啪啪"地打着字，懒得理会她们。她原本是出于礼节分享喜事，却不想惹自己不痛快。

假闺密和真闺密有着本质的区别，还是不能把同事当朋友相处，林鲸今天才真正认识到这句话的深意。

过了一会儿，周经理夹着文件夹走进办公室，问道："这边有个小区宠物管理办法要写，哪个同事有时间？"

除了闷头工作的林鲸，大家都在面面相觑，放缓呼吸，假装自己没听见，或者直接说："我哪里会写这种文件哪？"

周经理看着这群闲得没事干的女人，"哼"了两声，阴阳怪气地说道："羡慕人家升职快有什么用？遇事往后缩，再天天摸鱼，你们就可以回家当少奶奶，不用稀罕在我这里升职了。"

顿时，一屋子人鸦雀无声。周经理又问了一遍："有人主动请缨吗？"

林鲸没说话，因为她手上有一堆事急需处理。

旁边的同事窃窃私语："以前这种东西都是谁写的啊？"

张妍回答："林鲸，她文案比较专业，文笔摆在那里，这方面的东西也是可以写一写的。"

"那这次就还是她写呗，咱们能力不行，比不上高才生。"

周经理："你们确认没人写是吗？那我就点派了啊。"

没人说话。

周经理用手指敲了敲林鲸的桌子："林鲸你写吧，明天下班前交给我，然后在各个业主群和公告栏里落实。"

林鲸点头："好的。"

周经理看她没什么表情，看不出乐意还是不乐意，这才宣布："下个月给你申请一笔奖金，辛苦了。"说完他走了出去。

林鲸："谢谢经理。"

办公室里众人再次陷入沉默之中，然后张妍感叹了一句："我就说吧，你好幸运，好事又落到你头上了。"

语气不乏酸意，或许她还有点儿后悔。

林鲸打开笔记本，搜索苏州相关的宠物饲养管理条例，终于忍无可忍，语气平淡而清冷地问："我刚刚说话了吗？不是你们一直在推托？"

"就说说啊。"张妍脸色讪讪的，说道，"哎哟，别多想啊，聊聊天而已。"

林鲸打开文档开始工作，不再说话。

当然，身边的同事也反应过来，是自己亲手把获得奖励的机会推了出去。内卷说了一千遍一万遍，但落到实处，大家还是"赚钱不积极，思想有问题"。

林鲸到快下班的时候，才把工作理顺，看向窗外放松眼睛。

赤红色的云霞坠在边际线之上，视线被参天的桂花树半遮半掩，入目是一幅幽静的画卷。

她拿出手机，给蒋燃发了条消息，问他几点回家。

她刚将消息发出去，蒋燃的电话就打进来了。

"回家了吗？"蒋燃问。

"你呢？"

"回家的路上，不过是回家拿行李，要出趟差。"林鲸这边可以听到他车外隐隐的鸣笛声，对比下来他的声音就无比清晰，"晚上飞深圳。"

"怎么这么突然？"林鲸心里有种说不上来的滋味。

"公司有事。"他放缓了语气解释，又问她，"你在家吗？"

林鲸的嘴唇绷直，她有点儿生气，故意说："没有，今天忙，要很晚才回去。"

蒋燃欲言又止，终究没说什么："我知道了。"

然后他挂了电话。

林鲸坐在办公椅上，看着同事陆续收拾东西下班，自己一点儿想起身的意思都没有，也不知道在跟谁赌气。

有人问："还不走吗？好不容易准点下班。"

林鲸眉眼微弯："还有点儿事情没弄完。"

同事："这个周经理简直要死啊，什么事都推到你头上。"

林鲸无奈地笑了笑。

她被一层弥漫上来的消极气息，从头到脚紧紧包裹了起来，心情湿漉漉的，好似潮汐过后的岩石。

这才新婚第一天，两个人竟连一起吃顿晚饭的时间都没有。

她独自待了半个多小时，努力让自己想通。这是蒋燃也没办法的事情，从一开始她就知道他的工作性质，谁又是轻松的呢？

她拿上手机，快步向家里跑去。

但她还是晚了一步，蒋燃已经离开了。

玄关处，她离开前随便脱下的粉色棉布拖鞋，原本东一只西一只，现在被他摆放整齐，鞋口朝着她的方向，好似在表达他的歉意。

林鲸换了鞋子，失了力似的把自己摔进沙发里，失落得无以复加。

不过，她终于理解了求婚那天蒋燃说的：这个家就拜托你了。

竟一语成谶，他并不是在客气。

这份失落情绪持续了半个多小时。

她原本想给自己做一顿晚饭，想想还是算了，点开了外卖软件。

林鲸吃过晚饭，洗了澡，爬上床开始刷剧的时候，心情又愉悦起来。因为这种有老公跟没老公一样的生活，特别适合爱独居的人。

独居是她一直以来的梦想。算了，老公什么的也不是很重要，她就当白得一套房子吧。

刷刷刷到晚上十二点，也没人管，她困了就把 iPad 扔到一旁，闭上眼睛睡觉。

早上闹钟响的时候她立马摁掉，因为不再需要那么早起床，下楼就到上班地点。

第二次醒来天光已经大亮,她是被蒋燃的电话吵醒的。

"起床了吗?"

林鲸看着手机,好久才说:"刚起,你到了?"

"昨晚下飞机太晚了,就没给你打电话。"他迟疑了几秒,问道,"还在生气吗?"

林鲸靠着枕头,听见他的丝丝声音从听筒里传来,还透着早晨起床的嘶哑感,令人心脏酥麻,她又笑了:"你怎么知道我生气了?"

"事出紧急,谅解一下,好不好?"明明工作上的事并没有必要道歉,他的语气却偏偏带着一种哄她的意味,"我还知道你生我的气,故意不回家。"

情绪被完整解析,他的细致入微,让林鲸心底竟然冒出委屈的酸意:"你知道我不开心,婚假都没过去,就毫无预兆地把新婚老婆丢在家里,有点儿过分哪。"

蒋燃任由她控诉,没反驳一句。

过了一会儿,林鲸说累了,问:"你怎么不说话了?"

"在听你说。"

林鲸"哼"了一声:"做错事的人,的确没资格说话。"

蒋燃顺着她的小脾气说:"嗯,以后我都不说话。"

林鲸:"那你就当个哑巴吧。"

蒋燃忽然说:"就一周,我就回家了,很快。"

林鲸装作不屑的口吻说:"说得谁想见你一样。"

蒋燃轻笑:"是我想见你。"

挂了电话,林鲸才意识到自己就这么被蒋燃莫名其妙地哄好了,她真是太不坚定了。

她去浴室洗漱时,把手机放在盥洗台上,不一会儿振动了两下,她点开,蒋燃给她发了一张照片——昨天傍晚,她坐在办公室的窗户下,手撑着下巴,隔着玻璃看窗外某棵树的侧脸。

原来他那个时候去办公室找她了,只是没进去而已。

蒋燃:"看你的表情,是想找把刀捅死我?"

林鲸:"……"

去死吧,她不想回他了。

接下来的日子,林鲸一个人在家,白天上班晚上睡觉。大门不出二门不迈的日子也有点儿无聊,而且房子太大了,晚上空荡荡的,寂寞感会加倍。

她再次怀疑,结婚的意义是什么?

终于到了周三晚上,施季玲打电话过来让她和蒋燃回家拿大闸蟹。

林鲸光是想到妈妈做的饭,想到秋天的蟹黄,便口舌生津,想立马飞奔回家。

施季玲开门的时候只看见女儿背着小包包,像个橙黄的小蜜蜂似的落在门前,往她身后瞅了瞅:"蒋燃呢?他怎么没和你一起来?"

或许是分开住了的原因,林鲸感觉自己对妈妈的爱深沉了几分,她张开手臂,问妈妈:"你的宝贝来还不够吗?"

妈妈没抱她,而是捏了一把她侧腰的痒痒肉,评价:"瘦了这么多?"

林鲸:"还好吧。"

林海生坐在餐桌边倒着黄酒,黄酒性温,可以抑制蟹的寒凉,这是经典搭配。

他悄悄观察着婚后第一次回来的女儿,然后谨慎发表意见:"我们鲸鲸最近看上去很开心哪,婚姻生活怎么样?"

其实林鲸是因为要回来吃饭而开心的,歪了歪脑袋回道:"当然不错啦。"

"不错就好。"林海生给她温酒,"赶紧洗手吃饭吧。"

施季玲又问了一遍:"蒋燃怎么没来,工作这么忙的?"

林鲸只好说:"他出差去了,不在家。"多的话她也并不想跟父母说,省得他们瞎操心。

饭后,林鲸在厨房里帮施季玲洗碗,母女俩并排站在洗水池前,一个打泡泡,一个冲水。

施季玲找着机会,又开始审她:"你们那个的时候,做措施了没?"

林鲸瞅了瞅她,故意问:"哪个啊?我不懂。"

施季玲狠狠戳她:"拿你妈寻开心是不是?还能是哪个?"

林鲸这才说实话:"结婚第一天他就去深圳了,现在还没回来。你说我一个人能干吗?自我繁殖吗?"

"这么夸张?"施季玲眉头皱在一起,忧心忡忡地说道,"你们才结婚,他就出这么长时间的差可怎么得了?他一个人在外,模样不错,三十岁左右的男人最会招蜂引蝶了,你要看紧点儿。"

林鲸并没有什么御夫之道，便"佛系"起来："他要是想出轨我拦不住的，不过我相信目前他应该不会的，最起码也得过两年吧。"

　　这话说得施季玲都觉得林鲸表现得也太不在乎了："你不能这么消极啊，好丈夫都是调教出来的。不过我看蒋燃是挺不错的，至少很有责任感。"

　　林鲸在心中叹气，他们这样的婚姻状态，她也只能求他某段时间忠贞了，说别的不现实。

　　她顺便给妈妈交了底："妈妈，我不是悲观和消极，只是不想把期待值放太高。长到这么大我才明白，安全感靠别人给不现实。我和蒋燃互相陪伴的时候开心就够了，毕竟感情基础就这么浅。"

　　施季玲听呆了，任水"哗啦啦"地流。

　　林鲸继续说："结婚前，我有段时间是很抑郁的，正好和蒋燃互相填补了对方的空缺，性格合拍已是万幸。"想到同事说的那些话，她自嘲地笑了笑，"而且，他经济条件不错，养一个我绰绰有余。"

　　这是施季玲第一次听到林鲸这样发自肺腑的声音，大为震撼。

　　好半天，施季玲才找回自己的声音："原本我是想跟你说，让你们过半年再要孩子。现在看来的确不能着急，你们还有的磨呢。"

　　洗好碗，关了水，施季玲走出了厨房。

　　刚走两步，她不甘心地又回头对林鲸说："乖囡囡，真的不能这么想。妈妈经常说这世上没好男人，都是瞎说的，一定会有人真心爱你的。"

　　林鲸并不觉得自己悲观和消极，只是告诉自己要保持清醒。

　　蒋燃本来跟林鲸说的是晚上到家，但中午就回来了。

　　助理的小女友来接他，蒋燃去找自己的车。

　　助理在女朋友来之前，帮蒋燃把行李搬到了车上，顺便问他："这件事，您回去要怎么处理？"

　　蒋燃攥着手机，正在犹豫要不要给林鲸打电话，心不在焉地回了一句："还没决定。"

　　助理表情虽然平静，语气里却含着恨劲儿和不服之意："这是你第几次帮他擦屁股了？事不过三，他为什么还能安然无恙地待在销售总监的位置上？"

　　蒋燃最终决定不给林鲸打电话了，把手机塞回口袋里，看向助理，还是那句平淡的话："回头再说。现在我还有私人的事。"

助理赶紧说道:"好的。正好我女朋友也来接我了,周一见。"

蒋燃驱车从上海回到苏州,还没到家,在车上想到一件事,便打电话问朋友。

那个朋友有点儿贱兮兮的,说:"你想知道啊?那来见我呗。"

蒋燃有点儿想爆粗口了,但克制住了,跟对方说:"你的嘴能像你的脑回路一样直一点儿吗?非得搞这一套。"

那个朋友叫陆京延,乍一看是个不学无术的富家子弟,但脑子里还是有点儿东西的。

"来嘛,来嘛,就在距离你家不远的酒店。"

蒋燃将车掉转了方向,去了酒店。

陆京延和他们的朋友没在吃饭,而是找了个地方打牌,看着就很富家子弟的做派,而且十分具有"涉嫌赌博"被抓的风险。

见他来了,众人笑着调侃:"哎哟,新郎官来了。"

这群人很多是参加过他上周的婚礼的,见面自然要调侃。

蒋燃找了张沙发坐下:"你们是没话说了吗?"

陆京延好笑地说道:"不好意思,最近只记住了你这个鲜亮的身份。"

蒋燃笑了笑:"我已婚的身份让你们羡慕了?"

陆京延说:"那可不是吗?"

蒋燃欠欠地说:"那你们就继续羡慕吧。"

陆京延指了指角落里半躺在沙发上玩手机的一个男人,说:"池哥前两天和他老婆吵架,赌气说谁先低头谁是狗,结果不到三天就屁颠屁颠地找人认错去了,现在又开始吹牛说他老婆好厉害,好聪明,学历高,温柔又体贴,跟我们没见过女人似的。他老婆什么样我们又不是没见过,烦死人。"

蒋燃挑眉:"所以?"

陆京延:"所以已婚战队又添一员猛将,我很不爽。最好你和这个人卷起来,互相攀比自己的老婆,炫耀自己的婚姻生活有多幸福,只有你们内卷,我们'单身狗'才看得开心。"

蒋燃:"看我们内卷,不会'狗粮'吃得更撑?"

陆京延套路蒋燃失败,就挑衅角落里的男人:"池总,来活儿了,你遇到劲敌了。"

结果他换来一句回应:"滚。"

蒋燃陪聊了两句,把陆京延叫到一边说话。陆京延的朋友在投行工作，经手过很多IPO（首次公开募股）项目，在这方面敏锐度极高。

蒋燃说："我身边有人在疯狂买进一只叫'大通医疗'的股票，但'大通医疗'的股票一直半死不活，让你朋友帮我查一下是怎么回事。"

陆京延问他："你身边有人？谁买了？"

蒋燃说了一个名字，他公司的销售总监。

陆京延惊讶："这就是聪明人吗？一点点信息这人就能想到有猫腻。不过我现在就确切地告诉你，有人要借'大通医疗'的壳上市，他现在大量买入股票，肯定是提前听到了风声。"

蒋燃面色严肃地说："我知道是怎么回事了。"

谈完事情，蒋燃被人拉着喝酒吃饭，但他这些天在深圳喝了好几顿酒，人差点儿喝没了。

他有点儿排斥酒局，却没说出来。哪怕关系再好，他对人也一贯保持着分寸感，并不会驳人面子。

坐在他对面的池禹看上去心情不太好，脸色紧绷，跟谁欠了他钱似的，过了会儿忽然起身说："不跟你们这些废物瞎混了，我老婆回来了，我回家吃饭。"

陆京延爆了一句粗口。

大少爷并没有理他。

陆京延说："他真好笑，多大年纪了还回家吃饭，小学生吗？"

蒋燃说："你没有老婆，可能想象不到他的快乐。"

"这些笋你都夺完吧。"

蒋燃见有人开了个头离开，就此得到启示，但又不是很想让林鲸麻烦一趟，而且以林鲸的性子，她也未必肯出来接自己，估计她都还没消气。

蒋燃喝了口酒，给林鲸发消息，坦白自己在喝酒，没法开车了。

林鲸说半个小时后到。

于是，蒋燃跟众人说："不好意思，林鲸要来接我了，我也走了。"

陆京延："你是故意炫耀的吗？"

蒋燃说："真不是。你也知道我刚结婚就出差，把人惹生气了，现在得哄哄。"

朋友点头："那是应该，得罪谁都不能得罪自己的老婆。你把弟妹接上来一起吃饭呗，咱们陪你一起哄她。"

蒋燃笑骂了一句"滚"，问："你们知道我有老婆，这顿饭还能跟你们一起吃?"

有老婆谁还要朋友啊?

"……"

如此看来,老婆还是酒局的挡箭牌。

林鲸在爸妈家收到蒋燃的微信时还有点儿诧异。

爸妈问:"干什么去啊?"

林鲸回道:"蒋燃回来了,好像喝醉了,我去接他。"

施季玲站了起来:"哎哟,怎么回事呀?"

林鲸在玄关处换上鞋,拿上车钥匙:"不知道,去了再说。"

她开着车,来到蒋燃发给她的地址,本以为要找一会儿,结果在楼下一眼就看见蒋燃了。

他将手插在口袋里,正站在那里低头看手机,高高的个子在人群中显得鹤立鸡群,她一眼就看到了。

他的脸庞是月白色的,眼眸清澈,身姿挺拔,可一点儿没有醉态。

林鲸降下车窗喊他。

蒋燃走上来,听见她问:"我还以为你醉了呢,看你这个样子不像啊?"

蒋燃上车扣上安全带,厚着脸皮说:"的确喝了,只是我酒品好,会维持着风度。"

林鲸"扑哧"一笑,没好气地说:"你出去一周,学会自夸这门手艺了啊?"

蒋燃脑袋挨着座椅靠背,静静地看着她的侧脸,还在装傻,模样认真地说:"你怎么会这么认为?你没看出来我在跟你求和认错,顺便给自己一个台阶下吗?"

他又花言巧语。

林鲸这次不信他的鬼话了,扭头去看他的眼睛,眼神总不会骗人。

她身体靠近他,两个人能闻到彼此的鼻息。蒋燃抬眸和她对视,男人的眼神太过直白,微带戏谑之意,林鲸受不住,一秒就要撤离。

蒋燃忽然伸手捧住她的脸,他的鼻尖缓缓擦过她的脸颊、鼻子、嘴角,要亲不亲的。

酒精的分子蹿到林鲸的鼻腔里,她闻到了他喝了酒的证据。他的脸颊很热,她仔细观察,他的脸和脖颈上已经爬上了绯色,白里透红,竟然有点儿可爱。

林鲸不太自在地说:"好了,回家吧。"

蒋燃松开手指,轻拍了一下她的额头,嗓音很轻地说:"不闹你了。这段路交警多,万一查到你酒驾就不好了。"

林鲸一开始觉得他的话很奇怪,她又没喝酒,怎么会酒驾?片刻后她反应过来他的意思,脸跟着涨红。

接吻会交换唾液,她嘴里也会有酒味。

于是她拍开他的手背:"大白天的,没正行?"

蒋燃的手又缠了上来,握住她的手,故意说:"晚上就可以了吗?"

林鲸"哼"了一声,嗔怪道:"我是那个意思吗?你不要搞颜色话题,这边不仅交警多,监控也很多。"

林鲸身上有典型的南方女孩的柔润感和娇气,不掌握好分寸感就会显得很"作"。但是这放在林鲸身上就完全不会,尤其她总是习惯性地轻轻"哼"一声表达不屑和喜怒情绪,眼神异常执着,这一点在蒋燃看来非常可爱。

他又忍不住逗她:"有监控怎么了?你以为我在车上会做什么?"

林鲸气哼哼地说:"我就不相信没人管得了你。"

蒋燃此时已经闭上了眼,很快入睡,抱着手臂一动不动。

其实溪平院就在眼前,她开车回去也就十分钟的工夫。但是林鲸心里又有点儿生气,并不想回到家后还要照顾他,于是直接将车开去了父母家。

车一停下,蒋燃就睁开了眼睛,看见的是林鲸家小区的黄色楼房外立面。有几家人在阳台外安置了晾衣架,晾晒的T恤衫、裤衩随风飘扬,随时会掉下来砸中人的脑袋。

林鲸看着他,幸灾乐祸地说:"今晚在我家吃饭吧,正好我妈也念叨你这个好女婿,让她见识见识你喝酒后的样子,破灭一下心中的幻想。"

蒋燃根本就没被她唬到,解开安全带下了车,顺便问:"爸妈现在在家吗?"

林鲸的脸色顿时僵住。失策失策,爸妈这个点去上班了,她拎着小包下车,抿了抿唇说:"他们四点半就下班了,会回来的,别着急。"

蒋燃笑着去勾她的手:"你带路吧。"

两个人上楼的时候,遇到一楼的阿婆正要出门,见到林鲸,对方笑着露出只剩下的三两颗牙齿:"鲸鲸回来了?"

林鲸笑着和对方打招呼:"是的,阿婆。"

"听说你结婚了,这是你的老公吧?又高又帅,真好哇。"

蒋燃微微颔首,学着林鲸的口吻打招呼:"您好,阿婆。"

"好,好,好,你们回家吧,我去活动中心跳舞了。"

"您慢走。"

林鲸开了门,蒋燃紧随其后,扶了把玄关柜,找着拖鞋。

林鲸家这套房子是她十几岁的时候买的,120多平方米,房型特别板正,南北通透。虽说和溪平院没法比,但胜在房子位置特别好,还有三个学区,价格也不低。

林海生和施季玲这个时间正在上班,家里没人,一缕阳光穿过阳台上晾晒的衣服,光线在木质家具上折了好几道,最终落到沙发背景墙上,那里有一幅裱起来的字,是林海生亲手写的"上善若水",可惜,字体并不是很有大师风范。

好吧,字体是有点儿俗气了。

林鲸每次将注意力落在那字上,都特别想将其摘掉,奈何说服不了爸爸,毕竟他才是一家之主。

现在,蒋燃的目光也落到了那四个字上,他微微蹙眉看着,这让林鲸感觉有点儿羞耻。

在蒋燃的目光移开之前,她赶紧装作若无其事的样子,坐在沙发上看手机。

蒋燃问她:"水壶在哪儿?"

林鲸问:"你要水壶干吗?"

蒋燃看着她,眼里露出一点儿微妙的神色,然后吐出四个字:"我要喝水。"

林鲸手指紧抓手机:"哦,在厨房里。"

蒋燃笑了一声,过去了。

林鲸回头一想,他也说了一句废话啊,烧水壶不在厨房里能在哪里?难道在她手上吗?

红木餐桌上摆着三只水杯,蒋燃精准定位到那只星巴克的星空马克杯,拿起来去厨房接了杯水,喝完才出来。

林鲸偷偷瞄着他,他竟然用她最喜欢的杯子,这是她珍藏很久的,今天才拿出来用!

蒋燃注意到她凝视自己的目光，挑唇和她对视："这么看我干吗？你不会真想拿刀捅死我吧？"

林鲸被抓包后脸很热，又"哼"了一声，扭过头去。

蒋燃走过去站在她跟前，终于伸出"罪恶之手"揉了揉她的脸颊，低笑道："你怎么这么可爱？老婆。"

这是他第一次喊出这个称呼，林鲸的第一反应是：好不习惯。但是她又感觉很奇妙，腻得宛如罐子里的枫糖浆，化也化不开。

她说："距离我爸妈回家还有两个多小时，我们大眼瞪小眼地待着也不是那么回事，你可以去我的房间里睡会儿觉。"

蒋燃："你陪我？"

"要求真高，还得找个陪睡的。"林鲸吐槽他，却非常诚实地起身，带他去自己的卧室，因为她自己也困了，昨晚追剧到1点多。

林鲸的卧室的装修风格与客厅的截然不同，是比较清新时尚的北欧风。

她上高中之后就要求妈妈不要给她买卡通图案或者"鸳鸯戏水"的床品了，全都换成了小碎花或纯色的水洗棉，"老干部"风格的书桌也换成了原木细腿的。

蒋燃来家里吃饭的那几次，都没进过她的卧室。这下他可以明目张胆地审视自己老婆的闺房了。

碎花床单上放着她从上海迪士尼买回来的星黛露，绿色格子抱枕，被子是棉花的，不是特别蓬松，但是感觉很舒服。

蒋燃心中忽然明白，林鲸吸引自己的某一部分原因，是她生活在一个看似平凡，但非常幸福的家庭里。她活得非常真诚，哪怕是小脾气，也给了他许多安全感和幸福感。

他坐在椅子上，并没有立刻去睡觉。林鲸觉得他是有洁癖，不想穿外面的衣服上床，她自己倒先爬到床上躺下了，顺便拍了拍床告诉他："来睡吧，这床单我晚上就换下来洗，没关系的。"

说完，她自己就转过身闭上眼睛了。

蒋燃坐在椅子上回了几条消息，然后定了闹钟，掀开毯子从后面抱住了她。

林鲸大概永远都不知道，自己拍床让男人来睡觉的画面和声音，留在蒋燃的脑海里很久。

其实林鲸没睡着，尤其是蒋燃无声地把手臂穿过她的脖子下方搂住她，后背贴着他的胸膛，感受着属于一个男人的温度，她整个身体都僵了。

她对着大白墙干瞪眼了好久，直到背后传来平缓的呼吸声，他也不动了，她才在不吵到他的前提下转了个身。

她的脑袋重新枕到枕头的时候，蒋燃的脸忽然压下来，她的呼吸被堵住了。

蒋燃吻得很用力，攻城略地般，林鲸被亲得晕乎乎的，宛如雨后被吹落一地的花瓣，在他身下显得可怜兮兮的。

舌尖还残余着他的舌头的湿滑触感，肆意搅弄，情欲带给人的感觉是震撼的，林鲸的脑袋脱离了枕头，后脑勺被他的手掌托着。这片可怜的小花瓣，又被丢到了汪洋大海里，随风漂浮。

全身的血液都冲到了一个地方，宛如潮起，直到蒋燃将亲密的方式改为轻轻啜吻，她的情绪才渐渐回落，然后平稳下来。

林鲸的脖颈和手臂脱力般地落回枕头上，他亲得如此激烈，她有点儿没脸看他。

窗外的蝉"吱吱吱"地鸣叫，太阳毒得似要把行人晒化，屋内的情景却被分割成画卷的"阴暗面"。

蒋燃俯视着她，肩胛骨微微隆起，眼神促狭。

在毯子里搂抱她的姿势，像抱着一个小娃娃，他爱不释手地看看，逗逗，不像抱老婆。他的肩膀很宽，可以完全笼罩住她的小身板，男人的两条长腿轻轻一别，就把她乱蹬的腿分开禁锢住了。

羞耻感一寸寸爬上来，她第一次知道，男人一米八几的大高个儿不是白长的，原来力气这么惊人？

他就要在家里办这件事了吗？

虽然他们已经结婚了，但是她在感情上还是无法接受这种事，尤其是意识到妈妈会经常擅自给她收拾屋子，更换床单和被罩，这也太难堪了吧？

头脑风暴中的林鲸一动不动。

蒋燃托着女孩僵直的后背，脸埋在她滚烫而柔腻的颈窝处，笑得肩膀都颤抖了："你怎么这么紧张？我们又不是偷情。"

林鲸脑袋一抽，忽然说："我怕你要在这里……家里没有那个东西。"

那东西……一般人还真难理解她如此抽象的描述话语，但是蒋燃理解了。

他故作不懂地问:"什么东西?"

林鲸眼睛一闭:"我妈说,让我们暂时别要孩子。"

这在情理之中,但蒋燃依然有些诧异,问:"你很听你妈的话吗?"

其实这也是她自己的意思,近一年的避孕措施肯定是要做的,只是通过妈妈的嘴说出来就显得比较权威,并且和她毫无干系。

林鲸又怕他觉得自己是个"妈宝",于是说:"我认同她的话,我们需要再磨合,你觉得呢?"

蒋燃没有回答好还是不好。

"以后再说吧。"

林鲸攀住他的肩膀,手臂绕到他的脖子后面。两个人贴着,林鲸才惊觉自己的裙子在里面翻折得好夸张,形同虚设。

她的肚皮都贴到了男人的皮带扣上,西裤布料凉凉的。

她脸色一阵潮红,赶紧松开手,像条小泥鳅一样逃开,闷声说:"赶紧睡觉吧,我爸妈快下班了。"

蒋燃重新把她捞回来,摁着她背脊的那条直线,一路向下,抚揉得她身体一阵阵发麻。他任性地说:"不想睡。"

"那你想干吗?"

蒋燃说:"你过来点儿,亲一下。"

"刚才不是一直在亲吗?"林鲸吐槽他,有些难以启齿,"再亲要出事了。"

蒋燃喉结动了动,用气音低声回:"我有数,不做别的,就亲亲你。"

于是林鲸钻回他怀里拱了拱。

怎么说呢?和喜欢的人肢体接触,肌肤相贴,传递体温的感觉真的太好了,她感觉自己完全不需要做到最后一步,这样就获得了满足感,建议时常有孤独感的人也找个人抱一抱。

于是,两个人又有一搭没一搭地,说一会儿话亲一会儿,如胶似漆。

说好了不做什么的,两个人还是忍不住把对方的衣服扯得皱巴巴的,蒋燃那衬衫被她拧得都不知道待会儿怎么穿出去了。

最后,林鲸闭上眼,听见蒋燃问:"这次不生气了,好不好?"

她弯唇笑道:"你觉得呢?"

蒋燃说:"原来道歉没用,色诱才有用,我知道了。女孩子都是这样的属性?"

林鲸脸蛋酡红,恼得用拳头捶打他的胸膛:"你能不能不说话了啊?

以前你不是挺正经的一个人吗？"

"在床上还要装正经？你饶了我吧。"

他越说越来劲，林鲸干脆不说话了，闭眼装死，困意逐渐来袭。

蒋燃嘴唇压着她的耳郭："鲸鲸，现在能给你的东西很少，但你最需要的安全感我会尽全力给的。这样的事，我保证没有下次了。"

林鲸闷闷地回了一声："哦。"

两个人抱在一起，睡到日薄西山，倦鸟归巢。

林海生和施季玲回来时，并没有注意到蒋燃规矩地放在鞋柜里的黑色皮鞋，只看到林鲸的包包和外套散落在沙发上。

他们给她发微信，让她提前把菜洗了她也没回，看样子她什么都没做。

林海生说："没事，没事，我来做饭，你歇着吧。"

施季玲说："她就是被你惯的，十指不沾阳春水，现在都结婚了还这样，早晚有一天被她老公嫌弃！"

吐槽完，她一把推开了林鲸卧室的门，不消一秒，就把所有的话吞了回去，尴尬得到处找地缝。

施季玲在心中默念了好几遍"非礼勿视！非礼勿视！"

真是夭寿啊，也不知道她今天晚上会不会长针眼。

林海生正在厨房里处理带鱼，喊她："你干什么呢？过来帮我削两个洋山芋。"

施季玲踱步过去："来了，来了，使唤什么啊？"

"你在看什么？"他斜眼看妻子，就见施季玲满脸尬色，"怎么这副表情？"

"能不能别问了？"施季玲站在水池前不耐烦地说道，林海生登时噤声，倒是她自己实在忍不住说了出来，"蒋燃来了，两个人正在床上抱着睡觉，那个黏糊劲儿哟，他们也不怕落枕。"

林海生哈哈大笑，忙安慰她："不怕，不怕，只要你不尴尬，尴尬的就是他们。"

房间里，蒋燃听见开门声就醒了。他一动，林鲸跟着醒了："怎么了？"

蒋燃伸手打开灯："你爸妈回来了。"

蒋燃抬起下巴指向门口，林鲸看到原本紧闭的房门明显有被人打开的痕迹，还隐约听到了爸妈的说话声，而且爸妈像是故意说得很大声，提醒他们外面有人似的。

她从毯子里钻出来，问蒋燃："我能不能换个星球生活？"

蒋燃笑了一下，揉了揉她的头发："起来吧，出去看一下有什么事需要帮忙的。"

林鲸坐在床上，两条小腿像小鸭子那样向后盘坐，看着乱糟糟的床面，哭丧着脸说道："我没脸出去了。"

蒋燃已经起来："你不出去，爸妈更以为我们在房间里做了什么。"

说完，他低头看见自己一身的白衬衫、黑西裤实在不成样子，便抖了抖裤腿，然后解开皮带，重新把衬衫塞进裤子里。

这一套行云流水的动作，丝毫不避讳林鲸，她赶紧捂眼："你怎么这么流氓，脱裤子也不避开人？"

蒋燃说："这叫脱裤子吗？而且我们在一张床上躺过了，我整理衣服还要换个地方，不觉得多此一举？"

林鲸拨开毯子爬下来，努了努嘴："总之都是你有理。"

蒋燃觉得她伶牙俐齿的样子很有意思，刚要说点儿什么，林鲸像未卜先知一样，捂住耳朵用气音尖叫道："哎呀，你不要给我讲道理了。"

她的衣裙皱得比蒋燃的衬衫还严重，语毕，她从衣柜里找出一条长款连衣裙，跑去洗手间替换。

过了一会儿，蒋燃也从房间里出来，闪进了洗手间。

因为爸妈的主卧室里有自己的浴室，外面的客卫都是林鲸在用，洗手台上摆满了她的洗护用品。

蒋燃进来的时候，林鲸刚穿好衣服，把那条替换下来的裙子丢进脏衣篓。

她扭头就看见了姿态悠闲地靠在门上的蒋燃，对上他的眼睛，说："你怎么进来了？我在换衣服呀！"

蒋燃走过去，手搭在她清瘦的肩头，指了指他身上褶皱的衣服："我这个怎么办？"

林鲸幸灾乐祸起来，歪着脑袋给他想办法："要不我偷一件我爸的衬衫给你？"说完，她立即否定这个提议，"可是他一米七几，你一米八几，不合适呀。而且你特地换衣服，显得此地无银三百两。"

蒋燃问："你说怎么办？"

林鲸转身去洗手，说道："要不然我用水给你湿敷？这是一个很好的抚平褶皱的办法。我听说，有些快捷酒店，上一个客户退房之后根本就不换床单，直接用湿毛巾擦的。"

蒋燃听完这话直皱眉，摁下林鲸滴着水的手指："算了，别人会以为我喝水嘴漏。"

"真的不要吗？"林鲸狡黠地眨了眨眼睛。

蒋燃："你的漱口水在哪儿？给我用一下。"

林鲸拉开抽屉，找出一瓶粉色的樱花味漱口水递给他。

蒋燃做了下简单的清洁，低头让她闻闻自己的味道，亲昵的姿态愈加熟练，这就有些耐人寻味了。

林鲸被蛊惑到了，摸了摸他的脸颊，顺便噘起嘴巴，像个啄木鸟似的在他的唇上啄了一口，敷衍地说了一句："香！"

然后她跑出了洗手间。

蒋燃跟了出来。

林海生还在厨房里做菜，施季玲把红烧带鱼端到桌上，看到蒋燃，惊讶地问："什么时候回来的啊？"

蒋燃过去帮忙拿碗筷，恭敬地回道："中午回来的，和客户吃饭喝了点儿酒，没法开车，让鲸鲸接的我。"

施季玲装模作样地说："这样啊，出差很辛苦吧？让林鲸忙活就好了，你坐着休息吧。"

林鲸站在蒋燃边上，心说老妈简直是个塑料袋精，真会装。明明中午她出门接蒋燃的时候都已经报备了，妈妈现在又装不知道。

她忍不住对着老妈用鼻音"哼"了一声，施季玲暗暗掐了一下她的胳膊："你除了哼还会什么？"

林鲸："要不要算算，谁一天哼的次数最多？"

施季玲："你今天很嚣张，是觉得你老公在我不会打你吗？"

"你不要瞎讲！"

两个人小声斗着嘴，那股"被长辈抓包干坏事"的尴尬氛围终于消失了，林鲸松了一口气。

整个晚餐过程氛围都很轻松，林鲸的爸妈都是好说话的长辈，且不迂腐，并不会说些乱七八糟的关于孩子、前途这样白操心的事。

饭后不到八点，林海生从冰箱里拿了一盒捆好的大闸蟹给他们带走，自卖自夸道："这是朋友送的，正宗的阳澄湖大闸蟹，外面买不到的。"

林鲸穿上针织开衫，闷头就往前面走，被林海生拉住，林海生在她耳边低声说:"今天你妈不小心开了你的房间的门,我已经批评过她了。明天爸爸就给你的房间上锁,以后你们安心地在房里待着,锁死门谁也打不开。"

说完,他自己忍不住笑了。

林鲸本来准备好在地球上安营扎寨了,被老爸这么直男地一通解释,又想逃离地球了。

林鲸尖叫了一声:"爸!"

蒋燃替她回答:"谢谢爸,那辛苦您了。"

他这平铺直叙的语气,听不出一丝尴尬感。

林海生笑得意味深长:"不谢,不谢,你们走吧。"

林鲸抬起脚尖,迈着步子,横冲直撞地走出楼道。

一路上她没跟蒋燃说一句话,到家后蒋燃喊她,林鲸赌气地冲他喊:"你干吗答我爸的话?"

蒋燃无辜地站在客厅里:"难道这不是礼貌行为?"

"哼!"她跑回卧室,留下一句话,"听不出我爸在调侃吗?你傻死了。"

之后蒋燃打车去中午吃饭的酒店取车,林鲸去浴室洗澡,没等蒋燃回来,就把家里的灯全关了,气鼓鼓爬上了床。

气死了,气死了,他们可真是一点儿默契都没有。

半个小时后,蒋燃回来了。

林鲸在被子里鼓出了一个小包,故意没理他。蒋燃在床前站了一会儿,只好拐去浴室洗澡了。

他洗完澡上床,轻扯被子,装失忆似的问林鲸:"你怎么又生气了?"

于是林鲸把脑袋露出来,把被子裹在头顶,只露出一张脸,好气又好笑地问他:"这怎么会是生气呢?难道你没看出来我在不好意思?笨蛋。"

蒋燃躺下,顺便把她拽过来,绷着唇说:"哦,原来是娇嗔。我又悟了。"

林鲸捶打着他的胸口:"你一天到晚都在参悟,不应该结婚,应该去修仙。"

蒋燃:"……"

林鲸:"谈恋爱的时候,我怎么没发现你这么会说话呢?我被骗了。"

蒋燃:"现在是谁一直在说话?"

林鲸:"哼。"

蒋燃:"不许'哼'了,不然'哼'一次亲你一次。"

林鲸果然不"哼"了，眼巴巴地盯着他看。蒋燃把她搂到怀里，这才告诉她："知道我们在睡觉的时候，你爸妈说什么了吗？"

"什么？"

蒋燃："只要他们不尴尬，尴尬的就是我们。"

林鲸恍然大悟："他们就喜欢这样，总是在一个阵营，把我孤立起来。"

蒋燃："不怕，现在我跟你是一个阵营的了。他们都不尴尬，我们也不尴尬，反击回去！"

林鲸感觉有被宠溺到。

这时两个人在被子里的姿势，她宛如一株藤生植物，盘在蒋燃这棵大树上，不知不觉她的脸上又生出了一股热气。

蒋燃默不作声地凝视了她一会儿，然后掐着她的下巴与她接吻。这一次他软语温存，循循善诱，极有耐心。

待林鲸有所察觉，睡裙已经被扔到了地板上。

"来真的，好不好？"他问，原本落在她的脸上的目光缓缓下移，似窥视猎物，带着研品的直白意味。

"嗯。"林鲸听见自己轻声回答，但是胸口的凉气、男人的窥测目光，让她口是心非地羞涩捂脸。

蒋燃忽而笑了，起身除了睡袍，再次欺身上来。

林鲸仰躺在床上，手脚散开落在床单上，借着落地灯的昏暗光线，看清楚了他的身体。尽管已经抱了很多次，她还是非常震惊。

他的身体像人体雕塑一样漂亮，六块薄薄的腹肌并不夸张，劲瘦的力量感和靠吃蛋白粉养出来的浮夸肌肉是完全不一样的感觉。第二种像磨皮过度的图片，千篇一律；第一种则会激发人真实的欲望。

林鲸甚至因此对他的身体产生了一丝畏惧感。她想抱他，又忽觉自己放纵得没有边际。与此同时，她更希望自己是被动的一方，把操控权交给他。

因此，在蒋燃靠近的时候，她只是嘴唇贴了贴他的脖颈和耳郭，便不动了，像一只胆小的鸵鸟，将头埋在沙子里，脚趾都绷得紧紧的。

其实女孩的身体更像一张未经开发的地图，蒋燃亲手将她打开了。林鲸的心脏"怦怦"狂跳，她羞耻得不敢看他，蒋燃的手掌穿到她的背后和床单之间，轻飘飘地把她的身体往上一抬，移到了他方便的位置。

林鲸被吓坏了，就在她担心脑袋要撞上床头的时候，头顶竟然是他的手垫着。

"怎么还害怕了？"蒋燃又吻她的唇，食髓知味地吮咬着。

林鲸半个身体都在被子外面，她欲哭无泪，因为蒋燃利用天然的优势，轻而易举地就控制住了她的四肢，搞得她像一只待宰的小兔子。

果然，这件事的真谛对林鲸来说并不在最后迸发的几秒，而是在于前期推拉的过程，看似互相撩拨，但蒋燃明显是主导者。

她意乱情迷，柔嫩的肌肤被他硬硬的短发折磨得不成样子，又痒又刺激，受不住地小声叫了几次，略带哭腔。

"你……不许这样——"

殊不知，这娇气的控诉声，让男人脊背一僵，兴奋度被刺激得攀上了巅峰。

小兔子有着娇而不自知的绝招，能让人溃不成军。

最后，蒋燃松开她，把那个东西取下来打了个结，丢进垃圾桶。

林鲸在一阵颤抖和昏厥后醒来，胸口还剧烈起伏着，一层层沁着汗，人像被蒸熟了似的，"腾腾"地冒着热气。她有些没脸看蒋燃的动作，人类普遍的羞耻感让她无言以对，把脸蛋埋进了两个枕头的缝隙中间。

蒋燃回到床上，让她的脑袋贴在自己的肋部，他的气息也有点儿乱，两个人依偎着调节了一会儿。

林鲸待呼吸平稳，睁开一只眼睛问他："你什么时候买的东西？我怎么不知道？"

刚刚看到他伸手去床头柜里拿东西，她都惊呆了。

蒋燃回道："婚礼前，被乱七八糟的事缠住了，一直没用上。"

说着，他无奈地笑了笑，低头在她的头发上亲了一下。

林鲸仰头，在他的下巴上轻轻啄着，然后蒋燃意会，身体滑下与她接吻。两个人唇齿交缠，又亲昵了半个多小时，蒋燃压着她的耳郭问："感觉怎么样？"

林鲸喘息着，瓮声瓮气地含混着回道："还不错。"

蒋燃笑，挑眉："就三个字？"

林鲸怒目瞪他，难道还要她写篇三千字的小作文表扬他一下吗？

"有点疼。"她揉着快断掉的腰，又加了三个字。

蒋燃问："哪里？"

他作势要检查。

林鲸不说话,推开他的手,身上的汗冷却黏黏的,很不舒服,她晃着腿动了动。

蒋燃只好作罢,柔声问:"现在洗澡吗?"

"嗯。"林鲸从他的臂弯里艰难地爬起来,身后的男人也起了身,林鲸立马转身跪在床上,摁着他的肩膀,"你不许跟着我去洗澡,去外面的浴室洗。"

蒋燃躺回床上,无奈地向她妥协:"老婆,你觉不觉得自己有时候冤枉我?我说要对你做什么了吗?"

林鲸凶巴巴地说:"反正你不许跟着我。"

蒋燃拍了一下她的侧腰:"那你赶紧去,别被冻着了。"

林鲸捡起地上的裙子,匆匆跑进浴室。

可恶,腰和腿都好酸,完全不想动,她在马桶盖子上坐了好半天才缓过来,脑海里又一步步回想着刚刚的过程,还有点儿尴尬。一开始她放不开,身体和精神一起紧绷着把自己锁了起来,蜷缩着像个鹌鹑,蒋燃进行得也很困难,哄了她好几次。

好羞耻呀,他哄老婆做那件事的方式,像哄孩子一样。

"乖乖""别怕""不疼"……这个男的怎么这么会?结婚前她真是被他光风霁月的作风骗了。

门外传来动静。

蒋燃并没有离开卧室,而是转身把剩下的东西塞进抽屉里,看到床单皱巴巴的,湿了一片,今晚肯定没法再睡人了。

他便去衣柜里找出干净的床单换上,然后去敲浴室的门:"林鲸?"

林鲸还在发呆,被敲门声吓了一跳,仿佛隔了一道门的外面是坏人:"做什么?"

蒋燃刹那沉默,片刻后才问:"怎么没听见水声?你还很疼吗?"

林鲸化身尖叫鸡,"啊啊啊"地乱叫着:"你能不能别管我?!"

"我可以开门进去吗?"

"不可以。"林鲸用鲨鱼夹固定好头发,一只脚踩进浴缸里,严肃地说道,"我说了你不许进来。"

她并不想让他看到自己这副样子。

"好。"蒋燃在门口站了片刻,才说,"其实我们家的墙不怎么隔音,我一直没跟你们的物业提意见。"

林鲸惊呆了:"什么?"

蒋燃身体靠墙，勾唇轻笑："所以，你不要吼我，小心被邻居听见我们在做什么。"

林鲸在浴室里磨磨叽叽地洗了好久才出来，打开门一看，那儿站着一个高高的人。

蒋燃已经换了睡衣，正靠在衣柜门上看手机，背部微微弯曲着，那道弧度像拉满的弓。

浴室的灯光在他脸上打下一道极淡的光，他的眉骨和眼窝突出，五官立体。

林鲸："你怎么站在这里？"

"等你。"蒋燃勾唇，弯腰去牵她的手，"一起去睡觉。"

"等我干吗？我这么大的人了去洗手间又不会害怕。"

蒋燃只是笑了笑，一副好脾气的模样："还疼吗？"

林鲸不想说话了。她不想要蒋燃的关心，只想独自舔舐伤口！蒋燃已经把床单换成了灰蓝色的那一套，看着干净又舒爽，他又懂了……

林鲸红着脸钻进被窝，盖上被子，安详地躺了下来。蒋燃从另一边上了床，手非常精准地搭在她身上。

过了一会儿，蒋燃把她捞进怀里抱着。

林鲸额头贴着他的脖颈，小声地说："感觉我的肚子有一点点痛。"

蒋燃起身欲开灯："怎么回事？"

林鲸把他摁了下去："哎呀，你不要一惊一乍的，只是有点儿疼而已，没什么事的，应该是刚刚撞的。"

蒋燃仍有些不放心，感觉到怀里的人睡意越发沉重，便没再折腾："我揉揉。"

"不要，"林鲸眼睛亮晶晶地瞅着他，"咦？你很懂嘛，还知道给女生揉肚子，哼哼。"

"又哼？"蒋燃亲她一口，气息炽热，四片唇分开时林鲸大口呼吸着，如获重生，"这种事你不用发挥想象，最基本的常识我有，我也不是活在山洞里。"

林鲸笑眯眯的，很满意，这才说："我要睡觉了，你不要跟我说话了。"

蒋燃紧了紧手臂，在她的头顶轻叹，发出慵懒的疑问："怎么回事？我怎么忽然这么喜欢抱着你？"

"……"

110

闭嘴，不许花言巧语！

林鲸每天上班的时间比大多数人早，就算住在溪平院，她也一时没改过来作息。

而蒋燃去公司的时间又很晚，他也不需要打卡。

林鲸起床的时候，蒋燃还在睡觉。这样林鲸就感觉有点儿心理不平衡了，甚至怀疑蒋燃在装睡，于是玩心大起，爬起来就闹了他一会儿。

最终的结果自然是她被蒋燃摁在床上一顿揉搓，欲哭无泪地求饶着："我错了，错了，真的错了。"

蒋燃闭着眼睛，手臂往她身上一压，警告她："下次再穿着睡衣在我旁边撩拨我，就准备请假吧。"

林鲸知道这话是什么意思，从他的臂弯里艰难地逃了出来。

以后她不和实力悬殊的选手对抗，吃亏的总是自己。

她跑去浴室换好衣服，化了妆，又做了三明治当早餐，给他留了一个。

七点四十五分，小林管家上线了。

林鲸到办公室的时候，看见周经理已经在他的个人办公室里坐着了，穿着正装，桌边放着行李箱。

早会的时候，他宣布今天要去北京总部培训，为期一周。

早会结束后，他敲了敲林鲸的办公桌："那个小区宠物饲养的宣讲活动，你来负责。"

林鲸疑惑："我不是只负责写文案吗？怎么活动都需要我负责了？我自己还有一堆工作呢。"

周经理说她："你这个意识形态就不对，什么你的我的？我们是一个团队，本职工作是要做好，但最终还是为了团队的利益。我去北京是为了工作，那这些事你说你不做谁做？"

林鲸不卑不亢地说道："我要做的是把自己职责内的工作完成，没有精力再去越俎代庖，更不想被绑架。不属于我的工作的那一部分事情你应该想办法协调，而不是追着我薅羊毛。"

职场上，大家都是锱铢必较，但都顾及着以后要一起做事，绝不会把话说死。

饶是林鲸已经说得足够体面，周经理还是觉得有失颜面，说："你这话说得就不近人情了，难道只看工资才办事吗？既然已经让你升了主管，加了薪资，就是希望你比别的同事负更多的责任。"

他又来"绑架"这一套，林鲸没再接他的话，闷头做事，只当听不见。

周经理看她实在无动于衷，这才放软语气说道："算你额外的工作量，我从备用金里给你申请奖金行了吧？你现在表现好了，以后我才能向上给你申请升职啊！"

说完，他拉着箱子一溜烟地走了，说要赶高铁。

林鲸感觉自己在被职场霸凌，但也感怀他曾经为自己的升职助力过，且在发放奖金上并不吝啬，因此愿意再相信周经理一次。

况且，她不做这些事也没办法。毕竟总部的邮件也群发下来了，这是硬性任务，截止日期就是下周四，他们部门是要做幻灯片汇报总结的。

林鲸只好接下任务，然后把任务分发下去，统计小区里所有养宠物的业主。

这半年来，小区的业主多有变动，一来是有更多业主入住，二来是业主把房子租给了租客，这对物业管理来说增加了不少难度。

林鲸这天下午准备统计15幢和16幢的业主，碰到某一户业主是租房在这里创业的网红，女生家里养了两条狗，均未获得小区养狗许可的证明。

林鲸去敲门的时候对方刚刚起床，睡眼惺忪，问她是否有狗狗的狂犬疫苗证等，女生囫囵回答着，说只打过一次，后面忘记了。

林鲸说："那你要赶紧把需要的证件办齐。"

"这么严格啊？"女生噘了噘嘴，"我家狗就养在家里，不带出去，吃的也是最好的狗粮。"

林鲸只好让对方先填写养犬登记表。

过了一会儿，女生忽然睁开眼睛问道："你是社区卫生部的吗？"

林鲸说："我是物业的。"

女生默默地翻了个白眼，咕哝着："物业的还管这么多，我的狗在自己家里养着……"

林鲸抿了抿唇，依然好脾气，待对方填好表格，若无其事地跟对方说了再见。

回到办公室，她洗了手，坐回椅子上的时候感觉有点儿累，太阳透过窗户落在她的办公桌上，晒得人昏昏欲睡。

她翻了一下业主群，看有无遗漏的消息，结果看到蒋燃在群里一本正经地回答了她上午发出的犬只统计的问题。

"16幢1105没有宠物。"

养没养的她能不知道吗？还需要他蒋总日理万机，忙里偷闲地回答一个问题？

于是，林鲸用自己的手机给他发了"左哼哼，右哼哼"的表情包。

蒋燃秒回："又来？"

林鲸："昨晚睡得太晚了，现在有点儿困，和你闲聊振奋一下精神。"

蒋燃："我是咖啡因吗？不过你可以偷偷回家睡半个小时。"

林鲸眼尾下垂，笑了起来："不行，同事看着呢。"

蒋燃："办公室里有几个人？"

林鲸："七个人，经理这一周都不在，有点儿爽。"

蒋燃："不错。"

林鲸："你在做什么呢？"

蒋燃："十五分钟后去开会。"

林鲸："那你赶紧去吧，我也要忙啦，不许回我了。"

果然，蒋燃没有再回复她。

林鲸站起来倒了一杯水，又在办公室里来回走动了一会儿，然后继续工作。过了一会儿，公司那边来了两个人，分别是财务和出纳，例行做每个季度的物料盘点工作。

张妍带她们去另外一间办公室拿盘点表，就在对门。然后两个女生一边核对表格，一边好奇地问起张妍来。

"林鲸是哪个啊？"那个新来的出纳问道。

张妍指了指林鲸，说道："坐在窗户边上的那个，怎么了？"

出纳打量林鲸一眼，小声说道："的确漂亮，怪不得哇，来上班才半年，就把溪平院的男业主搞定了。"

张妍："你听谁说的啊？"

出纳："这种事还需要谁告诉我吗？苏州分公司又不大，后勤部女生多，是没有秘密的。"

张妍说："哎，你别说这种话了，被她听见很尴尬的。"

出纳："怕什么？她听不见的。"

说实话，这边听得一清二楚，坐在她对面的那个男同事都觉得她们过分了些，用笔杆敲了敲办公桌的隔板，跟林鲸说："别理这些女的，酸鸡而已。"

林鲸茫然地抬头，拿掉耳朵里的白色耳机："你说什么？我刚刚戴着耳机，没听见。"

"没什么。"

桌上的手机"嗡嗡"振动起来："林小姐吗？我这边是星专送。"

林鲸说："我是，但我没点咖啡。"

配送员说："蒋先生点的，麻烦您给门卫说一下，放我进去。"

"稍等。"林鲸明白过来，然后让门卫给小哥开门。

配送员进门的时候，同事惊喜又惊讶地问道："鲸鲸，你什么时候点的？"

"不是我点的，是蒋——我老公点的。"林鲸说到"老公"两个字时还有点儿腼腆。

"哟——"办公室里顿时响起一阵起哄声，大家高高兴兴地分了咖啡，正好七杯，不多不少，刚刚那个男同事拿到了一杯美式，正要打开，便看到杯子上用黑色的马克笔写着"林小姐"三个字，而别的杯子上没有备注。

他立马明白过来，将杯子递给林鲸，笑着调侃："这杯是你专属的，你老公好细心哪，知道你只喝美式。"

林鲸有点儿羞涩："跟他说过，我喝牛奶怕过敏。"

"啧啧，好细心的男人。"同事说。

登时，大家对林鲸家的那位貌似有了十分详细的概念，不再是一个笼统的有钱人的形象，还有上次的礼盒手写体，细节看人品。

人心是容易被一点儿小恩小惠收买的，于是大家对蒋燃忽然赞不绝口起来，说他细心又大方，对林鲸肯定很好。

男同事拿了一杯咖啡给张妍送去，然后对两个正在闲聊的女生说："不好意思，不知道你们来，这是林鲸的老公请的。你们如果要喝的话，我们办公室里还有速溶咖啡，虽然比不上星巴克，但味道也不错。"

"……"

"不用了，我们不喝。"

林鲸喝了一口咖啡，微微叹息，不得不说，蒋燃真是收买人心的高手，一杯咖啡就能让同事帮忙站队。

她拍了一张照片。

"我喝到啦，顺便传达一下同事的'彩虹屁'。谢谢蒋总呢。"

蒋燃的手机开了静音放在桌上。

汇思力每个月都会召开中高层的月度工作总结会议，这个月的会议

114

推迟到这个时间才开,一来是因为他们老总准备婚礼占用了他太多时间,听着就好气人;二是内部传得沸沸扬扬的,销售总监罗特最近在"逼宫""篡位"。

不过,罗特和蒋燃的不睦由来已久,这也没什么好奇怪的。

秘书通知三点开会,两点五十分,各部门的主管都齐聚在会议室里,唯有罗特没来。

巨大的会议桌首位上,蒋燃一身白衬衫、黑西裤,手里捏着签字笔,气定神闲地坐在那里,下颌微微绷着,下面的人也不知道他在想什么。

坐在两边的高管好久没看见蒋燃了,在捧着电脑复盘汇报内容的间隙,瞄了一眼蒋燃左手无名指上的婚戒,用略带轻松的口吻说:"Jason,新婚快乐啊。"

蒋燃把笔放下,笑了笑:"谢谢。"

三点一到,第一个要汇报工作的部门负责人刚起身,会议室的门被打开,进来的人是罗特的秘书,所有人都朝他看过去,包括蒋燃。

秘书瞬间被看得极其紧张,尤其是对上老板的眼睛,说话也变得拘谨起来:"不好意思打扰一下,罗总在海南度假,没赶上回来的飞机,让我来说一声,这个总结会议他就不来了……"

沉默一瞬后,有人笑出声来,Tab 这要不是故意的还有什么是故意的?开会前一分钟他才通知不来。

蒋燃目光直接掠过秘书,无任何表示,说:"继续吧。"

大家想看到的他脸上阴晴变化的表情并没有出现,众人有些失望,但也不敢把"看热闹"三个字明目张胆地写在脸上,毕竟不发威的老虎也不容小觑。

会议结束后,蒋燃阔步走出会议室,剩下的人舒了一口气,然后热烈地讨论起今天的头条新闻来。这件事很快传遍了整个公司,连行政部门的小姑娘都知道了。

罗特今天闹这一出,是公然向蒋燃宣战。

"Tab 当然有'造反'的资本,他在汇思力工作十多年了,又是销售总监,掌握着华中和华南那么大的市场,这是半个公司的经济命脉了吧。"

"我也听说了,他把深圳那边的合作商得罪了,Jason 婚期都没过就跑去给他擦屁股。说到底 Jason 还是不敢得罪他,不然他把客户全带走,Jason 就只剩下半个空壳子了。"

新来的前台妹子插播了一句:"不过罗总为什么要为难蒋总呢?他们

合作共赢不好吗?"

"小姑娘,职场上没有朋友,也没有永远的利益共同体。你新来的不知道,蒋总比罗总小十岁,比他晚来公司,却踩着他当上公司老大,罗特能服气?"

前台妹子蒙蒙的:"如此说来,难道不是蒋总更厉害?才三十岁出头他就干掉了罗总,这不就是拥有绝对实力的总裁吗?"

"想屁呢?"前辈戳了戳她的脑门,"Jason只是赢了一局,哪可能高枕无忧?尤其对手还是Tab那样的老狐狸,Jason嫩得很哪。"

前台妹子坚信地说:"我觉得蒋总能赢他第一局,就能赢他第二局,而且蒋总长了一张掌握全球经济命脉的帅脸。"

"最后一句才是重点吧。"

"本来就是嘛。"

于是,众人讨论的中心立刻转移到了主人公的颜值上去。

"可恶,他竟然结婚了,看见他手上的婚戒了吗?"

"他老婆是谁?"

"终究是我得不到的男人,我不想知道是哪个可恶的女人得到了他。"

蒋燃回到办公室,才看见林鲸发来的微信。

他勾唇一笑,眼里有了一丝细微的光亮:"吹的什么,你学给我听听?"

林鲸:"你能谦虚点儿吗?"

蒋燃身体往椅子里靠了靠,顺便解开西装纽扣,然后收到林鲸发给他的一张聊天截图,正是她和蒋蔚华的聊天内容。

林鲸:"姑姑让我们今晚去她家吃饭,你几点能回来?"

蒋燃点开聊天记录,发现林鲸一开始婉拒了邀请,借口两个人下班有点儿晚,但是架不住蒋蔚华盛情邀请,抑或是蒋蔚华太强势,林鲸最终还是答应了。

看完截图上的聊天内容,蒋燃不由得蹙起浓眉:"你下班了吗?"

林鲸:"我今天没加班,早就在家啦。"

蒋燃:"我现在回家去接你。"

林鲸:"你回家的这段路这个时间段有点儿堵,不然我坐地铁去你公司楼下,行吗?"

蒋燃回答了一个"好"字,并且叮嘱她从几号出口出来。

林鲸放下手机，跑去卧室换上秋装小裙子，化了一个充满秋季温暖气息的裸妆，对着镜子抿了几下嘴唇，把唇膏抿匀。

收拾妥当了，她跑去乘地铁。

蒋燃在公司楼下的地铁出口处见到林鲸向自己跑过来的时候，目光锁定在两条又细又白的腿上，栗色的鬈发随着奔跑动作向后凌乱地飞去，露出饱满的额头。

看上去，她那双腿不仅好看，跑起来还挺轻盈。

她郑重地把自己装扮成了一件礼物。

等林鲸上了车，他才看到林鲸手里拎着的东西——两瓶五粮液，还有一盒大闸蟹。

蒋燃立刻认出来，问道："这不是昨天爸给我们的吗？"

林鲸对着车内的装饰镜捋着头发，漫不经心地说道："所以我才拿给姑姑家啊，这么短的时间去哪里买礼物呢？还有这两瓶酒，我也是从你的酒柜里拿的，你平时应该不会在家看着一碟花生米，独酌白酒吧？"

蒋燃当然不介意，只是有点儿无奈，说不上来是什么感受。

林鲸给他解释："小时候我们家过年时的年货都是这样送来送去的，你送给我，我送给他，一整个年过去我爸妈一盘算，没花一分钱呢！"

蒋燃："你学到了？"

林鲸侧头看向他："听你的意思你很介意？"

"没。只是下次你不用这么兴师动众，吃顿饭而已。"蒋燃启动车子。

"哎呀，去我爸妈家，我们人去就好了，可是去你姑姑家，空手总归不好。"其实林鲸的意思是，蒋燃的姑姑是亲戚，礼数做不到说不定人家背地里要讲什么话呢。

但是这一层意思，她并不想告诉蒋燃，怕他多想。

蒋燃淡淡地说道："不要双标。不能因为爸妈无条件地爱你，你就把自己不好的一面留给他们。"

林鲸"嘿嘿"一笑："我又悟到了，蒋老师，下次回家一定把咱们的家底都抬过去！"

"……"

蒋燃心中默默盘算，他应该是多虑了，林鲸拿礼物的意思和他想的是不一样的。

第四章
生活碎片

　　林鲸不算社恐,但是从停车场到蒋蔚华家门口的这一段路,她一直在做心理建设和深呼吸,然后紧紧牵上了蒋燃的手。

　　见不熟悉的长辈,林鲸总是比见到甲方还抗拒的。

　　对于她的主动投怀送抱,蒋燃当然是乐意的。

　　他回望她:"怎么了?"

　　林鲸:"没怎么和你姑姑聊过天,她性格好吗?和我妈比怎么样?"

　　蒋燃想了下:"不要辜负你今天的精心打扮,祝你开发新地图成功。"

　　林鲸五指并拢,夹紧他的指关节,吐槽他:"这好比我去蹦极,你不仅不安慰我,还推我一把。"

　　两人说着话,蒋燃摁了门铃。

　　不消十秒,蒋蔚华亲自来开门,林鲸换上张弛有度的微笑:"姑姑晚上好,我们来蹭下饭。"

　　语毕,将礼物双手奉上。

　　蒋蔚华顿时喜笑颜开,明显对她的恭敬享受有加:"鲸鲸的嘴好甜,来吃饭说什么打扰啊,快进来吧。"

　　林鲸面不改色地说:"大闸蟹是我爸爸特地嘱咐我给您带来的,别嫌弃。"

　　"替我谢谢你爸爸,好重啊,真是有心了。"

　　蒋燃站在林鲸身后,手掌放在她后背上,轻轻施力推着,像过年期间把孩子推出来表演节目的家长。

林鲸换鞋的时候偷瞄一眼蒋燃，见到他抿着唇角，正憋笑：装得很像吗？

接收到信号，林鲸反手掐了他一把作为报复。

这些动作在蒋蔚华眼里，全都是新婚夫妻的小把戏。

蒋蔚华家的一室灯火映入眼帘。

这套房子也在旧城区，买得早，但是比林鲸家要大一些，是个小别墅，装修有点旧了。

早在林鲸和蒋燃结婚前双方家长正式吃饭时，蒋蔚华就很显摆地告诉林鲸，家里一共有三套房子，全凭她独特的眼光，投资赚来的。要不然，凭着叶昀当医生的那点工资和家底，屁也没有，更别说在苏州有这样优质的房产。

她的那些姐妹当初看不上园区的荒郊野岭，没想到园区的发展这么快，现在只有羡慕的份儿。

当时老妈非常捧场地夸了一顿蒋蔚华，回头就跟林鲸说："蒋燃这个姑姑蛮强势的，习惯居高临下，爱替人做主，你要小心点。"

两个中年女人，颇有点"都是千年的狐狸玩什么聊斋"的意思。

林鲸的确感觉到蒋蔚华的精明和强势，还有自信。

但，"中国的房价都是中国大妈炒上去的"这句话诚不欺我。

好在没寒暄几句，就到了吃晚饭的时间，菜肴丰富且营养均衡，蒋蔚华招呼大家坐下。

叶思南从楼上下来，叫了一声"哥"后看见林鲸，便笑着喊了她的名字，两个人差不多大。

蒋燃斜了一眼叶思南，后者赶紧改口："嫂子。"

蒋蔚华又催了一遍叶思南，不客气道："赶紧来吧大小姐，喊你吃个饭还三催四请的。"

长辈入席后，蒋燃也坐了下来，他让林鲸坐在自己身边，于是叶思南只好绕到父母那边去。

叶昀看了直笑。

林鲸瞄到，不太好意思了，便刻意没和蒋燃贴近，也没去看蒋燃的表情，略微拘谨地吃着饭。

席间，蒋蔚华有意无意地问了林鲸很多工作和生活上的事情。

"你现在的工作忙不忙啊？"

林鲸说:"还好吧。"

蒋蔚华赞同地点点头,说道:"其实你这个工作也挺好的,上下班不用花时间在路上,而且随时可以回家。好好干着吧。蒋燃工作忙,你就多花点时间和精力照顾家庭。"

林鲸搁下碗筷,感觉这话没什么毛病,但是让人听着又不那么舒服。

此时,蒋燃倒是提醒:"我们现在没孩子,也没有行动不便的老人,没什么需要照顾的。"

蒋蔚华自然不与蒋燃争论,掩饰自己的心思:"是是是,你们趁年轻肯定要好好享受二人世界,只是也要稍微着着家。"

林鲸在桌下踢了蒋燃一脚,示意他别说话:"我上班近,的确方便一点。"

不过,蒋燃的话倒是提醒蒋蔚华了,她又问:"对了,你们计划什么时候要孩子?"

林鲸这一次坚定地回答:"近一年应该不会要。我们……还没稳定,生小孩会耽误很多事情,蒋燃工作忙,又总是熬夜喝酒应酬,不适合生小朋友。"

其实她很想说,才结婚几天啊,感情都没稳定,着什么急呢?

说完,蒋燃不由得垂眸睨了她一眼,眼里带着寻究。

蒋蔚华不动声色地加重语气:"还是早点要,物质又不是供不起,蒋燃也不小了。"

"这件事,我做主的。"她侧着脑袋,冲蒋燃"哦?"了一声,寻求他的支持。

蒋燃对她的笃定的口吻有些意外,给她碗里夹了一片鱼肚皮肉:"嗯。我们家是林鲸说了算。"

蒋蔚华还想说点什么,就被叶思南打断了:"妈你管得好宽哦,我哥的孩子生出来以后,你是给带还是给养?"

蒋蔚华被堵了一道。

过后又说:"鲸鲸的爸妈都这么年轻,肯定也等着抱外孙,哪轮得到我?"

叶思南:"那你说什么啊?跟你有什么关系?"

蒋蔚华想发火,却只能憋下去。

蒋燃抬手轻敲了下叶思南的额头,轻斥:"吃饭,哪都少不了你。"

他这一做法,默默给姑姑留了些面子。

· 120 ·

饭后，蒋燃和叶昀去书房聊天。

蒋蔚华借口送水果进来，问蒋燃为什么婚礼后没送他父亲上飞机，害得蒋诚华好没面子。

蒋燃衬衫袖子卷了两道，小臂上青筋横陈，桡骨微突，很有种少年的清瘦感，他陪叶昀下棋，正想得出神却被打断了思绪，他停顿片刻，说："我很忙，陪老婆的时间都没有，哪有工夫陪他演戏？"

蒋蔚华闻言，愠怒得头发都要竖起来，说道："你别搞得像断绝父子关系似的，你爸很多事身不由己，也不是他让陈嬷缠着你的，你应该要理解。"

蒋燃脸上已有不耐："我现在有自己的家了，你别再说这些我不想听的了。"

蒋蔚华往沙发上一坐，叹气道："反正我也做不了你的主，算了。"

那头，林鲸和叶思南去蒋燃以前的房间参观。

蒋燃没怎么在这个地方住，他上高中住校，大学时就彻底搬出去了。几个箱子里放着他从小到大的各种奖章奖状、笔记本、课外书……

林鲸好似能从这些泛黄发旧的纸张里，看到少年的一段刻苦的时光。

叶思南坐在地毯上，忽然问林鲸："你想不想看我哥小时候的照片？"

林鲸："有吗？"

"我妈存了几张，我拿给你。"她踩着拖鞋"噔噔"地跑了出去，没过一会儿就拿来一本相册。

照片是从蒋燃初中的时候起，那个时候他刚搬去燕家巷，她是见过那段时间的蒋燃的，之后是高中，大学。

每个阶段的蒋燃，脸上挂着宠辱不惊的笑，并不会让人看出他的情绪，但看得出是个长相清冷系的帅哥，白皮肤，五官深沉，挺不爱搭理人的样子。

三十岁往后呢，貌似挺温柔的，并不冷漠。

林鲸暗暗觉得，来得早不如来得巧，她算是摊上蒋燃的好时候了？

她手指翻着，刚想问叶思南自己可以不可以借走两天复印一下，然后看见了他的学士照，旁边站着一个肤白貌美的女生。

林鲸手指像是被明火烫到，微微抖动了下。

"这个女生，是陈嬷吗？"她问。

叶思南看着她，嘴角扬起一抹意味深长的笑。其实她算不上对林鲸多友善，俘获了她哥的女孩子，她骨子里对林鲸带了那么点儿刻意和挑衅。

她说:"对啊。"

可是林鲸记得蒋燃说过,他和陈嫣并没有当兄妹处过,这照片,两人看上去很亲昵?

叶思南问:"我哥跟你说过她吗?"

林鲸没说话,直接跟叶思南说:"你让我看这个照片肯定有你的想法,不用绕弯子,直接说吧。"

叶思南笑了两声,直截了当:"我猜他应该没跟你说过她,或者只说她是他继母的女儿。"

"所以?"

"他们在一起过。"叶思南补充,"是因为家庭关系,实在没结果,就分手了。"

林鲸得承认,她努力建立的东西在某个瞬间轰然倒塌,大脑变成了一座废墟。

一贯引以为豪的理智有一瞬间的走失,她忽然紧捏照片,指尖泛白。

她能坦然地接受蒋燃有过去的感情,谁又没有呢?

可是和自己的继妹,而且是外力原因分手,林鲸接受无能,脑海里甚至冒出一些古早虐戏的片段,狗血又遗憾。

而且,陈嫣还来参加他们的婚礼,怎么看得下去的?

林鲸把照片还给叶思南:"我看完了,你收起来吧。"

叶思南佩服林鲸:"你没有生气啊?"

林鲸问:"过去的事了,我生得着气吗?"

"厉害了。"叶思南现在就真挺服林鲸的,看着温婉娴静,实则是个"小辣椒"?

"其实也不错了。他从小到大一直优秀,念名校,进名企,一路过关斩将,我爸妈天天拿他跟我对比。到头来他还是跟你结婚了,你有没有觉得自己赚大了?"

是觉得她高攀不上吗?

林鲸看着叶思南,露出同样的疑惑:"那你是不是不服气?我也奇怪,他为什么要跟我结婚呢?"

叶思南抬眼:"什么?"

林鲸说:"我是挺普通的一个人。是他主动提出确定关系的,婚是他跟我求的,婚礼操办他比我积极多了,我一个不高兴他还得哄我。这么优秀的人,你说他为什么要跟我结婚?图我什么呢?"

叶思南要被林鲸这副油盐不进的态度给气过去了，比她还厉害！

她吹了吹额上的刘海，实在无语地念了一句："你是来之前就想好了方案，专门噎人？"

林鲸好笑道："是你先说的。"

叶思南从地上爬起来出去，门一拉开，叶思南差点儿撞上蒋燃，吓得魂飞魄散，脸滚烫着心虚地跑远了。

蒋燃站在门边，好像站了很久，不知道他听到了多少，但脸上的表情肯定不算高兴。

林鲸和他对视着，气势丝毫不输，柔和的下颌线这会儿有点鼓，像充了气的小金鱼。

她站起身，朝他走过去，语气生硬地问他："可以回我们自己家了吗？"

蒋燃说她："你还真是，伶牙俐齿。"

回家的路上，林鲸将手绕到脑后，把吃饭时用珍珠鲨鱼夹固定住的头发散下来，然后脑袋靠在靠背上，闭上了眼睛。

她什么话都不想说，蒋燃也一路沉默。

车停在一条拥挤的路段上，半天没往前挪动一米，不知道为什么九点半了还这么堵。

林鲸瞪着前方的车灯，似要将其瞪出一个窟窿来。

蒋燃侧过身，往前方的广告牌看了一眼，给她解释："前面是商场，今天正在搞活动。"

林鲸漫不经心地应了一声："哦。"

终于打开了话题，她沉吟了几秒，问蒋燃："今天我和叶思南在房间里说的话，你听到多少？"

蒋燃如实回答："没什么，就你说的最后一段。"

林鲸对那段话做不到底气十足，但也略微不屑地用鼻音轻哼了一声，声音几不可闻。

前面的车纹丝不动，后面的车又在"嘀嘀"地摁喇叭，大概蒋燃也等得不耐烦了，手指搭在方向盘上，轻微地敲击了几下。

"叶思南从小被惯得有些任性，你别……"

"你不用帮她解释，也不用帮她道歉。"林鲸出声打断他接下来的话，用一种笃定的语气告诉蒋燃，"都是女生，我应该比你更了解她的那点儿心思。"

林鲸很懂小姑娘心里的那些弯弯绕，也只有女孩子才知道怎么气女孩子，因此才有的放矢。小时候蒋燃是她哥时，她总是欺负蒋燃，这些林鲸都看在眼里。现在蒋燃结婚了，她又愤愤不平地觉得自己的家人被瓜分了。

　　世界上哪有那么好的事，便宜全被她占了？

　　"我说的那些都是气话，针对她的，你别放心上。我只是不喜欢被人拿捏。"

　　蒋燃笑着看她一眼，反问："你觉得我生气了吗？"

　　林鲸装傻："我不知道你是怎么想的。"

　　蒋燃没跟她计较："你不喜欢姑姑家的氛围，以后我们就少去，不用管他们怎么说、怎么想。"

　　林鲸很惊讶蒋燃会这样说，那是养大他的姑姑，不是别人。

　　"那是你的亲人。"

　　蒋燃挑眉："所以呢？你还是我的老婆呢。"

　　他轻飘飘的一句话，莫名其妙地让林鲸心中的不快情绪消失了七八分，她也为今晚自己的强硬态度感到抱歉，于是放软了语气说："结了婚就不跟亲戚联系了，你让人家怎么想你？重要的是，人家会怎么编派我？以后我们该去还是要去的。"

　　蒋燃听她一本正经地说教，颇有种小孩儿偷穿大人衣服的滑稽和可爱感，他开车的右手垂下去找她的手，林鲸默契地捉住他的手掌，给他的手指按摩了几下。

　　"嗯，以后你做主吧。"

　　林鲸白了他一眼，男人就会花言巧语："哼！"

　　"还哼？"蒋燃清了清嗓子，提醒道，"快到家了。"

　　到家他又能怎么样呢？

　　开车牵手不是好习惯，没一会儿两个人的手就分开了。林鲸的内心并没有感到轻松，因为叶思南对她的杀伤力，远远不止提及两个人经济条件匹配的问题，而是有关于蒋燃过去的那段感情。

　　她静静地看着蒋燃认真开车的侧脸，死活问不出口。他真的和继妹谈过恋爱吗？两个人到底因为什么事分手？他们是被迫的？他现在还喜不喜欢他继妹？

　　一连串的疑问让林鲸难以平静，哪怕已经做过许多心理建设，她却无法把心底的疑问说出来。

记得她很小的时候,爸爸妈妈带她去亲戚家做客。表姐很喜欢她,还把她带到房间里去,告诉她床上的玩具全都可以玩,像在自己家一样。

林鲸才四五岁,并不懂得什么叫隐私和底线。当时她看到表姐的床上放着一部漂亮的滑盖手机,就拿过来把玩了一会儿,乱摁了一通。

她被表姐抓了个现行,对方立马变了脸,大发雷霆地指责她。哪怕林鲸哭着道歉,也解不了表姐的气。

爸妈赶紧给表姐道歉,承诺如果手机坏了会赔一部新的。

回家以后,林海生批评了林鲸,说以后到别人家里,不要因为主人客气就为所欲为。

可如今她回想起来,当时的她做错了吗?也不见得,她不知道手机里藏着什么秘密,也不懂隐私的意义。

当然,表姐也没有错。她的少女心事被人看光,如同衣下伤疤被暴露在太阳之下。

爸妈教育得非常好,林鲸从那以后便极懂得分寸。

一如现在,蒋燃就像她那个不熟悉的远房表姐,分寸感让她开不了口。

她可以在无所谓的小事情上撒娇、发小脾气,但不能为所欲为,因为不知道蒋燃的底线在哪里。

一旦她触发了机关,眼前的恩爱假象就会化为乌有,会被她亲手搞得一团糟。但如果他们的感情更好一点儿,这些疑问就不复存在了。

性格里的胆怯、惰性和抗拒改变的地方,令她感到难过。

林鲸心里憋着小小的一口气,回到家以后也没有理会蒋燃。

蒋燃去阳台上打电话,她去浴室洗澡。

主卧里有个按摩浴缸,林鲸今晚泡澡的时候一直在想事情,差点儿睡着,睁开眼睛的时候看见蒋燃已经穿着睡衣站在浴缸前了。

他握住她的胳膊:"在浴缸里睡觉很危险,不许这样。"

林鲸努了努嘴,听见他轻声斥道:"说你一句,你就不高兴了?"

狗屁!她才不是因为这句话不高兴的呢。

他把浴缸里的水放掉,扯了条白色的大浴巾把她包起来,乱七八糟地撸了几下头发,把她擦干,然后弄到了床上去。

刚有了肌肤之亲之后,再在床上抱在一块儿就有些短兵相接、一触即发的意味了,两个人都有些食髓知味。接下来的事情像走程序一样,做安全措施,气喘吁吁地纠缠在一起,手无缚鸡之力的小白兔被大灰狼吃干抹净,最后大灰狼温柔地帮她顺毛。

· 125 ·

林鲸四肢无力地在他怀里躺了一会儿，待脸上的潮红退干净，她穿上衣起身走了出去。

蒋燃坐在床上问："要什么？我帮你去拿。"

林鲸回头说："我想起来有点儿工作没做完，本来准备下班后做的，结果去你姑姑家耽误了。"

蒋燃蹙着眉问："还有多少？"

林鲸说："你先睡吧，别等我。"

蒋燃没有阻止她，但男人眼底的不满和失落情绪也是真的。

林鲸勾了勾唇，虽然蒋燃很无辜，但她就要很小心眼地略略报复他一下，就是要任性。

林鲸这个周六非常忙，计划要在周日落实宣讲活动。

一来工作日大部分业主是要上班的，可没人有时间参加物业举办的活动；二来她还有别的工作要做，一直拖着干什么都不能专心。

因此，她一早就出门了，把休息的蒋燃丢在了家里，早饭也没做。

等蒋燃九点半起床的时候，他给她打了电话："你去哪儿了？"

林鲸知道他在没话找话，却并不接茬："我当然在上班了，你有事吗？"

蒋燃被呛了一下，还是好脾气地问："中午回家吃饭吗？"

林鲸举着手机，很有腔调地说："我非常忙呢。"

蒋燃无奈地笑了笑："我在家，也请不到你回来吗？"

"不好意思，不可以的。"

到了十一点半，林鲸意外地接到一个电话，对方自报家门说是外卖配送的："请问是林小姐吗？"

林鲸说："你打错了，我没点外卖。"

"电话没错。"

有了前车之鉴，林鲸立马明白是谁干的好事，对外卖员说："是我，你进来吧。"

蒋燃给她点了一份日式料理，鳗鱼饭和一份汤，还有用恒温袋装着的冰激凌球。这家店的东西味道很好，鳗鱼肉质滑而不腻，脂香四溢。

林鲸乖乖地把饭都吃完了，将盒子扔掉，然后把冰激凌送给了同事。

回到办公室，她就有些后悔了，因为无论蒋燃有什么感情经历，都是遇到她之前发生的事，她在胡乱怄什么气呢？

陈嫣是妹妹又如何？她隔着十万八千里，他们也不经常来往啊。

于是，整个中午她来回纠结，心中似有两个小人，一个小人要把蒋燃扎几个窟窿，一个又在为他辩解。

赵姐已经从家里回来了，对林鲸说："看来你的新婚生活不错啊，老公这么疼你。"

林鲸绷住表情："算了，不说他了。"

赵姐不知看出了什么，说道："小姑娘作一作见好就收，别身在福中不知福啊，小心给作没了。"

林鲸不喜欢赵姐的这句话，并不觉得自己作。难道她不能有任何情绪，必须高攀着蒋燃吗？

广告公司送来了活动物料，她跟会所那边的人确认了场地以及到场的业主人数，然后开始马不停蹄地布置，整个下午的时间被安排得密不透风。

忙到晚上八点多才回家，她本以为蒋燃这种大忙人肯定又出去了，却意外地发现他坐在客厅里看电视。

餐桌上摆了四菜一汤，看着也不像外卖。

"别告诉我是你做的。"

蒋燃起身走向她，看着她不相信的样子，故意揉乱她的头发："你这是什么眼神，不相信我？"

林鲸被他拽去洗手，两个人挤在一个洗手池前，她从镜子里看他："因为你长了一张十指不沾阳春水的脸，我没法相信。"

蒋燃叹了一口气，说："本想装装好丈夫的样子，竟然被你看穿了。好吧，的确不是我做的，是今天过来的保洁阿姨，我拜托她帮忙做了顿饭。"

林鲸就知道！

她弹弹手指，弹了他一脸的水，被蒋燃抓住摁在盥洗台上。他盯了她一会儿，很认真地问："从昨晚到现在，我觉得你对我有很大的意见，是我的错觉吗？"

林鲸就不能和他这么严肃地对视，他的眼神好锐利，她怕自己的心事会从眼睛里溜出来，便别开了头。

蒋燃抬手捏着她的下巴，迫使她和自己对视，坚持己见："昨晚在姑姑家的事都说开了吧，你不至于为不相干的人跟我置气。所以到底是为什么？"

林鲸看他要追究到底的样子，倍感压力，含混地埋怨："你好烦哪，问这么清楚干什么？女孩子的脾气就是很奇怪的啊。"

"必须问清楚，我不想遭受不白之冤。"蒋燃缓缓地说，尝试着猜测道，"是你工作的时候我在家待着让你心理不平衡，还是我在床上的表现让你不满意？"

林鲸的脸蛋骤然涨红了，她猛地推开他："你讨厌死了，干吗在这里说这个？"

她跳下来，跑去餐厅装饭，心"怦怦"地快跳出来了。刚刚和他在浴室里对视的某一瞬间，她几乎要将心底的疑问和盘托出。

蒋燃跟过来，并没有因为林鲸的嗔怒而中断思考，看眼神他似有所察觉。

但最终他还是什么都没说。

吃饭的时候，蒋燃跟林鲸说了一件事："家里找一个阿姨吧，我们都要上班，忙不过来。"

林鲸说："现在雇钟点工打扫卫生就很好了啊，也没什么家务需要做的。"

蒋燃给她碗里夹了些空心菜："主要是做饭，你天天吃外卖也不行。"

林鲸还是觉得现在就请阿姨有点儿浪费了，两个人都不太需要被照顾。

她刚说出一句"我自己也可以——"，蒋燃就不容置喙地说："你在自己家是不做饭的吧？"

林鲸回道："行吧，你出钱你说了算。"

"还有一件事。"

"还有？"

"你在物业办公室，最近听到什么了吗？"

林鲸放下碗筷："怎么了啊？"

蒋燃说："吃饭吧。"

林鲸觉得他有点儿奇怪。

晚上睡前，林鲸开始联系家政公司找阿姨。以前她只是给业主介绍过合作的家政公司，价格都是业主自己谈，这次轮到她自己，给对方提了自己的要求，阿姨不需要住家，每天的工作就是打扫卫生、洗衣服，然后做一顿饭。

对方已经和她接触过几次了，开口很直接："按照这个工作量，一天大概需要做四个小时。"

林鲸不太清楚:"差不多吧。"

对方说道:"这样的话,每个月四千块钱,能接受吗?"

林鲸的手机差点儿砸脸上,做家政这么赚钱的?每天四个小时这么贵?

她颤抖着手打字:"这是报价还是底价?"

"林小姐,我们认识这么久了,你也给我们公司介绍了不少业主,我都没给你套路,直接一价到底。"

林鲸问:"还能打折吗?"

对方无奈地说:"我真的没给你套路,这是底价,住你们那个小区的人吃顿饭也不止四千块钱了吧?"

林鲸回道:"我考虑一下,过几天给你回复。"

她退出微信,把手机倒扣在肚皮上,人仿佛安详地静静等待去世。

她就是,大受震撼!

一个阿姨一天做四个小时就要四千块钱,而她在升主管前,一个月的工资扣掉税也就五千块钱……而且她一个月工作26天,一天几乎十个小时在岗。

如此算来,她这个工作辛苦又受气,还赚不到钱,真不如一个阿姨。

当然不是说人家阿姨的劳动不值得,而是从侧面看出,她这个岗位就是个可有可无的螺丝钉而已。

林鲸忍不住再次默默叹气,人生都失去色彩了。

蒋燃推开门躺进被子里,又顺手把她捞进怀里,碰到她放在肚子上的手机,将其拿了出去。

林鲸感觉到背后传来的滚烫气息,混着沐浴露的香味,他温热的手掌在她的臀上轻拍:"手机不要放进被子里。"

林鲸说:"刚刚在找阿姨。"

"有合适的吗?"

林鲸说:"谈了一个,只询问了价格,每天做四个小时,月薪四千。"

蒋燃不觉得这有什么问题:"可以,你觉得合适就定下来。"

"……"

林鲸忽然觉得自己和蒋燃不是同一个世界的人,抠着手指问他:"那你知道我一个月的工资是多少吗?"

蒋燃顺势调整位置,把她拢到自己的臂弯里,停顿了一会儿,反问她:"你需要养家糊口吗?"

林鲸皱着小脸,情绪很低,蒋燃这句话并没有安慰到她,甚至让她感觉自己距离最初的梦想越来越远了,现在她因为一两千块钱的工资产生了落差感。

可她最初不是这样的啊,她会因为写过出彩的文章、想出绝妙的创意而骄傲,受到同行业人士的嘉奖和赞许。

蒋燃看她眉头深锁,又说道:"人的价值不是明码标价的,你不要钻牛角尖。"

林鲸说:"可是公司就是按照我的价值给我开价。"

蒋燃问她:"对价值的判断尺度,每个人心中的标杆是不一样的。你是觉得公司开的薪酬对不起你的付出,还是觉得自我价值落后于区间值?"

林鲸只是感觉有点儿颓败,又很羞耻,往蒋燃怀里又钻了钻:"我不想讨论了,好烦哪。"

"做什么不烦?"他亲了亲她的耳郭,"你不开心可以考虑辞职,慢慢想自己到底要做什么工作,反正有人养你。"

蒋燃双手放在她的肋骨两侧一掐,把她挪到枕头上,倾身上来前,去床头柜里够东西。

林鲸很配合氛围地把手臂挂在他的脖子上,问道:"代价是什么?"

"是什么你不知道?"蒋燃把她的手扯下来一只,放在自己的睡衣扣子上,低声说道,"帮个忙。"

他的吻从她的耳郭一路移到眼皮、鼻梁、嘴唇……唉,也是真的好烦哪,前途问题还没解决,她就只会沉沦男女情欲之中,连续三天都做,可太堕落了。

周日一早,林鲸就去了办公室检查宣传单页和活动方案,许久没有在公众场合讲话的她,面对一个小区宣讲活动竟然有点儿紧张,只好在办公室里把稿子多念几遍。

十点半的时候,她捧着双腮,手肘撑着桌面开始发呆。

这时,她听见外面有一道熟悉的声音响起。

前台小姑娘问:"蒋先生,您有什么业务要办吗?"

"交物业费。"

小姑娘查了一下,疑惑地跟他说:"您家今年的物业费年初就交了啊。"

蒋燃:"我交明年的。"

小姑娘蒙了三秒之后,笑逐颜开,少有业主交物业费这么积极的:"当然可以了,我这边给您开单子,让林管家带您去财务室办理。"

小姑娘写了单子后,径直跑到里面办公室喊林鲸:"鲸鲸,出来一下。"

林鲸早有预感,但看到蒋燃感觉又是不一样的,不真实,还有些慌张:"你怎么来了?"

蒋燃看了看手表:"交完钱,等你一起吃饭?"

两个人站在门口,办公室里有人探出脑袋偷窥,小姑娘察觉林鲸态度不对,提醒:"林管家,这是业主啊。"

蒋燃替她解释:"没事,我是她老公。"

小姑娘早就听说林鲸的老公是溪平院业主,但没见过真人,闻言恍然大悟,尬笑一番,你们夫妻俩交个物业费都这么有仪式感。

"这样啊。"

办公室里的同事也同步好奇,脑袋往上冒了冒,又缩了下去。

昨晚还把她困在床上,害她又累又困的人,这会儿长身玉立,客气礼貌之余眼里藏着促狭之意:"林管家,麻烦了。"

林鲸搞不懂他要干什么,抿着唇对他说:"蒋先生,跟我来吧。"

林鲸在电脑上查了一下,他们家一年的物业费是四万多。

列出报表的时候她的心都在滴血,这是她大半年的工资。这就是穷人与富人的差距吗?

她给别的业主办理业务,这些钱对她来说就是一个数字而已,但是经由昨晚的打击,林鲸现在一看到钱就怀疑人生。

她填写数字的时候,有些不忍心写后面的零。

蒋燃站在背后盯着她操作,手忽然搭在她的右肩上:"有什么问题吗?林管家。"

此话一出,办公室里的其他人均抬头向他行注目礼。

林鲸侧过脑袋,小幅度地瞟了他一眼,同样装腔作势地对他说:"没问题,我这就带你交费,蒋先生。"

蒋燃微微一笑:"劳烦。"

同事们:被秀到了,大家都知道你们是夫妻,别装了。

按道理,这些琐碎的事完全不用蒋燃亲自来一趟,毕竟他的老婆就在物业系统里。可他大费周章地来一趟,肯定别有目的。

交完费,林鲸本来准备陪蒋燃出去吃饭的,但是正巧来了个业主要办事,她只好对蒋燃说:"要不然你先回家等我一会儿,或者去外面的会客室?"

蒋燃看向会客室的方向,那里有人。

他一副闲散人等的样子,对林鲸说:"你去忙吧,不用管我。"

林鲸问:"那你去哪儿?"

蒋燃反问她:"我不能在你的办公室里待一会儿吗?"

林鲸瞅了瞅他,有些莫名其妙,然后蒋燃才低声说:"你的同事都不忙,我应该不会打扰他们,我看看你的工作氛围。"

林鲸觉得他不是想感受她的工作氛围,而是来视察的。他一副老总派头往那里一坐,谁能自在?

他的"别有目的"就是这个?

这时,准备出去的张妍热情地说道:"鲸鲸,让你老公坐我的工位上等你好啦。蒋先生,别客气。"

蒋燃说了声"谢谢",然后就真的不客气地坐下来玩手机了。

林鲸:"……"

其实他们的办公室氛围很轻松,平日里也有其他同事的男朋友或者老公来接人下班,就在办公室里闲聊。就比如赵姐,每个人是什么情况,她基本上门儿清。

但是,林鲸觉得蒋燃身上的距离感很重,很多时候,他像一块羊脂玉掉进了鹅卵石堆,格格不入。

临走前,她有点儿担心,就办公室这些人的"八卦"属性,能将人"扒"到怀疑人生。

希望蒋燃不要觉得大家过于猥琐就好。

林鲸带着业主去前面办事,再回来时已经是半个小时以后了,隐约听见蒋燃竟然在跟她的同事聊天。

他并不排斥说起自己的事,被问到工作弹性的时候,就说自己在外企工作,氛围不像广恒这种国企这么严肃,而且他们早上是不用打卡的。当然,加班也在所难免。

男同事听他的见地觉得挺有道理,好奇他是不是职位挺高的,转念一想,他住这么高档的小区,这气质,看上去也不是普通的上班族。

赵姐的"八卦"之魂终于压制不住了,她忽然问蒋燃:"你和林鲸交往半年就结婚了,缘分来得这么快呀?"

林鲸暗自觉得好笑,赵姐对她讲的话是"你挺厉害的嘛,把'高富帅'把到手了"，对蒋燃就是"缘分到了"这种美化的表达方式。

"快吗？"蒋燃笑着说，"我们认识不止半年。"

赵姐蒙了，感觉自己接收的信息有误："你们不是你搬来之后认识的吗？"

蒋燃问："林鲸是怎么说的？"

赵姐说："相亲呗。"

蒋燃倒是饶有兴趣，像讲故事一样说："她六七岁的时候我们就认识了，住在一条巷子里，每天都会见面。"

"真的哇？"另一个女同事惊奇不已。

蒋燃笑了一下，倒是挺会占林鲸的便宜："换句话说，我看着她长大的。"

女同事手里的活儿也不干了，她注视着蒋燃，听他讲："原来我对她来说，只是个相亲相来的对象？"

女同事瞬间进入青梅竹马的剧情里："其实你是知道她在这边工作，就搬来了？"

蒋燃微蹙浓眉，觉得这个说法有点儿怪异，为爱搬家，这是什么鬼扯剧情？他又不是狗皮膏药。

"那倒没有。只是又见面，互相觉得很合适，自然而然地就求婚了。"

女同事一副星星眼的样子："那也好浪漫哪，相识了二十年，感觉你们的经历好像小说啊，还是破镜重圆那种。该不会你们还在树下埋了个玻璃瓶写着秘密，约定几年后一起打开吧？"

蒋燃明显对这个想法也不理解，就没接话。

林鲸正巧走进来，大家暂时停止打探消息。

她瞅了瞅蒋燃："你跟我的同事混得很熟嘛，讲什么呀？"

蒋燃朝她笑了笑，淡淡地说道："说你的事。"

这时，女同事将目光落在了林鲸身上，说道："好哇鲸鲸，你还骗我们说老公是相亲相来的，我说嘛，我怎么就没相到这么帅的人呢。原来背后还有这么一段故事，你们是青梅竹马，你都不讲给我们听！"

林鲸有点儿嗔怪地看了蒋燃一眼，想到的不是什么青梅竹马，而是鼻涕虫那件事！

"你怎么什么都往外讲？"

蒋燃说："你的同事问，我一时没忍住。"

林鲸不相信，他像嘴巴把不住门的人吗？

但是，经过他这个话题的对象自己出来回应，一个心机女孩泡到"高富帅"的故事立马就变成了青梅竹马的纯爱言情剧。

众人插科打诨了一会儿，时间过得很快，到了午饭时间。

出小区的时候，林鲸坐在车里问他："你觉得我的同事怎么样啊？"

蒋燃目视前方，表情专注得宛如月色下的一汪湖："挺好相处的，人也都很单纯。"

林鲸说："那是自然咯，我们是普通岗位上的'螺丝钉'，比不上蒋总满世界飞地忙业务呢。"

蒋燃轻叹："小'螺丝钉'的脾气越来越不好，难讨好了。"

林鲸眯着眼睛笑了笑，说不上来，但今天上午心情竟然不错，她琢磨了一会儿，蒋燃说来看看她的工作，该不会是因为她以前经常抱怨吧？

她也没有经常吧，只是偶尔抱怨一下。

吃饭的时候，林鲸忽然想到，办公室和整个公司都传过她的谣言，说她来溪平院上班就是为了找个有钱的男朋友。

她问蒋燃："你是不是听说过什么关于我们的传闻哪？"

蒋燃给她倒了半杯茶水涮碗筷，装傻："我不知道，你说什么？"

林鲸看他的表情就知道了，他肯定是有所察觉，今天才过来看看是怎么回事的。

蒋燃这才说："我相信你的工作能力，但是有的时候你又很不开心，所以是真的想来看看你的工作状态。如果你现在没准备离职，职场上的某些谣言就不能坐视不管，会影响你的领导对你的专业度以及入职动机的判断。"

他说这话的意思，应该就是指小区里有关两个人结婚的讨论。

林鲸鼻头一酸，生出些许委屈感，胸口宛如一朵烟花突然炸开了，滚烫的瞬间过后，传来暖意。

她看着蒋燃好看的眉眼，心虚地说："那你也不应该编一个青梅竹马的爱情故事呀，很扯的好吗？"

蒋燃不以为然："我们不是很早之前认识的吗？我没看着你长大？我没跟你求婚？这怎么就不是爱情故事了？"

这一连串的问题，搞得林鲸招架不住，于是她换了个话题奚落他："你还跑来和人闲聊，以为人家对我们的事很感兴趣吗？这又不是明星八卦新闻。"

蒋燃喝着水，嘴角扬起一丝笑容："那谣言是从哪儿来的？你可能低估了有些人的无聊程度,为了逃避工作,有些人觉得数头发都有意思。"

林鲸惊讶于他对人性的了解如此透彻,宛如羊脂玉里缓缓渗入了人间烟火,变得柔和且易亲近。他并不是只活在自己的阶层世界里的人。

林鲸两颊的肌肉又因此被牵动,她忍不住发笑:"别说了,别说了,我感觉被内涵到了。"

吃饭的时候,蒋燃又问:"你下午什么时候去上班?"

林鲸咽下嘴里的东西:"一点半。"

他看了一眼时间,叮嘱她:"昨晚睡得晚,待会儿你买杯咖啡带回去。"

"哦,你去做什么?"林鲸主动问他。

"出去谈点儿事,你下午加油。"蒋燃已经放下碗筷,坐在她身边安静地等待着。

下午,林鲸捧着咖啡回到办公室的时候,听见同事跟同样吃过饭回来的张妍夸张地描述:"你不知道近距离看鲸鲸的老公有多帅,而且他一点儿都不高冷,说话声音也好听。"

张妍说:"我没具体看不作数,哪天将人叫到我面前,我要亲自认证一下是不是正统帅哥。"

林鲸坐下来,拆开纸杯的封口,喝了一口咖啡。

她只听她们瞎侃,并没有参与。

到了两点,小区宠物饲养管理的宣讲活动开始。

林鲸似乎早料到,有兴致来参加活动的大多是在家闲着没事的老人,还有小朋友,而成年人宁愿在家里躺着,并不会把物业放在眼里。

因此,为了保证到场人数,她就在准备物料的时候特意准备了一部分伴手礼,就是几十元的宠物玩偶以及生活用品。

哪怕是住在高端小区里的中老年人,劲头也并不比周末早上去超市抢打折鸡蛋的老头老太差,报名人数瞬间激增。

在活动形式上,她觉得周经理之前将宣传单发下去,一通枯燥又直白地宣传下来没什么效果。她有点儿完美主义,要做就极力做到最好。

她把创意和脚本给了现在在做 UP 主(某视频平台用户)的前同事,两个人合作弄了一个科普的动画小短片。对方可以在账号上正常发布短片,她这边也可以将短片用作宣传物料,一举两得。

这种活动方式变得生动又有趣,小朋友为了拿到奖品,无论是家长还是孩子,互动性都很高。业主眼前一亮,轻而易举地就收到了很好的宣传效果。

周三晚上,她把工作汇报邮件发到了公司的宣传部门,总算完成了任务。

林鲸并没有想太多,自认为没有辜负周经理的嘱托。

不料周经理从北京回来之后,不咸不淡地表扬了她几句,说宣传部的老师看了她的活动现场的视频还有物料,给予了高度肯定。

林鲸勾了勾手指,刚要开心一点儿,周经理的话就紧随而来:"林鲸,你还真是深藏不露啊,我以前都不知道你还有策划能力,你在物业服务部的确屈才了。"

说完,他甩着手出去了。

林鲸愣了一下,十分疑惑。他阴阳怪气的干什么?不是他强硬地把任务加到她头上的吗?她也没给他丢脸哪。

赵姐看了林鲸一眼,叹气道:"你这个傻孩子,怎么就没看出来呢?"

林鲸问:"怎么了?"

赵姐:"他之前领这种没油水的任务都是随便应付应付的,所以才丢给你做,但是你一搞就有了对比,高下立见。上头的大领导又不是傻子,你一个小小的主管比经理还用心,他能舒服?"

林鲸一时有点儿委屈,完成任务带来的成就感瞬间被兜头浇灭。

赵姐直白一点儿地说:"这个男的其实很小心眼儿,可以选择提拔你或者不提拔你,这种事都在他的掌控范围内,但是你要冒出能力比他高的苗头,就不行了。"

林鲸还是第一次知道,原来小职员被上头的大领导表扬一句,就会让她的顶头上司不高兴。

广恒这个内部体系都是这么敏感的吗?

林鲸讷讷地反问赵姐:"难道我还要给他道歉?"

赵姐说:"以后你多捧着他点儿就行了呗。"

"……"

林鲸今天第一次对"捧臭脚"这个形容深恶痛绝。

林鲸这天准点下班,碰上周经理从外面回来。她非常记仇,对对方的指示置若罔闻。

那股憋屈感像一团怨气堵在胸口,久久无法散去。

她刚到家,微信上的前同事就给她发来一个好消息,她们合作的那条宠物科普短片被微博上一位宠物大V博主转载了，播放量已经达到上千万条。

前同事叫小舞，是某站的小UP主，做视频的时间不长，还没找到适合自己的路线，一直不温不火的。现在流量激增，她涨粉了好几万呢。

林鲸真心为她高兴："那太好了，你一定要好好坚持下去，祝贺你呀。"

小舞："怎么只恭喜我呢？也是你的功劳啊。"

林鲸嘴角扬起一丝苦笑："是你做的视频啊。"

小舞："可是你提供了创意和脚本，创意是最值钱的，怎么你看起来不是很开心呢？"

林鲸纠结了一会儿，或许找一个人倾诉比较好，便把自己的遭遇告诉了朋友。说完，她趴在餐桌上，揉了揉酸涩的眼睛。

小舞："遇到这种领导还不简单？你直接不干了呗，潇洒一点儿，现在这个社会只要你不是懒到极致就饿不死人。"

林鲸笑了一下，打字回复："不然我去干什么呢？"

小舞："你可以和我一起做视频。"

林鲸婉拒："算了吧，你那仨瓜俩枣的，养活自己都够呛，我就不陪你喝西北风了。"

小舞："滚吧，滚吧。"

其实小舞也是受不了各种职场霸凌，用她的话说就是：难缠领导和难缠客户，老娘不伺候了。当然，做自由职业者要承担的风险，比如没有稳定的收入，没有社保，爸妈反对……只有她自己清楚了。

林鲸去书房把电脑搬过来，又点开了那条视频，津津有味地看起来。

背后传来密码锁被解锁的声音，十秒之后，蒋燃换了拖鞋进来。

他先是绕到厨房洗了手，用洗手液搓了一遍。林鲸还专注地盯着电脑，他走过来在她身后站了一会儿，说："再趴，眼睛都要被吸到显示屏里面了。"

林鲸抬手摁了暂停键，然后仰头看向他："你才要被吸进去了呢。"

他今天穿了一件浅灰色的立领衬衫，偏休闲的款式，只有小小的领座，突出他优秀的脖颈线条还有喉结，十分好看。

再配上干净白皙的肤色、轮廓深刻的五官，他看起来就很像画报里走出来的翩翩贵公子。

"在看什么？"

蒋燃将手搭在她的肩膀上，不轻不重地揉捏了一下。肌肉被迫放松的酸麻感传来，林鲸还来不及反应，男人已经坐在她身后，和她坐在同一张椅子上。

林鲸只占了椅子的四分之一，后面空了一大片地方，蒋燃倒是会物尽其用，与她亲昵地挤在一处。

他一只手臂搭在椅背上，另一只手轻扣在餐桌上，骨节修长的手指覆上她的手背，摁着鼠标点开了暂停键。

"这是你做的宣传片吗？"他问。

林鲸有点儿不好意思："也算不上宣传片吧。"

蒋燃的身体已经贴紧她的后背，他拢着她，下巴搁在她的肩膀上，把她当成一个舒适的下巴托，将视频的进度条调到最开始的地方看起来。

他总是有着极强的存在感，林鲸稍稍挣扎了一下，耳后的发丝就会触碰他的皮肤，心脏在狂跳着，她只好保持一动不动的姿势，把自己当成一座没有生命的钟摆。

这样从背后拥抱的姿势，两个人有点儿像叠放在一起的汤匙，又像挨在一起取暖的两颗可爱星星。

视频放完了，她才轻轻出声："这是给小朋友看的。"

蒋燃离开她的肩膀，淡淡地说道："看出来了。"

他这样说，激发了林鲸的好胜欲，她登时不服气起来："你知不知道这个视频还被微博大V博主转载了？播放量上千万呢。"

蒋燃问："你这么激动干什么？我说看出来是给小孩子看的了，没说不好。"

林鲸的小人思想昭然若揭，她心虚了，只好顾左右而言他："我就是想告诉你，这个视频的传播量很广。"

蒋燃点点头，给出一个比较高的评价："如果这个世界上的科普短片都这么简单有趣，小朋友的学习问题就不再是难题。"

林鲸狡黠地说："那你高估了小朋友的耐心。比如我小的时候，但凡让我汲取与知识相关的东西，我都不爱看，因为学习是回报过程最慢的活动。"

但越难的事情回报率往往是最大的，就像读书，用短短几个小时或几天的时间，就可以轻松获取别人几年得来的输出内容。

蒋燃很快和她调到了同一频道，说："那挺遗憾了，我没有深入了解过你的童年。以后孩子的专注力不行，原因应该是在你这里。"

林鲸刚欲开口反驳，蒋燃转过她的身体，吻落了下来。

吮咬的方式，夺走了她全部的呼吸。林鲸脊背陡然紧绷，抵着桌面，她有点儿紧张，死死咬着牙齿，被蒋燃用拇指和食指的关节捏住下巴，瞬间打开最后一道防线。

林鲸伸出舌尖，随波逐流，与他交缠到一起。

结束这个吻已经是二十分钟后的事情了，林鲸坐在他的腿上，脸蛋埋在他的颈窝里，羞耻到不敢抬起头来，像害羞不敢见人地躲在爸爸怀里的小朋友。

"饿了吗？"蒋燃坦然地系上被她扯开的纽扣，问道。

林鲸避开他的目光，故意不看这个动作，装模作样地说："我本来想做饭的，被你打断了。"

蒋燃掐了一下她的脸，顺着她的话接了下去："怪我自制力不行，耽误你发挥厨艺了。"

林鲸大言不惭地说："所以罚你带我去吃好吃的东西。"

两个人从外面回来，蒋燃才想到一件事："我后天要去一趟广州，但那天是你爸的生日。"

林鲸的重点是："我爸的生日我都没记住，你怎么记得这么清楚？"

蒋燃捏紧她的手指，林鲸感觉有点儿疼，男人的手掌很大，关节硬，她尖叫了一声。

"你没记住不是应该反省吗？"

林鲸坐到沙发上，朝他摆了摆手："知道了，你该工作就去工作吧，我回家陪他们吃饭就好了。"

蒋燃站在卧室门口，解开皮带抽出来，准备去洗澡，闻言又回来对林鲸叮嘱："你给爸挑一件好点儿的礼物，看他喜欢什么酒，也给他带过去。"

林鲸走到餐厅边上的恒温酒柜前，里面多是放的红酒和洋酒，整整齐齐地摆在黑色玻璃后面，还有悬挂的各色高脚杯，琳琅满目，高级又漂亮。

蒋燃不爱喝酒，但有收集的癖好，有些是别人送的，有时候他也拿去送人。

她目光扫视了一圈，最后挑了两瓶仅有的茅台："就这个吧，接地气。"

139

蒋燃点头:"记得去给爸买礼物,糊弄学大师。"

林鲸闻言,冲他瞪眼睛,他是在嘲她送给姑姑家的二手大闸蟹吗?

她觉得瞪眼睛还不够,便冲过去打他。蒋燃已经开始脱衣服洗澡了,冲她挑眉,更是挑衅。

于是林鲸像只小蜜蜂逃避密室一样,挥着翅膀逃窜了出去。

接下来的几天,蒋燃出差。

林鲸上着班,和周经理抬头不见低头见的,虽然以她的性格是不爱跟人呛声的,但她也不是个包子。她没有听赵姐的话去给对方捧臭脚,自己又没做错事。

见到周经理她也装看不见,将对方当成隐形人。

林鲸这般硬得不会拐弯的性子,让赵姐不知道说什么好了。不过,反正林鲸还有老公养着,不指望这工作养家糊口。

周经理几天观察下来,林鲸本本分分地做自己的工作,也没作妖,却不再爱搭理他了。他手头上又堆积了很多文书工作,没人帮他做,毕竟一个小小的物业经理也没有资格配一个秘书。

好几次他又想犯贱地去找林鲸,碰上小姑娘冷冰冰的眼神,只好退却。

这天林鲸回家给老爸过生日,拎着酒,还有她给爸爸买的皮带,是一个非常有质感,但又不高调的牌子。

老爸很喜欢皮带,立马拿去卧室按照自己的腰围调节孔位,然后用了起来,对着镜子来回臭美。

"嗯,我女儿的眼光真不错。"

林鲸躺在沙发上玩手机,施季玲坐在她身侧,拐了一下她的胳膊:"回来就躺下玩手机。"

林鲸:"那我坐着玩手机?"

施季玲:"我跟你说认真的,你没跟蒋燃说今天是你爸的生日吗?他怎么没来?"

林鲸说:"他知道今天是爸爸的生日呀,还提醒我送礼物呢。不过他这两天出差,忙得很。"

施季玲翻着白眼,不怎么相信:"他有那么忙吗?今天可是你爸五十岁生日。"

林鲸说:"这个五十就是虚岁的啊。你的要求怎么那么高?要是给你选，比如一份两千万的合同和岳父的生日晚餐，你选哪个？"

答案显而易见。

施季玲也不知信还是没信。

其实她下意识地多心，并非要蒋燃怎么样，只是担心女婿对女儿不够重视和体贴而已。

她沉默了一阵，又说："我也没有要求高吧？现在我们是一家人了，还不能说说了？"

林鲸笑了笑，逗老妈："行啊，等他回来我就跟他说，你对他有意见了。"

"你这个浑球怎么回事，到底跟谁一伙的？"老妈赶紧捂住林鲸的嘴，说，"不许说半个字，听见没有？不然人家还以为我们家拿乔呢，你们夫妻和睦最重要。"

林鲸看着老妈，发现人到四十并不会不惑，五十也无法知天命，一辈子都是小孩呀。

吃饭的时候，老爸照例问她近期工作如何。林鲸觉得老爸这种在企业体系里待久了的老人应该很有见地，便如实说了自己和周经理的这点儿渊源，想寻求一点儿建议。

本来她辛辛苦苦地完成工作，不仅得不到嘉奖，还被领导阴阳怪气了一顿，真是恼火。

林海生是个"百事通"，告诉了她一件事："这个周建，他姐夫是广恒地产部的项目经理。他本身能力不算草包，但也难当大任，所以在物业经理这个职位上一待就是好几年，反正过日子够用。"

林鲸想，原来如此，每天看他喝茶、看报、玩手机的，日子过得很清闲嘛。

林海生又说："既然他能一直待着，说明也是有两把刷子的，你别掉以轻心。"

林鲸："你今晚说的每一个字，都在吓唬我。"

林海生说："鲸鲸，你做好自己的工作就好了，不用想那么多。你们这个工作，职场上斗争的作用远远比不上工作的实绩。任何工作都是从量到质的积累，就算你爸是公司老总，我提你做总经理你敢上去吗？"

林鲸说："你要是老总，我就在家躺着了。"

施季玲给她盛汤，听出一点点苗头来，立马告诫林鲸："你是不是又想辞职了？"

林鲸捏着筷子,指尖顿住,没承认也没否认。

施季玲说:"你结婚前,妈不让你换工作确实有点儿强势,但现在也要劝你谨慎,在没找好下家时,不要盲目地辞职,不然中间的空窗期会很难。"

林鲸疑惑地看向老妈:"为什么?"

施季玲说:"你刚结婚就要辞职,你和你老公的收入差了多少倍,不用我说了吧?蒋燃会怎么看你?纵然男人说得好听,承诺养你,给你安全感,哄你生孩子,等你真辞职做全职主妇了,很有可能就是另外一副嘴脸了。你在家待几年,跟不上他的进步速度,充其量就是个保姆,他会看不起你的。女人一定要有工作能力,要经济独立。"

林鲸怀疑老妈在她家里放了个监控器,蒋燃还真说过她可以辞职了他养她。

不过这一次,她赞同老妈的话。

爸爸这么爱妈妈,把她宠成个小公主,但施季玲这一辈子就从来没做过全职主妇。

施季玲说:"还有蒋燃那个姑姑,上次我和她见面,她一个劲儿地游说我加入她的催生大军,我当时就想跟她翻脸。她上嘴皮碰碰下嘴皮,几句话说得轻飘飘的。孩子生出来谁带谁养?她蒋蔚华吗?蒋燃工作忙肯定是带不了孩子的,也就出出钱,压力还不是只落到你身上啊?"

林鲸看着妈妈义愤填膺的样子,并不觉得好笑,鼻头一酸,胸口如潮水翻涌一样起伏,泪水几乎要从眼眶里涌出来。

妈妈为她考虑了好多事啊,尽管妈妈有的时候市侩、强势、不近人情。

林鲸趁爸妈不注意,喝饮料的时候故意仰头,将眼泪憋了回去。

她笑着问妈妈:"我没结婚的时候你可不是这样说的,还让我早点儿生孩子呢,那我问你,就不生了吗?"

施季玲掐她:"生还是要生的。"

林鲸:"那不还是要牺牲事业?"

施季玲继续念叨着:"你是笨蛋吗?等你生孩子我就办内退,给你带孩子呀,谁让你没有婆婆呢?还能让你一个人承担压力吗?"

晚上林鲸回家的时候,忽然有了很多感触,茅塞顿开。

结婚以后她才知道,对爸爸妈妈是有很多误解的。

她给鹿苑发了条微信:"姐妹,告诉你,我悟了。"

鹿苑："你办事的时候也能悟，我服气了，来说说吧。"

林鲸："滚哪，谁办事了？！"

鹿苑："这个点你们都不办事更待何时？蒋总是不是不行？"

林鲸："蒋燃出差了好吗？"

鹿苑："好吧，你悟到什么了？"

林鲸被鹿苑一打岔，那一丝细微的情绪也消失了，一时词不达意，只好跟鹿苑说起最近工作上的事。

鹿苑给她打电话："我早知道这是你的必经之路，以前你自己创业的时候，大家都是年轻人，只是想把事情做好，劲儿往一个地方使。但是大公司鱼龙混杂，每个人心中都有自己的那点儿小九九，口号都是形式主义，你要学会克服障碍，把握自己的工作节奏。"

林鲸出了一口气："我现在理解你骂领导是什么心情了，我现在就想骂人。"

鹿苑说："你如果不痛快，我陪你一起骂！实在不行，你可以付一千块钱，我给你表演单口相声。"

林鲸笑了笑，叹气："明天又要上班了呀。"

作为闺密，鹿苑是很了解林鲸的，一如林鲸非常了解她一样。

她忽然告诉林鲸："如果你有更好的前途，我支持你辞职，如果只是因为讨厌同事，那大可不必，因为你完全有能力反击回去，只是你这两年遭受了一些挫折，自信心被打磨掉了。"

"施主任有时候说话不是那么中听，但过来人的话还是有一定道理的。我们都长大了，能明辨是非。你和蒋燃的婚姻基础不稳定，虽然夫妻双方要保持信任，但一定要保持头脑清醒，他不是你溺水时期的救命稻草，你清楚吗？"

"我知道了。"

林鲸挂上电话，心潮渐渐涌动，忽然充满了力量。

她感觉自己的身体就像一头年轻的小豹子，上楼的时候，脚步都轻快很多。

年轻人身上的阶段性冲劲十足、持续性混吃等死的特质，在她身上体现得淋漓尽致。

林鲸进电梯的时候，正好看见九楼的任老太太出来，老太太的怀里抱着一只小小的泰迪犬。

林鲸问:"您养小狗啦?"

任老太太说:"我女儿家的狗生了,我抱来一只陪我。"

小泰迪犬在老人怀里,豆粒大的眼珠子惊恐地向外面张望,怯生生的。

林鲸提醒道:"那您遛狗的时候记得要牵绳啊,这个小区里大狗很多的。"

老太太急着去遛狗,匆忙说道:"知道了。"

林鲸有点儿无奈,感觉老年人对旁人的意见总是不屑。

她回到家,屋子里黑漆漆的,随着她开门的动作,走廊的感应灯一路蜿蜒到卧室门口,逐次亮起,她的视线变得清晰起来。

偌大的房子,没有丝毫活物的气息,林鲸不太想面对这样的屋子,今晚应该在爸妈家睡,然后早上再过来上班。

可这又和她一直向往的独居生活相悖。说到底,还是她习惯了每晚回来蒋燃都在,或是在客厅里坐着,开着电视,他随便做什么事情;或是在书房里,听到林鲸开门的声音他就走出来逗逗她。

怎么回事呢?

人心真是此一时彼一时,现在她好似一只弱小的飞蛾,天生具有趋光性,有点儿期待蒋燃回来陪她。

工作她自己努力就好,生活最好有人能陪伴她。

她先绕去厨房喝了一大杯水,之后才回到卧室里,洗完澡,拿出 iPad 坐在床上刚打开,手机就在床头柜上"嗡嗡"地响。

蒋燃:"回家了吗?"

林鲸:"早就到了。"

她盯着聊天框上面显示的"对方正在输入",急等着看他再发来什么话,结果一分钟过去了,不仅没有消息过来,那几个字也不见了。

她正纳闷,手机忽然响起苹果的专属铃声,在掌心里抖动,来电界面把她吓得激灵了一下,手机掉在了被子上。

那边的人没出声,静止了三秒,还是林鲸先开的口:"你怎么忽然打电话给我?"

蒋燃说:"发现一个问题,我出差的时候,只要我不打电话给你,你就不会给我打电话。"

他理解有误,林鲸不是问这个问题,而是问为什么他从发微信切换到了打电话。

她觉得自己解释不清,便没有说,不自在地问:"广州漂亮吗?我没去过。"

蒋燃说:"我到三天了,你现在才问我?"

然后他又问:"今天给爸过生日,怎么样?"

林鲸微微蜷曲起手指,告诉他:"也没什么,就是一家人一起吃饭,然后我妈问你怎么没来。"

蒋燃有些意外:"你怎么说的?"

林鲸说:"说实话啊。"

蒋燃轻笑:"你爸妈应该对我这个女婿有点儿意见了。"

林鲸小得意了一下:"那你自己去给他们打电话解释呀,为什么岳父五十岁生日这么重要的事你不来呢?"

蒋燃:"我不太习惯。"

林鲸一直觉得蒋燃和自己的父母相处得挺好的,平日里见面也能聊到一起去,便问:"你不喜欢我家的氛围吗?我爸妈不好相处?"

"不是,我挺喜欢你们家的。"蒋燃吸了一口气,明显感受到这个问题的危险性。

林鲸不明白,又好半天没接话。

蒋燃问:"你呢?这些天过得好吗?"

他终于问到点子上了。

"也还可以吧。"林鲸不想告诉蒋燃自己工作上的那些糟糕的事情,因为就算说了他也帮不上什么忙,甚至会多想,"最近不是很忙,就感觉生活节奏慢了点儿。"

蒋燃看了一眼时间:"洗澡了吗?"

林鲸说:"刚洗好,现在躺在床上了。"

"哦,今天穿的哪件睡衣?"他忽然这样问。

林鲸下意识地搓了搓脸颊,因为感觉到有一簇火苗在那里燃烧,热意燎人。被他这样暧昧的话撩得不知所措,她只能装傻:"你说什么?"

蒋燃似起身在房间里走了一下,知道她又在逃避,坦然地问:"你的衣柜里有四条睡裙,你今天穿的哪一条?"

林鲸避无可避,过了好久才小声说:"就是……奶油黄的那一条啊。"

蒋燃语气散漫,扯低了尾音:"那条吊带的?"

"对。"

"嗯,我也很喜欢。"虽然看不到,但他在脑海里过了一遍她穿睡衣的样子。

林鲸觉得自己呆呆的，被撩得好傻，决定反将一军："你喜欢，那我把它送给你好了。"

蒋燃的笑意在嘴角漾开："我只是喜欢看你穿。"

啊！

林鲸一个扑腾把自己的脸埋进被子里，宛如毛茸茸的小奶鸭一个猛子扎进湖里。

啊啊啊——他太会撩拨了！

她遭不住了怎么办？

蒋燃跟她说了一句："等我一下。"

然后他挂了电话，林鲸不知道他要干什么，以为他是有事要忙。

她又搓了搓脸颊，把手机放回去充电，准备睡觉，然后看到他发来的视频聊天申请。

她整理了一下头发，点击接听按键，闯入眼帘的是夜幕下高耸入云的广州塔，细细的小蛮腰笔直地插入装满星星的天幕，可以连接天上的闪电。

五光十色的塔身增添了一丝奢华的纸醉金迷的味道，令人心向往之。

蒋燃将面孔挪过来，林鲸的目光还痴迷地留恋在广州塔上面："很漂亮，不过你忽然给我看这个干吗？"

蒋燃说："你不是问我广州漂不漂亮吗？"

林鲸绷直嘴角："还有别的角度吗？"

于是蒋燃给她调整角度，扫视了一周，林鲸注意到他住的房间很大，有半弧形的落地窗，是个套房，有点儿像酒店宣传片里的那种规格。

蒋燃把手机收回来："看好了？所以，你的什么时候兑现呢？"

他是要看她的睡衣？

林鲸心里冒出一个问号。

显然，蒋燃此刻就站在那个迷踪幻影的入口处冲她招着手，告诉她里面有甜美的果实，可惜林鲸不敢进入，始终脚步踟蹰。

她又开始顾左右而言他："你还没有让我看看你的房间。"

"看房间做什么？"

林鲸促狭地笑了一下："看有没有藏人。"

蒋燃没有拆穿她转移话题的把戏，还配合她玩："可以给你看，不过要是没有人，你怎么说？"

林鲸："先看了再说，万一呢？"

翌日一早,林鲸困顿地醒了,胸口被硬块儿挤压得好疼。

她从被子里爬起来,才看到是手机掉落在被子里,被她压在身下。

昨晚视频通话的时候她都不知道自己怎么睡着的,早上打开手机一看,他们竟然聊了一个多小时。

这是一件挺可怕的事情。

两个人越来越亲密,她会不会越陷越深?夫妻双方,如果有一个人是只走肾不走心的话,那另一个人会很可怜。

白天的太阳晒得人的大脑越发清醒,蒋燃的段位明显很高,林鲸不想成为一个可怜的人,所以不能沉浸在这段关系里。

上班经过15幢的时候,她又碰到了那个女网红,林鲸记住了她的本名——谢云云。

谢云云的手腕上挂着牵引绳,但是另外一端垂在地面上,她把大金毛放开了,让它自己去草丛里排便。

林鲸走过去提醒:"谢小姐您好,您最好不要把狗狗的牵引绳松开,这样不安全,早上会有老人带小朋友出来散步,如果小朋友不懂事逗了您的狗就不好了。"

谢云云今天早上已经不止一次被物业的工作人员提醒她牵住狗了,觉得很烦,这个高档小区的服务宗旨就是给业主添堵吗?这么多保安是干什么吃的,不是保护业主的安全的吗?

她赌气地反问了一句:"你们物业不是有保安的吗?难道不能保护业主的安全吗?"

她看这个小物管还说不说话。

林鲸说:"物业的保安负责巡逻维护小区治安,您要贴身保护需要自己雇人,所以请您还是注意一下,如果出现意外,大家都负不起责任。"

谢云云的气话被堵了回来,但林鲸说得并没有错,谢云云只能气哼哼地回应:"知道了,知道了,你们物业的人要说几遍哪?"

林鲸摆上刀枪不入的职业微笑脸,看着她把牵引绳挂到金毛的项圈上,才满意地离开。

回到办公室,她和同事说起这件事,立马就有人附和:"我前两天早上也看到她总是带着狗出来随地大小便,有时候还放开狗绳。"

另一个人说:"有些业主真不知道怎么想的,说了不听,听了不做,真出事了又来怪物业监管不力。无语吧?我们是做服务工作的,不是做奴才的。"

林鲸虽然没有和他们一起抱怨,但也觉得这件事很为难,因为他们也不是执法部门,只能引导,否则物业管得过于谨慎了让业主不快,业主就会告物业侵害他人合法权益。

这个谢云云还是出现在她负责的楼栋里……16幢还有一个任老太太,也不是善茬。

林鲸的担心不无道理。

晚上八点,她还在办公室里加班的时候,接到了任老太太的电话,任老太太尖叫着让她喊保安:"小林管家,我的狗要被咬死啦!"

林鲸的脑袋蒙了一瞬,待恢复清明,她问任老太太怎么回事,任老太太激动得说不清楚话,只说自己在湖边。

可是环着溪平院的那片湖好大……

林鲸告诉对方,让她到一个安全的地方去,然后通知了保安,让他们赶紧去湖边找人。

溪平院的保安在晚间是每隔半个小时绕着小区巡视一周的,已经算严格,但这并不能保证每个地方时时刻刻有人看着。

这是林鲸上班以来第一次遇到这么严重的事,她拿上手机匆忙跑出了办公室。

林鲸找到任老太太的时候,保安还没到。

黑漆漆的湖边站了两个人、两条狗,另一个人竟然是谢云云。林鲸当时就绝望地两眼一黑,让她掉进湖里算了。

谢云云的金毛犬脱离了她的掌控,死死咬着老太太的小泰迪犬,显然那只小泰迪犬在凄厉地惨叫两声之后,一动不动地躺在了地上,宛如一块儿咖啡色的抹布。

大狗把它叼起来甩了甩。

场面过于血腥,任老太太的心都要痛死了,谢云云躲在一旁尖叫,于事无补地喊着:"弟弟,松嘴,松嘴!啊啊啊!"

林鲸实在忍不住瞪了她一眼,阻止道:"你别尖叫了,会刺激狗的情绪。"

于是谢云云不叫了。

老太太见再没人阻止大狗,竟然想从金毛犬的嘴里抢回自己的小泰迪犬。

林鲸拽住她:"您别靠近了,小心被咬到,保安马上就来了。"

任老太太恶狠狠地冲林鲸喊道:"这不是你的狗,你当然不在乎!"

林鲸说道:"我是为您的安全着想。"

任老太太挣脱林鲸的手,等林鲸回过神再去抓她的时候,她已经冲到狗前面了。任老太太恶狠狠地踢了金毛犬一脚,它"嗷呜"尖叫了一声。

金毛犬受到刺激就要来咬人。

当那个庞然大物冲向自己的时候,任老太太才知道什么叫害怕。

然后,她做了一个令林鲸一生都无法忘怀的举动。

她下意识地把林鲸当作安全屏障,把林鲸往前一推,自己躲到了林鲸身后。

其实林鲸的脚踝被狗咬到的一瞬间,她并不感觉有多疼痛,都没反应过来,只是被推上去的一瞬间,神经崩溃了,豆大的眼泪已经从眼里滑落,再也止不住了。

很快,同事和保安就赶了过来,把林鲸从地上扶起来。

保安带了工具,几个人合力把狗控制住了,踹了几脚,装进笼子里。

谢云云哭喊着,怒骂保安虐待她的狗。任老太太又警告谢云云,这笔账她记下了,让谢云云等着吃官司吧。

现场一片混乱。

只有赵姐扶着林鲸,帮她擦眼泪,问她哪里被狗伤到,听到两位业主对骂,心都凉了。

人性就是如此,华贵的衣衫和精致的豪宅也掩饰不住恶臭。

周经理闻言赶来,看了一眼林鲸的伤口,对她说:"我现在带你去医院打针,这事不能拖。"

赵姐磨磨叽叽地说:"那这现场怎么办?"

周经理白了她一眼,气急地吼了出来,颇有指桑骂槐的意思:"是人重要还是狗重要?我们物业服务人员也是人,有人权!你们长了狗脑子吗?什么玩意儿啊?"

顿时,谢云云和任老太太都不说话了。

伤口在脚踝上,不算大,但是有一个瘀青的肿块。

做完了消毒和清创,打完针出来,林鲸揉了揉红肿的眼睛,一股窒息闷感堵在胸口,她死死憋着,不说话也不哭,但是难过得心都要碎了。

周经理开车送她们回去,林鲸说:"周经理,麻烦你送我去桥湖花园行吗?"

149

周经理问:"你不回家吗?"

林鲸说:"我今晚想回爸妈家。"

她不想一个人待着。

车厢陷入几秒钟的沉默气氛中,大家都不知道还能说些什么。林鲸趴在赵姐的肩膀上闭上眼睛,心有余悸,睡不着。背部的肌肉有记忆似的,循环往复地出现着被业主推到前面的惊惧感。前面是恶犬,后面是恶意,她稍稍进入浅眠状态就会抽泣惊醒。

过了一会儿,林鲸又问:"周经理,业主的狗怎么办?"

赵姐拍了拍她的肩膀,说:"都这个时候了,你还关心人家的狗?关心关心自己吧。"

到底周经理心思更敏锐,他几乎立刻就洞察出林鲸在担心什么,便说:"你是想问怎么处理吗?这件事的责任完全在两个业主身上,虽然她们是我们的服务对象,但公司也不会让你受委屈,广恒这点儿实力和人情味还是有的,你别太担心了。"

林鲸定了定心,这才重新闭上眼睛。

周经理和赵姐一起把林鲸送到了家,林海生和施季玲已经睡觉了,没看见林鲸半个小时前发来的微信。夫妻俩穿着睡衣出来开门,被吓了一跳。

听完周经理的解释,施季玲立马就激动起来,她忍不住说了几句阴阳怪气的话,后者表现挺大度。他能理解为人父母的心情,并没有跟施季玲计较,除了道歉,还承认这是公司的过错,一定会给林鲸主持公道。

林海生客气地把人送出门后,施季玲冲他瞪了一眼:"你对他们这么客气干什么?如果不是这些领导不作为,至于鲸鲸一个女孩子去应对这种场面?"

林海生说:"谁都有百密一疏的时候,人家够可以的了,被你骂得跟孙子似的也没恼。"

施季玲的火气下不来,她欲再开战,林海生说:"赶紧去看看女儿吧,她肯定吓坏了。"

两口子拥进林鲸的房间,要查看她的伤口,林鲸的脚踝已经被处理好了,并没有什么事,她对父母说:"就是一点点伤口而已,现在都不疼了。"

施季玲很了解她,不客气地问道:"不委屈你怎么会想到回家来?"

林鲸咬着嘴唇,半晌才说:"不想一个人待着。"

两口子愣了愣。

施季玲把林海生赶出了房间:"你回去吧,我今天和女儿一起睡。"

林海生不好在女儿的房间里久待,叮嘱了两句,很快就出去了。

林鲸洗完了澡回到卧室擦头发。

施季玲坐在床上问她:"蒋燃还没回来吗?"

林鲸看了她一眼:"没有。你别对他有意见,怪不到他头上,这种事谁能想到呢?"就像一个人没事走在大街上,忽然被一辆失控的汽车撞飞一样。

"我可什么都没说啊。"施季玲一个人在被子里琢磨着什么,又盯着林鲸看了一会儿,见她不紧不慢地坐在梳妆台前抹护肤品,手机就搁在一边。

施季玲好奇地打听道:"你们平时也不打个电话什么的吗?"

林鲸想也没想地说:"没什么事不会打,有事就发微信。不过现在算了,跟他说什么呢?"

施季玲本来觉得这样不妥,转念一想又说:"对,不要打给他。等他回来看见你被狗咬了,让他心疼、懊恼,谁让他不关心老婆?"

林鲸哭笑不得地瞅了老妈一眼,吐槽道:"你这个样子真的好像一个小公主,心思好单纯。你怎么就知道他会心疼?"

施季玲又叹气,一个人咕哝着:"有钱男人也是靠不住啊,光顾着赚钱,太忙了哪有时间生活?"

林鲸涂完了脸,爬到床上睡觉,半夜被噩梦惊醒,头上全是汗,坐在床上大口喘气。

梦里自己整条右腿被截肢,咬她的金毛犬也变成非洲草原上的鬣狗,最丑的那种,要多恶心有多恶心。

翌日早上,林鲸被通知公司给她放三天假,要她在家里好好休息。

父母要上班,老妈本来说今天请假陪她,被林鲸拒绝了:"不需要,我又不是不能动,自己可以的。"

蒋燃本来计划周末回来的,处理完了事情,周四晚上就回来了。他没提前跟林鲸说,准备给她一个惊喜。

他倒是没想到林鲸给了他一个惊吓,家里没人。

"去哪儿了?"蒋燃给她打电话。

林鲸正准备吃晚饭:"在我爸妈家啊。你回来了?你要过来吗?"

她还没说两句话，手机就被施季玲抢了过去，施季玲说："蒋燃？你过来吧，我正好有话对你说。"

林鲸都来不及跟他说什么。

挂了电话，蒋燃隐隐有些不太好的预感，放下行李就过去了。

林鲸今天穿了条浅咖色的阔腿裤，上面是修身的低领针织衫，裤子很长垂到地，让人看不见她脚踝上的瘀青和伤口。

她去给蒋燃开门，等他换鞋时顺便小声跟他说："我工作的时候出了点儿小意外，我妈就不太高兴了。"

蒋燃握住林鲸的胳膊，盯着她问："怎么回事？"

林鲸挣开他的手指，轻描淡写地说："就是被狗蹭了一下。"

"被狗蹭了一下？"蒋燃重复这句话，觉得事情没这么简单。

施季玲端着菜从厨房里出来："就是两个没素质的业主遛狗不拴绳，最后狗一死一伤，鲸鲸惨遭毒手，没被咬太重，但也吓得半死不活了。"

她按照周经理的描述，原原本本地将事情经过学给蒋燃听了。

林鲸却觉得有点儿丢脸，因为施女士老是在重复"她被狗咬了"这五个字，听上去就充满了戏剧性。

她扶额叹息，轻轻尖叫了一声："妈，你能不能不要说这几个字了？"

施季玲瞪着蒋燃，意有所指地说："我是为了让你老公听清楚，他忙着全世界抢钱之余，抽空关心关心自己的老婆。你都被狗咬了！"

林海生端着饭碗都要笑出声来。

林鲸倒在沙发上，不愿意再睁开眼。

蒋燃就这么被奚落了一番，还维持着好脾气。他提了一下挺括的西裤，屈腿坐到林鲸前面的小凳子上，问："伤在哪里？"

林鲸小声说："你别管，我妈就是生气，逮谁都要发泄一通，我爸今天都不知道被她骂多少回了。"

蒋燃摇头，并不在意："给我看看。"

林鲸抿嘴，脸蛋又变成一条生气的小金鱼，然后嘴唇掀开一点儿小缝，将气缓缓吐出。

"就是脚踝这里。"她指了一下，觉得不太好意思。

蒋燃竟当着她父母的面，把她的两条腿放在自己的腿上，没碰伤口，手指轻轻揉了一下她的小腿肚："打过针了吗？"

林鲸羞涩地抽回腿来："打过了，打过了，你别管了。"

施季玲在那边喊："吃饭了！"

吃饭过程中氛围自然不算愉快，林鲸真心为蒋燃感到冤枉，这事跟他没半毛钱关系，怎么也怪不到他头上。

可她妈妈还是说了他一顿："一走一个星期，对家里的事不管不问。看你们这个样子也不是天天打电话吧？这婚结得对你来说挺划算，林鲸不黏人，你是可以安心忙事业了。可她呢？她出了事谁也指望不上，深更半夜，一个人受了委屈回家来。"

"你结婚是为了什么？图省事吗？"

施季玲并不会因为蒋燃有钱就觉得自己矮了半截，她天不怕地不怕的。

林鲸的脑袋"嗡嗡"作响，但凡是个有点儿脾气的人，这会儿说不定都掀桌走人了。她甚至不敢看蒋燃的表情，生怕她一个眼神犹如蝴蝶振翅，引起巨大的连锁反应。

余光里，蒋燃手抵着餐桌，手腕上有一块表，墨蓝色的表盘和银色的表针，刺得她眼睛生痛，眼眶阵阵发热，她不知道是被妈妈的气势吓到了，还是被戳中了痛点。

她抬手轻扯施季玲的袖子，着急地阻止："你讲这些干什么呢？关他什么事？"

不料她话没说完，蒋燃竟然将全部的过错和指责照单全收："妈，这件事原因在我。我对鲸鲸、对这个家没有尽到责任，以后会注意。"

一贯高高在上的人，态度忽然恭顺又谦卑，林鲸觉得特别不合时宜又难堪。

施季玲被这道歉的话弄得心下不忍，沉默了半响，才忙不迭地找补："我说这些话是希望你们好好的，结婚的意义是什么？不就是两个人彼此鼓励和支持，携手把日子过好？你们各过各的，婚姻能长久吗？"

饭后，蒋燃要带林鲸回家。

施季玲他们不放心，蒋燃说："您和爸明天不是要上班吗？"

施季玲反问："你不上班哪？"

蒋燃说："我接下来休假，在家照顾鲸鲸。"

施季玲只好说："行吧。"

两个人回到家，蒋燃的黑色行李箱还横在客厅中央，像被家长丢失在机场里的小孩一样姿势狼狈又不知所措。

窗帘半拉，月华透过落地窗投进来，描摹着家具的形状，太朦胧了，每件物品都带着锯齿状。

林鲸脱掉鞋子的时候，拧着脚腕才注意到肿胀症状并未消散，她偷偷龇了一下牙，装作没事的样子慢慢走回卧室，拿上睡衣去洗澡。

她进去不久后，听见蒋燃在门外敲了一下："要我帮忙吗？"

"不要！"

林鲸坐在马桶上，盯着自己的脚踝沉默好久，眼泪止不住地往下掉，一滴滴落在蚕丝的白色睡袍上，洇出一大片水斑。

她夹在中间真的好难受，妈妈心疼她，可是为什么要骂蒋燃呢？她的事跟他没有任何关系。而且，根本就不能用爸爸妈妈之间的情感厚度去绑架蒋燃，他们没那个条件。

她也没有那个底气和自信心。

她结婚不是为了解决问题，缓解焦虑情绪的吗？

为什么现在情况被她搞得一团糟？

现在她都不敢面对蒋燃了。

林鲸出来的时候，意外看见蒋燃竟又站在浴室门口，弓着背在看手机。

他收起手机，低头凝视着她："好了？"

林鲸点头："洗好了。"

蒋燃把她抱起来，还是抱小朋友的那种方式，两条手臂托着她的屁股。林鲸的手臂垂在两侧，视线比他高了四五十厘米。

他笑了笑："我问的是情绪调节好了吗？你在里面洗了一个小时。"

林鲸悄声说了三个字："对不起。"

蒋燃说："我没有生气。妈说得并没有错，婚姻原来没有我想的那么简单，这点我承认。"

林鲸茫然地看着他，不知道他这话是故意说的风凉话还是认真的。难道他发现他们这一家人太难搞了，后悔跟她结婚了？

他问："你呢？除了'对不起'三个字，还有没有别的话跟我说？"

林鲸又很想哭，手臂圈住他的脖子，说："我应该提前知会你一声的，害你无缘无故被她骂一顿，对不起。长辈只是站在自己的角度考虑问题，我的事和你没关系，其实他们没有坏心思。就像你说的，我不能强求你喜欢我的家人，顶多以后少接触。"

她絮絮叨叨地说了一通，蒋燃看上去却有点儿累了，眼底的光一点点

154

消失。

他把她放到床上去，盖上被子："不要再道歉了，我说了没生气，睡吧。"

说完，他关了灯出去了。

林鲸觉得，他这语气表明他就是生气了啊。

她好讨厌自己卑微又没能力的样子。

睡到半夜她又做了噩梦，这次倒不是被鬣狗咬，而是她做错了事，被业主追着打。她一路狂奔，可是前方就是湖面了，再也逃不过去了。

蒋燃从她眼前走过，没理她。

眼看着她就要掉进湖里时，她醒了，睡衣跟被水泼了似的，全汗湿了，腘窝里都是汗。

她睁开眼睛瞪着天花板，眼珠子都快夺眶而出了。

蒋燃没睡，靠着床头，把手机调到夜间模式，正在看什么东西。他个子很高，睡到床上就显得长，薄薄的被子勾勒着他的长腿轮廓，他的脚几乎要顶到床尾。

见林鲸睁开眼，他把手机丢到一旁："怎么了？"

林鲸目光转而瞪向他，实则毫无含义："做噩梦，遇见坏人了。"

蒋燃问："那个坏人应该长着我这张脸吧？"

林鲸："差不多吧。"

"……"

蒋燃把林鲸往自己身旁揽了揽，让她贴在自己的肋部："继续睡觉吧。"

林鲸说："我睡不着。"

"伤口疼？"他掀开被子，"是不是碰到了？"

林鲸躲开他的触碰，问他："你刚刚说的那些话是什么意思？我除了跟你道歉，还要说什么？"

"你就是为了问我这个问题？"

"对，不然我睡不着。"

蒋燃拍了一下她的脑袋："自己想，我不会提醒。想不到你就睡觉。"

说完他也躺平，闭上了眼睛。

林鲸想不到他除了蒙受不白之冤，还需要她道歉的地方，她已经尽量少给他添麻烦了。看见蒋燃瞬间熟睡的样子，林鲸有点儿不甘心，手去抓他的睡衣扣子。

蒋燃睁眼瞧着她:"做什么?"

林鲸执拗地说:"你说清楚。"

蒋燃攥住她的手腕,将她的手压在枕头上,夜色里嗓音都变得喑哑低沉:"我不说清楚你还想怎么样?色诱不成?今天没那条件,东西用完了,你的脚腕还伤着。林同学,带伤上阵就没必要了。"

他难得说这样欠揍的话,林鲸听见他这语气,想着他应该是消气了,胆子也大起来,一把捂住他的嘴:"我让你胡说!"

蒋燃被她捂着嘴,瓮声瓮气地坚持说道:"反省是两个人的事,你不想清楚就不做。"

"谁想做了?"林鲸提醒他,"你自己算一算,哪一次不是你主动的?"

蒋燃闭着眼睛,勾唇说道:"哪一次你不开心?"

林鲸:"我们在说正经事,你不要把我往那个方向引导。"

"我有不正经吗?"

她欲再说,蒋燃已经俯下身来堵住她的嘴。

林鲸被一股风暴席卷,舌头被吮吸得酸麻。最后他的唇离开的时候,她感觉口腔里还残余着一丝清凉的甜味,像绿箭薄荷糖,不过是蒋燃用的漱口水。

那漱口水一直放在他们的浴室盥洗台上,虽然林鲸一直觉得包装很像农药瓶子。

味道残余是一件令人羞耻又极尽暧昧的事情,就像两个人接吻时,林鲸的嘴唇润润的,唇片分开时会粘连一下,仿佛在为暧昧留下痕迹。

不得不说,蒋燃的吻技应该是顶级的,使人身心皆舒爽。

他躺着,手掌搁在她的后脑勺上一下下抚摸着,摸小狗一般,漆黑的眼眸盯着她瞧了好久,出声问:"要不要试一下?"

林鲸知道他的意思,是让她主动去吻他,她摇头。

蒋燃肯定以为她是不好意思,其实才不是呢。她和鹿苑在上初中的时候就对五花八门的吻戏烂熟于心,只是没有实践的机会而已。

因为她比较喜欢自己是被动的一方,不会被他察觉技术不行,也比较不累,人在任何事情上都喜欢躺赢啊。

林鲸仰着的脑袋重回他的臂弯里,像离家出走的调皮小熊重新回到窝里,甜腻腻地吃着蜂蜜。

她说:"我困了,要睡觉了。"

蒋燃的手一下下地在她的背脊的那条直线上抚摸着:"让你反省的问

题呢？"

林鲸觉得他又拿乔，于是说："问了你又不说，我情商低，想不到。"

蒋燃把她的身体扳过来，说："我说了你不许生气。"

此话一出，林鲸已经预感到自己肯定会生气了。

"你说吧，我看情况再决定翻不翻脸。"

蒋燃用一种严肃的口吻对她说："记得你今天说了几次你的事情与我无关了吗？知不知道你每说一次我的心就被刀捅一次？我们俩是什么关系？你的事怎么就跟我无关了？"

林鲸心里说，现在话让你随便讲咯，但当时的情况是，无论她在工作时遇到什么事也不会向他求救啊。之后她给他打电话诉苦也没用，他能立马飞回来吗？

既然他不能，她说了给对方添堵干什么呢？

她很不走心地回了一句："我知道了，下次不这样了。"

蒋燃捏她的下巴，又松开，致使她的下唇和上唇发出细微的碰撞声，听起来很搞笑。他捏玩了几次："听你这个口气你还是不服气，嘴上说着不会，但下次还敢？"

林鲸嘟了嘟嘴巴："你可以不要这么真实。"

蒋燃干脆用食指把她的嘴巴压住："我们现在最大的问题是太把自己当外人了，这和我那天给你打电话说的问题一样，只要我不给你打电话，你是绝对不会主动打电话给我的。当然，这个问题不只你有，我也有，但我是因为太忙了没时间。"

"你很会给自己找借口嘛！"林鲸的声音从他的指缝里溜出。

蒋燃毫不留情地说："你还狡辩？这个问题很严重。回来的路上我甚至在想，万一哪天我不行了，医院让你在手术同意书上签字你都不一定肯，因为你不想担责任。"

林鲸陡然睁大眼睛，用来释放情绪："蒋同学，奉劝你不要太洞悉人性，自讨苦吃。"

蒋燃接话："林同学，请你负责让我快乐一下？"

"……"

他脸上露出一种似笑非笑的表情，让人捉摸不透："你别告诉我，你是单纯觉得我不会把你的事放在心上？"

林鲸被戳中心事，眼神又开始闪躲，也不皮了："还是你的工作比较重要。"

蒋燃了然，解释："如果是陪长辈过生日这种事，的确没有工作重要，我后面会找机会补上，这是我现实的一面。但如果是你的事情，又不一样了。"

林鲸的心像被一个网兜狠狠地网住了，时不时紧一下，又像被提到高处，在山谷的风中来回摇晃。因为她不知道自己该不该信男人的这些话。往往说话的那个人做出承诺是很轻松的，但听的人可能就当真了，信奉别人的承诺会变得很惨。

"我知道了。以后有事会提前跟你说，不让我的家人误会你，因为你已经做得很好了。"她只能假装不懂蒋燃到底想表达什么意思。

蒋燃无奈地勾唇，没在临睡前跟她掰扯，淡淡地说道："结婚那天我说的话都是认真的，你想要的安全感和归属感，我都给你，你也要给我足够的信任感。"

林鲸乖乖地说："我会记住的，以后如果你生病需要动手术，我作为配偶一定会在手术单上签字，一切以挽救你的生命为前提。"

蒋燃轻笑："那谢谢你了，但还是要罚你，每天都要给我打一通电话。夫妻感情要赶快培养起来，总这样不行。"

林鲸抱着他的腰，咧着唇笑，过了一会儿抬起右手，放在耳朵上做电话的形状，现学现卖起来："喂，是蒋先生吗？"

蒋燃："嗯？"

"你好，我是你的老婆。没别的事，打这个电话是通知你，我现在要睡觉了。"

"哦。"

林鲸："我怀着激动的心情告诉你，我还抱着一个男的睡呢，没办法，他长得太帅了，而且还是他先抱我的，我抵挡不住。"

蒋燃："晚安，我也睡了。"

说完，他把被子往两个人身上一盖，闭上了眼睛。

林鲸早上醒来，收到一条施季玲发来的微信，时间显示是深夜十二点发的。

那是施季玲早该睡觉的时间。

施季玲："鲸鲸，妈妈想了很多，如果这份工作让你那么不开心，不仅心理上接受度低，生理上还要遭受伤害的话，你想辞职爸妈也是赞同的。你还年轻，做出什么改变都来得及。总之，无论怎样爸妈都支持你。"

林鲸给施季玲回了消息，表示谢谢她和老爸的理解，会认真考虑工作的事。

　　其实，要辞职的想法这两天会时不时地涌现出来，但都是一种细微的情绪，因为会被更加理性的想法给压制下去。她只是很讨厌那两位业主而已，如果就此放弃长时间的劳动成果，又有点儿不甘心。

　　蒋燃在床上躺了一会儿便起床了，却没有要出门的意思。林鲸狐疑地问他："你今天真不上班吗？"

　　蒋燃看着她说："你这个眼神是怎么回事？你以为我在骗你爸妈吗？"

　　林鲸一副不信的样子，只是觉得兴师动众了。

　　蒋燃拉开衣柜，换了一套休闲的家居服，非常简单的长袖T恤衫和运动裤，但穿在他身上就非常清爽悦目，像家居杂志封面的男模。

　　他解释："没有很刻意，这几天也没工作安排。正好这两天我去看看你的事怎么解决。"

　　林鲸愣在床上，低声说："周经理说，公司会出面的。"

　　蒋燃："知道，这本就是工伤，但我也要了解清楚不是？省得别人说两句话你的耳根子就软了，回头你又懊恼。"

　　林鲸被带偏了注意的问题："我的耳根子软吗？"

　　蒋燃抬手捏了捏，笑道："软不软，你自己不知道？"

　　林鲸裹上被子坐在床边，对他说："跟你说实话吧，我现在想起来心里还是恨恨的。就是九楼的那个业主老太太，我明明告诉她不要靠近发疯的狗，很危险，她不听我的话，闯了祸转过头来就把我推了出去。我不管她是不是下意识做出防御举动，但是我受到的伤害，远远不止脚踝上的一点儿伤口。所以这一次，我不会善罢甘休的。"

　　蒋燃问："当时怕吗？"

　　林鲸用一个形容表达自己的恐惧心情："我当晚做梦都梦到鬣狗了，就是非洲大草原上那种血淋淋的场面。"

　　蒋燃说："所以，我和你一起处理这件事。"

　　她起床去洗漱，蒋燃出了卧室，等她出来时，早餐已经摆在桌上了。

　　林鲸惊呆地圈住他的脖子，使出嘲讽功力："哇，原来你长了手啊，会做饭。"

　　蒋燃挑眉："做个三明治很难吗？"

　　林鲸想起什么来，说道："不难也不见你自己做。"

　　蒋燃无奈："好吧，男人有的时候还是想偷懒的，毕竟我也不是牛，想享受婚姻生活给我带来的福利。"

林鲸"哼"了一声，坐在高脚椅上开始认真吃早餐。蒋燃坐在她对面，右手拿着手机在看什么东西，正要跟林鲸说点儿什么，门铃响了。

"一大早的，是谁啊？"林鲸疑惑，有客人来访的时候门卫那边会通报一声，更何况她也没听见楼下门禁的声音。

蒋燃说："可能是你的同事，去看看。"

林鲸跑过去开门，站在走廊上的是一个中年女人，四五十岁的模样，穿着打扮不算过分精致，但也相当得体。

"你好，是林小姐吗？"

林鲸戒备地看了她一眼："你是……？"

林鲸这才注意到那个人脚上踩着的是一双拖鞋，此时对方已经用一种"人生阅历极其丰富"的强势姿态，自来熟地走进了门里，这一点让林鲸感到不适。

这种强势姿态，她在蒋蔚华和施季玲两位女士的身上都见识过，因为裹着一丝中年女人的"蛮不讲理"和泼辣劲儿，完全可以把小姑娘的气场镇压住的那种感觉。

女人说："我是九楼的业主，姓任。我们是邻居。"

林鲸明白过来了，这位就是任老太太经常提到的女儿，据说是私企老板，女强人，不过林鲸一直无缘得见。

"有事吗？"

女人笑了笑，已经踩在门边的地毯上，颇有"不请自来"的进攻气势。

"是这样的，我昨晚才知道我妈妈的狗被小区另一个业主的狗咬死了。现在老太太躺在床上，已经一天都没吃饭了。"说完，她意有所指地瞧着林鲸，眼前这个小姑娘长相清秀稚嫩，倒像是个容易拿捏的主儿。

林鲸不躲不避地回视着她："您来找我是想说什么呢？"

女人往里看了看，笑着说道："你不请我进去坐坐吗？在这里说？"

林鲸现在挺懊恼的，如果她有老妈那样的魄力就好了，因为她自己也意识到，一旦给对方开口交谈的机会，不需要动用什么法律的武器，语言的力量足以让人破防。

女人看着她的表情，笑了笑说："你别这么防备我，我是来道歉的，不是来找你吵架的。大家都是邻居，不至于闹得这么僵吧？"

林鲸只好说："那你进来吧。"

女人松了一口气,此刻改了称呼:"谢谢你,林管家,我妈之前也经常夸赞你人很好。"

林鲸心说不要给她戴这种高帽子,那个老太太平日里就刻薄得很,稍有不满意的地方就大发雷霆,搞得大家像是都欠她的一样。

而且,老太太能说她半句好话才怪,这些都是套路。

林鲸心中的防备感太重了,导致在对方坐下来开口的一瞬间,她的脊背跟着紧绷起来。

"你找我是想说什么事呢?"

她今天穿的是裙子,露出一双纤细骨感的脚踝,脚踝上的浮肿症状因此特别明显。

任女士扫了一眼她的腿:"你的腿也伤啦?没事吧?"

林鲸没说有事,也没说没事。

"我家里有一些朋友送的药膏,效果很好的,待会儿我送过来一些给你用,不要客气。"

林鲸:"我用医生给开的药就好了,别的不敢乱用。"

女人抿唇轻笑,肯定在想这个小姑娘此刻是别扭的,毕竟心里委屈嘛。因为她也知道自己的母亲是什么刻薄个性,无法与人相处,因此只好安排母亲独居在这里。

"因为我父亲走得早,她一个人拉扯我和我哥长大,这几十年过得很不容易。现在我们工作忙,兼顾不过来,她一个人寂寞了就难免偏激一些。你不说我也晓得的,今天我过来就是想跟你说声'谢谢',辛苦你们物业服务人员了。"

林鲸没接这句道谢的话,把问题的中心点抛给了对方:"您母亲生活不便,你们应该想办法给她更好的照顾。物业能做的事不多,你觉得呢?"

"你说得很有道理,这的确是我们疏忽了。"女人脸色稍显不愉快,只好顺着林鲸把姿态放低,态度也柔软下来,"这次我们也吸取到了教训。她的小狗被另一个业主的狗咬死了,老太太养狗跟养孙子似的,精神一下就崩溃了,这会儿她还在家里躺着呢,不吃不喝,我们都急死了,这样下去她的身体可受不了啊。"

林鲸皱眉,问道:"你想让我做什么呢?我也不是医生啊。"

女人脸上摆上了亲和的假笑:"你别误会我的意思啊。我是想说,麻烦你就别追究这事了行吗?你也别去老太太面前说。我们陪着她班都没法上，也损失惨重。你看你这么漂亮又可爱，别跟老年人计较了吧，就当可怜可怜这个一辈子辛苦的老小孩。"

小孩可没这么坏！

老人就一定值得尊重吗？

林鲸又被一股窒闷感压下，头上似被千斤顶压住一般重。她不认同对方说的每一个字，也不甘心，可是拒绝的话怎么也说不出口，好似说一句"不行，我不同意"就会成为压倒老人的最后一根稻草！

她一时没说话，手指来回揉搓着裙摆褶皱，生怕一说话就暴露了情绪或者给对方留下反驳的漏洞。

她斟酌了一会儿才说："也不能这么说吧，我不止一次让她牵上狗绳再出去，这很难办到吗？而且我当时去了现场，也告诉她不要靠近那只狗，她不听劝反而推了我一把，我也很无辜啊。"

任女士陡然提高了音量，声音盖过了林鲸的："我也没说这件事她没错。而且当时天很黑，你们都很慌张，也不一定是她推了你一把吧，可能是你自己绊了一下事后产生记忆错乱，这都说不定的。"

林鲸生气地说道："如果你是这么认为的，那来找我说什么道歉的话，这不是自相矛盾吗？"

"……"

客厅和餐厅之间有一道木质隔断装饰，上面放置着悬挂式的电视机，也可收纳进柜子，完全把两个空间隔开了。

蒋燃坐在吧台边，没有立刻走过去，而是慢条斯理地吃完了早餐，又将托盘收到厨房里，给林鲸发了条微信。

"说话不要急，也不用怕她。"

林鲸扫了一眼，把手机按灭，想在自己的背后找一找蒋燃的身影或者他走路的动静，给予自己一些支持，但似乎有点儿困难，于是只好静静地看着任女士。

对方被这目光盯得有些莫名其妙，不自觉地换了一下坐姿："小姑娘，你不要这么敏感，我也是想好好和你商量这事的。你在这个小区工作，又住在我们楼上，平日里大家抬头不见低头见的，难道真的要弄到对簿公堂吗？这样不仅我们住不下去，你也很难做。业主会怎么看你呢？难道你们工作的时候受伤就要算到我们头上吗？你忍心状告一个老太太吗？得饶人处且饶人吧，大家体面地过去。如果你想要钱，我们可以商量一下数字。"

她不紧不慢地一个字一个字吐露，那些话挤出来像超市里买来的管装芥末，颜色好看，但只要嘴巴碰到一点点，就辣得涕泗横流。

林鲸想要的公平完全被误解，对方用工作和日后的相处绑架她，她很想让对方滚出自己家。

但她此时此刻迷惑了，竟然分不清自己的身份。自己到底是与对方权利平等的业主呢，还是不能与人发生冲突的物业工作人员？

"怎么了？"

此时背后传来蒋燃的声音，让她从矛盾的情绪里抽离了出来。蒋燃走到客厅里，目光平淡地投向中年女人。

任女士没想到她家里还有一个男人，男人看着年轻，气场却不容忽视，清清冷冷地走过来时看着就不是个好相与的人。

任女士惊诧少顷，说道："你好，我是住在你们楼下的邻居。"

蒋燃点了一下头："刚才听见了。"

任女士又说道："我来是想找你老婆说和一下，毕竟这件事传出去对我们、对物业的名声都不太好，大家都是邻居，没什么事是过不去的。"

蒋燃将手插在兜里，神色疏离地说："容易过去吗？我们已经报案了，警察还在调查，没结案。"

任女士："……"

他一出现，就让气氛降至冰点，连空气都变得冷冰冰的。

蒋燃的手习惯性地搭在林鲸的左肩上，姿态随意，声音还透着早上起床时的低哑，却漫不经心得让人觉得太不近人情。

"你说的两件事，一是你母亲因为狗死了受到刺激，这要找物业和肇事方；另一件是我太太被无意中伤，我暂且算无意的，这也需要警察调查定论。于情于理，你私下找我们都没用。"

他总是很温柔，唯一一次发火是跟蒋诚华。

这还是林鲸没有见过的蒋燃的另一面，冰冷在某种程度上代表着强大。

任女士说："咱们不用这样说话吧，没必要让警察插手这件事，一点儿小事很好解决的。"

蒋燃说："有没有必要，不是我说了算，责任不在我们。按照你的想法，这件小事你想怎么好好解决？我妻子受了欺负就白白受了，我们委曲求全，你是这个意思吗？"

任女士被堵得够呛，过了半晌才说："我当然不是这个意思……"但是接下来要怎么说，她又不知道了。

又或者是，她的不要脸行为被眼前这个男人解读得过于直白了。

蒋燃说："或许你想用钱解决问题，我们不会反对，这需要法律定夺赔偿金额。钱我们也有，但我们最想要的是一个公平的结果，而不是今天不明不白地拿了你的仨瓜俩枣，明天你家老太太就出去扬言用钱收买了我们，最后倒成我们理亏了。"

他一针见血，说到点子上了，这就是他们不接受私下赔偿的理由。

任女士脸一红，不说话了。

蒋燃淡淡地继续说道："请回吧，我太太需要休息了。"

门被关上后，林鲸抱着膝盖坐在沙发上，脸蛋压在膝头，久久都没言语。

自己和蒋燃的段位高下立见，她感到羞愧。

蒋燃把东西收了，走过来把她的下巴抬起来，两只手掌在她的脸上揉了一把："怎么了？"

林鲸神情沮丧地说："我没有想到你这个看上去话不多的人，吵架这么厉害，我和你一比就是个废柴。刚刚你听见我和她说话，肯定觉得我气势很弱吧？"

"你要么厉害干什么？跟我吵架吗？"

"才不是呢！"林鲸说，"我就是感慨一下，就像小时候和学霸同学做同桌，每次试卷发下来我都觉得很丢脸。"

蒋燃笑了笑："不过我以为你会给我一个好点儿的形容词，比如口才不错。一个大男人被夸吵架厉害，我听着也不是很骄傲。"

林鲸听了"扑哧"笑了一声，终于露出一个笑脸来。

蒋燃在她身边坐下，顺道把她的腿横在自己的大腿上，低声说道："这些都是无关紧要的东西，我希望你工作和生活能够开心。"

林鲸捧着脸问他："那你有没有觉得我很差劲？"

蒋燃微微眯了一下眼："可以说实话吗？"

林鲸恨恨地瞅着他："从你这句话里，我就能预感到接下来你说的每一个字都是我不爱听的。"

蒋燃叹气："不想听就算了，那你想想中午吃什么。"

林鲸："我不，你还是说吧。"

蒋燃搁下手机："一开始还顶得住，看得出来你是怕对方在言语上把你压制住，被道德绑架，严重底气不足，不自信。我很奇怪，你明知道有这个陷阱，结果心甘情愿地掉了进去。"

林鲸实话实说道:"我不是心甘情愿地掉进坑里。那些谈判专家厉害是因为思考速度快,而我的脑子就很慢,有的时候我说话甚至要斟酌字句,发微信打字更是这样。因为我害怕自己说错一个字,就被人抓到漏洞。"

蒋燃:"有一定的原因,但关系也不大。一开始你答得不是挺好的?她一共说了两次自己的母亲,第一次说完你让她进来和你有了谈话的机会,第二次她又说,你就不知道怎么回了。"

林鲸轻"吁"了一声:"很明显吗?"

蒋燃说:"你担忧的东西很多,对吗?你担心今后工作不方便,又担心邻里关系不好,这恰好是她要绑架你的地方。"

"你明明不想就这么算了,有情绪,为什么不直接拒绝无理的要求?"

林鲸被戳中心事,心虚地挪开了视线。

蒋燃低低地笑了:"林鲸,人身上的担子太多跑得会很累。每当你做一件事摇摆不定时就想想自己要一个什么结果,拒绝别人没有你想象的那么难。你不用担心会伤害别人,因为那些让你做出艰难抉择的人,本身就没安好心。"

林鲸的眼睛亮了起来:"哇,你说得好对。蒋老师再教教我!"

"教你?要付学费。"他笑,倾身要吻她,故意破坏这种诡异的氛围。

林鲸用手背挡住他落下来的嘴唇,勾唇笑道:"原来拒绝别人真的没有那么难。"

蒋燃:"……"

"还有,免费教你一个道理,做任何事一定要自信。"

下午,周经理带着总部的同事来了一趟林鲸家里,询问一些当时的情况。

林鲸据实表述。

领导们对她表示抱歉,之后问了她有什么诉求。

林鲸想了想,谨慎地说道:"另一个业主是个公众人物,有很多粉丝。她的狗咬死了另一条小狗然后被带走了,她情绪很激动。我不知道她后面会不会在公众平台上说这件事,万一信息不属实,我希望公司可以做好公关应对措施,不要让我被牵连其中。"

周经理奇怪地看着她,似乎很不能理解她这种担心行为。

总部的同事也愣了一会儿,笑着说:"这个问题,我们之前都没想到过。"

林鲸说："不是没有这种可能。我已经做好了自己职责内的事情，不希望被谣言中伤。"

"你说得很对，你的意见我们会听取的。"他们不便多留，又叮嘱她几句好好休息，便离开了。

两个男人走进电梯，总部的同事忍不住说了一声："这个小姑娘的脑子很灵活嘛，想问题很全面，也懂得维护自己的权益，敢说敢做，真是后生可畏呀。"

周经理附和道："是的，年轻人脑子好使。"

林鲸回想着周经理那个诧异的眼神，心想他肯定是不理解自己为什么要想那么多，没有切身体验过被伤害的人是不会懂得她的想法的。

晚上洗脸的时候，林鲸忽然问蒋燃："你有没有觉得我今天跟周经理说的那件事情，有点儿太把自己当回事了？而且小人心思，把别人往坏了想。"

蒋燃正在她身后刷牙，电动牙刷"吱吱"的声音环绕在她周围，林鲸能感觉到振动似的。

他穿着睡衣，短发微微凌乱，睡衣的纽扣开了两颗，露出胸口的一小片皮肤，看上去慵懒又性感。

蒋燃吐掉牙膏泡沫，和她挤在一起："不会。在这件事之前，你不也没想过自己会被推吗？"

林鲸赞同地点了点头："所以我想通了，防人之心不可无。因为一旦出现利益冲突，公司可不一定会顾及我，虽然他们嘴上说得好听。"

蒋燃将手伸到水龙头下，任水流冲刷着手指，问她："你对目前这个公司很失望？"

林鲸认真回答他的问题，说道："算不上是失望还是信任，说难听一点儿就是'天下乌鸦一般黑'，真遇到困难了，大家就是大难临头各自飞，像夫妻一样。"

她蓦地打了个比方。

"这个比喻不好，建议你换一个。"蒋燃从镜子里看向她。

林鲸："好吧，其实就是不能对谁都保持完全信任，只能在湍急的水流中稳住自己。这就像吃鱼，我很喜欢吃，但是鱼刺很多，所以我只能小心翼翼地拨开鱼刺只吃鱼肉，吃多了难免不小心被卡嗓子。我不能要求鱼不要长刺，只求再谨慎一些。"

蒋燃问她："所以，结婚也是吃鱼？"

林鲸意识到自己踩到"地雷"了,刚刚的确不应该这么比喻的,她搂上他的脖子,踮着脚贴了贴他的下巴:"呃……"

　　蒋燃又问:"对你来说,婚姻里'鱼刺'的那部分是什么?"

　　林鲸对上他的眼睛,鬼使神差地回了一句:"除了比较忙之外,我并没有不满意的地方。其他的,要看你有没有对我隐瞒过什么事。"

第五章
一地鸡毛

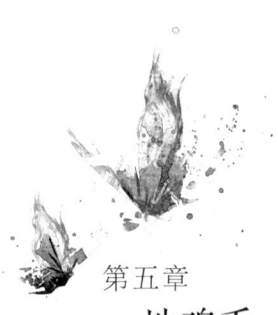

蒋燃正把她圈在怀里,背后是沾满水滴的盥洗池,水龙头"哗哗"地流着水,林鲸尾巴骨抵在那儿,不是很自在。

他关了水,手肘撑着台面:"我活到这么大,要说犯错也挺多,你说哪个秘密?"

林鲸身体后仰,宛如一株向日葵被人撅翻,枝条快断了似的。

她笑得很讨巧:"我说的是最涉及原则性的那一个。"他的眼神一点点深沉,他似是在回忆,也可能是在想她为什么会问出这么奇怪的问题。

林鲸听见他笃定地说:"没有。"

其实答案已经不重要,人类说谎是一件很简单的事,甚至不用付出代价。毕竟人类还创造出了"善意的谎言"这种词汇美化这一行为。

看到他惊异的眼神,林鲸心中已经有了八成的把握,她深深怀疑的那件事是真的。

事实早就有迹可循,相亲的时候她的调皮问话让他色变,还有婚礼当天他和蒋诚华在房间里隐晦的交谈内容。

林鲸顿时觉得又在给自己添堵了。既然已经这样了,她何必多问呢?问出真相又怎么样?改变过去还是离婚?

自古以来,没有一个女人能活着走出伴侣与前任的爱情故事。

她将手臂挂在蒋燃的脖子上,喘着气说:"别挤我了,要摔了。"

蒋燃将手臂绕到她身后,扶着她的腰,把她揽回身前:"是你一直在往后退，小心腰闪了。"

林鲸瞪了他一眼："还不是怪你。"

蒋燃靠过来抵着她的额头："你到底想说什么？"

林鲸："不想说什么，就想诈你一下。"

她掰开蒋燃放在自己腰侧的手，蹲下从他怀里钻了出去，明显感觉到他在身后，肩膀倏地松懈下来。

这一夜并不会与以前有所不同，甚至她都不会将这件自寻烦恼的事放在心上。

只是等蒋燃躺过来抱住她的时候，林鲸有意躲开了，借口被子里太热，被他抱着会睡出一身汗来。

蒋燃没坚持抱她。

但是早上醒来，两个人又莫名其妙地抱在了一起，姿势亲昵，她的腿还搭在他身上，他的一条手臂则搭在她的腿后侧，两个人腻得如同连体婴。

她的裙边翻着，形同虚设，纯棉内裤包裹着圆润的臀部。

林鲸在家休养期间获得了前所未有的睡眠，少有工作上的事情来烦她，到了饭点她就会被蒋燃拎去餐厅，宛如一个没有感情的"吃饭机器"。

同事给她发微信，问她有没有休息好点儿，或者带薪连休三天爽不爽。还有人告诉她趁这三天抓紧时间造孩子。

林鲸对着聊天记录笑得嘴角发酸，代入画面后就有些面红耳赤。这些女孩子一天到晚脑子里都在想什么废料呢？

只有赵姐稍微正常点儿，问她有没有因为这件事对工作产生抗拒情绪。

林鲸说："不用这件事打底，有的时候我上班就像上坟一样抗拒。"

赵姐："可怜的娃，抱抱。建议你就算有想法也坚持坚持，马上就年底了，年终奖也不少呢，虽然这对你老公来说可能就是去餐厅开瓶酒的钱。"

林鲸："你说得对呢！"

电视开着，在放一些无聊的综艺节目。蒋燃坐在沙发一端，膝盖上放着电脑，手指正点着触摸板。

林鲸说："你要忙就去书房吧，在这里会吵到你。"

"没事。"

林鲸纠结了一下，问他："你觉得我要辞职吗？"

蒋燃不解地看着她："你怎么想的？"

林鲸说："就是因为摇摆不定，我才问你的想法。"

蒋燃像是会读心术一样，洞悉了她内心的想法："我理解你现在心里不爽，但如果因为这件莫名其妙的事离开，你又不甘心。"

林鲸没有话说。

蒋燃盯了她一会儿，才又说道："所以，你理解我的意思了吗？"

"理解了，理解了。"

林鲸起来去厨房倒了杯水，走回客厅的时候，看见蒋燃站起来在薄纱后面打电话，只是背影，清俊感扑面而来，身体线条利落又干净。

绛红色的日光斜照进来，落在他的短发上，发尾被镀上了一层模糊的光晕。

他身上没有那种偶像剧男主角精心打磨的刻意感，举手投足随意，果然，野生系帅哥才是人生真谛。

林鲸被美男背影牢牢吸引了注意力，蒋燃猛然回头时，就发现有人正痴痴地看着自己……她手一抖，急忙问道："想问你要不要果汁？"

杯子里的液体往外洒了一点儿，挂在外杯壁上，她的手指上也沾到了。

蒋燃冲她招手："过来。"

于是林鲸走过去，到他身边站着，蒋燃把手机塞回口袋，看着她杯子里的东西，是白色的液体。

他挑高眉："这是果汁？"

她端着一只小巧的马克杯，里面装的是酸奶，她从超市里买的大罐装黄桃味的，里面还有一颗颗果肉。

"我的意思是，如果你要喝，我给你现榨。"林鲸虽然这样说，但心里想的是：我才不会单独给你榨果汁呢，那可太麻烦了，这只是借口，希望你不要不识抬举。

蒋燃很贴心地说："不用了。"

他低下头，就着林鲸的手抬起的高度轻轻抿了一口她的酸奶，喝掉即将溢出来的那部分。他轻舔了一下唇，却没有立即离开，然后头更伏低一些，吮掉她握着杯身的食指关节上的酸奶："下次别倒这么满。"

林鲸似被人抽掉了理智，只感觉后背发麻，冷却了很久的心情一下子又被丢进沸水里，被烫得吱哇乱叫。

蒋燃说完话离开，走到玄关处又说道："我出去谈一下事，两个小时内回来。"

"哦。"

门被关上，林鲸一个倒栽葱扑进沙发里，回忆着刚刚充满暧昧或者可以称之为"色气"的画面。

人被撩拨多了，会不会死啊？

明明他们是彼此选择的合适的结婚对象，却可以把亲昵表现得如此自然。

她揉搓着成了柿子一样的脸蛋，听见手机在沙发缝里振动。

蒋蔚华竟然给她打电话，她一接通，对方特有的口音版普通话就传了过来："鲸鲸，我听你妈妈说你被狗咬啦？"

"嗯，有这回事。"

林鲸想不通老妈怎么回事，为什么要到处传播这种滑稽又充满戏剧性的新闻，就不怕别人不信吗？

蒋蔚华说："怎么听你的语气，跟说别人家的事一样？"

林鲸说："姑姑，我没什么事，不用担心。"

蒋蔚华说："那怎么行啊？我得去看看你。"

说完她就把电话挂了，一副不容置喙的样子，林鲸两眼一黑，直接昏厥过去。

不到一个小时，蒋蔚华就来了，还把叶思南带来了。母女俩手上拎着各种东西，对林鲸说："我让她过来给我提东西。"

叶思南站在蒋蔚华身后，歪了歪脑袋冲林鲸打招呼："嫂子，没打扰你和我哥吧？"

林鲸目光从她的脸上扫视过去，淡淡地说道："没有，你进来吧。"

蒋蔚华换了鞋子，走去厨房："这个时候蒋燃还出去，把你一个人丢在家里，啧啧。"

林鲸解释："他这两天陪我了，刚刚有事出去一下。"

蒋蔚华怔了怔："这两天他一直在家？"

"嗯。"

蒋蔚华惊诧之余又嘀咕："他就不上班了吗？"

叶思南走到她身后，推了一下她的腰，幸灾乐祸地说道："怎么了，知道我哥太疼老婆，你反而不爽啦？客套话你倒是随口就说啊。"

蒋蔚华暗暗瞪了叶思南一眼："你给我把嘴闭上。"

叶思南跑去客厅找林鲸，自从上次不那么愉快的聊天结束后，她们并没有什么联系，吃饭的时候加上微信后天都没聊过一次。

林鲸坐在懒人沙发里看书，叶思南坐在旁边观察了她好一会儿。

"你这么看着我干什么？"

叶思南不咸不淡地笑了，跟她说："你可别误会，我是不想过来打扰你们俩的生活的，是被我妈强行拽来当苦力的，你自己也看到了。"

林鲸把书倒扣着放腿上，眨着眼睛："我说什么了吗？"

叶思南说："你是没说什么啊，我这不是怕你多想吗？对了，你赶紧给我哥发消息，通知他我妈来了。"

林鲸笑了一声："你自己通知吧。"

叶思南笑道："我通知就我通知。"

她手上却没动。

林鲸干脆闭上眼睛，不再与她讲话。

蒋蔚华自顾自地在厨房里忙活起来，林鲸本想去帮忙的，被叶思南拉住，叶思南说："有人就愿意当劳动力，你就让她做去呗，家务这种事呢就是做多错多，不干什么事也没有。

"你就在这里坐着，等她装够样子了，她就不装了。"

林鲸问："你这么说你妈，好吗？"

"我说的不是事实吗？"叶思南说，"好吧，我就当给你赔上次的罪了，算我嘴贱。隔天我哥就教训了我一顿，让我不要欺负你。"

林鲸心里震惊，嘴上还是不在意地说："无聊！"

叶思南："哎，说真的，我不是故意的，就是一时兴起恶作剧一下。我舅妈走后我哥就一直过得很辛苦，我小时候不懂事也欺负他，现在他终于结婚了，有自己的家了，我怎么可能想破坏啊？"

林鲸说："嗯，你没想破坏，就是想酸一下。"

叶思南说："我就说你是个'小辣椒'吧，说不过你。"

林鲸脚踝上有伤，的确不方便帮忙，蒋蔚华就此在厨房里忙活出了一顿晚饭，弄完才发现自己的失策之处，怎么就跑人家家里做保姆了呢？

蒋燃和人谈完事，想起林鲸喜欢吃某个牌子的慕斯蛋糕，便拐去商场买了两块。店员看了看他，问道："先生，您是堂食还是打包？"

蒋燃："打包。"

店员："是带给女朋友的吗？"

蒋燃迟疑片刻，郑重开口："是老婆。"

店员这才看到他无名指上的戒指，笑了笑："您太太喜欢草莓口味的啊，我们出了一个新品——'草莓炸弹'，很漂亮。"

她指给蒋燃看，蒋燃没犹豫："要等吗？"

"二十分钟就好。"

"那来一个吧。"

店员笑得像花一样灿烂，帅哥好好啊。

蒋燃到楼下时才想起来今晚本来是准备出去吃饭的，于是给林鲸打电话："你现在换衣服吧，我五分钟后上去。"

林鲸真不忍心打破他对晚餐的美好期待，意味深长地说："你先上来再说。"

于是，蒋燃回到家时就看到门口的两双陌生鞋子，眉毛微皱了一下，然后听见叶思南大叫了一声"哥"。

显然，蒋燃是不喜欢自己的私人领地被入侵的，目光下意识地在屋子里寻找熟悉的身影，没找到。

"林鲸呢？"他把蛋糕放在柜子上。

"在卧室里换衣服吧。"叶思南冲他挤眉弄眼，"一回来就找老婆，不好意思啦，看到的是不才的你妹我。"

蒋蔚华从厨房里端菜出来，喊道："蒋燃回来了？"

叶思南回道："对呢。"

"吃饭吧。"她一副主人的样子。

林鲸换了一套衣服，开衫毛衣和束脚踝的运动长裤，纤细的骨架在宽松的衣服里空空的，衣料和身体都是绵软的。

本来她已经换好了出门的衣服，在蒋蔚华进厨房的那一刻她就知道两个人单独的晚餐泡汤了，只好再换回来。

蒋蔚华莫名其妙地问她："鲸鲸，你怎么忽然换了衣服？"

林鲸笑了笑说："这套衣服吃饭方便。"

蒋蔚华像走流程一样，问了林鲸受伤的过程，然后又说："你们这样太不方便了，要不我这几天过来帮忙？"

林鲸还未开口，蒋燃已出声了："已经找阿姨了。"

蒋蔚华想了想说："可以呀，在我们家做事的吴阿姨，上午在我们那里，让她下午来这里给你们帮忙好了。"

蒋燃看着她，重复道："我说的是已经找好了。"

173

这句话把蒋蔚华的热情不尴不尬地吊在半空中。

这种话听着就是借口。

餐桌上的气氛顿时变得尴尬，像滑轨出现问题的推拉门，被人无意地推了一把就发出尖锐的响声。

蒋燃说完那句话便继续吃饭，留蒋蔚华瞪着眼睛看了他许久。

林鲸搞不清楚状况，按道理来说，姑姑这种过分干预生活的方式确实令人不适，但蒋燃并不用过分反应，婉拒即可。

她不敢开口问，但饭也吃不下去了，盯着碗里的米粒发呆。

叶思南在下面碰了碰她的腿，脸上扯出一丝难堪的笑容："林鲸，你们家有黑胡椒汁吗？"

"啊？"林鲸应了一声。

叶思南转移话题的手段太过拙劣了。

蒋燃抬起眼皮，看着叶思南，小姑娘立马站了起来："我自己去找。"

蒋蔚华并没有理会叶思南的用意，怒目瞪着蒋燃："你什么意思？"

"字面意思，不要发散思维，"蒋燃说，"就是说，我的事你不用操心。"

蒋蔚华说："好，好，好，我看出来了，你不想我打扰你的生活，我知道了。"

蒋燃讽刺地笑了笑，放下筷子，身体往后轻靠，平静地开口："这句话你已经说了不下十遍了，还准备再说多少遍？"

蒋蔚华的脸色变得难看极了："我关心你，还关心错了？"

蒋燃问："你确定是关心，不是控制吗？"

林鲸坐在蒋燃身边，感觉到一股寒意在他的身体里慢慢下坠，令她也产生了生理性的不适感，或是惧怕。她悄悄把手放在蒋燃腿上，用气音说："说话注意点儿方式呀。"

蒋燃把她的手拿开："吃你的饭，跟你无关。"

说完，他起身去了书房，蒋蔚华又追了上去。

林鲸埋着头，不知道为什么鼻头忽然好酸，哭意再也止不住，眼泪"啪啪"地往下掉，以至挑上来的米粒都是微咸的。

她不想在这个时候丢脸的，可是眼前的饭菜、餐桌都不再聚焦，全变得模糊起来。

怎么会是这个样子呢？

叶思南赶紧抽了两张纸递到林鲸手边："我哥只是情绪不好而已，不是对你发火。"

林鲸低声啜泣道："我知道。"

她就是有点儿难过。

叶思南干脆给她擦眼泪，又帮蒋燃解释起来："其实你们相处这么久，你应该知道我哥的脾气真的很好。这个问题主要在我妈身上……"

两个小姑娘在外面正说着话，隔着一道门，书房里不悦的争吵声隐隐传来。

蒋燃坐在椅子上，蒋蔚华咄咄逼人地盯着他。他说道："你有什么话就好好在这里说，想吵架就出去，别吓着鲸鲸。"

蒋蔚华哼笑："你要是能把对老婆的一半耐心用在你爸身上，我不就不逼你了吗？"

蒋燃："现在说的是找阿姨，你又提他做什么？"

蒋蔚华："你要是不把你老子当仇人，我至于跑到这里管你吗？你以为我愿意遭人嫌？"

蒋燃忽然看向她，眼底散发出一丝讽意，蒋蔚华一不小心竟把真心话给说了出来。

"他上周给你打电话，你是不是又没接？你存心给老子难堪有意思吗？"蒋蔚华说，"我就不明白了，父子之间到底有什么不可调和的矛盾，你结婚请他来不情不愿，勉勉强强，之后就再也不露脸，想让全世界都知道你不认他了是吗？"

蒋燃握着手机，漫不经心地说道："你想多了。"

"别以为我不知道，你还在怨小时候他不管你。可你也到而立之年，不知道稍微有点儿出息的男人忙起来都是顾不上家的吗？他在外面有点儿花边新闻也是正常的，难道他没出钱养你、虐待你了？他非要像你姑父那样一辈子窝囊，都是专家了连个红包都不敢收，就会委屈自己的老婆和孩子？要不是我辛辛苦苦地撑起家，叶思南现在有个屁啊？"

蒋燃嘴角的嘲讽笑容更甚："你自己也是女人，这话你觉得站得住脚吗？"

蒋蔚华说："我是女人怎么了，我又有什么办法？男人一个两个都是这样。"

蒋燃点头："行，你的意思我懂了。你无非是怕他年老无依无靠，没人给他养老送终。我现在就可以答应你，等他真不行的那一天，我就管他。"

"……"

林鲸和叶思南听得不真切，只觉惊惧，默默地收拾着餐盘。

叶思南把菜都倒掉了，把碗放进洗碗池，刚要开口说话就见林鲸一副心事重重的模样，于是缓了片刻才开口："我妈这个人的控制欲很强，但她是控制不到哥哥的。因为他没占家里的一分便宜，现在有的一切都是他自己奋斗得来的。你不用担心日后不好相处。"

林鲸摇头："我不是在想这事。"

"我妈唯一能挟制我哥的，就是他在我们家住了十年，我妈总觉得她对他有养育之恩。明明她对他也没那么好，非觉得自己对他有天大的恩情。"

林鲸问："姑姑这样，是想做什么呢？"

叶思南说："她怕哥哥以后不管我舅舅呗，我舅舅那个人你结婚的时候看见了吧？帅是帅了点儿，但人品差得要死。"

她怕自己会无意间说到陈妈，想打住，又忍不住要说。

"我舅舅年轻的时候作孽多了，不管老婆和孩子。我妈觉得现在的舅妈也不靠谱，只是图他的钱，到时候老头子会一无所有，所以就用亲情绑架我哥，一直给舅舅洗白，想缓和他们的父子关系。"

林鲸说："你舅舅——就是，他真的那么过分吗？"

以至于蒋燃一听到他的名字就翻脸？

叶思南说："我原来的舅妈一死，他就把我哥哥丢了出去，自己娶老婆帮别人养孩子了，你觉得呢？

"我敢保证，他要不是看我哥现在活出人样的分儿上，才不会眼巴巴地上来当'舔狗'呢。"

"……"

"所以我哥恨死他了。"

林鲸囫囵听着叶思南乱七八糟的话，难以想象蒋燃小时候的艰难处境，心像被绞了一样。

两个人一起把餐厅收拾好了，因为叶思南今天告诉了她很多事，导致她忽然不讨厌叶思南了，打开餐边柜，翻出一些东西来："家里还有蒋燃出差带回来的咖啡豆，给你拿两包？"

叶思南："这好贵呀，我要！我看你们的冰箱里还有挺多车厘子，能给我拿点儿走吗？"

林鲸笑了笑："我在山姆买了五箱，你随便拿。"

叶思南故意逗她:"你们家生活好好啊,好吃的东西也多,我给你们俩当女儿吧。"

林鲸正要给她找袋子装东西,书房门被打开,蒋燃先走了出来:"叶思南,过来。"

叶思南赶紧屁颠屁颠地跑过去:"来了,来了,怎么了,怎么了?"

蒋燃递给她一把车钥匙:"送你妈回家。"

"哦,哦,哦。"叶思南什么话都不敢说,只回道,"不用,我们自己开车来的。"

说完,她把蒋蔚华往外面拉。

片刻后,客厅恢复安静,微微残余着晚餐蒸鱼的味道,宛如故事的余音。

林鲸想走过去找蒋燃说说话,但是他站在落地窗边,拳头抵着玻璃,一动不动,背影有种落寞的破碎感,周身写满了"生人勿近"四个字。

林鲸不知道该对他说什么,饭桌旁还有书房里的吵闹声,声声回荡在她的耳边。

她抠着手在原地站着,摇摆不定。

夜深人静,此时此刻,她竟然又有点儿想哭,因为不知道怎么安慰他。

蒋燃转身才看见站在自己身后的人,差点儿把她撞倒。

好在他及时伸手把她抱了回来,两个人都惊魂未定,她眼尾泛红,似是真要哭了。

他低声问:"我吓到你了?"

林鲸摇头,小心翼翼地说:"没那么脆弱,就是……"

蒋燃手指摸了摸她的眼角,还有睫毛,把包裹在眼眶里的湿意擦掉,下巴贴着她的发心,就这样抱了她一会儿。

"抱歉,你一个人在家里可以吗?我想出去透口气。"

"我可以陪你。"林鲸说。

蒋燃微笑着拒绝了:"我想一个人待一会儿。对不起。"

林鲸不说话了,只是看着他。

蒋燃出去,关了门。

家里终于只剩下林鲸一个人了,房子像是一个空荡荡的檀木盒子,被人丢在仓库里,落了灰,等待腐朽。

林鲸胸口堵得慌,心态微崩,什么都干不下去,手足无措地坐在地板上抱着自己的膝盖。

连续三天,发生了太多让她心态崩溃的事情。

她不敢追出去打扰他,也不敢打电话,陡然看见进门的柜子上有个白色的纸盒子,是她前两天发在朋友圈里的那个牌子的蛋糕。她没想到蒋燃出去办事时,竟然给买了回来。

纸盒子被蒋蔚华走的时候拿包的动作撞翻了。

林鲸小心翼翼地将蛋糕捧到餐桌上,"草莓炸弹"的形状已经被破坏了,沾满了盒子顶部,像一抹被甩到墙上的颜料。

林鲸捡起一颗草莓放进嘴里,香甜味很足。

蒋燃出门会记得买她爱吃的蛋糕,哪怕和长辈争吵过后还会叮嘱人安全回家,那么温柔,明明什么都没有做错。

她用指腹摁压着酸涩的眼球,迫使眼睛不要掉眼泪。她不伤心,只是有些难过。

蒋燃并没有走远,只是一个人在楼下静静地待着,身上只有一件单薄的黑色毛衣,被风吹得猎猎作响,头发也乱了。

初冬的夜晚空旷清冷,绿植边的地灯衬得人影有几分落寞感。

他点了烟,缓缓抽着,坐在台阶上,大脑一片空白,渐渐地充斥着很多画面,都是有关糟糕透顶的家庭、被亲人要挟的无奈,还有林鲸。

家庭和事业很难两全,他又怕破坏这来之不易的幸福生活。男人真的都会变成蒋诚华那种人吗?女人也默默接受?

林鲸根本不懂他在想什么,他心里不舒服的时候也不想要她陪着。

林鲸等了半个多小时,蒋燃没上来,她就给他发了条微信。

"我先睡了,你早点儿回来。"

很可惜,蒋燃的手机被丢在书房里,他根本没带下去,看见这条微信的时候已经是第二天早上了。

林鲸本来睡着了,但是蒋燃一开门她就醒了。

她扒开被子,露出上半张脸去瞅他。

待蒋燃进了浴室,她才偷偷从被子里爬起来,赤着脚跑到浴室门口,想看看他怎么了。门半掩着,从里面漏出一丝橙黄色的光线,从她的眉骨到鼻梁,再到胸口,一路弯折下去。

她听见里面传来刷牙的声音,然后是水声。

她这个样子其实有点儿好笑,但是每次自己不开心躲在卫生间里哭或者生闷气的时候,蒋燃也是这样在门口守着她出来。

所以她不觉得自己的行为有什么不妥当的。

她正要靠过去听得再仔细点儿的时候,就听见蒋燃的声音传来:"地上那么凉,你想感冒吗?去穿鞋子。"

听这个声音是很正常的,林鲸被吓飞了胆子,赶紧一路小跑回床上,假装什么事都没发生。

没多久,蒋燃就回到床上,掀开被子,一阵干净轻爽的味道扑面而来,是他睡衣上洗衣液的香味。

林鲸呆滞了几秒,默不作声地滚到他的怀里,蒋燃也把她接住了,往臂弯里一搂。大概是为了缓和气氛,他又很闲地问了一句:"不是说抱着睡会热吗?"

林鲸揪了揪嘴角:"我愿意。"

林鲸将脸压在他的颈窝里,时间长了呼吸窒闷,便挪了挪角度,贴着他的下巴。

"你的蛋糕我吃到了,很好吃。谢谢。"

"嗯。"

"今天叶思南跟我说了点儿你小时候的事,但也不是很多。如果你不想让我知道,我就对谁也不说。"

"她说什么了?"

"算了。"

"为什么算了?"

"怕你不开心。"林鲸说,"我只是想跟你说,那天你对我说的话在你的身上也要奏效。你不高兴的时候我也会不开心的。"

"哦。"蒋燃合上眼,微凉的嘴唇碰了碰她的额头,没有继续下去的兴致。

林鲸能感觉到他的心情依然很不好,而且是那种积压许久的沮丧感。

"姑姑今天要来,是因为我没拦住她。我本以为她只是过来看看,没想到她要说些那么奇怪的话。对不起,下次我一定更有原则。"

过了好久,他才有开口说话的意思:"叶思南跟你说什么了?"

林鲸有些心虚:"就是一点点你爸爸的事,也不多。"

蒋燃默了默,问她:"还记得年初四吗?我在家里晕倒。"

"嗯。"那天他跟现在一样又丧又颓废,嘴上却开着玩笑,让人猜不透心思。

蒋燃说:"其实那天我是给她扫墓去的。我外婆走了之后没人记得她了，只有我。"

林鲸心惊，心中知道那个"她"是蒋燃的妈妈。

"我妈在冬天走的，癌症。从她知道病情到去世，不到半年时间。"蒋燃的嗓音哑得不像话，像被劈开的干柴，"她舍不得走，为了我选择做手术、化疗，头发都掉完了。曾经那么爱美的一个人，呵。"

林鲸搂着他的腰的手紧了紧。

"蒋诚华在她化疗期间有了外遇，那个人是我的英语家教。两个人明目张胆地出双入对。"

林鲸知道，那个人就是出现在婚礼上的张阿姨，陈嫣的妈妈。

为什么蒋诚华还有脸带人过来呢？

他哑然失笑，声音又淡得像是事不关己。

"蒋诚华没去过病房几次，我想给她陪床，她却说病房不吉利，不肯让我待在那里。起夜的时候她见我偷偷趴在床边就给蒋诚华打电话，让他接我回去。电话是那个人接的。"

"她知道真相后，含恨而终。"他轻飘飘地讲着这些久远的事，袒露不为人知的恨意，"生为人子，我无能为力。除了恨蒋诚华，跟他一刀两断，我不知道自己还能为她做点儿什么。姑姑跟我吵再多次我也不能让步，这是我的底线。"

林鲸的眼泪不值钱，又冒了出来，她紧紧掐着枕头布料，身体微微颤抖着。

"林鲸，有些事情不能忘，忘记就代表背叛。"

自时序进入初冬以来，夜晚总是格外寂静。

湖上偶有打捞船在夜间工作，汽笛的声音从楼下传来，延伸了夜的漫长，更像是拨开泛黄的胶片或是古早的午夜电台。

她的私人情感专家鹿苑女士曾经说过，可以欣赏一个男人的外貌、能力、性格，但是千万不要心疼他。

当一个女人开始心疼一个男人的时候，她就彻底完了。

林鲸觉得自己在清醒地沉沦，眼看着自己泥足深陷。算了，就这样吧。

她在被子里动了动，不知碰到了什么部位，蒋燃低下头，冰凉的唇从她的脸颊上轻轻滑过，然后找到了她的唇。

两个人来了一个绵长而温柔的吻，唇舌相触，交换唾液，呼吸共连。

林鲸躺在蒋燃怀里，精疲力竭地奄拉着眼皮，睡前犹记得他没有说有关陈嫣的事。她承认在这样的时刻想起这个人很不厚道，但是没有办法。

也许这也是蒋燃痛苦和意难平的一部分原因，只是她想不通，既然他这么恨父亲和那个女人，为什么又要与那个人的女儿恋爱？他总是过分清醒地权衡着利弊，难道真的是因为无可取代的爱情吗？

隔天是周日，她该回去上班了。

闹钟一响，她就从床上起来，为了不打扰蒋燃继续睡，轻手轻脚地趿上拖鞋去了洗手间，不料身后传来窸窣的声音。蒋燃也醒了，抬手拿起床头柜上的手机扫了一眼时间，坐起了身。

林鲸问："我吵醒你了？"

蒋燃："不是，不想睡了。"

两个人一同走进浴室，林鲸对着镜子看见了自己有些浮肿的眼睛，双眼皮都变浅了好多。她抬手给自己撸了一个丸子头造型，看上去更像一枝嫩生生的向日葵了。

身旁的男人早起也是一身清朗气息，只有头发微微凌乱而已，带着赏花的意味看她弄头发。

林鲸挤牙膏的时候，他不动，像个少爷一样拿起自己的牙刷在那里等着，等林鲸挤完顺便又给他的刷头挤上，他才纤尊降贵地亲自刷起了牙。

林鲸从镜子里偷瞄他，他完全没有昨日情绪崩溃的痕迹，慢条斯理地刷牙，刮胡子，看上去像少女漫画里标准的冷漠总裁或者斯文教授。

她多虑了。

一起吃过早饭之后，蒋燃随她一起出门，林鲸问："你干什么去？"

蒋燃："送你上班。"

林鲸摁了电梯："走路两分钟，你认真的吗？"

蒋燃一身休闲的衣服，在电梯的反光板上衬得比真人更加高瘦，他在T恤衫外面套了件卫衣开衫，手机拿在手上，看着像出去散步。

他瞥了一眼林鲸："你确定？等电梯已经过去了半分钟。"

林鲸赧然地笑了笑，凑近他身边蹭了蹭他的手臂："哦，我是争分夺秒地去投胎的吧。"

电梯门打开，蒋燃牵上她的手走进去，问道："再去上班，会紧张吗？"

林鲸说道："有点儿像……请了很久病假的学生，再回到班级怕跟不上节奏，又怕被同学孤立，不知风向如何变化了。"

她揽镜照他,轻声笑说:"你知道吗?你这个样子很像第一次送女儿上学的爸爸。"

蒋燃垂眸睨着她,眼神意味深长:"大白天,就这么嚣张了?"

林鲸刚要开口说话,电梯门又打开,进来一对中年夫妻。男的一身休闲西装,上了点儿年纪的样子;女的明显保养得更好,穿着针织套装,腕上挂着一只漆皮戴妃包,精致感十足,像职场剧里的女总裁。

林鲸认出了这对业主,她现在穿着工作服就代表了上班状态,于是立刻挣开蒋燃的手,冲对方露出礼貌的微笑:"早上好,吴先生、吴太太。"

"早上好,小林管家。"女人温婉地对她笑了笑,目光扫到两个人紧挨着的手臂,又说,"你老公送你去上班哪?"

"啊?"林鲸愣怔了一秒,脸蛋微红地问,"这也看得出来?"

女人打趣她:"赶紧牵上你老公的手吧,他刚刚都不太高兴了。"

"……"

林鲸一大早就被奚落了一番,在一楼和那对夫妻告别,羞耻得不敢跟蒋燃说话,在前面走得飞快。

蒋燃憋笑:"小林管家,你做什么亏心事了?"

她没说话,狠狠瞪他,蒋燃无辜地摊手:"我什么都没干,也要被瞪?"

说完,他手指强硬地从她的指缝间穿过去,与她十指相扣,一路走到办公室:"抬头挺胸,你可以的,去吧。"

"哦。"

林鲸的确有点儿紧张,缓缓走进办公室,看见几个同事仰着脑袋宛如等待喂食的大白鹅,齐刷刷地看向窗外。

林鲸:"你们在看什么?"

赵姐抿唇笑了笑:"看你们两个啊,腻得嘞。"

林鲸笑了笑坐下来:"新婚嘛。"

"啧啧。"

见他们还在张望,她顺势扭了一下头,看见蒋燃和周经理正站在树下聊天,蒋燃单手插兜听着对方说话,时而蹙眉时而舒展,像听下属汇报工作的领导。

张妍说:"鲸鲸的老公和经理站在一起,身高、颜值高下立见,把周经理衬得跟只猴子似的。"

林鲸悄悄地又看了一眼,周经理已经进来了,蒋燃还站在那里,隔着窗户看着她，待两个人四目相对，他勾了一下唇。

林鲸复工的这天上午并没有什么特别的事，同事早上关心了她几句，并没有问东问西，甚至帮她处理了她不在时的工作。

林鲸没问谢云云的狗的后续处理情况，只听说任老太太亲自来物业骂骂咧咧半个多小时，没人理她，最后是社区民警将她"护送"回了家。

林鲸在微博上找到谢云云的 ID，发现她的大号粉丝一百多万，并不算是多红的博主。她已经连续一周没有更博了，有粉丝问她，怎么不出拔草视频也不晒"弟弟"呢？

谢云云只在那条评论下回复："最近出了很不好的事，过段时间再说。"

林鲸暂时没管谢云云，因为脑子里全是陈嫣的事，越想越觉得蹊跷。她并不觉得蒋燃是那种恋爱脑的人。

下午，蒋燃跟她说有个客户过来，他晚上要去应酬，晚点儿回来，让她一个人吃饭。

林鲸："不用管我。"

她趁这段闲暇时间琢磨着，在微信上敲了叶思南。

林鲸："今天晚上有时间吗？"

叶思南："干吗？请我吃饭？"

林鲸："可以，你想吃什么？"

叶思南回了条语音："姐，你别这么说话，我害怕。"

林鲸用了点儿小心机："昨晚影响到你了，你哥有点儿过意不去……"后面的话她用省略号代替了，因为说得再肉麻点儿叶思南该不信了。

这种屁话果然奏效，叶思南立马就入圈套了："你早说，那我现在过去？"

林鲸："等我下班，告诉你地址。"

"好！"

林鲸一到点就收拾东西走了，回家换了衣服，临出门前把自己书房里的东西翻了一遍，本想送给叶思南一个好点儿的礼物，但是放在书架上的东西都好珍贵。有一套全英文版本的建筑绘本落到手边，那是蒋燃去广州出差的时候帮她买回来的，这一套绘本很贵，而且是限量版，很是拿得出手，但林鲸又舍不得了，摸了半天还是放了回去。

林鲸坐地铁去的约会地点，在地铁站就碰到了叶思南。

叶思南往她身边看了看:"我哥呢?"

林鲸这才说:"在地铁站碰到你就应该知道,没有你哥,只有我。"

叶思南刚要说"你骗我……",话没说完,就被林鲸强行拽走了:"天天缠着你哥,他都有老婆啦!"

"我服你了。"

林鲸说:"你一天服我八百遍,也没见你对我有多尊敬。"

两个人到了餐厅,等菜的时候,林鲸开口问:"昨天回去,你妈妈怎么样?"叶思南:"你少管她,没人搭理她她自然就消气了,过段时间绝对会装作无事发生一样给你打电话,让你去吃饭。"

林鲸喝着水,心想蒋燃毕竟不是蒋蔚华的亲生儿子,蒋蔚华不会无条件付出,很多东西是需要等价交换的。

"待会儿我给她买件礼物,你帮我带给她,就说是蒋燃送的,行不行?"

叶思南忽然笑了笑,双手交扣抵在桌面上,贼贼地说:"那我有没有礼物啊?"

林鲸思考片刻,像个有钱人的太太,淡然处之:"无功不受禄,不过分我可以给你买,但是你有什么东西跟我交换呢?"

叶思南瞄了瞄她,这个女生不简单哪。

林鲸已经帮她想好了,淡定地说:"不如,你把陈嫣的事给我交代清楚。"

叶思南差点儿被一口大麦茶呛死当场,抽了两张纸巾擦喷出来的水:"不是,距离我上次跟你说这事已经过去快一个月了吧,你都没问问我哥吗?一直憋到现在?"

林鲸换了个方式问话:"我觉得你的说法应该更客观一点儿,怕他不老实。"

叶思南沉默半晌,奇怪地盯着她,说道:"问个前女友有什么不好说的?他们都八百年没联系了,你开口问我哥能不说吗?你没前男友的啊?"

林鲸:"情况不一样啊,我和前男友可不是兄妹关系。"

"你根本就不太在乎我哥有没有前女友的那点儿事,甚至说对他也不那么上心?"叶思南有点儿被气到了,好似自家的瑰宝被灰尘掩盖了,"不是我说,就算不看在他这个人的分儿上,你知不知道他有多会赚钱,怎么就不知道把着点儿呢?"

· 184 ·

林鲸干咳了一声，理直气壮地说："我和你哥结婚的时候的确不知道他有多少钱，没看，钱我会自己赚。"

好吧，叶思南说不过她，过了一会儿才开口说："其实我也没骗你，他们俩谈是真的谈过，一个学校的嘛，是八九年前的事了。不过那个时候我哥和舅舅的新家那边的人根本就没相处过，好多年不见面，我哥从头到尾不知道陈嫣是谁的女儿。"

林鲸捏着调羹，心不在焉地搅动着："然后知道两个人有这层关系，他们就分手了？"

叶思南好笑地说："不啊，就谈四五个月怎么可能见家长？我哥知道这层关系的时候两个人已经分手好久了，过年我舅舅带他的新老婆回来给我外公扫墓，介绍陈嫣是舅妈的女儿，大家才认识。因为陈嫣之前是跟着她自己的爸爸生活的嘛，我妈都没见过。"

好在两个人不是因为硌硬分的手，林鲸心里稍微好受了点儿，虽然没有女人能活着走出丈夫和前女友的往事，但是她尽量不让自己受太多影响。

林鲸半天都没说话，脑海里全在凭空想象着莫名其妙的狗血剧情。

叶思南八卦兮兮地说："我哥不知道是怎么回事，但是陈嫣绝对知道我哥是谁，他的照片还有我们家的全家福一直摆在我舅舅的书房里。她真的属于那种心机女，瞒了这么久不说，说不定就是故意接近我哥的，可怕不可怕？"

林鲸叹了一口气："谁知道呢？可能蒋燃曾经对她用情至深，一段戛然而止的乐章，更是勾人心弦哪。"

"听你这话说得，给你两瓶果醋喝吧？"叶思南叹气，"我哥连我舅舅都好多年不联系，更别说她了，能有什么留恋的？有些男人对感情真的没那么在乎，前三十年，他所有的心思都花在自己的前途上了，你以为他白混的？"

林鲸面不改色地说："酸什么？你也说了蒋燃对感情什么的没那么看重，结婚也只是因为合适罢了。"

叶思南觉得这样的想法未免太冰冷了："你再说这种屁话我可就录音了啊，让他听听他老婆人前乖巧，人后屁话一堆一堆的。"

只有林鲸自己清楚，知道得越多她心里就越难受，而且是无法挽回的遗憾和失落感。

叶思南见她情绪细微变化着，不知是不是自己说得太多："你能不能就把他的这段莫名其妙的恋爱当个屁给放了啊？无论哪一方面都是你赢了啊，你们先认识的，到最后还结婚了，从时间上来说你们相处得最久吧，以后还会有孩子，会过一辈子的。"

林鲸："本来过来寻求真相，就是存心给自己添堵，我不想再纠结这个问题了。感情也不是用时间长短来衡量的。"

叶思南快刀斩乱麻："小辣椒，要不你晚上回去把你的前任男朋友什么的，都说给他听一遍，你们俩互相恶心对方，齐活！"

林鲸像是被踩了尾巴的猫，一下子被刺激到了："不要。"

叶思南静了一会儿，告诉她："这件事对他来说也很难，综合因素多。但他绝对不是对陈嫣念念不忘，等你们再好一点儿了他应该会亲口告诉你的。"

林鲸去上了个厕所，然后和叶思南一起走了出去。

她还记得礼物的事，便去了商场二楼的女装区，给蒋蔚华买了一顶窄檐帽子，看她在朋友圈经常晒和小姐妹一起在园林里拍的旗袍照，搭配一顶帽子效果应该更好。

叶思南惊叹这个价格："这个牌子的东西好贵的，一顶帽子的钱够我买一个包了，但也看不出是大牌。"

林鲸弹了弹信用卡，说道："不是刷我的卡。"

叶思南往她身上挂："所以，看在他的钱的分儿上，你别计较了。"

"……"

林鲸和叶思南在地铁站分开走，林鲸去溪平院的方向，两站路就到了，但是到小区还要走一段路。

冬日的晚风势要将人吹成小肉干，林鲸出了地铁站，拨弄了两下被粘到唇膏上的碎发，想扫一辆共享单车快点儿回家，但回忆了一下溪平院的门口并没有停车点，只好作罢。

天空中亮着几颗星子，像黑色的绒布上撒了几颗钻石，漂亮得不真实。

身边的人来来往往，都是行色匆匆的上班族，大家几乎全都闷着头往前冲，无人欣赏这份来自浩瀚宇宙的馈赠，林鲸却舍不得辜负这样的星空。

前面的一条主干道在上周就已经被工人用围栏围住了，据说要建四号线地铁站，她走路回家的话需要绕一下。

林鲸最终选择去旁边的一家便利店待会儿。她买了咖啡，坐在窗户边上，然后给蒋燃发消息，问他有没有回家。

蒋燃："半个小时到家。"

林鲸："我在门口的全家，你路过的时候停一下，带我一起回去。"

正在等着蒋燃的回复，林鲸忽然听到后方有人喊她的名字："林鲸？"

她回头循声找人，一眼就看到了站在货架后面的男生在冲她笑。钟渝，她的大学同学，"校草"级别的一个男生，不过毕业后他们就没再见了。

他剪着干净的短发，穿着墨绿色套头卫衣和黑色工装裤，身材高瘦，嘻哈的穿衣品味，长相和气质却干干净净的，像是玩音乐的人。

他绕过货架，朝林鲸走过来："我刚刚只看了一眼背影就知道是你，你一个人在这里？"

林鲸只好说："等我老公一起回家。"

钟渝问："你住哪儿？"

林鲸不好意思地指了指前面的大门："溪平院。"

钟渝顺着她的方向看过去，惊讶地问道："这么近哪？"

"对，其实我就是懒得走回去，想在这里等他。"林鲸有点儿不好意思地绞了绞手指。

钟渝："我在同学的朋友圈里看到过你的婚礼现场，你老公很帅。"

林鲸问："你在附近做什么啊？"

她见他手里拿了包烟和一个打火机，他走过来的时候已经将其塞进了口袋。

钟渝说："上班溜出来摸鱼。"

林鲸惊讶地看着他："我听说你继承家业去了，怎么又上班了？"

钟渝无奈地笑了笑："是上班哪，不过是在自己家的公司上班。"

"……"打扰了。

"庭颂酒店你知道吗？"

林鲸知道那是本地的一家中式庭院酒店，营销平台上很多人去打卡的。

"溪平院旁边就有一家，不过我没进去过。"

钟渝说："你想看看吗？改天我带你去参观，你住两天体验一下也没问题。"

林鲸知道钟渝这种热情不是客气，他每次说话都特别真诚，因此林鲸可不敢跟对方客套，赶紧说："参观一下可以，住两天就算了，我知道你们酒店挺火爆的，不耽误你们做生意啦。"

钟渝无所谓地说道："没事，溪平院旁边这家酒店生意马上就会不好了。"

林鲸："为什么？"

钟渝："路都被围起来了，客人过来不方便。"

林鲸："你怎么还挺高兴？"

钟渝咧嘴，露出皓白整齐的牙齿："那我还哭兮兮地告诉你啊？客观原因造成的暂时困境，总会有解决办法。"

"心态真好。"

钟渝拨弄着手机，无聊地自嘲："大概是钱给的底气吧。"

林鲸也看自己的手机，蒋燃在十分钟前回复："好。"

她打开咖啡的盖子，只喝了一口，嘴唇上的皮差点儿被烫下来，舌头痛死了，赶紧吐进了旁边的垃圾桶里。

钟渝从口袋里拿出小包纸巾，抽出一张递给她："刚才就想提醒你，全家的美式咖啡每次都把人烫到怀疑人生。"

林鲸接过纸巾擦了嘴，又把小桌子擦干净了，声音细细的："我没想到十分钟了还这么烫。"

钟渝眉眼带笑，干净好看的手指像转书一样把玩着手机，坐在椅子上两条长腿大大咧咧地敞开，乖巧的外表之下似乎还有点儿小调皮的内在，他说："对了，要不要加个微信？"

林鲸怔了怔："嗯？"

钟渝问："不方便加吗？"

林鲸觉得自己那声"嗯？"有点儿不礼貌，但其实她只是没反应过来，于是赶快拿出手机，说道："你扫我吧？"

听到"叮"的一声，他扫上了，林鲸这边点击通过申请。男生很坦然地点进了她的主页，问她："你的名字是鲸鱼的鲸？"

"对。"

"感觉很温柔。"钟渝说，"我挺喜欢鲸鱼的。"

林鲸讷讷地问他："呃，你知道鲸鱼有个外号叫西装暴徒吗？"

钟渝看看她若有所思，笑着说："没想到你这么幽默。"

天没继续聊下去，因为蒋燃的电话打了进来，他已经到了路边。

林鲸站起来对钟渝说："我要回家啦，再见。"

钟渝："再见。"

林鲸把包包捂在胸前挡风，一路小跑着去到路边，立刻看到了蒋燃的车。

　　她刚走近，车后门就被打开，蒋燃坐在后面伸出了一条手臂，微微侧身看向她。林鲸的鼻端蹿入些许酒精的味道，夜色里她看不太清楚他的脸色，只感觉那个笑容有些倦怠的温柔之意。

　　林鲸钻入车里，这才看见前排坐着一个中年司机大叔。

　　蒋燃身体放松，挨着她的手臂，不说话也不动。这个人有这种本事，哪怕醉得快要不省人事，还能维持着表面的姿态，至少头发一丝不乱，衣冠楚楚的。

　　要不是酒精味太浓，林鲸还真就信了他的邪："我感觉你喝醉了，是我的错觉吗？"

　　蒋燃淡淡地回答："的确没少喝，但不至于醉。"

　　林鲸扭头端详他一会儿，径直拆穿了他："你还狡辩，你的眼睛都直了。"

　　"是吗？"蒋燃想来真的醉得不轻，忽然就抱住了林鲸，凑近她，笑得春风化雨，"你闻清楚，不要冤枉我。"

　　这一举动出来，林鲸就知道他是真的醉了。她把他乱动的手摁在腰上，偷偷瞄着前排开车的司机，司机大叔面向前方目不斜视，并没有被后排打情骂俏的小夫妻影响到。

　　她没说话，一路憋到家里，在亮处再看蒋燃的脸，白皙的肤色泛红。喝多了的人显得傻，他站在玄关那里瞧着林鲸，不说话也不进来，显得又乖又可爱。

　　林鲸今天的心情很复杂。

　　其实她能说什么呢？谁都没有错啊。她就是觉得，他年少轻狂，怎么跟个傻子似的，谈恋爱也能谈到那个人身上去？

　　蒋燃倚靠在门边，借着头顶明晃晃的光线看到了她倔强的小脸，她嘴唇紧咬，像是恨恨地想着什么事，他开口："今晚出去了？"

　　林鲸还是觉得这事有必要跟他说一下："下班之后和叶思南去吃饭，顺便以你的名义给你姑姑买了件礼物，就当为昨晚的事赔罪。"

　　蒋燃的笑意瞬间淡了下去，浓眉骤蹙，他似是不理解她的做法。

　　林鲸解释："你们也不可能以后就不联系了，最终还不得是你道歉吗？那不如我现在就把台阶铺上，大家至少难受两天。"

　　说着，她走近蒋燃一点儿，手穿进西装里，隔着薄薄的衬衫布料抚摸他的窄腰，语气带着一丝讨好意味："我擅自做主了，你不开心吗？"

蒋燃将手落在她的身上，身体重心转移下去，下巴也压在她的肩膀上，半晌才说了一个"没"字。

林鲸趁他喝醉，脑子也显得不清楚，就尽情欺负他。

"我要你说，你没生气，我做得很好。"

蒋燃揉捏着她的耳垂，听话地说："你做得很好。"

林鲸从他怀里钻出来，笑眯眯地跑去打开包包，从里面拿出一个小盒子："我也给你买了一件礼物，是用我自己的钱给你买的，所以你一定要表现得很喜欢、很惊喜，我才不至于生气。"

蒋燃走过去站在她后面，被酒精影响，他的动作很慢，却很稳，气息几乎将她包拢。两颗脑袋凑在一起，又像两只心怀不轨的小熊分食偷来的蜂蜜。

林鲸打开盒子给他看，是一款情侣编制手绳，并不太夸张的款式，绳子也不是花的，细细一根，很是秀气。

林鲸说："我特意挑了这一款，男生戴起来不会夸张娘气，如果你上班的时候不想被客户看见，衣袖一遮就可以了。"

蒋燃微挑眉，定定地看着她。

林鲸立马就说："注意你的表情，蒋燃，不要让送礼的人不高兴。"

蒋燃问："十分高兴，怎么表现？"

林鲸白了他一眼，又说："当然，我买这个最终还是因为它的性价比。本来我想送你一块手表的，但是看得上眼的浏览价格之后，竟然一时分不清是你不配还是我不配。"

蒋燃终于坐下了，伸出手："给我戴上。"

于是，林鲸圈住他的手腕，圈口正合适，看来她的眼光很准："喜欢吗？"

"嗯。"蒋燃把林鲸抱过来，让她坐在自己的腿上，"这个款式应该是情侣的，另一个呢？"

林鲸没想到他还知道这种事，但很快伸手给他看，眼角溢出笑："在这里。"

蒋燃捉住她的手指，亲了亲她的指尖，头脑随着呼吸愈加沉重，呼吸喷到林鲸的颈窝处，炽热气息洒到细嫩的皮肤上，引得她阵阵战栗，七魄都像要被抽掉了。

林鲸本想跟他说一下为什么要送这个礼物，他却将手臂收得更紧，另一只手扶着她的后脑勺，将人摁在沙发上，然后湿热的吻铺天盖地地落了下来。

林鲸觉得自己差不多也醉了，天旋地转，本来要说的话忘了个一干二净。林鲸的目光穿过蒋燃的肩膀和发尾，缓缓锁在天花板上。北欧风格的灯罩拢着光源向下铺洒，往上则投去一些奇怪造型的光影。

她凝视着那个地方半天，没看懂是个什么造型。

过了一会儿，蒋燃在她怀里安静下来，似乎是睡着了。林鲸也困意来袭，本想就此眯一会儿再去洗澡，却不想这一等就睡着了。

林鲸再次醒来的时候已是凌晨，雨水打在窗户上，楼下的树木被狂风搅弄得"呼呼"作响。

沙发很窄，两个人挤在一处，肢体像交缠在一起的藤蔓，蒋燃几乎半个身体压在她身上，露出来的腿和手臂冰冰的。

林鲸动一下蒋燃就醒了，但他还维持着原状压在她身上，就这么安静地待了一会儿。蒋燃短促地睡了一两个小时，缓足了精力，才有心思问她："怎么想起送我这个？"

一大一小两只手交扣在一起。

林鲸本来想和他说，从今天开始忘掉那些糟心事，当什么事都没发生过，重新开始，这算是个信物。

但话在喉头酝酿许久，她还是没讲出来。结婚的时候她都没讲什么山盟海誓，现在刻意说这些矫情的话干什么呢？

她说："想送就送了。"

蒋燃翻了个身侧躺着，顺便把她翻了上来，趴在他身上。

林鲸见他不说话，就问："你觉得这个太便宜了吗？"

虽然他身上除了婚戒，并无首饰，但普普通通一块手表也要六位数起跳，毕竟收入和身份在那里。

"没有，挺喜欢。"他淡淡地说道。

林鲸的下巴搭在他的胸口上，指尖点了点他的喉结，有点儿歉意地郑重承诺："虽然跟你给我买的那一柜子衣服和包不能比，但这是我能力范围内最合适的礼物了，等年底奖金发下来，我再给你挑一件好的礼物。"

蒋燃哑然失笑："为什么这么说，是嫌我赚钱少吗？"

林鲸："花你的钱给你买东西还叫送礼物吗？"

"……"

他们的家庭收入来源比较杂，一开始蒋燃就把他的工资卡和信用卡给了林鲸，还有一部分比较复杂的投资收益和公司分红，他自己来操作。

这样一看，林鲸手里的钱挺多，但她没怎么在自己身上花，多是给家里买东西。

因为她暂时还不太习惯花不属于自己赚来的钱。

蒋燃看破不点破她这细腻的心思。

他捡起地上的手机，看时间已经深夜一点多了："再躺躺？"

林鲸："起来吧，没洗澡呢。"

蒋燃"嗯"了一声，就没动静了，林鲸只好推他一把："怎么不动？"

"起了。"他一口气站了起来，身上的衬衫和西裤变得皱皱巴巴的，但他身条优越，依然赏心悦目得像个颓废的公子哥儿。

林鲸躺在沙发上瞄他，想等他走了自己再起来，就拿了一个抱枕盖在自己的小腹上。

蒋燃将她拦腰横抱起来，林鲸吓得赶紧搂紧他的脖子："干什么？"

"洗澡。"

"你去啊，我等你洗完就起来。"

"一起洗，快点儿。"

"……"

本来在沙发上吻得那样热烈都没做，两个人都有点儿小洁癖，不洗澡就不做，而且也没套。到了浴室里他就变了个人似的，嘴上说着太晚了一起洗能快点儿，却把林鲸摁在怀里反复折腾。她的肾上腺素飙升，白皙的两条腿浸到水里，被他控制着向两边弯折，细腻的皮肤上留下了几道潮红的指印，羞耻度高到让她不敢抬起眼皮。

隔天是个好天气，两个人穿戴整齐后，各自去工作。

林鲸上班不久，公司的人资老师带来了一位心理医生，给员工做心理辅导，这是公司领导层最近才做出的一项决策。

这份工作每天面对的负面情绪太多，员工的确需要及时进行心理干预。

心理医生和林鲸在一个小房间里聊了一会儿，问了一些问题，又告诉她遇到问题可以给对方打电话或者发微信咨询，千万不要把事埋在心底。

林鲸微笑着说好。

对方由衷地说："感觉你的心理状态还是非常不错的，外露的情绪虽然有些波动，但看得出来家庭关系应该算是比较稳定和幸福的。"

林鲸想了一下，或许跟苦苦挣扎在生存边缘的人来说，她的确过得还不错，有唠叨但爱她的父母、收入不菲还大方的丈夫，生活衣食无忧，工作虽然不太顺心，但好在离家近，每个月也没有具体的绩效向她索命。

她这么想想，焦虑的心态是应该放平了。

之后她的生活逐渐步入正轨。

蒋燃出了趟国处理事情，回来的时候，在免税店给她买了一个价格超出她年收入的包，柔软的小羊皮和经典 logo（标志），除了精致，还充斥着金钱的味道。

林鲸捧着包惊讶了好一会儿，不知道这个包有没有那个手链的"回礼"的意思。

如果是回礼的话，她的礼物就太轻了。

蒋燃以为她不喜欢，笑说："你要不喜欢就在家放两年卖了，说不定能大赚一笔。"

林鲸问："卖包？你会破产吗？"

蒋燃笑："只要我将来脑子没什么问题，不违法犯罪，就不太可能破产。"

林鲸："我也不可能卖包，而且这是你送的。"

林鲸虽然喜欢得不行，却也不好高调地将包背到办公室里，只在偶尔出去吃饭的时候才拿出来晒晒太阳，但是刻意在蒋燃面前说了好几次喜欢，郑重表达她的谢意。

两个人相安无事了一周，无形加剧了叶思南的惴惴不安感。

她越想越害怕，就给蒋燃打了个电话，对自己的罪行供认不讳，承认公然挑衅林鲸，一秃噜嘴，把他和陈嫣那点儿陈芝麻烂谷子的事给抖搂出来了。

当时蒋燃还在办公室里，电话里叶思南絮絮叨叨，像个慌不择路的小朋友。

他听完她的话之后背后竟隐隐冒汗，一瞬间脑袋有些空白。

蒋燃问她："什么时候的事？"

叶思南回道："很久了吧，就我妈把你们喊来吃饭的那天。我本来以为林鲸回去之后会向你求证，你们俩没吵架，这件事就过去了。

"但是没想到，上周她又找我问了一次。然后用礼物诱惑我，我一时嘴快，把你们之前的那些事全都交代了。"

叶思南停顿了好一会儿，没听见蒋燃这边有回应，心陡然提得更高："哥，你们俩还没说开吗？"

蒋燃讥讽地反问："你觉得呢？"

叶思南："我不知道啊。但是我这些天越想越愧疚。其实这件事本身问题不大，但是陈嫣的身份太尴尬了，你们结婚的时候舅舅还把她带过来介绍给大家，林鲸知道真相后心里肯定会不舒服的，从她的角度想会感觉自己被耍了。"

蒋燃举着手机，另一只手去抽屉里找烟，半天没找到，最后烦躁地关上抽屉，又问叶思南："当时她是什么表情？"

叶思南回想了一下，说："她有点儿不开心，又有点儿不屑。我说让她找你算账，她说不想给自己添堵。"

蒋燃揉了揉眉骨，对叶思南说："这件事到此为止，以后不许提了。"

叶思南见蒋燃没发火，赶紧说："那肯定不能够了啊，我不想死那么早。"

挂上电话以后，蒋燃就冲动地想给林鲸打一个电话解释，拨到她的备注里时，忽然自嘲地笑了。那么多年过去，他连陈嫣长什么样都忘得差不多了，解释反而越描越黑。

汹涌紧张的情绪在消磨一阵过后宛如潮水退去，留下一沙滩的塑料垃圾。

她很不屑吗？

本质上，她是觉得无关紧要，还是失望透顶？

傍晚，林鲸和陆京延的微信一起进来。

林鲸问他什么时候回去，鹿苑回来了，她想和鹿苑一起出去吃饭。

陆京延通知他，上次问的事情有了最新进展。

蒋燃先给林鲸回复："晚上有点儿事。你自己开车出去，门口那段路修路，走路回来不方便。"

林鲸："知道啦，你也早点儿回来。"

蒋燃："嗯。"

他下班后开车去了陆京延在阳澄湖边上的度假别墅，从车上下来的时候，看见几个男人正坐在湖边，身边摆着专业的钓鱼工具，一言不发地盯着钓竿下的动静。

蒋燃攥着手机走过去："干什么呢？"

陆京延正在摆弄钓竿："没看出来吗？钓鱼啊。"

蒋燃接话："我岳父挺喜欢钓鱼，你这什么牌子的工具？改天我送他一套。"

他说完这话后几个人哈哈大笑，互相嘲着说："听见没有？蒋总把你们和他岳父放在一个梯队里了，老男人们！"

蒋燃一本正经地说："我在说他们耐性不错。"

"我信你个鬼！"其中有个人回道。

蒋燃在凉棚里坐下，问："钓上来几条了？"

"一条都没有。"

他忍不住笑出声，站起来抖了一下裤腿，对陆京延他们说："没收获就进去吧。"

于是几个人把渔具丢给看别墅的大叔收拾，一起进了桌球室，准备打几局桌球消磨时间，有人掏出烟问他："来一根吗？"

蒋燃婉拒："戒了。"

陆京延转过头来看他，问："说戒就戒，你准备要孩子了吗？"

"为时尚早。"蒋燃拿了巧克粉，在手里掂了一下，然后耐心地磨着球杆，嘴上淡定地说，"刚结婚，过阵子再说吧。"

陆京延一脸痞笑："你准备再观望观望？"

蒋燃脱掉了西装，露出里面的灰色立领衬衫，卷起袖口，俯身比画了一下动作："不是观望，是想给自己一点儿时间，没做好准备。"

说完，"砰"一声，他率先开了球。

陆京延扒着球桌锲而不舍地追问："为什么？"

蒋燃瞥他一眼："你一个男人，怎么对人家夫妻的事这么感兴趣？"

"去！"陆京延恼羞成怒，大男人喜欢听闲事还有点儿反差萌，说道，"我们男的谈恋爱也不是只喜欢做那事好吧，都需要烟火气，吃饭、聊天、斗嘴都挺有意思啊。"

蒋燃在吊灯下站了一会儿，眼神晦暗不明，觉得陆京延这话说得挺对。

"结婚也不是两个人搭伙过日子，再生个孩子那么简单。有时候你不知道自己什么事做错了，就惹得对方不痛快。"

几个人不再打球，坐下来抽烟喝酒聊天。

蒋燃这才问陆京延正事。

汇思力的对手公司瑞新科技借壳大通公司上市失败，然后事情远远没有那么简单，半年前他们的财务就爆出了问题，才选择绕过 IPO 流程，现在上市失败，接连又被爆出财务总监行贿，被调查是迟早的事。

陆京延问蒋燃："瑞新的实力本就和你们不在一个级别，你把它放在眼里干什么？"

"我在意的是罗特的去留问题。"蒋燃喝完杯中的酒，说，"瑞新的人应该是联系了罗特，挖他过去。他这一个月来除了维护几个大客户就是在消极怠工，我之前判断有误，以为他想把我拉下去，但其实他是想鱼死网破，杀我一个措手不及。"

"那你之前没做过防备吗？"

蒋燃说："他在销售这个岗位上待了十多年，销售网盘根错节，不是一朝一夕就能动的。一旦他把自己手底下的重要客户抓几个带走，我这边就元气大伤。"

"那现在怎么办？"陆京延听着这个形势就觉得棘手，蒋燃坐上这个位置才一年，仍旧不稳。

蒋燃蹙起眉心："瑞新他是暂时不会选择了，留给了我一些准备时间，我先稳住再说。"

陆京延看他的眼神，莫名其妙地觉得有点儿猎杀时刻的平静感觉。他这是诱之以蜜糖，再将其绞杀？

林鲸十点多给蒋燃打了个电话，迟迟没人接，只好作罢。

她把带回来的一些速食早餐放进冰箱，洗过澡，回到了床上。

近一个月来，蒋燃喝多的次数频繁。她不了解对方的工作环境，也不能阻止对方应酬，只是非常不喜欢他这个样子。

这是一种很被动的状态，她不喜欢却不能横加指责。

林鲸轻轻地叹了一口气，闭上眼睡觉。

蒋燃回来的时候已经过了十二点。

进门前，他闻了一下衣服，酒味挺浓。这顿酒可以不喝，又不是应酬客户，他推托几句就过去了。

只是他心里不太舒服而已，便以此为借口多喝了两杯。

自己的妻子并不在乎自己过去的感情经历，他真不知道是该庆幸还是失落。他有点儿想林鲸对自己追根究底地表示她是在意的，但同时，他这辈子都不想再和那段莫名其妙的往事有牵扯。

他进了卧室,看见床上的人把自己蜷缩成一个半月牙形状,没开灯,在床边坐了一会儿,手指虚浮地轻轻描摹着她的五官轮廓。

她很漂亮,和他想象中的贤惠妻子差不多,但又不一样,总而言之,惊喜感还算比较多。

林鲸在某一时刻忽然醒来,没立刻睁眼,等了一会儿发现蒋燃还不走开,开口说:"我就知道,你又喝酒了。"

蒋燃被抓包,面不改色地转移话题:"大仙儿,你又知道了?"

林鲸被困意席卷着,音色软得像一缕猫毛:"你管我怎么知道的呢?洗澡睡觉吧。"

蒋燃却抓住她的手,借着酒劲儿找她说话:"今天和陆京延吃的饭,就是在我们的婚礼上喝醉的那个。"

林鲸:"怎么了?"

蒋燃:"也没什么事,他问我们什么时候要孩子。"

林鲸有些反感:"他看着不像那种人哪,怎么问这种婆婆妈妈的问题?"

"这种傻问题,我没回答上来。"他捏着林鲸的手,往自己怀里揣了揣,"你说怎么反击回去?"

林鲸还真认真地想了想,回答他:"仙女的事他少管。"

蒋燃被逗笑,亲了亲她的手指尖:"这个回答挺好的。"

没说几句,他就被她赶去洗澡了。

林鲸第二天休息,难得睡了个懒觉,醒来的时候蒋燃已经走了。

身边的枕头和被子十分平整,不像有人睡过的样子,她一时搞不清昨晚和她聊天的人到底是不是蒋燃。

结果这短促的睡前聊天之后,两个人又是好几天没见上面,不是他回来得太晚她睡着了,就是林鲸起床的时候蒋燃还在睡。

这几天蒋燃的公司里的氛围也有些奇怪,传闻 Tab 要离职,二把手走的话手底下那一票销售经理也会跟着走,客户全被带走,公司也就离乱套不远了。

没什么职场经验的人往往是最容易动摇的,人心惶惶之下,觉得公司随时要发不出工资来。

随便一个茶水间里,就有小姑娘、小伙子在讨论这些有关生死抉择的问题,大家都挺担心这位年轻的老板到底顶不顶得住。当然,这些话也传到了蒋燃的耳朵里,他没做回应,便让传闻愈演愈烈。

罗特要离职的消息不知道是被谁传出去的,但肯定不是罗特本人。

这天开月度会议的时候,罗特脸色阴沉,半个字都没有讲,但是大家不由自主地把目光锁定到了他的脸上,期待着功高盖主的他像往常那样嚣张一点儿,将本子一甩告诉上座的蒋老板:老子不干了。

只可惜,大家的愿望落空了。

罗特没这么干,瑞新上市失败的消息还没传到普通员工的耳朵里,只有他自己知道暂时走不成了。

蒋燃靠在椅子上,转了转手上的婚戒,笑着对大家说:"散会吧,提前祝大家有个愉快的周末。"

他目送大家一个个走出会议室,表情一贯如沐春风,女同事们对他的颜流了好一会儿口水才出去。

罗特坐在椅子上没动,蒋燃手指抵着笔记本电脑,指尖无意识地滑了两下,问:"谈谈?"

罗特问:"Jason,别绕圈子了,我要离职的消息是不是你传出去的?"

蒋燃微微挑眉,将问题抛了回去:"我说不是,你信吗?"

罗特噎了一下,半天才说:"那你要跟我谈什么?这个时候你应该做的事是把我的情况写邮件报告给总部,然后来人调查我,你就彻底赢了。"

蒋燃笑了笑:"你以为我傻,听你教我做事?在你身上也查不出什么东西来,你很谨慎,违规的证据不会留给我去查,到头来我自己倒损失两个市场。"

"你想怎么样?"罗特微微绷紧神经,黑色的签字笔一不小心被他转掉在厚实的灰色地毯上。

蒋燃拿起一沓资料甩给罗特,勾唇笑道:"瑞新科技上市失败后就爆出涉嫌行贿的事,他们乱成一锅粥,你去不了了。"

罗特的瞳孔动了动,眼睛瞥都不敢往资料上瞥,无论蒋燃是不是诈他,说的某些话是事实。因为他掌握到的一部分内部消息,蒋燃也全都同步掌握了,这种被监视的感觉非常差!

蒋燃起身,靠在巨大的黑色会议桌上,他的衬衫和西裤一贯不是那么正式,显出几分游刃有余的意味来,强大的气场把罗特压制住了。

"你和他们高层来往的事,我可以既往不咎。"

罗特猛咽口水:"条件是什么?"

蒋燃淡定地看着罗特,忽然笑了:"别紧张,我说要提条件了吗?"

罗特靠回椅背上,脸色红一阵白一阵。在前一秒被蒋燃来了个下马威之后,罗特并不相信蒋燃抓到把柄之后还会放过他。

"我说了,你有什么条件就提,不要绕弯子。"

只有罗特知道,眼前这个说话时总是带着微笑的人本质就是个笑面虎,最擅长的就是笑里藏刀。

外面的那群只看脸的女同事时常背地里对他吹一堆"彩虹屁",什么"Jason的脾气好好啊,一点儿没有领导的架子""此生得不到Jason,待在汇思力还有什么意义?""今天老板请全公司的人喝咖啡,就是比自己点的好喝"。

但她们没见他开起人来有分毫手软的迹象,罗特看得明明白白,蒋燃这种绵里藏针的狠毒作风太具有欺骗性。

蒋燃的五指微微摁在桌上,眼神慵懒地看向别处:"我一时竟真想不出什么条件来。"

"你!"罗特激动地站了起来,目光隐含怒意,"你到底想干什么?"

蒋燃嘴角扯出一丝弧度来:"我这人最不喜欢的就是在办公室里吵架,又不是演生活剧,别激动。"

罗特:"……"

蒋燃帮罗特捡起地上的签字笔,放在他的手边:"我只需要你给汇思力卖命工作,别再动二心。"

这种"就是玩儿"的姿态彻底激怒了罗特,他瞪大了眼:"你要我?"

"你可以选择不信,"蒋燃缓缓说道,"但我从来不喜欢办公室斗争这种内部虚耗的方式,主要是影响业绩和赚钱。你自己想想是不是这样?"

罗特又坐回椅子上,表情怀疑地看着蒋燃。

他打心眼儿里不相信这个人。

然后他听见了蒋燃淡定又严肃的声音:"公司的产品线改革,需要各个部门的人全力配合,我更需要实绩给自己稳固位置。你可以说我是为了自己。整个销售体系除了你,我不相信任何人的能力,所以最少两年内,你帮我开拓市场,我给你稳定后方,之后你想去想留,还是再把我拉下,我们再见真章。"

话语郑重又有穿透力,这才是蒋燃嘛。

话到这会儿才说到点子上,职场人没有朋友,利益能让人头破血流,也能把敌对双方捆绑在一起。罗特刚刚被蒋燃捧一把,依然不太相信他,却有些动容。

毕竟，如果蒋燃这次搞他一下也是很容易的，但蒋燃没搞。

过了一会儿，罗特冷冰冰地甩出一句话："我想想。"

蒋燃微笑："好。"

两个人一起迈步出来，面上却都和颜悦色的，这在汇思力简直闻所未闻。尤其是罗特，每天尖锐得像斗鸡一样，恨不得横着走，在公司里谁都看不起。

进了电梯之后，蒋燃好脾气地问："晚上去喝一杯？"

罗特换上一副假惺惺的笑容："怎么，你刚结婚就不回家？"

蒋燃淡淡地说道："我因为工作得罪老婆不是一天两天了。"

罗特脸色缓和了："对了，上次你在婚假期间还帮我去深圳安抚客户，感谢。"

"小事。"

两个人离开之后，办公室炸开了一小片，Jason 和 Tab 刚刚是一起出去的吗？这是怎么回事？位极人臣的那位不走了吗？

之后的几天，蒋燃按兵不动，罗特也不见得因为吃一顿饭就多相信蒋燃一分，仍然心有芥蒂。

相安无事还没维持一周，罗特的销售部门就被总公司派来的监察团队爆出业绩核报违规操作的问题，而此时正处在他要离职的敏感时期。

违规操作的事常年存在，可大可小，如果真要把这件事放大，给他们来一次大清查，查封客户往来和账务，罗特要重获总公司的信任便再无可能。

一时之间，整个销售部像台重型机械没了油，僵在那里。

罗特有理由怀疑这是蒋燃搞的鬼，那场办公室的谈判是蒋燃的"糖衣炮弹"，他就不该信蒋燃。

恰在此时，蒋燃送来一个"大礼包"。

蒋燃快刀斩乱麻，直接把责任推在销售部经手跑业绩签合同的另一个人身上，那个人是罗特的左右手，叫高博。

前天高博还和罗特一起大骂蒋燃算什么东西，绣花枕头罢了，敢骑到销售部的脑袋上，今天就被公司开除了。当然，高博这个人并不无辜。

高博接到人资的通知后，罗特已经知道是怎么回事了。

高博找不到罗特，就冲进蒋燃的办公室里，恨不得冲上去捅死座上的人："Jason，你凭什么开除我？合同是 Tab 授权的，我只是办事的人。"

· 200 ·

蒋燃从电脑后抬起眼,问他:"审核是不是你用罗特的系统做的?"
高博的气焰短了一截:"那是 Tab 自己把账号和密码给我们的,整个部门的人都知道,这是为了节省流程时间。"
蒋燃:"所以,你承认偷拿了 Tab 的系统密码给自己的合同进行审核?你可以出去了。"
高博被套进去了,怒气冲天地骂道:"我不相信你的权力能只手遮天,我要写邮件去总部告发你以权谋私!"
这个男人太会钻漏洞了!
蒋燃冷笑,饶有兴趣地看了他一眼,似乎觉得很好笑。
看了一会儿,蒋燃把目光移回显示屏上,懒得再理会他,让保安把人请出去。
快下班的时候,罗特私敲了蒋燃:"谢了,晚上一起喝酒?"
蒋燃:"要回家陪老婆。你记得把账号收回来,再写一封检讨信,这事就过去了。"

林鲸上午接到周经理的通知,溪平院要和庭颂酒店合作供餐服务。
她反应了一小会儿,才记起来那是旁边那家酒店。
因为溪平院前面的这段路修地铁站,未来的两三年里是通不了车的,除了给业主造成麻烦,后面的酒店和会所的生意也会跟着遭殃。
客流量骤减,酒店方不得不想对策,就此走下"神坛",就像随着市场经济蓬勃发展,林鲸熟知的一些高端餐饮品牌也做起了外卖生意一样。
林鲸在几个美食博主的推广视频里翻了翻,发现庭颂的餐饮一直是酒店中的一绝,也不知是不是真的,或许是单纯打广告的行为。
这个问题很快被解答了。
庭颂酒店那边邀请物业的工作人员实地考察,张妍兴奋地拉着林鲸的手说:"你知道吗?庭颂的餐厅人均消费五百元,还要预订。"
林鲸配合她做出惊诧的表情:"这么贵?"
张妍:"啧啧,格调高啊。"
林鲸有些困惑:"人均消费这么高,给我们小区送外卖,确定有人会点吗?"
就算住在溪平院的业主,也不是顿顿午餐吃出五百元的架势啊。
张妍:"不懂啊,应该会打折吧,都这个时候了就不会端架子了。"
林鲸觉得这话虽然有点儿道理,但就算打折了也便宜不到哪里去,难道会打两到三折吗？

赵姐笑着跟她们说："别关心这些和我们无关的事了，先去吃一顿再说。"

庭颂酒店在一处中式院落里，白墙之内植物葱郁，鹅卵石铺地，苏式园林的景致跃然眼前。

就冲这环境，的确值得人均消费五百元。

酒店的经理在饭后过来，客客气气地给他们介绍了一番，这一沟通就到了下午四点多。

几个人准备离开的时候，客房部小楼里走出来一个男孩子，穿着一身休闲服装，喊了一声林鲸。

周经理看看对方，又看看林鲸，面露疑惑之色。

钟渝笑着朝她走过来，可能他自己觉得这样比较帅吧，后来用同事的话描述就是"自带背景音的男生"，因为他的手机一直在"嘀嘀"响着微信消息，不过他那张脸是真的帅。

周经理问："你们认识啊？"

钟渝说："我们是大学同学。"

"那还挺巧啊。"同事在旁边笑着揶揄，"鲸鲸，你身边怎么总是出现帅哥啊？"

林鲸有点儿不适应这种"当众认亲"的场面，嘴角轻撇，就听见钟渝清越地笑着说："上次说带你逛一下，现在有时间吗？"

她动了动嘴唇："我已经逛过了啊。"

周经理赶紧打断她的话："你们再逛逛好了，我们先回去。"

走到门口的时候，他忍不住问身边的酒店经理："这是谁啊？"

"我们老板的小儿子。"

周经理叹息："看着就不像普通员工，长得挺帅呀。"

钟渝带着林鲸去了后面，后面比前院的景致更加精致一些。

林鲸本就和他不熟，也不知道说什么好，只能不自在地把话题焦点往工作上绕，问："没想到你们竟然真的想对策，给周边做供餐服务，影响有这么严重吗？"

钟渝说："是有点儿，但也不算流失客户，一般会引流到李公堤那家店去，不过这边也不能空着。"

林鲸赞同地点了点头："厉害。"商人就是要这样分毫必争。

钟渝又自嘲地笑了笑："权宜之计罢了，送餐送不出业绩来的。"

林鲸本来也想到了，没好意思说而已，只能干巴巴地安慰他："等地铁站修好了生意会更好的，很快的。"

　　钟渝盯着她的侧脸，暖金色的阳光洒落在她的发丝和耳尖上，她的头发松绾着，有种特别慵懒的气质。

　　他掂着手机，手插在运动裤兜里，说："两三年的时间太长了，路通之后，市场形势早就变了，总之这家店前期的铺垫算是废掉了。"

　　林鲸碰了碰自己的脸颊，放低声音说："那得损失好多钱吧，给你点蜡。"

　　钟渝看着也不太在乎的样子，笑得很阳光："就当花点儿钱交学费了。"

　　林鲸觉得他的心态很好，还人间清醒，难道是钱给的勇气吗？

　　不知不觉间，一圈逛下来天都暗了下来，她抬起头，头顶是茂密的树杈枝叶，天穹变得晦暗，像蒙上一层深色的纱幔，空气都变得冷了。

　　钟渝在吧台边给她点了一杯奶茶，林鲸道了谢，接过奶茶捧在手心里焐着，没喝。

　　她怕钟渝还要请她吃晚饭，便先发制人地说："天不早了，我就不打扰你工作了，要不我先回家？"

　　钟渝笑了笑："这么早？"

　　林鲸没办法，只好把蒋燃推出来当挡箭牌："结婚了嘛，和我老公约好了去吃饭的。"

　　钟渝听了这话，竟然还表示同情已婚女生："那的确不够自由的，我送你回去吧。"

　　林鲸推辞："不用了吧。"

　　钟渝："送你回去一下，你老公应该不会生气吧？"

　　林鲸猛地喝了一口奶茶："不会！"

　　从酒店到溪平院的这段路大概需要走十分钟，钟渝在门口对林鲸招了招手，露出整齐又讨喜的八颗白牙齿："再见啦。"

　　林鲸刷了卡进门，就看到蒋燃的车停在大门里，车里没人。

　　她在那儿等了一会儿，准备发微信问他去哪儿了，还没将消息发出去，就看到他从物业的院子里走了过来。

　　林鲸在看到蒋燃的那一瞬间，觉得有些陌生，或许是天黑的原因吧。但不可否认，她已经好几天没有看见对方了。

　　他走近了，林鲸才看清楚他身上穿的是一件象牙白的长领衬衫，款式复古又绅士，两边别着银色的领口针，和他平时穿的风格不太一样，比普通的衬衫领口略高一些，但是他有完美的头身比，脖颈修长，因此整体才更加好看。

只是这件衬衫林鲸没有在家里看见过。蒋燃的衬衫都是她亲手洗和熨烫的，所以他有什么衣服，她一清二楚。

意识到这个问题，林鲸的心悄悄地往下沉，她抬手摸了一下他的领子，问："这件衣服，我没见过。"

蒋燃开了车门坐进去，回答她："中午吃饭的时候不小心被同事泼了咖啡，让助理帮我买了一件。"

他说完，林鲸还怔怔地站在那里思考，到底是什么样的姿势员工才能把咖啡泼到老板身上？

蒋燃侧头看着她："不上来吗？回家了。"

林鲸："哦。"

到了家，林鲸问："你去我们的办公室干什么？"

蒋燃："没进你的办公室，去拿快递。"

林鲸换了鞋子，一下子惴惴不安起来。不知道他碰到她的同事的话，那些八卦的人有没有跟他说什么。

虽然只是跟钟渝逛了一下，但林鲸就是有点儿心虚，瞄了一眼蒋燃解衬衫的动作，他清晰的下颌骨线条流畅，一张脸上毫无表情。

她别开眼神，把奶茶放到茶几上，然后装作漫不经心地问他："物业的人下班了吗？"

蒋燃顿了一下，说道："没有。我准备等你一起回来的，你的同事说你不在。"

林鲸紧紧兜住的心脏宛如一只装满水的气球陡然被人用针戳破，"砰"一声炸裂，水花四溅。

"嗯，我们中午去旁边的酒店考察餐厅了，然后我碰见一个大学同学，就顺便和他多聊了一会儿。"

"难怪。"蒋燃把外套脱掉，搭在沙发扶手上，"送你回来的那个？"

林鲸像被抓了耳朵的兔子，头皮发紧："你看见了？"

蒋燃："天太黑，没看清楚。"

其实他没有说的是，刚才去办公室找她，赵姐笑眯眯地开着玩笑："鲸鲸啊，和庭颂酒店的那个小开叙旧去了。"

对方没有什么恶意，单纯调侃，语气却带着隐约的暧昧意味。

林鲸心里不再鼓胀，落到了实处，抿直了唇线，说道："我也是前不久才知道他就是庭颂酒店的老板，以前上大学的时候都不知道他家里是干什么的。"

蒋燃不咸不淡地应付："是吗？"

林鲸感觉到不能再顺着这个话题说下去了，但也不知道该往哪里扯，只好说一些无关紧要的事："不过他这个酒店的选址很不好，才开没多久这边就封路了，好像生意还挺受影响的，才决定做餐饮服务。"

蒋燃拿起平板电脑，坐在餐厅里查收邮件，听她有一搭没一搭地说着这些事，过了一会儿才给反应："是不好。"

林鲸轻轻叹息一声，等着他发表一下有见地的看法。

下一秒，她听见他不轻不重地说："小区附近的环境因为他们的酒店变得复杂，晚上住户被吵得没法睡觉。"

林鲸顿了几秒，仔细品着这番话："呃……也没那么夸张吧，你是在对物业提意见吗？"

蒋燃抬眸看向林鲸，依然是听不出情绪的口吻："我提了意见，你们改吗？"

林鲸站在廊灯下面，光线将她的五官和骨相照得十分精致，睫毛在下眼皮上投下暗淡的阴影，眼底的情绪再也隐藏不了："不会改的。"

"哦。"他的手指在触屏上快速向上滑动，"我买房子的时候他们可不是这么说的，说保证绝对隐蔽和安静，绝对听取业主的意见和建议。"

林鲸听出他的话里带刺，于是趁机抬杠了一句："去山上买块地自己盖房子吧，比较理想化。"

这话完全没有压制住蒋燃，他倒是若有所思地安静了片刻，提议道："前阵子我去陆京延在阳澄湖边的别墅，用来度假挺不错的，第二期明年春天开盘，去看看？"

林鲸轻轻地跺了一下脚，说了一句："我买不起别墅，谢邀！"

蒋燃放下 iPad，抱着手臂睨她，然后笑得意味深长："我说让你出钱了吗？我给你买，你生什么气？"

林鲸不想管他了，卷起衣袖，去冰箱看还有什么食材可以做饭，还是没忍住咕哝了一句："我没有生气，是你先说话冲的。"

蒋燃站起来走到她身后，手臂绕过她的纤腰，把人往怀里揽，唇贴着她的额角："好吧，是我生气了。"

"我可没惹你。"她微嘟起嘴唇。

蒋燃将下巴搁在她的发心上,轻轻嗅了一下淡淡的洗发水的香气,姜百合的味道,让人很想扑倒。

他无奈地轻扯嘴角:"什么交情,你们需要从午饭时间一直叙到天黑?"

林鲸转过身来,凝视着他的眼睛,表情严肃地说:"谁跟你说从午饭时间聊到现在的?明明下午谈完事都四点多了,人家只是带我在园林里逛了一圈而已,懂?"

蒋燃后退一步,点头:"懂了。"

林鲸仰头,指尖在他突出的喉结上打着圈地绕了几下:"你是不是吃醋了?"

"没有。"他淡淡地说着,"只是心里有点儿不爽,但这不会影响你和朋友正常交际。"

林鲸看到冰箱里除了一些牛奶和速食面条,再无其他东西,实在没法在家做饭了,便弯了弯眼睛,提议道:"既然你没有吃醋,那要不我们去我同学家的酒店吃饭?他说了我去可以打折。"

"最好不要。"蒋燃捏住她的下巴,迫使她的脸面朝自己,然后狠狠地吻了下去。

一吻结束,两个人才决定开车出去吃饭,回家之前,顺便去商场的负一楼超市买了点儿东西作为明天的早饭。

蒋燃重提了一个话题:赶快找一个帮忙的阿姨。

林鲸问:"你以前不也是没有找吗?怎么办的?"

蒋燃:"结婚了两个人都不着家,哪有家的样子?"

林鲸心想:只是你不着家而已。不过她是想找阿姨的,但是被一些事情耽误了,就不了了之:"其实我偶尔也可以做一下饭的吧,只是没那么好吃而已。"

蒋燃开着车,说道:"我们有自己的事要做,时间宝贵,你的工作没我这么忙,但我也不想把你困在厨房和一些家务上,会消磨意志,这些事情还是找专业的人做吧。"

林鲸听完这话深有感触,一方面觉得他说得很对,另一方面又觉得这话过于刻薄了。

难道全职主妇也是在浪费时间、消磨意志吗?

这个疑问持续到晚上,两个人洗完澡回到床上。

蒋燃这些天不是没回来就是回来倒床就睡,很久没和她在床笫间厮磨了，碰到她的身体难免有些激动，没注意照顾她的感受。

林鲸一开始进入状态慢，也有点儿急，总找不到和谐的节奏。蒋燃就把她乱抓的手摁下去，过了好久之后林鲸感觉手都要废了，不纯洁了，才堪堪把他伺候好。

蒋燃抽了张湿巾给她清理手指，嗓音喑哑，带着事后的暧昧感，还有心情逗她："这么着急干什么？"

林鲸受不住他这个声音，跟变了个人似的。她把被子往身上一裹，连忙说："我想快点儿睡觉。"

蒋燃把她拢到自己的羽翼之下，耐心诱哄："再一次好吗？慢慢来。"

林鲸抬起眼皮，眯着眼瞧他："你还有精力吗？"

蒋燃将手穿到她的后面，一下下地抚摸着她光滑的后背，说了句挺流氓的话："夫妻不就是相互付出的吗？"

林鲸气急踹了他一下，就被牢牢摁住小腿，警告道："孩子还没生，往哪儿踢呢？"

说完，他从枕下拿来东西，放在她的嘴边，声音轻柔地命令："咬开。"

事后林鲸照常有一段时间昏厥了过去，只持续了几分钟就醒过来了，是被蒋燃的手指的力度给揉捏醒的。

她翻了个身，想到吃饭的时候留下的心结："你觉得我们这样是长久之计吗？以后有了小孩子，我在家庭和事业之间肯定好难平衡的。"

蒋燃贴了贴她的后脑处的发丝："为什么你有了孩子就难以平衡？孩子是你一个人的吗？"

林鲸"哼"了一声："一般有了孩子之后，多是女人牺牲时间和精力的，男人嘛，也就为了爽的这几分钟出点儿力气，还有一点儿钱？"

蒋燃说："你这么说，是看不起谁？"

林鲸："无论如何这是事实呀，在生理这件事上，男女本来就没有公平可言。"

这一点蒋燃是赞同的："我没法帮你生孩子还有每月帮你承受痛经的苦，这是生理结构决定的，我也无辜。但是在照顾小孩和教育的事上面，我应该帮得上忙吧。"

"听听，你说的是帮忙，是帮我的忙吗？"林鲸嘴角带着戏谑的笑意，似是找准了机会反击他。

"别咬文嚼字了。"蒋燃轻轻吁气，"总而言之，生孩子、养孩子是两个人的事，我不会全让你一个人负担，所以你不必现在就有心理负担。我们不还是在计划阶段吗？每次都是做防御措施的。"

林鲸也淡淡地吁了一口气："今天只是忽然有了点儿感悟，如果我以后有了小孩，很大可能会被迫丢下工作，专心照顾小孩一段时间，做一点儿对你来说没有什么意义又消耗意志力的事情。"

蒋燃疑惑："我什么时候说这没意义？"

林鲸气他忘性大，戳了戳他的胸口："你回来的路上刚说的，这才几个小时？"

蒋燃想起来了，略思考之后解释："我的意思是，如果你本身不喜欢做家务，这些事就是消耗意志力的；但不妨碍有的人本身就热爱烹饪，这当然是有意义的。我们结婚这么长时间以来，显然你的梦想不是做一个厨师，也不是做一个贤妻良母。"

林鲸好好为自己包裹的外衣就这样被他撕破了，她想自己还算一个很好的生活伴侣吧？

"那躺平呢？我有的时候就想躺平。"她眼睛睁得圆而亮，充满期待地看着他的反应。

一个标准的小说男主角这时候绝对会说："我养你，你想怎么样都可以。"

但显然，蒋燃不是。

他很认真地跟她说："偶尔休息一阵是可以的，但最好不要一直躺平。有句话叫坠欢莫拾，酒痕在衣。堕落一时获得的快乐太短暂，副作用极大。我还是希望你可以积极做自己感兴趣的工作，在工作中获取成就感和快乐。当然，你也要扩展交际关系，有自己的圈子，我不会限制你的交友情况，每一组感情的互相投放，都是不可取代的，你的人生中最珍贵的东西，我用钱给你买不来。"

林鲸好像能明白他的心意，又好像不是很明白；上位者的思维的确与普通打工人的想法天差地别，听着就累。

但她的确又感觉到付出辛苦努力的人生，一般是比较精彩的。他的格局的确比她的大，她在结婚之前，愿望的尽头只是实现暴富的目标！

林鲸第二天起晚了，脑袋有一阵发蒙。

被子里空荡荡的，她什么也没穿，光裸的皮肤在被褥里滑得像一尾鱼。她昨晚做完的时候本来准备去洗澡的，被蒋燃拎着教育了一堆人生大道理，最后累得直接睡着了。

蒋燃已经不在床上。他周六会早点儿起来，跟陪练小哥哥打网球。她找到内裤捡起穿上，一站起来就明显感觉到两腿酸胀，几乎站不稳，真的是……

林鲸洗完澡，穿好衣服就去了办公室。

今天周经理不在，她坐在位子上一边咬三明治一边回复消息，脸都快贴到手机上了。

赵姐用笔敲了敲隔板，问道："怎么回事，住这么近还迟到？"

林鲸耸了耸肩膀："睡过头了，没听见闹钟响。"

赵敏捂着嘴偷笑，指了指她的脖下的一小片皮肤："快遮一遮，昨晚和老公的战况挺激烈啊？"

林鲸怔了怔，顿时感觉大事不好，从抽屉里拿出一个气垫照了照，衬衣领口下竟然有个硬币大小的浅紫色痕迹……她皱着脸问赵姐："我刚才一路过来，人多吗？"

赵姐笑了笑："问谁哪，我哪里知道你碰到了什么人？"

林鲸欲哭无泪，试图用粉底遮了一下，发现粉底根本不遮瑕，还会蹭到白色的衬衫衣领上去，会显得脏的。

赵姐叹息："你们小年轻体力真好。"

林鲸想不通蒋燃是怎么回事，怎么跟喝醉了一样一点儿都不注意，仿佛土匪掠夺家财，寸土不留。

赵姐捧着下巴，欣赏着她慌乱又甜蜜的烦恼，然后递给她一个卡通创可贴："用这个贴一下吧，有用。"

林鲸说："这不是此地无银三百两吗？"

赵姐看看她，说了句挺直白的话："这东西就像衣服，你穿了人家也知道你有三角地带，你不穿人家看见你的三角地带，你选哪个？"

林鲸："……"

她最终还是选择贴上创可贴，等晚上再找蒋燃算账。

下午，庭颂酒店的餐厅经理送来一份清单，是专门为溪平院业主制定的菜单。

其实，老一点儿的物业管家也不是第一次做这种相关工作了，很了解业主的需求。

大家讨论之后提了一点意见，还是希望做一些家常、方便的菜，然后本地菜系多一些，销量会好，也正好方便了业主。

溪平院的业主如果想打牙祭、猎个奇，就不会在家叫外卖了，还叫个上千块钱都吃不饱的外卖。

他们修改了菜单之后，重新发给对方，林鲸通过微信文字和对方聊天，都能感觉到对方的不屑和不服态度，这一点令她有些意外。

"我们是专业做餐饮的好吧？而且你重新提交的菜单基本上不是我们的主打菜，会降低餐厅的格调。你们物业不要以自己的消费水准给业主做主，不要低估他们的消费水平，好吗？"

对方这是骂他们是井底之蛙？

林鲸回复："这是我们资深物业工作人员提出的意见，宗旨是服务业主，顺带可以互帮互利，你们可以采纳，也可以不采纳。"

"你什么意思？质疑还是威胁？"

林鲸就不再回复了，按灭了手机。

本来嘛，这件事对他们也不是必要性的，公司都没有指标。

到了傍晚，估计是那边的餐厅经理没能交差，又联系了林鲸："请问菜单确定了吗？"

林鲸："我两个小时前就把确定的菜单发给你了。"

对方无语："OK。"

看对方的口吻，估计又是不屑，林鲸继续去忙自己的事了。

快下班的时候，她又接到酒店方的电话，但打电话的不是那个餐厅经理，而是另外一个人，对方诚挚地跟她道了歉，表示之前考虑不周，业主的需求还是他们比较了解一些。

最后，那个工作人员又问她可不可以加一下班，他现在就过来和他们一起把餐单调整出来。

第六章
丈夫的期待

　　林鲸给对方回复了一个"OK"之后,又告诉蒋燃自己今晚要加班,让他不要等自己吃饭了。

　　交代完,她坐在椅子上微微苦闷。

　　因为对方不配合工作导致自己加班,林鲸十分不服气也意难平。和她一起负责这件事的是赵姐和另外一个女同事,两个人也埋怨了两句。

　　赵姐开始点外卖,顺便把手机递给林鲸:"你看一下吃什么,反正晚餐公司报销。"

　　林鲸点了一份粉丝汤。

　　过后蒋燃给她回复了两个字:"好的。"

　　结果在三个人的外卖来了,然后晚饭都被解决掉之后,庭颂酒店那边的工作人员还没来,时间已经接近七点,林鲸便发消息过去问他们何时能到。

　　对方态度满分地说:"马上就去,稍等一下,辛苦美女们了。"

　　结果他们只是态度满分,工作效率创历史新低。等到八点酒店的人才来,一男一女进门,笑意盈盈地嘴上说着抱歉,待过后赵姐套出话来才知道他们在酒店上的是夜班,晚上六点到早上六点,因此并不在乎现在时间有多晚,就耗着呗。

　　林鲸拉出椅子开始开会,眼皮都不想抬一下了。

　　之后的进程不算顺利,两个工作单位各有目的,物业这边的人不想坑业主,坏自己的招牌,而酒店那边的工作人员是尽可能提高销售任务,难免争辩上头,再互相妥协。

双方工作效率低,浪费不少时间。

林鲸对做这种于自身绩效毫无助益的工作已经精疲力竭,而对方好像也是被领导押着过来工作的,也有些怨气。

十点半的时候,赵姐有点儿撑不住地脑袋磕桌子,哈欠一个接着一个地打。

林鲸起身去倒水的时候,接到了蒋燃的电话:"什么时候结束?"

他是等得有些不耐烦了,语气懒洋洋的。而林鲸早已经想撂挑子了,感到极度不平衡,说话又冲又委屈:"我怎么知道?!"

蒋燃被她喊得安静了几秒,然后说:"好吧,不打扰你了,工作结束给我打电话。"

林鲸愧疚又心虚,挂上电话后搓了搓酸涩的眼皮,泣声就要从嘴角漏出,只是在为自己不稳定的脾气感到懊恼。

但她也只能赶紧整理情绪,回去继续工作。

过后蒋燃也就没有再打电话或者发微信来。

晚一点儿的时候,钟渝纡尊降贵地露了个面。

他在他们的办公室里闲闲散散地兜了一圈,然后又坐下打游戏,等一把游戏结束之后,他不咸不淡地客气了两句,说有事要忙先走了。

他把老板的姿态做得很足,以为员工看到老板的那张脸就能得到激励,典型的上位者心理。

林鲸不合时宜地想,其实蒋燃也是这样的人,一个电话就能决定员工本该有的假期如何度过,还有昨晚他那一席话,都在说人生应该努力工作。

他们永远看不到,基层岗位上的人辛苦付出,并不会得到相应的回报,只是把人当成眼前拴着胡萝卜的驴子而已。想到这里,她心房某处的极端因子又在隐隐躁动了。

因为赵姐和另一个女同事回家比较远,林鲸只好让她们先回去,也只有同等级的人才能互相体谅。

等到所有工作都结束时已经是深夜一点多了,酒店的两个人一脸倦意地离开。

林鲸听到屋外晃动的树叶声音,透过窗户,看到隔壁楼走廊上有一串孤单的灯光,但无人影走动。

她心情微崩，趴在桌上，一滴豆大的泪珠顺着内眼角往下掉，滑到了鼻梁上。

每一个女生都想经济独立，精神独立，好好生活，可是生存的确好难哪，一晚上加班的挫败感足以把人打倒。

她沮丧了一会儿，才走出办公室。

院子里的石桌边上坐着一个人，蒋燃正凝视着手机，听到动静后站了起来，喊她："鲸鲸。"

他嘴角含着笑意，表情一贯和风细雨，看上去并没有计较几个小时前她的坏脾气。

林鲸的心跳猛地快了几下，她走下台阶："你怎么来了？不睡觉第二天不用上班的吗？"

蒋燃伸手把她揽进怀里："你这么晚不回家，我睡得着？"

林鲸感觉鼻头发酸，小心地低头揉了揉："什么时候来的啊，怎么不跟我讲？"

"十点多，听你在电话里声音不对。"蒋燃轻轻拍她的后背，像哄小孩子那样，"怕打扰你工作就没进去，事情都做完了吗？"

林鲸松开环住他的手臂，别扭地将头往别处转，本想轻描淡写地将这事翻篇，却不想因为他的话，涌入更多委屈情绪，便梗着脖子胡乱说了一句："做完了。冷不冷？你在家里等好了，这点儿路还要来接。"

蒋燃不以为意："这点儿路也是夜路，我想，在这里等比在家里等会让你感觉好点儿。"

林鲸好一会儿没说话。她知道，如果从办公室到家的这一段路，她现在一个人走回去，肯定会比现在难过。

"我饿了，不知道家里还有什么吃的东西？"

蒋燃看着她："咱们家有什么东西你不知道吗？除了零食。"

"那怎么办？去门口的那个全家买一杯泡面吧。"

蒋燃想了想问："你只想吃泡面？"

"那也没别的吃的东西，去找餐厅还要等，我人都没了。"她终于笑了笑。

蒋燃问她："燕家巷旁边有个大排档，这个点应该还在营业，想去吗？"

林鲸闻言眼睛都亮了，两手捧成一个合起来的拳头，抵着下巴，像是作揖或祷告："可以吗？"

"有什么不可以的？"蒋燃揉了揉她的头发，"只此一次，偶尔打个牙祭是可以的，多了不行。"

"嗯。"

于是，两个人半夜开车去了老城区。

两个人下了车，老街区这个点还人声鼎沸，蓝色的塑料棚子都快撑不住喧嚣气氛了，挺晚下夜班的工人挤在一起喝酒唠嗑。

美食广场的四面是一家家门面很小的店铺，林鲸走在蒋燃前面，在背后牵着他的手，去找她熟悉的那家烧烤摊。

蒋燃虽然穿着休闲，但这矜贵的气质和长相与油腻腻的大排档格格不入，尤其是店门口的大炒锅被老板掂出了火苗，火苗几乎冲到了人身上。

蒋燃把林鲸往自己身边拽了拽，让她避开奔跑的外卖员，看上去有点儿后悔。

林鲸张望了一下周边的环境，问："你是不是不习惯在这里吃饭？"

蒋燃说："我在这里吃夜宵的时候，你大概在写暑假作业？"

"哼！"

林鲸找不到印象里的那家烧烤摊，便在最边缘的一家老头老太太的面店里点了一份炒面，津津有味地吃了起来。

他们只点了一份，林鲸问："你不吃吗？"

蒋燃给她把水打开："你先吃吧。"

好吧，林鲸"呼啦啦"地吃了几口，这面条实在太筋道了，肉给得实在，关键是还便宜，一大碗牛肉面才二十块钱。

她吃了几口面就饱了，故意挑了一筷子给蒋燃："真的很好吃。"

蒋燃就着她的筷子也吃了一口面："的确。"

林鲸惊讶："我只是给你看看，这是我吃过的。"

蒋燃拿过筷子，继续吃了起来，说："本来不饿，看你吃这么香就饿了。"

"……"

林鲸跑去找老板付钱，回来的时候蒋燃已经吃完了，正在喝水。

"回家吧，明天还要上班呢。"女孩子的情绪来得快去得也快，她本来沮丧得觉得人生没有意义，因为一碗牛肉面就被治愈了。

走去车上的时候，林鲸主动说："我晚上迁怒你，对不起。只是今天忙了，事情好多又被拖着加班，领导把任务派下来就甩手走人了，我就很不爽。"

蒋燃一时没说话。

林鲸承认自己有阴暗的一面:"你们在高处的人,永远都看不到基层岗位工作人员的艰辛程度,只有嘴上说得好听。但是今天晚上看到你这么晚还在等我,我又觉得你和他们不一样。"

他们沿着老城区这条坑坑洼洼的路慢慢向前走着,就如平常饭后散步。林鲸差点儿踩进水坑里,蒋燃拉了她一把,她一不小心撞到了他身上。

两个人就这样也没分开,牵手改为他的手臂揽着她的肩膀,像生活在一起几十年的老夫老妻,晃晃悠悠地踱着步。

斟酌了一会儿,蒋燃开口:"我承认之前过于理想,人都有七情六欲,更有惰性,你已经做得很好了。是我对你的内心世界没有足够了解,说一些自以为对你好的话,却没能与你共情,了解你的处境。"

"我和别人不同是因为我是你的丈夫,对你的诉求不是业绩指标,而是希望你本身能更好,身体健康,工作和生活都开心。我很高兴你能对我说心里话,及时沟通就是好的开始,有矛盾也不怕,以后我们会更好的。你觉得呢?"

林鲸的眼眶又发热了,她发现自己应对不上蒋燃说的这些话,心里却是极度认同的,只好重重地点了一下头:"嗯。"

两个人一路磨磨蹭蹭,回到家时已经三点多了。

林鲸念着明早七点半就得起床,撑着困顿的眼皮,赶紧跑去浴室洗澡,念了好几句"来不及了,来不及了"。

蒋燃建议:"要不明天请半天假,好好在家睡觉?"

林鲸纠结:"这不好吧?"

蒋燃:"没什么不好的,毕竟你今晚加班这么长时间。领导和员工是双向选择,你的诉求只要不过分,就及时提出来,领导不会主动体恤你。"

林鲸已经脱了衣服,身上被打湿了:"好吧,你现在帮我给周经理发条微信,他明早起床就能看到了。"

"嗯。"

蒋燃刚把手机放下,手机就又响了,是一个没有备注的头像打来的语音电话。蒋燃将手机拿给林鲸看,是钟渝打来的。

不知道他这个点打电话来干什么,为了自己更坦荡一些,她说:"是庭颂的老板,你帮我接吧。"

蒋燃走出去,接通电话后钟渝的声音传来。

"林鲸，不好意思这么晚打扰你，现在工作都忙完了吧？辛苦了，要不我明天请你吃饭当感谢？"

这边没人出声。

钟渝以为信号不行："听得见吗？"

蒋燃轻描淡写地说："她已经休息了。"

电话那头的钟渝静止呼吸片刻，男人接的电话，傻子都知道这是什么情况。他匆匆道了一句"打扰了"，然后挂上了电话。

蒋燃微讽地笑了一下，然后把手机给林鲸放在床头柜上充电，等她洗完澡回来，她才想起来问他："他说什么啊？"

蒋燃坐在床头看书，面无表情地回答："约你明天吃饭。"

林鲸疑惑，把手指上的钻戒拿下来用纸巾擦干内侧的水，重新戴上，说道："奇怪，他这个时间打电话给我干什么？"

蒋燃重复了一遍："约你吃饭。"

林鲸爬到床上去，两条小腿向后，小鸭子一样端坐在被褥上，盯着蒋燃："我知道是约吃饭，我问的就是他为什么这个点约我？"

蒋燃把书倒扣在床头柜上，翻身躺下，还是不紧不慢地回答："你明天问问就知道了，睡觉吧。"

林鲸看他绷着表情，极力克制着，但又像随时克制不住了似的，便往他身上扑去："我觉得你生气了。"

蒋燃闭上眼睛："你觉得是就是。"

林鲸继续挠挠他的下巴、喉结，忍不住拿嘴唇去蹭蹭。男人的下巴并不像女孩子的下巴那么柔软细腻，坚硬利落的线条，略微带着胡楂，非常性感。

她又玩了一会儿，蒋燃忍无可忍，把她拖进被子里，掀起她的睡裙对着屁股拍了一下。

非常酥麻的痛感只维持三秒就消失了，接着是热热的感觉，林鲸轻轻地尖叫了一声，说："我是小宝宝吗？你打我那儿？"

蒋燃问她："不然还能打哪儿？"

林鲸看他这个反应，笃定地说道："承认吧，你就是生气了。"

蒋燃说："现在是夜里三点，他不知道夫妻俩要睡觉的吗？"

林鲸看他这个表情，觉得幼稚又可爱："蒋老师，你在说什么？"

蒋燃坦然地承认："没生气，但有点儿吃醋。"

林鲸觉得蒋燃不会拿自己怎么样，起了点儿逗弄他的心思："我长得也不差吧，引起别人的好感是很正常的事呀，难道你们公司没有女同事稍稍对你表达一下青睐和暧昧的想法吗？"

蒋燃说："没有。"

林鲸不信，捧着他这张俊朗的脸："真的吗？我不信。"

蒋燃："他们不敢。"

"……"

"可以睡觉了吗？快四点了，再不睡就别睡了。"

林鲸赶紧翻下身来："睡，睡，睡。"

这一觉睡到上午十点多，林鲸都没来得及看周经理有没有同意她请假。

蒋燃跑步回来，给她买了早餐。

林鲸坐在餐桌边吃着黑麦三明治、煎蛋还有果蔬汁，非常西式的早餐。她眼巴巴地看着蒋燃："怎么不给我带粥？"

蒋燃站在餐桌前，一边收纳耳机一边说："有的吃就不错了。"

林鲸塞着面包，两腮鼓起地咕哝道："你在学我说话。"

蒋燃揉了揉她的脑袋："粥没有什么营养，也不养胃，早餐还是讲究一些吧。"

说完，他回卧室洗澡了。

林鲸吃好了，穿上了工作服，蒋燃也换好了衣服出来。

"你今天做什么？"她问。

蒋燃说："下午找人谈点儿事，四点半回来接你去爸妈家吃饭。"

林鲸："我怎么不知道要去吃饭哪？"

蒋燃说："他们打你的电话你没接，就打到我这里来了。"

蒋燃进书房工作，林鲸把东西收进厨房，感觉有点儿汗颜，她一个小管家比集团老总还要忙。

午饭后，林鲸去了办公室。

昨晚和她一起加班的女同事也顶着一双熊猫眼，坐在椅子上捶腿扩胸的，一副身子骨即将散架的模样。林鲸睡了懒觉，状态比她们好一点儿，但也不是特别有精神。

倒是周经理，哼着跑掉的歌，晃着车钥匙，美滋滋地进了门，看见几个人说道："对了，今天酒店的人还要过来开个会，什么卫生许可啊，供餐折扣啊，程序啊之类的问题，大家记得谈清楚。"

· 217 ·

赵姐问道:"周经理,我们都忙成狗了,有奖金吗?"

周经理推托:"才做这么点儿事就要奖金哪,怎么一点儿格局都没有?"

赵姐翻了个白眼:"你赚得盆满钵满的,我什么都没有,白给你加班哪?你自己谈吧。"

周经理在赵姐这种撒泼和撂挑子的事情上,是招惹不起的,赶紧说:"行吧,行吧,我到时候私人发奖金给你们行了吧?下午奶茶也报销!"

"这还差不多。"赵姐终于罢休,转头又问林鲸:"鲸鲸,你昨晚几点回去的?"

林鲸说:"一点多。"

赵姐:"辛苦了,比不上年轻人的体力咯。"

林鲸比较好奇的是:"为什么你跟周经理那么说话啊?他还愿意私人出奖金?"

赵姐警惕地瞥了瞥门口的方向,然后脑袋凑过来跟林鲸说:"傻孩子,跟你说吧,你以为老周这种懒骨头接这活儿是被领导逼的吗?放屁,还不是因为庭颂酒店那边给了他一笔好处费,他拿钱办事而已。"

林鲸恍然大悟,不由得张了一下嘴巴:"他敢私自收钱?"

赵姐:"有什么不敢的?整个物业体系里就数他最会捞钱了,还有进我们小区做广告的什么买菜 APP(应用程序)、外卖 APP,全是另给了他一笔好处费,他才肯配合工作的。"

林鲸到今天才算开了眼界,周经理不是一直靠着姐夫在市场部撑腰才在这里混日子的吗?

"公司不会发现这种事吗?"

赵姐跟神一样,说道:"妹妹,集团吃饱了没事干来管这种事?每次都是现金往来,他几百几千地拿,不影响公司利益,也不构成犯罪。"

林鲸喝了口水给自己压压惊,回忆起今年到年底有多少品牌来这个小区做推广活动……积少成多,这钱得数到手抽筋吧?怪不得老爸跟她说,周经理这个人是有两把刷子的,别把他当二百五来看。

如此看来,就这么一间小小的物业办公室,竟然复杂得像江湖一样。

每个人都有自己独特的生存之道,谁也别看不起谁。

赵姐拍了拍她的肩膀,劝道:"所以下次你别傻乎乎地什么事都帮他做,哪怕他在顶头上司那边给你美言几句助你升职,但好处肯定是他拿得最多。"

林鲸实话说道:"听见你这么说,下午的活儿我忽然不想干了。"

赵姐:"干还是要干的,毕竟这是集团的任务,不过姐带你好好坑他一把!"

林鲸忍不住笑了笑。

果然到了下午,赵姐就联合办公室的同事点咖啡和蛋糕,直接点了七八百块钱的东西。周经理嘴上说着"我要被小赵坑死了",一边心疼着,一边笑。

赵姐对林鲸眨了一下眼睛:"看他这个表情他拿的钱应该挺多,还没吐血嘛,明天接着坑。"

林鲸:"……"

这时,庭颂酒店的工作人员来了,还是昨天晚上那两个人,另加了一个类似于财务打扮的女人,三个人走出了浩浩荡荡、趾高气扬的气势。

"今天就把所有的事情谈妥,明天开始对小区开放点餐小程序。"

赵姐看了看周经理,笑得阴阳怪气:"行啊,就是不知道今天能不能沟通完,你说呢,老周?"

林鲸低着头看文件,补充了一句:"对了,我今晚要回我妈家吃饭,晚上就不加班了。"

周经理无语至极:"快点儿吧,我给你们发奖金。"

有了钱,今天赵姐的办事速度变得飞快起来,理解能力也突飞猛进,脑子都清晰了不少,对方提出一个问题,立马给出好几个解决方案。

林鲸用奇怪的眼神看向她,赵姐笑着凑到她的耳朵边上:"酒店派来的这俩年轻人跟二傻子似的,只会装,问的狗屁问题一点儿都不专业,都是姐姐我玩剩下的,真不怎么样嘛。"

最后,林鲸告知他们,把他们的点餐按钮放在物业微服务里面,也会在业主群推广小程序。

对方一开始就把姿态摆得挺高,原因无他,不过是自认为格调高,多是在管理岗或者行政岗,而对面这些工作人员是在服务岗位而已。

但是今天看到她们如此专业,谈判起来又很犀利,三个人不免暗暗有些意外和惊讶,结束了也没走,坐着随便聊了聊,新来的小姑娘趁机说:"我们小老板谢谢大家,想请你们去我们酒店吃饭。"

说完她看向林鲸。

但林鲸已经在看手机了,蒋燃给她发微信说已经在回来的路上了,问她下班没有。

林鲸:"快了,你直接来我的办公室吧。"

蒋燃:"好。"

赵姐哼笑着说:"谢谢你们小老板了,吃饭就不用了。"

小姑娘不理解她们的"不识好歹"行为,说道:"这是表达一点儿谢意而已,他亲自过来请你们也不去吗?"

林鲸抬头看向对方:"谢谢你的好意,不过我们都挺累的了。"

赵姐觉得林鲸说得太客气:"小姑娘,你们老板亲自来我们就得去啊?他又不是我们的老板,好笑。"

小姑娘说不过赵姐,十分天真地奉承着职场的那一套"上尊下卑"原则,对钟渝这种长得帅还有钱的年轻领导有着无限的迷恋之情。

她今天只是奉命行事而已,说半天说不过就被说怒了,不由得为自己辩解两句:"你不是我们老板的大学同学吗?他长得帅,人又好,迷妹很多的,帅哥请吃饭哪!"

她这话里颇有"你们不要不识抬举"的意思。

林鲸放下手机,十分无语,用右手指了指自己左手无名指上的戒指,戏谑地说道:"我结婚了,和你们又帅又好的老板吃饭不合适吧?"

小姑娘:"……"

赵姐收拾着东西,哈哈大笑起来:"妹妹你太年轻了,是没见过什么好男人吗?你这位姐姐的老公是外企老总,年薪超过你们整个酒店一年的创收,人长得又高又帅又温柔。至于你们钟小帅哥嘛,除了脸长得好点儿,我真没看出什么闪光点,你觉得和钟小帅哥吃饭对她的吸引力大吗?没事就去见见世面吧,别蹲在那两亩三分地里还挺乐和……大家都是服务岗,还给你们玩出优越感来了。"

小姑娘:"……"

林鲸这种低调的人,也被赵姐的话弄得有点儿尴尬了。

说完,赵姐和林鲸相继站起来,走出了会议室。

两个人刚一开门,就看见钟渝站在外头,人还是正常的,就是表情耐人寻味。

赵姐反正是一脸大无畏的表情,她一个中年女人怕谁?

林鲸对钟渝笑了笑,紧随赵姐去了自己的办公室。

"刚谈完合作,你也不怕把人说怒了,回头人家找你的麻烦。"

220

赵姐把自己摘干净了:"要找对方也是找老周的麻烦好吧,他收了钱,我们又没收钱,关我们什么事?我的服务对象又不是这些人。"

林鲸"啪啪"地拍手。

赵姐是"表演型人格",还想吹两句牛,林鲸的电话就响了,蒋燃已经在外面了。

她麻溜儿地收拾好东西:"我那个有钱又帅又温柔的老公来了,我先走啦。"

赵姐:"滚吧,滚吧。"

林鲸换了衣服,拎着包出来。

钟渝还在会议室里不知道跟他的员工说什么,脸色差到能砍人,林鲸出来的时候他正好也出来,见林鲸急匆匆地跑出去,便跟了上去。

他刚出门,就碰上林鲸和一个男的都牵上手了。他欲言又止,眼里闪过一丝错愕和不爽之色。

蒋燃注意到他,似是有点儿故意,捏了捏林鲸的手对她说:"那是你的同事吗?他好像有话对你说。"

林鲸疑惑地扭了一下头。

钟渝僵持了片刻,走了过来。

林鲸问:"有事吗?"

钟渝能有什么事?他不过是想解释一两句,但是目光又不自觉地被林鲸身边的男人吸引过去,男人做作的比较心理让他忍不住暗自打量起对方,这人就真如所说的那么优秀?

林鲸圆圆的眼睛还疑惑地看着他,钟渝只好说:"哦,也没事,这就是你的老公吗?"

林鲸心说:不然呢?难道我还能牵别人的老公?

不过她觉得钟渝这人说话办事总是过于直接,家庭条件给了他很多自信和坦然,让他在社会人面前显得呆和天真了些。

蒋燃将手插在兜里,一副悠闲的样子,事不关己地扫了一眼眼前的男生。林鲸靠他很近,几乎能听到他一声轻轻的鼻音"呵"。

"对。"她给对方做介绍:"这是庭颂的老板,钟渝,我们大学是一个班的。"

钟渝再次看向蒋燃,眼神慢慢恢复清明状态。钟渝打量到眼前这个男人比他高,肩膀也比他宽阔许多,眼神冷厉,气势压人,但是也发现自己有一个很大的优点,就是年轻。

他略颔首。

蒋燃也点了一下头,像面见普通客户那样,从容地伸手:"你好。"

林鲸手里捏着包包,看着两边的两座"高山",竟有些无所适从。

蒋燃略一思考,社交逻辑异常流畅,问道:"庭颂是你的?做得很不错,久仰。"

"哪里。"钟渝不知怎的有了一丝局促感,如果接了这句吹捧的话就太心虚了,于是后面短了半分气地解释,"我家里的产业,我才开始接手管理。"

蒋燃已经收敛眼中的锋芒,嘴角轻挑,笑得和风细雨:"那也年轻有为。"

"没有,没有。"钟渝尬笑了一下,后面再无气势可言。

林鲸偷偷瞄着蒋燃,任谁都知道庭颂是连锁酒店,钟渝这个年岁像是能创办出这么一家企业的人吗?

蒋燃是故意的吧?

她往前挪了一步,隔断两个男人,对钟渝说:"约好了今晚和我爸妈吃饭,谢谢你的邀请,下次有机会吧。"

"这样啊。"钟渝淡淡地说,面对林鲸,他的姿势很是轻松自如,对里面喊了一声:"小莫,把东西拿过来。"

刚刚的那个小姑娘立马跑过来,手里拎着一个纸袋子,外包装是园林的水墨画,十分精致秀雅。

"这是我们酒店点心师傅做的糕点,送给叔叔阿姨,当我的一番心意。"

林鲸赶紧上前:"不用了吧。"

她心说:我的爸爸妈妈都不知道你是谁,你也送不着这礼物啊。

钟渝坚持:"别客气,是我送给叔叔阿姨的,收着吧。"

蒋燃的电话响了,他去旁边接听。

林鲸觉得在这里推辞不好看,只好讷讷地接过来:"谢谢。"

钟渝见她收下东西,重展笑颜,帅气地说:"说了,不用客气。"

趴在窗户里面看的赵姐和张妍啧啧称奇:"这就是美女的世界吗?结婚了还不乏谄媚者?"

赵姐叹息:"这个钟小帅哥怎么回事?不是没眼力见儿就是'茶',人家省亲他送礼好搞笑,我敢说不到半路这玩意儿就被鲸鲸的老公扔了。"

林鲸拎着东西走出院子，蒋燃也结束了电话，目光轻扫过她手里的纸袋子，然后走到外面停车的地方。

车上，林鲸把纸袋子放在脚边，轻声问蒋燃："你觉得我这个同学怎么样？"

蒋燃侧目看了她一眼："你也背后议论别人？"

林鲸有意缓和气氛，笑得宛如一株嫩生生的小雏菊，拳头撑着下巴，一副等着听戏的模样："你就说说嘛，又不讲坏话。"

蒋燃将手搭在方向盘下侧，静静地看着路面，很放松的坐姿，给了一句评价："一个稚嫩的小朋友。"

林鲸惊讶地微微睁眼："他和我同岁的啊。"

蒋燃顺带把她也给挤对了："你也是小孩，成熟不到哪里去。"

林鲸本来侧身看向他的，闻言把身体坐直了，不小心踢到了那个纸袋子，发出轻微的声音来。

蒋燃垂眸睨着她的动作，又轻轻"呵"了一声，说："人不坏，就是小心思多了些。酒店经营到这般田地，开店前选址，对政策、规划都不了解清楚，他不是活在梦里是什么？"

听他评价得如此犀利，林鲸的心也跟着凉了凉，这话像是拳头打在自己身上。

然后她又弯了弯嘴角，说道："我还以为你吃醋了，原来没把小孩放在眼里。"

蒋燃："这系列操作，不就引起我的注意了吗？"

林鲸说："我就知道你刚刚说的那些话是故意的，刺激人哪蒋老师。"

蒋燃把车窗打开，任一丝凉风吹散脸上的热气，散漫地说道："偶尔来点儿小意外有助于增加夫妻感情，但别过分。"

林鲸注意到他开的方向不对："不是回家吗？还要去干什么？"

蒋燃："买点儿水果带回去。"

林鲸捡起那个礼盒，有点儿挑事地说："喏，这不就有礼物了，还买什么水果？"

蒋燃瞟她，懒得说了："说你糊弄学大师你还不承认，这叫礼物？"

林鲸："这不叫礼物那什么叫？"

其实蒋燃不是单纯去买水果的，而是之前订购了一套渔具，今天正好到货。

商场旁边有个日本超市，林鲸一个人逛着选了点儿水果出来，看见蒋燃手里的东西,好奇地问道:"这是什么?"

蒋燃说:"送给爸的渔具。"

林鲸摸了摸包装,非常专业的样子,还是全英文的,忍不住问:"看上去好高级,很贵吗?"

蒋燃:"送礼物不在于贵不贵,重要的是投其所好,总比你爸有糖尿病还给他吃甜点好。"

林鲸心虚,招了他一把:"你好记仇啊!"

最后林鲸还是把那盒糕点拿回家了,只说是合作的酒店送的,妈妈对着包装研究了一会儿,遗憾地说:"看着挺高端的,不过我和你爸爸都不能吃,明天你小姨来家里,让她拿走吧。"

说完,她毫不留恋地把盒子塞到了餐边柜里。

蒋燃和林鲸对视一眼,然后笑得意味深长,他总算知道她这"借花献佛"的好习惯来自谁了。

老爸倒是拿着蒋燃送给他的钓竿,小心翼翼地拆了包装,蒋燃教他怎么用后,老同志就爱不释手,惊呼了好几遍"不错不错!"恨不得现在就拎着桶出去垂钓,被老妈瞪了两眼才罢休。

"这个比我之前随便买的好多了,专业的就是不一样啊。"

施季玲直指人心:"那你终于可以跟朋友炫耀一下了,这是蒋燃给你买的。"

林海生理所当然地说道:"那肯定是要炫耀的,不然买东西的意义就失去了一半。"

林鲸坐在沙发上吃着葡萄,听爸妈的对话越来越往小市民的方向上走,赶紧喝止:"哎呀,你们俩能去做饭吗?在这里吵架,不怕别人听见了笑你们?"

施季玲:"难道我们还有偶像包袱需要维持吗?"

林海生看时间的确不早了,把钓竿放进储藏室,叮嘱大家别给他乱动,然后去了厨房开始料理晚餐,过了会儿施季玲也进去了。

蒋燃放下手机,坐在林鲸身边:"不去帮忙?"

林鲸说:"我爸妈喜欢两个人一起做饭,可以聊聊天,别人进去反而添乱。不过你放心,待会儿碗是需要我们洗的,分工很明确。"

蒋燃点头,静静地看着厨房的方向,不知道在想什么。

林鲸撕开一颗葡萄的外衣,正准备往自己的嘴巴里塞,蒋燃自然而然地低头,微张嘴,于是林鲸只好让那一粒本该属于她的葡萄进了蒋燃的嘴里。

他的嘴唇微湿而柔软,唇形清晰好看,林鲸不小心手指轻轻碰到,又赶紧拿开。

那股柔意在指尖久久没有散去。

她转移话题:"我爸妈有的时候就是这样,普通人嘛,可能跟你身边的那些社会精英或者姑父那种老教授不一样。"

蒋燃却说:"这样很好,是我理想中的生活。"

林鲸看看他,觉得他这话好假。

吃饭的时候,施季玲才说今天把他们喊回来,是想问问他们今年在哪里过年。

林鲸端着碗,还没什么概念:"可是距离过年还有两个月啊。"

施季玲纠正:"哪有两个月?一月二十号就过年了,只有一个多月而已。"

林鲸说:"那急什么啊?到时候再说呗。"

蒋燃慢条斯理地吃饭,静静地听林鲸说,没急着发表意见。

林海生说:"本来是不想这么早问的,但今年不是你们结婚第一年吗?而且蒋燃家里的情况比较特殊,他爸定居海外,万一要你们过去,我们这边就不准备什么东西了。"他停了停,才又继续说,"你们也可以问问他们是不是要回来。婚礼的时候,两家人也没坐下来好好聊聊,过年可以走动一下。"

林鲸听完爸爸的话,立马就能想到蒋燃爸爸的那些破事。她并不想讲到对方一家子人,头皮一紧,赶紧糊弄:"这么远怎么可能为了过年凑在一起?我们肯定和你们一起过啊。"

林海生用筷子末端敲了敲她的手背:"主要是问蒋燃的意见,你在自说自话什么?"

说完,一家人的目光全都落在蒋燃身上。

他笑了笑,倒是轻描淡写地说:"听鲸鲸的,她做主。"

林鲸松了一口气:"我就说了嘛。"

见父母还是不相信的样子,蒋燃终是开口解释:"过年的行程比较多,机场的客流量也大,不用凑这个日子赶在一起见面。以后应该有机会。"

听他如此说,林海生和施季玲就放心了。他们自然是希望女儿结了婚还和以前一样,不用和他们分离,但是反过来一琢磨,又觉得这事顺利得让人心里发虚。

饭后，本来是蒋燃和林鲸去洗碗的，但是林海生拉着蒋燃修出故障的扫地机器人，他也看不懂复杂的说明书，于是施季玲去厨房帮林鲸。

母女俩又一起站在水池前，见林鲸动作利索地洗着碗筷、擦台面，施季玲觉得欣慰很多，女儿结婚以后果然懂事多了。

但是施季玲想想又觉得很亏，女儿在家没见她这么能干，倒是给别人养了个好老婆出来。

施季玲语气有些酸地问她："你们的家务都是怎么分配的？"

林鲸想也没想地说："其实没什么家务，一般就是一周做两次清洁工作。衣服有洗衣机，衬衫、内衣裤什么的我就手洗了。"

说者无心，施季玲却宛如一个高级 IT 工程师，听得异常仔细，寻找女儿在婚姻生活中吃亏的蛛丝马迹，然后冷了脸。

林鲸意识到她表情不对，赶紧说："蒋燃也会做的，比如帮我整理衣服、做早餐什么的。工作上大家都忙得跟头驴似的，家里真的没那么多事呀。"

施季玲戳了戳她的脑袋："你真是玩不过蒋燃，唉，嫁了老公忘了妈啊。"

林鲸抿着唇笑："跟这个有什么关系，你这话是从别的地方借来的吧？"

施季玲："我说得有错吗？"

林鲸故意逗妈妈："那你怎么不问问我，家里的钱谁管？"

施季玲压根儿就不想问："这还用问吗？你肯定是掌握不了蒋燃的财政大权的，我也不想知道那么多，只要你自己觉得不吃亏就行。别亏待自己，你该买买该花花，别省下钱让别人花了去。"

林鲸狡黠一笑，像一只偷吃成功的小仓鼠："其实家里的固定存款是在我这里的，没想到吧？"

"这点儿事你就满足了？"施季玲默默叹息着，转过身来靠着橱柜，"蒋燃这个人呢，我说不上来他有什么缺点，但是要说对这门亲事特别满意也没有。"

"为什么？"林鲸不理解，"你们当初不是对他很满意吗？"

施季玲说："当时对他满意呀，可是越久越发现，对他背后那一家子人是真心喜欢不起来，无论是他姑姑还是他爸，都跟极品似的，没一个正常的。你们结婚之后我才知道他们一家子人的事，要不是看他是个还不错的孩子，我都怀疑他们是骗婚的。"

林鲸关了水龙头，对妈妈说："你别这么说他，父母恩怨，当时他很小，很多事情不能左右的。"

施季玲由衷地叹息："人就是这样贪心不足。我本来只想有人好好爱你就好了，后面又慢慢想你一直生活在幸福又充满爱意的家庭里，不需要多富贵，就像我和你爸爸给你的家那样。"

林鲸变得沉默。她猜测肯定是妈妈和蒋蔚华接触之后发现了什么事，顿时后背发麻。

她笑着打圆场道："至少他给了我很多人都没有的富足生活啊，我对他的要求不高，你也别那么苛刻了。"

施季玲无奈地说："你就当我是苛刻的中年妇女吧，做父母的难免会吹毛求疵。你爸问你们怎么过年，是想探探蒋燃的父母的底，之前我们没接触过，不知道人怎么样，以免日后你受委屈。结果倒好，你们结婚他家只出个人……"

"你还说你不刻薄……"林鲸刚要反驳，便看见厨房门外闪过一个人影，高高的个子一看就知是谁。

林鲸从小到大严于律己，从不在背后说人坏话，倒不是怕良心责备，而是怕被抓包，却不想这种事竟然发生在自己家的厨房里，对方还是蒋燃。

她真想随着那些洗碗的泡沫一起流进下水道得了。

林鲸还是趁着保有最后一丝镇静，跟妈妈认真地说："他已经在能力范围内对我最好了，他是他，他家是他家。性转一下，如果蒋燃的姑姑因为不喜欢你而殃及我，你是不是要找她吵架？"

施季玲回道："有我在，没有人可以欺负你。"

林鲸说："但是呢，连为蒋燃辩解的人都没有。"

施季玲听了这话后沉默许久，摸了摸她的头发："心疼了？"

林鲸承认："有点儿。"

施季玲似乎被她打动："好吧，我不说了，尽量只往好处看。"

过后，母女俩从厨房里相继走出来的时候，蒋燃正在教林海生设定程序，然后演示给林海生看。

林海生眯了眯眼："还是你靠谱，我念了几次让鲸鲸回来以后把我的扫地机器人程序设定好，她就是不帮我。"

蒋燃说："以后这种事您找我，鲸鲸不一定懂。"

林鲸闻言，从餐桌上拣了颗龙眼朝他砸过去，被看扁智商，她不服。

蒋燃背后像长了只眼睛似的，小圆球在空中形成一个抛物线后，被精准地抓在掌心里，男人走过来将龙眼放回水果盘内，垂着眼看她，眼神危险，似挑衅地说："你不是不懂，很多问题你是懒得想。"

林鲸总觉得这人的话别有用心，心跳快了几下。

之后她又偷偷观察了他几次，倒是没看见他有什么异常表情，他只是专注地陪老爸看电视。

于是林鲸只当这件事就这么过去了。

蒋燃工作和输入新东西的效率都非常高，完全不像是林鲸看的小说里的那种精英做派，干什么事都争分夺秒，生怕自己起晚一分钟就少赚几亿元。

他也偶尔有闲暇的时候，培养爱好，或者赖在床上睡觉，无聊的时候在她的书房里坐在地毯上拼乐高，有时见她在刷剧还会故意去捣乱，引起她的注意。

每当这个时候林鲸就想，蒋燃和她结婚，或许就是为了寻找某一个相处时间的温情和烟火气，毕竟男人也很需要安全感。

比如此时此刻，蒋燃和林海生宛如真正的父子那样，讨论着某球队，一个支持皇马，一个支持巴萨。蒋燃很是当仁不让地坚持己见，林海生说不过他，气得够呛，干脆赌气不说话了。

林鲸窝在沙发的一角一边玩着手机，一边注意着这边的动向，男人幼稚的好胜心哪。她勾了勾嘴角，转移话题道："爸，你知道吗？今天我才知道周经理在物业岗位上一直私下收品牌方的钱。"

林海生瞬间被吸引了注意力："怎么说？"

林鲸就把今天听赵姐说的事一五一十地讲述给家里人听，老爸并不意外地说道："我早就告诉过你，这个人是有两把刷子的，别小看他。"

林鲸说："但他看着完全不像那种人，很多时候我甚至觉得跟他讲话，他总傻乎乎地听不明白。"

林海生很简单地指出："傻姑娘，知道什么叫大智若愚吗？那是他在装傻充愣，人走上高位总是有点儿手段的，你才看到原因哪？"

林鲸抿了抿嘴，一时一言不发。

老爸给她解释："你自己想想，一个物业经理月薪就一万多块钱，他还要供车供房、养老婆孩子,这点儿工资怎么可能够?没油水他怎么干得下去?"

"还有赵姐,我才知道她也这么厉害,也是滴水不漏。"

老爸笑了笑:"有十几年工作经验的人,那是肯定的。"

林鲸恍然大悟:"原来到头来,只有我最天真哪。"

大概这样的表情很可爱,蒋燃没说话,倒是像揉小狗一样揉了揉她的后颈,很舒服酸爽,林鲸都在心里"嗷嗷"叫了。

施季玲叉了一块苹果递给蒋燃,蒋燃又递到她的嘴边,那块苹果宛如女王的冠冕。

老妈说道:"这就是我让你进入大公司的原因,你在一个之前那样的小公司里,周围的人都是和你水平差不多的同学,你能有什么进步呢?职场上每个人都是不简单的,都是你能够学习的对象,俗话说,三人行,必有我师焉⋯⋯"

林鲸啃着苹果,听爸妈你一言我一语,被逗笑了:"感觉咱们家每一个人,都是我的老师。"

蒋燃再次拍了拍她的脑袋,笑说:"三带一,小林同学。"

林鲸瞪过来反击。

她大概是因为昨晚睡得太晚,就在大家还在聊天的时候,竟然就窝在沙发里迷迷糊糊地睡着了。

要回家的时候,她还没醒过来。

施季玲要把林鲸推醒,还没上手就被蒋燃拦了下来,他说:"我把她抱到车上去,别叫醒她了。"

然后他把外套盖在林鲸身上,轻而易举地把人拦腰横抱了起来。

施季玲震惊得一句话没说出来,他这不是把林鲸当个孩子一样宠了吗?走个路还要抱,真是个大宝宝。她正要"啧啧"几声,被林海生给捂住了嘴。

等两个人到了楼下,施季玲在阳台上对着两个人拍了一张照片,回头对林海生说:"哎,我能懂得你宝贝女儿的快乐了,蒋燃在宠老婆这方面的确可以。"

林海生有些动容:"所以呀,你别要求太高,蒋燃本身不错的,自己缺少家庭关怀,所以很珍惜鲸鲸。"

林鲸其实在被蒋燃抱下楼的时候就醒了,睁开眼后挣扎了一下,说:

"放我下来吧,我自己走。"

蒋燃自然没放,下巴贴着她的额头,说:"抱都抱了,脚就别沾地了。"

林鲸瓮声瓮气地问:"你不累吗?"

蒋燃回道:"你这小身板能有多重?继续睡吧。"

于是林鲸就安心地睡下去了。

车在路上行驶了一会儿,遇上几次对面的车的驾驶员没素质开远光大灯,林鲸渐渐地被刺醒了。她睁开眼睛,没有立即和蒋燃说话,而是想起爸爸妈妈说的一些话。

去年这个时候她正打算辞职,结果熬着熬着也在这个岗位上待了一年多,如今回头看,哪怕中间经历过很不好的事情,今年的心态也比去年的好很多了。

一年又要过去了,她马上又要大一岁。

林鲸自从25岁以后,每次面对过年就非常焦虑,回顾自己过去的一年,结果一无所成。

今年略微不一样,大概是生活里忽然闯入了蒋燃这个人吧,她的生活被填满了一些。

枯燥的工作,似乎也没那么讨厌了。

但是这种矛盾心理一直折磨着林鲸,一直到他们回到家中。

她洗完了澡,坐在床上擦头发时满脸愁容。

蒋燃慢她一步进来,见她一张小脸愁成了苦瓜,便问道:"吃饭时还好好的,又怎么了?"

林鲸仰头看着他,蒋燃伸出手捻了一下她的头发,还是湿润的,便接过毛巾给她慢慢地擦着。

林鲸说:"我有点儿'过年综合征',听到我爸妈说还有一个多月就过年了,就有点儿发愁。"

"愁什么?"蒋燃眼皮微奄,修长的手指穿插进她的发丝里,微微拱起,"今年可没人对你催婚了。"

林鲸鼓起嘴巴捶打了他一下,说:"还是工作吧,有点儿像鸡肋,食之无味,弃之可惜。我综合分析了一下,可能这份工作对我来说唯一的吸引力就是离家近和还算安逸吧。"

蒋燃忽然问:"你之前那份工作呢?"

林鲸说:"如你所见到的最终成效,可以说是一败涂地。"

蒋燃又问:"现在的怎么说?"

林鲸说:"我尝试着去热爱,发现没可能的。这个问题已经困扰我一年多了,但我总不能一直纠结吧,是该做出选择了。"

蒋燃见她有兴致聊工作,就给出自己的意见:"物业这个工作的前景,你已经有了两个对照组,就是你的这两位算是比较'优秀'的同事,你可以思考一下,自己想成为他们这样的职场人吗?"

他不说这份工作的好坏以及看法,让她自己思考。

林鲸好一会儿没说话,这两个人虽然也赚到不少钱,在职场上如鱼得水,得偿所愿,却不是林鲸想要的样子。

蒋燃又说:"曾经的失败也没那么可怕,你不用一直忌惮,失败了爬起来就是。以前你是一个人,现在有我了,生活肯定是没压力的吧。我虽然不提倡躺平论,但是可以让你躺在老公怀里慢慢想。"

这话说得意味深长,林鲸又悄悄打了他一下,他夸张地捂了捂肚子。

头发差不多被擦干了,还有一点点潮意,蒋燃放下毛巾,拉着她往被子里一躺,轻拍她的后背,哄孩子一般说:"睡觉,不想了,有什么决定过完年再说。"

林鲸窝在他的怀里,惊诧又好笑:"蒋老师这样分秒必争的人,也会说'过完年再说'这种话吗?"

蒋燃幽幽地叹息:"蒋老师也是人哪,不是工作的机器。"

林鲸闻着他的睡衣上的清香,感受着他的体温,笑眯眯地说:"那今年在我家过年,你没什么意见吧?"

蒋燃哼笑,又在被子里拍打了一下她的屁股:"你想我们两个人单独过,或者和叶思南一家人一起过?"

林鲸想了一会儿,还是决定解释清楚妈妈在厨房说的话:"今天在厨房里我妈说的话不是针对你的,其实他们很喜欢你,大概是两个家庭进行磨合比较困难吧。这个世界上两个人能够磨合好就已经很难得了,更别说两个家庭。"

蒋燃困意来袭,嗓音逐渐沙哑:"我懂,本就没放在心上。'听墙脚'这种事呢,本来就有听不全的风险。"

林鲸睡前想,还是和成熟的人在一起好啊,完全不用在乎这种狗血的误会情况。

· 231 ·

年终的序幕在十二月份来临的时候被缓缓拉开。

林鲸最近一直在写各种工作总结、行政工作报告。她拉了各种流程才发现自己这一年已经做了这么多工作。

她和蒋燃也没有什么聊天的时间，甚至感觉面都没见过几次。因为他这个月一直在出差，公司重要的项目他都必须亲自盯着，她偶然听他说过一次是某条销售链被谈崩了，他得去当地找人托关系。

林鲸刚想多问两句，蒋燃已经侧身歪在床上，胳膊压在枕头下睡着了。

好在这个月他们终于请到了一个阿姨，阿姨是本地人，女儿在北京工作，已经结婚了，还没生孩子，她没事做就出来干干活儿，顺便赚点儿钱。阿姨做菜很好吃，林鲸每天下班回家都能听到阿姨笑眯眯的问候话语，吃到热气腾腾的饭菜。

她不再用外卖对付生活，蒋燃自然也就放心了，尽管他自己在外面忙得饱一顿饥一顿的。

某天晚上林鲸和他视频聊天，蒋燃静静地看了她一会儿，说："看你的脸色，好了很多。"

其实他想说的是，她的脸蛋上有点儿肉显得更好看了。

"是吗？"林鲸摸了摸脸，翘起嘴角，"可能吃饭比较规律了吧，有阿姨照顾，生活的确方便了很多。"

只要她不计较阿姨的工资快赶上她的薪水这种伤心事的话。

"挺好的。"蒋燃又问，"那工作呢？最近有不顺心的事吗？"

林鲸说："还好，没有什么麻烦的事情。"

蒋燃坐在酒店的书桌旁边轻轻笑了，夜色很浓，他的声音很低，说："那我就放心了。"

林鲸已经躺在床上了，就没再打扰他："我睡了，你也早点儿睡吧。"

"晚安。"

终于熬过了这个元旦，林鲸的工作终于告一段落。

接下来就是等着过春节，其间小区的访客变多，安全隐患很大，林鲸这些天一直在忙着检查小区道路和电梯及门禁系统。

广恒的物管岗位有个群，用来收集整合信息的，包含旗下所有的小区。

一月初的时候，大家在群里交流自己去年的投诉率和物业费收缴率，这是很重要的业务指标。管理老师统计完做了个表格发出来，林鲸才知道自己的物业费收缴率竟然是全公司最高的，达到了 82.5%，甩开第二名将近十个百分点。

在整个物业体系里，这样的指标已经非常高了，尤其林鲸还是只做了一年的新员工。

不只如此，她的投诉率也很低。

林鲸小小地惊喜了一下，不比较都不知道自己竟然还做到了"头部"位置。

开年会的那天，她遇见在别的小区工作的同事，大家纷纷向她"取经"是怎么收物业费的。林鲸自己也说不出个所以然来，实在要说的话可能是有路人缘？

赵姐想了一下，帮她说："大概是因为她有耐心，又漂亮，下次你们试试学一下。"

大家哈哈笑开了，然后说："最重要的是漂亮吧。"

有个女孩子偷偷告诉林鲸："昨天在我们经理办公室聊天，我偷偷瞄到了他的系统。你知道吗？他们的账号权限是可以看到所有团队的绩效的。"

林鲸也好奇："你看到什么了？"

女孩子告诉她："今年集团奖金制度改革，你们溪平院物业团队的指标完成度是最高的，所以你们的季度团队奖金应该也是最高的。"

虽然公司不允许私下讨论薪资的事，但是这种时候沟通在所难免。

林鲸悄悄透露："也还好吧，第三季度每人到手也就一千块钱。"

林鲸比别人好一点儿，因为周经理给她指派的活儿多，她分到了两千块钱。

女生一脸不信的表情，说道："你骗我的吧，你们第三季度的团队绩效奖金是三万，怎么可能你们到手只有一千？"

三万，管家岗位一共有七个人，怎么可能每个人只分到一千？

就算周经理作为领导应该拿大头，但是他一人独吞两万多，只给别人施舍一千也太过分了吧？

这事赵姐都不知道，听完这个消息她原地爆炸，吃晚饭的时候几次要发作，说想把周经理的脑袋摁进马桶里去，这个"草包"凭什么拿走这么多钱，被一个男同事拦了下来。

男同事说："你在公司年会上闹事，是不是不想干了？"

赵姐顿时不说话了，因为她自己也知道，这样做讨不到任何便宜。

林鲸看着对面的几个同事纷纷吐槽周经理泄愤，也久久不能平静，心中似有一团火。

她不是为了这点儿钱，但这一点点钱代表了她在这个岗位上的辛苦付出，现在一下子被抹平了。

如果在一个岗位上，没有钱，没有成就感，也没有工作的乐趣，她不知道自己待下去的意义在哪里。

第二天，大家照常上班。

本来开完年会，发了奖金和奖品，应该都开开心心的才对，但今早所有人都脸色阴沉，跟去挖坟了一样。

前台妹妹看见大家这般模样，也不敢说话。

只有周经理在八点一刻，摇摇晃晃地进门，哼着老掉牙的曲子："大家早啊，大清早上班怎么这么没精神？"

没人搭理他。

过了一会儿，赵姐冲大家使了个眼色，低声说道："一起去找他说清楚！"

几个人望了一眼办公室里面，忽然沉寂下来，刚刚还怒气冲天的张妍缩了缩脑袋，说："我不太敢，要不算了吧，就两三千块钱。"

另一个女生说："别一起进去，说不清楚，派两个代表去呗。"

赵姐翻了个白眼。

于是她看向林鲸，说道："鲸鲸你和我去，你是主管级别的，也有责任把这件事问清楚。"

林鲸今天的精神不是很好，昨晚她很晚才睡着，这会儿又接到业主反映电梯里有水渍，差点儿被滑倒，她只好赶紧通知保洁阿姨去打扫。

她抬头看向赵姐："我陪你去可以，但是老周很可能用官大一级的话来压你，这是根深蒂固的问题，不是去理论一番就能有结果的。"

赵姐一时没懂林鲸话里的意思。

直到年后的一天林鲸忽然离职，她才恍然发现，那些天天喊着离职的人并不会走，只有悄无声息的人才会做下最果断的决定。独醒者总是明明白白地把问题都看清楚，绝不多讲一句废话。

林鲸和赵姐去了周经理的办公室，十分直接地说奖金分配不公平，大家不服气。现在的指标完成率是团队的每一个人努力的结果，凭什么他周建拿了相当于大家的二十倍的奖金？

周建听完赵姐的一通话后，一开始还在装傻，说根本没有这事，让他们不要道听途说。

赵姐说："团队的奖金难道不是三万块吗？是苕棠园的王经理亲口承认的，你要跟他对质吗？"

周经理没动也没说话，根本不用对质，这就是事实。

过了片刻，他冷静下来，说："这就是我的分配方案，我是经理我说了算，你只能听我的。"

赵姐："凭什么？工作都是我们干的，没有我们你拿个屁啊？"

周经理说："笑话，没有你，你看我还能不能拿到这些钱，真以为自己多了不起了？爱干就干，不爱干就走，我这里不缺你这人。"

赵姐怒目圆瞪："你以为我怕你啊？你别以为我不敢走！"

"那你走啊，现在就走！"周建忽然大吼一声。

赵姐顿时不说话了，瞪大了眼睛，怕他来真的。

林鲸坐在椅子上，听他们吵了半晌，适时调节道："周经理，赵姐工作上没有犯任何重大错误，除非她自己辞职，你不能以任何理由辞退她，否则她到劳动仲裁去一告一个准，你和公司都很难办。"

周建生气林鲸竟然帮着赵姐，瞪了她一眼。

赵姐被林鲸的话提醒了，恍然大悟道："对，你凭什么赶我走？"

周建指着林鲸："怎么连你也来造反吗？你扪心自问，我平时对你怎么样？你来一个季度我就帮你升职加薪，给你申请的奖金也不少了吧？"

林鲸淡漠地回视他："周经理你这话说笑了吧，我帮你做了那么多职责之外的工作，该付的奖金你也并没有如数给我吧，我没有计较，但是你也别添油加醋地觉得是在恩赐我。"

周经理果然用林鲸早就猜到的那一套言论对她们说："整个团队都是我带的，没有我这个龙头带领，你们有现在的成绩？这一千块钱也没有！这笔钱集团既然让我们自行分配，那我就有分配的权力，解释权在我。"

林鲸默默地想，广恒这个大集团旗下的团队太多了，江湖太大，天高皇帝远的集团领导不可能管到角角落落。

这笔绩效奖金的设立是为了加强团队的凝聚力，激励员工，却不想弄巧成拙，让同事反目成仇。

235

她知道现在跟周经理吵架是说不通的，便无所谓地说道："你愿意这么说也行，开心就好。"

反正她已经另有打算，不值得为这点儿小事与人大动干戈。

林鲸料到有人不服，会暗暗把这件事捅到总公司去，完全不用赵姐亲自去吵架。

没想到第二天，人资的老师就来了，在周经理办公室里和他谈了半天话，出来时周经理一脸菜色。

这件事只是个人格局问题，并没有违反公司的规定，周建这个人捞钱捞昏头了，以他的品行，不配做领导。

公司没对他进行实质处罚，只是思想教育了一番，然后规劝他把私吞的钱拿出来给员工，不管职位等级、个人指标，大家就这么囫囵地平分了奖金。

有人不服气，有人庆幸自己捡了大便宜。

之后，人资老师又规劝大家千万不要因为这件事对公司有任何质疑，员工的努力领导都看得到，虽然好心办了坏事，但领导依然很关心大家。

人资老师的言下之意就是大家不要在过年这个节骨眼儿上辞职，毕竟公司正是最忙的时候。人资老师是个人精，一套说辞把大家哄得团团转。

同事们也没多想，反正拿到钱，又整到周经理，皆大欢喜。

一场闹剧就这样结束了，很快回到平静又忙碌的生活，周经理和赵姐也继续虚与委蛇，好似没争吵过。

林鲸大伤元气，很难再对工作提起热情。周经理和赵姐这两个人，有一段时间她挺钦佩他们的生存之道，但她也不愿自己未来在职场上顺着这两个人的道路走下去。

如今再看，她甚至有点儿讨厌。

许多变革就像一场阵痛，令人惧怕、恐慌、无所适从，但变革本身是一个很好的起点。

林鲸曾把这份工作当作自己失败时的精神支柱，只要有一份工作需要她，她就不是废物，虽然不喜欢但也当个鸡肋一样咀嚼着。

她想，或许等到年后，真的要做出改变了。

林鲸内心已经将路规划得非常清晰，虽然她跟谁也没说。

接下来到过年的这段时间，她很是平和地上着班，偶尔处理一点儿突发事件，节奏优哉游哉的。老周再有事找她她就勇敢拒绝，也减少和同事一起埋怨领导和业主的情况，传递焦虑情绪。

果然，她的世界清净了很多。

一月上旬，林鲸点开许久不用的工资卡，发现去年的奖金已经发下来了，至于数目嘛……大概够给蒋燃买一件衬衫的吧。

于是，她趁鹿苑回来的时候拉鹿苑出来玩，吃过饭后，两个人在商场散了一会儿步，她第一个跟闺密说起自己的心事："我准备年后辞职。"

鹿苑扭了扭她脸颊两侧的软肉，皮笑肉不笑地叫道："哇哇哇！"

林鲸奇怪地看着她，像在看神经病："干什么？"

鹿苑一双眼睛锐利得跟猫眼似的："你不是很激动吗？来，我陪你一起激动。"

林鲸拨开鹿苑的两只爪子："你怕不是有什么毛病？谁激动了？我只是想通了而已，借用我们蒋老师的话说就是，我又悟了。"

鹿苑阴阳怪气地帮腔："嗯，蒋老师真好用！"

"少把我往那个方向上带。"林鲸晃晃悠悠地在商场里走着，用一种开玩笑的语气说："要当一段时间的全职主妇了。"

鹿苑重新挽上她的手臂："真的？"

"当然是假的。全职主妇也很厉害的好吗？我这点儿生活技能也配？"林鲸说，"我肯定是要再找工作的，至于接下来做什么，再想。"

鹿苑说："我支持你。"

闺密就是脑残粉，林鲸瞪她，翻着旧账："上次支持我不要辞职的也是你吧？"

鹿苑一记眼神杀回来："你这性格怎么回事？瞪我跟瞪男人似的，难道你被养刁了？"

林鲸只好上手去掐她。

鹿苑一把抱住她："作为你的好姐妹，我当然是无条件支持你了，而且我相信你再次做出这个决定是经过深思熟虑的。这次回来，我看你的状态明显不一样了。"

林鲸好奇："哪里不一样？"

"脸上不沮丧了，"鹿苑盯着她研究，"和去年这个时候你说要辞职的感觉完全不同。跟钱和工作这些都没关系，大概是生活里有另一个人带给你的改变吧。"

两个人走到男装区，林鲸进去逛了一下，鹿苑问："你要买衣服啊？"

林鲸说:"嗯,给蒋老师买两件衬衫。之前有一件我蛮喜欢的,总是让他穿,被我不小心洗坏了。"

鹿苑又"啧啧"了两声,过了一会儿慢慢地说道:"我听你稀松平常的语气,虽然你没刻意撒'狗粮',这些家常事慢慢品着,还挺有烟火气,感觉很温柔。"

林鲸也有同样的感觉。

她看到了一个丹麦的小众设计师品牌,风格是她喜欢的那种,没那么正式,款式简单休闲,面料也很舒服,价格倒是不便宜。

她选了两件衬衫,让导购小姐姐帮她拿 185 cm 的尺寸的,一共九千多块钱。

刷完卡后,她小声跟鹿苑说:"我真是胆肥了啊,一万块钱买两块布料我眼睛都不眨了。"

鹿苑揽着她的脖子说:"是的,结了婚的女人果然胆肥了。"

林鲸回到家的时候才三点多,没想到蒋燃这个点竟然在家里。

哦,不是,是他回来了。

林鲸进了门,哼笑一声说道:"回来也不跟我说,你不会偷偷带了个人回来吧?"

蒋燃连行李箱都没收拾好,本来坐在餐桌边查邮件的,鼻梁上架着那副烟丝色的框架眼镜,看着很像一个年轻的男教授。他闻言,睨了她一眼,嘴角含笑地回:"巧了,我也这么想的,看你有没有趁我不在,在家里藏人。"

林鲸挑眉:"那我们找找,看是先找出男的来,还是先找出女的来。"

说完,她像煞有介事地推开他书房的门,又去推自己的……蒋燃干脆摘了眼镜,陪她一起闹了一会儿,说:"要藏也是藏卧室里,藏书房里能干什么?"

"……"

林鲸假装伸头去看,蒋燃将手臂绕到她的腰后,轻轻将人带进了卧室,都还没到床上两个人就齐齐栽进了懒人沙发里。

林鲸趴在蒋燃身上,他的两条手臂垫在脑后,静静地喘息着,姿态慵懒,那英挺的面孔似乎有点儿倦怠,但眼神明亮地瞧着她。

一时没人说话。

好几天没见,林鲸觉得他有点儿陌生了,于是用手指去摸了摸他的衣服、头发、鼻梁,什么都没变,就连他身上的清新味道都一成不变,真好。

他走的时候是什么样,回来就是什么样,这一点让林鲸感觉很安心。

上次他说在公司被人泼了咖啡,换了件她没见过的衬衫,她的脸色就有点儿难看。也不能说不开心吧,毕竟他在外面换了衣服回来的,谁知道发生了什么事呢?

半晌,蒋燃出声问她:"检查完了没?"

林鲸轻轻撇嘴:"你知道我检查什么?"

"不是我本人吗?"

"自恋。"两个字没说全,蒋燃堵住了她的呼吸。他一上来就与她唇舌交触,他的口腔干净清冽,有咖啡液的苦味,林鲸的舌尖被迫尝到了一点儿味道,她不禁皱了皱眉。

他故意的,刚才餐桌上就放着一杯咖啡,他还来亲她。

蒋燃看她皱着一张脸,觉得好笑,便捏着她的下巴又吻了下来,轻啄她的嘴唇。

唇瓣分开时,比亲之前红,两个人都是,暧昧得让林鲸有些没眼看。眼前这位老师倒是坦坦荡荡的,手掌放在下面,将人往上托了托,没出声,用口型说了几个字。

林鲸看出来了:去洗澡。

她也用口型回答:待会儿阿姨要来,时间不够。

蒋燃没听清:"什么?"

林鲸微抬起手指,在他的唇线上轻轻描摹了一下,然后撑着地面起身:"我给你买了两件衬衫,你过来试一下。"

蒋燃虽然满脸不爽的表情,但也跟着出来了,警告了她两个字:"等着。"

林鲸从袋子里把衬衫拿出来,跟他说:"换上给我看看,我看看合不合适。"

蒋燃:"在这里换?"

林鲸歪头:"那你要在哪里换?反正都是给我看哪。"

蒋燃心里大概知道,林鲸挺喜欢打扮他的,给他买她喜欢的风格的衣服,有点儿像换装秀。他是无所谓的,只要她高兴就好,反正衣服都能穿出去。

于是他解开皮带把身上这件衬衫的下摆抽出来,正准备脱掉,听见门边传来一声响动。

许阿姨也没料到这个时间小夫妻俩都在家,往常她都是一个人下午来做饭,打扫卫生,等女主人回来她就下班了。

许阿姨赶紧转过身:"不好意思,不好意思,我不知道有人。"

其实蒋燃的衬衫里还有一件纯白色的T恤,但林鲸还是一惊一乍地跑到蒋燃面前挡着,一边挡一边笑道:"没事,没事,其实他穿衣服了。"

她实在忍不住,扑哧一声笑了出来。

蒋燃拿了衣服回卧室,又留给她几个字:"有你受的。"

晚饭前,蒋燃都没有出来,林鲸帮他把电脑和手机拿了进去。他倒不是不好意思,而是真的有点儿忙。

林鲸坐在餐厅里玩手机,阿姨就站在厨房的岛台边上洗菜,声音低低柔柔地说:"之前我都没怎么见过蒋先生,没想到他这么帅的,个子也很高,像北方人。"

林鲸不知道怎么应承被人夸蒋燃这种话了:"帅吗?还好吧。"

阿姨瞧了瞧她,笑着说道:"小林你也好漂亮啊,长得乖乖的。"

林鲸奇怪地问:"阿姨,你为什么叫他蒋先生,叫我小林哪?"

阿姨想了想,回道:"大概是看他就是做事业的男人,你是小孩子,让人感觉很亲切,和我女儿差不多。"

林鲸并不觉得自己幼稚,她甚至不俏皮,有的时候还有点儿一板一眼的。

阿姨羡慕地叹息:"看到你们小夫妻俩这样真好,住得离父母近,下班还能回家吃饭,赚得足够花的钱,过过小日子多好。不像我女儿,拼死拼活考到北京去,我和她爸爸还有亲家拿出所有的积蓄就够他们在三环买套一居室的房子,房子小得多个人进去都站不下脚。"

林鲸不知道说什么。

"她在互联网公司上班,压力很大,前阵子还被诊断患了抑郁症,整晚整晚地哭。我们让她回来在我们身边待着她还不肯,唉……"

林鲸很能理解许阿姨所说的情况,其实某段时间她差不多也是这种状态。

总之,这个世界上幸福的人大同小异,只有悲惨的人惨得千奇百怪。

林鲸说:"给她一点儿时间,以后都会慢慢好起来的。"

许阿姨赶紧打住:"不好意思呀,不应该跟你说这些负能量的东西。"

林鲸微笑着说:"没关系,你说的这些事我都理解。"

许阿姨做好晚饭就离开了,不打扰小夫妻相处,告诉林鲸碗筷等她明天来上班再收拾。

林鲸回卧室叫蒋燃出来吃饭,人没叫出来,把自己折进去了。蒋燃终于一报客厅之仇。

再出来时,两个人都穿着睡衣,吃饭,然后一起收拾了厨房,偶尔接一下吻。蒋燃垂头看着她翘翘的嘴角,才问:"感觉你今天很活泼,有什么开心的事吗?"

林鲸卖了个关子:"你猜呢?"

蒋燃略做思考,猜道:"年终奖?"

林鲸摇头:"这也不算是很开心的事,我很早之前就算到自己能得到个什么结果,只是心境上有一些变化,想通了一些事。"

蒋燃没有问下去,大致能猜到和工作相关。很多时候人总是执拗的,别人劝效果适得其反,只有自己想通了,才知道路该往哪个方向走。

"恭喜。"

"哈哈。"

距离睡觉还有一段时间,蒋燃把 iPad 放在膝盖上,林鲸把枕头叠放在一起,与他并排靠在床头玩手机。

蒋燃出差一段时间回来,要处理的事情有点儿多,但是他又不想一个人待在书房里,就把一些不太重要的工作拿到卧室处理。

林鲸看了一会儿电视剧,眼睛有些累了,瞥见蒋燃并没有全神贯注地盯着电脑屏幕,而是看向了别处,不知是在发呆还是在想事情。

平板电脑屏幕上是汇思力的品牌 logo,文件专用模板,正文是密密麻麻的英文,落款是时间、单位,看着就让人压力山大,一副普通人看不懂的样子。

林鲸对蒋燃说:"你要是累了就睡觉。"

"没有。"蒋燃回神,嗓音有些沙哑,见林鲸的目光落在电脑上,便拿给她看,"要看吗?"

林鲸抗拒:"你们公司的内部文件不需要保密吗?"

其实她更害怕的是自己看不懂。

蒋燃却说:"没什么保密的东西。"

林鲸还是推开了平板电脑："那我也不要，没事看两页公众号不香吗？我的英语早就还给老师了，现在的水平也就跟外籍业主们沟通沟通。"

蒋燃笑了笑，坚持将平板电脑塞进她的手里，温柔地鼓励她："别吓唬自己，试试看，英语没那么难，都是给人沟通用的。"

林鲸骑虎难下，只准备扫两眼就放下。

她心里有谱，这种全英文的东西，可能还有生僻的专业术语，她能看懂才怪。

不想她看完开头两行，竟然就这么无障碍地看了下去，除了一些英文句式不熟悉，某个单词不知道意思，倒也不影响理解。

等了一会儿，蒋燃像早已预知结果，调笑着问她："怎么样，还难吗？"

林鲸惊叹："我竟然全看完了，好像还有点儿看懂了。"

蒋老师挨在她身上，一副要考人的样子："所以，说的是什么？"

"Open day，"林鲸有点儿不确定地小声问他，"开放日，是这个意思吧？"

蒋燃笑了笑："对，这不就懂了？"

林鲸虽然不知道蒋燃为什么忽然抽风要她看一份文件，很奇怪，但是也不想寻根究底了。

她翻了个身躺进被子里，准备闭眼。

蒋燃屈着手肘压在枕头上，侧过身来拢着她，好笑地问："然后呢？"

林鲸合上眼皮："什么然后呢？"

她有点儿要逃避的意思，再问下去两个人的水平高下立见，她该暴露智商了。

蒋燃两根手指扯她的耳朵，没打算放过她："让你看完整篇内容，你就给我反馈两个单词，没了？"

林鲸只好说："大致的意思是，你们公司要在年初举办一个主题开放日活动，展示企业文化，让员工享受与家人互相陪伴的时光。"

后面还有一些主题互动项目，林鲸没太仔细看，因为有生词。

说完，她有些烦躁："我能睡觉了吗？睡前抽查英文水平是什么毛病？"

蒋燃的手指在她的发丝上绕了绕，他不依不饶地问："你没有什么想法？"

林鲸问："我能有什么想法啊？该不会你们的企业活动让我出一个指

导方针吧？那我去做总经理怎么样？"

蒋燃又有点儿想打她的屁股了，算了，直接问："你想去吗？"

林鲸愣了愣，说："人家是带小孩子互动体验，我这个大宝宝太大了吧？"

"没孩子也可以。"蒋燃说着顺势就躺下了，从背后抱住她，"不要怕生，就当感受一下别的企业氛围。"

林鲸咕咕哝哝地说了一句："我考虑考虑吧。"

隔天早上，林鲸起床的时候蒋燃也醒了，他今天有点儿事需要早点儿去公司。

两个人坐在一起吃早餐，林鲸正在给他剥鸡蛋，蒋燃就把那个开放日的对外邀请函发到她的手机里了，说："回头看看。"

林鲸把整颗鸡蛋塞到他的嘴里，拿起手机时还有点儿纠结："你怎么追着让我去啊？"

蒋燃说："不是让你一定要去做什么事。我的意思是，让你别习惯性地固定在一个圈子里活动，多出去走走，不是只有你现在的工作环境就是最好的。"

林鲸微微睁圆了眼睛，等他继续说下去。

他问："你打定主意要辞职？"

林鲸翘了翘脚尖，俏皮地说："目前是这样的想法，如果年后公司要升我做 CEO，那就要做别的打算了。"

"……"蒋燃一时无语，抿了一口咖啡，"既然这样，我现在说说对你的这份工作的看法？"

其实林鲸很想听蒋燃的看法，但是又很奇怪和胆怯，之前从来没说过："你对我现在的工作很有意见吗？"

"说了你不许生气，只是一些看法，称不上意见。"

"你说吧。"林鲸放下手里的碗，牢牢地盯着他，已经预计到自己很可能大受打击，眼神不由自主地变得敌视起来。

蒋燃早看透她，她的骨子里还是小孩子的执拗脾气，表面上乖顺谦和，乖乖听取意见的样子，实则别人要真说她那点儿致命的缺点，她就会不高兴，生闷气。

当然，每个人都是这样的。

不过蒋燃还是选择和盘托出："现在这份工作发展前景不算大，这不是你的问题，而是整个制度的局限，包括公司不够重视这部分员工的个人发展，无论多高端的小区，物业的服务质量还是在逐年缓慢下降，至少没有一开始那样尽职和热情了，这一点你承认吧？"

林鲸抠了抠手指，没有底气地辩驳："也没有吧……"

蒋燃了然地勾了一下嘴角："回答得不够自信。"

"……"

"还有你现在的顶头上司。听爸说过他在公司里有点儿背景，我和他接触过几次，以这个人的能力和格局，他应该无法带领员工一起发展和进步，只是个会混职场的老油条，所以，你辞职是好事。"

蒋燃这个人看着挺温柔的，但有的时候说起话来一点儿情面也不留，绵里藏针。

还好，还好，林鲸舒了一口气，拍了拍自己的胸口，他没说她。

"嗯，你说得有道理。"她笑着把咖啡杯往他手边推了推，讨好的意味很明显。

蒋燃觑了她一眼，并不领这份情。

"再说说你。"

"啊？"林鲸傻眼了。

"我们结婚之前，你只是把这当成一份工作，每天工作八到十个小时。但是婚后，或许是家和办公室在一个地方，你就分不清生活和工作了，每次出了家门，脸上就摆出一副虚假的职业笑容，快把工作当命了。"

被人说穿，林鲸脸上果然开始出现难色。

蒋燃的语气有着超乎寻常的冷静感，甚至可以说是严肃："我们结婚半年，除了你最好的朋友，我没见过你和哪个朋友出去过。你的活动范围只有办公室和家这个闭环，最高纪录是半个月没有出过小区。"

林鲸震惊之余，尖锐地反问："你监视我？"

蒋燃淡定地说："你可以称之为合理关心。"

"好吧，你继续说。"

他放柔了点儿语气："太宅不是一件好事，年轻人应该多看看外面的世界，接触新鲜的事物和各种人。总而言之，你别把自己套死在一个圈子里。"

林鲸忍不住反驳："谁说我接触不到新鲜的东西？我看新闻，看公众号，刷社交软件，看最新的各种社会研究，思想超级独立前卫的好吧？"

"你是活在虚拟世界里的？"蒋燃问，"网络也只是一个小圈子，能给你的东西有限，你别太满足。"

"……"

有些问题林鲸是承认的,但是被蒋燃这么直白地说出来,她觉得自己太没面子,过了一会儿赌气似的问他:"你是觉得我没见识?"

"这叫什么话?"蒋燃微皱眉头,带着斥责的口吻说,"每个人天生就是一张白纸,需要后天汲取内容才变得丰富。有些知识是我先知道,再教给你;而有些知识是你先知道,再教给我。大家沟通和社交,不就是这个道理吗?"

林鲸没话了,但圆睁着一双杏眼,将不爽情绪暴露无遗,定定地看着他:"那我也可以说你的缺点吗?"

"当然。"他维持着一贯的表情,态度和她截然相反,"互相提意见有助改进。"

林鲸也不留情面地说:"我没说辞职的时候,你就什么意见都不提;我要辞职了,你的意见就都出来了。你这个人太圆滑了,简直是见人说人话,见鬼说鬼话。你在公司也是这样和稀泥吗?"

蒋燃认真听完她的话都没有要生气的样子,不咸不淡地解释:"工作上的很多问题我也是跟你一起生活后,和你一起慢慢发现的。之前不说,是考虑两个人和谐相处的问题,我首先希望你能够开心。"

"至于在公司是不是和稀泥,作为一个老板,我需要权衡的是各部门的利益和发展前景,有点儿那个意思,但更恰当的理解是,高情商的处理办法。"他甚至开了个玩笑,"毕竟,我也不是那种只需给秘书递去一个邪魅的眼神,就能轻松展示老板魅力的人。"

林鲸轻轻"哼"了一声,没绷住气鼓鼓的小脸,趴在桌上笑了起来,吐槽了两个字:"自恋。"

蒋燃喝完杯子里的咖啡,站起来将餐具收到厨房里:"言归正传,我个人非常反对把工作当成自己的全部,生活、爱好、社交,这些都很重要。适当地把自己敞开一点儿,生活才能更好。"

林鲸怔怔地看着他站在水池前洗杯子的样子,台面对他来说有点儿低,他微弓着背,手上动作慢条斯理的,略显冷漠。

她心里却还是有些疙瘩,大概是被戳得狠了点儿。

她拿上手机去门口换鞋,大喊了一声:"我去上班了。"

蒋燃在厨房回:"你不等我一起?"

林鲸冷冷地说:"你开车我走路,我等着追你的车屁股吗?"

说完,她把门摔上,进了电梯。

林鲸回到办公室里坐下来，安静地想了一会儿，忽然觉得其实蒋燃说的都没有错，是她有点儿敏感了。

可他再用糖衣包裹着，话里话外的意思还是她不够有见识，自我封闭。

她点开蒋燃的微信，看到了他发给自己的邀请函，做得非常精美又正式，感觉做这份文案的人非常对得起公司付给他的薪资。

她反复看了好几遍。

她没去过那样的环境，完全不熟悉，不考虑各种外在因素，当然是很想去感受不一样的企业氛围。

但现实问题是，她有点儿社交恐惧，这和她游刃有余地接触自己的同事不一样，与被迫和业主沟通也不一样。

不知道灰姑娘和王子一起逛街的时候会不会自卑，但是林鲸有的时候和蒋燃一起出去见他的朋友是有点儿自卑的，她怕露怯，原来蒋燃的老婆只是这么普通的一个人。

那种落差感再次袭来，比如之前他们找阿姨和交物业费，还有进行各种消费的时候，收入的差距体现得淋漓尽致。

下午，林鲸收到了一份精致的小甜点。

甜甜的焦糖在舌尖上化开后，紧随而来的还有蒋燃的致歉电话。

他大概也是觉得早上说得有点儿过了，一时没注意方式，但开口就是老江湖，开始压根儿没提道歉的事，只问她："蛋糕好吃吗？"

林鲸弯了弯嘴角，说道："吃多了会胖的，唉。"

蒋燃不明白："哪儿胖？"

办公室里正好没人，林鲸低声说了一句："你是打电话来耍流氓的吧？"

蒋燃无辜："我说什么了？上着班呢，摸鱼就算了，想不健康的东西太不应该。"

"你烦死了。"

蒋燃停了一会儿，问："还气吗？"

林鲸眉心一动，反问："我在你眼里是一个很矫情小气的人吗？"

蒋燃笑了两声："没有，你只是好面子而已，但这也不算缺点。"

"……"

"早上是我不好。"半晌，蒋燃低声说着，"虽然是为你好，但是我没考虑过你的感受，说话太直接。"

　　林鲸差点儿笑出来："如果不听你的后面一句话，我以为你真是来哄我的。但是后面那句话，你是在说我不懂事？"

　　蒋燃也笑："哎，谁不是为了点儿面子呢？我也是。"

　　"……"

　　蒋燃终于问到重点："那来不来，大小姐？"

　　好似能看见他对自己招手，林鲸有点儿纠结："看了下时间，是在周末，我要上班。"

　　"那就请假，你不是要辞职了吗？"蒋燃说，"看你这两天上班很轻松，工作朋友圈都不发了。"

　　林鲸没想到，他连她工作那部手机的朋友圈都能注意到，心一沉，问："请假理由呢？这么突然，我怎么跟周经理说？"

　　蒋燃帮她想了想，没想到。

　　林鲸说："那我就说吵架没吵过老公，我一气之下把他的腿给打断了，回去照顾他？"

　　"……"

　　周六请假的过程还算顺利，她只说家里有事，周经理没问原因就同意了。

　　不过想到明天要去蒋燃的公司，林鲸时刻在打退堂鼓，也不知道为什么会紧张。心里有个声音一直在跟她说：要不算了吧，算了吧，也不是什么重要的事。

　　这种细微的情绪她只能隐秘地摁在心里，绝不能声张。

　　她感觉像是去面试一样。

　　临睡前她化身"豌豆公主"，在床上辗转反侧。

　　蒋燃被她吵得睡不着，容忍了她一会儿，问："你摊饼呢？"

　　林鲸顶着被子，"小鸭子"般坐起，问他："和你一起工作的人是不是都挺厉害的？"

　　蒋燃瞧着她："怎么算厉害？"

　　"你见过他们的太太吗？"

　　"一些见过，一起吃过饭。"

　　"漂亮吗？"

　　"我是包打听吗？"蒋燃欲起身，"你睡不睡？"

　　"睡了，睡了。"

林鲸倒回去，跟蒋燃说："我就是有点儿……有点儿怕给你丢脸。我太普通了，小时候跟我爸去他的领导家拜访，我就一直躲在他身后，什么话也不敢讲。"

　　其实她并不是不自信到这种程度，大概还是怕被期望吧。

　　蒋燃把她拢到自己怀里，宽大的手掌覆盖在她光裸的后背上，慢慢抚摩、揉按着："都是一个鼻子两只眼的普通人，你怕什么丢脸呢？而且你比大部分人漂亮，这是显而易见的优点。"

　　林鲸将脸闷在枕头里，肩膀笑得一阵乱颤。

　　"很多时候，初次见面的两个陌生人，内心的紧张程度是不相上下的，都会对未知不确定。"

　　"真的？"

　　"是的。"

　　林鲸第二天醒得晚，起来的时候蒋燃已经洗漱完换好了衣服。

　　他穿了件高领毛衣和黑色长裤，外面是一件挺括的夹克，整个人显得修长又利落，随时可以出门的样子。

　　林鲸很意外："你起床的时候怎么不喊我？我要来不及了。"

　　"你慢慢来，不着急。"

　　"嗯？"

　　蒋燃说："我还有别的事要先走，早餐在桌上，你吃完自己出门。"

　　林鲸从床上滑下来后，动作僵了僵，眼神有点儿迷茫："你不等我啦？"

　　蒋燃坐在不远处的梳妆凳上，伸手把她拉过来，敞着腿，让她站在自己的两腿之间，姿势有点儿像年轻的爸爸在教导马上要去幼儿园的女儿。他重复了一遍："自己去，知道吗？"

　　林鲸果然如他所料那样，立马说："你不等我，我就不去了。"

　　蒋燃捧着她的脸，女孩子的脸蛋和脑袋都非常小，显得他的手很大。他耐心地说："活动现场还是很好玩的，气氛也很轻松，都是小场面，你不要想得太复杂。而且年后你不是要重新找工作吗？去面试你也会紧张。"

　　林鲸一时没说话，蒋燃站起来，俯身亲了亲她的脑门："我出去了，你自己加油。"

　　林鲸忍不住在心里翻白眼：我加油把你送出太阳系好不好？

　　后来林鲸洗澡换衣服，化妆，背着包包出门了。

　　她今天开的是蒋燃的一辆车，看着挺有钱的，不过懂车的人都懂，一

· 248 ·

般小姑娘开这种车不是老公的就是老爸的。

林鲸开出去一段路才意识到这个问题，就有点儿后悔了。

加上远远地看到了汇思力的牌子，她不免有点儿紧张，大概参加过严格面试流程的人才懂得这种感受。

汇思力占了产业园区的一栋楼，林鲸感觉从门里走出来的每一个人都比她厉害一百倍。

周末园区里的人不多，她找了个地方把车停好，理了一下头发才走出去。

大楼一层迎面是前台，不规则的造型，半圆形的空间十分大，像个充满科技感的展示厅，以白色为主。

怎么讲呢，这一看就是个挺赚钱的公司……林鲸之前只在门口等过蒋燃，都没进来过。

蒋燃没有骗她，她进门就看到了好几个带着孩子的年轻妈妈，看大家的穿着打扮都是普通且舒适的，当然也不乏一身名牌的年轻女性。

有小孩子在展板前跑来跑去，声音很大，家长也没管，任他们玩闹。

林鲸一下子就放轻松了，摸了一下自己的头发，之前的担心……她感觉自己太小家子气了。

她饶有兴趣地观察了一会儿，有个穿白衬衫、牛仔裤的高个子小姐姐走过来，胸前挂着工作牌，笑着告诉她可以带小孩子去旁边的活动室，那里有很多玩具和零食。

对方的声音很好听，林鲸却尴尬地说："我没有孩子。"

女生说："太棒了，我们员工游戏室里可以玩桌游，玩剧本杀，还有很多零食。"

林鲸心中有些惊讶，企业文化好丰富啊。

"你先跟我过来签到一下，扫个二维码就可以了。"

"这个？"林鲸跟着她走到前台边。

"嗯。"

女生盯着林鲸无名指上的戒指，很知名的品牌，低调的款式，小小一颗钻石镶嵌在指环里，很是秀气，由衷地赞叹道："戒指好漂亮，你结婚啦？"

林鲸奇怪，好笑道："你们企业开放日不就是邀请的员工家属吗？不然我怎么来呀？"

女生回道："可你看着挺年轻的。"

林鲸微微叹息:"其实不年轻,我都快三十岁了。"
"看不出来呀。"
女生正要好奇地问"你老公是谁?"的时候,林鲸把手机递给她看:"还要登录啊?"
"对,从这里进入可以看到我们企业的最新资讯。"
林鲸点进服务号看了一下,然后给蒋燃发消息说自己来了。
蒋燃让她先玩一会儿,他待会儿来找她。
林鲸跟女生道了声"谢谢",随后进了电梯。
小姐姐等人走后才看手机,看到林鲸登录的信息那一栏赫然写着蒋燃的名字,顿时瞳孔放大,再去寻找林鲸的背影,人已经走掉了。
随后,她实在压抑不住激动又八卦的心情,在私聊小群里"尖叫"。
"你们猜我看到谁了?Jason 的老婆!!!"
"醒醒吧,Jason 已经结婚了,下辈子有缘再娶你。"
"没开玩笑,是他的老婆本人,刚刚她还站在前台边跟我说话来着,活的!"
"漂亮吗?贵气吗?长什么样啊?拍张照片来看看。"
大家的八卦之魂纷纷躁动起来。
"和我想象的不太一样。"女生回忆着和林鲸不到一分钟的会面场景,说道,"我想象里 Jason 的老婆应该是那种穿一身名牌套装,拎着稀有皮包包,趾高气扬地走进来的贵妇,或者千金大小姐的类型,墨镜一戴,谁都不爱……总之像电视剧或者小说里描写的那种吧。"
"说了这么多屁话,照片呢?"
"没拍到!但她长得挺漂亮的,皮肤很白,脸很小,讲话好温柔。她刚才走进来的时候,我还以为是哪个年轻工程师的女朋友呢。"
"连情敌长什么样子都不知道!心碎!"
"她背着一个巴黎世家的小号沙漏包上二楼了,很好辨认,你们去偶遇吧,就是个邻家女孩,一点儿都不傲气!"

林鲸现在的心情很放松,她感觉自己在春游,这边的工作人员态度都很好,进入陌生环境带来的紧绷感,在第一个小姐姐跟她讲话、问她戒指的时候就消失不见了。
接着,又有带小孩的年轻妈妈来找她聊天,还互相加了微信,对方知道她没有孩子后,十分羡慕地感叹了两句,让她晚点儿生,没孩子的人生可太快乐了。

林鲸勾了一下嘴角，原来大家都是普通人，自己没什么可畏手畏脚的。

她在二楼找了个洗手间，进去洗了一下手，然后重新薄涂了一下口红。豆沙色的口红并不太显妆感，搭配她今天的裸妆，清新又随意。

这时，有个挂着工作牌的女生站在门口，时不时地瞄着她，两个人对视的刹那，对方问："你好，这儿是女厕吗？"

她"啪"一下合上口红盖子，脸上的困惑之色不减："是的……门上写了啊。"

女生赶紧改口说道："啊，我的意思是里面满员了吗？"

林鲸抽了张擦手纸，走出来说："没有，你上吧。"

然后接二连三地，总会有迎面走来的女孩子瞄她，是她的错觉吗？

林鲸为此又去了趟洗手间，仔细检查脸上的妆容和头发有何不妥，但并无异样。

她有点郁闷。

不过这种奇怪的现象也就像一阵风，很快就没了。

林鲸的职业经历浅薄，一共待过两个公司；和学长一起开的小公司以及广恒，最大的集体活动就是去郊外团建。没有感受过这种氛围，包括企业开放日可以邀请员工家属过来一起玩都触及了她的知识盲区。

她小小地羞愧了下，然后就被展览吸引过去，连看人家的企业宣传片都变得十分有趣。

因为今天的互动活动很多是以亲子或者家庭为单位共同完成的，林鲸这么个大朋友稍显无所适从。她站在窗边，拍了张照片给蒋燃发过去。

蒋燃一眼看穿，让她不要一个人躲在角落里，应该和身边的人一起参与活动。

正好有人过来问她要不要去玩剧本杀，林鲸看到那几个男生女生本就认识，很是相熟，而且她并没有玩过剧本杀，有些局促，就下意识地拒绝了。

那几个人见她不愿意，也没强求，笑笑后走掉了。

林鲸虽然感到遗憾，但是也不好意思反悔了。

她明白蒋燃让她过来的目的，是为了拓展交际圈，放开眼界，可是她总是临阵又怂。

唉。

有个贴画的手工课林鲸倒是挺感兴趣，八个人为一组，她选了一点材料，坐在最后一排的桌子边，认真地制作起来。

坐在她旁边的是个四五岁的小女孩，灰蓝色的眼睛，棕色的头发细细软软的，两条辫子被揉得乱乱的，是个混血小孩儿。

她玩着玩着就老往林鲸的胳膊上趴，还伸出小胖手指头戳戳她的蓝色贝壳。

林鲸怔了一会儿，在思考怎么用英语跟对方沟通，话还没到嘴边，便听见小女孩的中国奶奶呵斥道："老实点儿，别给姐姐捣乱。"

小姑娘于是把自己的小屁股牢牢钉回椅子上："知道了，就看看呗。"

竟然还是正宗的东北腔……林鲸有些吃惊。

她用了一些贝壳，自恋地粘了一个卡通鲸鱼的造型，和她的名字一样，仿佛鲸鱼已经是她的专属标签，还挺可爱的。

和小孩子待在一起是没有任何社交压力的，林鲸还帮旁边的小姑娘一起弄，她的奶奶本就弄不来这些小玩意儿，干脆放手不管了，对林鲸说了好几声谢谢，又强迫她家小孩儿说谢谢，完完全全的中国式教育。

贴完后，她正想着这张纸怎么带回去，有一位女性工作人员笑意盈盈地对她说："嘿，你好。"

林鲸认出来了，她就是在厕所门口傻乎乎地问她是不是女厕的那个。

女生从袋子里拿出几个相框，说道："可以用这个裱起来的，带回家当纪念品。"

林鲸选了一个比较大的白色相框，正好可以放下整幅画，她跟女生道了声谢谢。

对方没走，看她完成作品，一脸抱歉裹挟笑意地开口："我叫Nancy，刚刚不好意思哈，有点太八卦了。"

林鲸的疑惑全写在眼睛里，食指指向自己："你是说我吗？"

Nancy坦诚地解释："对啊。我不是想问你厕所，只是对Jason的老婆比较感兴趣啦。"

林鲸恍然大悟，原来她身上的关注度来自蒋燃，一点点羞赧之色从脖子爬上脸颊，她生怕自己的脸变红了，"原来是这样。"

Nancy问她："没吓着你吧？"

"还好。"

"其实我们公司很多女孩子都挺感兴趣的啊，去年听说Jason结婚了，不知道是哪个小妖……尊神把他收了，哭成一片。刚刚我们部门就有好几个同事下来假装偶遇你，哈哈哈。"

林鲸："……有点印象。"

"你别见怪啊,大家没恶意,纯属好奇。主要是Jason平时已经够神秘了,你的身份更是神秘……毕竟现在是全民吃瓜的时代嘛,办公室的老姐姐们如狼似虎啊。"对方叹息一声。

做完手工的小朋友陆陆续续被家长领着离开,林鲸没人认领,只好坐在小凳子上陪这位姐姐聊天:"没有,只是一开始有点奇怪,我以为脸上沾到脏东西了。"

Nancy职场经验丰富,而且一看就有"社交牛逼症",和林鲸恰恰相反。她给了林鲸一颗牛轧糖:"Jason没有来陪你吗?中午要不要一起吃饭啊?我们公司食堂的红烧牛腩超级好吃的,你一定要尝尝。"

林鲸都不好意思拒绝:"呃,可以啊。"

"那我加你个微信?"

"好。"

"你是做什么工作的?"

"……"林鲸尴尬了两秒,她马上要变成无业游民了。

"这个不能问吗?你不想说那我不问了。"

林鲸发觉自己对社交牛逼的人真是无法抵抗,她把牛轧糖握在掌心里,反复揉捏到软得奇形怪状的时候,眼前出现一道黑影。

Nancy猛地起身,心虚得要跑路:"哎哟,领你的人来了,我还是走吧。"

蒋燃身上只有那件灰色的高领毛衣,外套脱掉了,高大笔挺的身材往那一站,哪怕脸上没有什么表情,Nancy明显有点儿怕他,吐了吐舌头,揶揄道:"Jason你可别冤枉我,我在招待你的老婆。"

蒋燃扫了她一眼,"忙自己的去吧,哪都有你。"

看上去他们关系不错。

"走了走了。"Nancy笑眯眯地一溜烟跑开了。

林鲸仰头看蒋燃宛如看到最亲的亲人,这才垮下小狗脸,暗叫道:"救命,你的同事都好厉害啊,我没法招架了。"

蒋燃解释:"她是做市场板块的,性格外放了些。"

林鲸点点头站了起来,立马跟他告状:"我来的时候有好几个人看我,说因为我是你的老婆,比较好奇。"

蒋燃弯腰把桌上的贝壳作品拿起来,看了眼就没放下,随口道:"我知道。"

其实他刚从办公室里出来的时候,也有几个平时都不敢跟他开玩笑的下属，笑着揶揄说看到他老婆了，原来这么漂亮。

他问："你贴的？"

林鲸仰着脸求表扬："对啊，不错吧。"

他评价了两个字："还行。"

活动室的人太多了，多是奔跑吵闹的小孩子，还有凑在一起聊天的家长，两人走在人群里也并不显得突兀。

蒋燃侧头迁就了下林鲸的身高，忽然问："感觉怎么样？"

林鲸认真反馈："你们公司的氛围很好，办公环境也很棒，还有零食、游戏室，同事的性格活泼开朗，就算有点八卦也不让人讨厌，在这上班感觉应该很好吧。"

蒋燃嘴角扯出柔和的笑容来："你选择工作只看环境和同事好不好相处？"

林鲸："这是考虑工作的重要因素之一，我也不想每天怀揣着一堆槽点回家啊。"

蒋燃不动声色地问："那你想来上班吗？"

林鲸眉心轻蹙，心情就像那颗攥在手心里的牛轧糖，缓缓变软、化掉，却还是黏腻的状态。她没能立即琢磨清楚蒋燃话中的意思，只当是开玩笑："我来上班能做什么呢？做总经理行吗？"

蒋燃停下，慢悠悠地瞧着她，掌心在她头顶一揉："你口气不小。"

林鲸狡黠笑起，露出整齐的牙齿，整个人都很鲜明活泼："你就说行不行吧。"

"不行。"

那你说个屁！

蒋燃带她走出活动区，到一条走廊尽头，缓了下开口："你已经很棒了，只是运气稍晚一些才来。专业很重要，工作环境和身边的同事也很重要，所以再选择工作时谨慎一些也不为过。"

话是这么说，但一事无成的人总是做不到坦然和自信。

林鲸没接着这个话题聊下去，转而问他："你的办公室在哪儿？带我去看看，都没去过。"

"不吃饭了？"

林鲸瞅瞅他："有点累了，比较想看你的办公室，待会儿再去吃饭吧。"

蒋燃垂眸和她对视，读懂她的眼神，于是牵起她的手走向电梯。

今天写字楼里没什么人，但是在电梯里还是遇见了几个同事，恭敬地喊他的英文名，目光又扫过林鲸的脸，带着不加掩饰的好奇。

蒋燃倒是一脸坦然。

出了电梯，便能看见旷大的办公区，黑白灰色的装饰和文件架，两边是会议室，还有高管的办公室。

蒋燃的办公室在最里面，最大的一间，视野也最好，有一面临湖的巨大落地窗。

林鲸在走廊上只看见面向办公区的这面玻璃墙是不透明的状态，但是走到里面会发现，从里往外看，什么都看得清清楚楚……这就是来自老板的监视吗？

林鲸进门跑到他的黑色皮沙发上坐着，脑袋往后一靠。进入一个相对私人的空间里，耳边终于清净了，她把背包和衣服放下，轻轻地舒了一口气。

蒋燃盯了她片刻，把办公室的门锁上了。

某种信号放出。

林鲸一双杏仁眼睁圆，睫毛轻颤，眼看着他迈着长腿走来，那眼神竟然让她有点恐慌，心脏被触手提溜起来："你锁门干什么？"

"你说呢？"蒋燃把她放在沙发上的大衣和包拿开，在她身边坐下，假装看不明白她眼里的疑惑："难道你不是这个意思？"

关键是他说话的表情一本正经，甚至是严肃。

林鲸坐得笔直，双手交叠捂在自己的腿上，鼻梁微皱，难为情道："这会不会有点刺激了啊？我是还好啦，关键你以后还要在这间办公室工作，不别扭吗？"

"有吗？不至于。"蒋燃不明所以，伸出两根手指，将她尖细的下巴捏住，靠拢向自己，然后吻了下去。

行差踏错

唯酒 著

下册

青岛出版集团 | 青岛出版社

第七章
渐入佳境

林鲸不知道自己是否会错了意，但当蒋燃低头吻她，与她唇舌缠绵的时候，她的理智都没了。

日光如此充足，"光天化日"这四个字在她的脑海里更加鲜明。

他们这样太荒唐了。

周身都是他的气息，浓烈如午后的阳光，林鲸被包裹着，不自觉地双膝跪在沙发上，抵着他的额头。

蒋燃眼神明亮而幽深，薄唇紧抿，一张脸上满是情绪。但现实是：这是在办公室里，他们做什么都不行，亲了一会儿就分开了。

"会有人上来吗？"她小声问。

"不会。"蒋燃笑了一声才回答她的问题，捏了捏她的手指，又问："你刚才说什么太刺激了？"

"嗯……"林鲸看见他眼底浮现的戏谑笑意，便知自己被耍了。

"只是亲你，想哪里去了？"

"烦死了。"她咕哝着要逃开。

蒋燃把她摁在腿上，微微喘气："别动，就这么抱一会儿。"

林鲸将脸压在他的肩膀上，闻到他身上干净的男性气息，一时乱了呼吸，极力克制着问："不是天天抱着睡觉吗？"

"不太一样。"他笑了笑说，"大概还是因为场景吧，只是接吻也有点儿刺激。"

林鲸就说，蒋燃这人从不会做出格的事。

顺了一会儿呼吸，看时间也不早了，该去吃饭了，林鲸揉了揉泛红的眼角，把脸转过来，鼻尖擦过他的耳朵和脸颊，视线瞬间撞入他的黑色瞳仁，几乎能看见自己的模样。

蒋燃微垂着眼眸，无奈地笑了笑，又忍不住低头吻她。

或许是刚刚故意说了有关刺不刺激的话题，明明是开玩笑的，也不知谁心里当了真，林鲸瞧见他的额角和鼻尖都冒出了细细的汗。

他的手覆盖在她的手背上，碰到皮带，然后隔着黑色的西裤布料，看见她的手指微微拱起，动了动。

蒋燃喉结滚动，偏过头，嘴唇贴着她的鼻尖，一室安静到落针可闻，没有人说话破坏气氛。

忽然一道铃声如石子搅皱平静的湖面，是蒋燃的手机响了。一开始他没管，铃声停了一阵后又响了。

他收起散漫的表情，将手机拿了过来。

电话那边的人情绪激动地发问："Jason，我是不是得罪你了？"

蒋燃皱眉："怎么了？"

"说好给我的资金支持，为什么全都给罗特了？"

"这件事周一再说。"他的嗓音维持着一贯的平静，听不出丝毫不妥之意。

"明天我要回当地了，有合同要谈。"

蒋燃只思考了三秒，做出决定："我在办公室，你现在过来找我吧。"

没等对方回话，他直接挂了电话。

林鲸将电话内容听了个大概，总之就是马上有人要来找蒋燃，现在这场景必须得结束了。她缩回了手，坐在一边静静地发着呆，这下是真的难为情了。

蒋燃把皮带扣上，将裤子打理整齐，冷静自若地指了指斜对面："那里有洗手间，你去洗一下手。"

"我在外面等你？"她问。

"好，半个小时结束。"他揉了揉她的后颈，当作安抚。

林鲸把外套和包包一起拿了出去，找了个空的工位放下，跑去洗手间才看见镜子里的脸蛋早已红得像个小番茄。

她挤了一些泡沫洗手液，来回搓洗了两遍才放心，闻闻指尖，只剩下洗手液的清新味道。

出来的时候,她遥遥看见一个年轻的男人一脸阴沉地走进了蒋燃的办公室,似是要吵架的气势。

她烦躁地咬着嘴唇,羞耻到一时无法自处,便给鹿苑发了条消息:"'社死'到想逃离地球。"

鹿苑:"怎么了?怎么了?"

林鲸简单地总结,自己今天来蒋燃的公司玩,本想只是参观办公环境,结果擦枪走火做了件特别羞耻的事。

鹿苑:"我觉得你在跟我炫耀。"

林鲸:"?"

鹿苑:"这么完美的事情有什么好'社死'的?!感觉如何?"

林鲸:"没感觉,手很累。"

鹿苑明白了什么,自己抱着手机乐了半天,说道:"好吧,我猜蒋老师肯定很快乐。你回头问他要点儿辛苦费,毕竟这也是吃苦受累的活儿。"

林鲸:"我可能没法直视他了。"

鹿苑:"我要是你,我就等他忙完进去继续。"

林鲸:"滚吧,滚吧。"

林鲸找了张椅子坐下,用冲过水的冰凉手指冰了冰滚烫的脸颊。她发现跟鹿苑这货倾诉根本起不到缓解尴尬情绪的作用,鹿苑只会添油加醋。

林鲸在这边暗自神伤,而蒋燃那边的情况明显比她好得不是一星半点儿。

同事进来的时候,他已经整理好了衣着,端坐在办公桌后面,镇静自若地盯着手机看了。

韩旭一进门就忍不住叫嚣冤情:"Jason,我本不想来找你的,可是你这做法也太有失公平了!"

蒋燃被这刺耳的叫声吵得很不舒服,抬起目光扫了来人一眼,不悦地说道:"喊,你接着喊,把整栋楼的人都喊来给你评理。"

"……"

韩旭见他的脸色实在不能用和颜悦色形容,便稍有忌惮,但戾气仍未消除,压制着火气说:"我就是不服,凭什么?罗特给公司赚钱,我们就不是给公司赚钱了吗?"

蒋燃放下手机,淡淡地说道:"尺有所短,寸有所长。你们面对的是不同的市场,你做好自己的业务,不该你操心的事情你少管,这个道理我要跟你说多少遍?"

韩旭仗着和蒋燃关系好，听完这话就有些无理取闹了："我不服！"

蒋燃的声音也不小："那你憋着。"

韩旭气哼哼地说道："你和罗特一起搞这些小动作是什么意思，故意拉低我们团队的市场份额吗？你要是对我有意见就直接说。"

蒋燃放下手机，直白地问他："我对你们唯一的意见就是业绩太差，我说了你能立即改吗？"

韩旭被噎得哑口无言，气焰再也嚣张不起来，这是硬实力的问题。他和罗特的实力差距，不是一朝一夕能赶上的，况且罗特手里掌握着公司的大把客户和资源，这在公司无人能及。

"那还不是因为资源分配不公平？"

蒋燃好笑地看着他，倒也不是嘲讽，反问了一句："我把华南市场给你，你敢担这责任吗？你确定能达到罗特的销售额？"

韩旭一时没话了。他不能，整个公司大概除了罗特谁也没这个信心。

"实力还没到那水平，你就不要说大话。"

韩旭本是来寻求公平的，结果倒成了个被骂的出气筒，领导说话针针扎人，但做生意这件事本就不是辩论赛，和老板吵赢了就算厉害。

蒋燃自己也说过，有时候生意场上就是要不择手段，业绩为王，太顾及面子就回家待着去吧。

见蒋燃不赶人，韩旭就在他的办公室里赖了一会儿，让自己平心静气，待想好了怎么谈判，才重新开口说道："我不是来跟你吵架的，只是想为自己的团队争取点儿利益，没别的意思。"

蒋燃瞧着他，笑了一声："你早这么跟我说话，何必白挨一顿骂？"

韩旭继续说："现在市场的情况你最清楚，我们能坚持至今已经竭尽全力。如果公司还不给一点儿扶持，让我们自生自灭吗？Jason，我以为你能理解我们，而不是坐在高位上，居高临下地看着下面的人苦苦挣扎。"

蒋燃瞥他一眼，也严肃地说道："事有轻重缓急，公司的精力和资金都有限，你现在的任务就是回去做好自己的事，等新产品的推行进入正轨之后，我会对你们做出安排。"

他向来不惯着人，也无须向下属解释自己的计划和布局，只需下面的人照做，如今给他一而再、再而三地解释，已经算是有耐心了。

但是对韩旭来说，这话无异于打太极，漫长地等待宣判，令人厌烦。

自古以来，话语权从来都在老板那里。

韩旭不相信他，但也别无他法，临走前只说了一句肺腑之言："Jason，我们都知道 Tab 曾准备跳槽，但因对方高层动荡才没去成。动过二心的人你还这么重用，我们这些勤恳工作的老员工你不放在眼里，别等到有一天捡了芝麻丢了西瓜，后悔就晚了。"

蒋燃皮笑肉不笑地说："我还不需要你教我做事，出去吧。"

这次，他的语气不咸不淡，让人听不出是高兴还是生气。

韩旭甩手出去了。

蒋燃盯了一会儿门口，蓦地想起林鲸在某天加班到凌晨之后，也曾红着眼眶说过类似的话。坐在高位上的人只顾往前冲，不曾认真了解基层岗位的人间疾苦。

或许是有些被触动，蒋燃给助理打了个电话，让他随韩旭去一趟分公司，看看那边的情况。

助理懂蒋燃的意思，说会尽力安抚好下面的人的情绪。

林鲸玩着手机，目光却忍不住往办公室瞟着。

门虽然关得严，吵架的声音未免也太大了，她时不时就能听到那个年轻男人的吼声，骂得蒋燃就像是十恶不赦的黄世仁。之后声音越来越小，年轻男人出来的时候则是一脸委屈憋闷的表情。

林鲸心想：蒋燃在办公室里和人吵了架心情应该也不好吧。她就没去凑热闹，安安心心地等他出来。

只是，说好的半个小时早就过了，她像个被遗忘的小孩，被丢在这里。

他这也太王八了。

林鲸起身拿上包，把外套挂在臂弯里，准备自己下去了。

这时办公室的门被人从里面打开，蒋燃已经收拾得利落整齐，脸色平静，像换了一张虚假的面具。

大概是怕他怒气未消，殃及自己，林鲸错开一步看向他："我能问一句，你现在还是生气状态吗？"

蒋燃敛眸看着她，淡然反问："你觉得呢？"

林鲸同样抱着手臂："我觉得你刚刚训人好那什么啊。"

"什么？"

林鲸琢磨了一下，找到一个准确的词汇："阴阳怪气。"

蒋燃："……"

"对比下来，那天早上你对我的一堆批评意见还真是春风化雨般温柔，是我错怪你了。"

蒋燃笑了笑，顺便把门带上："这听着不像夸我的话。"

林鲸仍不放心地问："你以后不会也这样劈头盖脸地骂我吧？"

蒋燃将手搭在她的肩膀上，跟她说："只要我脑子没毛病，不怕没老婆的话，应该不会。"

林鲸一点儿不信，那天对他的评价是："见人说人话，见鬼说鬼话。"还真是不假。她把这话说给蒋燃听，他饶有兴趣地问："那你是人是鬼？"

林鲸厚着脸皮说："是你得不到的仙女。"

蒋燃绷直嘴角，默默重复了这两个字，等电梯来了，手放在她的后腰处轻轻把人推进去，问了一句："仙女的手还酸吗？"

林鲸恼怒："走开。"

不过她回头想想，蒋燃这人深不见底，让人捉摸不透，严厉的时候太严厉，温柔的时候比谁都温柔，两种模式切换得如此之快，哪一面都像面具。

林鲸忍不住往他的裤子上看了一眼，生怕留下什么痕迹。

蒋燃伸手捏住她的下巴，将她的视线挪开，冷冷地问："看什么呢？"

"没什么。"

她又瞥了一眼，只见长裤非常挺括，灰色的毛衣隐隐勾勒出结实的腹部肌肉。

突然做了那么一件羞耻的事情，她再也无法直视楼下那些其乐融融的孩子和家长。

两个人走到楼下，又被人打趣了一番："Jason，终于舍得把你老婆带出来啦。"

Nancy和几个女孩子鼓起勇气过来叫他们："要不要来玩魔方，比赛的？"

林鲸看向蒋燃寻求意见，活动桌上放着好几个正阶魔方，五颜六色的。

蒋燃："去吧。"

Nancy："老板你也一起来呀。"

蒋燃坐在林鲸身后的凳子上，悠闲地叠着长腿，看她玩。

魔方分三阶、四阶、五阶这三组比，以家庭为单位派出代表比赛，林鲸跃跃欲试，看上去她对自己的水平还挺有自信，想在这里检验一下。

蒋燃笑得不怀好意，没出声。

林鲸上学的时候玩过魔方。三阶魔方很快就被她复原了，复原四阶的时候她脑子有点儿犯糊涂，死活记不起口诀来，一次次尝试。她发现蒋燃的同事也不是吃素的，眼看着已经赶上来了。

　　她皱着眉盯了一会儿，同事已经赶超两面了。她求助地看向蒋燃。

　　蒋燃意会，伸手接过魔方："我来吧。"

　　Nancy立马阻止道："不行！"

　　蒋燃抬眉："不是以家庭为单位吗？我们不是一家的？"

　　Nancy敢怒不敢言，最后低声表达不服："你一上来，我们还玩个屁？"

　　这话不虚，他果然是最先完成的，剩下的人刚摸到五阶魔方他就已经复原完了，将魔方往桌上一丢，一片哀号声响起："玩个游戏也卷成这样……"

　　林鲸拿着他复原好的魔方，怔了好一会儿。他也太厉害了，连玩游戏都这么厉害，还有什么是他不会的？

　　"不虐你们了，先走了。"他的电话响起，他走到一边去接听了。

　　林鲸兴致未艾地跟了过去，等他打完电话，才说："和我想象中的不太一样，明明你也没表现得很严肃，但是大家有点儿怕你，又能和你很好地相处，甚至开玩笑。"

　　蒋燃说："和谐相处，最终是为了提高团队工作效率，不是在同事面前树威严。"

　　林鲸撇着嘴，用食指戳了一下他严肃的脸，像要把人戳醒："说到底，你还是万恶的资本家。"

　　蒋燃抓住她迅速往回撤的作恶手指，眼神暗含警告之意，然后攥着没松开，过了一会儿说："其实职场就像一座围墙，人跳出来后或许可以登高望远。很多事情没有你想的那么难，你想换一个轻松的环境工作，我可以帮你，不一定是在我身边，看你想去哪里。"

　　有些路蒋燃比她先走，就多了些经验。其实她不用为工作焦虑，依靠他也没什么不好的。

　　林鲸知道他今天带自己来的目的是告诉她，他能做的事很多，只要她开口。

　　她还是装不懂，插科打诨过去："别想了，我想登天你没梯子的。"

　　蒋燃的笑意渐渐淡去，他也只好作罢，再也没提这件事。

263

下午，林鲸提议去商场，没想到周末的客流量这么夸张，买个奶茶前面的号码牌竟然排了二十多个，况且这家奶茶店也不见得多红火。

"我要无语了。"她小声说，"电影要开场了。"

蒋燃站在一边喝着矿泉水，喉结轻滚，优哉游哉的，也没催她。

林鲸有些愧疚，正要仰头跟他说声抱歉，发现他正盯着她看，目光对上的时候他也没挪开。

"怎么了？"

蒋燃不知道想到什么，低头附在她的耳边说："在想中午的事。"

林鲸听清他的话后推开他，自己倒不自觉地翘起嘴角，那缱绻的画面总是在她的脑海里挥之不去，其实她也时不时想起。

这是她和他在一起做过的最大胆和羞耻的事情了，真是烦死了。

之后，蒋燃的各种应酬纷至沓来。

不见得是多么有直接利益关系的客户，大多是朋友、同学抑或是人脉资源，尤其是结婚的第一个新年，大家总要趁这段时间出来正式见个面。

而林鲸这人不习惯见陌生人，尤其是吃饭寒暄，一般蒋燃叫三次她总要偷懒躲掉一次。

不过有些比较重要的饭局，林鲸还是非常识趣地克服障碍，化妆弄头发，穿着正式地出席。锻炼的次数多了，她俨然已经有了为人太太的自觉。

意识到这个现象的时候，她自己都吓了一跳。

蒋燃倒是说她这叫进步，林鲸坚决不同意这个观点，她这辈子都没法成为"社交达人"。

年前的最后一次休假，还要被蒋燃拉着出去见人，她死死抱着枕头不肯从被窝里出来。蒋燃只好坐在床边哄她："最后一次了，过年让你好好休息。"

林鲸捂住他的嘴："走开，你上次也是这么说的。"

她真成在他公司上班了，他还不给工资。

蒋燃将手伸进被子里捉她，摸到细嫩光滑的手臂，问："那要怎么样才去？"

林鲸想想就困难："累，每次和你那些朋友出去吃饭，你们说的内容我都不感兴趣，每次都只能当花瓶。"

蒋燃吻她的额头，声音暧昧地说："你要知道，也不是所有人都有资格当花瓶的。"

林鲸气得咬他的耳朵，泄愤之后才不情不愿地起床。

做人家的老婆这种事，还真没那么容易啊。

其实真不是蒋燃故意为难她，而是去的不是普通饭局。他同学的叔叔的艺术馆开业，邀请他前去捧场。这位叔叔不仅是个挺有名气的雕塑家，还是个德高望重的教授。

他一个人去不合适。

下午，两个人去了湖西。饭局设在湖边挺漂亮的一座白墙墨瓦的小楼里，旁边的美术馆林鲸还来打过卡，因此对这地方很熟悉。

艺术馆叫旧影时光，现场活动也是以怀旧为主题，老照片、古董家具、油画……宛如身处过去，还请来了不少媒体，策划很是精心又隆重。

林鲸随着蒋燃陪长辈客套一番后，被门口的景致吸引，便走过去拍照。没想到碰见之前认识的一个人，是今天活动的执行主席，一个穿着帅气的阔版西装、马丁靴、发色惊艳的女孩子。

林鲸的注意力一开始全在她戴在手指上的夸张戒指上。

两个人曾在某个甲方的比稿现场交过手，那时都还是新人，现在今非昔比。直到对方朝她笑了笑，林鲸才恍然大悟，女生问："你还记得我吗？"

林鲸回道："记得。你们的活动现场做得好漂亮，也很有感觉。"

女生不在意地摇了摇头，问她："你现在在做什么啊？"

林鲸抠了抠指甲，摆上一副礼貌的笑容："我转行了。"

对方有些惊讶，继而有些遗憾，并没有问她干什么去了，只是笑了笑说："嗯，有条件就转行吧，策划真不是人干的。"

林鲸知道她这是客套话，换了个话题："我能拍照吗？"

"可以呀。"女生笑起来很是亲和，还有点儿可爱，酷酷的外表只是假象，"我还不知道你叫什么名字呢，我们加个微信吧，你的创意我都挺喜欢的。"

林鲸拿手机的时候，瞧了瞧对方。

女生无奈地笑了笑："我说的真不是客套话啊。好吧，听说你转行了我是觉得挺可惜的，不然我不至于不知道你的名字还记得你这个人哪。"

林鲸也笑，摇着头："我叫林鲸，鲸鱼的鲸。"

"嗯，我叫张琪琪，就是微信名。"

扫完微信，张琪琪就被同事喊去忙别的事了。林鲸拍了几张照片，然

265

后饶有兴趣地翻了翻张琪琪的朋友圈。

张琪琪很少发有关私生活的朋友圈，基本上都是工作上的状态，各种活动照片，以小型活动为主，看得出来一株茁壮又向阳的小花朵从没为现实摧眉折腰过似的。

过了一会儿，蒋燃从里面走出来，臂弯上挂着她的外衣。林鲸今天穿的是十分文艺的不规则裙子，长到脚踝，上面是一件灰色的毛衣，长发披肩，有点儿像一个很有才华的美术生，但看着很冷。

蒋燃抖开外套递给她："把衣服穿上。"

林鲸的鼻头已经有点儿红了，她轻轻地揉了揉："你是故意等我感冒了才来的吧？"

蒋燃盯了她三秒，好笑道："甩锅能力不见长，换个理由。"

林鲸瞪了瞪他。

蒋燃妥协道："好吧，把你从家里拉出来就是我的错。"

林鲸问他："你怎么出来了？"

蒋燃："不想看了，走吧。"

林鲸终于找到机会："是不想看了，还是看不懂？"

蒋燃睨着她，像煞有介事地捏住她的手往里拽："来，你进去给我发表三千字的小论文，写不出来今晚有你受的。"

"……"

两个人笑闹着离开了湖西的艺术馆，回去的路上，蒋燃问林鲸刚才是不是遇上朋友了，刚才看见她和一个女孩子相谈甚欢。

林鲸只简短地说了是以前相识的一个人，还不是朋友，然后又问蒋燃对今天的活动策划有什么感觉。

蒋燃目视着前方，想了一下措辞，给出中肯的评价："对雕塑和这种展会没什么兴趣，氛围感是不错的。可能是我接触得不多，创意似乎还挺独特的。"

林鲸颇为感慨地又偷窥了几眼张琪琪的朋友圈，一直翻到她的毕业照，很羡慕对方毕业三四年，哪怕换了公司，也保持着热情在做一件事情，不知疲倦。

林鲸隐隐有些难过，因为她心中的热爱已经没有了，只是味同嚼蜡、机械重复地做着某件事。

关于工作的事情谁也没有再提，一晃就到了春节。

今年除夕，林鲸不用值班。

小年夜的前一天，她高高兴兴地收拾着东西，一些简单的衣服，还有带去给爸妈的年货。蒋燃对过年这种事兴趣不太大，在书房里忙自己的事。

林鲸穿着睡裙，跑到他的书房门口，扒在门上小声问他："你要带什么衣服去我爸妈家？"

蒋燃正在打电话，手掌盖住音筒，分出一半精力吩咐她："睡衣，还有这几天的正装，你看着挑。"

"哦。"

电话那头是蒋蔚华，拿着叶思南的手机给他打的电话。自上次吵完架后，虽然林鲸以蒋燃的名义送了礼过去，但姑侄关系还没破冰。

蒋蔚华还不知道今年夫妻俩要去林鲸的父母家过年，问道："你们家阿姨要回去的吧？要不我明天和你姑父拿点儿东西给你们送过去？"

蒋燃直接拒绝："不用。"

蒋蔚华笑着说："那你和林鲸来我们这边也行，正好人多热闹。"

蒋燃默了默，说道："已经说好了今年回鲸鲸的父母那里。"

这话把蒋蔚华堵得半天没吱声，林鲸站在门口没离开，听见了电话那端是谁，有点儿担心蒋燃和蒋蔚华再吵架，便赤着脚小跑过去，攀着他的胳膊要抓手机，用口型说：我来说。

蒋燃没管她，把手机举得更高一点儿，到她够不着的高度，然后伸手把她抱到书桌上，将她的两条手臂摁在后腰上固定着。

林鲸急了，踢他的小腿，他却不为所动。

蒋蔚华长叹一声："你们结婚第一年怎么能回女方父母家呢？这也太不合适了，搞得像我们蒋家没人了一样。"

蒋燃反问："结婚第一年去男方的亲戚家就合适了？"

蒋蔚华大概是被气到了，"啪"一声挂上了电话。

林鲸的手还像被绑架了似的固定在后面呢，她不自在地说道："你这样不会又惹她不高兴了吧？她毕竟是长辈。"

蒋燃松开她："怎么担心的事这么多？长辈又如何？我也不是谁都惯着。"

两个家庭的磨合过程总要经历一些阵痛，要有人牺牲、受委屈，蒋燃从未让她为难过。

他这样漫不经心又成熟的语气，让林鲸在某一刻忽然很心动，身体也在下一秒做出了诚实的反应。她攀着他的脖子，主动亲了亲他的眼睛。

但做出这种无意识的爱意举动，她反应过来的时候有些慌乱。

林鲸很清楚自己绝不能像象牙塔里的小女孩，不能恋爱脑，连接两个人的是婚姻，而非纯粹的爱情。

况且自己和蒋燃之间的经济、人格独立方面，差距过大了点儿。她已经在某些方面依赖他了，绝不能什么都依赖着。

只是这段时间两个人相处和谐得过分，无论是床上还是床下，他都让人无法拒绝。

她稍稍撤开一点儿身体："你忙吧，我先走了。"

蒋燃忽然握住她的肩膀，将她摁回书桌上。

"干什么？"

"怎么光着脚？"

林鲸说："来得急，忘记穿鞋了。"

看见蒋燃微微皱着眉，她赶紧说："你忙吧，我走了。"

蒋燃叹了一口气，把她抱起来："算了，不想忙了，陪你收拾一会儿。"

床前摊着一个黑色的二十四寸行李箱，里面一半都是她的衣服，有点儿多。

"也就从这里到市区，开车半个小时的路程，你带这么多衣服干什么？"蒋燃面露疑色。

林鲸蹲在地上："你不懂，初一到初五要走亲戚吃饭的，这个时候比不上学历和工作，只能以美貌取胜了，我要赢过她们！"

她的性格总是别扭里带着一些诙谐。

蒋燃本来接到蒋蔚华的电话心情有点儿不好，却被林鲸给逗笑了，大概是觉得这个角度比较清奇，胡乱揉了一下她的头发。

随后他像个少爷似的坐在懒人沙发里，随手找了本杂志翻着，很是享受的样子，这叫陪她收拾行李？

林鲸没管他，拉开衣柜找了一件他不太穿的睡衣放进箱子里，还有毛衣和长裤，怎么搭配蒋燃都随她，一副甩手掌柜的模样。

她一晚上忙碌得像只小蜜蜂，翅膀乱飞地在卧室里来来回回地奔走，足以体现要回家过年有多归心似箭。

最后她去浴室拿洗漱包时，在储物柜里看到还有两盒没拆封过的套子。最近两个人都忙成了陀螺,做的频率大大降低,她故意把盒子一起拿了出去,蹲在行李箱前摆弄着,问蒋燃:"这个要拿吗?"

他合上杂志,想了想说:"你要是想忙里偷闲,顶风作案,我很乐意配合。"

"走开。"林鲸说这种话本来是看他心情不是太好,就想逗逗他,逗不成直接把东西塞进了床头柜里。

蒋燃抿着唇笑了笑:"真不拿了?"

她看他的样子还挺遗憾的。

"……"

家里那张小床的确不方便做些少儿不宜的事情,那他们就忍忍吧。

不过林鲸对回家过几天吃喝拉撒睡的日子还是充满了期待的,一想到衣来伸手、饭来张口的日子马上就来了,她就激动到睡不着觉。

临睡前,蒋燃看她眨巴着一双大眼睛瞪着天花板,冷冷地说道:"恕我无知,半个小时的车程也算远嫁?"

林鲸觉得自己被嘲笑了,在被窝里掐了他一把:"你懂什么?我不是要回家激动,是马上放假了激动。我把去年的五天年假和春节假期连在一起休了,这样有十天的假期!"

蒋燃捉住她的手,没松开,就这么握着放在小腹上:"怎么没提前跟我说?"

"你经常出差那么久,也没和我说啊。"林鲸下意识地就接了这么一句话。

蒋燃好久才解释:"我的意思是,如果你有假期,我可以和你凑在一起休息。"

空气一时凝结,干燥得"噼里啪啦"响。林鲸抱着缓和的心态,赶紧说:"别气了,别气了,话赶话而已。等明天回去,我让你感受什么叫家的温暖!"

蒋燃也挺期待:"嗯,我等着。"

林鲸这一年的首次翻车就在这个时候。

第二天下午,她三点多就提前下了班,和蒋燃一起去桥湖花园。去之前她还给施季玲发了条微信,问家里有什么吃的东西,爸爸妈妈的小宝贝就要回去了。

施季玲没有回消息。

两个人到了家才发现爸妈竟然都不在,房子明净整洁,那种诡异的安静气氛,让她感觉空气都干净到能把浮游物饿死的程度。

蒋燃侧头看了看她,什么也没说,转身去厨房烧水。

林鲸盯着干干净净的餐桌,上面有一套骨瓷茶具,是空的,花瓶里的富贵竹看上去极度缺水。她心里蓦地有种不好的预感,颤颤地问蒋燃:"我爸妈看上去好几天都没在家了,不会生病住院瞒着我吧?"

蒋燃扶着她的腰,声音沉稳地说道:"应该不至于,他们不像那种人。"

林鲸心脏骤然紧缩,赶紧给施季玲打电话,铃声响了好久都没人接。她又给林海生打电话,也是没人接。

大脑一片空白,或许是被一开始的猜测吓到了,她越想越怕,六神无主起来,抱着手机去扯蒋燃的衣服,眼眶泛红,快要哭出来了,说:"这大过年的他们都不在家,从来没有这样过,怎么办?"

所谓关心则乱,蒋燃把她推到沙发上坐下,虽也有同样的疑虑,但仔细思考了一下,说道:"应该是别的原因,爸妈按时体检比年轻人还要规律,爸还天天锻炼,开车一个红灯也不闯。"

他的意思是,两个人都惜命得很,她担心的那种意外应该不会发生。

林鲸回了点儿神,问:"那他们怎么不在家里也不接电话?"然后她又说,"我爸妈要是有什么意外为什么要瞒着我?我不可能不管他们的啊,就算……"

蒋燃说:"你打电话给别的长辈问问看。"

林鲸想起来了:"我问问小姨。"

小姨接了电话后,先是长长地叹了一口气,说道:"鲸鲸啊,虽然你这个哭腔很可怜,我应该替你爸妈感动。"

林鲸豆大的泪珠还在往下掉:"啊?"

施宏玲:"但是小姨真的好想笑啊,对不起,哈哈哈!"

"……"

"你等等,我现在给你爸妈回个电话,让他们打电话给你。"

"……"

她茫然地看着蒋燃,两个人一时无话。

过了一会儿,施季玲的电话打了过来,她说她和老爸两个人临时跟了个新年旅游团去三亚了。林鲸一听这话,激动地从沙发上跳了起来:"妈!你怎么不早说?我昨天早上还跟你说我要回家的呢!"

于是施季玲做作又愧疚地解释:"哎哟,其实都怪你小姨,是她和你小姨父报了团自己没法去,才转让给我们的。我们也不想去的啊,可不去这一万多块钱不就浪费了吗?"

林鲸两眼一黑,瘫倒在沙发上:"……"

施季玲又说:"今年你好不容易结婚了,我和你爸爸也想出来旅旅游,放松放松。"

林鲸翻了个白眼:"你怎么不告诉我?"

施季玲回道:"是想告诉你来着,可又怕你不同意,或者跟过来打扰我们。"

"你们真是太过分了,害我扑空,早知道我就不回来了。"

"没事,没事,妈妈年初二早上就回去了。你们两个去小姨家陪外婆一起过年,听见了吗?"妈妈像交代小朋友那样叮嘱着,"两个人好好过啊。"

"……"这届爸妈太不让人省心了。

挂上电话,林鲸才擦干脸上搞笑的泪珠,爸妈早点儿说这事她不可能不同意的啊。

蒋燃像早有预料一样,揉了揉她的头发,转身去了厨房。林鲸也跟了过去。冰箱里只有一些爸爸准备的年货,腊味和海鲜什么的,他们离家好多天了,并无生鲜,一根新鲜的菜叶子都没有。蒋燃卷着衬衫衣袖,把一些菜品拿了出来。

林鲸丢脸地揉了揉眼角,看着他平静的表情,疑惑地问道:"你是不是早就知道了?"

蒋燃:"没有比你早确定,大致猜到了一些。"

林鲸:"怎么猜到的?"

蒋燃:"前一阵子我出差回来,爸问我春节飞三亚的机票贵不贵,哪家酒店靠谱,结合今天的情况,生病不告诉你这个理由太扯了,于是就有了点儿猜测。"

林鲸气鼓鼓地说:"这个老头太坏了,竟然骗我,看我都哭成什么样了。他们要去就去嘛,我又不会阻止,还玩这一套。"

蒋燃略一思考,给她倒了一杯温水,解释道:"很多时候,看似你依赖父母,实则是他们自己还不习惯放手,也舍不得,便把你想象得太过脆弱。"

林鲸绞了绞手指,问了蒋燃一个问题:"那你觉得我过分依赖父母吗？"

蒋燃关上冰箱门，注视着她："还好。这么大还有父母可以依赖，难道这对你来说不是好事吗？"

林鲸没想到他竟然说这话，一时分不清他是真的赞同，还是反讽她不够独立。

蒋燃已经把冰箱里的过期食材都整理出来，丢进垃圾桶，留了一些能吃的在里面。林鲸见他一反常态地居家，问："你干什么呢？"

"看看今晚能吃什么。"

林鲸想到一个偷懒的办法："既然爸爸妈妈不在家，姑姑也想让我们一起过年拉拢感情，不如就去她那里吧，省得日后她有意见。"

"没必要。"蒋燃摸了摸她的头，语气调侃地说，"爸妈不在不是还有我吗？我照顾你。"

林鲸破防地笑了笑，不以为意地说："喊，少爷少说点儿大话。"

她没把他的话当真，将行李箱推进卧室，又问了一遍："家里都没人，我们还要在这里待着吗？"

蒋燃在厨房回她："你先整理吧。"

她整理好行李，换了一套舒服的家居服出来，蒋燃刚从外面丢了垃圾回来，手里还拿着一张门禁卡，高大的身影站在玄关处，略显拥挤，旁边的衣架上挂满了包包和外套，和他同处一个画面，竟有些说不出来的温柔感。

"家里没有能吃的东西了。"

施季玲和林海生外出多天，自然不会留着食物放坏。

林鲸顿时觉得两个人像被遗弃的孩童，摊手说道："一起饿死在这里吧。"

蒋燃瞧了瞧她："去买菜。"

林鲸质疑地看向他，如果她没记错的话，两个人结婚小半年来，从未见他做过一顿正式的饭。

"你会做饭吗？"走到楼下的时候，林鲸忍不住问道。

"工作忙，快忘了这项技能。"蒋燃似乎陷入淡淡的回忆之中，"以前的做饭水平，算是能吃，因为要照顾叶思南。"

林鲸哼笑："除了早餐，你没有给我做过。"

蒋燃的笑容里有些诱哄的意味，又是那套说辞："太忙太累，没那个兴致了，理解一下？"

林鲸没真的怪罪他,其实知道他会做饭不奇怪,毕竟那样的家庭状况下他不早点儿当家也不现实,但嘴上仍是不饶人:"你对我们的婚姻生活太敷衍了。"

蒋燃没反驳。

春节期间附近的菜市场关门早,两个人驱车来到离家稍远一些的超市。

蒋燃推了一辆购物车,林鲸揽住他的臂弯:"明天除夕,我们要去小姨家吃年夜饭。不是因为我爸妈不在家,而是外婆在哪家过年,我们这个大家庭就在谁家吃年夜饭,今年外婆正好在小姨家。"

她小心观察着蒋燃的表情:"你不介意吧?"

两个人走到生鲜区,他随手拿了一盒牛肉放进购物车,口吻淡淡的:"不会。"

林鲸觉得他不是很明白其中的含义,他和自己的家人相处总是针尖对麦芒,给人的感觉是他对亲戚关系很排斥。

于是她又解释:"其实也不复杂,就是我小姨一家人。我们结婚的时候你见过她,她长得和我妈妈有点儿像,比我妈胖一点儿,人很好。"

蒋燃停了下来:"有印象。你不用给我解释这么多,我和姑姑的关系是历史遗留问题,只靠沟通已经无力挽回。我不是你想象的那样,亲缘浅薄也不是我想要的结果。"

他这样说林鲸就放心了,她攀住他的胳膊:"你准备今晚怎么照顾我呢?"

蒋燃:"点菜吧。"

林鲸:"八大菜系你都行?"

蒋燃明显一脸无语的表情:"让你点菜,不是点炮。"

"……"

最后林鲸没有为难蒋燃,更不想为难自己的胃,以免蒋燃大展身手后味道却不行,她都没台阶下。两个人只买了一点儿简单的新鲜食材。

两个人从超市回来以后,一起挽着袖子在厨房里忙碌着。林鲸不知道蒋燃的厨艺到底如何,大厨的派头他倒是做得很足,做个饭还要拉着她打下手,给他拍蒜递姜,任他指点江山。

好在聪明人做什么水平都是在线的,这顿简单的晚餐味道比林鲸想象的更好,大概率以后她也不会再吃到。

饭后,两个人凑在家里那张半旧的餐桌前,泡了一壶茶,借着昏黄的光线,林鲸扫了他一眼。

男人低眉浅酌,修长的手指搭在茶杯耳上,手背青筋微突,那种瘦削感让她想到了不该出现在餐桌上的画面,比如在她的颈后游走,拨弄着她柔软的耳垂撩拨,每一帧都令人面红耳赤。

更多的还是他做任何事都有条不紊的神情,引人注目。

蒋燃注意到她的目光,凝眉问:"看什么?"

林鲸开口:"感觉你和谁搭配都是一个很好的丈夫。"

"难得从你嘴里听到我的正面评价。"

"最高评价。"

蒋燃笑了笑:"最终搭配给你了。"

"是啊,我占便宜了。"林鲸垂着头,盯着杯中的淡色液体,有一片小小的茶叶沉在杯底。

"没有,我也觉得很幸运。"蒋燃拍了拍她的头,低声说,"真心话。"

林鲸并不相信男人的漂亮话,脑子有一阵发蒙,张口问出不太合时宜的问题:"和我结婚,你看上了我什么呢?"

蒋燃放下茶杯:"这个问题我在求婚的时候说过,我想一直和你一起生活。"

他给的还是最初的答案,没有任何变动。

我想一直和你一起生活……承诺像五彩斑斓的泡沫,乍一听浪漫得不像话,林鲸心中却发涩,是她太心急了。

她捧着茶杯掩饰内心的慌乱情绪,眼睛亮晶晶地开着玩笑:"其实你就是图我有个稳固幸福的家庭吧,还有爱我的爸妈!"

蒋燃不置可否,也用玩笑的语气回她:"对,就图这个。"

"稳固的关系不会永远稳固下去,任何人都会离开我们,或者人走了,或者心变了。比如现在,我爸妈就抛弃我去远行了。"她又有些认真地说,若有所指。

"你还需要更多的安全感吗?"

"缺乏安全感是现在这个世界的人的通病,发病率极高,不止我一个病入膏肓患者,你难道不是吗?"她促狭地笑起来,眼睛弯着。

蒋燃依然没有反驳,只是凑过来,若有若无地用嘴唇碰碰她,时而吮咬,时而逗弄,含混地说:"针对这个病症,先人早有药方,对有些人有效,对有些人无效,看你肯不肯试。"

"什么?"林鲸被亲得晕乎。

"一个和自己血脉相连的孩子。"

林鲸睁大眼睛:"你怎么会相信生个孩子就能给你带来安全感?"

"我本就不信安全感是别人带来的。"蒋燃又亲了亲她,把她拢到腿上,柔声说,"只是告诉你,想要孩子是真的。"

林鲸没有立即给蒋燃一个答案,当然相信他也不是立马就要,这是结婚之初他们就说好的。

毕竟她现在自己的生活和工作还一团糟呢。

于是,这个问题他们只当茶余饭后闲谈。

除夕这天,林鲸一到小姨家就被外婆盯着看了一会儿,外婆抓着她就问,结婚都半年了有没有动静。

林鲸没反应过来:"什么动静啊?"

小姨帮外婆说:"问你肚子里有没有动静呢,你外婆最关心的就是这事了。"

林鲸无语了,本想今年终于不用被催婚了,结果要被催生,这是玩游戏升级吗?一关关的还过不去了?

蒋燃好脾气地跟外婆解释:"今年比较忙,我们明年再生。"

外婆得到承诺,立马喜笑颜开:"真的?不要骗我。"

蒋燃:"没骗您。"

林鲸趁乱给了蒋燃一个恐吓的眼神,嘀咕:"谁答应谁生啊,明年拿不出孩子你别来找我。"

蒋燃柔声说:"哄哄老人而已,难道你非要跟她杠一句'我想生就生,不想生就不生,我的子宫我做主'?你还想让她好好过年吗?"

林鲸少见蒋燃这么回击人,忍不住撇嘴。

"你们俩干吗呢?悄悄话也说给我们听听。"小姨见两个人凑在一起,忍不住打趣道。

"……"

小姨一家人是第二次见到蒋燃,上次婚礼上匆匆说了几句话,远远看着新郎官高高帅帅的,这次近距离看,远比婚礼那天显得亲和很多,文质彬彬,气质儒雅。

小表妹偷偷盯了一会儿蒋燃,跑到房间里抱着林鲸乱叫:"救命啊,你老公长得好帅，关键是哄老太太也好有耐心哪，这是神仙吧？"

林鲸无聊地躺在她的床上玩手机，撇着嘴："还好吧，可能看多了，没感觉。"

"我去，你要不要这样？"表妹戳了戳她的手臂，让她看外面，说道，"长得帅就是好啊，连中老年妇女都俘获了，看我妈那殷勤样儿。"

林鲸心想，倒不是脸的问题。蒋燃不愧是做老总的料，思想开阔，语言缜密，会笼络人心，不仅每天给她输出道理，怕是连小姨和外婆的洗脑工作都不放过……

林鲸的小姨和施季玲性格不同。在中国，大多数丈母娘对女婿的善意甚至超过了对女儿的，企图用自己的善意换取女婿对女儿的体谅，这种投资其实虚无缥缈。

但施季玲心中的爱是高度集中和自我的，哪怕优秀如蒋燃，她也是该批评就批评，该指责就指责，当自己的小孩那样，宛如不卑不亢的天平。

小姨听说上次林鲸被狗咬了，施季玲一发火就殃及了蒋燃，便在吃饭的时候跟他说："我姐就是刀子嘴豆腐心，有的时候说话太冲，你别计较。"

蒋燃温和有礼地称不会放在心上。

年夜饭的时间，一家人聊起近况。当然，大家最关心的还是小辈的工作和生活，林鲸和表妹自然而然成了大家的"批斗"对象。

表妹在准备考研，一株小花还未盛放，无甚可指摘的地方，话题的中心便落到了林鲸身上。

小姨知道林鲸不是很喜欢物业的工作，今晚正好都是自己家的人，便出谋划策："鲸鲸，你要是实在不想做这个工作，让小姨父给你找个相熟的教授指导你考个文科研究生怎么样？读点儿书放松一下，以后你再找工作选择也更多。"

林鲸感觉头大："小姨，我不太想考研。"

"要不考个事业单位的编制呢？工作稳定又轻松，很适合女孩子。"

林鲸："……"

表妹见林鲸不好意思说小姨，就翻了个白眼说道："妈，不是所有人的职业生涯尽头都是考研和考编，你别乱出主意了。"

小姨："哎呀，我就说说嘛，也是为你姐姐好。"

林鲸当然知道小姨是真心为她好，便解释："小姨，你说的这两种都是很好的出路，只是我个人不是很喜欢，我也不想为了逃避生活去考什么，年后工作上有一点儿别的打算，您就别操心了。"

小姨若有所思地点了点头，"哦"了一声，接下来的话也是随口说出："嗯，你可以和蒋燃商量商量，让他帮你看看，他手底下管着这么多人，给你找一个称心如意的工作不难。"

说者无心，这也是友善的建议。

但小姨并不知道林鲸心中所想和坚持，只道夫妻应该同心协力。林鲸的脑袋都要炸开了，她感觉尴尬至极，这是她最不想被人提及，也最不想蒋燃帮自己的事。

各方实力上，两个人的差距太大了，平时的建议已经足够。先不说他能不能这么做，林鲸并不想连自己的饭碗都要蒋燃给安排。

经济独立的资格都没有，她面朝着饭碗，会觉得好丢脸。

大脑一片混沌之时，她感觉到蒋燃在看自己，他目光灼灼，她那一边的脸都是火辣辣的，像被人打了一样。她强维持着情绪，听见蒋燃说了模棱两可的回复："看她喜欢做什么吧。"

小姨听了蒋燃的话，不明就里地笑着："鲸鲸啊，有你老公的这句话你也不要多想啦，工作还是很好解决的。"

外婆也表示很满意，说道："女孩子工作不要那么拼命，结婚了就要以家庭为主。两个人都忙着挣钱，哪个管家，你说呢鲸鲸？"

林鲸无法回答外婆的问题，只觉得胸口滞塞，极度想逃离这个空气稀薄的场景，又怕被说无理取闹和矫情。

她闷了闷，眼尾微红，一言不发地吃着饭，默默地避开了蒋燃的触碰。

她丢人都丢到他身上去了。

无人发现她的懊恼情绪，也无人理解她的坚持。

片刻后，蒋燃轻声开口道："每个人对职业有不同的想法，鲸鲸也有自己的考量，别人或许不能站在她的角度思考问题，我们尊重她就好了。"

他的一席话温柔郑重，小姨和外婆暂时没接那话。

过了一会儿，小姨父赞同地说道："对的，年轻人的思想活络又新潮，跟我们不是一个维度，你们就别瞎着急了。"

小姨也意识到自己的话不对，虽然不理解林鲸，但也赶紧改口："我可能思想有点儿老了。"

林鲸眼眶温热，看了蒋燃一眼，他面色平静，把小盅的海参往她手边推了推。

277

表妹也说:"就是呀,还是姐夫了解姐姐,你们就会把自己的想法强加到别人头上。"

…………

一顿饭吃得不尴不尬的,有些影响林鲸的兴致。她和外婆以及小姨也没什么体己话要聊的,便和表妹躲去房间里看电视剧。

反而是蒋燃在外面陪长辈们聊天,应付着场面,宛如这家的亲生儿子般。

九点多,外婆熬不动要去睡觉了,蒋燃过来敲门,提醒她回家了。林鲸犹如被解放,舒了一口气。小表妹给她递来一个可怜巴巴的眼神:"求求你们也带我走吧。"

林鲸幸灾乐祸地安慰她:"初三来找你玩,嘿嘿。"

小姨家距离桥湖花园并不远,走路十五分钟的距离,因此他们就没开车。

旧城区这边零散的店铺很多,各式各样,一家汽修铺旁边紧挨着的是藏书羊肉,略显杂乱。这会儿两旁的街道倒是十分安静,大门紧闭,各家的人都回去过年了,只有昏黄的路灯依然坚守,照着一双人影。

蒋燃牵着她的手,刚刚他陪小姨父抽了根烟,哪怕没几口,身上也沾染了些烟草味。

林鲸沉不住气:"怎么这么早就回家啊,你不和姨父吞云吐雾到天亮了吗?"

"烟味重吗?"

他闻了闻自己的衣袖,大概自己没什么感觉,才说:"我倒不急,只是看有的人归心似箭了。"

林鲸抿唇不肯承认:"谁啊?你说谁?"

蒋燃点了点她的脑袋:"原来你的蛮横只是对我,对长辈有不满,你怎么就不敢说呢?"

她对蒋蔚华,对小姨,甚至对妈妈都是这样。

蒋燃问她:"你上学的时候有人给你起外号吗?"

林鲸一时想不到什么话反驳,直接上脚轻踢了一下他的小腿:"让你说我!"

蒋燃灵活地躲开,抬手捏她的脸:"小林同学,跟你说了很多遍,要勇敢把心里的想法说出来,没有人会觉得你是另类。"

想了一会儿,她说:"今晚小姨说的事,你别放在心上,也别管我行吗?"

"怎么了?"

"工作是我的体面,我想自己解决,真的。"

这也是她明明已经对物业这个工作看透了,却不在年前辞职的原因,她怕的就是过年期间七大姑八大姨追着问她这个无业游民,有工作还能给她镀上一层保护色,让她体面一些。

蒋燃没多问她的决定和想法,答应她了。

他重新牵起她的手,迈着长腿走得极快,去街边的某家24小时营业的便利店。

"干什么啊?"林鲸勉勉强强地跟上他的步伐。

"你说呢?"他低笑,"长夜漫漫,不能聊天,找点儿别的事做。"

年初二下午,施季玲和林海生就从海南回来了,老两口回到苏州感受到不一样的气候,被寒风一刺激,老林同志差点儿说出"我得倒个时差"这种话,被施季玲给堵了回去。

父母回来,两个人终于有了那么一点儿过年的感觉。

倒不是说他们照顾不好自己,而是听见施季玲熟悉的呐喊声,生活中充满了唠叨的话语,才有家的意思。

同时,过年的各项拜年活动也相继展开。

林鲸没想到新年第一个来找她的人竟然是许阿姨。

这些天她和蒋燃住在桥湖花园,许阿姨还是坐公交车大老远赶过来的。

其实她发微信也能把事情说清楚,但老一辈的人总是习惯当面说清才不伤和气,文字表达总是冷冰冰的,缺了那么点儿真心实意。

许阿姨要辞职去北京了,她女儿的抑郁症变成重度的了,身边除了忙到不着家的丈夫,无人陪伴。她女儿已经有了轻生的迹象,别人都在高高兴兴地过年的时候,她女儿割伤了自己的手腕,发照片给妈妈看,说自己真的坚持不下去了。

一说起来,许阿姨就哭得不能自已,眼睛红肿,再也无法控制自己的情绪。林鲸看了照片,女生细细的手腕上有一条红色的伤疤,往外冒着血,伤口不算深,说不上自杀,但绝对算自残。幸好人被老公送去就医,才勉强恢复正常。

许阿姨懊恼地说道:"我和她爸爸从来没有逼迫过她什么,她要留北京就留，我们给她攒钱买房，支持她的工作，从来不给她添麻烦，我们按时给她打电话她还嫌我们烦。那边的压力真的大到这样吗？我看别人比她再苦再难也好好的，怎么就我的孩子生病了呢？"

林鲸理解许阿姨亲自来见自己的原因，大概只有面对面的温热话语和表情，她才能感受到人情冷暖吧。

"小林，你说我该怎么办？"

林鲸跟许阿姨说，不能用客观的物质条件衡量一个人的幸福指数："或许是某一次的情绪坍塌，或许是积少成多的微小挫折、压力，击垮了一个人。"

许阿姨又开始哭："可是她的一些事，我并不懂。"

林鲸说："您去那边，她有妈妈陪着总会比她一个人挨过去要好。"

许阿姨道谢："谢谢你，小林。真希望我女儿也能像你一样轻松快乐。"

"……"

林鲸微微叹气，她心里的苦谁知道呢？

送走阿姨，林鲸回家后也有点儿抑郁了，没忍住把这件事告诉了蒋燃，有些感慨，蒋燃让她多付给许阿姨一个月的薪水。

林鲸说："她缺的不是钱。"

蒋燃："你想关心她，除了经济方面的帮助，也做不了别的事了，给钱也算尽力。"

"……"

林鲸感觉这做法符合人情，却又说不出哪里不妥当。

初五都还没过，蒋燃就结束了假期，要去郑州出差。韩旭把一个客户的单子搞砸后要辞职，分公司那边几乎乱了套。

但是蒋燃临走前，蒋蔚华还约了他们一起吃年后的第一顿饭。

林鲸还没从许阿姨的事件中走出来，想到将要和蒋蔚华一起吃饭就两眼一黑，趴在床上问蒋燃："我能不能不去啊？"

蒋燃摸了摸她的脑袋："可以，我待会儿给她回个电话。"

林鲸又纠结，捂住他的手："还是算了吧。你姑妈虽然难搞一点儿，但只要你不在，没人不顺着她，她应该不会为难我吧？"

"记住我跟你说的话，不要她给你摆出长辈的威严样子你就害怕，别怕得罪人，你那么软的脾气也得罪不了谁。"

林鲸心说：你一心扑在工作上，两耳不闻窗外事，根本不懂我的心情！

蒋燃瞧着她，还是不太放心："算了，你明天跟妈一起去就没事了，顺便跟她学学不同战场的谈判方法，懂吗？"

林鲸似懂非懂。

第二天蒋燃离开家，施季玲倒是十分乐意和林鲸一起去和蒋蔚华吃饭。

两个人来到预订的餐厅，蒋蔚华往她们身后看了看，问："蒋燃怎么没来？"

林鲸都还没来得及讲话，施季玲就先发出新年的第一炮："女婿出差了呀，他丈母娘陪你吃饭，不够格吗？"

蒋蔚华假笑："你这说的哪里话？我还正想约你一起呢，就怕你没时间。"

说着，几个人落座。

叶思南和林鲸相视一笑，都有些无奈，至于叶昀，完全就是个干饭的工具人。

"三亚好玩吗？"蒋蔚华找话题缓和气氛。

"有钞票嘛，哪里都好玩的呀。"施季玲这一刻简直是工地上的首号杠精劳模。

蒋蔚华："……"

见对方一脸便秘的表情，施季玲大概意识到开炮有点儿早了，赶紧找补回来："哎呀，我还给你带了礼物呢。"

说着，她把在免税店买的整套护肤品递给蒋蔚华，后者也惊喜地拿出东西看了看，十分夸张地说道："哎哟，这个牌子的东西好贵的，我一直想买都没舍得买呢，你破费了。"

施季玲笑着摸了摸自己的头发，挺直身体："别客气，没花多少钱，三亚免税店打折，很便宜的。"

蒋蔚华："……"

林鲸乖巧地给大家倒水，假装看不见蒋蔚华眼里的火气，和稀泥那一套她倒是跟林海生学得很好。

叶思南基本上和她统一步调，吃着吃着就和林鲸聊起别的事情来。

叶思南举着手机问林鲸一个旅游网红地，林鲸也没去过，说以后有机会可以去玩。

叶思南便奇怪地问道:"你和我哥结婚以后,怎么没去度蜜月或者一起出去旅行呢?"

林鲸抿着茶水,有些无奈:"工作都有点儿忙,凑不出几天完整的时间,也没计划。等以后再说。"

叶思南叹息:"你也太理解他啦,女孩子太善解人意,男人会不把你放在心上的。"

林鲸笑意清浅:"是吗?"

这时,蒋蔚华忽然问林鲸:"蒋燃到底去哪里了啊,年都没过完就往外跑?"

"去郑州了,那边好像有什么急事。"林鲸回答得也有些漫不经心,他很少跟她交流工作上的事,两个人待在一起基本上都是说些家里的琐事,或者林鲸工作中鸡毛蒜皮的事。

蒋蔚华刻意摆了摆脸色,略带责备地说:"这些年轻人真是一个两个不让人省心,日子也过得不像日子,春节不知道给长辈拜年,出远门也不交代一声,太不靠谱。"

虽然她的有些话,施季玲觉得是有点儿道理的,但施季玲就是看不惯她管天管地的样子。

施主任幽幽地喝着茶,开口:"不是我说,你操心太多老得快,用再贵的护肤品也是徒劳。年轻人有自己的生活方式,他不挣钱怎么养老婆孩子?咱们这些做长辈的能帮就帮一把,不能帮就闭嘴别掺和,多好啊。"

你是天王老子吗?人家还得向你请安?

蒋蔚华脸色稍变,论嘴炮功力她是吵不过施季玲的,也磨不开那个面子:"我这不是关心嘛,自己的孩子肯定心疼啊。"

施季玲心里轻轻"呵"了一声,不屑搭理她这冠冕堂皇的说辞。

氛围一度陷入沉寂之中,谁撑不住谁尴尬,反正林鲸有施季玲撑腰,未觉气短半分。

用餐快结束的时候,蒋蔚华才对林鲸关心了几句:"鲸鲸一个人在家住害怕吗?"

林鲸:"不会,小区治安挺好的。"

蒋蔚华暗示道:"蒋燃总不在家,你一个小姑娘多孤单哪,我和你妈妈轮流去陪陪你吧,给你们打扫卫生和做饭。"

施季玲眼神锐利地注视着蒋蔚华,皮笑肉不笑地卷土重来:"哎,我可不去人家小年轻的家里,我这条不知趣的老茄子往那里一戳,打扰人家干什么呢？还不够讨人嫌的啊？要去你自己去。"

蒋蔚华瞪着眼。

施季玲补充道："我说自己，没说你。"

蒋蔚华气哼哼地说："你都不去，我还去干什么？"

蒋蔚华简直无话可说了，大过年的，每一句话都被对方死死地摁在地上摩擦，真是够触霉头的。她快速吃完饭，借口下午还要打牌便离开了。

回去的路上，她终于忍不住抱怨："蒋燃的这个丈母娘，之前倒没看出这张嘴这么厉害，亏我以前把她当成好姐妹。"

叶思南坐在她的旁边玩手机："让你少管哥哥的事你还不听，这就叫魔高一尺道高一丈，你吵不过人家气的不还是自己？"

蒋蔚华心烦意乱地说道："你到底跟谁亲？"

叶思南目光还盯在手机上，气定神闲地说："我在劝你少管闲事。你要是想为了舅舅那渣男挽回儿子就歇歇吧，我哥自小看尽世态炎凉，比谁都清楚谁对他好，谁图他什么，不要让他真的憎恶你，不然家人都做不成。"

小姑娘今天大发善心，又补充了一句："林鲸的父母显然比你们明事理，又会笼络人，到时候你别后悔。"

蒋蔚华好一阵心有余悸。

这边回家的路上，施季玲靠在皮椅上闭目感慨道："我真是没想到有一天还能被蒋燃这小年轻给利用。"

林鲸眉心一跳，装不懂："你说什么？"

施季玲想想就哭笑不得："让我去对付他多事的姑姑，他这个领导当得可以，人尽其才呀他，这招用到丈母娘身上来了。"

林鲸一阵心虚："亲戚之间总要碰面的，你别想太多。"

施季玲并没有真的计较，甚至隐隐佩服蒋燃这睿智和胆量："你要是有他一半聪明就好了。不过我回头想想，蒋燃这孩子面对这样的家人也是辛苦。上次因为你的事把他臭骂一顿，我心里挺过意不去。"

林鲸开车，对施主任说："辛苦了，妈妈。"

施季玲眼里现出难得的柔情，她淡淡地说："辛苦什么啊？让你一个二十几岁涉世未深的小姑娘去面对家长里短，实在太为难了，对这种人，还得是我这个老大妈出马才行。她不要面皮，我就比她更不要面皮；她高姿态，我就要比她更高姿态。这是社会人谈判的技巧，你学着点儿。"

林鲸"扑哧"一声笑了:"你怎么还把自己贬低了一下呢?"

施季玲说:"这是做妈妈的修行。我在你这个年纪时也是花儿一样漂亮,文文静静地维持着少年人的体面样子。但是生活给出的难题太多了,人只顾体面是一文不值的,别人的眼光也就没那么重要了。等你也有了孩子,你就会懂。"

林鲸把妈妈送到家,自己回了溪平院,时间还早。

家里几天没人住,好像有了一层灰尘。她洗了一些衣服,又把家里里外外打扫干净,然后订了花和外卖。

剪了花,吃了晚饭,她无所事事地坐在沙发上拨弄着手机,也不知道该干什么。

初五以后大家都回去上班、上学,她请了年假却不知道怎么用,早知道就不请了。人在闲暇时思想总是乱飞,想到很多东西,比如前途以及出差的丈夫。

过去之后电话也不打一个,男人会不会忙碌之余出去放纵一下呢?

蒋燃此时正坐在韩旭的办公室里,明明一副眉眼温和、平静无波的样子,办公室里却人人自危,大气不敢出。

郑州这边的分公司在一个老牌的写字楼里,不算太大,但成立已久,负责人几经更换,直到前年,蒋燃把韩旭派到这里才算稳定下来。

这天韩旭没来,他的秘书见老总忽然造访,惊得后背都冒汗,赶紧给韩旭打了个电话:"Jason来了,你还是赶紧来公司吧。"

挂了电话,他颤颤地去问蒋燃要喝什么,后者没说话,摆了摆手,让他出去把门带上。

新年上班的第一天就来这么一个场面简直能把人吓死,蒋燃仿佛是来问责的,加上韩旭的情绪阴晴不定,扬言效仿罗特,威胁上层,大家有了不祥的猜测,这边的分公司怕是要变天了。

蒋燃站在里间,抬起手指拨了一下百叶帘,抬眸看向外面的办公区。几个业务骨干这会儿还坐在工位上喝着咖啡,散漫地聊着天,颇有公司末日黄昏的消极感。

他皱了一下眉。

韩旭气喘吁吁地从电梯间里出来,一边跑一边整理袖口,推门进来的时候看见蒋燃正坐在他的办公椅上低头看手机。

"Jason,抱歉,我没看见你的信息。"

蒋燃抬起头来，给他一个台阶下，淡淡地问："去见客户了？"

"也没，有点儿事。"韩旭不太敢说谎，迟疑着说道，"你怎么忽然来了？"

蒋燃轻哂了一声："来看看你是怎么把浪翻起来的。"

韩旭默默坐到办公桌对面的椅子上，低声说道："我干不下去了。"

蒋燃嘲讽地笑了笑，一针见血地说："你要真不想干也罢，直接写邮件走流程，我不会不批。你给我私发那么一封不正式的辞呈，确定不是邀请我来观摩你是怎么搞砸项目的？"

他把韩旭的意图解释得如此直白，看来是弯子都懒得绕了。

"罗特能用辞职威胁你，我为什么不能？"韩旭隐忍着说道，"我也想看看在你Jason的眼里我们这些人的分量到底有多重。"

"你拿什么跟罗特比？"蒋燃瞥了他一眼，"比蠢吗？"

韩旭硬着头皮说："你明知道我在闹事也来了，不是怕我带着团队和客户抄底走人吗？"

蒋燃看看他，越发觉得好笑："我这个人最不喜欢受人威胁，触动我的只能是利益。你走了我将条件加码，你真以为没人能顶上这个位置吗？"

这席话，和北方飘着雪粒子的天气没什么区别，冷得不近人情。

"至于客户，你不是罗特，出了汇思力谁认得你？"蒋燃又问。

韩旭动了动嘴角，想再说点儿话，却又觉得说什么都很可笑。他被目前的状况逼疯了，失了理智。但现实的境况就是如此，他业绩做得越差，公司给的支持越少；公司不给资源，这边的业务就越难展开，如此恶性循环下去。

他垂着脑袋，像条丧家之犬。

蒋燃定定地站在那里，看他懊悔，也不算无药可救，终于缓和语气说："把你的态度收一收，我当什么都没发生。回去后我安排一个技术团队给你做支持，后期业绩有起色再给你拓展团队，有问题你再找我，但别再胡闹了。"

他的话透出一种居高临下的宽容感，收拢人心不过如此，打一巴掌再给颗枣，只是被收拢的人段位差一些，感受到的是来自上位者的体恤之心。

韩旭心情平缓，片刻后才鼓起勇气说："老大，其实我说要辞职也不是一时气话。"

蒋燃挑了一下眉。

韩旭说："我老婆怀孕了，我们夫妻俩不能一直分居两地，这样日子也过不下去。"

傍晚时分,蒋燃做出了一个决定,把韩旭调回上海办事处。

这样的结果看上去皆大欢喜,但是韩旭不免忧愁地说道:"现在的副总管理能力欠缺,难当大任。"

"你都要走了,还管这些事做什么?"

"这是我奋斗的地方,我对公司也是有感情的,实在不行我在这边再坚持一下。"这会儿韩旭对蒋燃满满的忠心。

蒋燃瞧着他,不知该用傻还是敬业来形容他,只说:"你安心回去,这边我以后每个月过来一趟,不会出乱子。"

韩旭感动得不行,恨不能为他抛头颅洒热血:"Jason,给你添麻烦了。"

蒋燃笑道:"谁让我老婆没怀孕呢?"

韩旭傻乎乎地说:"只要你们想要,肯定也很快的。"

蒋燃睨了他一眼,后者闭嘴。

过后,蒋燃跟他说:"本来想年中再调你回去,苦于一直没找到理由,正好你太太怀孕是个很好的由头。你去上海是有任务的,把你降到罗特的团队,刚开始可能有点儿受排挤,你要忍住,收起脾气,该接触的各项业务抓紧上手。"

两个人从办公室里出来,韩旭对众人说今晚 Jason 请吃饭,众人高兴之余不免惴惴不安。Jason 来的时候大家都那副上班态度,他竟然忍得下去不发火,还请大家吃饭?

这人不是憨就是神。

第八章
结婚的意义

林鲸的电话打进来的时候,蒋燃还在饭局上。

他瞧着万年不见得主动打来一次的电话,嘴角懒懒地勾了勾,故意让它多响了几秒,像享受这一刻的感觉似的。

韩旭正在他身边喝得脑袋发昏,醉醺醺地靠在椅子上,嘴里念叨着:"Jason,还好有你的体谅。"

蒋燃接通电话,唇边已然带了浅淡的笑意:"难得你打电话给我,太阳从西边出来了。"

林鲸诧异:"说得好像我从不打电话给你一样。"

蒋燃:"你自己数数有几次,上次跟你说的话当耳旁风?"

林鲸可不会去查证,她打得的确少,但她也是怕在不恰当的时候打电话过去扰乱他的工作,产生不必要的麻烦。

她听见了背景音里嘈杂的吆喝声:"你那边怎么那么吵?"

"还在吃饭。"蒋燃解释,又问,"你吃了吗?"

林鲸说:"点了外卖。"

"什么?"

"鳗鱼饭,你呢?"

"饭。"

"……"

林鲸不自觉地发笑,揉了揉鼻头:"没话说我就挂了,你吃饭去吧。"

蒋燃坐在椅子上，叠着腿，听着电话那头的动静，缓缓地说："没，想再听听你的声音。"

低沉暧昧的嗓音从声筒里传来，林鲸心尖轻颤，便多说了几个字："你走的时候我没看天气预报，没给你带厚衣服，今天才发现北方还是挺冷的，你感觉怎么样？"

蒋燃看向窗外，应付道："在下雪，应该有点儿冷。"

林鲸惊奇："真的？苏州今年就飘了一点点雪，现在早没了。"

蒋燃："想看雪吗？"

林鲸："嗯？"

没等她回答，蒋燃径自挂了电话，改打视频通话过来。

他走到酒店外面，将镜头对准门前的一株修剪得别致的景观松树，松树在夜色下黑黢黢的，上面却覆盖了一层皑皑白雪，酒店门前的来往车辆上也是，氛围感极浓。

她本来把手机立在桌上的，这会儿凑近了端详，嘴巴微张地"哇"了一声："看着很漂亮，但是站在那儿应该挺冷的吧？"

蒋燃在镜头背后却专注地看着她的脸："还好，北方比南方干燥一点儿，体感倒没那么难受。"

过了一会儿，镜头转到蒋燃这边，林鲸才想起来自己要说的事："今天我妈和你姑姑一起吃饭，两个长辈果然针尖对麦芒。你也知道，总的来说是姑姑比较吃亏，完全说不过我妈。"

"猜到了。"

林鲸觉得他挺坏的："但是我妈识破了你的奸计，说被你利用了。"

蒋燃无可辩驳，也笑了笑："你怎么就没学到妈的一星半点儿功力？"

林鲸说："我口才还是可以的吧，只是面对长辈和领导会稍微顾及着点儿，怕弄得太难堪。"

"你这叫避重就轻。"他如此评价。

又安静了一会儿，林鲸想问他什么时候回来，话几乎到嘴边却又觉得这么问显得太黏人，算了，自己一个人待着轻松自在。

没想到蒋燃主动交代："这边人事变动，有个合同要重新谈，我可能会多待一段时间，你在家里好好的。"

"哦。"

"没事看看书，出去走走也行，别宅着刷低智视频，人都要傻了。"

"真像我妈。"

"过几天我就回家了。"他转换了语气，宛如老父亲对女儿叮咛。

"……"

林鲸盯着手机微怔片刻，撇了撇嘴，他说这话是嫌弃她天天宅在家里会变傻吗？她有这么堕落吗？

蒋燃挂了视频电话没有立即进去，而是站在原地吹了一会儿风，揉捏眉心舒缓疲倦感。

今天起得太早，他感觉有些累。工作的事如一团毛线，哪怕他已经理清思路，可做起来也极有困难。

很多事是他上任前的历史遗留问题，从去年年中这些隐藏的雷点便逐渐崩盘，无论是罗特肆无忌惮地开罪客户，让他舍家弃口地去补救，还是如今分公司这边人员动荡，都是这样。

他这个人时常贪心，事业上有许多野心，更想要家庭。但是，过分忙碌的工作占去了大部分精力，他难免会疏于照顾家人。

林鲸这些天不想去上班，甚至假设了一下在家做全职主妇的情况，一开始挺尸还是挺快乐的，不用早起，不用加班，但是到了晚上会有恐慌感，要被这个世界抛弃了似的。

尤其是她发现蒋燃竟然这么忙，细细密密的紧迫感像藤条上的刺抽着她往前走。

这天，张琪琪在微信上问了她一个问题，两个人趁机聊了几句。

张琪琪问她现在在做什么，林鲸说自己在休年假，张琪琪便问她愿不愿意出去一起玩，李公堤那边新开了一家美术馆，可以去打卡。

林鲸没想到张琪琪会约自己，但有理由出门总是好的，便欣然答应了。

隔天，林鲸精心化了妆，搭配了一件白色衬衫和黑色长裙，衬得身形修长纤细，看上去极文艺，打扮妥当便出门了。

只是她没想到张琪琪还约了另外两个朋友，林鲸在路上的时候才看到微信消息，瞬间有些退却。毕竟她和对方也才刚认识，这三个人应该是好朋友，她岂不是会被边缘化？

好在大家年龄相仿，都是性格活泼的女孩子，爱好和林鲸也差不多，看展五分钟，拍照半小时，然后坐在休息区修图两个小时。

另外两个女孩子都很照顾林鲸的感受，每个话题都会贴心地把她拉进去。

这让林鲸舒了一口气,她已经很久没有交新朋友了,社交恐惧症都要被激发出来了。

晚饭她们也是一起吃的,精心选了一家创意餐厅,林鲸一整天过得都很开心,终于一扫室闷情绪。

偶然间听张琪琪吐槽起某个客户,她才知道三个人是一个公司的。想到自己马上就要变成无业游民,林鲸竟然已经开始羡慕别人的打工生活。

不过张琪琪注意到林鲸的婚戒,还有她来的时候开的是一辆保时捷。上次林鲸说开 AMG 马力太足不适应后,蒋燃就把这辆车让给她开了。

一开始她自己并未注意,但别人多少觉得这妹子有钱了点儿,就有了点儿距离感。

张琪琪并不了解林鲸现在的工作状态,稍一联想,也很直白地问她:"你是不是因为去结婚生孩子了才不上班的?"

"啊?"林鲸蓦地惊呆了。

张琪琪说:"我有好几个前辈,都是因为生小宝宝,干脆在家当全职妈妈了。"

但是张琪琪更加本质的问题是:林鲸是不是傍上金龟婿了?

林鲸登时莫名其妙地生出一股羞耻感,急着澄清:"我没有生小孩,换工作也和结婚没有关系,只是当初遇到了一点儿问题而已。而且我只是换了一个相对清闲稳定的工作而已。"

张琪琪抱歉地说道:"不好意思呀,我没有别的意思,只是猜测。你这么漂亮,会化妆,有品位,有创意,在职场上应该会很酷。"

林鲸捧着自己的下巴,笑得脸部肌肉发酸:"你的'彩虹屁'吹得好真诚啊。"

"是吗?"张琪琪一张年轻的脸摆得板正,"但是在我看来,你真的是一个很优秀的女生啊。"

另一个女生说:"有的时候,只有女孩子才会懂得女孩子的好。"

林鲸喝着果汁,叹了一口气:"大概你们不会理解,我这个年龄,尤其经历过一些事情后,觉得自己糟糕透顶。"

张琪琪眨着一双大眼,刷成了太阳花的睫毛根根分明,坚定地告诉她:"不要这么说,你很好。有想做的事你就去做,永远都不会晚。有时候人需要的是一往无前的勇气,不要因为长大而不断给自己留后路。"

虽然希望自己的人生充实起来,但林鲸还是坚持把五天的年假休完了才去上班，绝不能让公司占一分便宜！

之后的几天，林鲸又和张琪琪聊了几次，张琪琪一张小嘴很会说，又问林鲸要不要去他们公司上班，林鲸想都没想就拒绝了，理由没说。

但是接连不断的问题好似又把林鲸带回了曾经的工作状态，她发现自己谈起创意与想法的可行性仍然滔滔不绝。

于是她有了一个初步的想法——重新回去策划公司做文案。她发现自己讨厌的是曾经的失败，而非曾经的工作内容。

当然，这只是一个初步想法，在想法冒出来的第二天，希望的小树苗就遭到了摧残。

她这天和一个在做 HR 的大学同学聊天，无意间把经常忽视的某些问题摆到了台面上来，就发现一个十分严峻的事实：她中间这两年的时间做着和策划文案毫不相干的工作，哪怕曾经很优秀，复杂的职业经历也不妨碍在筛选简历这一关就被卡掉。

甚至女性已婚未育的身份都成了问题，公司会基于这些方面综合考量，万一她在试用期刚过就去生孩子了呢？这对用人单位来说也是一种损失。

这些问题都是女性在职场上的阻碍，不是她掩耳盗铃就能当作不存在的。

这种问题想多了真的会增加焦虑感，林鲸早已料到，便知多想无益，否则执拗于这些问题，简直能把她送回老家。

人生嘛，有太多问题需要解决，她总不能看着困难坐以待毙，说不定哪天就有了机遇。

初九这天，林鲸暂时没管乱七八糟的想法，收拾一新地去了办公室上班。

同事们还未进入工作状态，大概是工作属性的原因吧。她发现大家特别爱聊家长里短，有过年期间发生的奇葩事件，谁买房了，谁离婚了，谁找"小三"了……

她的办公桌上摆着一个开年红包，是公司发的，里面有一百八十八元人民币，有零有整。

隔壁的同事照常戳了戳她的手臂，吐槽道："公司真的好抠门，过年才给这么点儿钱，就不能发个两百凑整吗？"

林鲸发觉自己真的有点儿讨厌这样不分青红皂白的埋怨话语了，也不喜欢这样的工作环境。

她弯唇笑了笑,把钱拿出来:"我请大家喝咖啡吧,你们要喝什么用我的手机点,不要客气。"

这话瞬间引起一阵捧场的起哄声。

就在大家开开心心地点单的时候,林鲸登录办公系统,在流程里找到离职申请,点了进去。

提交完申请后,林鲸感觉自己的身体都轻飘飘的了。

她面色如常地和同事们讨论着喝什么口味的咖啡,同事也分给了她一些小零食,气氛其乐融融。

周经理也从外面进来,满脸笑意地和大家凑在一起打趣。

赵姐问他:"鲸鲸请喝咖啡,你要不要来啊?"

周经理平常只喝茶,听到有人请喝咖啡,立马加入"薅羊毛"的阵营。他习惯性地坐在赵姐的工椅扶手上,手搭着她的肩膀,身体也挨了上去,明目张胆地暧昧着,听大家描述什么好喝,然后和身边的人举止亲密地开着玩笑,又被别的同事吐槽他们"打情骂俏""工作夫妻"。

林鲸眼皮微耷,收回视线,想起过年之前他们曾经因为几千块钱的奖金在办公室里拍桌子,互相威胁对方要辞职,几乎要动手。

这才没过多久两个人就重修旧好,比夫妻吵架和好的速度还要快。

林鲸确定每个人都选好了咖啡,然后下了单。

过后,周经理在工作群里转发了总部下发的通知,为了丰富小区业主的文娱活动,要在二月底举办一次读书节活动。宣传部的老师做了一套活动模板,要求各个小区的人按照活动方针去落地。

这个读书节的活动依然是要各个小区进行比拼,前三名获得者会有奖金。

周经理在群里多唠叨了两句:"大家积极联系业主参与活动,争取拿奖,下个月的下午茶就有着落了。"

然后他又@了林鲸,让她策划一下这个活动该怎么做。

林鲸看着消息,一时不知道该不该回复他,因为她马上就要离职了,并不关心他们下个月的下午茶怎么办,只想把手上的工作交接好。

她把手机倒扣在了桌上。

吃过中饭,周经理才看到办公系统上林鲸的离职申请,当即就把她叫到了办公室:"怎么又要离职了呢?你没提前和我说啊。"

林鲸回道:"现在和你说也不晚哪。从我递交申请到正式离职有一个月的时间,你应该可以找到人顶替我的岗位。"

周经理满脸不解和困惑的表情,这个消息像把他打蒙了一样:"你现在这样不是挺好的吗?出门就是上班的地方,工作上我也没给你什么压力,挣钱嘛也还可以,反正你们家也不靠你糊口。"

他把能想到的林鲸离职的原因都想出来了,不觉得她还有什么理由。

毕竟她还要在这个小区住,大家总要相处的,林鲸也不打算跟对方解释得太仔细:"就是单纯不想干了,打算休息一阵子。"

周经理没话说了,这是林鲸第二次提离职,不是像赵姐那样把辞职挂在嘴边,林鲸很认真。

见她态度坚决,周建只能惋惜地说:"那好吧,既然你决定了我就给你批,强把你留下来也不可能。"

林鲸:"谢谢周经理。"

她走到门口时,周建又喊她:"不过这一个月的工作你还是要好好做,不要敷衍,那个小区的活动好好筹划一下。"

"知道。"林鲸关上门,心想:这个人真是够可以的,都到这会儿了还不忘记薅羊毛。

没过多久,整个办公室的人都知道林鲸要离职了,不是林鲸自己说的,自然出自周建那个大嘴巴。这消息宛如狂风扑面,令人费解。

她竟半点儿风声都没透露,半个小时前还没事人一样和大家聊天。

赵姐敏锐地问她:"你是不是怀孕了?还是准备怀孕呀?"

林鲸摇头:"都不是。"

赵姐看着林鲸,也忽然不知道该说什么了,因为发现自己看不懂林鲸,只念了一句:"一起工作一年多了,我真舍不得你。"

"没事,反正大家还会经常见面的。"

到了快下班的时候,这件事才逐渐被接受,同事开玩笑说她不工作也没事,反正老公会赚钱,她回家做全职太太也蛮爽的。

林鲸不太高兴,接那个同事的话:"你是我肚子里的蛔虫呢,我都没决定的事你又知道了?"

晚上回家,林鲸认真研究了一下那个读书节活动,忽然觉得这是一个很好的练手机会。

她在微信上敲张琪琪,问有没有类似的活动可以参考一下,张琪琪很快找了些案例发过来。但那些案例风格相去甚远,规模、预算和要达到的目标都不一样,基本上没有什么参考价值。

张琪琪问她:"你要做什么样的呢?"

林鲸说:"就有创意一点儿吧。"

张琪琪纠结之余只能遗憾:"没有做过类似的项目,帮不了你了。"

"没事。"林鲸若有所思道。

张琪琪问:"上次听你说是不是快要离职了?有事能躲就躲啊,轻轻松松地收尾不好吗?"

林鲸说:"是这样。但是我很久没有做过方案了,想找找感觉。这个月闲着没事,拿这事练练手,如果做得好可以填充我的简历,也不算枉费我的这番努力。"

张琪琪发来一个点赞的表情:"听着可以呀。落地你尽管找我。"

"好!"

退出微信,林鲸抿了抿嘴巴。她知道这种活动的规模就像气球派对一样小,预算也很少,只够准备物料的,就自己落地吧,请不起专业的团队了。

林鲸的行动力飞速,因为她发现自己专注地做这件事时,就像回到了舒适区一样快乐,脑海里的想法井喷式地冒出来。

隔天晚上,她就把策划方案做了出来。正好张琪琪把她拉到看展小群里,林鲸把自己的想法跟大家说了一下,得到了很不错的反馈意见。

张琪琪很惊喜:"读书节听着就很枯燥无味,但是融入 cosplay(角色扮演游戏)元素就很好玩。"

林鲸:"昨天看了半天的创意库都没思路,晚上刷了点儿漫展的素材,就想到了。"

另外两个女生针对方案认真地提了一点点建议,也基本上是鼓励为主的"彩虹屁"。

略思考后,林鲸全神贯注地改了一会儿,心中不自觉地活跃起来,不知不觉就到了凌晨,这才匆匆回卧室洗澡上床。

林鲸早上七点多才醒来,天光已然大亮。窗帘没拉,明媚的阳光直直地落在被单上,晒得散出一丝慵懒的味道;她一惊,从床上弹起,也就没注意到床头柜上蒋燃正在充电的手机。

待洗漱完毕,她换好衣服从卧室里出来,蓦地听见门外传来脚步声,差点儿吓死。

阿姨已经辞职了啊,还有谁能进来?

林鲸推开门,和一个人撞了个满怀。

蒋燃穿着灰色的睡袍,头发微湿地搭在额前,脸上的胡子刮得很干净,隐隐残余着须后水的味道。他大概刚洗完澡,此时脸上的表情有些孩童的幼稚感,下意识地抓住她的胳膊防止人往后栽。

"醒了?"

林鲸睁圆眼睛:"你什么时候回来的?"

蒋燃说:"后半夜,怕打扰你睡觉,就在书房凑合了一晚上。"

林鲸有些开心,还挺喜欢这种意外惊喜的,被蒋燃抓着胳膊,她顺势就挂在他的脖子上,用脑袋蹭了蹭他的下巴,嘴角也不自觉地咧了一下。

蒋燃搂着她的腰发笑,发现她的表情,还明知故问:"你怎么这么开心?"

林鲸支吾着不想承认,转移话题:"哎,我快要迟到了。"

蒋燃手臂搂得更紧,却说:"那你去啊。"

林鲸:"你抱着我,我怎么去?"

蒋燃低下头,林鲸自然而然地噘起嘴,凑上去吻他。早上的时间比较急,两个人没太过分,四片唇分开的时候还有十多分钟才到八点。

蒋燃笑着揉她的脑袋,指了指厨房:"吃了早餐再上班。"

林鲸这才看见餐桌上竟然摆着煎蛋和三明治,不敢相信地瞅了瞅蒋燃:"太阳打西边出来了吗?你竟然起来给我做早餐,好稀奇。"

蒋燃坐去她对面,开始慢条斯理地吃东西,过了一会儿才说:"离家太久有些愧疚,怕回来以后老婆没了,尽量表现得好点儿。"

林鲸白了他一眼:"你这个早餐有点儿敷衍啊,不能请我吃点儿好东西吗?"

"节省时间,也不难。"他十分坦诚,又说,"晚上吧,你想吃什么?我今天不上班。"

她晚上想吃什么哪里是早上就能想到的呢?

或许是他抱歉的态度让林鲸有些骄纵感,她低哼了一声:"你不忙我忙。"

蒋燃抬眸看向她,问:"怎么回事?"

林鲸便说了公司派下来的任务,让她的日常工作变得忙碌。

"你还没提辞职吗?"蒋燃说到这个问题,微微凝目,"决定了的事情,不要拖泥带水地消耗自己,空窗一段时间没那么可怕。"

林鲸低声应道:"知道,知道。"

蒋燃早上起来看见她的书房的门敞开着,书桌上摆满了各种工具书和草稿，电脑也没关上。他本想进去帮她收拾一下，看到全都是工作相关的东西，终究作罢。

林鲸解释："因为这个工作，我还挺想自己做一下试试看的，一个人从头跟到尾。我觉得如果做好了，可以漂亮地写进我那苍白的简历里，毕竟这两年……唉，人生艰难，总之把未来的路铺长一点儿吧。"

蒋燃一秒读懂她的心思，他的短发湿润着，更显五官凌厉："你不用担心下一份工作，你虽不喜欢小姨的建议，可合理利用身边的资源能让你少走弯路，这也是事实。你有想做的事我可以给你安排，这并不是否定你。懂吗？"

林鲸勾了勾掉下来的碎发，莫名其妙地感觉一杯冷水泼了下来，眼神和那缕发丝一样纠结："倒也不是……"

蒋燃身体向后轻靠，淡淡地说道："说这些不是命令，是表达我的心意。"

林鲸有自己的考量，在物业工作这段时间的风言风语压在身上其实很烦。

当然，这种心里话她不会告诉蒋燃。

"这样说可能会显得我这个人一根筋和不知好歹。平时朋友开我们的玩笑，我还感觉挺甜的，但如果工作上有人形容我是'Jason 的老婆'，我会不开心。"

最终蒋燃妥协，猜到她听见了自己不知道的话，抬手捏了捏她的脸蛋："好吧，我希望你工作顺利。"

林鲸看向他："那你生气了吗？"

蒋燃直言："说实话，很欣慰，但也有些失落。"

事不过三，接连被拒绝后，蒋燃绝不会说第四次。

林鲸很会审时度势，看他的表情也不算高兴，便放下手中的食物，双手捧着下巴凑近他："我最近认识了一个很可爱的女孩子，我蛮喜欢她的，但是她说要推荐我去她的公司上班，我拒绝了，因为我不想把工作和身边的人与事掺杂在一起，你明白吗？"

蒋燃没仔细听，"嗯"了一声，拨开她快要吃到嘴里的手指。

林鲸忽然也失去了说下去的兴致，缩回手，继续吃早餐："没什么，你不要生气就好。"

蒋燃也虚假地笑了笑："没有生气。老婆有自己的坚持，我应该为她高兴。"

"可我看你不像高兴的样子。"林鲸忽闪着一双大眼睛瞧着他。

蒋燃舒展眉心,逗她似的说:"还要给你卖个笑?真难哄啊……"

林鲸没理他,看时间不早了便起身去上班了。

林鲸这边差不多把方案都确定下来了。

在公司要求的规模内,她想做的活动是小而精细的,但是整体花费比较多,预算远远不够,导致她连发在业主群里的海报都没舍得找广告公司的人做,自己花了上午和午休的时间做了出来。

下午,周经理从广恒公司那边回来,走到林鲸身边问她:"方案做好了吗?"

林鲸打开电脑,给周经理讲了一下自己的想法,也不知道他听不听得懂,但他连番点头,眼里露出一丝惊喜之色:"挺有创意啊。"

林鲸说:"没有创意吸引不了人的嘛。"

周经理不了解林鲸内心的想法,只觉得她都快要走了竟还如此认真地对待工作,很是欣喜。过完方案,他没有立即离开,而是在她背后站了一会儿说:"行,你直接把这个方案发给我吧。"

林鲸有些不解:"嗯?"

周经理说:"你不是快要走了吗?后期宣传部那边的人入档或者有什么问题直接联系我就行,省得你离职以后再打电话骚扰你。"

林鲸的手指松开鼠标,宛如攀岩的时候松开绳索一般,丧气的放松感渐渐袭来——她即将坐冷板凳了。每一个即将离职的员工在剩余价值被利用完后,就会像过期物料一样被丢入垃圾桶。

当然,这只是心理上的落差感。

林鲸是主动离职的,并不在乎最后这一个月的感受。

但是很明显,周经理想趁她要走了把她的劳动成果占为己有,这一点让林鲸很不舒服。

这是她熬夜做出来的方案,就算做外包拿去卖,也有四位数的价格吧。

她反应过来后,笑着对周建说:"我发现有点儿瑕疵,修改好了之后再发给你吧。"

对方没多想,连连夸赞后点头:"行,尽快吧,下午把物料清单落实下来。"

"好。"

林鲸看着他威风凛凛的背影,想把废纸篓砸到他的脑袋上。她辛辛苦苦做出来的东西,他想得挺美。

还好上午她没有脑子一热将方案发给他。

这次林鲸私心想把方案放进下一次面试的简历里,就不会囫囵过去。

下午,周建又在微信上问她改好方案没有,她等到五点下班的时候搪塞道:"今天不加班,我老公等我吃饭,回头给你吧。"

回复完,她拎着电脑和包包就往外走。

这话她倒是没说谎,蒋燃确实约了她去外面吃饭。

林鲸回家换了衣服,重新化好妆吹好头发,看见蒋燃已经穿戴整齐,跷着腿坐在沙发上,身上是一件暗纹西装,接近灰蓝色,里面是款式简洁的白衬衫,领口包裹着线条修长的脖颈和喉结,"衣冠禽兽"四个字明晃晃地写在脸上。

见林鲸出来,他抬眸,懒懒地给了个意见:"换支口红。"

林鲸:"这个不好看?"

蒋燃表述不出口红具体的色号,有些笨拙地形容:"浅色一点儿吧,显得可爱。"

"哼。"直男懂什么?

她不屑,身体却非常诚实地回屋,猜想蒋燃的意思应该是裸色的口红更显妆容清新。

她再出来的时候男人终于露出满意的表情,林鲸心里一边欣喜了一下一边白眼翻到天际:"要求真多。"

蒋燃拿了大衣,走到玄关处换鞋:"女为悦己者容,是这个意思吧?"

林鲸气得在背后掐了他一下:"这就是你说的晚上请我吃饭,结果还不是为了你的饭局,我去受罪?"

蒋燃露出一个求饶的笑容,没有反驳。反正和稀泥这项本事,所有的男人都无师自通。

吃饭的地点在不太远的一家酒店里。

蒋燃今天约的人是罗特,两个人到的时候罗特夫妻俩正在儿童区陪儿子挑玩具。

罗特的妻子见到林鲸,眉眼间尽是笑意地说道:"这就是蒋总的太太,原来这么好看哪?"

林鲸笑眯眯地和对方打招呼,吹"彩虹屁"。

罗特的妻子四十多岁的模样,保养得宜,温婉端庄,但脸上依旧岁月痕迹尽显。她的孩子挺小的，估计刚上幼儿园。女人捏着小男孩的小胖手说："这是蒋叔叔，还有阿姨。"

孩子有点儿害羞，黑葡萄一样的大眼睛滴溜溜转，最终目光落到看上去比较有亲和力的林鲸身上，蚊子似的叫了一声："姐姐。"

这一声把大家都逗笑了，罗特大大咧咧地说道："这么小就爱看漂亮女孩子，长大怎么得了？"

蒋燃拉开椅子："坐吧。"

四个大人落座。

成年人的饭局总是充满了漂亮的场面话，林鲸还是略不适应，假笑得嘴角僵硬。

好在小男孩的儿童座椅挨着她，他总喜欢摸她披肩的长发，眼巴巴地瞅着她，林鲸可以跟小孩子一起玩。

罗特的妻子忽然问林鲸："你们结婚多久了？"

"半年。"

"准备什么时候生孩子啊？"

林鲸："……"

"如果准备生的话还是早点儿生吧，你看我们俩早些年光顾着忙工作，我四十岁成了高龄产妇才要孩子，生的时候病危通知书都下了几张，差点把罗特吓死。"

罗特面相刚毅，眼神甚至有几分强势，但说到孩子的话题时就变得极其温柔惋惜："的确把我吓得够呛，签字的时候手都在抖。"

蒋燃喝着水，没发话。

林鲸生怕辜负了对面夫妻的真情实感，赶忙应付道："说得有道理呀，生，生，生，这两年就生！"

"那可要抓紧了，钱是赚不够的，年龄不等人。"

结完婚以后被催生对林鲸来说已是老生常谈的话题了，她敷衍得逐渐如鱼得水，瞎话张口就来，反正大家说的都对。

吹完牛，她伸手去扯被蒋燃的袖口压着的餐巾，抬眼撞上了男人意味深长的眼神，那目光锋利得戳人，大致的意思是：信你个鬼。

"糊弄学大师"的帽子再次给她扣严实了。

这顿饭吃到一半，就变成了蒋燃和罗特的专场洽谈局，女人则专心陪小孩玩。

这种带着各自的太太、以家庭为单位的聚餐意义不同，比单独请吃饭显得郑重，也意味着"私交"开始。

蒋燃的目的其实很简单，他要把韩旭放到罗特的销售团队里，顶替高博的位置。虽然调职表面的原因是犯错降职，但这是明降暗升。

蒋燃笑容一贯平和，对罗特解释，韩旭的太太怀孕了，两个人不宜再两地分居，但此人还算堪用，就让他去帮罗特。

罗特说："难怪下面的人说你人缘好，我当是看脸的缘故。原来你是够义气，韩旭如此幸负你的栽培，你还这样为他考虑，要是我，我早就让他走人了。"

蒋燃淡淡地开口："人非圣贤，孰能无过？韩旭为公司立下过汗马功劳，是人而不是棋子，不能说丢就丢。"

罗特听完他的一席话很是动容，感慨道："Jason，我就不喜欢老外冷冰冰的那一套。咱们中国是讲人情味的地方，你的作风，我喜欢。"

蒋燃笑着举杯："共勉吧。"

回去的路上，孩子躺在罗特怀里睡着了，妻子见他满面阴郁之色，便说："我看这个 Jason 人挺不错的啊，不太像你说的那么不近人情。"

罗特反驳道："这你就错了，他是笑面虎，整个公司谁不知道？"

"看不出来这么多，只看脸长得帅了呀。"

"你当他真是为了韩旭攒的这局？"罗特想想就脊背发寒，叹气道，"他是明里拉拢暗里敲打罢了，韩旭对他来说就是颗棋子，他是将人安插到我的团队里接触我的客户。这顿饭就是逼我卖面子给他，以后只要这个韩旭不犯错，我就不能把人踢出去。"

妻子"啧"了一声："看他年纪不大，这么会做事呢？"

"你以为呢？他这人，假得很。"

蒋燃这边倒是不知道罗特已经愤愤地把他骂了个痛快，当然，他也不在意。

他喝了酒脑袋靠在靠背上，眼神倦怠地凝视着某处，表情散漫，心情还不错。

林鲸开着车，眼看时间都要到十点了，身边的人睡得挺安稳的模样，她就有点儿心理不平衡了，路过减速带的时候还在猛冲，把蒋燃给颠醒了，他的脑袋被撞了一下。

蒋燃："……"

"我又得罪你了？"他懒懒地问。

林鲸将手搭在方向盘上，说："不太爽。"

"怎么了？"

林鲸回道："感觉我被人利用了，全程陪吃陪聊，回来还得当司机。这叫表达你的歉意？我不理解。"

蒋燃低声狡辩："我们是家庭，不是个体，要对方帮忙是很正常的。有些时候我的工作也需要你出面，你理解一下。"

林鲸并没有真的生气，只是想表达一下不满情绪，听见他这样认真地解释，反倒不适起来："我就是想到回家还要继续加班，有点儿乱。"

蒋燃摸了摸她的头顶："那我陪你？"

林鲸当蒋燃只是在哄她，并没有把他的话放在心上。

洗完澡后她回到书房里，继续修改方案，在最后署了自己的名字，但是如果将方案发给周经理，还是会成为他的东西。

她想，如果直接将方案发给宣传部再抄送给周经理，会不会显得她这个人急于表现了？

话说回来，方案上的确有几处瑕疵，她来来回回地改动了几遍，说不上哪里不对劲，正咬着笔烦躁的时候，有人推开门进来了，拿着手机和充电线，打算在她的书房里安营扎寨一般。

"你还不去睡觉，来干什么？"林鲸扭头看到蒋燃头发都没擦，湿漉漉的，脸上带着稚气。

蒋燃长腿一跨，坐在她身边，姿态吊儿郎当，像上小学时捣乱的男同桌。

那是一把软包凳，空间挺大的。

蒋燃把手机充上电，一本正经地看着她的电脑。

林鲸鼻间全是两个人一样的沐浴露的味道，从脖根处就渐渐发热，小火苗在"刺刺"地炙烤，似是要把紧张的情绪烤出水来。

"你是来捣乱的吧？"林鲸忍不住吐槽。

蒋燃隐隐低笑，又在装不懂："我做什么了？"

林鲸一手撑着下巴，一手点在电脑触摸板上，滑了两下。

蒋燃见她开始认真工作，便识趣地退开一些，拿了本书，坐到后面的懒人沙发上打发时间。少顷，他的手机在桌上振动，他起身过来拿起手机，调成了静音与人发消息。

林鲸看向电脑上的时间，已经十一点半，便微微侧头问他："你什么时候睡觉？"

蒋燃回道："等你一起。"

林鲸想加快手里的动作，奈何脑速跟不上，总感觉哪里拖沓了些，删减的话又缺点儿什么。这种感觉就像考试写作文，知道自己写得不好，但不知道怎么改，或许旁观者才能看清楚。

这个点去打扰朋友或者同事不现实，她又看了看蒋燃，小声问："过来帮我看个东西？"

蒋燃放下手机走了过来。

林鲸把电脑屏幕转了个方向面朝他，简单说明是一个小区活动："就用你甲方的视角，或者是业主的视角吧，去看这个策划方案，感觉怎么样？"

蒋燃重新跟她坐在一张软凳上，手肘撑着桌沿，微微俯身，短发擦过她的脸颊，她感觉有点儿痒。

他花了七八分钟把方案看完，收回目光："问我的意见吗？"

林鲸紧张地问："看你的表情不对劲哪，有意见你也别说得太烂，不然我的自信心会大受打击。"

"害怕什么？"蒋燃手撑着桌面嫌累，直接绕过她的腰，搭在她的小腹上，"其实还不错，会比较吸引小朋友，上次的宠物视频也是，你很喜欢小朋友？"

林鲸手指搭在他的手腕上往下按压，像按住他冒头的猜测，澄清道："你别打岔，你要知道这种社区活动基本上吸引来的都是小孩子，成年人多是孩子到哪儿他们才到哪儿，自己是没兴趣参与这样的小区活动的。我这也算锁定了受众吧。"

蒋燃："原来是这样，我以为你是喜欢小孩。"

"说说别的。"林鲸眼神闪躲。

蒋燃轻蹙了一下眉心，声音平直地说："创意新颖，看得出来用心了，作为业主参加这样的小区活动应该有出乎意料的惊喜感，因为本身期待值不高。但如果我是出钱的甲方，可能不会坚持看完这个方案。"

"为什么？"林鲸惊讶得脸立马垮了。

"略微拖沓，没耐心看。"

他这也太打击人了，林鲸心灵严重受创，轻轻嘟了一下嘴巴，两颊变成了小金鱼肚："可是感觉你刚刚看得很感兴趣，没有不耐烦的样子。"

她观察得很仔细。

蒋燃抬手捏她的脸蛋,将她口腔里的那股气放出,他的手指温热,捏着她不放,玩闹了一会儿才说:"因为我是你的丈夫,对你有妻子的滤镜,无论你做什么在我眼里都很棒,但是别人没有这滤镜。你最好能改改,把重点之外的东西删减一些,突出亮点。"

要命!

林鲸的心弦蓦地颤了颤,上下弹动发出绕梁余音,酥酥麻麻的,嘴唇在他的手指下也变形了,她嗫嚅着:"哼!"

蒋燃选择了迂回一些的说辞:"当然,这是我的个人感觉。你的这项工作我没有接触过,建议应该不专业。"

林鲸躲开他的魔爪,嘀咕:"你话都说成这样了,我怎么能不当意见啊?"

"我的意见很重要吗?"蒋燃侧目看她。

林鲸想了想,才发现自己其实在工作的事情上还是蛮信赖蒋燃的,因为他无论面对什么问题,总是能十分成熟而冷静地给出客观答案。

尤其是今天他和罗特在说到工作的问题时,林鲸粗略地听了一下。

她见识过他对那个同事发火,心知他可能并不是如此在意一个员工,只是在安排工作,但还是被他冷静自持的场面话吸引和震惊到了。

或许罗特也对蒋燃心中的盘算心知肚明,却不得不被他制住,这就是他聪明的地方。

这一点,林鲸就做不到。

她叹了一口气:"怎么办?我竟然有点儿崇拜你了。"

蒋燃笑了笑松开她,站起来去旁边看书。

林鲸磨蹭了一会儿,还是决定听取他的意见,忍痛割爱地删减了一些不必要的流程,甚至把文字也去繁入简,可读性就变得更高了一些。

她改了一会儿,扭头去找蒋燃,笑眯眯地喊道:"蒋老师?"

"又怎么了?"

"再问你一个问题。"

"不嫌我管太多?"

林鲸抓着他的睡衣袖口,他的衣服很宽松,领口往一边的肩膀倾斜,纽扣差点儿崩了,露出胸膛的一小片白皙的皮肤。

被蒋燃眼神警告,她才堪堪松开,转而抓他的手。

她赔着笑脸说:"不是嫌,是有的时候你说话吓人,用还是很好用的。"

蒋燃低笑一声，反手握住她："怎么好用，展开说说？"

林鲸求人时刻，当然要把身段放低，特别流氓地来了一句："床上床下都好用。"

夫妻调情嘛，在日常生活中加上一点儿黄色段子还是挺刺激的，越是两个人平时装得多么文静或者正经，这个时候越显得有趣味。

蒋燃幽深的眼眸里闪着细小的火花，他宛如猎豹发现目标，蓄势待发。

他回到她身边，低头吻了她一下，含混地开口道："说。"

林鲸趁他还算正经的时候，抿了一下他的唇，赶紧问，自己如果直接把方案提交上去会不会显得不妥。

"你心里已经有答案了，只是想获得一个肯定答复。"蒋燃说，"小公司做事，大公司做人，只要不是越级汇报这种原则性事件，问题都不大，领导甚至挺希望看到有野心也愿意展露的员工。"

"虽然我并不在乎领导的欣赏，但这是我的成果，任何时候都不会拱手让人。"

时间已经过了十二点，她发了邮件，转身投进了蒋燃的怀里，因为预感要交拖欠的学费了。果不其然，蒋燃揽着她的腰，将她托抱到了桌面上。

笔记本电脑还开着，她没眼看地胡乱摁上。上一秒还是蒋老师的某个男人，这会儿已经抚摸着她的后脑勺按向自己，吻也落了下来。

他的体温和味道扑面而来，这人转变得怎么能这么快？

"可以睡觉了吗？小祖宗。"他用下巴蹭了蹭她的头顶。

"睡啊，这就睡。"她笑。

但是两个人动作一致，没有走向门口，而是去解对方的睡衣纽扣。蒋燃的手从她的衣摆之下探了进去，轻轻揉捏着她的软腰。

林鲸趁机挂在他身上，两个人亲密地贴着，她柔软的肚皮碰到了男人结实的腹肌，还有健硕修长的大腿，一股电流从脚底蹿到了头部。

他这简直不给孩子留条命啊。

最后林鲸单薄柔软的睡衣已经形同虚设，激烈的情绪过后便是无尽的空虚和战栗感，因为书房里没那个东西他们才没做，但是别的亲密方式更甚。

蒋燃果然是老奸巨猾的狐狸呀，私下授课学费要得太高，不是一般人承受得起的。

林鲸将方案递交上去，隔天就收到了反馈，通过了。

宣传部的老师对她的方案很满意，并未注意抄送的事，因为此前一直都是这样的。对方不是第一次接触林鲸，表扬了几句，让她做好之后记得留档，要用于企业宣传的。

接下来就是筹备活动和物料了。

周经理当然也看到了林鲸把邮件抄送给了谁，这会儿正坐在办公室里闷闷地生气。这个小姑娘怎么回事，人都要走了还这么会表现？

林鲸去找周经理批活动经费的时候，碰上他脸色阴沉地坐在办公桌后面，正瞧着自己。

周经理问："你昨晚把方案抄送给宣传部了？"

"对。"

"我不是说先给我吗？你怎么自己做主了？"

林鲸笑了笑，假装不懂他话里的意思："之前每一次不都是让我发给你再抄送宣传部吗？习惯性地点了，周经理你不会生气了吧？"

周经理显然无话可说，此前林鲸一直在职，他不可能抢功劳，如今林鲸要走他才打了点儿主意。其实这不是什么大事，他只是想占便宜而已。

"我没有生气，只是想帮你看看做得仔细不仔细，省得后面出纰漏。"周经理不尴不尬地说道。

林鲸道了声"谢谢"，盯着他签好了备用金的申请表，想了想，还是有些郑重地跟他说："这事情你既然交给了我，我就会尽力做好，不会因为工作最后一个月而敷衍。我们大家就多些信任，年底你的业务考核漂亮，我在物业的这一年多的工作也算是交了一份满意的答卷。"

她的话点到为止，懂的人都懂。

周经理同意林鲸所说的话，大家求同存异，尽力配合，不再互相为难。

林鲸这一周忙得焦头烂额。

溪平院这种高端小区，业主的见识并不会短浅，因此读书节活动完全不能敷衍着来。有钱人一般不屑转发这种小区活动的，让他们配合一下比登天还难，只有维权的时候，在业主委员会里发言宛如物业公司黑心烂肺。

林鲸给这个活动定义的文案基调为：读书复活节。

顾名思义，寓意着书中的角色走入现实，她收集了几本经典书目的经典角色，从《哈利·波特》到《鲁滨孙漂流记》，或者《西游记》等国内的中小学生推荐书目，创意新颖又接地气。

网球馆旁边就是小型图书馆和读书室，场地不用另找，到场的业主也是每个管家确定自己的业主，就是服装物料要难找一些。林鲸找之前工作时熟识的合作公司打样，但发过来的样图并不能让她满意。

等她翻遍了微信，准备再找备选公司的时候，才意识到结束上一份工作时脑子一热，把很多相关联的人删掉了，如今想来这种行为真是不礼貌又幼稚。

其实同事们都挺不理解林鲸为什么要这么执着，也帮不上忙。林鲸最后还是找到张琪琪，张琪琪一直在做活动执行主席，处理这种事没什么难度，很爽快地牵线搭桥，深更半夜还在帮忙联系人。

当林鲸客套地说要请张琪琪吃饭感谢的时候，对方说："约饭可以，要说什么谢谢就算了吧，怪生分的，说不定以后我也要找你帮忙呢？"

林鲸弯唇笑了笑，说"好"，心想这是所谓的资源置换。

到了月底，活动终于落地了，真被林鲸办成了一个气球派对的模式，十分精致，亮点是经典角色cosplay，气氛活跃，没那么刻板沉闷。

那一天来打卡拍照发朋友圈的业主比想象中多，主要是让小孩子对阅读感兴趣是一件大有裨益的事情，这也解决了家长的"老大难"问题。

平常高冷的业主也不排斥物业请来的摄影团队的镜头了，还饶有兴趣地配合。

林鲸觉得，这次活动虽然占了小孩子市场的便宜，但也不失为一次成功的案例。

这天活动结束的时候，整理完所有数据和素材，林鲸自己留了一份，然后整理材料发给了周经理。直到八点，她才从电脑屏幕上移开注意力，眺向窗外。

垂在楼前的那棵参天的桂花树，叶片被微风吹动，悠悠地晃着，似乎惊动了在此落脚的小孤鸟，孤鸟振翅高飞，融入黢黑的夜色里。

办公室里空无一人，林鲸的工作好像在这一刻结束了，宛如阶段性月考结束，她坐在自习室里写阶段总结一样。

林鲸提交离职申请后，在二月结束的时候正式离职了。

走之前，她请办公室里的同事吃散伙饭，之前的小摩擦和斤斤计较的事,像纸张上的铅笔痕迹被橡皮擦一扫而空。

这个时候,大家反而舍不得她离开,女孩子容易感性,吃到最后都眼睛泛红。

赵姐举着杯子对林鲸说,其实很羡慕她在这个年龄还愿意重新开始,很多人有了一份安稳工作之后就不再愿意动了。

旁边的同事提醒:"这个年龄怎么了?她还不到30岁,又不是你。"

林鲸翘着嘴角露出微笑:"生活又不是偶像剧,30岁或者结婚,都不是结局啊。"

"这份工作对你来说有收获吗?这一年虽然一起工作,但是我明显感觉你的兴趣和志向也没在这里。"

这个问题,林鲸还真好好思考了许久,然后回答:"这份工作把我从理想状态拉回了现实吧,接受生活的本质就是一地鸡毛。"

"我确实尽力了,并没有敷衍,这是成长轨迹的一步,算是有收获。"她又补充了一句。

"感觉你还是一个理想主义者。"

林鲸笑了笑:"绝对的。任何时候我们都要拒绝年龄焦虑啊。"

其实找工作这件事对林鲸来说没有想象中那么难,她能力不差,有工作经验,以前的公司规模虽然小,但她也做过不少出彩的案例。

况且,她以前工作时的人脉稍稍联系一下就都还在。早在她离职之前,就有不少朋友和客户扬言要帮她介绍工作了。

林鲸选定了一家叫睿美传媒的公关策划公司,HR找了时间给她面试,看到她的简历的时候笑了一声说:"你是不是很久没有找工作了?"

"啊?"

"现在的简历流行极简风啦,一张足矣,把以往的工作经历都囊括了。"

林鲸悄悄抠了一下手指:"做简历还有流行风向?"

"不知道了吧,前两年特别流行你这种厚得像文件夹一样的简历,猛一看真吓住我了。"他开玩笑地说道。

"⋯⋯"林鲸算长见识了。

但简历做得丰富还是有好处的,对方对她很满意,但也难免问了几个尴尬的问题,比如:

"为什么中间这一年多转行了呢?"

林鲸想挠头:"个人原因……"

"你结婚啦,计划什么时候生小孩?"

"这两年没打算要。"

"你是怎么平衡事业和家庭的?因为我们这个行业加起班来也是蛮凶的。"

…………

最后对方问了她可以到岗的时间后,没有立即给答复,林鲸看对方那意思以为是要回去等通知,HR送她去电梯的时候,嘴巴没把严,说offer(录用信)会发到她的邮箱,让她注意查收。

林鲸也不确定他是什么意思,便没有多想。回到家,她洗过澡,穿着睡衣躺在沙发上,回忆了一下对方最后问的两个问题,越想越感觉人生中困难模式才是常态。难道女人结过婚也成了职场阻碍了吗?还平衡事业和家庭?他怎么不去问男的?

林鲸一时不知道是该怪自己的年龄还是怪和蒋燃结婚了,现在离婚还来得及吗?

太难了,太难了,她又想躺平了。

林鲸这一觉睡到下午,直到蒋燃提前下班回家。

他没叫醒她,回卧室换了件居家衣服,出来时林鲸正好醒来。她有些愣怔,男人正倚着岛台,手握杯子缓慢地喝着水。

"看什么?"蒋燃端着水杯朝她走过来。

林鲸揉了揉眼睛,盘腿坐在沙发上,忽然冒出一句:"忽然发现你长得很帅。"

蒋燃愣了愣,不信邪地回视她:"马屁拍得具体点儿。"

这话有些调侃意味。

林鲸说:"就高鼻梁、瘦窄脸、白皮肤啊。"

蒋燃站在她身边,把水杯放下,手背探了一下她的额头,发现她也没发烧,叹了一口气:"你是怎么能夸人夸得这么别扭的?人才。"

林鲸瞪他。

蒋燃:"怎么了?"

林鲸狡黠地笑了笑,抱住他的腰:"太难了,我还是想躺平。"

原来问题出在这里,蒋燃捧着她的脸蛋揉捏了一会儿,有些无奈:"哦,原来你是想抱大腿了。"

"那你给抱吗?"

林鲸仰头,一双清澈的大眼睛瞧着他,莫名其妙地让人心跳漏了一拍,蒋燃也未能幸免。

他俯身,把她从沙发上轻轻捞起,朝卧室走去:"那怎么办呢?娶都娶回来了。"

林鲸挂在他身上"咯咯"乱笑,牙齿在他的耳朵上快速咬了一下。

"今天怎么了?"蒋燃并未感觉到疼。

林鲸其实不太想在事情成功之前说太多工作上的事,不想别人帮忙:"就是想在家里躺平啊。"

"什么也不干吗?"蒋燃问。

"躺平还要干什么?"

"功课做得不够了吧,一般这个时候,你是要说点儿好话给我听的。"

"比如?"

"比如生个孩子来玩玩。"蒋燃半跪在床边,拍了一下她的屁股。

"流氓啊你。"

当然,蒋燃知道林鲸说这话纯粹是开玩笑,还计划着她空窗的这段时间休息一下,结果当天晚上她就收到了睿美的offer(录用信),对方的HR加了她的微信,时间是晚上十一点。

林鲸讶异:"你们公司人力资源部门的工作强度也这么大吗?"

对方回了个哭泣的表情:"没办法,实在忙啊。"

这个个子不高,但长相白皙清秀的男生叫叶锐,是睿美分公司的人力资源经理。当然,这个部门本来人也不多。

叶锐:"下周一上班,没问题吧?"

林鲸:"今天周五,也就是大后天。"

叶锐:"对,赶紧来!"

林鲸回复的口吻也逐渐轻松起来:"没问题。"

林鲸没想到自己只休了一个周末就要去上班了。

睿美传媒的主要分业务是美妆品牌的活动,办公区在园区CBD的写字楼里,楼下是某奢侈品商场。公司整体的工作氛围是比较年轻的,办公司的装修风格也是有个性而大胆的,林鲸一走进去就看到了明亮的大落地窗,早晨的阳光晒得暖洋洋的。

如果能忽略同事们无精打采的眼神的话。

叶锐把林鲸带到工位区给大家介绍了一下，人就溜了。林鲸把包放到椅子上，旁边一个梳着高马尾、脑门锃亮、戴着金色耳饰的女生凑过来跟林鲸打招呼："你好，我叫麦琪。"

"林鲸。"林鲸伸手握了一下对方，"这是你的英文名吗？"

"不是啊，我就姓麦，麦琪。"女生一张小脸肤色白皙，一丁点儿瑕疵和毛孔都看不见，妆容精致得像假人，"好多人问我这个问题。"

林鲸尴尬地吐了吐舌头，继续从包里拿出自己的私人办公用具。

麦琪对她很是期待的样子："终于等到新人来了，你不知道我一个人快死掉了，看我的毛孔能养鱼了。"

林鲸的目光从她的脸上扫过："并没有看见！"

陆续有别的同事过来跟她打了招呼，大家似乎已经被繁重的工作压垮，并没有对她表现出多余的好奇心。

林鲸松了一口气，这可太好了。

林鲸上班的第二天就参与了项目，是一个新锐国货品牌做快闪店，在脑暴会上听到同事们热烈地碰撞，才找回一点儿熟悉的感觉。这两年国货品牌迅速崛起，走高端路线的比比皆是，但说来惭愧，林鲸的梳妆台上几乎没有一件国货产品，对国货产品甚至也只停留在听说的程度，这两年像跟外界断层了。

她赶紧在工作群里下载了该品牌的资料疯狂补课。

到快下班的时候，她才堪堪松懈下来，隔着眼皮，用手指轻轻摁了一下眼球，酸涩感从大脑中心传来……正巧前台的人打电话来，她的花到了，问要不要送进来。

林鲸婉拒了，亲自下去，到前台才看到是超级大的一捧，紫蓝色的渐变花束，层层叠叠地簇拥着，是某牌的限定小王子花束，宛如星辰大海之感。

袋子里有张信封卡片，精致奢侈的封面 logo，上面是花店工作人员娟秀的字体：你比自己想象中更优秀。

林鲸立马想到花是谁送的，不自觉地就咧嘴笑了一下。

"好漂亮的花啊，男朋友送的啊？"前台的妹妹探出脑袋看着她。

林鲸抿起嘴，回以浅笑，然后把花捧回工位。

她拿出手机，调整角度拍了一张照片，但是她办公桌上资料太多，构图不怎么好看，斟酌了半天还是只给蒋燃发去一个鞠躬的表情包。

310

蒋燃秒回:"花收到了?"

林鲸:"嗯,谢谢。"

那边的人停顿了一会儿,林鲸盯着聊天框上面的"对方正在输入",心里涌出如枫糖一样浓稠的期待感,但冒出的字是:"就这样谢?"

林鲸满脑袋问号:"你要怎么谢?"

蒋燃:"自己想。"

林鲸气笑了,脑袋里又是一团乱七八糟的东西:"想不到。"

蒋燃:"那回家由我说了算,到时不要哭。"

林鲸的脸蛋一下红了,还是狗胆地回复:"蒋老师你在说什么?听不懂,展开说说。"

蒋燃:"……"

蒋燃:"感觉你适应得还不错,加油工作吧。"

那边应该要忙了,于是林鲸也退出微信,拿起卡片又看了一会儿,慢慢品着那句话,淡淡的力量感和自信心如奔跑时的推力,传遍全身。

她正要把花拿下去过会儿处理,转头就碰到了一个脑袋。麦琪耷拉着眼皮,发丝松散地垂在脸颊两侧宛如鲇鱼须,她将下巴搁在椅背上:"跟小哥哥调情呢?"

林鲸:"……"

麦琪:"我好困哪,咖啡也不管用,快撒点儿'狗粮'支撑我今夜无眠。"

林鲸沉吟片刻,吐了两个字:"老公。"

"哇,你都结婚了?"这句话看上去比给她打一针肾上腺素还要有效,她睁圆了一双大眼看向林鲸。

林鲸抬了一下手展示无名指上的戒指:"很奇怪吗?我 27 岁啦。"

"27 岁就结婚也太早了吧,我 26 岁了连男人的手指都没碰过。"麦琪一脸沉痛的表情,"感谢你的到来,让我的焦虑感又多了一分。"

林鲸:"也感谢你,让我对年龄不再焦虑。"

麦琪:"你老公帅吗?我看看。"

林鲸翻了一下手机相册,发现自己并没有蒋燃的照片,就连两个人的婚礼照片都没存到手机上,遑论合照。

麦琪:"行不行啊姐,你真的有老公吗?"

两个人聊到这个话题,别的同事也凑过来看热闹,忽然把林鲸架得很高。

· 311 ·

"当然有了。"她并不排斥和别人分享有关蒋燃的事，大概是现在身边的人不会像之前的同事那般对这件事戴着有色眼镜吧。

说来惭愧，最后她还是在老爸的朋友圈里找到一张聚会的合照，蒋燃只露了侧脸，在陪家里的长辈打麻将，短发搭在额前，穿着黑色的毛衣和长裤，手腕上戴着一条手环，比普通的居家男人身上又多了一分来自妻子的痕迹。

整体而言，他一副很是闲散舒适的模样，氛围感十足。

麦琪张了张嘴巴："尽管只有半张脸，但也看得出来好帅，我相信你有点儿东西。"

林鲸在新公司还算适应，日常忙碌一些，好在有了正常的周末。

时间很快到了三月底，春意渐浓。

这天本来是周六，但是因为下周要放清明节的假期，便调休一天。林鲸下班在楼下等了一会儿，蒋燃的车开过来的时候，她的手机正好在响，是蒋蔚华打来的电话。

蒋燃把放在副驾驶座上的外套放到后面去，身上一件象牙白的立领衬衫，袖口卷了两道，小臂线条流畅，手指松垮地搭在方向盘上。他这两个月明显比年前清减许多，似乎很辛苦。

他冲她挑了一下眉。

林鲸坐上车后，接通了电话。

自从年初五和施季玲一起吃过饭后，蒋蔚华已经很少来刷存在感了，一来是怕了施季玲的那张嘴，二来是被叶思南的一席话说服了：不能捡了芝麻丢了西瓜，因为不值当的人和自己的侄子疏远。

"姑姑，什么事？"林鲸开口问道。

蒋蔚华问："鲸鲸，明天有时间来家里吃饭吗？我准备了点儿青团，你们带一点儿回去给你妈妈。"

林鲸点开免提，看向蒋燃。

男人目视前方，面庞冷峻，毫无反应。

林鲸看他这表情就知道，轻"哼"了一声，转而笑着对蒋蔚华说："那我们明天下午过去，麻烦您了，姑姑。"

"那明天见。"蒋蔚华也客气。

林鲸挂上电话后，蒋燃才松手摸了摸她的脑袋："其实你不用这么乖。"

林鲸抓住他的手掌："有些邀请是拒绝不了的。你知道姑姑为什么给我打电话，而不是给你打吗？她就是怕再跟你吵架圆不回来了。"

蒋燃失笑："分析得这么透彻啊？"

林鲸瞧过去，故意说："你今天要是跟我说这门亲戚不要了，再也不来往了，我立马不理人家。"

这下蒋燃没再说什么，对她的话很赞同。

原计划周日晚上去姑姑家的，不料蒋燃有个老同学忽然找他，两个人出去谈事耽误了点儿时间。

林鲸只好单独赴约，还特地绕去旁边的商场选了几个补品礼盒带过去。

她进门的时候天还没黑，只见两只超级大的行李箱横在门前。蒋蔚华和叶昀都不在，只有叶思南抱着手机给她开门，见她进门，诡异地笑了笑。

林鲸瞧着偌大的客厅，气氛很是吊诡。

"你爸妈呢？"

"我哥没来？"

两个人同时问对方，林鲸先回答："他跟朋友谈事去了，今天过不来。"

叶思南把手机塞进兜里，双手接过东西，叹了一声："那可惜了，看不到好戏了。"

林鲸："你憋着什么坏心思呢？"

叶思南无辜地揽着她的肩膀："你可别冤枉我了，我什么都没干，单纯看戏也有错？"

林鲸："看你的表情不对劲。"

叶思南说："其实接下来的事，我也烦着呢，山雨欲来咯。不过你别担心，只要我哥出面，天塌了也砸不到你头上。"

"说得云里雾里的，我怎么听不懂？"林鲸轻蹙细眉。

叶思南还没来得及解释，便听到楼梯处传来拖鞋踩地的声音，但下来的人不是房子的主人，而是蒋诚华，还有他的妻子张敏。

林鲸恍然大悟，怪不得觉得玄关处放的两行李箱奇怪呢，还有那双高跟鞋，不是这家里两个女人的风格。

蒋诚华走至林鲸面前，绅士地笑了笑，亲厚地寒暄："鲸鲸来了，路上堵吗？"

见他俨然一副好父亲的样子，林鲸尴尬了一秒，快速在大脑里搜刮着社交场面话："还好。爸爸您是今天刚回来？"

她说着，目光流转到他身后的女人身上，对方温婉地淡笑，倒是没说话。

蒋诚华说："嗯，清明节了，和你张阿姨回来看看。"

林鲸这才叫人："张阿姨好。"

蒋诚华朝门口张望了一下，语气难掩失望地发问："蒋燃没来吗？"

林鲸重新解释："他不知道您来，就没过来。"但说实话，她也不确定蒋燃知道不知道这事，或许知道了没有告诉她呢。

席间，林鲸忽然觉得自己被骗，有些不爽。

叶思南坐在她旁边，大概是看透了她那双清亮的眼眸里装着什么心思，在桌上用手机给她打了一段字："知道你不喜欢应酬长辈，但舅舅夫妻俩忽然来真不是我妈骗你的，她也不知道。上次被你妈妈教训了一通，她已经不想惹事了。"

林鲸打字："知道！"

蒋诚华话不算多，也并非一般长辈那样控制欲极强或者管得很宽，给足了林鲸尊重和平等对话的台阶，没有询问太多关于他们的生活的事。

倒是喝了点儿酒以后，他回忆起了蒋燃小时候的事情：说蒋燃很喜欢妹妹，没有亲生的，就很疼爱叶思南；说蒋燃被粗心的保姆倒水烫到了都没哭，反而求爸妈不要责怪阿姨……这一点一滴他都记得。

林鲸听完这些事情绪翻腾，心竟有些抽着疼，一方面因为蒋燃，一方面又不愿意相信看上去这样绅士完美的父亲会做出伤害妻子和孩子的事情。

她闷头盯着碗筷，一言不发，始终没接蒋诚华的话。

蒋蔚华拍了一下他的手臂，面部显露些许恼怒之色来，斥责道："哎呀，你不要说这些事了，谁还想听啊？"

蒋诚华抿完杯中的白酒，也沉默了。

倒是张敏拿起醒酒壶，要给林鲸斟酒："鲸鲸，从结婚到现在我们都还没说过话，我敬你一杯吧，欢迎你加入我们这个家庭。"

林鲸看着这张说不出错处的脸，手指忽然往高脚杯口一盖，拒绝道："抱歉啊，我不喝酒。"

林鲸鲜少不给长辈面子，但说不喝酒这话也没毛病。

张敏面色稍僵,对上林鲸浅笑的眼睛,缩回了手:"抱歉,我不了解。"

蒋蔚华把玉米汁给林鲸转过去,嘴上说着:"你没和鲸鲸吃过饭,怎么会知道呢?"

张敏不解:"去年和鲸鲸的妈妈一起吃过饭,她好像酒量很好。"

蒋蔚华一想到施季玲就心里发虚,趁机把话头压了下去:"那能一样吗?你没发现妈妈越强势,女儿就越温柔吗?父母与孩子的性格是互补的。"

张敏不说话了,大概也是回忆起鲸鲸的妈妈那副"这辈子绝不吃亏"的模样,就令人精神一抖。

林鲸手指压在杯柄上,端起杯子,小口啜饮着玉米汁:"嗯,姑姑是想说我比较幼稚吧。我爸妈对我太过负责,他们强势了点儿,我就没那么成熟。"

张敏话赶话,回了一句特别没水平的话:"能一直做父母的幼稚小孩,也是幸福的。"

"所以,我和蒋燃截然不同,他一直是一个人过的,过于成熟了。"

蒋诚华抬起眼皮,心有所虑,林鲸这是在内涵他吗?

饭后,林鲸借口有事,便不久留了。

蒋蔚华给她塞了盒在老字号点心铺买的青团:"记得拿给你妈妈,是我的一点儿心意。"

林鲸上了车,从后视镜里看到四位长辈站在门口目送她离开,张敏站在稍远一些的罗马柱旁,一身枣红色的长裙,身条修长,温柔娴静。

已经接近九点,林鲸莫名其妙地觉得烦躁,一团窒闷的气堵在胸口。想到蒋燃这会儿还在外面应酬,她也不想那么早回去面对偌大的空房子,便去了家旁边的商场。

此时正是商场最热闹的时候,顾客习惯性地饭后在一楼的几家潮牌店铺逛着,林鲸不知道自己怎么回事,只觉得吵,仿佛置身于密封的小盒子里,周围是"嗡嗡"乱叫声。

商场前面是一处喷泉,压力器使喷射出来的水花是奶白色的,以一个抛物线落下去,形成一条座桥,几个刚学会走路的小宝宝在喷泉下面玩耍。

她点了一杯冷饮和一块小蛋糕,并不想管热量和即将到来的生理期,坐在那儿又吃又喝,希望食物塞满胃部,把乱线团似的思绪挤走。

315

被风吹了好一会儿,她终于回魂,意识到自己烦躁的根源不在于蒋燃的爸爸和继母,而是看到张阿姨就会想到陈嫣。

她记得清清楚楚,陈嫣和她妈妈长得极像,无论五官、身高、气质,母女俩温婉娴静,落落大方,所有盛赞女性的优美词汇似乎都能堆叠上去。

前女友不是什么雷点,但前女友还来参加过他们的婚礼,所有人都知道,就她被蒙在鼓里,这种感觉令人糟糕透顶。

她本以为这件事会尘封到地底,如今又从地下被抽出来,再次让她的胸腔里发出隐隐的痛感。

直到商场快结束营业,林鲸才起身回家。房子里黑黢黢的,朦胧的月色将屋内的物品和摆设都描上了模糊的锯齿边,随着她进门的动作,廊灯一路亮起,驱赶黑暗。

看着空荡荡的手心,她才发现姑姑给的青团被丢在了奶茶店里。算了,丢了就丢了,她也不想回去拿。

手机早已没电,她蹲在床前等了一会儿,看见黑色屏幕上出现一个白色的苹果标志,然后接连跳出两条微信消息。

八点半时,蒋燃发了消息:"我晚点儿回家,你早些睡,不要等我。"

九点时,他问:"回家了吗?"

林鲸犹豫了几秒,给他回复说自己已经在家了,然后脱了力似的坐在地板上,忽然感觉这两个小时莫须有的情绪,就像不可理喻的疯子,在身体里冲撞。

林鲸洗完澡,在书房里坐了一会儿,听到隔着一道门传来密码锁解锁的声音,蒋燃回来了。

他在打电话,敷衍地对电话那边的人说:"嗯,她已经回家了,再说吧,最近忙。"

蒋燃看到书房门缝里溜出来的光,在那里站了片刻才去洗澡,然后也去自己的书房处理事情。

夫妻俩互不打扰地独处着,眼看到了十二点。

蒋燃过来敲门,问:"一起去睡觉吗?"

林鲸赤着脚踩在懒人沙发上,捧着一本书,根本就没在工作。

听见询问,她回了一句:"来了。"

蒋燃却径直走进来,单手拉过软凳到她面前,两条长腿敞开着坐下。

316

林鲸装出一副轻描淡写的样子，却没忍住先发制人："你今天晚得过分了一点儿吧，和什么同学叙旧到三更半夜，女的？"

"嗯。"蒋燃供认不讳回家晚这件事，品着她话里的每一个字眼，然后又澄清："男的。"

林鲸轻抿了一下嘴唇："现在男的比女的更令人不放心。"

蒋燃揉了揉她的发心，拿她没办法："那怎么办？"

林鲸没说话，将书合上放在小几上。

蒋燃又说："我半个小时前才知道我爸回来了，否则不会让你一个人去。"

林鲸抬眼凝视着他，想到上次他独自去楼下抽烟，语气调侃地问道："所以知道你爸回来，你晚上不开心在外买醉？"

"成年人，不至于。"

他真以为林鲸生气的源头是他回家太晚，这会儿见她表情缓和，便顺势和她坐在同一张沙发上，拢着她的小腿，让她的脚搁在自己的腿上，低声说道："怎么忽然生气，我惹你了？"

"真有些正事在聊，不是故意拖时间，你闻闻，没喝酒。"他好声好气地哄着她。

林鲸鼻端全是沐浴液的味道，她是个见好就收的人。

确实肉眼可见他在那通电话后脸色不悦，每次和家里打完电话后，他那张脸都没好看过。

有个很有意思的现象，蒋燃总是轻易地就认为她是在要小脾气，这一点很微妙。

她弯唇笑了笑："算了，不说了，睡觉。"

她欲言又止，眼底忽然满是倦意，充满麻木的冰冷感。

蒋燃最终还是压制下兴起的话头，食指挠了挠她的下巴："回房？"

"那不然呢？"

"脚踩哪儿呢？"

林鲸低头一看，踩的部位确实不对，隔着一层睡衣都能感觉到他身体的变化，赶紧把脚缩回来。蒋燃已经掐着她的腰，将她的身体翻了过来。

他懒懒地半躺在沙发里，而林鲸坐在他的腰上，他倾身去吻她，两个人亲密到几乎每一个部位都紧紧贴在一起。

沙发太软了，人陷在里面纠缠，身体的变化越发不可收拾，滚烫撩人。

她颤抖着身体和他分开:"回卧室好不好?"

蒋燃的嗓音沉了下去,手从她的脊背抚摸到尾骨:"在这里。"

"啊?"林鲸的身体战栗不已。

"试试。"

他呼吸的热气均匀地喷洒,林鲸只觉周身发紧,身体在他的手和嘴唇的动作下,宛如一颗软软的棉花糖,任人搓扁捏圆。

他手撑着地板,再次倾身缠住她。

林鲸瞧着那张俊朗的面孔上浮出些许难耐之色,鬼使神差地顺从了。

一两点钟事情才结束,林鲸身体软软地挂在他身上,无脊椎动物似的。

蒋燃这次做得有点儿狠,倾注着情绪,也明显在用身体语言照顾和迁就她,时刻兼顾她的反应和表情。

很讨厌,夫妻床头吵架床尾和就是这个原理吗?

一阵纠缠下来,她心中的那点儿愤愤不平的情绪都暂时被冲散了。

她再次回到床上时感觉自己已经彻底废了,冲完澡,衣服都没穿就趴在床上,心中生出一种恐慌感。

回归平静之后,两个人都心事满满。

小腹突然传来阵阵绞痛,直往下坠,一开始她还懊恼地说:"你不要撞得那么狠,我肚子疼。"

蒋燃将手掌放到她的肚皮上,要检查:"哪种疼?"

忽然一阵排山倒海之势向身下冲来,那感觉过于熟悉了,她随手抓了件T恤衫套上,冲进了洗手间。

坐在马桶上她才看见内裤上的红色痕迹,放心了些,但心情又很复杂。这一晚上真是兵荒马乱,她生闷气,喝冰水,和蒋燃亲热,来例假……还让不让人活了?

蒋燃无所适从地站在门外:"怎么了?"

林鲸喊道:"看看床上有没有。"

"看什么?"

林鲸提高了音量:"月经。"

"……"

于是,本来准备跟对方好好谈清楚的两个人,一个忙着冲澡换衣服,一个忙着照顾对方,半句废话也没有了。

周一,林鲸拖着"病躯"去上班……有点儿夸张了,只是肚子疼。

蒋燃把她送到公司楼下,看她皱着一张小脸,当即决定:"请假吧,休息一天。"

"没那么夸张。"林鲸满脑子工作。

蒋燃提醒她:"你一直扶着腰,真没事?"

林鲸拿着包包,赶紧把手放下:"我扶着腰又不是因为生理期。"

"……"

她一到公司,果然收到了来自各方的关心,包括她的顶头上司的亲切问询:"你是和老公颠鸾倒凤到半夜吗?黑眼圈有点儿重啊。"

林鲸立马挺直腰板:"并没有。"

对方不听:"真羡慕你有男人。"

瞧那眼神,对方羡慕得挺真情实感。

林鲸熬到中午才活蹦乱跳,痛经是好了许多,就是这腰……

午休的时候,她忍不住把心事告诉了鹿苑。

鹿苑对这事保持极大的宽容心:"我觉得这事你和他摊开了说清楚就好,没什么的。他不一定是想瞒你,只是有自己的顾虑,谁还没个前任了?"

林鲸是准备坦白来着,但是昨晚气氛略好她不忍心破坏,而且蒋燃似乎被别的事烦着,她翻旧账不合适。林鲸:"家事一团糟,我不忍心给他添堵。"

鹿苑:"不要心疼男人,你总是心软。"

林鲸:"其实我真的不想主动问,感觉问前任的事很没品。但现在这件事已经不是重点了,马上就是清明节了。"

鹿苑:"清明节怎么了?"

林鲸回了个工作消息的工夫,再次切回聊天,看见通讯录那一栏有个红点,备注信息是张敏:"鲸鲸,我是张阿姨,有事想找你。"

林鲸把手机丢在一边,假装没看见这个好友申请,因为就算通过了请求也不知道跟对方说什么。

这一刻她将逃避型人格的特点发挥得淋漓尽致。

暂时将这些破事抛至脑后,她打开文档写了一会儿公关新闻稿,全身心投入工作的时候，心绪也平静下来。

不久后手机显示来电，是蒋蔚华打来的。

林鲸叹了一口气，预感到电话那头另有其人，没有立马接电话。

旁边的同事见她一脸抗拒的神色，以为是甲方，劝道："接吧，伸头缩头都是一刀。"

林鲸嘀咕："唉，比甲方还烦人。"

过了半分钟，她接通电话，换上那种盈满笑意的愉悦声音："姑姑，不好意思，我刚刚开会去了，怎么啦？"

蒋蔚华说："鲸鲸啊，是这样的，你爸爸和张姨有事情要拜托你帮忙。"

林鲸怔了怔："什么事？"

手机那端换了个人，是张敏的声音："鲸鲸，我听说你是在物业公司上班的，我最近和你爸爸准备在国内多待一段时间，想租一套房子，不知道你方不方便给我们介绍一下呢？"

林鲸不解："租房子？你们要待多久？"

张敏说："老蒋的那套老宅子远了些，这几年也没人打理，我就想另租一套能立马住进去的房子，所以这件事只能劳烦你了。"

"……"

她还什么都没答应呢，对方就直接给盖章认定了。

林鲸郁闷地问："那你们想找什么样的房子？"

于是张敏开始一条一条地数自己的要求："小区要高端一点儿，干净，便利，最好旁边有商场和医院，租金不是问题。"

林鲸斟酌半天，发现不好直接回绝，便说："我已经从物业公司离职了，只能找相熟的同事帮您推荐，您自己定夺。"

张敏说："我加你的微信了，你通过一下。这是姑姑的手机，不便多扰，我们私聊？"

"哦，好。"

林鲸再次默默地吐了一口气。

快要挂断电话的时候，张敏又补充了一句："这件事你先不要告诉蒋燃好吗？那个孩子对我们有点儿误会，我找你帮忙他肯定不乐意，我也不想节外生枝。"

"哦。"林鲸说，"我还要忙工作，先挂吧。"

林鲸听了这话，感觉对方是想把她搞成双面人那意思吗？若不是张敏提醒最后一句，林鲸还真想直接把这事推给蒋燃。

她把手机往桌上一丢，人也趴了下去，毁灭吧地球。

下午，她把文档发出去，不到二十分钟就收到了反馈。客户直接在工作群里@她，言辞犀利地指出："亲爱的，我还是希望多聚焦我们的品牌本身呢。麻烦你按照要求修改一版，好吗？"

林鲸打字："好，我再斟酌一下。"

麦琪的电脑上开着林鲸的文档，她并不觉得有什么毛病，无语至极："这人懂不懂什么叫新闻稿？我们又不是写广告文案的，搞不搞得清状况啊？"

林鲸已经打开品牌资料，认真研究起来："毕竟是甲方嘛。"

麦琪："你的脾气也太好了吧。"

林鲸叹息着，自言自语："除了脾气好，我也没别的优点了。"

麦琪被逗笑。

林鲸修改完新闻稿再次发过去，等了一会儿那边没有什么动静，她看时间不早，便拿了外套和包出门了。

在地铁上，她收到了蒋燃发来的一张照片，是一张英文的订单截图。

林鲸："这是什么？"

蒋燃："给爸妈订了张按摩椅，这几天要到了，我会比较忙，填的你的电话，到时候你别当垃圾电话阻拦了。"

林鲸又点开那张订单截图，德国发过来的，价格换算成人民币大致是十一二万，着实惊得她瞳孔放大。

林鲸："你什么时候买的，我怎么不知道？"

蒋燃："年前，爸说想把家里那张旧的换掉。"

林鲸惭愧，她作为女儿都没注意到老爸提过这事，蒋燃竟然细心到这个地步。

"这是不是太贵了啊，你让我爸妈谁敢坐上去享受？"

蒋燃："你不告诉他们价格不就行了？"

林鲸："……"

蒋燃显然不愿在这个问题上多纠缠："身体好点儿了吗？"

林鲸："没事了，在回家的路上。"

蒋燃："我晚点儿回家，你自己也要好好吃饭。"

林鲸无奈地笑了笑："哦。"

蒋燃回了非常柔软的三个字："乖乖的。"

林鲸心中一热，什么脾气都没有了。

她犹豫着要不要把张敏拜托她找房子的事情对他坦白，但是那头又有蒋诚华和张敏的拜托。

一边是丈夫，一边是长辈，林鲸如今也体会了一下当代男人的难题：夹在老婆和老妈之间，简直犹如风箱里的老鼠——两头为难。

隔天晚上她回桥湖花园陪父母吃饭，正好看见工人们在给家里装电动按摩椅。

老林同志客客气气地送走了人，施季玲坐在上面享受了一下，感慨道："这么贵的东西，你们也舍得的。"

林鲸端着水杯，没告诉父母真实价格，淡淡地说道："也还好吧，不贵。"

施季玲瞅着她，撇了撇嘴："听听这口气，十几万块的东西叫不贵？"

林鲸讶然："你们怎么知道的？"

施季玲："聊天的时候问那个师傅的啊。"

林鲸赶紧撇清："蒋燃买的，跟我没关系，我也是昨天才知道的。"

林海生拍了拍她的后脑勺，说道："你这个傻孩子，蒋燃为什么给我们买这么贵的东西，还不是爱屋及乌？"

林鲸受不了似的说："肉麻了啊。"

林海生："我们是想告诉你多关心蒋燃，之前你妈妈对他有偏见，总看不见他对你的真心，但日久见人心，看得出他在努力做好一个丈夫，只是不善表达罢了。他对我们都这么关心，所以你也要负起家庭的责任来。想他一个人这些年也挺不容易的，多大的孩子，任何时候都会想要一个温暖的家。"

林鲸努了努嘴："知道了，爸爸。"

她回家的路上，老爸的话还萦绕在耳边，蒋燃很渴望家庭吗？

她坐在地铁里翻了会儿通讯录，把租赁中心前同事的微信推给了张敏。

第二天中午，蒋诚华问她方不方便陪他们一起去看房子，因为他们现在对苏州的市场很不了解，不知从何看起。

林鲸虽不乐意，但对蒋燃爸爸的这种要求，以及那种介于拜托和央求的语气，也是无法拒绝。

毕竟蒋燃和他父亲之间的恩怨，她没有立场去管。

下午她在甲方的公司开会，结束的时间比较早，顺便答应了此事。

房产经纪人在广恒的某个小区带他们看了几套房子，这个公司的小区都差不到哪儿去，基本满足了干净、安全、设施完备等要求。

蒋诚华和张敏没有要定下房子的意思，似乎都不太满意，工作人员向林鲸投来求助的眼神，林鲸开口："爸爸，您觉得有什么问题吗？"

张敏轻轻摇头，脸上带着坚不可摧的微笑："还有更好的房子吗？大一点儿的。"

工作人员说："这已经是我们这儿比较高端的小区了，您老两口住三室一厅足够，偶尔孩子来了也不怕没地方。"

张敏："劳烦你，带我们再看几处吧。"

"没问题，叔叔阿姨有那个体力就行。"工作人员略无奈，已经看了两个小区、六套房子了，楼上楼下地走，好好的人也看废了。

林鲸今天穿的是一双细细的高跟鞋，这会儿脚也走疼了。下台阶的时候，工作人员扶了她一把，小声问："你没事吧？"

林鲸摇头，说："别管这些了，赶紧陪他们看完，麻烦你了。"

"我穿着平底鞋，有什么麻烦的？你的鞋子看上去很不舒服啊。"

去下一个小区的车上，蒋诚华忽然问："你和蒋燃住哪儿？"

"我们住在园区湖东。"

蒋诚华接着问："哪个小区？"

"溪平院。"林鲸回答，但并不想让这对老夫妻和自己住在同一个小区里。

蒋诚华问："溪平院那里你们还有房源吗？"

工作人员讪笑道："老爷子哪里的话？当然有了，您想看我们现在就过去。"

"那去看看吧。"

林鲸："……"

她看得出蒋诚华如今很想靠近蒋燃一些，原因不外乎是小时候不管，老了怕无所依。做父母的人都不需要上岗证，需要孩子的时候就上赶着往上贴，不需要的时候就丢垃圾似的随便扔。

林鲸叫苦不迭，他想补偿儿子没问题，合着就折腾她这个工具人？

车子到达溪平院，工作人员去拿钥匙的时候，好在蒋诚华没说去家里看看，随意地逛了一下小区，评价道："这儿环境不错。"

　　张敏挽上他的手臂："不是说了嘛，这里是这片最高端的小区了。"

　　林鲸踢了踢脚下的鹅卵石，没接话。

　　不久后工作人员拿来钥匙，几个人正准备上楼，蒋燃的电话打了过来。

　　林鲸接起电话："我还在外面，等一下回家。"

　　蒋燃问："在哪儿？"

　　林鲸不想撒谎："就在小区里，陪你爸爸和阿姨看房子……"

　　"哪里？"

　　"十栋，你要来吗？"

　　"嗯。"电话里她听不出蒋燃的情绪。

　　林鲸把手机塞进包里，对蒋诚华说："蒋燃待会儿要过来，我们等一下吧。"她松了一口气。

　　蒋诚华闻言点头："好。"

　　张敏紧紧抓了一下丈夫的手腕，肩膀下意识地往他身后靠了靠，看样子不太想让蒋燃来。

　　没几分钟，蒋燃过来了，身上还穿着上班时的正装，白衬衫、黑裤子，难得脖子上系着一根深蓝色的领带，面上也是工作时的严肃表情。

　　这是父子俩时隔半年再次见面。

　　蒋燃的目光却落在林鲸身上，他再看向蒋诚华时，神色很不耐烦，哪怕已经压低了声音，还是能听出语气里的薄怒之意："我没空你就折腾她，你想干什么？"

　　张敏欲解释："我们只是让她帮忙看一下房子，你别多想。"

　　蒋燃握着林鲸的手，没给回应，目不斜视地看向蒋诚华："你知道我说的什么，二位年纪没大到出行需要人照顾，看房子也有工作人员陪着，你让她上了一天班还陪你满城跑，合适吗？"

　　蒋诚华被质问了一通，忽然很怕儿子的气场，暗地里拉了拉张敏，让她闭嘴。

　　半晌，他吐出几个字："行，别说了，我走。"

　　房产经纪小哥识趣地跑开了。

　　蒋燃拿出手机打了个电话，让司机过来把这两个人送回去，一句废话也没有。

林鲸都觉得他太不近人情了，毕竟是亲生的啊。

回到家，她问："你这样会不会有点儿过分？那是你爸爸，你一句话就把人送走了？"

蒋燃洗完手出来："知父莫若子，他打的什么主意我知道，大概率不是为了看房。"

林鲸接话："那他是为了看你。从他回来到现在，你是不是还没见过他？"

蒋燃不置可否。

林鲸甩掉高跟鞋，赤脚踩在地板上，脚后跟被磨红了，再走一圈肯定会起泡。蒋燃拿了医药箱过来，敞着腿坐在茶几上，拍了拍大腿示意她把脚跷上来。

林鲸迟疑着没动，他弯腰捉住她的脚踝，撕开创可贴贴在红肿的地方，以防止摩擦到。

"疼不疼？"男人的手心覆在那处，掌温热热的很舒服。

林鲸摇头。

蒋燃又说："也就你这个实诚的笨蛋，别人说什么你就做什么，教你的道理全忘了。说了多少遍，不想做的事你就拒绝。"

两个人还维持着那个姿势，她抻直了腿，裙摆下垂，露出线条流畅的大腿，还有白色的棉布内裤边缘，包裹着浑圆的臀部，本人毫无察觉。

蒋燃瞧见却没提醒，扯开领带，喉结滚了一下。

林鲸说："我也并不是很排斥这件事，陪长辈辛苦点儿没什么。"

只能说，很多事情男人和女人考虑的角度和出发点是不一样的。

蒋燃看着她，嘴唇微抿，幽深的眼里全是不解之色。

林鲸勾唇："你送给我爸爸的那张按摩椅他很喜欢，他跟我说了许多你的好话，我妈妈也对你改观很多。我想，以真心换真心还是很有必要的，你对我的家人的好，他们看得到。哪怕你和自己的父亲不和，我也希望能为你做点儿什么事。"

蒋燃顺着她的小腿往上揉捏了几下："我对你爸妈孝顺是真心的，因为他们对我很好。你不用有什么负担，我也没差到让老婆帮我解决烂摊子的地步。"

"知道，就这样说说嘛。"

林鲸的注意力全在腿上的触感上，酥酥麻麻的，她便倾身吻了吻他的鼻尖和嘴角。

"见你凶过很多人,唯独没有凶过我,感觉被明目张胆地偏爱了。"

蒋燃柔笑:"你才知道?"

他加深了这个吻,把她托抱起来,怀里的人瞬间比他高了些,俯视着他,一寸寸舔咬着他的唇舌,两个人气息交融,屋内温度升高。

林鲸将舌尖伸进他的嘴里搅了一圈,男人的呼吸瞬间变得凌乱,他把她压到沙发上亲了好一会儿,林鲸推了推他:"起来,我要去洗手间了。"

"洗澡吗?一起?"

林鲸笑得幸灾乐祸:"换卫生巾哪,你在想什么?"

"你越来越嚣张了。"

接下来就到了清明节假期,三天时间其实蛮赶的,林鲸忙完自己家里人的各种事,又陪蒋燃给他妈妈扫墓。

此外还要陪长辈吃饭,比上班还累,她整个人都晕乎乎的。

假期最后,两个人总算去了蒋蔚华家里,一大家子人聚了个餐。

蒋燃话少,他父亲和继母也没像那天对林鲸那样嚣张,反而变得拘谨沉默起来,偶尔说几句不咸不淡的话,完全看他的脸色。

林鲸看出来了,在这场亲人的拉力关系中,蒋燃完全占主导地位,但是他始终不肯和蒋诚华缓和关系。

张敏和蒋蔚华在客厅里聊天,说着在那边的生活。林鲸不大想听,叶思南就把她拉到蒋燃的房间里吐槽这些道貌岸然的长辈:"我妈也是挺有意思的,之前一直跟我们说不喜欢这个舅妈,结果人一来,整得跟穿一条裤子的'塑料姐妹'似的。"

林鲸摇头笑了笑:"社交基本礼仪嘛。"

叶思南说:"在家里还搞什么社交?这些大人怕不是有什么毛病。"

蒋燃在阳台上打电话,时而蹙眉,时而微笑。林鲸抬头望了望他,正巧和他投来的目光撞了一下。

门敞开着,楼下的声音传来。

张敏说:"本来是让陈妈陪我们来的,可她工作比较忙。"

蒋蔚华尴笑了一下,并不想接茬。

张敏:"下次元旦节,她应该就能回来了。"

蒋蔚华汗颜,心说你可赶紧闭嘴吧大姐。

这些话,清晰地落到了林鲸的耳朵里,她窝在沙发里滑手机,缓缓脑补出了一些虐心的画面,无论是他们恋爱的过去,还是陈嫣来参加婚礼看蒋燃的眼神,每一幕都让她心里不舒服。

叶思南手疾眼快地关上门。她以为陈嫣这个名字本身对林鲸来说就是雷点,一时都找不到话打破这沉默的气氛。

"耳不听心不烦。"叶思南说。

林鲸摊手:"我真是……好的坏的都被迫接受了。"

叶思南:"怪我,怪我,早知道不跟你说那些事,我都后悔死了。"

蒋燃打完电话推门进来,感受到家里诡异的气氛,问道:"怎么了?"

叶思南无语地说道:"还能怎么?舅妈说起不该说的人了呗。"

蒋燃关上门,扯开书椅坐下来,看着沙发上一言不发的林鲸,一时没有说话。

林鲸静静地回视他,似乎也在等他开口。

叶思南感觉额头青筋在跳,憋得难受,忍不住给两个人道歉:"你们骂我吧,是我一开始嘴贱找碴的,不该说陈嫣的事。"

蒋燃将手搭在书桌上,瘦长的指骨有节奏地敲击着上头的那块儿玻璃盖板,垂眸看了林鲸一会儿。

林鲸双手交握,声音异常冷静:"看你的表情,并不意外我早知道这件事了。"

蒋燃笑了笑:"现在才想起来问?"

这气氛,叶思南快要窒息了。

林鲸莞尔:"前女友来参加你的婚礼,感觉如何?"

"问点儿别的事吧,我一定知无不言。"男人的声音依旧散漫,不知他是好气还是好笑,但有点儿像赌气。

"没有什么想问的事了。"

她低声说完,松开手指,竟然发现掌心已布满潮意,不只是紧张,还感觉屈辱。相比蒋燃,她发现更痛恨的是自己。

"抱歉,不是有意打探你的隐私。"她默了默,脸色难看到极点,"我只是觉得自己有点儿可笑,一厢情愿地认为你的心结总有一天会主动对我解开,甚至陪你的前女友的妈妈看房子。如今看来,我的确是个蠢货。"

林鲸起身要走,被蒋燃钳住肩膀拦下,摁在沙发上。他叹了一口气,把胸口里的无奈和杂乱情绪一并摒除,收起漫不经心的样子:"这其中有些误会,你听我说完?"

叶思南趁机逃走,给两个人留下空间。

"放开我。"林鲸提高音量,蒋燃便松开了她,目光还紧紧地锁在她身上。

林鲸冷笑:"我早说过,对你、对婚姻的要求不高,但是最起码的诚实……总要的吧?你的妹妹挑衅我,告诉我这些破事,你也早知道了,就是不说,由着我痛苦了几个月,你把我当成什么了?"

她鲜少说这么重的话,婚后对蒋燃更是没有这样过,这一刻实在忍不住了,人像失智般想要发泄。

"为什么你对我的要求不高?"蒋燃的重心有些偏移,脸色也越发冰冷,"我给了你什么错觉,我是会出轨还是不走心了?"

"你没有,你很好。"林鲸一句话也不想跟他多说,推开了门。

她下去拿了包,快速换了鞋出去。

蒋燃也紧随下来,在后面喊她:"你要去哪儿?"

"你少管。"

"林鲸,我说了,我们有问题需要沟通。"他还穿着拖鞋就出来追她,有些狼狈,不敢让她赌着气出门。

"沟通什么?你们一家人是怎么把我当傻子的吗?"林鲸回身狠狠瞪着他,而后快步向小区门口走去。

"没有人把你当傻子。这么晚你要出去干什么,你想让我急死?"他温声哄着她。

"你不要再用那一套方式绑架我了!"林鲸吼了一声,泛红的眼里全是愤怒之色。小区门口正好有一辆出租车停在那里,她拉开车门,让司机赶快开走。

后视镜里,蒋燃转身返回小区,林鲸的泪珠像断了线的珠子般不断滑落下来,她咽了咽口水,发现嗓子里黏稠腥涩,甚至想干呕。这是吵架情绪的应激反应,不仅如此,胸口的滞闷感宛如大石头,压得她快要喘不过气来。

怎么会这样呢?

她愤怒、怄气,感觉荒唐,身体激颤,这太可笑了。

司机看她眼泪掉个不停,不由得担心地问道:"妹妹,怎么了?"

林鲸没说话,用手指抹了抹眼泪,司机又问:"你要去哪儿啊?"

"随便开一会儿吧,然后给我找个酒店放我下来。"

"你这样说我可不敢随便开,情绪失控是会出事的。"司机大叔很懂,"你家在哪儿?我送你回去吧。"

林鲸愣了好一会儿,才说:"桥湖花园。"

施季玲和林海生都快睡了,忽然见女儿垂着头,招呼不打地就来了,均吓了一跳。

林海生连忙跟过来:"鲸鲸啊,怎么啦?"

林鲸把包丢到沙发上,走进房里摔到床上,听见老爸老妈追在屁股后头一直问:"怎么了?你倒是说啊,这样吓死个人。"

林鲸烦躁地抹了把脸,闷闷地说道:"你们俩能不能别烦我,让我安静一会儿?"

林鲸被父母吵得脑仁疼,拉过被子捂住了耳朵。

林海生见女儿越来越不耐烦,料想也问不出什么来,只好把妻子拉出来:"好了,让她自己冷静吧。"

施季玲瞎着急,语气也跟着冲起来:"我着急啊!这两个小东西又在闹什么,怎么结了婚还不安生一点儿呢?儿女真是前世债啊,我还不完了还?"

老林同志无语至极:"你冲我吼也没用。"

夫妻俩谁也没法安心入睡,靠在沙发上唉声叹气。

林鲸一点点扯开被子,目光呆滞地盯着天花板,细细密密的抽痛感再次将她席卷,眼泪夺眶而出,在脸颊上肆意横流,不一会儿就把脑后的枕头洇出一大片水渍。

她已经很久没有这样歇斯底里地难过了,窒息、愤恨、懊恼、厌恶这些消极情绪如洞口冲出的野兽,折磨着她的精神和身体。

她讨厌这样的自己,甚至想,不结婚的人生只是孤单寂寞,结婚就是给了另外一个人伤害自己的权利,为什么要结婚呢?

过去这半年,她仿佛被蒋燃拎到了一条康庄大道上,方向明确,一路平坦,如今又回到了过去的崎岖路上,筚路蓝缕起来。

少顷,她便听见蒋燃的声音隔着一道门传来。

他急匆匆地赶来,身上只有一件薄衫,周身带着凉意:"妈,鲸鲸回来了吗?"

"你没打她的电话吗?"

"她把我拉黑了。"

施季玲叹气:"在房间里呢,你们因为什么事吵架啊?她一回来就哭成那个样子。"

蒋燃放下心来,但没有回答施季玲的问题。

老两口也不好多问,侧身让他进来,说:"你去看看她吧。"

林鲸现在不想看见他,也不想说话,连忙扯住被子蒙住脑袋,假装睡着。蒋燃将卧室的门打开一条小缝,在门口站了一会儿,看见小被包可怜兮兮的。

"她睡着了。"

"……"

门外的三个人也只能不再打扰她。

林海生好生劝道:"有话好好说,两个人不要吵架,让我们也跟着揪心。"

蒋燃:"抱歉,爸。"

"没有责怪你的意思,鲸鲸不告诉你一声就乱跑也不对,明天我批评她。你今晚是在家里睡还是……?"

蒋燃:"我回去了,麻烦您照顾她。"

"哎,路上慢点儿。"

之后客厅重归平静,父母相继回房。

林鲸松开紧咬的嘴唇,说不上是失望还是泄气。

这一夜,林鲸睡得并不安稳。第二天脑袋晕乎乎的,分不清自己在哪里,她在床上发了好一会儿呆才起床洗漱。

父母喊她过去吃早饭,林鲸揉着发胀的眼睛,有些无言以对:"不吃了,我回去换衣服上班。"

施季玲坐在餐桌前剥鸡蛋:"不用了,你老公已经把你的东西送过来了。"

她指了指玄关上的小箱子。

林鲸问:"蒋燃什么时候来的?"

"很早,我和你爸都没起床。"施季玲把剥好的鸡蛋放在对面的碗里,忍不住问,"你们昨天为什么吵架?"

林鲸不想跟他们说那些糟心事:"也没什么,我去换衣服了。"

她抱着箱子回了卧室。

衣服叠得整整齐齐的,分门别类地放在不同的防尘袋里,他还真是事无巨细,大到外衣,小到内衣裤和袜子都有……这是准备让她再也不要回去了吗?

以至于下班后,林鲸都不知道自己该回哪个家了。待同事们都走了,她一个人坐在办公室里拨弄着手机,点开蒋燃的微信,退出,点开,再退出，来来回回好几遍。

昨晚回家的出租车上他一直打电话过来，林鲸便使用一贯的逃避技能将他拉黑了，现在也没放出来。明知道对方的消息发不进来，她却还是忍不住要看，真是又气又不甘心。

磨叽到了七点多，她还是回了桥湖花园，父母像是早知道她会回来一样，照常招呼她吃饭。

接连两天她都没和蒋燃联系。

这天下午，林鲸和同事外出去附近的商场谈活动场地的问题，结束的时候差不多四点，商场距离公司有点儿远，她的顶头上司林娜直接让大家各自解散回去，打外勤卡即可。

林鲸和大家告别，准备坐地铁回去，不想在商场门口碰到了张琪琪。

张琪琪身边还有一个身形瘦弱的男生，男生歪歪扭扭地靠在张琪琪身上，跟没长骨头似的，拿着古驰的虎头包，动作粗鲁地拍着张琪琪的头发，看着不太正常。

她走近一些，这才闻到刺鼻的酒味，而张琪琪眼角竟然有擦伤，细微的一道。本来不准备打扰两个人的林鲸讶然不已，问道："你没事吧？"

张琪琪眼神同样惊讶，并不太想在这里遇到熟人，她羞愧至极地捂住伤口，急于澄清："没事，这不是他打的。"

林鲸看着她说："我没说是他打的。"

"这是我男朋友，他中午在楼上应酬，喝醉了。"张琪琪解释，"我来接他。"

林鲸心中微微叹息，心说一个男人喝得不省人事了，让你翘班来接他吗？

见对方不欲多谈，林鲸也不好打扰。

这时，张琪琪肩上的男生猛地推开她，跑去路边的垃圾桶边，张琪琪被推得趔趄两下差点儿摔倒，林鲸扶了她一把。

男生吐完头也没回，伸出手，使唤丫鬟一样喊道："拿水过来，戳在那里站街啊？"

"来了。"女孩子忙跑过去，主动拧开了瓶盖。

他喝完水又在地上蹲了一会儿，要睡着似的。张琪琪架着他的两条手臂把人拉起来，问："你的手机呢？我的手机没电了。"

男生烦闷地回了一句："老子怎么知道？"

张琪琪说道："好好的话不能好好说吗？没手机怎么打车啊？"

林鲸觉得奇怪,她这样漂亮又有自信的女生,为什么会在男生面前显得这么卑微?

男生单看表面也没什么好,脾气暴躁,长得不算帅,个头也不高,硬要说的话,大概就是有点儿有钱人的影子,一身胡乱搭配的名牌像个小暴发户。

林鲸自知不能以貌取人,立即打断猜疑,跟女生招呼了一声,走去地铁站。

张琪琪叫住林鲸,问她有没有充电宝。林鲸正巧带了,便拿出来给她。

在地铁上,她收到了张琪琪的微信:"能不能不要把今天的事告诉别人哪?我觉得有点儿丢脸。"

林鲸回复:"我不会告诉别人的,只要你男朋友真的没有打你就好。"

张琪琪脸上浮出一层羞耻的红晕,还是被看穿了:"其实他不是故意的,碰了一下就流血了。"

林鲸:"……"

张琪琪:"谢谢了。"

或许是见证了一个渣男,林鲸心中百转千回,酸胀苦闷,为什么美女总是被这样对待?

地铁里有种密不透风的闷热感,夹杂着每个人身上的不同味道,与沮丧劳累的脸相当一致,明晃晃地写着几个大字:疲倦的打工人。

快到市区的时候,她才想起隐形眼镜没了,要回溪平院拿。

于是她中途下来,走去对面乘反方向的车。她到家的时候还不到五点,蒋燃这个时候一般还在公司。

林鲸换了鞋子,匆匆跑去浴室拿了该拿的东西,装进包里。

她再出来时,偌大的房子已经是半黑的状态了,像空荡荡的珠宝盒子,把人困在里面。

珠宝盒子此时了无生气,只残余着淡淡的蒋燃的气息、他丢在床头柜上的降噪耳机、随意搭在躺椅上的居家开衫……

林鲸有些不忍看那些带着蒋燃的痕迹的东西,心再次抽痛起来。她依然不懂,事情为什么会发展到今天这个地步?

她怕蒋燃这会儿回家两个人撞上,拿完东西立马离开,走到门边的时候,听见了敲门声,而不是楼下门禁的呼叫,来人肯定不是陌生人。

外面的人会是谁?清晰而近距离的声感让她的心都蓦地提到嗓子眼儿

了，她祈祷着千万不要这个时候跟那个人撞见。

对方敲了三声门，林鲸打开门，映入眼帘的是一张陌生的面孔："林小姐，你们家今天终于有人了。"

女生是接替林鲸的原岗位的新人，笑了笑，把手里的维修基金意见征询单给林鲸，让她签字。

林鲸看完单子后，在否定那一栏签了名字，不同意这个时候就动维修基金。

女生并不意外，甚至笑着与她攀谈："我连续三天这个时候来你家敲门都没人，你们是不住这边了吗？"

林鲸不解，问道："我先生也没在家吗？"

"不懂呀，反正没见到。"女生做完工作，笑眯眯地跟她说了声"再见"后才离开。

林鲸狐疑地返回家中，从厨房到书房，并没有看出任何不妥的痕迹，于是来到主卧，衣柜里他的衬衫和西装少了好几件，连一贯放在最外层方便他拿取的黑色行李箱也不见了。

而她离开家之前，洗好挂在阳台上的几件衣服倒是一动没动。

她恍然大悟，原来她不在家的这几天，他也没回来。

果然，男人就是这么和稀泥和敷衍，把人惹了之后，拍拍屁股，可以毫无心理负担地去外面逍遥。

意识到这件事，她叹惋着坐在沙发上，感觉心脏都要四分五裂了。

林鲸有些失神地返回父母家中，正巧爸妈把饭菜从厨房里端出，招呼她赶紧去洗手。

她用力攥拳，使自己看上去更正常一点儿，飘去了洗手间。

晚饭时间一切正常，可她还是如锥刺般难受，心中又气又失落，好似对方也选择了逃避，使两个人的关系降到冰点，再也无法修复。

电视开着，正在播放本地新闻，说一个工厂工人在下班路上小脑中风，公司判定不算工伤……林海生捏着筷子一边瞟电视一边问林鲸："蒋燃没说什么时候回来吗？"

林鲸抬起眼皮："什么啊？"

林海生看向女儿："他不是去 A 市了？"

林鲸紧抿着唇，半晌才说："他去哪里还需要跟我汇报吗？他要上天我也不会管。"

施季玲忍不住瞟着她："看把你能的，这些天也不知道是谁，总是拉着张脸。"

林鲸死鸭子嘴硬："不懂你们在说什么。"

施季玲和林海生看她这副样子，不由得觉得好笑又可爱。林鲸赶快吃完了饭，回到卧室，也不想问父母蒋燃的任何情况，心烦意乱极了。

不久后她听见门外，爸爸冲她喊："蒋燃送东西来的那天早上去了A市，说事情比较急，这几天就回来。"

林鲸闷闷地回答："你跟我说干吗？"

林海生："这不是怕你不好意思把人从黑名单里放出来，心里又不舒服嘛，跟你报备一下。"

林鲸拼命撇下嘴角："谁不舒服了？你别管我。"

施季玲吐槽："这养的什么毛病啊？"

林海生很懂："女孩子不都这样？"

夫妻俩收拾了餐具，蒋燃的电话就打进来了，他照常问候，又拖着时间不挂电话，林海生秒懂其心意，说道："鲸鲸在房间里呢，你要不要跟她说两句话？"

蒋燃问："她今天心情怎么样？"

林海生故意说："还气呢，对谁说话都跟人欠她二百块钱似的，不过饭不见得少吃，别担心。"

"……"蒋燃的心坠了一下，"让她一个人待会儿吧，有什么话我回去再说。"

林海生说好，然后挂了电话。

林鲸要是知道爸爸说她饭没少吃，估计得恓死。

蒋燃挂了电话，像中了定身咒一样坐在沙发上，久久都没动，眼底映出一些陌生城市的灯光，绚烂璀璨，脸色却依然有些颓靡。

三天前罗特去找他，说约上了A市这边的监管部门的领导和某公立医院的院长，这种谈判只来一个销售总监是远远不够格的，还需要企业里更高级别的负责人出面方显诚意。

事关公司大事，蒋燃只能暂且放下私事。

罗特来敲门："Jason，八点了。"

蒋燃回屋拿了外套，赶赴饭局。饭局地点安排在一处隐秘的私人会所，对方领导是两个学术气颇浓的中年男人，衣着素洁，身边跟着几位采购部门的下属，行事却略铺张。

罗特身上有江湖气,抑或是某些销售人员具备的豪爽劲儿,配合的时候他总是打头阵,蒋燃则方寸不乱地唱着白脸。

　　大领导不方便多留,饭后便走了,小领导提议去别的地方续摊,地方大有可能是当地的声色场所。罗特问蒋燃要不要去,蒋燃若有所思地看着走掉的那位领导的车,只提醒罗特:"近来监管严格,别太过分。"

　　罗特说:"我心里有数。"

　　蒋燃默默打量着罗特,相信他的能力,但不代表信任他的人品,最终还是兴致缺缺地说:"我不去了,你自己把握。"

　　于是罗特和一行人离开,蒋燃独自回酒店。

　　蒋燃又尝试着联系林鲸的电话和微信,还是拉黑状态。他知道就算换一个电话打通,也总是说不清楚事的,完全没有必要这么做。

　　离家已经三天,或许是感觉到太久,和林鲸断了联系,他心中蓦地生出恐慌感,后背瞬间沁出薄汗来,生怕再晚点儿回去事情的本质会发生糟糕的变化。

　　于是,他连夜订了回去的机票。

　　林鲸这天去上班,早上从地铁站里出来,刷卡的时候碰上同事苏歌,女生拍了拍她的肩膀。

　　"早啊。"林鲸翘着嘴角。

　　春天还没过,苏歌露着蚂蚁腰,肚脐钉敞在外面,少女的甜酷感让人忍不住目光流连,林鲸却觉得她随时有拉肚子的风险。

　　苏歌瞅了瞅她,含笑揶揄:"哎,天天送你来的那辆保时捷去哪里啦?"

　　林鲸佯叹了一口气:"市区过来堵车啊,地铁快呗。"

　　苏歌:"你家不是住在湖东吗?"

　　林鲸胡乱应付:"快迟到了,跑吧。"

　　苏歌才不信她的邪:"你跟你家老公吵架了呀?"

　　林鲸恨恨地说:"闭嘴!"

　　工作群里通知九点四十开会,没几分钟了,于是两个人不再废话,快速向公司跑去。

　　一上午的忙碌让林鲸无暇多想别的事,开完会已经一点多了,林娜说请大家去楼下的素食餐厅吃饭,于是一群人倾巢而出。

　　苏歌挽住了领导的手腕,走在最前面,宛如闺密。

"你的黑眼圈好浓啊。"

"你还好意思说,通宵赶方案了呗。"

"是没有男人滋润吧?"

"得了吧,你嘲讽谁呢?咱们组里这么多女生,就林鲸有对象。"

林娜"啧"了一声,露出猥琐又歆羡的眼神,回头在林鲸的脸上揩了把油:"瞧瞧这小脸嫩的,不愧是全组唯一有男人的人。"

林鲸十分无语,反击道:"你们这种没对象的人,想得倒是挺多。"

林娜想起了什么:"哎,这两天怎么都没看见你老公送你上班?"

林鲸:"……"

"吵架啦?"

"……"

她只想抓脑壳,细微小事,全公司的人都注意到了,某人的存在感还真是强。

下午,林鲸坐在公司始终烦躁不安,结束了手头上的事情后,脑海里又冒出他的身影来,真不知道后续该怎么办。

快下班时,她接到一个陌生电话号码打来的电话,以为是快递,没什么准备就随便接通了电话。

"几点下班?"电话那头传来熟悉的声音。

林鲸想了几秒,反应过来是怎么回事,嘴角用力下压:"有什么事吗?"

"接你。"

"不知道,你该干什么干什么去。"她语气凉薄,刻意控制着起伏的情绪。

"你在这里,我能有什么好忙的?"蒋燃笑了一声,语气带着调侃之意,竟然像没事人一样。

林鲸不爽,语气也更冲:"你能不能别烦我?"

蒋燃果然不再逗她,沉默片刻后,用更低一些的嗓音跟她说:"我在你的公司楼下,你出来就能看见我了。"

林鲸握着手机,心脏陡然狂跳不止,快卡到嗓子眼儿了似的。

磨到了六点,她才慢吞吞地收拾着东西。

和她一起下来的还有别的同事,她一出大楼便四处张望,不消两秒就看到了马路对面的蒋燃。

几乎同一瞬间，他也锁定目标，朝着这边走来。他穿着一件卡其色的薄款风衣，简约利落的剪裁将他的身形衬得格外修长笔挺，里面是挺括的白色衬衫，最上面的一颗纽扣松开了，领口妥帖地贴着脖颈。

他快走到跟前的时候，林鲸忽然很想逃开。

蒋燃喊了她一声，她的同事倒是先扭头看过去，打趣地笑了笑，搞得林鲸特别不好意思再当场给他甩脸色。

待同事们识趣地离开了，林鲸避开他的目光看向别处，这辈子最大的别扭感觉也不过如此了，能直接把她挂到墙上去的那种。

"还生气呢？"蒋燃垂眸，瞧着她僵硬的脸色。

"有事说事，没心思开玩笑。"林鲸硬硬地吐出这几个字来。

蒋燃没计较她这恶劣态度，说："找个地方吃点儿东西吧，站在这里也说不了什么。"

林鲸抿了抿唇，态度有些松动，浑身却布满了防备的刺。

夜晚的风在高楼大厦之间穿梭，蒋燃替她挡着风，两个人相继沉默了好一会儿，只剩冷风肆虐的呼啸声。

林鲸这才掩饰难堪地点了一下头。

男人下颌线分明，哪怕是给她斟水的动作都显得利落而不含情绪，他只目光淡然地看向她。

沉静半晌，林鲸端起茶杯抿了一口水："你不是有话跟我说吗？说吧。"

蒋燃手指交握，放在腿上："想听你先说，你对我还有什么不满都说出来，我再一起解释。"

林鲸哼笑："你想得挺周到，是留足时间找借口吧？"

"谎话太多，借口也不是那么好找的，因为很难自圆其说。我应该没有那么多心思去骗你。"

林鲸强撑着冷漠的面具，又回了一句："谁知道你呢？"

蒋燃再次忽略她的气话，静了静，说："我得承认自己有误区，不知道你对我有那么不满，看来我这个丈夫做得还不够合格。"

林鲸搁下茶杯，想了很久，开口时的语气郑重许多："我也承认，和你结婚是抱有一定程度逃避现实的想法，那段时间我很想找一个依靠或者港湾，让我稍微停一停，休息一下。

"我拉黑你，是给自己独立思考的空间。这些天我迷茫了，结婚到底是为了什么呢？我一个人的时候可能孤单了点儿，但情绪的好坏全由自己掌控，而结婚是把掌控喜怒哀乐的权利交给对方，要承担随时被伤害的风险。"

她说到这里，情绪便不受控制地溃败下来，眼尾泛红："我讨厌在婚姻里的欺骗和敷衍行为，我妈总说我这个人性子软弱，的确，我害怕纷争和矛盾，喜欢用逃避的方式解决问题。那天晚上吵完，一直到现在，我都在痛苦别扭，不知道还有没有进行下去的必要。"

蒋燃听到最后那句"有没有进行下去的必要"的言论，产生了严重的不适感，甚至气恼林鲸如此轻易地就想退缩。

他定定地看了她十几秒，抽了张纸巾递过去。

林鲸耷下眼皮，接过纸巾，试掉眼角的泪。

男人身体前倾了些，气场强大的目光凝视着她的双眼："人吃五谷杂粮况且还要生病，婚姻是两个独特个体相互磨合，一点儿问题都没有也不现实。与其放弃，你为什么不再努力一下？"

林鲸微怔，双眸黯淡，有些抗拒他的游说。

蒋燃并拢手指，虚握成拳抵着桌面，像细心教导她的男老师，语气极尽温柔："鲸鲸，无论你说什么，我都不想放弃，也不想听见你说不再继续下去这种丧气的话。"

林鲸垂头，却听得格外仔细，手指在桌下来回撕扯着纸巾，将其撕成一条一条的。蒋燃温柔的态度和示弱的姿态帮她找回了久违的依偎感。

人也难以自抑地想高高地抬起下巴。

蒋燃见她没过激反应，便继续说："过去的事，我可以解释。婚礼是女孩子的梦想，我却让你的那天有了瑕疵，这是我对你的亏欠，你想要什么弥补都不为过。"

林鲸有些心虚，小声嗫嚅着："谁要你弥补了？"

蒋燃："叶思南把我以前的事抖搂给你后，不久就向我坦白了。我当时已经拿起手机要打电话给你，后来又不太想解释了。"

林鲸又激动起来："为什么？难道我不配要一个解释吗？"

"不是。婚礼的时候我不解释是抱有侥幸心理，毕竟那不算一件光彩的事，其中的牵扯很多，她对我来说不只是前女友这一层关系。男人都是要面子的。"他微顿，然后继续说，"后面一次是有私心。"

"什么私心？"

"我意识到你不太在乎我，或没那么信任我，一时冲动不爽。"他低叹了一声,"偶尔,我也想见你对我上点儿心。"

林鲸再次提高声音:"你觉得我不够上心,所以虐了我这么久?"

她真是委屈到无以复加,本以为是体谅他和隐忍,却换来误解。

蒋燃道歉:"对不起,是我的错。类似的错我以后不会再犯。"

林鲸狠狠地捏着拳头,问:"那你跟陈嫣是怎么回事?"

"老皇历了,你确定要听?"他眼神危险。

"你说吧。"

蒋燃稍回忆了一下往事,从头开始讲:"我在上海念书,和她同级,快毕业的时候在一起,后来……"

"好了,我不想听了。"林鲸着急忙慌地打断他的话,不到三十个字的描述她就听不下去了。

蒋燃挑眉,对她的出尔反尔行为很是不解。

林鲸面色不悦:"我不想听你们告白还有谈恋爱的过程,只想知道你们怎么闹掰的。算了,直接我问你答吧。"

"好。"男人有求必应。

林鲸问:"你们在一起多久?"

"不到半年。"他答。

"怎么分手的?发现双方长辈是那种关系?"

"不是。"他解释的时候也总觉得怪异,感觉对面那团火随时有可能烧过来,"人生方向不一样,没谈拢。"

"为什么没谈拢?"

蒋燃别有深意地看了她一眼,答案显而易见:"没有那么喜欢吧。"

林鲸终于舒服了一点儿,有些幸灾乐祸地说:"稀奇,还有人舍得跟你分手呢?"

"二十几岁时,我不过是个一穷二白,脑回路又直的毛头小子罢了,有什么稀奇的?"蒋燃知道她后面大概要问什么,干脆不问自招,"我是后来在姑姑家才知道对方是谁,不是迫于身份才分开,所以你不要给我制造爱而不得的狗血剧情了。"

林鲸被人抢白,瞪了瞪他:"我真的不想再听了,你上述的每一个字都是在虐我。"

蒋燃一副在商言商的语气,多问了一句:"你很在乎前任的事?"

"我在乎的不是前任不前任,我们在这个年龄认识,要求对方感情空白也不太可能。"林鲸组织着措辞,尽可能使自己更加坦荡和理性,"我想要的是在婚姻存续期间的诚信和尊重行为。"

"这一点我保证，我和她不会再有任何往来。"蒋燃也提出了自己的要求，"以后我们之间不要再提关于前任的事了，嗯？"

"同意。"

林鲸想到一件事，讽刺地说："原来，我摊上你的好时候了。"

蒋燃给她空了的杯子倒水，然后将杯子推至她面前："关于怎么做一个好丈夫，经营家庭，我在学，也需要时间，但我会对你忠诚和负责这点无须解释，这是肯定的。"

说完，他总感觉内心某一处在摇鼓，或许对她的承诺不该是如此简单和理性的，简直像甲乙方谈判，但更深入的涉及情绪的东西，他并不知道该怎么告诉她。

林鲸绷着脸，也不知道该不该信他说的话，表情还是有些不爽。蒋燃知道让女人消气不能一蹴而就，得慢慢哄，便没有急于求成，而是说："能把我的联系方式加回来吗？联系不上你，我很不安。"

林鲸避开他的视线："不安什么呢？你出去几天也很潇洒啊。"

蒋燃扯出无奈的笑容来："大小姐，这是生计问题，总要分轻重缓急，不然我怎么支撑你想躺平的底气？"

林鲸感觉别扭又想笑，对面的男人盯着她拿出手机把他拉出黑名单。

就在这时，妈妈的来电忽然跳跃在屏幕上，林鲸接通电话，刚要说自己不回去吃饭了，便听到电话那头妈妈哭得上气不接下气地说："鲸鲸，你爸爸被车撞了。"

林鲸的大脑轰然炸响，耳边只剩妈妈的哭声："你说清楚点儿，怎么回事？"

施季玲平时那样精明强大的一个人，此时完全没了主意："我不知道啊，医院那边打电话给我说人被送去抢救了，我没听到你爸说话，我估计他的意识都不清醒了。"

蒋燃疑惑地看着林鲸的表情。

林鲸站起来，也惊出一身冷汗来，用尽最后一丝平静对妈妈说："你先别吓唬自己，问清楚是哪家医院，我现在就过去。"

嘴上这样叮嘱妈妈，可林鲸挂了电话后手抖得像不听大脑使唤，不知道爸爸被撞成什么样子，恐惧感就铺天盖地地袭来。

蒋燃起身问："怎么了？"

林鲸感觉心坠落到了低处，几乎没有勇气完整地跟他转达发生了什么

340

事:"我爸出车祸了,在医院,我现在要过去。"

这时,施季玲问清楚了在哪家医院,两腿发软地催促她:"你快点儿!"

蒋燃清楚怎么回事了,把车钥匙给她:"你先开我的车去医院,爸有糖尿病,医生可能要问到病人的病史,你在方便一些,还要办手续。"

他异常冷静,还能做出条理清晰的安排。

林鲸鼻头发酸:"你呢?"

蒋燃说:"我去接妈,她现在太慌了,我怕她一个人路上再出事。"

林鲸感谢他的冷静,道了声谢后,又把钥匙还了回去:"我打车去医院,你开车去吧。"

蒋燃没异议,做好安排后两个人分头行动。他临出门时又叮嘱了一句:"你也别慌,会没事的。"

"哦。"

林鲸赶到医院,医生告诉她幸好病人没有颅脑损伤,只是脑震荡,但是右小腿骨折,身体有多处挫伤。

她老爸一向惜命胆小,买菜途中车子撞过来,瞧见自己的小腿向外翻,人直接被吓傻了,昏了过去。

林鲸听了这话却极难受,骨折那得多疼啊。她默默地抹着眼泪,在护士的引导下去办手续缴费。

老爸还在手术的时候,蒋燃把施季玲带过来了,她果然已经心慌到腿软,一个人估计还真不行。她疯狂抹着泪,一副如果林海生走了她也活不下去的模样,在亲耳听到医生的宽慰话语后才止住眼泪。

民警告诉家属,撞林海生的是一个菜贩子,驾驶一辆小面包车撞完人后肇事者逃逸了,还是周边的商户帮忙打的120。

施季玲心疼不已,又立即咬牙切齿地问:"那个撞人的菜贩子被抓到了吗?"

民警同志说:"当然。那片儿是菜市场,跑不远的,他害怕,就去自首了。这会儿人在派出所里呢。"

施季玲迅速嚣张起来:"狗东西!"

民警同志尴尬地碰了碰鼻子。

不久之后,那个肇事者的妻子听从民警的建议,赶来医院看望伤者。女人一身朴素穿着,菜色的面庞,想来过着特别忙碌又粗糙的生活,一上来就抓住施季玲的手拼命道歉:"大姐,对不起,对不起,都是我们的错。"

施季玲见人如此可怜,一开始也动了恻隐之心,不忍责怪对方,但当对方说起自己的车没有上保险,生活又很困难,拿不出钱的时候,施季玲敏锐地闻出了异常味道。

"拿不出钱赔你们就逃逸啊?让我老公可怜兮兮地躺在大马路上?我告诉你,你别想给我装可怜!"施季玲立即战斗起来,"我老公现在还在手术室里呢,是死是活不清楚。你们不逃逸还有的商量,逃逸了我绝对不会放过你们!"

女人一听这话,立马蹲在地上"哇哇"大哭起来。施季玲无语地别过头去,还真是惹不起啊。

林鲸坐在老妈旁边,虽然医生说是小手术,但心里还是焦躁得不行。她被女人的哭声弄得很烦,不由得皱眉。

蒋燃的手蹭过她的脑袋,揉了揉当作安抚,然后他走过去不知跟那女人说了什么话,她这才停止号哭识相地离去。

不久后林海生被推了出来,由于多处擦伤,人也被包成了木乃伊。

施季玲本来止住了眼泪,在看到丈夫变成这副样子的时候,又忍不住狂哭不止起来:"老林,老林,你疼不疼啊?"

林海生艰难地咧了一下嘴,表达自己没事,只是看上去好笑又令人心疼。

第九章
温柔可抵千钧之力

见爸爸终于没事，蒋燃便陪林鲸去交警队处理后续事宜。

那个逃逸的人双手抱膝地蹲在地上，一个劲儿地说自己只是太害怕了，并不是真的想逃走，他没几分钟就回了事发地，只是林海生已经被人救走了。

林鲸气极，对他说，如果事情不是发生在闹市区，而是在偏远地界，她爸爸很可能因为失血过多而有生命危险："你逃避责任的行为不只害了我们一家人，你还要坐牢，连自己的家庭也要毁掉！"

这些后果，林鲸自己想想都后怕。

那个男人被吓到掩面痛哭，甚至无法保持理智。他的头发油腻腻、乱糟糟的，上衣和裤子上全是灰，样子狼狈不堪，和他老婆一样，都不需要卖惨，肉眼可见地惨。

林鲸心烦意乱地别开头，来之前是又恨又怒，现在看到人家这样哭又心情矛盾，反而感觉是自己的罪过，若狠狠追究的话就是让一个贫困的家庭雪上加霜。

林鲸本想快速处理完这事回去，现状却比想象的棘手多了。

显然，蒋燃在处理这种人情世故上的经验比她多太多了，他便让林鲸坐在椅子上休息。

他将风衣脱下来披在林鲸身上，里面那件白衬衫经过一晚上的混乱情况也皱了，宽肩撑着，平添了几分人间烟火气，没那么冷然无情，气场却仍不容忽视。

他手插着兜,眼神竟有一些威慑力,跟当事人去办公区交谈,说道:"你们说的情况我们很想体谅,不过我岳父现在身体多处受伤,腿骨折,还在医院里昏迷不醒,会不会留下后遗症也未可知。老人遭的罪,我们做子女的想代替都代替不了。"

肇事者一言不发,惊惶地看着眼前的男人。

"我们夫妻俩赶来处理这事,忙得焦头烂额。"蒋燃微微笑着,笑容却不达眼底,冷意逼人,"现在我岳母一个人在医院里照看岳父,她身体也不好,跟着一起操劳至半夜。"

肇事者很久之后才从嘴里吐出一句话:"对不起,我不是不想赔钱,只是我的车没有保险,家里上有老下有小……"

蒋燃抬手,挡下了这些话:"躺在那儿遭折磨的是我的家人,想必在座各位都不能感同身受。钱我们是不太缺,但是你能替代我的家人受这份罪吗?"

"你们想怎么处理?"

蒋燃回道:"交给警方和律师,该怎么办就怎么办。"

"好,解决办法自行商量着来,签好字你们就都可以走了。"

林鲸坐在不远处,以他的外套裹身,手指捏着领口防风灌进来,闻到了他的衣服上淡淡的味道。

她看着他与人交谈的背影,宽阔的肩膀,莫名其妙地想到这或许就是一家之主该有的样子,与性别无关,也不是说男人天生比女人强大,而是她在他身上看到了担当和镇定。

现实生活中英雄救美的桥段也不太会出现,他向来不算强势和霸道的那一类男人,总是很低调,但温柔自有千钧之力。

林鲸暂且胡乱地想着。

蒋燃处理完所有的事,已接近午夜。两个人都饿了,便找了家干净的小面馆填饱肚子。他局促地坐在四方小桌边吃着面,吃得很快,精神疲倦到一句话也没有,这样也省得刚冷战完的两个人尴尬。

然后他们又给在医院的妈妈打包了一份,等待的时候,林鲸撑着下巴问他:"你刚刚和那个人说了什么?"

蒋燃瞧了瞧她:"只是以同样的方式应对而已。"

林鲸:"什么意思?"

蒋燃说:"没什么,今天不跟你说教了。累不累?"

"有点儿。"

"那待会儿你在车里睡一会儿。"

到了医院林鲸才发现爸爸被安排到了一个六人间的病房。现在医院的床位都太紧张了，施季玲一时没什么主意，看见林海生还好好活着便已经是万幸了，什么也不计较。

但林鲸看不得妈妈蜷在那里陪床，心疼如刀割。也不是不能吃那苦，她只是想尽最大可能地让大家都舒适一点儿。

林鲸给妈妈发微信让她出来吃东西，施季玲毫不在乎地说："这有什么啊？只要你爸爸平平安安的就好，还讲究什么条件呢？"

林鲸仍是不放心。

施季玲催促道："你们俩也赶紧回去睡觉吧，尤其是蒋燃，今天出差回来，为咱们家的事忙成这样，身体哪里受得了？"

蒋燃挨门站着，腰背挺得不再直，懒懒的，没站多久就出去了，没听见施季玲的话。

林鲸说："可是你的腰本来就不好，蜷在椅子上怎么行？我来陪爸爸吧，你回去。"

"你爸晚上要起夜，你一个小姑娘不方便，我也不放心。"施季玲快速吃完了面，将盒子收拾起来。

这的确是个问题，于是林鲸说："我去问问还有没有双人或者单人间病房。"

说完她就跑去了护士站，对方为难地告诉她："今天太晚了，现在床位都紧张得很，不是钱的问题。明天有人出院我第一个通知你。"

林鲸正垂头丧气，蒋燃回来了，告诉她医院那边给挪出来一个单人间的床位，让给了他们。

问题被顺利解决。

施季玲赶紧去收拾东西，帮护士推床。

林鲸奇怪："可是他们刚刚说没有单人间了啊，我说加钱也不行，怎么你一去就有了？"

蒋燃淡淡地说道："是给认识的人打了个电话帮忙。"

林鲸高兴之余话语里又有点儿酸意："你在医院也有认识的人，真是没想到。"

蒋燃轻弹了一下她的脑门："忘了你老公是干什么的了？"

林鲸恍然大悟，嘀咕道："哦，原来是卖医疗器械的啊，难怪。"

"……"

单人间病房在楼上，条件比楼下的六人间好了不知道多少倍，至少没有人吵，还有一张沙发可供家属陪床使用。

施季玲还是把两个小辈赶走了，态度强硬。

回家的路上林鲸很郁闷，这样吃苦受累的活儿不该让妈妈去做啊，她耷拉着一张小脸，心里满是愧疚感。

蒋燃开着车，说："其实妈是觉得把爸交给谁都不放心。平日里妈总欺负他，但患难见真情。"

林鲸想，的确是这样。

隔天早上，林鲸很早便起床了，尽管妈妈已经说了不需要他们特意过去，但林鲸还是决定请假，替换妈妈，让她休息一会儿。

当然，她并没有要求蒋燃也这样做。

只不过近期手头上的项目到了即将收尾的阶段，请假没那么容易，她一早去了公司，把能在家干的活儿都带了回去，快到中午的时候拎着电脑和文件赶去了医院。

她推门进去，看见的却不是妈妈，而是蒋燃。

"你怎么来了？"

"我妈呢？"

两个人同时惊讶地看着对方，蒋燃说："她昨晚没休息好，我让她回去补觉，下午再过来。"

"哦。"林鲸把电脑放下，还不太适应。

男人腿上放着笔记本电脑，聚精会神地盯着屏幕，上午暖融融的日光落在他的发丝和肩膀上，给他镀上了一层和煦的柔光。"我来了，你去忙吧，别耽误你的工作。"她说。

蒋燃合上电脑，语调平淡地说："不是一定要在公司完成的工作，没事。"

他扫到她怀里抱着一堆东西，很重的样子，又问："你最近工作很忙吗？"

"还好。"她故作镇定，口吻正经地说，"反正已经请了假，在哪儿做都一样。"

蒋燃拿走身边的电脑包，拍了拍身边的位置，邀请道："那过来坐吧。"

林鲸看见他嘴角浅翘了一下,眼底有一丝愉悦之色。

之后夫妻俩不说话也不看对方,纹丝不动地坐着,偏偏身边的人的存在感强到极致,空气都能被两个人尬出火花来。

很快老爸就醒过来了,伤处的麻药劲儿过了之后非常疼,只能忍着,连说话的心思都没有了,有气无力地拨了拨被子。

蒋燃站起来走到床边:"爸,您要什么?"

"上厕所。"林海生气若游丝地说道。

于是蒋燃把他扶起来,俯身为他穿上鞋子,再送他到厕所门口,贴心得像亲生儿子,让人感动。

林鲸看着爸爸躬着背慢吞吞的,一边倚着蒋燃一边拄着拐杖的模样,心又揪在了一起。

不过幸好有蒋燃,不然从昨晚到现在,她和妈妈肯定会心力交瘁的。

老爸上好厕所回到床上,人终于有活力了一点儿,看着并排坐在沙发上的俊男靓女宛如两个哑巴,笑眯眯地说道:"哎哟,看你们两个小东西坐在一起,是又和好啦?"

林鲸又气又心疼地瞪了林海生一眼,说道:"你还是多休息休息吧,别说话了。"

蒋燃以拳掩唇,低低笑了一声,算是默认。

林海生面色痛苦:"身上太疼了,也睡不着,说点儿话转移注意力。"

林鲸放下手里的东西:"那您想说什么呢?"

林海生又问:"是因为爸爸出事了,你们俩才和好的吗?"

林鲸:"你还不如不说,安静挺好的。"

蒋燃倒是没开口,一副看父女斗嘴的闲人样,只是将杯子放在边几上的时候,蹭了一下她的后背。

林海生见两个人又沉默,苦中作乐地叹息:"原来要这样你们才能和好,那也太费爸爸了吧。"

之后的几天,陆陆续续有亲戚、朋友、同事来看望林海生,病房里每天挤满了人。

中年人谈论的话题不多,似乎永远也绕不开儿女债。

身负重伤的老父亲顿时失去了主角光环,林鲸和蒋燃瞬间成了病房里一道奇特的风景线,抑或是任人围观的花猴子。

不过那段时间她手头的项目已经进入最忙碌的阶段，公司又有新项目，是某个一线品牌的彩妆业务代理，林鲸很想为自己争取一下进入项目组，无奈这方面的经验实在不足，英雄气短得像个门外汉，只能拼命找参考案例恶补。

每天加班是家常便饭，请假变成了几乎不可能的事，她就没怎么去医院了。好在她请了护工照顾老爸，减轻了妈妈的负担。

当然，她和蒋燃也总是错开时间休息，两个人几天都没见面，每天在微信上的话题也总是关于"晚饭吃了吗？""今天晚点儿下班，别来接我"之类的内容。

某天下午，她难得准点下班，在公司楼下的商场买了一点儿水果和零食带去了医院，刚走入住院部，迎面就碰到了一个熟人，他的脸色不是很好，有种病弱感。

林鲸下意识地想躲开，但是蒋诚华已经看见她了，并且喊住了她。

林鲸眼里堆着笑意："爸爸，您来看我爸啊？"

蒋诚华脸上看不出表情："嗯，我前阵子去了趟老朋友家，今天才有空过来看看。"

林鲸点头："谢谢，有心了。"

蒋诚华感觉到林鲸的距离感，和儿子尚且关系疏远，何况跟面都没见过几次的儿媳呢？上次他们找林鲸看房子，隔天蒋燃的电话就打来了，与其说是奉劝，不如说是警告，让他少带着老婆到林鲸面前刷存在感。

蒋诚华和林鲸简单寒暄几句过后，便上了车。林鲸站在原地目送对方，其实不想看见张敏——他们吵架的源头——可还是忍不住侧目去看他身边是否跟着那个人。

蒋诚华的车子出了医院门，林鲸也没从玻璃暗影里看到女人的影子。

他还真是一个人来的。

于是她便匆匆往病房赶去，正好蒋燃推着老爸从外面回来，估计是出去散步了，此时他正扶着老爸躺到床上。

护士紧随她的脚步从后面进来："林老师，该量体温了。"

看见林鲸，她又说了一句："今天你儿媳妇也来啦。"

林鲸满脑袋问号。

林海生整日躺在病床上无聊又苦闷，有人逗趣也是不错的，便顺着她说："对啊，她忙得很，还不忘来看我，太感动了。"

护士听出这话的阴阳怪气意思来，连忙说："年轻人都忙的啊，你要

348

体谅啊。你儿子天天来看你也是一样的。"

林海生说："体谅，体谅。"

林鲸没拆穿老爸，恨恨地剥开香蕉皮咬了一大口香蕉。护士量完体温，又叮嘱了几句，很快走了出去。

蒋燃给老爸倒了杯水放在床头柜上，然后走到林鲸身边坐下来。

林海生瞧着女儿塞满香蕉，鼓起来像条河豚一样的脸颊："儿媳妇，香蕉不是给我买的吗？"

林鲸把整个水果篮都拎了过去，塞给他，问："几天不见，我就成你的儿媳妇了？"

林海生的偏心不加掩饰："你要真是，我就算让我儿子打一辈子光棍也不娶你。"

"不想理你。"

她坐回去的时候对上蒋燃的目光，他手里也拿着一根香蕉，已经吃了一半，而她放在茶几上的香蕉没有了，他把她吃剩下的拿走了。

林鲸小声嗫嚅着："你怎么吃我剩下的？我买了好多啊。"

蒋燃挑眉："我以为你不吃了，浪费。"

两口子同喝一杯水的事也是常有的，毕竟接吻都接过了，也亲热了不知道多少次，可她剩下的食物……稍微有点儿洁癖的人都不会接受。

林鲸踌躇了一会儿，问："你天天过来，最近不忙吗？"

蒋燃把香蕉吃完："爸身体不便，一个人在医院里很容易精神颓靡，我抽出点儿时间过来也不是太大的问题。"

就他会做人，反倒显得她猪狗不如！

林鲸没良心地嘀咕："大家都是打工人，我怎么就抽不出时间？"

蒋燃想了想，给出中肯的答案："可能因为我是老板，和你不太一样？"

"……"林鲸捞起手边的毛毯扔到他的脑袋上，这人太讨厌了。

蒋燃将薄毯扯下，又拨弄了一下被压乱的头发，将毛毯叠整齐，然后盖在她穿着裙子的腿上。

"……"

他的好脾气简直无坚不摧，林鲸实在无可奈何，想起在楼下见到蒋诚华的事："我在楼下看见你爸爸了。"

蒋燃皱了一下眉心，有些紧绷地看着她："说什么了？"

"就随便说了几句不轻不重的话，没什么的。"她将手搭在膝盖上，手指搓了几下，有些局促。

蒋燃看她表情无异，开口："两家长辈要接触，我们一味阻拦也不切实际。不过我保证，那边的事不会再来烦你。"

为防止老爸听见，林鲸用极小的声音回复："你知道我在乎的一向不是这个。"

蒋燃很默契地答："嗯，我知道。"

晚饭时间施季玲过来了，和他们商量林海生出院的时间，医生说伤养得差不多了，可以回家休养。林海生顿时两眼放光，若不是顾念着一条废腿，简直想下床来蹦跶一圈。

出院是好事，林鲸立马举手："公司这个周六做活动，要加班的，如果老爸要在那天出院的话，我可能来不了了。"

施季玲说："那就安排周日呗，多一天少一天无所谓的。"

林海生苦哈哈地说："我有所谓啊。"

施季玲叹息："其实你在医院里待着，有吃有喝，还有人伺候你，我也落得轻松的。"

林海生感觉终是错付了，果然久病床前无"孝子"。

但这的确涉及一个现实问题，林海生回了家之后，大家都是要上班的，一个人在家很孤单，人也会待傻。

施季玲心中犹豫，在想要不要让女儿回家住一段时间帮忙照顾林海生，她一个人照顾不过来，但又怕蒋燃不同意，毕竟这是把小两口分开的事。

最后施季玲还是决定算了，坚决不打扰年轻人的生活。

没想到吃饭的时候蒋燃主动提出："妈，如果方便的话，我和鲸鲸这段时间可以搬去桥湖花园住，可以帮忙照顾爸。他行动不便，您一个人太累了。"

施季玲抬头看向蒋燃，简直感动得眼泪都要掉下来了。

周日林海生回家，晚上小姨一家人也过来了，庆祝他出院。

家宴结束，施季玲早早把林海生推进房间休息，厨房便留给两个年轻人打扫。忙到快十点才结束，林鲸直接累瘫，躺在沙发上玩手机，蒋燃先去洗澡，出来后又催促林鲸去洗。

林鲸这才慢吞吞地去冲了澡，回到房间，看见蒋燃穿着睡衣靠坐在床头，拿着她的 iPad 在看，坐姿端正而矜持，宛如一个贤良淑德的小媳妇。

这个房间比他们在溪平院的卧室小太多，小到一把椅子都充满了存在感，更何况他那么一个大活人，林鲸坐在梳妆台前护肤，时不时就从镜子里瞄他。

他今天穿的是一件很普通的睡衣，纯棉的白色T恤衫和灰色睡裤，露出的肢体瘦长而骨感，薄衾盖着小腹，脚踝露在外面，林鲸第一次意识到，怪不得这个世界上有很多脚踝癖，原来男人的脚踝也这样好看。

想太多脸蛋都跟着臊，她拍精华的时候用了点儿力，"啪啪"两下，声音响彻房间。

蒋燃不由得侧目看过来，差点儿以为她在自扇巴掌："怎么打自己？"

林鲸从镜子里和他对视，眼神十分用力："没事！"

蒋燃似懂非懂的，没计较，抖开被子："过来睡吧，不早了。"

林鲸取开发带，爬到床上。

她刚躺下，蒋燃便从身后抱住了她。

"抱这么紧干什么？"林鲸合上眼皮，久违的亲密拥抱让她感觉有些陌生。

"很久没抱你了。"

"少说点儿鬼话吧，蒋老师。"有父母在，林鲸白天只能跟蒋燃保持友好状态，可到了晚上也没人管得了她了。

"我说得不对吗？最近太忙，两个人跟异地恋也没什么区别了。"蒋燃的嘴唇贴着她的发丝，气息均匀喷洒，话语里竟然有些委屈感。

"哼！"林鲸无言以对。

"还生气？"他的手慢慢下滑，搭在她曲线下凹的侧腰上揉了一下，"早知道女孩子的冷战期这么长，以后不让你生气了。"

林鲸想给他一个白眼，这个人到底和人冷战过没？他不知道女孩子面皮薄，一般不好下台阶的吗？修复亲密关系更是需要哄的。

不过这种矫情的心理活动，她也懒得跟他解释。

"这些天，我爸爸的事辛苦你了，你帮忙处理又陪床，很累吧？"林鲸觉得哪怕是夫妻，郑重道谢也是很有必要的，"我都没你做得好。"

蒋燃："你把我当成家人，就不用说这些话。"

林鲸："我……"

蒋燃忽然亲了亲她的耳郭，林鲸如被电流击中，渐渐蜷起身体。

然后她听见他说："想起一件事。"

"什么？"

"那天你问我结婚是为了什么,我没有回答上来,因为当时我也不知道答案是什么。这些天我忙里偷闲地想了想,每个人的答案不尽相同,我想能为一个人牵肠挂肚,哪怕受苦对世间也很留恋。"

林鲸的眼眶有些潮热,她绷直躯体,不知道自己和蒋燃是不是想的同一件事。

她面颊烫热,虽耻于自己的俗气,但还是选择坦白:"我觉得是我在偶尔懦弱的时候,有个人给我撑腰。"

空气在这个房间里悄悄升温,他将手放在她的小腹上,另一只手捏着她的肩膀,把她的身体转了过来,动作很快。林鲸抬头,借着一点点月光仍能看见男人的眼睛,清澈又明亮,浮着笑意。他勾了一下唇,然后吮吻下来。

啊,他们很久没有接吻了,湿热而剧烈,唇瓣交触的瞬间都让人心尖激颤。

头顶蒙着被子,彼此的鼻息被放到无限大,接下来要做的事情缱绻又刺激神经,两个人都心照不宣。

呼吸乱作一团,贴身衣物也被丢了一地,林鲸却在紧要关头摁住他的手,想到爸爸妈妈在隔壁安睡,他们若是在这边搞事情,再弄出点儿动静……明天没脸见人了。

气息紊乱间,她赶紧叫停:"别做了好不好?我怕被听见。"

蒋燃:"我动作轻点儿,你别出声。"

林鲸脸颊热得像靠着小火炉:"就算你把我的嘴巴堵上,床也是会响的啊,它承受不了那么多!"

"那它也起来了怎么办?"蒋燃嘴唇擦过她的鼻尖,还有心思讨价还价。

林鲸心里默默吐槽,又贴在他的耳边说了三个字。

表面正经无比的男人,原来到这种事上也是一副痞痞的模样,她被蒋燃目光灼灼地盯着,他似在逼她对他负责。

林鲸手滑下去,调皮了一下,又说:"手也累,算了?"

蒋燃"啧"了一声,眼里带着凶狠的情绪,威胁她:"小心有你好受的。"

林鲸低低地坏笑,主动亲吻他,手和唇像无恶不作的小孩,变本加厉地作怪,却用商量的语气说:"就亲亲好不好?亲一会儿就好了,嗯?"

蒋燃对她这种无赖又不负责任的行为十分无奈,但也只能妥协,却加重了这个吻,将她亲得呜咽连连,让她知道什么叫"补偿"。

一吻结束,林鲸喘息了一会儿,往蒋燃怀里钻去,嗅着他身上令人安心的味道。

男人的手指充当梳子,插进她的发丝间,将她的长发全都拢到另一边,一根也没压到,而后轻吻着她的面颊、耳尖,又是那种大灰狼帮小白兔清理毛发的温柔样子。

林鲸偷瞄他,对上那双温柔明净的眼睛,他似乎并没有计较她的失信行为。

"睡吧。"他低声哄道,拍了拍她的后背。

"嗯。"林鲸又怀揣私心地窥视着他的眼睛、浓黑的睫毛、深刻的五官。

她很想说:我好喜欢你呀,可是你一点儿都不懂,或许还觉得不可思议,你只是想搞事业而已。

本来两个人说好了来桥湖花园小住一段时间是为了帮忙,但往往事与愿违。

现在林鲸和蒋燃的上班时间都非常晚,平日里没事也不会早起,以至于当他们醒来的时候,施季玲已经准备好了早餐,并且还要多做两个人的份。

这也源于两代人的作息时间不同,施季玲五点半就起床了,试问哪个年轻人跟得上她的节奏?还好这并不是负担,而且施季玲也很乐于为年轻人做这些事。

隔天早上,蒋燃给了施季玲两张体检卡,让她抽空和老爸一起去做体检,针对中老年人的项目,非常全面。

这次的车祸事件也提醒了他。

施季玲看到自己的那张卡市场售价竟然要两万块钱,赶紧说道:"这也太贵了,完全不用去这种私立医院啊,能退吗?"

蒋燃直接说:"是公司合作的机构送的,不用钱。私立医院的服务好些,您和爸不用排队。"

话是如此,施季玲接受起来还是心有惴惴。

林海生打断妻子的话:"去做个全面检查还是很有必要的,不只是为自己的身体健康着想,也是为了孩子们考虑啊。你总不想以后忽然生个大病,拖累他们吧?"

这段时间他算是深有感触了。

施季玲反应过来，说道："也对，他们马上就到了上有老下有小的阶段，我们即使帮不上忙，也一定不给他们添麻烦。"

这种细节安排太能打动老阿姨的心了，施季玲嘴上没说什么，心里却感动得一塌糊涂，恨不得能抱住眼前的"亲儿子"。家里出事这半个月来，里里外外都是蒋燃在忙。

她对蒋燃的滤镜早已忽略他背后那个家庭，她甚至想，就当蒋燃是自己的儿子一样。

"嗯，那妈就接受了，谢谢你。"

蒋燃笑了笑："是谢谢你和爸的体谅，有你们这么好的长辈我也很幸运。"

施季玲被夸得飘飘然："我们哪里……"

一家三口正要开启商业互吹模式的时候，林鲸换好衣服走出来吃早饭了，看到餐桌边的和谐画面，立马心生忌妒："你们在说什么？"

林海生转了个话头，问蒋燃："对了，你爸爸身体怎么样？上次在医院见过一次，我看他的脸色不是很好。"

这倒是把蒋燃给问住了，因为他和蒋诚华接触得也不多，便没有立即回答。

林鲸坐到蒋燃身边，捧起粥碗："人家的身体肯定比你好多啦，人家比你大十几岁，看上去比你还年轻帅气。"

林海生不服起来："我这叫岁月的痕迹，但凡认真养孩子还顾家的，哪个男人不是这样？"

林鲸："说不过你。不过你就别操心了，国外的医疗条件好，社会福利制度健全，他爸爸看上去比你会生活。"

"你这小孩就是不读书、不看报，国情不同自然福利制度不一样，但是咱们国家的医疗条件也是世界领先的好吧……"

蒋燃听着父女俩斗嘴，觉得挺有意思，又端起杯子喝了口水。

也是巧，当天下午他和人组局碰面，出来的时候碰到蒋诚华，父子俩撞了个正着。对方一身酒气，和朋友在对面的私房菜馆喝酒到现在。

蒋燃当时并不着急走，便多逗留了一会儿，态度不算好，看到他一身酒鬼模样，心生厌烦，还有他在本地的几年没联系的老朋友，也是一样的德行。

蒋诚华年轻的时候仗着有资本，心思多不顾家，年纪大了又开始邀功回忆平生，蒋燃不由得思忖，有的父亲如林海生，有的父亲如蒋诚华，这是世界的参差。

"你六十多岁了，还喝成这个样子，自己有数吗？"蒋燃冷冷地看着蒋诚华。

蒋诚华醉醺醺地说："难得你主动关心我。"

"你最近身体怎么样？"

蒋诚华脑袋发蒙，不太回答得上来，现在的他已经开始畏惧年轻的儿子了："还行。"

蒋燃不问也大概能猜到他是什么情况，说："你抽空找姑父帮你预约一次全身检查，有问题不能解决的让叶思南给我打电话。烟酒少碰，你自己的身体自己珍惜，旁人不会真心为你打算，真糟蹋生病了，就算我想管你，也无能为力。"

他言尽于此，丢下这句话，手机响了。

他去旁边的露天停车场接电话，然后直接离开了。

蒋诚华扶着栏杆站着，湖边的风把他花白的头发吹乱，他遥遥看着蒋燃远去的车尾，混浊的眼睛忽然就红了，不知道是遗憾懊悔，还是因为那些责备里带着关心的话。

两个人住在桥湖花园，早上六点钟就能听见施主任在厨房里乒乒乓乓操作的声音了。

这搞得林鲸每天早上六点以后再也无心睡眠，第二周就找施季玲谈判："妈，你能尊重一下我们俩的作息吗？稍微小声一点儿。"

施季玲立马说道："能，能，能，我明天就不出声了。"

林鲸："嗯？"

施季玲开心极了，嘴角都咧到两颊边："我明天要去上海学习，为期一周，所以你老爸就拜托你们了。"

林鲸当场和爸爸互看傻眼，她问："爸，你明天想吃什么？"

林海生想了想，回道："我想吃狗屁，你也做不出来，还问这些废话干什么？"

林鲸说："这也太扎心了吧。"

林海生是个好说话的爸爸："算了，我就在家，吃不吃无所谓，你们俩明天出去买早点时帮我带回来一点儿就行。"

林鲸第二天早上醒来时七点，换了衣服，洗了脸，涂了点儿防晒霜便要下楼。

蒋燃跟她一道起了床。

"我一个人去就好了。"

蒋燃推着她的肩膀出门:"一起出去走走。"

桥湖花园在老城区的闹市区,一早上整条街道人气就很高,吵吵嚷嚷的,但并不让人烦,充满了生活气息。

隔着一条街便是他们以前住的地方——燕家巷。林鲸忽然很有兴致地问他:"要不要去那边看看?"

蒋燃点头:"可以。"

这边的小店铺更多,没搬走的几乎是行动不便的老年人。两个人走进一家苏式面馆,早起排队吃饭的无疑都是年纪大不上班的人,店员也是中年阿姨,操着一口方言。

两个人站在一群老人中尤为突出,尤其是蒋燃,像一群小鸭子里混进了一只白天鹅。

挂牌就在店员身后的墙上,林鲸问蒋燃:"你吃什么?"

蒋燃扫了一眼:"素浇面。"

林鲸熟练地跟点餐的阿姨说道:"一碗素浇面,一碗鲜虾面,各加一个煎蛋。"拿了牌子后楼下座位已经很少了,她就让蒋燃赶紧去个座位,她去拿筷子。却不想她回来的时候,和他们拼桌的奶奶竟然打起了蒋燃的主意,问他在哪里上班,今年多大了……说自己的孙女今年31岁,条件很好的。

蒋燃用苏州话回答对方:"我已经结婚了。"

老奶奶一脸遗憾的表情。

林鲸在他身边坐下,撑起下巴,调侃他:"没想到你在奶奶堆里还有市场呢,老、中、青三代你都不放过。"

蒋燃无语地轻拍她的额头,然后又拎起她撑在桌面上的手肘,这张四方桌擦得不太干净。

林鲸手撑着腿,继续问:"我想起来了,你以前住在这片的时候有不少家长物色你当人家的女婿吧,怎么样,你有看对眼的女孩子吗?"

面来了,蒋燃帮她把虾仁浇头倒进面里,用筷子挑开,推到她面前,说:"不如你跟我说说你的?"

林鲸吹着滚烫的面,用勺子舀了一点儿汤喝,说:"那我可厉害了,说出来怕你受伤害。"

356

蒋燃一动不动地看着她:"说说看。"

林鲸莫名其妙地颤了一下,跟上刑场似的一副大无畏的表情:"我在个位数的年龄时就暗恋人了。"

蒋燃:"是还流鼻涕的时候吗?是够早。"

他说好不提的!

林鲸在桌底狠狠踩了他一脚都不解气,又被气到,不想理蒋燃了。

面还是好烫,她准备先拍张照片发朋友圈的,却发现虾仁已经被他搅散了,于是拉过他没动的那碗面,将煎蛋摆在最上层,对焦拍了一张照片,配文:美好的早晨,从一碗面开始。

第一个点赞的人是钟渝,他还在下面评论:"面很好吃的样子,你替我多吃点儿[愉快]。"

其实林鲸发的每一条朋友圈,无论是关于工作还是生活的,钟渝都会来跟她互动。

手机就放在桌上,林鲸点开的时候蒋燃自然能看见,他把自己的面碗端回来,吃了一口面,面无表情地说:"我替他吃了,告诉他,的确好吃。"

林鲸:"……"

林鲸放下筷子,捧着手机略一思考,给钟渝回复了三个微笑的表情,其中表达的意思不言而喻。

但钟渝这个人就是有种本事叫永远都看不出对方的婉拒和敷衍态度。

他立马回复:"好吃吗?下次我也去试试。"

一碗加了煎蛋才十三元的面,被他问出了米其林餐厅的郑重感来。

林鲸屈着食指刮了下鼻尖,决定先不回。

蒋燃专心解决那碗面,好像味道不错,竟然比看吃播还让人有胃口,见她慢吞吞的不动,便侧目看过来,问:"专心吃饭,看什么?"

林鲸赶紧摇头:"没什么。"

两个人并排坐着,手机就放在中间,蒋燃目光再锁定她还未锁屏的手机:"不知道怎么回答?"

林鲸拿起筷子接着吸面条:"你看清楚啊,我可没有在外面随便撩拨人,唉,吃碗面朋友都这么热情。"

蒋燃拿起她的手机:"不介意我替你回?"

"你想回什么?"

一会儿工夫他已经吃完了面,用林鲸的手机打字,之后将手机还给她起身去点单台那边给老爸打包东西。

林鲸去看手机里他回了什么:"他说味道不错。"

"……"这人好幼稚。

她等了一会儿,钟渝那边再也没有回复评论了。

林鲸无言了片刻,从心底生出一点点像水蜜桃气泡水一样的悸动感来,微微甘冽。她看向正在排队的蒋燃,他毫无意外是最受瞩目的存在,似有一身光芒。

她很喜欢正式场合里他严肃又冷静的样子,也喜欢出现在小食店里脚踏实地、充满烟火气的他,两个人吃不到三十块钱的早餐,这样才是生活嘛。

结婚之前,林鲸担心过蒋燃或许不会接受他们家自带的市井气属性,甚至有点儿自卑,却不想他不仅走下神坛,还乐在其中。这样毫无异物感的过渡,让她感受到前所未有地舒适。

蒋燃于她而言,不仅仅是丈夫,也是亦兄亦友的存在,但是更加贪婪一点儿,她甚至希望蒋燃能像她喜欢他一样,回馈给自己一份同等厚度的情感。

林鲸吃完面起身,把桌子让给正在等待的食客,走去蒋燃旁边站了站。他神色深沉,满是心事的样子。

排队的人越来越多,两个人为了不挡道儿,便去了门廊那边,林鲸说:"看你站在一群老人家中间那拔高的样子,特别像荷花池里蹿出来的一株白莲花。"

蒋燃本来在看手机,闻言不由得睨了她几秒:"你怎么做到每次夸我都夸得让我怀疑人生的?"

林鲸一手揣兜,另一只手比画了一下他的身高:"看图说话。"

蒋燃歪头,迁就她的身高,眼底有着笑意:"才结婚多久,我在你眼里就没有丈夫滤镜了?"

"你对我还有妻子滤镜吗?"

蒋燃没有任何犹豫地回答:"有。"

林鲸弯着眼睛笑,日光晒得人懒洋洋的,她眯了眯眼,挽着蒋燃插在裤袋里的手腕,宛如两个闲人。

林鲸说:"其实刚刚我是想说,我们未来可能也是像燕家巷的老人一样,一脸皱纹,弓着背,跟跟跄跄地赶到早餐店,只为吃一顿心仪的早点,这算是一天中最有意思的事情了。"

蒋燃按灭手机,手从裤袋里拿出来搭在她的肩膀上,饶有兴趣地想了一会儿,嗓音沉沉地吐出了几个字:"是还不错。"

两个人吃完早餐回到家,林海生已经起床了,正坐在轮椅上晒太阳。

他见两个人一起出门有点儿酸,打趣他们两个像小学生。

林鲸身上出了点儿汗,她放下手机去浴室洗澡,蒋燃把林海生的轮椅推到餐桌边,在客厅说了一会儿话,林鲸的手机放在茶几上,响了一次电话,微信又连续振动了好几次。

蒋燃以为是有要紧的事,便提醒她:"手机响了,应该有人找你。"

"你帮我看一下是谁。"

蒋燃是知道林鲸的手机密码的,她也多次让他帮忙看过消息,但他不会主动解锁,也只是在这种有"授权"的情况下才帮忙查看。

微信是她的上司发来的,是通知要改的方案截图,右下角"发现"那一栏有新消息,是她的朋友圈互动提醒。

蒋燃点开,然后看到了钟渝的最新回复:"遗憾。"

蒋燃虽然不清楚这个人小时候受到了什么刺激,才形成这样的脑回路,但都是男人,知道对方心里在想什么——游离于界限边缘进行试探——呵。

林鲸洗完澡,擦着头发回到卧室,问道:"什么事啊?"

半天没人回答,林鲸疑惑地扭头,他不知何时已经站在她身后,她还没来得及开口说话,便被他一个托举抱了起来,关门的动作同时完成,一气呵成。

男人的力度和冲击力大得像扑咬上来的猎豹,林鲸被冲得后仰了一下,只能用双腿紧紧缠住他的腰,小浣熊一样攀在他身上。

两个人住在父母家多有不便,亲密的举止都需克制,至多止于接吻,可能是连续一个多月都没有更加亲密的举动,这样的猛烈冲击竟让林鲸感到惊喜,她仿佛感受到爱意,几乎没有犹豫地被牵引着情绪,被他带入旋涡。

在快要擦枪走火的时候,被闹铃的声音拉回理智,林鲸抱着他的脖子,只感觉身上的人像只温顺又霸道的大狗狗,食髓知味地嗅着她的脖子和胸口,并且留下属于自己的气味。

她耳郭灼热,气喘吁吁地躺在床上,四肢瘫开的羞耻感被放到极致,手指插进他的短发里,不解地问:"怎么了?"

蒋燃撑起手臂把她揽住，亲了亲她的额头，语气忽然变得温柔又危险："我尊重你的社交，但那小子再给你发些有的没的，就让他消失。"

林鲸："……"

"我现在有点儿不爽，你记住了？"他的语气暗含警告之意。

他这是真的吃醋了？

九点，两个人收拾妥当出门，化身为打工人，当然这主要指林鲸。

国风品牌的创意快闪店项目暂时告一段落，昨晚门店那边的客流量和业绩报了上来，正巧赶上假期，结果喜人。甲方自然乐不可支，一大早就在群里道喜。

上午小组开会的时候，林鲸照常抱着电脑抢在最后十分钟修改自己的总结，这是她参与的第一个项目，自我评价总体不偏不倚，客观公正。

但大家坐在会议室里依然一脸沉痛的表情，宛如搞砸了一桩事，都憋着谁也不肯冒头。等她发言完，轮到别的同事继续，她才发现大家并不像她那么"乐观"，指出了很多执行阶段的问题。

大家真是卷到一丝喘息的机会都不给人留。

林娜习惯了这样的节奏，看大家"检讨"得诚恳而用心，特意点名了几个表现突出的人，苏歌成了她的重点夸赞对象。

作为新人，林鲸的表现算是可圈可点，但还是锋芒未露，通俗点说，放在人才济济的睿美，平了点儿，主要问题是做这行的人手里掌握的媒体和KOL（关键意见领袖，营销学概念）资源尤为重要，而林鲸在这方面的确欠缺。

虽然下面已经有人在吐槽"喊，她们自己人而已，说个屁啊"，但林鲸还是不由得看向苏歌，对她的印象就是一个很开朗、性格幼稚的女孩子，自己和对方的差距仍是存在的。

在职场上很多问题是性格造成的，比如苏歌可以在任何社交场合放下身段，也不在乎公司里的人背地里说她巴结林娜获得青睐，不畏眼光是十分难得的能力。

林鲸暗暗发誓，一定要改掉这种软弱又不自信的缺点。

然后，林娜宣布C牌的彩妆代理竞稿，让大家自愿报名参与项目。

牛人自然当仁不让，林鲸也有点儿动心，想锻炼一下自己，正准备为自己的心动付诸行动，林娜又补充了一句："这是公司的重点项目，老板也会在群里全程跟进，大家一定要把握机会。"

说完，她意有所指地扫视了一圈，目光最后落到林鲸头上，似在有意点拨她。

上一秒还在说自己要克服不自信的缺点，要勇往直前的林鲸这会儿听见老板会亲自跟进，又变得胆小。

她问麦琪："你不试试吗？"

麦琪说："我不太敢。你呢？"

林鲸："我也是。"

"我有老板、老师恐惧症。"

林鲸说："我也是。"

林鲸巧妙地躲开了和上司眼神对视。

很多事情一旦错过第一次机会，便很难再找到开口的时机，她的闪躲行为在林娜看来相当于婉拒。

复盘会议快结束时，老板过来敲了一下门："Lina，来我的办公室一下。"

林娜面无表情地扫视过林鲸的脸，那眼神像失望，然后踩着高跟鞋快步走了出去。

领导走后，会议室登时陷入一阵密密麻麻的喧哗，林鲸盯着自己的笔记本出神，拳头攥紧了再松开，掌心竟然被她逼出一层薄薄的汗来。

老板是个四十几岁的中年男人，品位不俗，甚至没有蒋燃那种上位者的高冷气质，三不五时就请大家喝咖啡，但林鲸天生就喜欢站在这一类人的背面，从不喜欢在领导面前表现。

甚至有一次老板兴奋地从外面回来，和她打了个招呼，林鲸却只是客套地点了一下头后扭头走开，不知道的人还以为她是老板呢。

第二天，林娜找林鲸转达了老板的意思，问她是不是对老板有意见。

林鲸这会儿哭笑不得，自己这到底是什么迷惑行为？

她回到工位上，其间一直想找林娜说清楚，但是林娜随着老板出去了，直到下班也没回来。

因为自己犹豫不决，林鲸一整天都很挫败。

这天不忙，她一下班就回去了，出了地铁向小区走去，在门口遥遥看到了蒋燃的车。

桥湖花园里的停车位紧张，他一直是停在外面的。蒋燃从车上走下来，也下意识地往路边扫了一眼，林鲸快步走过去，最后变成了小跑。

蒋燃手里抱着一个超市的纸袋子,见她跑过来,便把袋子放在车前盖上,微微张开手臂等着。林鲸跑到他跟前,揉了揉鼻头,问他:"你干吗?"

蒋燃也用食指碰了碰鼻尖:"像女儿放学看见爸爸向我跑来,情不自禁地想抱抱你。"

说完,他也真的这样做了,轻轻托抱了她几秒,使她脚尖离开地面,然后放下。

林鲸被勒得喘息困难,重新回到地面,轻盈感浮上眉梢:"喊你一声爸爸,你敢答应吗?"

落日余晖落在他的眉毛和鼻梁上,显得暖融融的,他的眼神里的挑衅感却被拉满:"你可以试试。"

林鲸嘴角微弯,脸部肌肉今天终于第一次向上拱了一下:"你还是另找他人吧。"

"找谁?"

"你说呢?"

"你可以生一个,喊我爸爸。"

喊,林鲸装作没听见,去看他的购物袋。

话是脱口而出的,并无实质含义,等他意识到自己触碰到了她的敏感点的时候,也很快转移话题,他捉住她的手问:"今天工作累吗?"

并不累,但林鲸听到"工作"二字,眉眼耷拉了下来,像被冷风骤雨打落的小雏菊一般,蔫蔫地散落一地,抑或是考砸了的小孩子,回家后却还是接受了被蒙在鼓里的家人的奖励。

她为自己的怯懦感到羞耻,沮丧都没脸沮丧,脑海里的明净阔海都变得灰蒙蒙的了,人就是这样走入死胡同的。

她环抱住蒋燃的腰,脸压在他的怀里,用力汲取他的"能量"。

"怎么了?"蒋燃推开她的身体,要看她是什么情况,林鲸低叫了一声:"别松开,给我抱一会儿。"

男人半晌没动,手掌贴着她的后脑勺,又低头蹭了蹭:"不开心吗?"

林鲸羞于对蒋燃说具体的问题,只是笼统地概括:"我这糟糕的性格,对别人来说轻而易举的事情,我却搞得一塌糊涂。"

蒋燃揉了揉她的后颈:"我说了,你在我眼里一直都有妻子滤镜,你应该更自信一些。"

林鲸吸了吸鼻子,才跟蒋燃说今天发生的事,宛如蝴蝶效应,一个微妙的眼神牵动了她整天的心情。

蒋燃问："还记得你入职第二天我送给你的那张卡片吗？"

"什么？"

"你远比自己想象中优秀。只要你想做什么事，任何时候都可以。"

他永远都是鼓励式教育，林鲸要被蒋燃的温柔言语浸润到湿软，不由自主地抬起头亲了亲他的嘴角。

正当蒋燃要回吻她的时候，不远处有人喊林鲸。

两个人被吓得激灵了一下分开，原来是小姨和表妹。

林鲸问："你们怎么来了？"

小姨手里拎着一袋子菜："你妈不是出差了吗？你爸又骨折了在家，我怕你们俩又加班，来帮忙。"

林鲸不好意思地说道："中午您给我爸送餐已经很麻烦了，晚上就休息休息吧。"

小姨眼神温和："这有什么，在哪儿吃不是吃？"

待小姨和表妹先一步走入小区后，蒋燃和林鲸才在后面慢慢地跟着，脸上还带着绯色。

回到家，蒋燃并没有让小姨忙活，他换了件衣服进厨房料理晚餐。小姨对自家姐姐有这样的女婿羡慕得像一只绿孔雀，转着圈地开屏，抓着小表妹的手说："看见没有，你姐夫就是你找男朋友的范本，看你以前找的都是些什么玩意儿？"

小表妹捧着脸："照姐夫这张脸找吗？真敢说，你自己怎么不去泡刘德华呢？"

小姨："刘德华是你大姨的偶像，我可不喜欢。"

"……"

吃晚饭的时候，小姨问林鲸："鲸鲸，换了新工作怎么样？感觉比过年的时候瘦了很多，是不是太累了？"

林鲸捏着汤匙，小心啜饮鱼汤，任鲜味在舌尖上放肆："基本上适应了节奏，是比原来的工作忙了点儿。"

小姨又问："那是不是可以和明星接触啊？"

林鲸："大型活动的时候有机会，不过一般接触的 KOL 或者 KOC（关键意见消费者）比较多，就是社交平台的一些博主之类的。"

小姨似懂非懂，但也没多问，依然说："感觉很有意思呀，听你妈妈说你社交软件玩得转,原来这么有用的。"

林鲸:"……"

小表妹立马帮姐姐说话:"姐姐那是在浏览行业资讯,也是输入过程,又不像你在刷无聊视频。"

小姨:"是,是,是,你姐姐玩手机玩出一份好工作来,你玩成了网瘾少年。"

"……"

林鲸捧着碗,忽觉脸颊热意蒸腾。她也没有那么积极上进啦。

饭后,表妹去林鲸的房间里玩了一会儿,看见她的梳妆台上堆了好几个礼盒,从公司拿回来的,林鲸都还没拆,让表妹看喜欢哪个自己拿。

表妹立马心花怒放,"彩虹屁"吹了起来:"你好棒啊,还有勇气去做自己想做的事,我就没有。"

林鲸瞥了她一眼:"你要知道我在公司并不是横着走的,是一只小工蚁。"

"那可是睿美,哪怕是实习生走出去也比别的公司的实习生高级,你能进去就说明你很优秀了啊。你看我妈过年的时候一直担心你工作不好,现在观念完全转变了。"表妹说。

林鲸微微愣神:"是吗?"

晚上,蒋燃把表妹和小姨送回家,回来时,林鲸已洗完澡坐在书桌前,发丝湿润,毛巾挂在脖子上却没擦。

蒋燃走过去,捧着她的脸捣乱。她素着一张脸,皮肤白皙,软弹像布丁,令人爱不释手。林鲸立马被他弄得完全无法专注,吐槽了两个字:"幼稚!"

"在想什么?"蒋燃敲着腿坐在她的身后。

林鲸转着笔,说:"也许我一直喊着改变其实是在自欺欺人,我并没有改变。"

"你又悟了?"

林鲸翻了个白眼:"我又不是你,蒋老师。"

两个人在椅子上闹了一会儿,眼看时间不早了,蒋燃去洗澡。

林鲸拔掉床头柜上的手机充电器,给林娜发了条微信:"Lina姐,我想参与C牌的项目,还来得及吗?"

将消息发出去后,林鲸瞟了一眼右上角的时间,竟然已经十点二十了。她有些惴惴不安,不知道会不会打扰林娜?

不到一分钟，林娜就回了消息："终于等到你找我了，我还以为你要一直缩着呢。"

林鲸发了个问号过去。

林娜："知道我今天为什么在复盘会议上看你吗？"

林鲸："我不知道。"

林娜："上周你请假那天，我去你的电脑里找东西，看见了你整理的C牌的各种产品和往期素材，非常详尽，我甚至有点儿惊喜，但是不懂你今天是这种反应。为什么？"

林鲸汗颜又羞愧，半晌没打字，羞于告诉对方自己的小心思。

林娜也没追究："在这个行业里，很多时候营销思维和沟通统筹能力，比创意更加重要。你在工作中有些被动，总是羞于表达自己，这不是好事。"

林鲸："你说得对。"

林娜："我本来觉得以你的性格，适合做偏文案输出方面的工作。"

林鲸："但是呢？"

林娜："但是我觉得你还有的救。"

林鲸手指上滑，反复看了看这段文字，激动又细致地品了一会儿，上一次做这种蠢兮兮的动作还是和蒋燃谈恋爱的时候。

她表忠心一般给林娜打了一段文字："Lina姐，谢谢你。是我自己一直不肯走出舒适区，把这件事想得太可怕了，但走出这个舒适区就会走入下一个舒适区，循环往复而已，只要人学会成长就不用害怕，真的谢谢你。"

将一大片绿色气泡发给了对方，林鲸眼睛热热地盯着屏幕，等着回复。

过了几分钟，林娜回复："付诸行动最重要。"

林娜："呃，妹妹，这是你以前做文案工作的毛病吗？为什么要给我发这么一大段滚烫洗脑的文字，害我没法接。"

林鲸忍俊不禁地揉着脸颊："错了，错了。"

林娜："我睡觉了，你也早点儿睡。"

林鲸："晚安。"

林鲸知道职场上的人肯定不会像她少年时所交的挚友那般赤诚，对方不过是看到她有闪光点能为自己所用罢了，但依然感谢林娜的发现和提携。

她关掉电脑，胡乱地把头发擦了几下，纤瘦的身体里还闪着小火苗，心中的怯懦小孩原以为自己丢了成绩，但最后还是给补上了一百分。

蒋燃洗完澡进来，关上门，看着她蹲在椅子上对着手机勾唇浅笑："跟谁聊天，笑成这样？"

"我笑了吗？"林鲸疑惑地扭头，忽然不安分地扑到他身上。

这是男人始料未及的，他几乎毫无准备下意识地伸手去接人，还是往后跟跄了两步，连人带东西一起摔到了床上，听到"吱呀"一声响。

蒋燃搂着她的腰，躺在床上狼狈地失笑："你很开心。"

林鲸从他的胸膛里仰起脖子，拉出一道纤长的弧度，并未主动提及工作上的事。她想脱离他快速成长，才要努力克制分享自己的那些细微成就或者纠结情绪的欲望。

蒋燃并没有追根究底，捧着她的脸，轻轻啄女生薄薄的眼皮、鼻梁、嘴角，然后专心地吻她，对她投怀送抱的行为，他的瞳仁里带着惊喜之色。

林鲸有些动情，细瘦的手掌撑着床面，低头亲他脖上仿佛藏了冰块儿似的喉结，肉眼可见男人那里略微紧张地滚了滚。

"别撩拨我，爸就在隔壁。"他语气里暗含告诫之意，可放在她的后腰处的手掌把人往自己的身上更加用力地摁着，似要和她融为一体。

"是吗？验证一下？"林鲸不信邪地又咬了一下，面上酡红，把对工作的那股子执拗劲儿放在了这种事上。

没办法，她有点儿开心。

"蒋老师，你好香啊。"她欠揍地说了一句。

蒋燃狠狠盯着她狡黠的眼，忍了一个多月，已到临界点，被她撩拨得呼吸乱得一塌糊涂，额角暴出青筋，三两下除了衣服把人往被子里塞，高大的躯体覆盖上来，目光瞬间锁住她，狠狠噬咬着她嫣红的唇。

林鲸轻轻惊呼了一声，恐慌里带着期待，迎接着接下来的狂风骤雨。衣衫飘落，在两个人要亲密贴在一起的时候，身下的床再次发出"砰"的一声响动，紧接着床坍塌了下去。

林鲸一下欲望全无，以为地震了。蒋燃也有些蒙，扯过被子盖住她的肩头，不顾光裸着的上身，睡裤松垮地挂在胯间，下床查看。

细细的床腿在刚刚两个人摔上来的时候还勉强能支撑，但再也无法承受第二次伤害了，终于壮烈"牺牲"。

它的确不能承受太多，毕竟陪了女主人太久。

"怎么了？"林鲸抚着胸口小心询问。

"床腿裂了条缝。"

林鲸耳郭红得似要炸掉，她生无可恋地瘫在床上，像露出肚皮的小树懒，无赖起来："你想办法修床。"

"……"

刚刚还宛如盯准猎物手起刀落般狠厉的男人，这会儿也有些无措，表情甚至有些呆萌，如何也想不到会是这个结果。

施主任终于从上海归家，比原计划晚了两天。

林鲸毫不怀疑妈妈是因为工作才拖延了时间，尽女儿本分地嘘寒问暖，施主任嘴角一翘："你妈退休的年纪还在拼命，你们年轻人还有什么理由不努力？"

直到晚上林鲸拿蒋燃的手机刷朋友圈的时候，才看到妈妈其实是和小姐妹在宋城玩了两天。她妈妈屏蔽了全家人，但朋友圈分组里面忘记把蒋燃加进去了。

"……"

第二天早上看见爸爸坐在轮椅上还给施主任敲背捏肩，林鲸瞬间觉得老爸好可怜哪，算了，还是让他在伤病中快乐一点儿吧。

又过了几天，林海生的腿拆了石膏，生活自理上比戴着石膏的时候方便太多了。

那天林鲸回来，在家里见到了撞爸爸的夫妻俩，玄关处多了一箱牛奶、几箱水果，还有一些装在蛇皮口袋里的山货。

小夫妻二人这次比上次穿得整齐干净很多，丈夫不善言辞，站在一旁，妻子则是表情淳朴、动作熟练地向施主任道谢："谢谢，谢谢你了大姐！"

说着说着，女人流泪哽住。

施季玲摇头："不要那么客气了。以后你们可一定要当心，好在我们人没事，就不难为你们了，下次再这样你们可能就没这么好的运气了。"

林鲸走到餐桌边倒了杯水，没参与这件事，看见妈妈把女人塞给她的一个大信封塞了回去，动作十分隐晦，低声说："这钱呢我们就不要了，还有你买的这些东西，带回去给孩子吧。"

男人更是一脸愧色，无地自容："这怎么行？"

"说了不要就不要。"施主任脸色转晴，略带温和笑意，说了句宽慰人的话,"大家都不容易。"

最后女人和丈夫离开,把钱带走了,但是东西死活不肯拿回去,施季玲拗不过这两个人,只好作罢。

等人离开,林鲸不由得感叹:"什么赔偿都不要了?这不像你啊。"

施季玲戳她的脑门:"你妈是那种人吗?医药费什么的当然要赔,咱们家又不是做慈善的,只是误工费那些乱七八糟的就不要了,得饶人处且饶人,咱们家不缺那点儿钱。"

林鲸说:"你早说嘛,就不让蒋燃这么辛苦地去谈了。"

施主任惊讶,赔偿金额是蒋燃谈的?

"他这么年轻还能谈这事呢?这两口子看着淳朴,被逼急了要真撒起泼来,我和你爸都未必招架得住。"

"不然能是我谈的吗?还是警察叔叔啊?"林鲸把杯中的水喝完,去厨房检查今晚吃什么,"他什么不能干呢?除了生孩子,什么事他都能亲力亲为。"好看又好用。

"也是从小锻炼出来的。"施季玲心生酸意,"你看看人家,再看看自己,在家爸妈管,结婚老公管,你会什么啊?"

林鲸:"我有好运气。"

不久后,蒋燃也归家,一家人吃饭。

施季玲告诉两个小辈,这边不用他们帮忙了,他们搬回溪平院过他们自己的二人世界吧。

林鲸挨在蒋燃身边,两个人心情各不相同。林鲸留恋家里现成的饭菜和父母的爱,蒋燃则是期待溪平院的那张床,主要是床上娇憨又俏皮的老婆。

林海生跟蒋燃说,他之前谈的赔偿金他们没有全要,而是只要了一小部分,体恤那家人。

蒋燃并不意外:"那笔赔偿金本来就是给你们谈的,目的在于补偿你们的经济和精神损失,爸妈按照自己的想法做就好,不要有心理负担。"

林海生说:"我在鬼门关走过一回,最大的愿望就是我们一家人平平安安,健健康康的。"

蒋燃弯唇笑了笑。

林鲸吐槽老爸:"你以前的愿望也就是这个,并没有变,难道还有更加宏大的志向吗?"

林海生用筷子头敲了一下林鲸的手背:"你就知道欺负老爸,我要真说了别的，又显得给你们俩压力了。"

林鲸困惑："关我们什么事呀？"

林海生放下筷子："我还有点儿想抱外孙哪，明年的饭桌边有个小捣蛋鬼就最好不过了。人真到了某个阶段，还是期望家庭圆满。"

林鲸和施季玲的脸色都变了变。

关于这事，林海生和施季玲没有商量过就脱口而出了，或许他觉得说一说也不太要紧。这的确是他在伤得最重的那几天想的事情。

夫妻俩做丁克族不是不可以，但父母是保守的，还是希望子女按照常规的路走下去。

林鲸一头雾水，不知道爸爸怎么忽然说起这事，跟喝醉了一样，哪壶不开提哪壶。她现在生什么孩子？

看着女儿有些抗拒的眼神，林海生解释："这段时间里里外外幸好有蒋燃帮忙，我才意识到生命延续是很重要的，不然人不行了，连个倒水的人都没有。"

这话猛一听倒也没有什么毛病。

施季玲瞥了瞥对面的两个人，赶紧说道："你爸随口一说而已，你们千万别有压力，生不生、什么时候生，你们自己说了算，有任何需要喊我们就是了。"

其实分歧点无非是男女立场的问题，爸爸把女儿捧在手心里疼爱着，但对她的了解不够，不能体会女性在这件事上的艰难处境。

而妈妈深有体会，所以能站在她的角度去思考问题。

其实她和蒋燃在结婚时就没有认真商讨过是做丁克族还是生孩子。对蒋燃的意思她有些猜测，多次聊天中他时常脱口而出一些有关字眼，但无论如何，他们终将面对这个问题，或早或晚，没想到由老爸引爆，看来这场车祸给他带来的反思良多。

所以，她听到这话的时候宛如小猫炸毛，心里刺挠刺挠的。

她都不敢看蒋燃的眼睛，跟不敢打开潘多拉魔盒一样胆战。

林鲸僵了片刻，冷淡地说道："你这话就很没有道理了，我如果不想要孩子，难道还要为了生病时有人帮我跑腿办事而生个孩子吗？这是对自己也是对别人不负责吧？"

林海生见林鲸的眼神忽然变得有些陌生，被堵得半天才说了一句："关键在你的主观意愿，你想不想要？"

还好他没有说出更过分的话，比如自私之类的。

林鲸没有回答这个问题。

蒋燃反常地沉默着,把林鲸的空碗拿走,给她盛汤:"吃饭还辩论,会香吗?"

之后这个话题被含糊地带了过去,林鲸摸了摸嘴角,有些侥幸,喝汤的时候不是太香,因为不知道蒋燃的真实想法啊。

饭后,林海生拍了拍蒋燃的肩膀,明目张胆地嘀嘀咕咕:"这件事的本质就是你太顺着她了,咱们男人太懂事会吃亏,你记住,会哭的孩子有奶吃。"

蒋燃:"哦。"

林鲸早早回房,感受蒋燃换的新床,的确比她一直睡的那张床舒服了很多。她洗完澡躺在床上闭着眼睛等了一会儿,时刻观察对方的动向,从他洗澡、回屋上床到躺下,热烘烘的体温靠近,并无异样或者要找她谈一谈的架势,她这才彻底放松。

隔天,他们搬回溪平院的房子。

不过晚上有个小应酬,林鲸加了会儿班赶过去再陪长辈吃完饭已经接近十点。蒋燃喝了点儿酒,呼吸之间都是酒气,微醺地坐在副驾驶座上,眼睛还不忘盯着前方。

明明没有交流,但是两个人均对接下来的事心照不宣且期待。

林鲸说:"要不你闭眼休息一会儿?"

蒋燃静默片刻,问她:"累吗?"

林鲸握着方向盘,勾唇浅笑了一会儿:"那我该说自己累还是不累?"

蒋燃侧目瞧着她,深沉的眼底已经染上倦意,又带了那么点儿厉色:"我在问你,你在想什么?"

林鲸抿唇,抢他的台词:"想你心中所想。"

最先笑起来的是蒋燃,在夜色里笑声有些肆无忌惮和痞意,胸腔轻震,林鲸恼了一会儿,瞥他一眼,囫囵说了一句:"希望今晚床不要再塌了。"

"还想床塌?"蒋燃微微叹息,"那我努力吧。"

"完蛋,我好期待。"

"慢慢期待,但先好好开车。"蒋燃抬手摸了摸她的头顶。

两个人暧昧地闹了一阵,终于到了溪平院,林鲸下车之后想起自己有快递要取:"你先回家吧,我去拿快递。"

蒋燃问:"东西多吗?"

林鲸想了想，说："应该不多，但是我想不起来买的是什么了。"

蒋燃单手插在裤袋里，侧头说道："我和你一起去吧，正好醒醒酒。"说着他捉住她的手腕，往出口走去。

春夜的凉风将人身上的倦气清除了七七八八，林鲸明显感觉到蒋燃的醉意淡了很多，还有心情拿出手机处理消息，白色亮光照亮他的面庞，他的表情略显严肃。

林鲸注意到了，问："你很忙吗？"

蒋燃便收起手机，看了她一眼："还好，没有接下来的事情重要。"

他不需要时时刻刻提醒她，搞得她想跑着去拿快递！

蒋燃让她把手机交出来，让她站在那里等着，他去拿。林鲸手插兜地站在喷泉边，鞋子随意地踢着地砖缝隙，继而听到几声沉稳的脚步声。

她扭头看过去，来人竟然是钟渝。自她从物业离职后他们便再也没有见过面了，这会儿看到那张脸还有点儿陌生。

男生穿着白色卫衣，兜帽罩头，咧唇一笑露出整齐的牙齿："居然在这里碰到你，干吗呢？"

林鲸礼貌地微笑："出来散步。"

钟渝点了点头，本人比二次元正常多了，可能有脸加持吧，不然在微信上只是一个令人无所适从的对话机器。

"很久没看到你了。"

林鲸："要上班的啊，平时也不会出来瞎晃。"

钟渝说："不是，最近跟你的前同事有业务往来，他们也说很久没有看到你了，以为你搬走了。"

林鲸留出一半视线注意着蒋燃那边的动向，这也太难搞了，最好不要让他撞见钟渝。她三两句解释清楚自己家里出了点儿事，要回去照顾。

钟渝："没事吧？"

林鲸："有事我现在就不会站在这里了。"

钟渝："怪不得。我今晚过来是跟他们谈回馈礼盒的事，有兴趣品鉴一下吗？"

"嗯？"

钟渝打了个电话，让工作人员送一个礼盒来溪平院，又对林鲸说："等五分钟行吗？"

林鲸有些为难，嘴上说着："真的不用破费，太麻烦你了。"心里又在想：这就是社交带来的最大困惑，明明是你不需要的东西，还要对对方说出感谢和抱歉的话。

钟渝："我已经让人出来了，不麻烦。"

林鲸："……"你给我说话的机会了吗？

她绞着手指，焦躁地看着快递柜的方向，但夜色太深，那一片没有灯，她什么也看不见。然而不知何时，蒋燃已经出现在她身后，拿着她的三个快递盒，好在东西都不大，没影响他的气质。

待蒋燃走近了，林鲸看到了他眼底冒出来的一行字：这孙子怎么又冒出来了？

他的无奈之意并不比她少一分。

"回去吗？"他问林鲸。

林鲸尴尬地碰了碰鼻尖，又抠了抠手指："要等个东西。"

蒋燃辨认清楚她眼底的犹豫之色，忽然转了个念头，说："我先回家，你慢慢等。"

"哎？"林鲸还没反应过来，蒋燃已经先行离开。

她目光追随着他，看见他的背影融入昏暗里，越发模糊，生怕自己的喊声惊动周边的寂静，便什么话也没说，心里只有两句话来回交替："他生气了"和"今晚还做得成吗？"

蒋燃离开没多久之后，钟渝的同事就过来了，把两个正红色的正统包装礼盒交到了林鲸手里。她心里默默叹气，道了谢后，又说："你真的没有必要这么客气！麻烦了！"

她加重语气表达着自己的情绪，以钟渝的情商他听不到这一层意思："不麻烦，我们之间的确没必要这样客气。"

林鲸尬笑一番，不想废话："不早了，我先走一步。"

出了小区，钟渝问同事："你见过我这个同学的老公吗？"

同事说："之前在物业的时候见过，他长那么帅，看上去条件也非常好，你同学上辈子干了什么好事？"

这个"条件好"其实囊括了各个方面，外貌、身高、声音……或者还有性格和经济条件。

哪怕是同事的形容词如此收敛，钟渝还是听得心绞痛，莫名其妙地问了一句："你觉得我和他比差在哪里？"

同事不愧是做酒店行业的，话术一套一套的，灵机一动地说道："差在时机不对。"

但他心里可不这么想，你和人家真的差了好多啊，你只是一个平平无奇的富家子弟而已啊，想什么呢？

同事看看钟渝郁闷的样子，非常想问他：你早干吗去了？你现在又想干什么呢？

要知道，被看不上的男人纠缠，这对美女来说只能是衣服上的饭粒子——烦人得很。

钟渝低声郁闷地说："我上学的时候怎么没注意到她呢？"

林鲸用指纹开了门，入目便是客厅里全都开着的各种灯，但屋里空无一人。

她右脚跟踩了一下，脱掉鞋子，满屋子找蒋燃，最后在主卧的浴室里找到他，男人已经换了衣服，正在刷牙。

林鲸一开始还抱着手臂，倚在门框上看他："你干吗不等我一起，很着急吗？"

蒋燃从镜子里扫了她一眼，仍在刷牙，白色的泡沫溢出来沾在淡色的唇上，他没有回答她。这是很少见的情况，林鲸见过不少喜欢装死的男人，但蒋燃不是这种人，他从来都会给予回应。

她烦躁地皱眉，心也跟着慌了，急速下坠。她隐约知道自己有点儿错处，但又觉得自己根本没错，她就是很无辜啊。

两分半时间到，放在牙杯边上的沙漏刚好漏完，蒋燃吐掉牙膏泡沫，转过身来，虚虚靠着盥洗池，这才开口："都是男人，我能看出他的心思，你说一声拒绝，很难吗？"

林鲸："你这是在生气？"

"有点儿。"蒋燃说，"没哪个男人能看着心怀不轨的人对自己的老婆献殷勤还无动于衷，我本来没有必要把生气摆在脸上，但是似乎不这样你就看不出来。"

林鲸被浴灯照得刺眼，心头微紧："你生气的程度，是我能哄好的那种吗？"

蒋燃挑眉："什么？"

林鲸这次聪明了，学着他的口吻说道："我需要知道你的点在哪里，今天努努力能哄好的话我就哄一哄，哄不好我就洗澡睡觉了。"

铿锵有力的一席话落地，蒋燃不知是该被她再次气到还是觉得不可思议，目光凝聚，用力看着她，半天给出评价："你很嚣张，知道我拿你没办法，所以故意气我吗？"

听他这样说，林鲸反驳："你刚刚还在外面把我丢下，自己回来呢。"

"那怎么办？我陪你一起站在那儿傻等？"蒋燃的手垂在身体两侧，分别撑着台面，长腿交叠，姿势放松又好看得真像一个渣男，"我手上拿着你的快递。"

林鲸有几秒失语，心想男人也蛮奇怪的，他和老爸都是。一个忽然因为生病意识到孩子的重要性，一个莫名其妙地有小脾气，多大点儿事？

"那你也走掉了，为了这点儿小事就生气？"林鲸好不容易想出一个理由来，脱口而出。她被搞得太蒙，放低态度去哄人是很耗费精力和勇气的事，这一刻她显然没有这个耐心。

"这点儿小事？"不得不说，她成功掌握了气死人的精髓。

"行，你出去吧，我洗澡了。"蒋燃不跟她多说了，也说不通，脱掉衬衫丢进脏衣篓，又抽掉皮带，回头见林鲸还直直地站在原地不动，便问，"你要跟我一起洗吗？"

他的衬衣前襟纽扣全开，从胸膛到腹肌敞露着，喉结、窄瘦的腰，长裤半挂在胯上，人鱼线隐现而张扬。

这种不经打磨的随性姿态，还蛮性感的，像事后的状态。林鲸觉得今晚这架吵得真是太亏了，因为不做蛮可惜。

她站到盥洗台前："不，我刷牙。"

蒋燃没说什么，并不在意自己被看光，脱了裤子走进淋浴间，打开花洒。

林鲸刷牙的动作不是那么自然，淅沥的水声都变得格外撩拨人，因为她会想象到水流滑过他的身体，汇聚向下，雾气缭绕让她胸腔发闷。

快速刷完了牙，她脸都没洗，不敢多看他跑去了隔壁的浴室。

她在外面洗完了澡，又去拆快递，发现三个东西竟然都是给他买的，一件卫衣、刮胡刀还有一打男式袜子。

"……"

林鲸闷闷地把纸盒子扔掉，在客厅玩了好一会儿手机才回到卧室里。

床单换了一套浅蓝色的。据研究表明，床单的颜色会影响睡眠质量。

蒋燃靠坐在床头看手机，薄被压出他的腿形，她开门的时候这人头都不曾抬一下，宛如批奏折的皇帝。

林鲸鼓了鼓嘴巴，默默爬到床上，躺下盖上被子。

背后还有一小束光亮，被子也被扯着，她动了动脑袋，没好气地说："你要是还想玩手机，就去客厅。"

374

他果然把手机放下，也躺了下来。

林鲸没有扭头观察他，而是用敏感的背部仔细体会，他睡下没多久就传来均匀的呼吸声。唉，这就是冷战了。

林鲸睁着一双大眼睛，一会儿咬咬手指，一会儿拽拽被子，就跟小时候对爸妈发完火却不好意思道歉，躲在房间里羞愧是一样的坐立不安状态。

她像一只小爬虫一样趴在床上，纹丝不动，快要睡着的时候，脖子下伸进来一只手臂，紧接着腰也被扣住，身后贴上来男人的身体。

这是他半睡半醒间的下意识举动，他并不是在求和。

林鲸动了动嘴唇："不是生气了吗？你抱我干什么？"

蒋燃嗓音低得带着困意："生气就不能抱了吗？"

"你看哪对夫妻吵架晚上还要抱在一起睡的？"

蒋燃："没趴在人家的床底听过，不知道。"

"……"

隔天是周末，林鲸醒来得比较晚。

她起床的时候蒋燃已经走了，没打招呼，看来还在生气。

林鲸歪着脑袋往他的枕头上蹭了蹭，闻他的熟悉味道。

两个人一天没联系，林鲸也懒得问他去干什么，舒舒服服地在家里躺了一天，傍晚接到他的电话，他冷冰冰地问："吃饭了吗？"

"没有。"

"家里有吃的吗？"

林鲸打开冰箱，这边的房子一个多月没人住，自然是什么东西都不剩，他这句话的意思就是询问她今天是否出去采购了。

"没有。"

"我在小区门口，你出来吧。"

林鲸盘腿坐在沙发上，又玩了一会儿手机才换衣服下楼，距离蒋燃的电话已经过去二十分钟了。她有故意的成分，就是要晾着他。

她上车后，蒋燃对她的迟到行为没发表任何意见，只是随手关掉了音乐，把车开出去。

他不说话，林鲸就也不说话，但这种因为冷战而滋生的诡异气氛实在让人难耐。

她捧着手机找鹿苑吐槽这件事："我和他之间真的有点儿问题，他为了这么点儿小事跟我生气,呵呵。"

鹿苑有时间就秒回:"这点儿小事?我发现你才是江浙沪渣女吧,他身边要是有个献殷勤的女人你不生气?"

林鲸:"不,我很理性。"

鹿苑:"你看我信不信你就完了,你没遇到而已。"

林鲸:"我只是觉得他昨天晚上忽然质问我,让我很没有面子。他以前对我不是这样的,还鼓励我交朋友,现在却斤斤计较。"

鹿苑:"鼓励你交男朋友吗?"

林鲸:"我倒是想。"

看到眼前,林鲸才发现他是要来超市。

蒋燃扫了一个购物车,林鲸继续捧着手机跟在他身后当个小尾巴,穿梭在琳琅满目的货架中间,时不时瞄一眼商品,然后拣一些想吃的东西丢进去。

两个人全程无交流,不远不近地走着,也不再挽着手。林鲸偷拍了一张他站在货架前选购水果的背影发给鹿苑:"看,我们俩就是这样的状态。他不理我,我也不理他,就搭伙过日子呗。"

鹿苑那边没立即回,林鲸等了一会儿,鹿苑才回复:"我发现你有点儿被宠坏,一点儿冷遇都受不了。"

林鲸打字:"我知道,可由奢入俭难哪。"

她还没把消息发出去,蒋燃的视线忽然扫了过来:"过来。"

"怎么?"林鲸收了手机,小步伐跟上。她身后正好有一个小孩子推着购物车,单脚踩着横梁"飞"过来,几乎要撞到她。

蒋燃拉着她的胳膊才堪堪躲过去,她撞进了他坚实的怀里,脸扑了个正着,就听见了他的轻嗤声:"你是来买东西的还是来玩手机的?"

林鲸抿了抿唇,说:"我刚刚一直跟在你身后的,别人撞过来的时候我可没看手机。"

蒋燃眼神稍缓:"没什么,提醒你看路。"

"不是一直跟着你吗?"

"过来看看,吃什么?"他便没有松开她的手,手指滑下攥住她的手腕。

摆放水果的员工似乎有强迫症,按照颜色、品种划分得整整齐齐,每一颗苹果都保证将最完美的一面展示给顾客。

当然,价格也非常完美,一盒五个装的奇异果竟然要128元,一串葡萄 400 元，让人恨不得控制预算数着粒吃。

林鲸只拿了一串葡萄放进购物车，眼神扫视了一圈，挑挑拣拣，对什么东西都兴致缺缺。

蒋燃问："别的呢，柚子要不要？"

林鲸由衷地感叹："算了，剥柚子皮费劲。"花钱吃了个寂寞。

"有剥好的。"

"吃也费劲。"

蒋燃用力捏了捏她的手心，说："我可以给你榨汁，就不麻烦了。"

林鲸瞥了瞥身边的人，半晌不知道说什么，就觉得他这耐心有些反常。

虽然短暂，但两个人开始沟通就变得很好办了，蒋燃把她拉到冷冻区买肉类，又停在货柜前研究，问她："吃牛肉吗？"

林鲸说："怎么吃？"

蒋燃："你想怎么吃？"

站在货柜后面的促销人员戴着口罩，正准备介绍一下这是澳洲和牛，以及等级之类的。

林鲸胡诌道："想用来做葱爆牛肉，我超级喜欢的，可以吗？"

"行。"蒋燃拿了两盒，面无表情地丢进购物车。

促销阿姨一脸困惑的表情，真是暴殄天物，这对年轻男女到底懂不懂吃？

林鲸将手搭在扶手上，慢吞吞地走着，两鬓的碎发偶尔擦过他的肩膀，发梢倒戳她的脸颊，有点儿痒。

"其实我不会做复杂的菜，不是把牛排煎得太生就是太煳，葱爆牛肉更不会。"她坦白，刚刚就是瞎说的。

蒋燃说："我知道，我会做。"

"然后呢？"

"然后明天我在家，给你做饭？"他垂眸，面容柔和，"还有想吃的东西吗？可以点菜了。"

"……"

林鲸别开脸掩饰自己快要绷不住的表情，拿出手机看微信，才发现那条彰显她稍显做作的回复并没有发出去，而鹿苑久没等到她的回复，连续发了几条消息。

"你最近是不是遇到什么问题了？情绪有点儿反常啊。"

"生理期到了？工作压力大？"

"和蒋老师性生活不和谐？"

"人呢？人呢？我干饭去了……"

…………

林鲸："刚刚他喊我过去，就没看手机。"

林鲸："他应该是在哄我，不太熟练，好笨哪，我心里在窃喜，表面还想要装高冷。"

倒也并非林鲸故意拿乔，而是蒋燃哄得过于不动声色。

他没说一句软话，让人怎么下台阶呢？

之后两个人便是满超市地游走，家里的能量站急需补给。最后购物车被堆成一座小山，两个人才意犹未尽地离开超市。

回到家时已是华灯初上，林鲸看着蒋燃将几个超级大的购物袋拎进厨房，生活的鸡零狗碎之事可真够累的。

蒋燃卷起衣袖开始干活儿，瞧了她一眼："那怎么办呢？你不喜欢请阿姨。"

林鲸趿着拖鞋走到厨房门口，有点儿气哼哼地说："你什么都不知道。第一个许阿姨很不错，但人家有事情来不了了；第二个阿姨菜都洗不干净还要教我做；第三个阿姨干脆在试用期就趁我上班的时候偷偷在沙发上睡觉……总之，我不喜欢在家里还要跟陌生人相处。"

蒋燃继续料理台面，把待会儿打算做菜用的调味料拿出来，听完她的话也沉默了。

林鲸由衷地感慨："找阿姨比找对象难多了，这些事你都不清楚，所以在你眼里恐怕我就是'连这点儿小事都办不好'吧。"

蒋燃皱着眉心："……"

他不知心情是愉悦还是复杂，捏着她的下巴，拇指蹭了蹭她嫣红的唇："我知道了，以后我有时间就陪你一起做饭，家务也一起承担，直到找到合适的阿姨为止。"

林鲸并不相信这种话，看透他是那种只喜欢享受婚姻带来的福利的男人。

蒋燃在厨房里继续忙，林鲸坐在餐桌边剥橙子，弄得手指上全是黏黏的汁水，便也去厨房洗手。

两个人并排站在洗手台前面。

蒋燃把牛肉改刀切成小条，方便爆炒，旁边配备了葱姜蒜家族，分别

378

切好放在小碟子里。今晚的配菜是西芹百合,还有鱼丸汤。

林鲸扯了张厨房用纸把手擦干,看他做菜。

蒋燃说:"你要是没事做,就煮饭吧。"

她自然乐于帮忙,回来又欣赏他利落切菜的动作。

其实气氛还有一点点硌硬着,蒋燃在回味她刚刚的话,冷不丁地问:"找对象真比找阿姨轻松?"

林鲸迅速跳到和他一个频道,非常有见地地说:"结婚并不难,难的是生活的鸡零狗碎之事,会逐渐消磨一个人的光彩。"

表达完自己的意见,她忽然意识到对方这问题背后的用意是什么:"你不会还在介意我那个同学的事吧?"

"不会?"蒋燃的眼神变得有一点点凶狠,他对这个词实在不满,又无可奈何,"你又在挑战我的底线。"

"可是你的底线在变啊。"她直指问题中心。

"我的底线哪里变了?"蒋燃往锅里倒油,过了一会儿又丢了几颗花椒进去,"噼里啪啦"炸起来,香味一下子蹿满厨房的各个角落。

林鲸一直盯着锅,牛肉从生的红色变得滋滋冒油,肉香四溢,各种调味品也被煸香,催使得她不自觉地吞咽了一下口水。唉,厨房这地方实在不适合讲理,影响食欲。

"你之前说不会干预我的社交,一直以来是他单向输出热情,我也并没有给眼神哪。你让我怎么拒绝呢?你介意可以跟我讲道理,但为什么要生气,难道不是底线又抬高了吗?"

蒋燃静静地凝视她片刻,问:"我的底线为什么变,你不清楚吗?"

"我怎么知道?"林鲸还振振有词地说,"你承认自己专横了吧。"

"呵,你不知道,我今晚就让你知道。"蒋燃发出危险的警告,然后将葱爆牛肉倒出装盘,香味几乎要把林鲸俘获,看来这一个多月的厨艺历练,让他重回巅峰。

蒋燃瞧见某只馋猫眼珠子都快掉下来了,铲子上还沾了一块肉,他便举起铲子凑到她的嘴边让她吃第一口:"尝一下,味道怎么样?"

林鲸扶着他的手腕,那味道,吃肉的快乐……谁不说一句"好绝"呢?如绚烂的烟花在贫瘠荒原上空绽放。

吃完,她接着刚刚的话题说:"那你现在是跟我和好了吗?"

"你觉得呢?"他擅长将问题抛回,让她自己解答。

"我觉得是,虽然不明显。"

蒋燃的眼神一瞬间有些不自然，而后他用完美的话术包装起来："跟老婆赌气摆架子，还是男人？"

林鲸瞬间觉得自己真变成了一个小娇娇，不仅无理取闹被谅解，还反过来被哄，这会儿嘴角又不自觉地高高上扬起来。她从背后抱住蒋燃的腰，隔着布料，手在他硬硬的腹肌上感受，又觉得不过瘾，甚至解开皮带上方的一粒扣子，两根手指伸进去，胡作非为起来。

男色祸人，她真的好想和他贴贴。

蒋燃"啧"了一声，她赶紧狗腿地表忠心："我以后绝对不会在外拈花惹草，碰见男性朋友、同事，我闭上眼躲着走，行吗？"

"我让你这么干了？"蒋燃忍耐着腹部火烧火燎的感觉，不忘警告她，"不过我难保以后的底线会不会又变高，男人都是有私心的，你最好少挑战。"

林鲸将脸颊贴在他宽阔的后背上："知道了，知道了。"

蒋燃："松开我吧。"

林鲸不解："你的底线为什么又要变高？"

"你还吃不吃饭了？"

"吃，吃，吃。"

蒋燃在身体被松开束缚后去处理鱼丸，林鲸从冰箱里拿出一盒酸奶，撕开盖子舔了舔，不紧不慢地念道："高端的食材，往往采用最朴素的烹饪方式，忙碌了两个小时，蒋师傅开始制作鱼丸。"

"你又开始了？"

"走了，走了。"

"等一下，衣服给我扣好再出去。"

"……"

林鲸坐在餐桌边吃着酸奶，思想不自觉地跑偏，去想蒋燃的身材，还是好想和他贴贴。

不知道这是一种什么奇怪心理，她好喜欢看蒋燃失控，这给她一种他也是有情绪的，也能被自己掌控的感觉。

这顿饭吃得略艰难，有人素太久，又吵了架，这会儿有点儿情难自抑。

林鲸被好吃的东西吸引，完全没注意到他别有用意的眼神，更忘记了半个小时前在厨房的撩拨行为已经让男人处于溃败边缘。

她本以为葱爆牛肉已经是他的绝学，鱼丸汤更是鲜得让人啧啧称奇，还有什么事是他不会的呢？

蒋燃看她连续喝了两碗汤，提醒她可以放下碗了。

林鲸："你怎么什么菜都能做得这么好？汤好喝到打耳光。"

"什么意思？"蒋燃用手指刮了一下眉毛。

"这是一种形容，就是形容东西好吃到被打耳光都不会放下的那种程度。"她又问，"你听说过耳光馄饨吗？"

"吃饱了吗？"他不想增加没用的知识。

"喝完这最后一口。"她放下碗，主动说，"我来洗碗吧。"

"放着吧。"蒋燃伸手捏住她的下巴，低头吻了下来。

隔天醒来，林鲸已经蹭到蒋燃的肩头躺着了。而蒋燃还在睡，眼皮紧闭，半张脸压在枕头里，面孔利落又清爽。

林鲸赶紧摸了摸嘴角，生怕自己流口水。

不知道怎么回事，她没有像往常那样醒来就起床，而是套上睡裙跑去浴室刷牙，漱口，揽镜检查自己是否有眼眵。

确认无误后她才爬回被子里接着睡。

她这么一来一回把蒋燃吵醒了，他睁开眼皮一秒，然后抬起手掌盖住眼睛："醒了吗？"

林鲸假装刚醒："现在醒了。"

蒋燃把被子往上扯，圈起手指轻弹她的脑门："一大早折腾什么？"

林鲸捂住脑袋，里子面子全丢。她不甘心被戏谑，又不知道该怎么办，干脆也圈起手指，轻弹他别的地方。

蒋燃被吓到怔了怔，目光不自觉地放狠。

林鲸扬扬得意地说："我跟……打个招呼。"

"有没有点儿分寸，弹坏了怎么办？"他厉声斥责，她不知道那里脆弱吗？

林鲸才不怕："坏了就不用了呗。"

蒋燃瞧着她："我说的是你怎么办？"

"凉拌。"

"来，我看看你忍不忍心凉拌。"他压过来，狠狠地亲她，这朵刚修复好的小花再次被挤扁压碎。

两个人一闹就一发不可收拾，日上三竿，林鲸的肚子饿得"咕噜咕噜"叫，像空鱼缸在冒泡。

她踢了踢蒋燃:"我饿了,冰箱里有昨天买的小蛋糕,你帮我拿过来。"

"不拿,出去吃。"蒋燃不纵容她。

"我不想动。"

"那就饿着吧。"

"我要死了。"

最后蒋燃套上睡裤,在她的屁股上狠拍一记,才走了出去。

林鲸揉了揉脸颊,忍不住把自己今早的大无语事件报告给闺密。

鹿苑:"的确好做作,你们又不是刚结婚,还搞这一套,你怎么不化个全妆呢?"

林鲸:"因为我总想给他看我最完美的一面,但总是翻车。"

鹿苑:"我不懂,你们不是吵架了吗?"

林鲸:"就是昨晚吧,我们俩那个……感觉好不一样。"

鹿苑:"我懂了,你是想给我汇报你的床事吧,我姑且听听。"

这种事嘛,鹿苑第一次和男生那个的时候就找林鲸发表了一段很长的感言,激动之余又各种感怀,总觉得那是人生中的重大瞬间。如今林鲸有了和她一样的分享欲。

林鲸放开了胆子说:"就……非常完美。当然以前的体验也是很不错的,他很会安抚照顾人,技术很好,但是这次多了眼神和情感交互,就真的酣畅淋漓,沉浸式体验,你懂不懂?他又性感又可爱又脆弱,他好棒,我当场想给他生猴子!"

最后一句,她直接用语音说的,实在没耐心打字。

鹿苑:"流下了羡慕的口水。"

两个女的疯了。

林鲸更想说,她好像感觉到了蒋燃已经在发自内心地喜欢她了,如果那个眼神是骗人的,她不相信这个世界上还有能表演得如此天衣无缝的人。

但是这个转折将是她永远掩藏在心中的秘密,连闺密都不能说。他的脆弱、羞赧、幼稚的一面,终于让她有了感情上的归属感。

过了几分钟,蒋燃推门进来,除了一块蛋糕,手里还多了一杯美式咖啡。这太放纵了,如果在父母家,她在床上吃东西是要被施主任打出门的。

但是老公就不会这样,蒋燃把蛋糕递给她吃了两口,再让她喝咖啡顺喉咙。

她吃了两口蛋糕,喝了两口咖啡就将东西推开了,往被子里一躺,由蒋燃把她剩下的东西解决掉。

窗帘被拉开了一点儿,雨丝落在玻璃上。苏州已经进入梅雨季节,冷不丁就下起瓢泼大雨抑或蒙蒙细雨,林鲸长这么大从来没有体会过北方人所说的"春雨贵如油"。

蒋燃洗漱完出来,见她懒懒地躺下闭上眼:"不起来吗?"

林鲸嘴唇翕动:"周末又没有什么事情要我去做,起来干什么?"

蒋燃不习惯起床了再躺回去:"出去走走?"

林鲸瞟他一眼,趁他不备一把将他拽到床上:"这种雨天,就应该在床上厮磨一整天哪。"

蒋燃本没想把一天都耗在床上,但是被林鲸这么一拽,也就顺势睡下了,不知不觉一个上午过去。

当然他们并非单纯睡觉,昨晚意犹未尽的事他们不介意再来一次,做累了再继续睡。

时至中午他才醒来,摸了摸林鲸的肚皮:"饿了吗?起来出去吃饭。"

林鲸毛茸茸的脑袋往被子里一钻,骨头酥懒:"算了,你再拿点儿东西给我吃吧,我一天都不想起了。"

"过分了。"蒋燃服了她,"我不在家的时候你也是这样过的吗?长在床上了?"

年前某次他指责她太宅,林鲸稍有收敛,偶尔动动。

林鲸抓着被子,露出一双锐利的眼睛:"少给我扣帽子,我难得这样好不好?"

于是蒋燃调出几张照片给她看,是她的微信步数截图,分别集中在周末或者节假日,步数实在少得可怜:108、53、26……

这个人好狡诈,在微信上监视她就算了,还专门拿出来打她的脸!

蒋燃只给她看了一眼截图就收起,叹息道:"不忍心看,老年人起夜,从床头走到厕所的步数都比你多吧?"

"……"

他这张嘴太损了。

林鲸用手掌盖住他的手机:"你监视我!"

蒋燃再次申明:"这是合理关心。平时多锻炼吧大小姐,年轻的时候作,老了怎么办?"

林鲸下巴抵着他光裸的胸膛，指尖打着圈儿地挠他："可是我的运动量够了啊，平均一周两次，哦，今天已经两次了。"

蒋燃无奈了，捧着她的脑袋，在发际线处狠亲了一口。

表面这样文静的女孩子，内心里到底住了个什么？

他只能评价三个字："不像话。"

林鲸异想天开地说："我的本质是一颗孢子，脱离亲本后直接发育成菌丝向外蔓延，直至养出另外的孢子，完全不需要挪地方。"

蒋燃捋着她的头发："我以为你要说别的。"

"说什么？"

蒋燃："照你最近的德行，应该是'春宵苦短日高起，从此君王不早朝'。"

林鲸："你在嫌弃我黄吗？"

小吵以后，他们进入了婚后最和谐亲密的阶段，和刚结婚时的相敬如宾完全不同。

这种转变的源头，应该属于——夫妻感情渐浓。

林鲸的真实性"暴露无遗"，她自身是十分复杂的个体，文静、内敛是她的外在标签，身体里却住着一颗躁动的灵魂。她任性、发嗲、恃宠而骄，偶尔还不正经，这和蒋燃娶她之初见识到的样子已经完全背离。

他很坦然地接受了这样的林鲸，甚至惊喜，他老婆原来这么可爱。

一方的转变和另外一方是息息相关的，蒋燃在刻意改变什么，注重陪伴她的质量，重拾厨艺，一有时间就给林鲸弄吃的东西，打算把她养得白白胖胖的。

林鲸说："白白的就可以了，胖胖的就算了。"

生活本质就是循环往复，十分无聊，但是生活的鸡零狗碎之事被另一个人分担，就会变得有意思起来。

他精心安排的小惊喜并不会随着时间推移而消减，各种节日的花和礼物会被送到她的办公室，引起同事们的歆羡，她说过一次大家起哄让她不好意思，然后那些花就被送到了家里，让它们孤芳自赏。

在别人眼里，他是个完美又细心的丈夫，实则大部分时间他在工作，两个人无交集，休息时间也有限，但他已经尽力。

林鲸一开始期待不高，所以现状已经超出预想，她还算满意。她如自己所言那样，是一朵菌丝，雪白轻微，随意飘飞，蒋燃让她落下扎根。

有时候，林鲸突然灵魂出窍地想，舒适区不会永远存在，或主动或被动地被人推倒，然后克服困难建立下一个。那么他们的下一个舒适区是什么呢？

林鲸想不到。

时序进入盛夏，睿美顺利拿下了C牌的彩妆代理。

这阵子臻彩系列产品的推广在各大平台上线，呈刷屏之势，不仅明星，但凡叫得出名字的美妆博主都在推这个系列的口红。

林鲸和同事们这几天一直在做苦力，和美妆博主沟通视频、邮寄礼盒。办公室门口都堆满了箱子，俨然成了仓库。

客户那边给了一份名单，是他们自己的公关部锁定的KOL。

林鲸注意到一个叫"云娜丽莎"的博主，视频还蛮有特点，以脾气率直暴躁为标签，视频内容以好物分享和测评为主，大牌和平价产品混在一起，外行人完全看不出打广告的痕迹。

林鲸点进她的主页浏览了一圈，这个博主虽然粉丝量不多，但是粉丝活跃度非常高，没发现太多水军的痕迹。

林鲸发私信和对方沟通了几次，对方还没签公司，团队也不是那么专业，她本人的态度并不像视频里那般高不可攀，就是小博主接到大品牌推广那种激动到不知所措的表现。

之后就发生了一件让林鲸无语的事情。

一开始她只是觉得这个"云娜丽莎"很面熟，但死活想不起来在哪里见过，翻遍通讯录都没有这号人。

之后合作意向初步达成，两个人互相加了微信，对方发来收货地址，正是溪平院。

林鲸点开"云娜丽莎"的朋友圈，一下子明白过来，这个人是谢云云。

谢云云做了眼尾下至和鼻综合的手术，整个人的气质和去年见时已是云泥之别。她删掉了往期所有的短视频，换了微博的ID，重新塑造了人设。

怪不得林鲸认不出来。

被狗咬的惨痛经历历历在目，结果换了工作还能遇上，她不禁扶额怀疑人生。

她不讨厌谢云云，但也绝对说不上喜欢。

她心情复杂地打字："云娜丽莎老师，我们这两天就会把礼盒寄出，您注意查收。"

谢云云："好，我怎么称呼你？"

林鲸:"没事,您记住我的微信名就好。"

蒋燃回家打开书房门时,林鲸正坐在沙发上看手机,细眉紧蹙。
他用指尖敲了一下表盘,提醒道:"别玩手机了,去散步?"
林鲸说:"不是玩手机,是回客户的消息,这就来。"
"快点儿,我在门口等你。"
林鲸跳下沙发,回卧室换了条舒服的运动裤和T恤衫,才堪堪赶上他的步伐。
夏夜,这个时间散步的人特别多,遛狗、遛孩子的是主力,反而他们这样的年轻夫妻很少见。
林鲸一手牵着蒋燃跟在他后头,一手捧着手机看公众号,甘愿当个睁眼瞎。
楼道外,几个奶奶或者保姆正凑在一起聊天,脚边学步的小孩儿们绕着大人转,一个个像小蘑菇一样可爱。
两个人刚出来,梳着羊角辫的小家伙看着蒋燃,犹豫了半秒,忽然跑上来抱住蒋燃的腿,喊了一声"爸爸"。
两个人均吓了一跳。
林鲸几乎顷刻间松开了蒋燃的手,身体本能地往后撤,生怕碰上那个小孩儿。
蒋燃也是怔了片刻才反应过来,只感觉小腿上贴上来一块软肉,还带着热气儿。
他欲弯腰,那孩子的奶奶赶紧跑过来把自家臭宝扯开,表情尴尬地解释:"抱歉,抱歉,天太黑了,小孩子没看清。"
小孩困惑了半天,自己怎么会看错?
他的指尖擦过那小孩的脸蛋的一瞬间,竟软得让人不忍触碰,他笑着摇头表示没在意。林鲸那双眼睛里仿佛写着:吓死我了。
蒋燃注意到她的表情:"你恐婴?"
林鲸把手机插到运动裤兜里,挠了挠眉心,由衷地说道:"也不是吧,但是你不觉得小孩子靠近很那个吗?"
"哪个?"
林鲸想了一下,囫囵地表述:"身体软软的,流口水,吐奶,总是哭个不停。"她的嫌弃之意已经溢于言表。
"哭就是有需求,满足他们就好,他们没有那么可怕。"他耐心地说道。

林鲸觉得事情没那么简单，但不想继续讨论这个话题，不然她肯定会被楼下这群爱婴人士口诛笔伐，只能胡乱应付："我没怎么接触过小孩子，不是很懂，这只是我的片面认知。"

蒋燃见她想快速结束话题，就没接茬，转移了话题："怎么今天一直皱着眉头？"

林鲸踮脚，从背后挂在他身上，小声埋怨："最近有点儿忙，各种琐碎的事，都要焦虑得睡不着了。"

"有压力正常，调节一下，一件件事理清楚，自己处理不好就去找前辈或者上司帮忙，总能解决。"他说。

"怎么什么事到你嘴里就变得特别轻松了呢？"

"那怎么办，哭鼻子？"

林鲸松开他的脖子，绕到前面，笑眯眯地说道："跟你说件有意思的事。"她把再碰到谢云云的经过告诉蒋燃，"我当初还怕她利用互联网网暴我，特意让公司做公关预案，没想到最后什么事也没发生。"

"这不是好事吗？"蒋燃揽上她的腰，"怎么了？"

"感觉她要是知道我是谁，会有点儿尴尬吧。那次我受伤，她死了一条狗。"林鲸淡淡地描述，又说起女孩子最关注的东西，"不过她现在做了面部微调，非常好看，是女生见了都羡慕的程度。"

蒋燃挑了一下眉，表示不解。

林鲸嘟着嘴巴："这么好看，真是让人容貌焦虑啊。"

"有人吃这碗饭的，职业需求不同，不好比较。"他语气平平，充满理性地安慰着她。

林鲸睨他一眼："你这个时候不是应该说我也很漂亮吗？"

蒋燃福至心灵："你是最漂亮的，这还需要注解吗？"

"太假了吧。"

"没有虚假。你的眼睛很大，鼻子好看，嘴唇也好看。"他用嘴唇擦着她薄薄的眼皮，又加了一句，"真的好看。"

林鲸的笑容从嘴角漾开，她颇为得意地说："我的心灵窗口被不少人夸过好看的。"

蒋燃低笑："嗯，那你要不要给我生一个眼睛也这么漂亮的孩子？"

第十章
人间烟火和浪漫理想

林鲸知道,他这次执意问出这个问题的时候,她就没有机会逃避了,但还是心存侥幸:"你是不是看到那些小孩子一时兴起啊?不要被这种'吞金兽'的可爱表面迷惑了。"

蒋燃笑了笑,薄唇还未离开她的眼睫,趁机吻了一下:"你知道不是的。"

林鲸不知道怎么回答,因为自己也不清楚答案该是什么,内心的抗拒感甚至让她无法哄骗他暂时答应下来。

"你没开玩笑?"

蒋燃:"你觉得我在开玩笑?"

他明里暗里地透露过很多次,很期待有个宝宝。

林鲸的心理压力骤然到达顶峰,蒋燃松开她的一瞬间,凉风拂面,她的头发都被吹乱了,头皮凉飕飕的:"你是认真的,但我不知道怎么回答才能不让你失望,这两年不能答应你。"

蒋燃盯着她耷拉的眼皮,她似乎愧疚到无以言表,像个犯了什么大错、在等待着被老师批评的中学生。

但是他在这件事的立场上,不得不自私一些。

"和去年是一样的说辞,过去一年了,你还是两年内不考虑吗?"蒋燃没有意识到自己的语气已经有些咄咄逼人。

"我……"搪塞行为被戳穿,她感觉羞愧难当,低声问,"我们这样不是很好吗？不生可以吗？"

问完她自己也觉得有点儿过分。

蒋燃站在围栏边，衣服被风吹得猎猎作响，碎发遮额："娶妻生子是一个普通男人的愿望，我也不外乎如此，有了孩子，家庭或许能更完整一些。"

林鲸听了这话后混乱了，脑海里大片空白，半响才吐出一句："这件事，我们婚前没有商量过。"

"我以为是默认的。"蒋燃在昏暗的光线下看着她，神色紧绷，眼中凝结了不少情绪，语气很委屈，"我理解你需要时间，没说立刻要，但是林鲸，我最近偶尔会担心。"

他顿住，将剩下的几个字吞咽了下去。

"担心什么？"

蒋燃这才说："我每次提这件事你都在闪躲，你越来越排斥，这让我很没有安全感。所以，我必须问清你的想法。"

林鲸身心空乏，直愣愣地面对着他的审问。

"你是坚决不要，还是需要时间？"

林鲸吸了一口气，最终选择坦诚回答："虽然没有你说的那么坚决，但我没想过要生小孩。"

蒋燃得到确切答案，明亮的眼底浮现一层黯淡的色彩，可以称之为失望。

林鲸沉默着，知道无法改变蒋燃的想法，片刻后小声询问："你会不会觉得我很自私？"

"没有。我理解，只是想跟你有个孩子。"

这样的话乍一听很浪漫，但林鲸不信他能理解，忍不住罗列各种理由："没有那么简单的，我不想把自己的大部分精力放在小孩身上，而且工作都那么忙了，谁去教育孩子呢？……"

蒋燃说："不会让孩子占你一个人的精力的，生下来我们一起养，一起照顾。"

林鲸被逗笑了："被你说得跟过家家一样。"

蒋燃面对她的为难，心中多了一分无措感："你不用对我愧疚，但我希望你能认真考虑。今天没忍住冲动地说了出来，但我会给你时间。"

"两年？"

"可以。"他无奈之后，只能妥协，"这两年我们可以做一些准备，无论是心理上的还是工作安排上的。"

林鲸心想他已经开始为此做准备了，无论是给她做饭，还是刻意营造良好的家庭氛围，于是惶惶地问道："如果两年以后想法还是不统一，我们会离婚吗？"

蒋燃被她跳跃的思维吓了一跳，脸色不悦，半晌没有回答上来。

林鲸狠狠地将碎发捋到耳后，赶紧抢在他前面说："你就当没听到这话吧。"

晚间林鲸躺在床上，心中喟叹，始终不能说服自己在这件事上对他言听计从。

面对躺上来的蒋燃，但凡想到这件事，她顿时感觉亲密都变得具有功利性，忍不住问他是不是因为小时候生活不太安稳，才希望赶快有个幸福的家。

蒋燃不否定有这方面的因素，但主要原因并不是这个。

林鲸说："我的家庭还算是幸福的，所以我养成了这种有些自我的性格。但是别人看着光鲜的生活，并没有那么完美，譬如妈妈强势，爸爸和稀泥，我在夹缝中生存。"

蒋燃将手臂枕在脑后，看着天花板，失语半天，也拒绝被她说服。

林鲸眼皮渐沉，隐隐怄着气。

她知道这是不可调和的矛盾，也是婚姻里必须面对的选择，无关对错。她开始努力想象有个小孩子该是什么样子。

结果就是她做了各种纠结的梦，搞得她疲惫不堪。

隔天起床，两个人不再如胶似漆，再次回到相敬如宾的状态，早安吻都没了。

林鲸没让蒋燃送自己，一大早就乘地铁去公司了。

蒋燃要出门时等了半天也不见自己的老婆出来，喊了几声才发现人已经走了，顿时有些不高兴，摔上门离开了家。

林鲸这一天坐在工位上一直心神不宁，停下工作后时不时就去碰碰手机，检查消息。客户发来的屁话倒是多，提出各种要求，她最想要的那个人的消息却没有。

失望了几次，她转念一想，是自己多虑了，平日里他也不会总给她发无关紧要的消息。

夫妻之间有意见分歧总是很难做到理性，尤其是两个人都企图强势扭转对方的想法的时候。

她下班后没有立即离开公司，而是坐在工位上玩了一会儿手机，和还在加班的同事有一搭没一搭地聊着天。

麦琪瞅着她问："你这么快做完事又不走，图什么？又和老公吵架了？"

"没有好不好？"

"帮我把这几个快递寄了，拜托。"

林鲸在企业服务号上下了单，等快递员的时候，看到朋友圈那里有个小红点，就点了进去。张琪琪发了一张在医院病床上的照片，还仔细地加了个粉嫩的滤镜。

林鲸在下面留言："怎么啦？"

张琪琪的另一个朋友回答："还能怎么样，她作死呗。"

林鲸戳进那个朋友的聊天框询问情况，得知张琪琪竟然是因为药物流产出了问题，刚做完清宫手术，在住院。

林鲸当时的心情就是一排省略号，她决定亲自去医院看看张琪琪，反正也不想那么早回家。

她在路上买了花，鲜艳盛开的太阳花。张琪琪的两个朋友也在医院陪着，她脸上几乎无血色，唇色苍白，竟然还有心情笑着招呼客人。

林鲸面对这种事没法像她一样轻松："你疼不疼啊？"

张琪琪撇了撇嘴，心里忽然酸酸的："器具捅进去，你说呢？"

"看你还这么开心。"林鲸没法想象那个画面，问，"你男朋友呢？"

"死了。"

"啊？"

张琪琪有点儿好笑地解释："他有点儿忙就没来，但是给了我五万块钱，也算有良心了。"

林鲸觉得，她对张琪琪的认知出现了很深的偏差，对方并非外表看上去那么酷。

"五万块钱就买断你的健康？这种时候他不在，准备什么时候在？"林鲸直言不讳，"上次我就觉得你这个男朋友不是什么好东西，你自己应该也清楚吧？"

张琪琪说："清楚呀，我就是不知道该怎么办。"

林鲸说："千万不要靠近让你变得糟糕的男人。"

张琪琪沉默片刻后说："其实上学的时候他还是挺好的，很温柔，我们都谈了七年了，可能他厌倦了吧。"

她的朋友说："因为上学的时候他是个穷光蛋，不高不帅，除了你谁愿意搭理他啊？拆了几套房后，他摇身一变就变成成功人士了，尾巴翘起来了呗。"

张琪琪闭眼叹气，朋友企图骂醒她："你醒醒吧，千万别用厌倦和情深几许包裹你们俩，他是见利忘义，你是见钱眼开，要不是看在他有点儿钱的分儿上，你能忍他至今？"

张琪琪说："别说得这么赤裸裸。"

朋友说道："你们俩但凡还剩下点儿情谊，怀了孩子怎么不生下来？这是你第几次为他打胎了？"

信息过于高能，林鲸反应好久，张琪琪流产还不止一次？乖乖女的世界受到了冲击。

张琪琪说："就这么个烂人已经是我能选择的条件最好的人了，你以为那些没钱的男人就是好人了吗？他们只是没有机会做渣男而已。我承认对他有所图，因为想拥有富足的生活，他对我也有所图，但是大部人是把交易包裹成很完美的名词，本质都是一样的。"

她笑着，漂亮而孱弱的脸蛋上是一副很不在乎的表情，但眼底已然泛着泪光。

她何尝不是足够清醒的？但是她对现实世界也很清醒，知道靠自己积累很难获得想要的生活，那就选择捷径，和渣男在一起至少在物质上能轻而易举地获得自己想要的东西。

林鲸听得脑壳疼，安慰了张琪琪几句后就离开了，心想这个世界上许多男的垃圾，倒把蒋燃衬得清新脱俗，反而是她不知好歹。

从住院部走到门诊大楼时，她看见了一个认识的人，蒋燃的爸爸。

他从急诊室里走出来，步伐悠闲，身边并没有跟着人，正操作着手机。

真是屋漏偏逢连夜雨，她越是想躲，就越是会碰见相关的人。林鲸只能迫使自己正常去社交："爸爸，你身体不舒服吗？"

她如是问道。

蒋诚华看见她，不答反问："你怎么来医院了？"

林鲸回道："我来看一个朋友，你怎么了？"

蒋诚华说："我来找你姑父。"

林鲸下意识地就非常疑惑："姑父现在还需要坐急诊吗？不需要

了吧?"

他明显在说谎啊。

由于家庭原因,林海生是个惜命爱保养的人,林鲸从小对这方面的事就很谨慎。

她的眼神带着寻根究底的意味,蒋诚华只好在她的审视下给叶昀打了个电话,说自己走错地方了,不知道他的办公室在哪儿。

不久后,叶昀拎着公文包下来了,有点儿奇怪蒋诚华怎么忽然来找自己,但也没有多问,笑眯眯地邀请二人去他家吃饭。

林鲸借口有事告辞了。

实则她无所事事,回父母家吃了点儿东西,逃离他们的盘问,又返回了园区。

地铁门打开的时候,灌进来一阵不属于车厢里的风,气味十分陌生,林鲸被拂了面,神思乱游地想起两个小时前在医院听到的话。

人与人之间逃不开交易,婚姻的本质也是交易,相亲更是将这点展现得淋漓尽致。

她与蒋燃结婚目的不纯,和张琪琪没有什么区别。

她这段时间有了错觉,认为互相喜欢了就可以忽略现实问题和初衷,但是结婚的目的不还是在那里吗?

林鲸想不明白自己怎么就那么矫情了,结婚之初没有想到这个问题吗?她享受权利,当然也要尽义务啊,蒋燃这样精明的人,自然也是有所求的,她到底在抗拒什么呢?

她心情复杂地回到了家,面对的又是空荡荡的房子。

她洗了澡,看见脏衣篓里还有昨天换下来的衣服,弯腰捡了一下又放下,脑袋昏昏沉沉的,浑身酸软无力,好像感冒了,眼睛一接触光就激发泪花。

林鲸躺回床上,打开手机搜索了几个育儿博主看"吞金兽",企图培养一下自己对婴儿的兴趣。

人类幼崽果然可可爱爱,白白的,软软的,胳膊和腿儿都跟发面馒头一样,眼珠子黑漆漆的……

大家还说女儿的长相由爸爸决定,儿子的外貌则随妈妈……

她看了一会儿并没有燃起多大兴趣,感觉眼睛酸胀就按灭了手机,摸黑从床头抽了张纸巾擦眼泪,擤鼻涕,人安详地平躺着,以免刺激出更多的生理反应。

393

那个人没有回来的迹象，别说不按时关心她的晚餐，不提接她下班，连报备行程的微信也没有了。

　　这段时间培养出来的默契随着矛盾爆发一下全无，林鲸鼻腔一酸，忍不住抹了抹眼泪，反应过来他才是在使用冷暴力，是掌控全局的高手。

　　他的手段很高明，以温柔和慷慨为诱饵，全无保留地给予她所有渴求的东西，将她变成温室里的小花朵，抑或贪婪的废物，他一旦不高兴了，只需抽走一点点心思，她就开始怅然若失。

　　她又不是没见过他对别人用这种手段，既然他可以这样对别人，也可以这样对她。

　　他真是钓得一手好鱼啊。

　　林鲸这次流泪绝不是纯粹生理反应，就是心碎。心脏像小花瓣，被捣药师放在石窝里捣得乱七八糟。

　　蒋燃进门的时候不到十二点，房子里已经安静得像没有人住，不由得蹙了一下眉，去开卧室的门。

　　他没有立即开灯，目光投向床上，看见被子微微鼓了起来，以及露出来的脑袋安静乖巧。

　　林鲸今晚没有给他留灯，他神经敏锐地发现了这个细节，绕开床，解开手表搁在她的梳妆台上，而后去了浴室。

　　林鲸一直浅眠，在他进门时就醒了过来，薄薄的眼皮颤动，身体用力地往床里沉了沉，克制自己不去看他。

　　但是，他刷牙、洗澡的声音在幽深的空间里被放大，让她不得不注意。

　　大概半个小时之后，他走出浴室，把灯全都打开，开始在衣柜前找睡衣。

　　林鲸的眼睛被灯光刺了一下，蒙被子已经来不及，脑袋往一旁侧了侧，身体也逐渐向床边挪去。

　　但她不知道的是，蒋燃套上睡裤后一边扣睡衣纽扣，一边观察着她细微的动作，哂笑了一下，想看她能忍多久。

　　不行了，林鲸的眼睛已经适应了黑暗，这会儿哪怕隔着被子她又开始流眼泪，鼻腔微堵。她小心地伸出手抽纸擦眼泪和鼻涕，整个过程狼狈不堪。

　　几秒后，卧室的灯全被关了，蒋燃上床，在她身后躺了下来，一动不动。

林鲸把擦眼泪的纸巾丢回床头柜上,人继续蜷缩在被子里。

突然,身后贴上来男人的身体,还有男士的护肤品的清爽味道,蒋燃贴着她,一只手从她的身下伸过来,于无声处紧紧勒着她。

林鲸被吓得心脏猛跳,屏息凝神,喘息都不敢放肆。他们的身体贴得严丝合缝,体温互相侵占着对方的意识。

那么大一张床,林鲸躺在边缘,蒋燃就贴着她,任背后出现一大片空地。

两个人像搁浅在沙滩上的两只海鸟。

蒋燃的手指覆上她的皮肤,他不紧不慢地抚摸着她的脸颊,拭去她眼尾残余的泪。

他低冷的嗓音透着颗粒感,十分陌生,刺穿了她的自我保护屏障:"你如果不愿意,我不会逼你,你用不着这么别扭,更不要为难自己躲着我。"

话音落地,他把她抱回床中间,手臂也抽了回去,两个人并排平躺着,再无一句话。

林鲸揉了揉堵塞的鼻头,彻底无语,只能狠狠地咬着嘴唇,一句解释的话都不想跟他多说。

谁别扭了?她是感冒了生理性流泪好吗?亏她刚刚还想为他妥协。

之后蒋燃例行每月一次去郑州,临行前才给她发微信,说这次会待一周。

林鲸在公司里看到这条消息,眼里尽是漠然神色,心说,你干脆别告诉我好了。

她回了一个"哦"字。

蒋燃:"……"

林鲸干脆不回消息了,接着从桌上抽纸巾擤鼻涕,一上午擦了一二十回,鼻头都被擦破皮了,见人就躲得远远的,生怕传染别人。

办公室里冷气开得像在南极,林鲸像是冻得发抖的笨笨企鹅,努力撑了一会儿,还是认命地把挂在椅背上的开衫穿上。

之后的一周,两个人如陌路夫妻。

林鲸一开始偶尔沮丧一下,心生愧疚感,反省矛盾的源头是自己的执拗和任性,后来被感冒和发烧折磨,也就懒得在自己身上找原因了。

上次两个人冷战的场景历历在目，父母为他们着急上火，她各种崩溃颓败，甚至怀疑人生，现在算是有经验了，心态稳如老狗，都不想找人吐槽诉苦了。

难道他就没错吗？

蒋燃倒是每天都发微信，还是那些日常关心的话语，更像是抽查作业，看她在家有没有不乖。

林鲸的回复也极其敷衍，两三天后，蒋燃干脆就不自讨没趣了。

她就是不明白小"吞金兽"到底哪里好了，不就可爱点儿吗？

怎么他这个没有过的人都趋之若鹜？

感冒稍微好一点儿之后，周末她回桥湖花园看爸妈，林海生一眼看出她瘦了很多，就着急地问："你怎么啦？是不是病了？"

林鲸跷着腿躺在按摩椅里，揉着自己的脸蛋："没有啊。"

林海生之前因为提孩子的事和女儿闹得有点儿不愉快，回头又被老婆说了一顿，这会儿讨好得不行，又问："你嗓子哑了，老爸给你泡一颗胖大海好不好？"

林鲸说："就是有点儿感冒，我不要喝胖大海，老爸你给我炖一点儿银耳吧。"

林海生凑到她跟前，眼里满是宠溺之色："家里有燕窝，我给你炖了吧。"

林鲸欣然接受："好啊。"

于是，林海生瞬间化为母女俩的仆人，高高兴兴地去了厨房。林鲸安心地躺着享受按摩，被老妈敲了一下脑门："我们欠你的啊，回来你就使唤你爸，他的腿刚好。"

林鲸捂住被她敲的地方："什么啊，是老爸自己愿意为我做的好不好？我不在家你自己不也是一直使唤他吗？他喜欢在厨房里啊。"

施季玲"哼哼"两声在旁边削苹果，削好后将苹果递到她的手上："就会在家逞威风，你倒是使唤自己的老公去啊。"

林鲸咬了口苹果，没接话。

"怎么，你们俩是不是又吵架了？"施季玲火眼金睛，一下看出来了，"我都服了，你们俩都算脾气挺好的人，怎么凑在一块儿就老是吵架呢？命都要给你们气没了。"

林鲸哼唧了一句："就吵了呗，你别跟着瞎操心，没什么事。"

施季玲瞧着她问:"这次因为什么?是不是你太作了?"

林鲸一口气没喘上来,被莫须有地指责,有些气:"怎么你也一上来就说我太作了,我作吗?"

施季玲理性分析:"你是不算作,但我想不通蒋燃有什么理由和你吵架,他的性格算是我认识的小辈里最好的了,你要是不找事,他绝不可能惹你不痛快。"

老妈已经彻底被蒋燃收买,林鲸叹气,压低了声音坦白:"这次是原则性问题。"

"他在外面有人了?"施季玲警铃大作,"你发现聊天证据了还是什么?"

"不是啊。"林鲸翻了翻白眼,实在被搞得心烦意乱,"哎呀,我不和你说了,越说越不靠谱。"

她起身回卧室,冲背后喊了一句:"我今晚在这里睡,晚饭好了叫我。"

"真是欠你的。"施季玲又吐槽了一句,"你们该不会闹到分居了吧?"

林鲸乖巧受着,抱着手机往床上扑去。

手机里跳出两条新消息,一张图片,一条文字。

蒋燃:"可以,你现在已经变本加厉地逃回家了。"

林鲸……滚哪,谁逃回家了?

图片是他们空荡荡的家的照片。

她逃什么了?她就是想回家蹭饭而已啊,他真能想象。

林鲸被他这句话气得想笑,原来她在他心中是这么别扭的一个人。连日来加班和感冒让她疲倦不堪,她不知不觉就昏睡在床上,爸妈喊她吃饭都没能喊起来,半夜她才爬起来去洗澡。

爸妈已经安睡,林鲸洗完澡套着睡衣去厨房找吃的东西,没看见已经被老爸冷藏在冰箱里的燕窝,扒拉出两个烧卖放在小蒸锅上,然后坐在小板凳上看着蓝色的小火苗发呆。

蒋燃晚间又发来两条消息:

"大小姐,还置气呢?"

"别气了,明天早上我去找你,有想吃的东西吗?我带过去。"

林鲸能想象某人心里虽然挺不甘的,却极力耐着性子哄人的模样,有点儿开心,但更多是不忍,赶紧给他回了一条消息,希望他明天起床就能看见。

"不要带什么东西，你自己多睡觉吧。"

不消一秒，那边的人就回复："还没睡？"

"我现在过去找你？"

林鲸勾了一下嘴角，他神经病啊。不管他是不是说这种话装样子的，但她明显能感觉到他对她的关注和紧张情绪，就学着他的口吻说："你要是想让我忍着困意硬撑着等你，你就来。"

蒋燃："明天见吧，你早点儿睡。"

林鲸退出微信去关灶上的火，吃掉烧卖，重新刷了牙，这才回到床上睡觉。

夜里躺在床上一直咳嗽，迷迷糊糊地醒过来，她掀开薄毯，坐起身怔了一会儿，听见老妈在外面喊人："小祖宗，醒来就出来吃饭。"

林鲸被喊得心里一抖，踩着拖鞋打开门，看见餐桌边上又是一家三口吃饭的场景。

蒋燃今天穿了件黑色的T恤衫，款式极简单，左上方有一个小小的品牌logo，衬得他皮肤瓷白，头发也剪短了，五官清秀俊朗。

施季玲挑了个汤包，大咧咧地喊着："愣着干什么？过来吃饭啊，蒋燃还特地给你买了蟹黄汤包，啧啧。"

林鲸被妈妈说得眼神报然，瞟了一眼某人。蒋燃也向她行注目礼，但是那个眼神比她淡定多了，他放下手中的筷子，朝她笑了笑："睡得好吗？"

林鲸胡乱点头："我去刷牙。"

待她洗漱完毕来到餐桌边，本以为爸妈吃完了早餐要离席，不想他们愣是坐在那儿聊起天来。

林鲸用勺子接在汤包下面，筷子挑开一个口，小心啜着汤汁，感受到三人的目光全都落在了自己身上。他们这是在欣赏动物吃播吗？

她皱着眉问："都看着我做什么？"

林海生说："昨天晚上听见你咳嗽得挺严重，没有喝燕窝吗？"

林鲸说："我给忘了。"

林海生："这几天千万不要贪嘴吃辛辣刺激的东西，晚上爸爸再给你做点儿别的吃的东西。"

林鲸嘴里吃着东西，来不及搭话，只能乖巧地点头。

蒋燃看了她一眼，问道："你感冒了？难怪瘦了点儿。"

林鲸还是有点儿不自在的，就嘀咕："瘦两斤也能看出来，你可真神，少来。"

蒋燃大言不惭地回:"大概是一个星期没看见你吧,视觉上很明显。"

施季玲和林海生在一旁受不了似的,并没有问他们吵架的原因,但是看他们这个样子应该已经要和好了。林鲸胃口一般,吃了两个汤包,把粥勉强喝完就说饱了,要回屋继续休息。

她起身没多久,蒋燃也坐不住了,匆忙应付了两句,跟随她进屋。

施季玲"啧"了好几声,嘴上嫌弃着他们的老套路:"开始了,开始了,他们又开始了。"她推开椅子,走到女儿的房门前,企图听听里面的人说什么。

林海生赶紧把她拉开:"你怎么还听起墙脚来呢?"

施季玲说:"我这不是怕鲸鲸不识好歹吗?"

林海生不以为然地把她拉走,对这个形容颇有微词:"有你这么说自己女儿的吗?我囡囡是很有分寸的,现在哪个小姑娘没有点儿个性?蒋燃都愿意哄,你少管那么宽了。"

施季玲不屑地说道:"你就和稀泥吧,她也就在你眼里是个宝贝疙瘩。"

林海生:"是又怎么样?"

施季玲:"这只是你的立场,蒋燃可不是她的爸爸,不会对她无限宽容。"

林鲸一进屋就爬到床上了,背对着门。

蒋燃坐在床沿,伏低身体,手肘撑在她的身体两侧呈包拢姿势,不轻不重地拍了拍她的屁股:"不舒服吗?"

林鲸没有不舒服,也没有生气,只是不知道怎么开口打破僵局。

她琢磨了半天,但一开口语气就是不咸不淡的:"让你坐我的床了?"

蒋燃笑了笑:"这床不是我买的吗?"

林鲸手指绞着头发,恨自己嘴巴不利索,嗓子堵了一下:"穿着衣服就上床。"

蒋燃静了一会儿,伏低脑袋:"那我脱衣服上来?"

说完他做了一个解裤带的动作,林鲸赶紧摁住他的动作,快要破功又极力忍住:"你少耍流氓了。"

于是,蒋燃掐住她的两肋,将她托抱起来,安置在床头:"咱们不生气了好不好?偶尔别扭一下能促进夫妻感情,我知道你在意什么,可一旦闹过了真容易生嫌隙。"

他顺利地打开了话题。

林鲸把毯子丢到一边去，盘腿坐在床上，很严肃地说："我本来没想和你这样的，那天我晚上是因为感冒了，你肯定以为我在暗自神伤地流眼泪，觉得我矫情，就烦了是不是？"

蒋燃坦诚地说："的确有点儿误会，我没烦，只是无所适从才说了那些话。你好点儿了吗？"

林鲸摁着床，眼神存疑。

蒋燃抬手蹭了蹭她柔软的嘴唇："你看我误会也不主动提，是不是又增加了产生嫌隙的机会？咱们本来没必要这么冷着的。"

林鲸承认，的确是她不太对，顺势压低了脑袋表达歉意，意识到犹豫不决带来的坏处了。

蒋燃摸了摸她的头发："也不是开批斗大会比谁的错更大。"

林鲸又躺回去。吃完早饭就是容易困，眼皮像粘了胶水一般忍不住往下耷拉，她强撑了一下，忽然说："其实，关于小孩子的事我在结婚前没说，绝不是故意要骗你的。"

蒋燃垂眸瞧着她，神情里多了一分认真之意："我知道，我的那件事也是没想好又存在侥幸心理，当时一心想着和你结婚。"

他有多迫切呢？他就是不想破坏那份美好的感情，哪怕美好下面危机重重。

林鲸摇头否认，虽然得到蒋燃的同理心很重要，但是更想做一个诚实的人："不是的，我一开始并不认为这是问题，更没想过自己是不是丁克族，毕竟谁会为还没发生的事情担心呢？但是婚后的一段时间，大家总是提，无论是同事还是长辈，我就觉得很烦。我是人，又不是生产队的牛，大家怎么就不能为我考虑一下我要付出什么代价？他们说起来只花了几秒，难道我就要被别人不负责任的评论裹挟吗？"

蒋燃想了想，问她："产生了叛逆心理？"

"有点儿，但不完全是。"林鲸身体往床里面躺了躺，"我对小宝宝暂时没有兴趣，还想享受家人对我的照顾，以及你的……宠溺吧，还有工作和自由支配的生活，这些我不想分出去，不想被迫做一个无私奉献的人。或许这在别人看来就是我身为女性的自私想法。"

蒋燃敏锐地捕捉到自己关心的东西，眼底浮现一层笑意："喜欢我的宠溺？"

林鲸伸手钩住他的脖子，嘟嘴胡乱地亲他的下巴："对啊。"

蒋燃凑过去，嘴唇跟随着她的热气吻过来，气息不稳地问："我怎么宠溺你的？"

林鲸眼睛乱瞟："你说呢？"

蒋燃终于捧住她乱动的脑袋，对着下嘴唇精准地吻了下去，用行动表达。

不知道为什么，林鲸竟然觉得他的重心有点儿偏，他怎么还开心上了？

她趁喘息的空当，下巴蹭着他的发心，艰难地控诉："大白天的，就你这样还当爸爸？"

蒋燃吻了一下她细腻温热的胸前皮肤，闷声笑道："你说的一周两次运动量，全落下了。"

林鲸狠拍了他一下，把他推远："我说了这么严重的话，你不跟我翻脸然后骂我自私吗？"

蒋燃掰开她的手腕，摁向床头："我这样说过你？"

林鲸穿的睡衣扣子散了几颗，她又被这么摁着，宛如任人宰割的粉红猪："其实我最害怕的，就是你每次提起孩子的时候，那种真诚的渴望情绪让我最有罪孽感。别人或许是多管闲事，但你是真心的。"

蒋燃沉吟片刻，没发觉是自己无形中给她的压力最大。

压力越大她越逆反。

"没考虑你的心情是我的错，但我绝没有逼你的意思，想什么时候生都随你。"他说，"你为自己的生活负责，也绝不是自私。"

林鲸不信他说的大话，幽幽地说道："你这样说的话，万一我过了几年还是不准备生孩子，你怎么办，考虑过吗？"

蒋燃本像凶兽扑食一般在她身上食髓知味地嗅着，闻言向上抬了一下下巴，来到她说话的花瓣一般的唇边，压低声音反问："你说我该怎么办？"

林鲸一副无所畏惧的模样："我之前说过了啊。"

"说过什么？"蒋燃停下。

林鲸发挥她文艺少女的本质，并没有说关于爱意的话，而是用两性关系来表达她的感受。

"我不需要你为我的价值取向妥协，站在道德制高点，怜悯、同情'自私'的我，我们之间应该绝对坦诚。我暂且用'自私'这个词汇形容我自己，尽管我心里并不这么认为，所以我希望你也可以自私一些，问自己是否接受这样的我。我讨厌在两性关系里的自我牺牲、自我感动行为，这对我们都不公平。"

蒋燃总是擅长把问题抛给她，这次林鲸很严肃地选择同样冷静的方式，把选择权交给他。

蒋燃撑在她身上不足五厘米处，微湿的眼睛里涌现一丝困惑之色，林鲸不知道这个眼神是对字面意思不理解，还是对她表达的意思不满。

她倏地紧张起来，心里涌起恐慌感。他的手指在慢慢缩紧，像是要一把把她的骨头捏碎。

蒋燃盯了她足足半分钟，看那个样子是听清楚了她的意思，他问："如果我不接受，就要离婚？"

最后两个字被他刻意放轻了，但还是很清楚。

林鲸忽然觉得，这两个字真是蛮刺耳的。

她的下巴被蒋燃掐住，细软的肉都变了形，嘴巴嘟着，一点儿气势都没有。

"你这么嚣张，让我怎么回答都没立场。我把那两个字重复给你听，你会喜欢吗？"

林鲸知道他说的哪两个字，诚实地摇头。

蒋燃的呼吸略重："我也不喜欢。这些天我一个人待着，脑子里一直冒出你的气话。我想来想去，孩子是锦上添花，但是没有你重要，你的解决办法我一个字都不同意。"

这是出乎林鲸意料的答案，她嘴唇微张："你……"

蒋燃坦然地说："你不想生就不生吧，我可以接受。在生孩子这件事上，我总归不能占主导地位，损失和受伤害最多的人不是我，我有同理心，却无法切身帮你体会。"

林鲸的心如碎裂的瓦片般一块块往下掉，她很难不动容，他的这番"妥协"言语条理清晰而充满光辉，好得让林鲸怀疑是假的。

她问："如果还有人来催怎么办？"

蒋燃侧身，眯了眯眼："你这就是得了便宜还卖乖？我那边的亲戚长辈，哪个敢来招惹你？"

人全都被他挡了回去。

林鲸还是惴惴不安，像一脚踩在棉花里，心脏空得厉害："我不相信你会甘心。"

"因为孩子没有你重要。"蒋燃的呼吸压上来,他贴了贴她的下嘴唇,"你的分量在我心中是最重的,我说得还不够清楚吗?以你的理解能力你应该能懂。

"太磨人了,但权衡之下,我确定和你一直生活下去的决心没有变过。有孩子的话我还真没想过会是怎样的场景,我不可能顾此失彼。"

林鲸忽然又很想哭,泪花从眼角滚落。她抬起一根食指擦掉眼泪:"感觉你还是在妥协。"

蒋燃陪她侧躺着,声音很近,整个房间里只剩下他的喘息声:"这是一种深思熟虑过后的选择。"说完他又看向她,"你怎么这么爱哭?"

"大概泪腺比较发达吧,不过这次是感动。"

"我很荣幸,让你感动到。"

林鲸又弯着眼睛笑,给人画大饼:"或许过两年我又会觉得'吞金兽'很可爱了呢?除了这个,你喜欢的别的东西,我也会尝试着配合。"

蒋燃看着她说:"你怎么知道两年之后我还想要?两个人的生活太完美的话我就不想了。"

"你怎么一会儿一个想法?"

"跟你学的。"

"……"林鲸忽然转身趴在他身上,"你别气馁,我现在可以充当你的女儿一分钟。"

蒋燃握着她的腰:"你有没有正形?"

林鲸小腿夹紧他,自下而上地打量着两个人的姿势,他竟然已经少爷似的躺在床上了,一双长腿抻直,瘦长的脚直抵床尾。

她还是第一次见躺在床上哄人的,他真是够可以的。

她说:"你看看你这个姿势,是正经的吗?"

蒋燃听见岳父岳母出门的声音,小小的房间只留下两个人厮磨,他微微挑眉:"叫两声听听。"

林鲸没勇气干这种事,双手缓慢向下移动……蒋燃倒抽一口凉气,佯装镇定地说:"你怎么这么皮?"

林鲸乱弄了一下:"因为在你身上解锁了新地图。"

蒋燃:"手拿出来。"

她不拿,改变音调,喊了那两个字,弄得蒋燃后背酥麻难忍。

之后她又来来回回地喊了好几遍,这下他不仅酥麻,那张俊脸都变得潮红。

施季玲和林海生中午出门,不回来吃饭。

林鲸他们在床上真正做到和好过后厮磨了一番,一直到下午才出门去超市。

林海生提醒林鲸帮他买维生素,林鲸想起上周在医院遇见了蒋诚华的事,并且说了他行为的诡异之处:"你爸爸是那种生病会瞒着家人的人吗?"

蒋燃站在货架前:"他是身体不好还继续作死的人。"

林鲸:"但是他看上去可比我爸爸年轻多了。"

蒋燃说:"我知道了,改天抽空问问他是怎么回事。"

林鲸感觉贸然评论他父亲的事似乎不太合适,便转移了话题。

但是蒋燃还是在她排队付钱的时候,走到旁边给蒋诚华打了个电话,那边的人不知道说了什么,蒋燃回来的时候,脸色阴沉。

直到两个人傍晚回去,他脸上的不悦之色才退尽。林海生和施季玲已经忙活起了晚餐,正好招呼他们吃饭,林鲸率先洗了手坐在餐桌边,支着下巴等吃饭。

蒋燃坐在她的斜对面,一家人其乐融融地正要共进晚餐,林鲸和蒋燃对视了好几秒,陡然心生邪念,捏着嗓子说:"爸爸,麻烦给我拿个调羹。"

施季玲不明所以地撇了撇嘴:"快30岁了,撒什么娇?"

林海生毫不犹豫地起身去厨房,蒋燃却比他更自觉、更快一步地站起来,问道:"喝汤的还是吃炖蛋的?"

他话音落地,全家人的目光都落到了他身上,尤其是老林同志,困惑、焦虑,然后眼神刀子似的射过去。

林海生看着蒋燃问:"她在叫谁?"

蒋燃僵了三秒,面不改色地说道:"我的意思是,还是我去拿吧。"

林海生:我看是你想冒充爸爸了吧?

蒋燃把勺子给林鲸拿过来,放在她面前的空碗里,并没有立刻移开。

他的手臂伸过餐桌,牢牢覆盖在她的手背上,两人指缝稍有穿插,共同捏着瓷白的勺柄。

他动了动嘴唇,正大光明地警告:"稳一点。"

那双浓郁的眼睛里满是情绪,掺杂着一点害羞和失措,转瞬即逝,林

404

鲸脑袋立马伏低，颈部固定角度一般，机械地舀着汤往嘴里灌。

爸妈不知道这是两个人的秘密，更想不到这两个平均年龄30岁的人这么幼稚，敢开这种没节操的玩笑。

临走前，林海生跟出来叮嘱二人，以后可不要再吵架了，再吵也别来家里吵了；又刻意说林鲸不许为一点点小事和蒋燃闹脾气。

林鲸绷直唇角，心想只是没告诉你们而已，她发作起来的事情都不是小事。

无论是前女友事件，还是孩子，都是冲动结婚没想清楚埋下的雷。

她一言不发地跟蒋燃回家，他手指放在指纹锁里的时候，她眼睛一直盯着，门缝溜开，赶紧抢在他前面进去。

蒋燃伸手把她的腰捞回来摁门上，静谧的空间里又只剩下他的喘息声，开始了审问："乱叫什么？"

林鲸笑得灿烂又狡黠："错了错了。"

蒋燃却没斥责，倾身含住她的唇瓣，牙齿和唇舌抵着她。

林鲸稍稍歪头，咕哝一句："以为你会生气。"

蒋燃捧着她的脸，拇指搓了下她的嘴角和柔润的脸颊，宠溺地说："不是喜欢喊吗？待会儿让你喊个够。"

林鲸又有了一次"沉浸式体验"，过程堪称完美又磨人，被一股热流席卷，坐在浴缸边身体仍有急颤的余波未泯。

她后背贴着墙，看着蒋燃给她放泡澡的水，水线没上来，他试了下水温，然后说："可以了，去泡吧。"

林鲸手指摁着睡袍领口，忽然松开，大片光裸的皮肤上有他留下来的深浅不一的红色痕迹，她的眼睛湿漉漉的，睫毛上坠着的不知道是水珠还是泪珠，伸手挂他脖子上不肯放手，小声说："抱我去。"

蒋燃眼神凝聚看她，眼神又深沉了些："你是小孩儿吗？"

林鲸手腕收紧一些把他往下拉，嘴唇贴在他耳边叽里咕噜，然后听见他嗓子里冒出喟叹般的两个字："要命。"

最后没抱成，两个人衣服都没除掉就抱在一起掉进偌大的浴缸里，好在蒋燃撑着她，不痛。这是两个人第一次一起泡澡，就还蛮……特别，外加羞耻。

林鲸趴在他胸口闭上眼睛，像个呆萌懒散的小水獭，此刻的距离比任何时候都要近。虽然她说不想要怜悯地在一起，但依然对蒋燃的妥协充满了感激，这是人性情绪的天然属性。

405

蒋燃指腹摩挲着她薄瘦的肩膀，感觉温热的身体往他怀里继续钻钻："想把我挤哪儿去？"

林鲸好笑："挤到你身体里面去啊。"

蒋燃眼神有些不可思议，笑了笑，林鲸读懂他的诧异，赶紧说："我不是那个意思啊，不要误解。"

说完看着他的眼睛，她干脆破罐子破摔："算了，你想怎么认为就怎么认为吧，我们女生比你想象中要色很多，就是老色批。很多时候都是有贼心没贼胆。"

蒋燃拨走贴在她额上的湿发，吻再次落下来，含糊道："知道了。"

林鲸还是不敢相信，又问一遍："你真的愿意为我放弃孩子吗？"

"是的。"蒋燃无奈地看她，口吻却是不容置喙的坚定，"要问几遍才信？"

林鲸只是汗颜，她自诩那么喜欢对方，依然不愿意为他放弃自己的"自私"。

"我只是不敢相信，你会为了我这样。"

他很轻松地说："现实是，我的确这么决定了。"

林鲸小小得意一番，又表忠心："蒋老师我没跟你说吧，其实和你结婚的原因，除了一开始我说的理由，还有一个。"

"嗯？"

"我喜欢你。"

蒋燃模样笃定："知道。"

自信是男人的通病吗？无论普通的还是不普通的。

林鲸努了努嘴巴，原本一直深藏在心里不好意思问出来的话在这种每一寸肌肤都相贴的时刻，有点勇气但也不太好意思直接问，咕咕哝哝地说："你呢？"

"我喜不喜欢你不知道吗？"

林鲸说："我们两个之间的画风从来都是正经又不肉麻的，所以我不清楚。"

蒋燃眼里浮出一层浅浅的餍足感，漫不经心地说："我不喜欢你会想和你一起生活吗？支持你的每一个决定，每次吵架主动来哄你？"

林鲸不信，觉得这是他处世的面具："那是因为你本身的脾气和教养都很好。"

"是吗？"蒋燃在水下掐她的软腰，痛得她细细尖叫一声，"你确定，除了你以外我还对谁的脾气好？"

林鲸脑袋换了个角度挨他，他身边的人，哪怕同事……好像都没有完全得到过他的温柔，还真是唯独她，没被他说过一句凶话。

蒋燃懒懒地睇她一眼："你这么敏感的人，我以为你比谁都清楚，没想到你是这么反向操作的。"

林鲸羞愧叹息："敏感的人，往往伴随着多疑，然后是不自信。你是什么时候喜欢我的？"

"结婚前不就喜欢你了吗？"蒋燃说，"你是我为自己精挑细选的家人，你以为是随便找个人就结婚了？"

"那还不是家人，说明你只是想找个人搭伙过日子。"

蒋燃叹气，钢铁直男被迫表达："喜欢你，最喜欢的就是你了。没这样明确地说过是觉得光靠嘴说显得轻飘。但是我也说了很多遍想和你一起生活下去，不只喜欢你，也喜欢和你在一起的自己。"

"那天晚上，你害怕地问我是不是不生孩子就要离婚，我的第一反应也是害怕。两个人在一起的目的是相互滋养和给予能量，我不能接受自己带给你消极和苦恼，甚至消耗你。"

"所以，不要再用'搭伙过日子'这样的形容套在我们身上。"他笑得好无奈，大概是被逼着说了好多个字，耗尽了这辈子的羞耻心，"不喜欢你，我在这跟你说这么多？早就……"

"早就干吗？"

他吐出特别流氓的几个字："大男人哪有这么多废话，直接办事不好吗？"

林鲸心想完蛋了，他本质就是一个温柔的人，只是自己不承认罢了，万一碰上渣女都没命活。

完了完了，她鼻头好酸，真的太好哭了。

林鲸回到床上，蒋燃穿了睡衣，要出去打个电话。

于是，没有什么睡意的她也拿起床头柜上的 iPad 看起来。七夕的各项活动陆续上线了，这段时间林鲸和同事也在密切关注着平台上的反馈意见和竞品企业的动作。

好友列表里的小舞发了一张截图给林鲸，林鲸以为就是弹幕吐槽梗，就没立刻回消息，手指随便滑了过去。

小舞戳了戳她说："你再看看呢，这个叫'云娜丽莎'的美妆博主你认识的是不是？这人不太行啊。"

林鲸发了个问号过去，然后返回去再看一遍那张拼接图，是谢云云的视频和另一个博主的视频的截图拼接、台词对比，两边竟然雷同到有点儿让人摸不着头脑。

林鲸第一次遇见这样的情况，但是很清楚如果抱着"锤人"的目的，在做出判断时有失公允也是必然的。

于是她赶紧拿来手机，把两个视频放在一起对比。

谢云云的确是把另一位博主的 8 分钟视频拆解成了 15 分钟，视频内容和语言风格几乎与那位博主的重合。知识点是固定的，但是不同的人做出来的内容是不同的方向。

林鲸看发布时间是另一位博主早许多，但是那位博主的粉丝量好少，只有几千人。当然，谢云云在一众博主中也算是无人在意的，所以两边吵得几乎毫无力度。

要是按照林鲸的工作风格，她肯定要立刻求证这件事，然后决定要不要继续和谢云云合作。

"臻彩"系列产品的二轮推广已经铺开，林鲸昨天还在微信上给她提供了一些视频创意，谢云云直说好喜欢。

林鲸点开谢云云的微信头像，斟酌半晌，编辑了一段还算礼貌又不失询问目的的文字，正犹豫着要不要现在发送，蒋燃这时进来了。

余光里她看见他掀开了被子，面色无波地躺下，不知道是不是被刚刚那通电话影响到了，她总觉得他的心情忽然变得不好。

林鲸顿时就不想工作了，把手机丢开，拱去他身边，黑色羽片一样的睫毛贴在他清晰的下颌处，扇呀扇的，黏糊得赶都赶不走。

蒋燃闭着眼睛，本不想搭理她的胡闹，坚持了一会儿，忍无可忍地拨开她乱动的手，攥在掌心里揉捏，对她的行为似乎匪夷所思："我可能真娶了个小孩子回来，这个家里的确不该再有小朋友了。"

他说这话的时候，声音已经退去了冷然，温度像 40 摄氏度的温开水一样令人舒适。

林鲸手脚并用地攀在蒋燃身上，就还挺喜欢他把她当成小孩子的。

蒋燃被她勒得"啧"了一声，不太舒服，倒是没扯开她。

"就是要勾住你。"

她羞耻地把这个想法告诉了蒋燃，他吻了一下她的额头，又亲了亲她的鼻尖，像品尝一颗草莓软糖，口吻有些痞且色气地说："听听你最近说的话,一会儿挤到我的身体里,一会儿勾住我,你怎么这么能想?刚认识的时候你害羞又内向,都是假的。"

林鲸的脸色霎时红了,她捶打着他的胸口:"是你自己不正经吧,你在想什么?"

蒋燃沉默少顷,眼神逐渐变得深沉而热烈,但并没有要与她做的意思,低声喟叹:"人都是你的了,你急什么?"

林鲸被麻了一下:"真的?"

蒋燃说:"要不怎么会身体和心都对你言听计从?这就是你们女孩子说的'恋爱脑'吗?"

林鲸不确定这是不是直男被迫说的土味情话,但是完全不觉得蒋燃是"恋爱脑"。他的心一直稳得像宇宙中的一颗恒星,泛着柔和的光,虽然遥远她却永远都想追逐,而"言听计从"不过是他对她迁就和宠溺。

她又挨着他的脸颊,嗅着他的脸上几乎没有的味道,皮肤细腻而清爽,让人忍不住想亲,接着她说了一句十分"渣"的话:"我会一直喜欢你的,因为你也比自己想象中更好。"

蒋燃让她贴着自己,一瞬间有些惶然,宛如被冰封住的脆弱不堪下一秒便融化了,他用力抱住了她。

林鲸第二天有点儿事,就早点儿去公司,便又和蒋燃同时出门,重新坐上了她的专属副驾驶座。蒋燃把她放在大楼拐角处的那个路口,然后他要往前再开一段路才能掉头。

林鲸斜背上包包躲开太阳小跑着,在电梯门口遇到了林娜,一发现她有打趣的苗头,就说了昨晚的事搪塞,顺便发了昨晚自己整理的图片给她。

林娜顺利被林鲸带偏,问:"她是哪个公司的?"

林鲸说谢云云没有什么背景,就是甲方选定的:"'臻彩'的推广视频她已经发过来让我审核了,基本上没有什么问题。"

林娜皱了一下眉,完全没在听林鲸说的第二句话,轻飘飘地说:"就直接不用了呗,想这么多干吗?"

林鲸怕决定得太武断,又谨慎地补充了一句:"这种事在网上都是嘴炮,没什么基本定论的。"毕竟视频都拍好了,忽然中断对大家来说都挺可惜的。

林娜说:"你肯定在想她的辛苦付出要付诸东流了吧?但是她辛苦不

辛苦跟我们有什么关系呢？我是要对甲方负责的，不论她是不是存在抄袭的嫌疑，我只需要利用这件事让客户知道我们是专业的。"

林鲸并无异议，谢云云只是一个小小的KOL而已。

回到工位上，林鲸便在微信上告诉谢云云暂停合作了。她说得很委婉，并没有给出确切的理由，甚至发了几个轻松的表情包缓和气氛。

谢云云立即询问是不是因为这两天的风波，林鲸默认。

"你们这样做不是耍人吗？我视频都出了，你们现在跟我说不要了？"

林鲸手头上堆积着各种事情，她并没有多少耐心分给谢云云，简单回了一句："抱歉啊亲爱的，我们下次还有机会合作的。"

片刻后，对方忽然来了一句不轻不重的话："你确定？"

林鲸问："什么意思？"

谢云云："我知道你，你敢说这不是你的私心？"

林鲸猜测谢云云已经知道自己是谁了。她的朋友圈并没有时间限定，虽然没有自拍之类的照片，但若是有心的人也是能发现蛛丝马迹的。

她坦然回复："我没有必要针对你，无论你信不信，这都是真的。"

谢云云说："你虽然被弟弟咬了一口，但是弟弟也受了很多伤害呀。"

林鲸实在无意与她扯皮，关掉对话框前，还是敬告了她一句："你与我争论这些没有意义，没人有那么多时间针对你，你有精力还是先解决事情吧。"

谢云云没有再说话。

林鲸右手食指还压在鼠标上，一瞬间有些失神和烦躁，她无意与对方再有私人牵扯，因此没有告知自己的身份，没想到竟然和这事扯到了一起。

之后的几天，林鲸再次过得手忙脚乱，临近节日，她身上背负的压力再次把人压得狼狈不堪，天天外出，沾床就睡。

七夕这天，"臻彩"系列产品在商场有个品牌挚友出席的活动。林鲸去盯现场，一楼中庭展板下面的活动宣传语是她想出来的——银河陨落，唯爱与你。虽然黏腻，但是很符合节日的氛围。

来看明星的人很多，耳边尽是"嗡嗡"声，林鲸像是光鲜彩屏投影上的一颗小按钮，平时不太会被用到，却不可或缺。

到了傍晚，她预订的那家餐厅打电话过来询问她，是否可以准时到店。

这好像是个预告提醒,让她终于记起有个约会没兑现。可是这又有什么用呢?她走不开呀。

　　林鲸不可能就此跑去吃饭,只好抽空摸到手机给蒋燃发了条微信,说自己来不及去餐厅了。

　　蒋燃很会抓问题重点:"几点下班?"

　　林鲸看见这四个字,心脏上宛如绑了个秤砣般猛地下坠,捧着手机宛如捧着生死令:"很晚……肯定来不及了。"

　　蒋燃语气不善地打来几个字:"你不是提前一周安排的吗?"

　　林鲸欲哭无泪,那个时候她的确是想着正好凑到一个情人节,一定要好好过,但谁让她是个打工人呢?这种忙和上一份工作的忙是不同的,"弹性工作"能瞬间把人逼到喘不过气。

　　她略显卑微地说:"我没有想到会这么忙。"

　　蒋燃:"我回家了,你先工作。"

　　林鲸知道蒋燃被放鸽子很生气,但是她理解他。如果是自己被爽约,可能比对方还要生气。她握着手机打了好多字又删掉,再打,又删掉。

　　她盯着上面他发的那段文字,忽然意识到什么,忐忑地问道:"你是不是已经去餐厅了?"

　　蒋燃:"你说呢?"

　　林鲸:"对不起……"

　　蒋燃:"既然决定好好工作,你就先去忙吧,不要想太多。"

　　林鲸实实在在地感受到了他的脾气,怎么可能不想太多?直到同事喊她过去帮忙,那种愧疚感才慢慢消减。

　　快十一点时,林鲸回到公司,然后收拾东西准备回家。电梯里,单身同事们讨论着待会儿去哪里吃饭,然后去唱歌,拉林鲸一起去。

　　林鲸摇头:"我回家吧。"

　　"别这么没劲嘛。"同事说,"这么晚回家,你干吗?"

　　林鲸没好意思跟大家说,并非没劲而是要赶紧回家哄人。已经十一点半了,地铁停运,她准备打车回家。

　　同事推了推她,让她看对面路边的双闪车灯。

　　蒋燃在车里看手机,偶尔会看一眼对面的写字楼,这一眼正好看到林鲸被风吹乱的头发,她脸上摆着讨好的笑容,向他跑了过去。

　　蒋燃推开车门,本来有些不自然的面孔,因为她的笑容而舒展,并不是所有的僵局都要男人打开。

· 411 ·

这样的相处模式让人仿佛置身温泉池,他的手装了磁石一样接过她的布包。

她换了工作后,很会整理自己的情绪,完全没计较几个小时前的不悦心情,大眼睛里涌现着惊喜之色,歪着头欣赏花瓶一样看着他。

蒋燃抬手在她的发心拍了拍:"这么故意干什么?"

林鲸继续故意下去:"我在观察你身上还有哪个细胞在生气。"

蒋燃笑了笑:"都在生气。"

林鲸:"我不信。"

蒋燃:"生气和你下班是两回事,所以你还是要想想怎么跟我解释。"

她松了一口气:"你吃饭了吗?"

蒋燃眼神微肃:"你不是把晚餐预订取消了吗?我吃什么?"

林鲸皱了皱眉,难办地说道:"你来接我下班,我以为你不生气了。"

"你小时候,你妈打完你不是照旧喊你吃饭?"他伸出两根手指,弹在她的脑门上,语气却是很松弛的,嗯,还有点儿别扭,大概是因为几个小时前的确生气了吧。

他竟然做这种比喻!

林鲸继续讨好他:"你是我妈吗?"

蒋燃靠近她的耳边说了几个字,换来林鲸一阵乱拳捶打,过后她又不相信地确认:"真的假的?我不下班你就不吃饭了?"

蒋燃看时间不早了,拉开车门,说出一个让人不得不信服的理由:"一个人不知道吃什么。"

林鲸上了车就点开手机开始找餐厅,但其实在苏州并没有什么丰富的夜生活,虽然是七夕节,但这个时间点各大商场和娱乐场所都关门了,除非他们去开房,这显然没必要。

林鲸挑了家 24 小时营业的火锅店,看着还不错,但在市区。她犹豫地问蒋燃:"要不要去?"

蒋燃看了她一秒,不答反问:"我到前面掉头?"

林鲸接到授意,便把自己放在主导的位置上:"要不然算了,我们回家吧,我给你煮面。"

蒋燃无异议:"那就回家。"

沉默了几分钟后,林鲸找话题说:"其实七夕节就是商家搞出来的噱头,真没什么意思,牛郎织女一年才见一次面,不像我们,三百六十五天，天天见面……"

蒋燃绷着唇，静默了半晌，瞥了她一眼，就是没接话。

林鲸被看得头皮发麻，挠了挠眉心："看我干什么？"

蒋燃："看女人还能编出什么借口来。"他顿了顿，又添了两个字，"神奇。"

林鲸绷不住笑出声来，抬手扭他的胳膊，瞬间被他反握住。

"怎么才能不生气？"

"看你怎么哄。"他接了她上面的话，笑意终于回来。

洗完澡，林鲸疲倦地窝进了蒋燃的怀里，眼皮都懒得抬起，心有余悸。

有的时候吧，她觉得蒋燃对她好得有点儿过分了。

他也缓慢地从刚刚的情事余震里找到一件正经事要说："过了这个鬼节，还有下一个鬼节。"

他的语气显得很无奈。

"什么？"林鲸揉搓了一下眼皮，反应过来他说的是什么，"七月半吗？"

蒋燃"嗯"了一声："下周要回家一趟。"

林鲸注意到他说的是"回家"两个字，除了溪平院这个房子，他从来不对任何地方用这个形容词。

她翻看着手机，发现那天正好是周末："那就去吧。"

蒋燃说："在老宅子，你没有去过。"

"就是以前广电旁边的别墅吗？"林鲸记得曾经两个人路过老城区，听他提起过，那房子是他小时候和爸爸妈妈一起生活的地方，不过仅有十一二年而已。妈妈生病之后，他就被送到燕家巷了。

蒋燃点头，神情里夹杂着些许犹疑之色。

林鲸对接下来可能发生的事毫不知情，因为除了僵持的家庭关系，也想不到会再发生什么离谱的事情了。

她轻松地点了一下头："那就去啊。"

林鲸知道，在两性关系中任何一方都不能一味索取和理所应当地享受对方的迁就，夫妻也不外乎如此。

第二个周末，她特意抽出一天时间再约他出去。

只可惜前一天林鲸认识的一个实习生过来私敲她，问她是不是和谢云云有私人恩怨。

林鲸："这从何说起啊？"

那个实习生发给了她一张聊天记录，是某个人和谢云云的聊天记录，谢云云抱怨自己本来有的一条推广被砍了，但是并不觉得是自己的问题，抄袭这件事本来就没有什么定论，很大概率是因为私人的那些破事被借题发挥了。

谢云云的朋友安慰了她两句，顺便和她同一鼻孔出气地说了林鲸几句，内容无非是说她这个人过于小心眼儿了，公报私仇之类的，倒也没过分骂，估计也是怕得罪人。

谢云云说风水轮流转，等她混成大V，还不一定怎么样呢。

这一点就搞得林鲸十分无语，她个人非常讨厌争端和误会，能把自己扯离撕扯中心多远就多远。于是当天晚上，她在微信上敲了谢云云，直接问对方是否方便，出来见一面，将过去狗狗的事和现在的事都说清楚。

直到她临睡时，对方都没有回复消息。

第二天早上，谢云云看到林鲸如此直球的沟通方式十分惊讶，但爽快地答应见面，就这天下午，约在离小区最近的那家酒店。

林鲸中午出门，身边还带了个秘书——蒋燃。

蒋燃一身白衬衣、黑裤子，手插兜，听闻她还要与人谈事再顺便跟他吃饭，要笑不笑地内涵她："可以，你这是准备一棵藤上几个瓜？"

林鲸检查着自己的眼妆是否妥帖，弯着眼睛抱歉地笑了笑："我就和她聊一会儿而已，又不一起吃饭。"

蒋燃问林鲸需不需要帮忙，林鲸拇指和食指一圈，比了个"OK"的手势，说并不需要，于是蒋燃随便找了家星巴克坐着。

林鲸去了长桥对面的顶楼，酒店的下午茶餐厅。谢云云穿着一条不太适合夏天穿的刺绣裙子拍照，手腕、脖子上是全套的VCA的首饰，四叶草密集到让人怀疑是批发高仿。

林鲸抚了抚被走路带起来的裙摆，走了过去："谢小姐，我是林鲸。"

谢云云许久没有看到林鲸，目光落在她的脸颊和身上，从上到下扫视了几秒，哼笑着说："我没想到你跳槽之后高高在上，还能约我出来见面谈。"

林鲸把包放在椅子上，坐下："没有什么高高在上，不过是打工而已。"

谢云云让助理暂停拍照，先坐到旁边一桌，自己端起矮桌上的咖啡小口啜饮了一下："说吧，你找我有什么事？"

林鲸看着她说："你找我也有事吧，不然不至于和朋友埋怨是我砍了你的推广这点儿小事。"

谢云云"砰"一下放下杯子，到底沉不住气："难道你不是在公报私仇吗？现在你还'舞'到我面前来了。"

林鲸直白地说道："别激动，我约你肯定是想消除误会，微信上文字聊天看不到对方的表情和情绪，容易造成误解，所以我还是希望面对面解决这事。"

谢云云咬了一下嘴唇："是这样。"

林鲸的直球方式颇有快刀斩乱麻的气势，给了谢云云一丝职场女性的威压感。

林鲸说："我没有公报私仇，也没有那么大的权力。狗那件事过去了，我们双方都有损失，我选择不追究，就代表不会再让你对我补偿。"

谢云云并不信任她："你说过去就过去了？那我要发微博被你的前一家公司威胁是怎么回事？"

林鲸不知道广恒那边的同事是怎么说的，但肯定不是威胁谢云云，很快找到托词："你有上百万粉丝，影响力和我们不同。你一时泄愤爽，后续的舆论走向谁能预料到？敏感话题的火可能烧到我们身上，也可能烧到你身上。"

"无论过程对错，但可以确定的是，都是不光彩的事。"林鲸看着她，又补充了一句。

谢云云跷着腿叹息。她也不想提这件糟心事了，毕竟狗那件事上是她理亏。

"那说说这次是怎么回事吧。"谢云云说，"我承认视频是有点儿受影响，但是还没有定论，你的做法让我不得不怀疑你是别有用心。"

林鲸无奈："我解释了很多遍，这是综合考量，你就是不信。"

谢云云嘲讽地笑了笑。

林鲸想，幸好谢云云不是那种气场很强的女生，甚至有点儿憨憨属性，否则以自己这微弱的气场和胆量，还真没办法一下子吓唬住对方。

"我昨晚围观了你和那个博主的吵架过程，视频算不算抄袭我不确定，我就不发表评论了，但是确实存在雷同的情况，你有没有借鉴天知地知你自己知道，对吗？"她抿了抿唇，面色平和地说。

谢云云脸色微变，表情倔强，又咬了一下嘴唇。

林鲸继续说："和你一起说我的你的那些朋友没有在这件事上给你出谋划策吗？你们一直在细节上纠缠反驳，像车轱辘战，反反复复定不了输赢。"

"你想说什么啊？"

林鲸说："那个博主有自己的学术背景做背书，你没有，这方面你短了一大截，从公关的角度上来说，你不要陷入无意义的口水仗消耗自己，你现在最重要的是通过争执的焦点，看公众关注的本质。大众关注的从来不是你借鉴了哪些细节，而是你是否还值得信赖。"

"你想赢回口碑，不是要全盘否认自己所有的错处，如果真的借鉴了，那就承认并道歉。你应该弄清楚你到底要什么，是单纯要一个清清白白的人设，还是长久的商业价值。"

谢云云有点儿愣，毫无疑问，在网络上做"白莲花"也没什么用，重要的是让这场风波的影响赶快过去，她要继续营业。

林鲸说："新闻是有时效性的，你妥善安抚了对方，大家见好就收，都给自己赢回口碑，何乐而不为？看热闹的路人很快就会忘了这件事，后续的合作还有可能继续。"

谢云云被她说得有些动容，想不到该说点儿什么，只能点了一下头。

林鲸淡淡地说道："我说过自己没想针对你就是没有，没有必要骗你。我们都算在事业的起点上，职场上还会打交道，都不想给自己树敌，对吗？"

谢云云的脸上难得露出善意来，甚至有一丝示弱感："好吧，我这次信你。"

林鲸也放松地笑了笑。

谢云云说："因为今天你和我说的这些东西，我那些……网红朋友吧，没有人跟我说过，就连我男朋友也劝我干脆别搞了，而不是帮我想办法。"

林鲸摩挲着裙子，斟酌片刻后，还是决定不废话。

起身的时候，谢云云象征性地跟她握了一下手，算是言和，林鲸松了一口气。

她的战斗力不行，但是她很会化解矛盾，说来还得益于她曾经做了一年的物业工作，在那个岗位受多了委屈像是见惯了各路牛鬼蛇神，百毒不侵。

穿过长廊，乘电梯到了楼下，林鲸回到那家星巴克门店里，才有种踩在地面上的真实感。这里与楼上的奢侈品、下午茶是截然不同的两种画风，多的是进来点一杯咖啡待一下午、盯着快要发烫的笔记本或愁眉苦脸或面无表情的人，这群人俗称星巴克气氛组，更是打工人。

蒋燃坐在靠窗的位置，矮桌上放着一杯纯净水，被喝了一半。长腿微跷，像锋利的剪刀，他坐在沙发里玩着手机，黑发半掩额头，没注意来人。

但他等她的模样，莫名其妙地显得乖巧。

林鲸抱着一种认领遗失物品的心情走过去，两只手从后面伸过去捧着他窄瘦的脸颊。

"幼不幼稚？"蒋燃无奈地喟叹，又问，"谈完了？"

林鲸没有坐去对面，在他身边待了一下，蒋燃意会地起身。

"那是当然的，本就不是多严重的事，纯粹是误会而已，毕竟我的上一份工作给我留下了宝贵的财富。"女生的眼睛大而亮，充满了自信之色。

蒋燃抬手捏了捏林鲸的鼻头，很轻的一下："恭喜。"

林鲸心情不错，也配合他的动作摆了摆脑袋，眼睛微闭："你是什么感觉？"

"那还用说吗？"他松开手，松松握拳抵在唇边，压低了声音说，"吾家有女初长成。"

话没说几句，两个人的身体里像被注入了两极磁铁，不自觉地被对方吸引着，贴在一起，林鲸说："去年我还让你帮我去跟那个很麻烦的业主的女儿吵架。"

蒋燃对"吵架"这个形容颇有微词，蹙着眉，又问："看你的表情，你似乎有了点儿心得体会。"

果然，林鲸说："我很害怕和人起纠纷，但逃避可耻又无用，我还是直接面对吧。"

蒋燃还未开口，便注意到旁边有人在看他们，这还是公共场合，他便松开她："你想喝什么，还是直接去吃饭？"

林鲸和他一起去了点单台那边，她调出APP："买杯咖啡吧，你呢？"

蒋燃什么都不想再喝了，只是陪她站着。

林鲸盯着上面的牌子寻找自己想喝的东西，一时之间愣是想不起来是什么了，就随口说了一句："我还想喝抹茶星冰乐，好久没有过口腹之欲了。"

"你到底喝什么？"

林鲸纠结："都想喝啊，又害怕伤害皮肤。"

蒋燃："那我点，给你喝一点儿，不过这种没有必要的糖分摄入还是尽量减少。你想维持皮肤状态,不想锻炼,还不注意饮食,可能吗?"

说完,他就拿过她的手机去付款了。林鲸在后头小声说:"你也没早起运动啊,饮食也没那么注意,为什么皮肤还这么好?不公平!"

"你确定吗?"蒋燃非常内涵地说,"我只是每天陪你一起赖床而已,但是每周的运动量我落下了?"

林鲸像个小尾巴跟在他身后:"看你也睡懒觉,我就没有被内卷到,被这么一提醒,我立刻就焦虑起来了。"

蒋燃站在黑色的吧台一侧,手插兜,嗓音平淡地说:"你太容易焦虑。其实,不轻易自我怀疑是一种很难得的品质。"

下午的人有点儿多,后面点好单的人过来排队,是个体形比较胖的男生,挺起的肚子差点儿撞上林鲸。蒋燃伸手虚扶了一把她的腰,和她交换了位置,让她站在靠近玻璃门的那边,手顺势搭在她的肩膀上。他身上清新干净的味道充满了她的鼻端。

林鲸问:"难道你遭遇失败,也不会自我怀疑?"

"很少。"蒋燃说,"不是很少遭遇失败,而是很少自我怀疑。我会下意识地排除各种声音干扰。人的心理容量是有限的,因此才有空间充分反省失误,或者汲取知识,为下一阶段要做的事做准备。"

林鲸懵懵懂懂地问:"这种心态可以称之为自信?"

"一定程度上算是。"

林鲸还想继续听他说如何才能做到不那么容易被卷,服务生小姐姐叫了一声"林小姐"。蒋燃松下胳膊去拿饮品,回来的时候一改严肃寻究的表情,整个人显得更加柔和居家,吸管也帮她插好了。

林鲸接过少冰的美式咖啡喝了一口,又盯着他手里的饮料。蒋燃还没动,将饮料递到她的嘴边让她先喝。林鲸低头嘬了一口,甜腻的滋味让人飘飘欲仙。

紧接着她又恬不知耻地嘬了两口,封顶的淡奶油被她吸的时候带出来一点儿,盖在吸管口,林鲸见了有点儿尴尬,说:"要不我和你换一换吧。"

"不用。"蒋燃顺着她的嘴唇碰过的湿润润的管口,也喝了一口饮料,等林鲸再看的时候,那块儿白白的奶油已经被他抿进嘴里。

他的唇薄而颜色淡,作为一个男性,他并不排斥甜食,那种感觉实在微妙。

林鲸忽然很想亲他。

"我想说,刚刚那个吸管上有我的口水。"林鲸恶作剧地提醒,"你不嫌弃吗?"

蒋燃睨了她一眼。

两个人已经走到外面,四周没人,他低下头,气息落在她的唇上,舌尖推进去,甜腻感再次席卷口腔,她被迫品尝到了奶油和抹茶的双重滋味。

"你实在担心的话,"他说,"这样就不会了?"

忽然间,她想到刚刚想喝的东西是什么,是姜饼风味拿铁,那是节目限定饮品,现在没有。

从前年的某一刻开始,她忽然觉得姜味很治愈。

那天她第一次在家里见到他,他的人、那座房子,给她的感觉就是这样,因此她一直念念不忘。

隔天上午,林鲸随蒋燃去了他以前住的那个家。

那栋别墅在电视台旧址旁边,林鲸很早就知道,还听老爸说那个年代住在那儿的人非富即贵,神乎其神的样子。

如今,老旧的别墅被掩映在梧桐树荫下,有了那么一丝腐朽的岁月感。

蒋燃把车停在坑洼不平的路边,仰头看向上方的时候,忽然有些低气压。林鲸并未发觉,似在探地图般往里看。

姑姑蒋蔚华早在前一天已经祭拜完,今天过来帮忙收拾,反而是蒋燃和林鲸到得最晚。

别墅内仍然是十几年前流行的装修,繁复的美式乡村风格,对着沙发的是一个大壁炉,靠窗的位置摆放了一台三角钢琴。

房子应该不是这两天收拾出来的,屋内的鲜花、绿竹鲜嫩欲滴,窗明几净。

蒋诚华正坐在那张红色的油蜡皮沙发上与叶昀谈事,见两个人进门,蒋诚华第一声没敢叫蒋燃,而是喊了林鲸的名字。

林鲸脸上露出营业般的笑容,她还没换鞋就走过去挨个叫人,有点儿没话说,便找借口和姑姑一起准备待会儿祭拜要用的东西。

蒋燃也上了楼,蒋诚华的目光追随着儿子的背影。

蒋蔚华和叶思南两个最能吵的女人此时一言不发地料理着家务,搞得林鲸莫名其妙地感到压抑。

叶思南想找林鲸聊天,被蒋蔚华喝住:"这种日子,我奉劝你管住那张嘴，不然我给你缝上。"

于是，叶思南不说话了，林鲸分明见她一副欲言又止的样子。

蒋诚华没过多久也上楼了，一开始没什么异样，蒋燃甚至问蒋诚华："鲸鲸说在急诊看见你，出什么问题了？"

蒋诚华没料到他还记着这事，心中涌起感激和酸楚的情绪，说没事。

蒋燃没进房里，只是挨着门边，身形放松地站着："身体问题不要大意，酒就别喝了，有事就跟我说，我能解决的问题都给你办妥。"

他承诺过，如果蒋诚华老了没人养、没人照顾，他会管，但是再多的也没了。

林鲸能看见蒋燃站在那里的半边身形，看上去气氛还可以，她便放心地玩了会儿手机，几分钟后忽然听见外头传来东西被摔在地上的声音，不知道是被人砸的还是无意中掉落的。

随之而来的是蒋诚华刻意加重的带有怒气的声音："我一把年纪了，想要家庭和睦，享受天伦之乐，这有什么不对的吗？你干什么要跟我过不去？"

林鲸的目光停留在半空中，有些呆滞，几秒后她听到了蒋燃说话。

"你想要家庭和睦，享受天伦之乐？"他的声音不大但阴沉沉的，他反问蒋诚华，"家在哪里？"

蒋蔚华撞了叶思南一下，苦大仇深地埋怨："赶紧上去看看，这是怎么了，怎么又吵上了？"

林鲸听这个声音不对，本来还有点儿犹豫，但看见叶思南已经冲去了楼梯那边，便也跟了过去。

叶思南就是个工具人，还没上去就被忽然下来的蒋燃拦住了，他不轻不重地喊着林鲸："你没来过这里，出去看看小区的环境。"

"嗯？"林鲸感觉自己是在被打发，甚至有点儿想把他拽走的意思，"这有什么好看的，要么你跟我一起出去？"

他没动。

两个人僵持在原地，蒋燃再次开口时，语气不容置疑，干脆命令叶思南道："带你嫂子出去看看，一个小时后回来。"

好了，他这是明晃晃地打发她。林鲸郁闷，只能和叶思南一起出门。

第十一章
相方滤镜

夏日阳光暴烈，浓荫匝地。

林鲸坐在树下的石凳上，鼻尖和额际都沁着汗，心情被吊在半空中，不上不下的。

她理解蒋燃是想把她摘离那个家庭的矛盾中心，并不会怪他刚才不算好的语气，但还是忍不住想那个房子里到底会发生什么事，以至让蒋燃又跟父亲吵起来。

他那样好脾气的人，对蒋诚华的态度已经有所转变了……

叶思南在她眼前来回晃荡，用鞋子踢脚下的石子，踩树叶，身体力行地诠释着什么叫"热锅上的蚂蚁"。

林鲸手掌撑在两腿边，忽然说："你回去吧。"

叶思南说："哥让我陪着你。"

林鲸说："回去吧，他自己会出来找我。"

"你怎么知道？"

林鲸看了她一眼："我们在一起生活了这么长时间，他的习惯我能不清楚吗？"

叶思南觉得为难，怕违抗蒋燃的命令被骂，但又怕房子里发生的事更糟糕："你就在这里？你是不是生他的气了？"

林鲸摇头："没有，我准备去车里待一会儿。"

"……"

"你去看看怎么回事。"林鲸打发着叶思南,"就当帮我去看看,你哥每次碰到他爸就没好事,我很担心他。"

叶思南犹豫再三,屁颠屁颠地向房子里跑去,开门便被肃杀的氛围吓到不敢抬脚,虽然已经没有人在大声说话了。

蒋诚华自从清明节回来后便没有再出国,因为他决定在国内养老,说服张敏的过程不必赘述。

他的家人都在国内,年轻的时候出去玩够了,出尽风头,但是年纪大了还是要讲究老有所依,不然身体有个三长两短,蒋燃这边鞭长莫及。

蒋诚华还想带张敏一起搬进这座老别墅,人年纪大了就是偏执,要落叶归根,维持体面,风光一生,完完整整地回到这里。这栋房子是蒋燃的妈妈生前住过的,有他妈妈的一部分痕迹,蒋燃于情于理都不能接受第二个女主人搬进来。

是蒋燃最近逐渐转变的态度让蒋诚华有了一种错觉——他还可以一家人其乐融融,甚至儿女双全,儿孙满堂。

因此,才有了他在楼上的诘问:他一把年纪了,不配享受天伦之乐吗?

这话在蒋蔚华听来都觉得荒唐,你觉得自己配吗?

"除了这一点,别的事我都可以不计较。"

蒋诚华听到蒋燃不经思考地否定他的提议之后,心有不甘地反驳:"这房子上还写着我的名字呢,我想怎么样就怎么样,这个家还轮不到你做主!"

他有些口不择言。

话说到这份儿上已经没的谈了,蒋燃没有异议:"行,你的家,你想怎么样就怎么样,就不用包括我了。"

蒋诚华气极摔了东西:"我对你就这点要求,你怎么就不肯,我欠你什么了?"

蒋燃站起身,看着他,忽然冷笑了一下:"我以为你还能给我留一点儿情分,现在我们的确互不相欠了。你想享受天伦之乐,抱歉,恕不配合。"

蒋蔚华尽管也觉得蒋诚华的要求过分,但依然秉持着以和为贵的原则,在她看来没有什么事比家庭的体面更重要。

她在蒋燃离开前拦住他好言相劝道:"就是一栋房子而已,你妈都走了二十年了,活着的人才是最重要的,你就成全他吧。"

叶昀也说:"你爸年纪大了,蒋燃,你就当他是个老小孩儿,哄哄他又怎么了?"

这个屋子里的人并没有站在蒋燃的角度帮他思考问题,甚至不懂他到底在纠结什么。蒋诚华没在蒋燃最需要帮助的时候给他一丁点儿关心,到头来凭什么让他被塞了恶心的抹布还要往肚子里咽?

蒋燃眼神微凝,警告姑姑:"不要再跟我多说一个字,我不保证能做出什么事来。"

蒋蔚华倏地松开手。

脾气和善的人心里冒出一点点火苗都是可怕的。

叶思南被他最后那句话吓到了,连忙说:"哥,你别这么说话,怎么感觉要跟我们决裂似的?"

蒋燃没空理会她,"砰"一声关上门,将嘈杂的声音隔绝在门内。

他没有立刻去找林鲸,因为不想把这种低气压带到无辜的人身上,一个人在烈日下静了许久。

阳光肆无忌惮地落在他的黑发、鼻梁和眉骨上,皮肤被晒得泛红,眼底却冷得宛如寒潭。

林鲸开了空调坐在车子后排座位上,睡得迷迷糊糊的,不知道过了多久,被外头敲击玻璃的声音惊醒。蒋燃站在外面,面无表情地看着她。

或许他不是在看她,因为玻璃从外面看是黑色的,他什么也看不到。

蒋燃准备坐到前面,林鲸忽然把前门锁了。他静静地看了她一眼,只好打开后排座位的门,和她挨坐在一处。

林鲸挪到最里侧,拍了一下腿,做邀请的姿势:"我觉得你可能需要和我沟通一下或者休息,来吧。"

蒋燃对她的举动有点儿意外,在糟糕的心情过后看到的是她没有任何攻击性的笑脸,那种感觉很是微妙。

他怔了几秒,躺下,枕在她的腿上,缓缓合上眼皮。

车内很安静,外面的蝉鸣和鼎沸的街道被阻隔断了,像日漫里的两个世界。

他并没有睡着,开口时已经将刺人的锋芒收起:"刚刚对你的态度不是故意的,你别跟我计较,好吗?"

他又开始哄人了。

林鲸说:"我没有生气,也不会问你不让我知道的那些事,只是想让你好好休息,因为你看上去心情很不好。"

蒋燃："有吗？"

"你就差把'我很生气'写在脸上了。"

他再开口时，语气已经极其无奈："没有生气，只是失望。我不想让你看见的东西，是现实里的一地鸡毛。"

林鲸手指轻轻落在他的太阳穴上，打着圈儿地揉摁着，问："你在我面前包袱很重吗？"

"我比较想给你展现自己好的一面。"他承认，"希望你一直对我有丈夫滤镜。"

林鲸被逗笑，把自己装扮成一颗甜豆去取悦他："会的。现实一地鸡毛，但你很浪漫。"

"少来。"蒋燃跟着笑了笑，倒也释怀地跟林鲸坦白，刚刚在房子里和蒋诚华在吵什么。

林鲸奇怪地问："他们在国内没有其他房子吗？"

蒋燃说："老头不缺钱，但是这些年散得也多，毕竟要供……房子应该没压力，现在他大概是心太虚，没有归属感吧，就想死也死在老别墅里。"

林鲸的父母和祖辈都是和善又好相处的长辈，她就没碰着过这么不着调又自私的父亲，很难理解这种人的思维，但现实就是这样诡谲。

她记得叶思南说过，蒋燃上学的时候过得很清苦，学费基本都是自己挣的，心里忽然闪过一丝抽痛感。

她说："我有点儿生气。虽然无法感同身受，但是你做什么样的决定，我都可以理解并且支持。"

"谢谢。"蒋燃由衷地说道，"并没有什么决定，我只是对一个人失望透顶。不是所有人都有资格做父亲，或者丈夫。从这一点来说，你的决定是对的，没准备好承担责任前就别要孩子。"

林鲸觉得自己被内涵了，也不知道他这话的褒贬含义。

"父亲没验证过，但是做丈夫……你是合格的。"林鲸停下按摩的动作，捉住他的手掌，"你以后也会出轨吗？"

蒋燃睁眼看着她，问了一个挺没力道的问题："你觉得呢？"

"还行吧。"

蒋燃说："我自己在这方面被伤害过，就不会让你受同样的苦。你如果没有安全感，我可以承诺如果我出轨，就净身出户。"

林鲸想到什么，说道："其实明面上的夫妻共同财产没多少钱，其他的都被你隐藏了，对吧？"

　　蒋燃捏了一下她的鼻尖，无奈地说道："我在你心目中的形象就这样？我们结婚的时候我有什么固定资产，除了一些投资，我全数报给你了。这还不够体现诚意吗？"

　　林鲸赶紧打住他的话，不能在一个人的伤口上撒盐了："现在不是讨论财产的时候，不然一想到你会净身出户，我恨不能把你打包送到别的女人的床上去，我狠赚一笔。"

　　"那讨论什么？你不是准备开解我的吗？或者审一审我的身体里有无出轨的基因。"蒋燃也是够无语的。

　　林鲸拍了一下他的心口："当然不是了，我刚才是想说，我们俩都把对方看光了吧，一点儿秘密都没有了。"

　　"这话有点儿不正经，但我听懂了，然后呢？"

　　林鲸："以后能别那么有包袱吗？我喜欢的是真实的你，不是自己想象中的你。"

　　这话是结婚的前一天他对她说过的。

　　蒋燃将手搭在她的后颈上，向下压了压，林鲸会意地低了低头。

　　蒋燃："再低一点儿。"

　　"干什么呢？"林鲸不解，"你要说什么我听得清。"

　　蒋燃说："不说什么，过来让我亲你一下。"

　　林鲸还真试了一下，但这个姿势并不能吻到他，于是故意不听话。

　　蒋燃"啧"了一声："怎么不听话？"

　　最终蒋燃还是如愿以偿地亲到了，没认真亲，像小朋友那样闹了一会儿。

　　他的心情明显好了很多，大概是比较累，他枕在她的腿上睡了过去。

　　晚上，林鲸躺在床上跟朋友打电话，对方说本来这两天要来找她玩的，但是被敏感的爸妈拦在家里，以中元节不要乱出门、怕她撞上鬼为由。

　　林鲸想说她今天也见鬼了，不由得叹息一声："我今天也过得很……"

　　蒋燃正准备上床，听见她说了句不文雅的话，目光登时飘过来，很有力度地落在她身上。林鲸赶紧噤声，跟朋友说了句"再见"然后挂上了电话。

她掀开被子，冲他大张开手，准备来一个拥抱或接吻时，他放在床头柜上的手机响起铃声，打断了两个人即将发生的亲昵行为。

蒋燃揉了揉她的头发，拿起手机走到外面去接。

林鲸躺回床上，临睡前还在想今天的事。父子关系再次降入冰点，大家心里都不舒服，应该好好沟通出一个办法妥善解决。

结果左等右等也不见蒋燃回来，她实在撑不住就睡着了。

清明节那次蒋燃跟林鲸吵架后去了Ａ市，与罗特跟那边上头部门和医院的领导吃了顿饭，便心生蹊跷。罗特的野路子太多了，常在河边走，哪有不湿鞋的？

蒋燃暗地里提醒过罗特不要太过分，后面见不管用才让韩旭盯着罗特。

韩旭一直觉得背后打小报告这事挺猥琐的，万一被罗特抓到更尴尬，但这是蒋燃的要求，他不得不做，顺便他有的时候也觉得罗特手段非常，并不如他表面那样光风霁月。

一开始他很敷衍，这次是真预感可能涉及原则了才忍不住给蒋燃汇报，罗特这段时间与一个礼品公司的老总联系实在紧密，打球、吃饭、喝酒、唱歌样样少不了。而这个礼品公司又与卫生部的魏主任有着千丝万缕的关系。

蒋燃蹙了一下眉，意识到情况不太好，没跟韩旭多说，问他："你最近工作怎么样？"

韩旭："还可以啊。"

"我说的是客户的情况。"蒋燃坐下来，敞开腿，手肘撑在膝盖上微微俯身，"接触得怎么样了？"

韩旭说："但是大客户的情况都比较复杂，那边的人都比较认可罗特。"

蒋燃说："不要给自己设限，你和他的优势不一样。突破瓶颈之后，你会发现以前够不到的东西并没有那么难。"

韩旭理解蒋燃的意思，这是想让他再努力一把，不要被罗特压制住。蒋燃一向是良师般友好，这一点深得韩旭信任。

"我太明目张胆地接触他的客户，恐怕罗特会察觉吧？"

"你以为他现在不知道我是什么意思吗？看破没说破而已。"蒋燃笑了笑，"最怕的是你高不成低不就，什么都做不成。"

韩旭说:"我知道怎么做了,但是罗总那边的事怎么弄?我觉得不是正常接触。"

蒋燃给他吃定心丸:"你做好自己的工作,其他的事我来解决。"

隔天早上,林鲸还没睁开眼睛,手臂下意识地往身边捞,却什么也没摸到。

蒋燃已经起了,换好衣服从浴室里走了出来,林鲸从被子里坐起来,揉了一下眼睛说:"才七点。"

蒋燃坐在床边,倾身,单手撑着床面,一手去搂她:"我今天去上海,早点儿出门,晚了估计会堵车。"

"晚上回来?"

"不一定。"蒋燃俯身吻她的额头,估计是怕她不高兴,耐心解释,"罗特还记得吗?"

林鲸想了一下,说:"有点儿印象,和他的太太以及孩子一起吃过饭的?"

"对。"蒋燃说,"那边有点儿问题,我要过去找他谈,过程不确定是否顺利。"

林鲸还困到不行,挨在他怀里又闭上眼:"感觉他是个挺厉害的人,很麻烦吗?"

蒋燃回答:"不算简单。"

林鲸松开他,连忙说:"快去,快去。"

待人离开家后,林鲸才想起来昨晚要跟他说的关于他父亲的事情又没时间了。

后来蒋燃只回来了一次,是回家拿行李,隔天林鲸开车送他去机场,出发去A市。

很多时候,人是疲于应付周遭的人和事的,被耗尽心力。

林鲸看他靠在车里都能睡着,眼底淡淡的暗色,脸色苍白,心疼也无计可施。

接下来的几天,林鲸忙着上自己的班,不知道是天太热的原因还是心里烦躁,总是心不在焉的。

这天下午,办公室的一个同事忽然晕倒了,好在身边有人很快打了120,倒是把老板吓得半死,人坐在办公室里手都在发抖。听到医院那边的人打来电话说人没事,老板才渐渐放松下来。

一旦员工因为工作出问题，大多数小公司要被扒层皮，大公司的负责人承受的压力也很大。

林鲸莫名其妙地想起了蒋燃，不知道他工作上到底有什么事，解决了没有？

下午，林鲸和同事在茶水间喝咖啡闲聊的时候，叶思南无聊找她鬼扯了两句，问她哥最近还气着没。

林鲸回复："没什么事，只是比较忙。那天如果他说了什么让你和你爸妈不开心的话，你们别跟他计较好吗？"

叶思南："……"

林鲸认真打字："你知道他的，也就这件事是他不能退让的。我作为他的家人，希望你们能理解并尊重他的选择。"

叶思南："其实你不说，我也会的。"

无论叶思南小时候多会闹腾，作为哥哥，蒋燃总是尽心尽力地照顾她，这已经无关于寄人篱下的讨好行为，而是他这个人天生骨子里就温柔。

林鲸又问："后来你舅舅怎么样了？"

叶思南："那种老'渣男'能有什么事，被那母女俩蛊惑得不知天高地厚，又浪起来了呗。"

林鲸没发现叶思南说的是"母女俩"，要收手机的时候，叶思南才想起来要跟她说什么："其实是我妈想找你，找我哥我哥肯定不搭理她。她还是很关心你们的，只是大家目的各有不同。你这两天有时间来家里一趟吧，顺便讨论一下我舅舅的养老问题。"

这也正是林鲸心中所想，无论如何她想把事情解决掉，不再给蒋燃的生活制造麻烦。

这是她作为妻子唯一能做的事。

周六蒋燃还没从A市回来，林鲸去姑姑家提前告知了蒋燃，他并没有反对，而是抱歉又疲倦地说："上次迁怒了她，你去一趟也好，但别委屈自己。"

林鲸把自己酝酿已久的想法告诉了他："你爸爸无非是想让你给他养老，以后生活上有事他可以依靠你。你不想他们住进你以前的家，我觉得我们可以在买房子方面帮他们，出钱还是出力我们都行，只求清净，反正目的是一样的。

"你不想出面也可以，我来办。
"你不想见的人，我们以后就少往来。"
蒋燃在那头深吸了一口气，心中百转千回，话到嘴边却只有一句喟叹："没有你，我可怎么办？"
林鲸知道他这是同意了，笑说："不用谢我，谁让我是你的老婆呢？"

周六晚上，林鲸买了点儿东西，开车去了蒋蔚华那里。
从园区过去路上太堵了，本来四十分钟的车程硬是开了一个半小时，她跟姑姑说让他们先吃饭，不必等她。
蒋蔚华为难地说了一句："今天人多，还是等你一起吧。"
林鲸皱了一下眉，没问为什么人多，都有谁，只觉乌云笼罩在头顶。待她真正站在姑姑家门口摁门铃的时候，心中的猜测越发清晰起来。
叶思南给她开的门，屋子里有很多女人，但是她一眼就看到了从客厅走过来往门边看的女生。
对方身着浅色衬衫、阔腿裤，衣服剪裁利落，一头柔顺的长发打着卷儿地自然垂落在肩头，不是十分夺目的长相，但皮肤白皙，看着很有气质。
林鲸在一年前见过对方，几乎要忘了对方的样子，今天再次回忆起来。
有完没完了？——这是林鲸的第一个想法。
叶思南给她找拖鞋，但是家里本来给林鲸穿的那双备用拖鞋被陈嫣穿了。
林鲸站在换鞋的地毯上，提醒她："把你哥的拖鞋给我吧。"她指了一下，"在最上面那层，你看一下。"
"哦。"叶思南终于想起来了，赶紧踩着凳子去拿。
陈嫣移开了目光。
蒋诚华今天一天都在打麻将，动都没动，一副不打算活到明天的架势。林鲸进门的时候他正皱着眉看牌，脑子反应慢半拍地转了一下头，又往她身后看蒋燃有没有来。
林鲸和陈嫣两个人只有一开始的眼神交流，全程没有讲话。很快，阿姨喊可以开饭了，于是一家人围坐在饭桌边。
林鲸发觉今天的场合人多眼杂，实在不适合说她本来准备好的事，大家也很尴尬。林鲸快速吃完了饭，礼貌告辞。

陈嫣默默地观察着林鲸，被张敏摁了手背才收回神。

陈嫣回来的事是蒋蔚华始料未及的，张敏就这样把陈嫣带过来聚餐，这让大家都很难堪，但是又不能把人赶出去。

林鲸出门的时候，蒋蔚华把她送到门口，林鲸笑了笑说："姑姑回去陪客人吧，有什么事我们回头再说。"

说完，她替主人关上了门，向停车的地方走去。

夜晚的风难得夹着一丝爽意，把她的头发吹乱了点儿，也吹走了她脸上的潮热和堵在胸口的窒闷感。

"等一下可以吗？"

林鲸正要上车的时候，陈嫣竟然踩着拖鞋追出来，喊了她一声。

林鲸疑惑地问："你在叫我？"

陈嫣走近一步："这中间可能很多事情都有误会，我们可以聊聊吗？"

林鲸直面问她："你觉得什么事情有误会？"

陈嫣忽然被这么堵了一下，过后说："很多吧，蒋燃，长辈，不，都有？"

林鲸不想看见这个人，但更不想让蒋燃看见，只好自己解决此事。

她跟自己说，这是她作为妻子的修行。

林鲸"砰"的一声把车门关上，说："你说吧，是什么误会？"

她身上有种由内而外散发的冷感，说高冷也不太确切，更多的是一种坦然。

陈嫣感受到对方理直气壮的威压，心底有种没来由的慌张和不安。她笑了笑，右手抚上左手腕子搓了两下："说是两件事，其实可以是一件。蒋燃……蒋叔叔很希望我们能够和睦相处，算是一家人吧。但是蒋燃的性格好像还停留在少年时期，他执拗得像个初中生一样，不肯跟他父亲坐下来好好谈谈，这样大家都挺不愉快的。

"你是他的妻子，应该规劝他的不理智的行为，而不是和他一起疏远长辈。蒋叔叔年纪大了，身体小毛病不断，不能一直被折腾，我妈也没那么多精力照顾他。如果你是介意我和他过去的关系，那大可不必……抱歉，我无意冒犯你，只是就事论事。"

林鲸听不下去了，打断陈嫣的话："我懂你的意思了。我的确介意，但这和你说的东西是两码事。"

陈嫣没想到林鲸竟承认了，心中不由得生出一丝快感。

自己至少在时间上取胜过。

"我也说说我的想法,你可以转告给你的妈妈,或者你的蒋叔叔。"

陈嫣:"什么?"

林鲸:"蒋燃从小缺失的家庭和关爱,在你们眼里就成了简简单单的一个'误会'?凭什么呢?他是一个有思想和坚持想法的成年人,不是初中生,他爸爸想丢就丢,想要他养老就用亲情绑架他,有这么便宜的事?我作为他的妻子,会支持他所有的决定,维护他的权利。所以你上述的这些话,我不只当没听到,烦请你以后也不要多管闲事。

"还有关于你们过去那些经历,接下来我说的话有点儿不好听,但请你姑且听听吧。一个合格的前任,应该像死了一样消失在彼此的生活里。他做到了,希望你也能做到。

"这是蒋燃和他爸爸之间的矛盾,别人没有资格插手,你觉得呢?"

说完,林鲸重新拉开车门,回头瞧着陈嫣,似乎在等她结尾。

陈嫣失语一阵,只是又气又闷地看着林鲸。

林鲸没等到陈嫣回话,径自上了车离开,车灯在暗夜里闪烁了一下。

陈嫣鞋底蹍地,脑海里牢牢印刻下林鲸说话的模样和神情,林鲸无疑是漂亮的,而且是坦荡的,吐字清晰,嗓音轻柔,看人的眼神直白而适度。

林鲸身上的那种气质,陈嫣第一眼看上去觉得好稀松平常,不过如此,再多看看又觉得纵然普通也是自己够不到的高处。

林鲸刚进门,正好蒋燃打来电话,问她今天谈得怎么样了。

林鲸说没谈成。

蒋燃问:"怎么了?"

她不是很想说陈嫣回来了,倒不是怀疑他心存芥蒂,就是单纯不想说:"过几天再说吧。"

蒋燃以为她嫌烦,没深究:"那你就别忙活了,等我自己回去处理。"

"不至于,什么事都等你来,你还要不要赚钱养我了?"林鲸跟他开玩笑,想起一件很严肃的事,"对了,我不知道是我太敏感还是怎么的,你爸爸怎么回事?我记得他有高血压,他还总喝酒,今天我去你姑姑家,听说他坐在那儿打了十个小时的麻将没挪开过,这种不要命的生活方式还养什么老?没人管他的吗?"

蒋燃并不意外,把电话夹在肩膀和耳朵之间,拆了一瓶纯净水:"要知道，你永远叫不醒一个装睡的人。"

林鲸隐隐担心，又问："你什么时候回来？"

蒋燃给了一个含糊的答案："这两天。"

林鲸挂了电话，然后就开始在网上搜索最近的新楼盘。她是抱着解决问题的态度看待这件事的。

以前在广恒工作留下的资源还有用，林鲸很快筛选了两个比较高端的小区，户型适中，且地理位置距离他们住的溪平院不近，双方不至于经常来往。

蒋燃没有意见，林鲸便找了蒋诚华谈这件事。

不知是出于对蒋燃的心疼，还是他在孩子这件事上的妥协和牺牲太大，林鲸拿出了百分之百的诚意，势必要将这件事办妥。

电话里，林鲸说得坦诚，从各方面解读新房子对比老别墅的好处。蒋诚华似乎没有什么意见，倒是听见电话那头窸窸窣窣的声音，林鲸猜测，也许他的那一位有点儿意见。

林鲸说："你们先考虑吧，商量好之后再答复我。"

蒋诚华问："这是你的意思，还是蒋燃的意思？"

林鲸说："我们一起的想法。当然，我的意见也代表了他的。"

蒋诚华冷嗤了一声："我看他躲我到几时。"

要说起来林鲸也很憋屈，但是这种亲情关系又剪不断，之前蒋诚华说要她帮忙租房只是借口，当时她逃脱了，最终还是要解决问题。

但愿一切到买了房子为止。

最近蒋燃的工作多少有些让人焦头烂额，否则他不会把家里的事丢给林鲸。

蒋燃一开始找到罗特就明确指出了对方的那点儿歪心思，甚至把与罗特往来的那个礼品公司的来龙去脉都了解彻底了，包括罗特给了那个礼品公司多少利益，最后这利益又到了谁的腰包里。

罗特没想到蒋燃做事这么绝，自己在这边的一举一动，蒋燃都知道。

"Jason，我自认留下来的这一年没愧对你吧，你把我的后路断成这样？"

蒋燃毫不掩饰自己的目的："我要真想阴你，不必现在来找你，这点儿东西就能把你踢出局。"

"没想阴我你安排韩旭是怎么回事？"罗特出言反讽。

"我相信你的能力是一回事，赞同你的作风是另一回事。"蒋燃并不介意他的讽刺话语，倒反衬出罗特的心态已经出了问题，"事实是你的确让我很失望，我不来你直接就和上头的官员同流合污了？你知道这叫什么吗？行贿。"

罗特一把摔掉蒋燃放在桌上的文件夹，怒道："这还不是你逼的？业绩顶在头上，我有什么办法？"

"医药集采对我们的市场份额有致命打击，我们是做骨科器械的，这又不像是做口罩、感冒药的，不中标我还可以拿去药店或诊所卖，如果这次不中标，我就是死路一条，我不把持着这边，等着公司撤我的职？"

蒋燃看着罗特发怒，甚至有点儿好笑地问："我逼你了吗？"

罗特干脆把话挑明："你是没逼我，可你准备了备选人ABCD，随时等我出事顶替我，以为我不知道？"

蒋燃为罗特这个位置培养的储备人才，又何止韩旭一个？

他早知道蒋燃这个人不简单，年纪轻轻，论手段谁都玩不过这人。

"一年前，你准备带着客户跳槽，我留下你，就表明了我的态度，信任是相互的，但后手也必须做，这是立身之本。"蒋燃没什么耐心，眉眼间情绪也愈显烦躁，"给你一周的时间把事情解决好，我可以当什么事都没发生，你的这些破事耽误我太多时间了。"

罗特听到蒋燃这语气，心中有些惶然。其实他心里很清楚，对方已经不似最初那样需要他待在这个位置了。

而一年之前，Jason还会为了一个客户的单子提前结束婚期给他收拾烂摊子，一句废话都没有，甚至不计前嫌，重酬以留下他。

事到如今，局势已经彻底扭转，蒋燃甚至整个汇思力都不会再把他看得太重要。

罗特说："Jason，这一年来我从没有睡过一个安稳觉，这就是你说的信任？"

蒋燃没有回答他，摇头轻笑，心里却在想：让你安睡，我就该不放心了。

去年一系列事情过后，蒋燃再不会任人拿捏。他一向讨厌职场政治，但是稍微用点儿脑子学起来也快。

隔天他回到家里时已经深夜了，特意没有告诉林鲸自己几点到。

他打开卧室门的时候，她已经睡着了，薄被缠在身上，用腿夹着，睡得挺香。

蒋燃在另外一个房间里洗完澡过来，企图扯被子，无果，只能躺在床上硬挨了一会儿。空调开的温度不低，调高一些他又觉得热，最好是盖着被子开着空调。

他翻了个身，手臂自然而然地落在了林鲸的身上。

已婚男人基本上都有一项神人本领，就是哪怕在黑暗中，只要他想，手一下子就可以精准定位到老婆的胸。

显然，蒋燃已经练就了这样的本事，不过手只是搭在那里。

林鲸梦中感觉有人抱自己，起先是吓了一跳，渐渐反应过来，忍不住睁大眼睛："你干什么？"

她的身体舒展开，蒋燃把被子抽出来盖在两个人身上，嗓音里也有些懒意："拿被子，你想让两个人都感冒？"

林鲸翘起嘴角，又回击了一句："拿被子就拿被子，你摸我的胸干什么？"

"无意碰到的，"蒋燃还不承认，"不过，你摸我那里的次数少了？"

其实哪怕天天睡在同一张床上的人，几天没见面，对彼此也会有新鲜感，斗嘴都变得有意思了。

林鲸准备再跟他扯两句，一转身就被他堵住了嘴，他用力地吻了她一下。

"睡觉吧，我也要困死了。"他说。

林鲸不再胡扯，合上了眼皮。

蒋燃早起出卧室时，看见林鲸没出门。

餐桌上摆着笔记本电脑和楼盘宣传海报，林鲸坐在桌边吃吐司，焦黄的脆渣掉在桌上也不在意，全神贯注地盯着电脑。

蒋燃抢走她吃了一半的烤吐司，不要脸地往自己嘴里送。他一大早心情不错，忍不住揶揄林鲸："你又准备卖房去了？"

林鲸捧着电脑扭转过身来："你走开行不行？我在给你爸研究房子啊。"

蒋燃在她身边坐下，问："真决定了？"

"前两天我给他打电话，他一听说你要给他买房，立马就同意了。"林鲸点头，又给他解释起来，"如果他要自己出钱买，我就帮忙给他办，至少让他体会老有所依的安全感；如果我们出钱也不吃亏，房子写我们的名字。他的心理你知道，他就是想作，换个方式满足他你也不硌硬，两全其美。"

听她说得头头是道，蒋燃感到林鲸"长大"了，竟产生一丝错愕和惊喜感。不过，他疑惑地问："钱呢？"

这一项支出是计划外的，八位数或者九位数的钱恐怕他们一时没法拿出来。

说到这个林鲸有点儿惭愧，几百万的房子她个人还没能力支付，不过蒋燃的钱也是她的钱。

"要不阳澄湖边的别墅先别买了，给你爸买房子？"

"那是早答应你的。"他不怎么高兴。

林鲸将手搁在他的大腿上，下意识地指尖抠着布料："过两年再买呗，我相信你可以的。"

蒋燃的腿被她抠得痒，他把她的手拿开，若有所思地看了她几秒，偏了话题："有个坊间传言，现代女性为防止丈夫出轨就不停地买房，让对方背房贷，一辈子为房子奋斗，没时间和精力再干别的事。这是你这些天悟出来的结果吗？"

林鲸如获法宝，脸上漾出笑意："本来没往这方面想，但是你给我提供了一个思路。"

"你想累死老公？"

"就这样吧，让这烦心事早点儿过去。"林鲸捧住他的脸，亲他的额头，"你爸爸不可能真的跟你割断联系，我不想让这些事给你添堵。"

蒋燃默认："这种事你决定，我没有意见。"

他眯了一下眼，仔细感受着林鲸的亲吻，语气有些幽怨："我很少受制于人，没想到被一个老头儿拿捏了。"

买房这事看上去是林鲸主导，但是她很清楚，蒋燃若是不愿意，一定会阻拦她，而不是这副任由她做主的姿态。

或许他在这件事上也很为难，不甘心又撒不开，成年人的无奈之事太多了。

林鲸下午给蒋诚华打电话沟通买房事宜，最终确定了湖西的一处楼盘，是最大的户型，房子很难抢，她已经付了一万块钱的定金，明天去签合同。

蒋诚华这人喜欢被吹捧，林鲸话又说得漂亮，他自然得意扬扬，末了又问起蒋燃。

蒋燃就坐在林鲸身边看手机，林鲸戳了他一下，问他要不要跟他爸讲电话。

他顿了片刻,还是拒绝,并不想跟蒋诚华废话。

似乎一切都在平缓发展,但意外往往是在柔滑的轨道上猝不及防地发生。

早晨,蒋燃接到了蒋诚华脑梗进医院的电话。

陈嫣回来的这些天,张敏一直陪她住在酒店里,母女俩聊天谈心。

蒋诚华一个人在家。

那天见过林鲸后,陈嫣心理很不平衡,要说时隔多年还喜欢蒋燃倒也说不上,只是意难平而已,总绕着去打听林鲸的家世、职业。

林鲸除了比她年轻漂亮,也就是占个原生家庭幸福的优势。

张敏看出了女儿的心思:"你别想那些有的没的,人家已经结婚了,你尴不尴尬啊?"

陈嫣说:"我以前和他谈的时候你是知道的,也没说尴尬啊。"

张敏说:"那谁让你目光短浅没耐心呢?虽然他不靠家里,如果你陪他过两年苦日子就熬过来了。"

"当时我劝过,他这个人太执着了。"陈嫣没跟妈妈说是谁提的分手,张敏一直以为是因为那个时候蒋燃太穷。

她想想又不高兴了:"你能不能不要说这些?搞得我像真奔着他的钱去的一样。"

张敏躺在床上:"好,好,好,我不说了。"

陈嫣抱住妈妈:"你什么时候回去陪我,还真在这边待着了?"

张敏:"你蒋叔叔是打算在这边养老的,今后可能大部分时间住在国内了。我也觉得这边不错,现在都发展起来了。"

陈嫣撇嘴:"之前的房子不是卖了吗?"

张敏冷哼:"你不用操心,他们家又不缺有钱人。"

陈嫣便没有再接话了,心中微酸,心说买房子跟买菜一样简单。

翌日早晨,张敏早起回家去,一开门便看到蒋诚华穿着睡衣昏倒在地上。她打了电话叫120,但抢救已经于事无补。

蒋诚华打了一夜的牌,早上才回来,虽然很累但也兴奋,洗完澡还在微信上跟牌友约下次玩的时间。

他盯着手机,莫名其妙地感觉视力模糊,身体乏力。一开始他以为是洗澡的缘故,便想着坐到沙发上歇会儿,直到攥着的手机忽然掉落砸到地板上，半个身体不受控制似的变得麻木。

脑梗死亡的患者并不痛苦，呼吸和心跳骤停，一切都结束了。

或许身体每况愈下他早有预感，比如习惯性地疲惫、眩晕，血压随之产生变化，他一度为此去过急诊。

谁也不知道蒋诚华临走前在想什么，有没有想到自己不该如此作死。每个人都奉劝过他注意身体，哪怕是恨透了他的蒋燃，也三不五时地勒令他少喝酒打牌。

一切发生得太突然。

蒋燃这时过去根本就来不及了，见到的是蒋诚华盖着白布的遗体。

那是一种完全说不上来的感觉，蒋燃看第一眼的时候只觉得很陌生，镌刻在他的脑海里的还是父亲年轻英俊的形象，之后的画面就像断章的音乐。

女性家属哭成一片，被男人或者小辈搀扶着。最伤心的是蒋蔚华，她几度哭到昏厥，又眼巴巴地去看蒋燃，企图看到他同等痛苦或者伤心的表情。只可惜，蒋燃没能如她的愿，眼神木然地处理着各项事宜，像个假人。

之后就是繁复又折腾人的葬礼。

林鲸被头顶的各种乌云压着情绪，但并不是特别难过，哪怕看着姑姑哭得死去活来。

灵堂里森然冰冷，烛火通明，两旁白色的花圈和纸扎堆叠得十分诡异，中间是蒋诚华的黑白照片。

蒋燃晚上在灵堂里守夜，白天回家洗了个澡又过来，才几天时间，他就很明显地瘦了。

施季玲跟林鲸说提醒蒋燃注意身体，别熬坏了。

林鲸在车上给他重新戴上孝章的时候，看到他眼底又带着那种少有的丧气，一言不发，上一次是因为谈到他妈妈。

他身上完全没有了往日的鲜活与温柔气息，林鲸把别针别好，正要开口说两句话，蒋蔚华便走了过来，支开林鲸，要跟蒋燃说两句话。

林鲸只好走开一点儿："我去给你们拿点儿水。"

她一边走一边回头看，不知道姑姑要说什么，但预想不是多好的话。她拿了水赶紧跑回来，就听见蒋蔚华质问蒋燃："你爸走了，我看你一点儿都不伤心，你终于解脱了是吧？"

蒋燃摁了一下眉心，不耐烦地反问："你到底想说什么？"

蒋蔚华并不知道蒋燃已经做好了给蒋诚华养老的准备，并且房子都订下了，泄愤似的怒吼道："我不想说什么，就问你后不后悔？他临走时你还在跟他置气，让他带着怨气走。"

蒋燃不欲跟人多解释，窄瘦的脸宛如冰冷的面具，告诉蒋蔚华："如果你想看我悔恨，那要失望了，我不觉得自己哪里错了。"

蒋蔚华气血上涌："人都死了，你还不肯低头，早知道我就不该养你这么大！"

蒋燃的胸口像被贯穿似的透着风，眼睛干涩无比，无言以对……半天挤出一句诘问："你当初何不问问他为什么会到这一步？他这一生都不负责，不对妻子负责，不对儿女负责，甚至不对自己负责。我要为这种人把自己搭进去吗？"

他又自嘲道："你是不该养我，你们不如买养老基金，比我靠谱多了。"

蒋蔚华提高音量吼道："你说什么你？到头来还是我的错？"

林鲸怀里抱着两瓶纯净水，刚从冰箱里拿出来的，瓶身外面覆着一层薄薄的水珠，浸湿了她的胸口。

有人听到蒋蔚华声嘶力竭的指责话语，忍不住侧头围观，窃窃私语，假惺惺地劝慰着她，那场面很是吊诡，像老头死了留下一大堆遗产供家们争抢。

蒋蔚华脸部表情精彩纷呈，伤心又后悔，她明白，蒋诚华死了，来参加葬礼的人很多，但是真正为他难过和惋惜的只有自己。

她这么多年一直拉拢蒋燃，无非是为了蒋诚华的晚年着想，如今一朝破碎。

林鲸来不及多想，快步走了上去，却有人捷足先登。

陈嫣出现在那群劝架的人中，架住蒋蔚华的肩膀把人拉开了。蒋蔚华的溃败把她衬托得婉约娴静，清醒理智，她像个临危不乱的主事者。

蒋蔚华的发髻被风吹乱，她一时顾不上其他，虚弱地靠着陈嫣的手臂，又开始掉眼泪。

林鲸站在距离她们不到五米的地方，听见陈嫣对蒋燃说："都这个时候了，你就少说两句吧。"

蒋燃没出声，也没看她，眼神空洞地盯向某处，不知道在想些什么，但似是松了一口气。

很快,有更多的亲戚来劝,说蒋蔚华心情不好难免多了两句牢骚和埋怨的话,但蒋燃是这个家的顶梁柱,就不要跟姑姑计较了。

林鲸蓦地停下,只觉得眼前的画面非常刺眼,心脏上方好像悬了根刺,不时扎她一下,让她抽痛。

三个人站在一起是什么讽刺的画面?林鲸承认自己这样是赌气,甚至不合时宜,但忽然就是有了控制不住的小脾气。

太奇怪了,蒋燃不在场的时候她都可以直白地跟陈嫣说离自己的老公远一点儿,现在又"大方"了。

她缓缓垂下手臂,捏着瓶身,在风口站了一会儿,夏日的风把她的脸颊和脖颈上的汗都吹干了,但烈日阳又将其晒得热热的,黏腻不堪。

蒋蔚华被人架走了,陈嫣还站在台阶上,目光落在蒋燃身上,欲言又止。

蒋燃看向林鲸,隔那么远,她依然能看到他略带探究的眼神,疑惑而陌生。他这样细心的人是可以感觉出林鲸的情绪变化的,甚至她刚刚走到一半又退却的微小动作,也被他的眼神精准地捕捉到了。

在陈嫣开口前,蒋燃走到林鲸面前,拿走林鲸手里的纯净水,仰头喝了一大口。他为她挡去大半阳光,又瞧瞧她,拨开她鬓角贴着的发丝,用掌心抹去她脸上的汗珠。

这样的动作他做得很顺手,但是在这样的场合又略显刻意,像故意做给某人看的。

"累就去车里睡一会儿。"他说。

"还好,你累吗?"

"已经感觉不到了。"蒋燃无所谓地说道。

林鲸余光瞥到陈嫣已经不知何时离去,这让她心里瞬间生出畅快感。

于是,这场对峙似乎悄无声息地过去了。

葬礼下午结束。

回去时林鲸开车,蒋燃上车就睡着了,抱着手臂,姿势并不舒服。林鲸默默地把他的座椅放平,让他睡得舒服一点儿。

蒋燃稍稍醒了一下,不消一秒又合上眼皮。

这样的状态持续到回家,林鲸去厨房烧水,蒋燃则回卧室洗澡。他匆匆冲了一遍,不像往日那样有条理地把脏衣服和浴巾归拢到脏衣篓里,方便清洗,而是随手扔在浴室地板上,就等着她收拾似的。

林鲸进去的时候，他已经歪在床上睡着了，手臂压在枕头下，背对着她。

　　她可以体谅他的心情，并未计较这一细节。

　　有些衣服是需要手洗的，林鲸拿去北阳台，凑近闻了一下衬衫领口，充斥着火纸和香烛的味道，裤子也是，不知道他是不是不想要了。

　　林鲸还是把衣服洗了，等着烘干的时候，没进屋，站在洗衣机前听着"隆隆"的声音发了一会儿呆。想到蒋燃亲自给那冷冰冰的尸体穿上寿衣，她心有余悸，手脚冰凉。

　　她第一次感觉到死亡如此靠近，不知道他害不害怕。

　　烘干机停止运作的时候她回过神来，天色已经黑了下来，人像被包裹在巨大的黑色幕布里。

　　她趁这个时间去洗澡，出来后蒋燃还没有醒过来的迹象，密不透风的孤寂感让她有种午觉醒来天已黑透的慌张感，房子里似就她一支烛火摇曳。

　　林鲸半跪在床边轻拍他的后背，试探着问道："起来吃点儿东西再睡，好吗？"

　　她打开灯，看到蒋燃脸庞苍白，眼神少见地有些呆滞，盯着她，安静得可怕。

　　林鲸不清楚他即将为哪件事发作，很有可能是因为今天下午自己看他和陈嫣的那个眼神出了问题。

　　夫妻在一起生活久了已经有了默契，连坏事都能想到一起去。果不其然，蒋燃迷迷糊糊地开口，问的第一句话便是："你今天下午为什么不过来？"

　　他的语气中有些埋怨。

　　林鲸脑中"轰"的一声，呼吸急促，人僵在原地。

　　"场面那么乱，我凑过去做什么？"

　　蒋燃抬起眼皮，找了找自己的声音："是吗？我以为你是觉得有人在那里代替你了。"

　　林鲸手肘撑着床面，身体伏低，不由得问："你觉得那个人能代替我吗？"

　　他侧卧着，脑袋下压着手臂，一副懒散困倦的姿态，没有回答。

　　林鲸知道他在生气，气她懦弱。

　　"我早就知道陈嫣回来了，没有什么特别的想法，今天也不是跟你生气或者无理取闹，就条件反射而已。"她承认，"对不起，是我太狭隘了，没考虑到你的处境。"

蒋燃坐起，靠坐在床头，问："你还是很在乎这个人？"

林鲸叹息："没有，不要误解。"

他没听她辩解，径自说着："再等等吧，人都死了，以后会彻底没联系。"

林鲸重复："我不是这个意思。"

"无论是不是，结果一样。"

气氛陡然变得有些紧张，他们又在矛盾爆发的边缘虚晃。

她一条腿半跪着，时间久了有点儿酸，这个情况下不应该再就此话题深入聊下去，便朝他伸手："起来好吗？去吃点儿东西，你这个样子有点儿颓废，我很不习惯。"

蒋燃沉默半晌，忽然伸手抱住她的腰，脸压在她的小腹上。

林鲸的腰瞬间被勒得都快断了似的，身体不稳地把重量都转移到了他身上。

她挣了一下，没挣开。

"抱一会儿。"他泄气地说道，这些天来第一次抱到如此鲜活温暖的身体。

林鲸摸着他的头发，低声问："怎么了？"

"我曾经说过，几乎从不自我怀疑，不为不可挽救的事后悔，不被杂音困扰，保持理智，只做自己认为对的事情。"他停了一会儿，又迟疑地说，"但对他，我不知道自己算不算错。"

林鲸这才意识到，蒋燃的情绪到现在才开始崩盘，他并不是不为蒋诚华的死难过。

"姑姑说的都是一些气话，因脑梗走的人应该不太痛苦，而且当时谁都不在场，你没有错。"

"他死或不死，对我来说都不是解脱。"他的声音疲惫至极，已经沙哑。

"我知道。"林鲸也不知道该说什么，就这么站着，抱着他的头，手指一遍遍地拢着他的发丝，声音在静谧的空间里被放大得格外明显，"每个人的活法不同，你不能被裹挟而自责，时间长了会慢慢好起来的。"

不知过了多久，她感觉到睡裙湿了一片，凉凉的，而怀里的人肩膀微微颤抖着。

后半夜在下雨，窗户没关严，下午他们回家后干脆就没关。

初秋的桂花小苞被交加的风雨打散，落了一地纷黄花瓣。

林鲸躺在床上，身上裹着被子，腰部还横了条沉沉的手臂，感到他从皮肤到血液，到肢体，都是带着浓郁的焦虑情绪。

短暂崩塌之后又进入沉寂，他们在床上浅浅地接了一会儿吻，严丝合缝地拥抱在一起，无关情欲，只是慰藉彼此和汲取温暖，人在这个时候往往需要感受跃动。

随后蒋燃合上眼皮，久久没有出声。

林鲸抚摸着他的后颈和头发，拇指落在他的耳郭上，指尖碰触着硬硬的发茬，它们好像有顽强又倔强的生命力。

她凑近蒋燃，吻了吻他的脸颊，冰冷的身体贴近他宽阔的胸膛，心中涌现懊悔情绪。她很想自己能够像对方一样强大，或者像父母一样豁达通透，在蒋燃遇到很多问题的时候，也能给予同样力度的解答。

可惜她没有故事中女主角那样的能力，这和被糖浆包裹的甜言蜜语不是一个概念，也和辞藻华丽的表达能力没关系，就是她的人生过于浅薄的原因。

隔天早上，她起床后第一件事就是收拾昨晚一口未动的饭菜，刚走出卧室便看见手机上施季玲打来的电话。

这已经是施季玲今天打来的第三通电话了，前面两次林鲸没听见。

施季玲在电话中问道："蒋燃他姑姑昨天在葬礼上是不是又发疯了？"

林鲸瞟了一眼床上还没醒的人，关上门，低声询问："你怎么知道的？"

施季玲："你妈我什么事不知道？"

"我爸怎么什么事都跟你说，真是的。"林鲸不由得皱眉轻怨。

"这还需要你爸跟我说吗？她闹得那么面多精彩呀，让亲朋好友免费看戏。"施季玲得到印证后讽刺道，"这个女的有毛病吧，是不是要把自己的侄子逼死才甘心？"

林鲸吸了一口气，已经很累了，完全没精力再应付妈妈。

施季玲滔滔不绝地喟叹道："当初你们俩刚接触的时候，我怎么就没看出她的这副嘴脸呢？怪我急着催你们快点儿结婚，光看蒋燃这个孩子好有什么用？摊上这样的亲戚也是够糟心的。"

林鲸打断妈妈的话，忍不住护短："你能不能不要再说这种话了？我们都结婚了,让蒋燃听见这些话他怎么想呢?"

她的语气足够表达态度,施季玲肯定听得出来,被气得半天没出声,片刻后才说:"你知道妈妈不是这个意思,我这不是心疼你……们吗?"

"既然心疼,你就不要说这种让他心寒的话。"林鲸虽然知道上一辈人的表达方式往往不那么含蓄和体贴,尽管有的时候是抱着关心的态度,但实在没心情和妈妈解释。

说完林鲸沉默了一下,然后略缓和地说道:"不说了,我先挂了。"

施季玲忽然说:"今天你们都在家吧,晚点儿我和你爸去看你们。"

林鲸没有回答好,也没有回答不好,只是觉得莫名其妙,因为爸爸妈妈界限感很足,从来不主动来他们家,会觉得打扰他们的生活。

通话界面关闭,林鲸垂下手臂,耷拉着眉眼,很是沮丧。

在她的意识里,婚姻就像最初想象的檀木盒子,光鲜与琐碎的事都收纳其中,她精心守护着,生怕被人窥见其中的秘密,更确切地说是掩饰现实生活中的一地鸡毛,颇有敝帚自珍的意味。

她把食盒丢进垃圾桶,拧了块抹布擦干净桌子,然后听见卧室里传来响动。

蒋燃起床了,她进门的时候他正往浴室走,于是她也尾随进去。

她调整了表情,嘴角一边刻意地轻轻翘起,出现在镜子里,他的身后。

蒋燃倒扣计时的沙漏,弯腰开始刷牙。这是他坚持的一个习惯,总要看着棕色的细沙一点点漏完才完成任务,手法也是坚持的巴氏刷牙法,十分认真。

林鲸手指绞了一下衣角,蒋燃忽然回头:"过来。"

"干吗?"

蒋燃抽了张棉柔巾,在水龙头下全部打湿:"给你擦脸。"

说着,他将打湿的棉柔巾覆盖在她的面庞上,指尖还顶了一下擦拭本就不存在的眼眵,微凉的触感让林鲸神形具颤,她清醒过来低叫道:"你干什么啊?"

蒋燃懒懒地说:"看你没醒啊。"

林鲸扯开棉柔巾,脸上的护肤品都被这个大直男擦掉了,但她心中又在悄悄欣喜。他的刻意"直男"行为在告诉她,他的状态恢复得很快。

她不知道这是否有"装"的成分,就像她进来之前还特意调整了面部表情。

"我让你擦我的脸！"林鲸抓住机会扑他的胸口，作势要报仇，男人长臂一伸，掌根抵着她的额头不让她靠近。

林鲸顿时"恼羞成怒"，佯装生气，撇了撇嘴。蒋燃下意识地就松了手，林鲸立刻圈住他的腰，抱了起来。

两个人靠得好近，清晨的日光显露出一丝静谧气息，林鲸仰头看到他清爽的皮肤，说道："你不忍心了吧。"

"嗯。"他无言以对。

"现在感觉还好吗？"她开口问。

蒋燃揽住她的肩膀，单只手臂就能箍住她的身体，听见林鲸又说："心软是男人最大的敌人，啧啧。"

蒋燃这才回："本来还好，倒是你这么刻意地安慰，我应该再回床上躺一会儿？"

他在嘲笑她，还开起了玩笑，气氛变得轻松起来。

刚刚搂得太紧了，林鲸的肚皮几乎和他的身体贴着，碰到了不该碰的部位，撑不过一分钟就有点儿站不稳。林鲸干脆赤脚踩在他的拖鞋上，晃了晃身体，他的身体有很好闻的味道，和煦，温暖，中和了一点点海盐的中性味道。

蒋燃身上有种魔力，好像是自动修复程序，哪怕头一天晚上多难熬，睡一觉起来绝对会是全新的状态，她感觉得到了一个全新的丈夫似的。

和他待在一起，林鲸很少有持续心情低落或者沮丧的时候，蒋燃带给她的都是正向情绪，让她始终感觉泡在平和的温池中。

怪不得鹿苑女士说，结婚以后，自己脸上的丧气减少了很多。

林鲸忽然说道："你知道吗？本来我不想那么猥琐的，但现在有点儿想亲你，忍不住了。"

蒋燃凝视着她的眼睛，表情做邀请状："为什么不直接来？"

"说得也是。"

她点头，唇瓣在他的嘴角擦了擦，不消两下就被他探进舌吻着，离开的时候感觉味道不错，就是这口感实力劝退。

嘴唇贴贴的时候她感觉蛮好的，但是更激烈地交触时有点儿扎人。

"你该刮胡子了。"

"你给我刮。"他撒娇的样子像个庞然大物——金毛。

过后，林鲸心情忐忑地告诉蒋燃，施季玲和林海生晚点儿会过来。

蒋燃站在衣柜前套衬衫，顺便摸了摸下巴那儿被林鲸刮破的皮肤，贴了个创可贴："来就来，你这是什么表情，不欢迎吗？"

林鲸还贴在他身边："我是怕你不方便哪。"

蒋燃依然不解："我有什么不方便的？爸妈想来就来啊。"

林鲸是有点儿担心妈妈过来说一些不合时宜的话，但没说明，而是戏谑地说道："怕你哭啊。"

"啧。"蒋燃对着她的屁股狠狠地拍打了一下，林鲸赶紧逃窜："错了，错了。"

她本以为爸妈会在晚饭的时候过来，餐厅都订好了，没想到三点多的时候，就在可视机里看见了爸爸妈妈的脸。

预想的夫妻二人领导视察一样进来指手画脚的画面完全不存在，一开门，老爸手里拎着两个大袋子，生鲜和干货以及零食，看见林鲸傻站在那里，口吻熟悉地说道："愣什么？赶紧过来帮忙啊。"

施季玲手里也拎着水果，两个人像活体的移动补给站。

蒋燃走过去，卸下林海生提着的重物："爸，妈，你们早说买了东西，我去接你们。"

施季玲板着脸没说话，看上去还在生林鲸的气，气早上说的那些话。

林海生悄悄说："你妈说你们俩这些天忙坏了，肯定没能好好吃饭。别看她这样子，实际上她很挂念你们两个小东西。"

小东西……

这样的形容也就林海生常常挂在嘴边，哪怕林鲸已经快30岁了，他还是习惯这么叫，现在顺带把蒋燃也带进去了，多少有点儿调侃和宠溺孩子的味道。

蒋燃把东西拿到厨房去，嘴角勾起一个浅浅的弧度。

外面的雨没停，林海生和施季玲下车走过来的这几步淋了点儿雨，亚麻的衣质沾到雨水起了些褶皱，林海生接过毛巾，顾不及多擦拭，便卷起袖子进厨房忙碌起来。

冷清的家顿时变得拥挤和嘈杂起来，大家没有寒暄，没有客套，烟火气愈加浓重，蒋燃和林鲸坐在沙发上对视一下，又错开视线各自捧着手机看，偶尔被喊进厨房问什么东西放在哪里。

过了一会儿，施季玲在厨房里问道："你们家什么东西都没有？真不知道你们怎么过日子的。"

蒋燃过去问道："要什么？"

施季玲处理好了一条鳊鱼，鱼身改了刀，葱姜已经切丝撒在上面，亟待上锅，问："有蒸鱼豉油吗？"

蒋燃拿出手机："我找个跑腿，半个小时应该可以送到。"

施季玲说："你们小区里不是有便利店吗？几分钟就买来了。"

蒋燃："我现在去买。"

施季玲扫了一眼大爷似的坐在沙发上的女儿，支使道："让鲸鲸去，看她瘫一整天了，想长在沙发上啊？"

林鲸："……"

关我什么事呀？

她刚要反驳，林海生已经站在门口帮她把鞋子拿好了："赶紧去吧。"

于是林鲸穿上鞋子，被迫拿了把伞出门。

蒋燃站在厨房门口没有离开，感觉岳母有事跟他说，因此才把林鲸打发出去。

待林鲸关上门，施季玲有条不紊地准备着菜，用十分"随意"的口吻问他："蒋燃，你是不是和你爸爸跟继母的关系一直不好？"

施季玲虽然早就看出来了，却不知道其中的缘由。

蒋燃身体挨着岛台，并不准备隐瞒，简单地回答："联系不多，有些隔阂。"

施季玲了然地点头，没有继续问下去，能猜出父子俩关系不好肯定没好事，默了一下，才又说道："处理家庭关系，和你们年轻人谈恋爱也大差不差，不是靠走进下一段关系就能迅速摆脱过往的。"

蒋燃抿直嘴唇，做出恭敬倾听的模样。

施季玲继续说："鲸鲸说到底还是年轻，又被我和她爸爸保护得太好。虽说我们不是大富大贵的家庭，但年轻人吃的苦头，她通通没有吃过，所以她的性格相对来说是比较自我的。"

她故意问了一句："你有没有觉得她还挺作的？"

也只有足够幸福的小孩，才有资格作。

这种送命题实在不好回答，蒋燃说："她一直很好。"

施季玲微微叹气："我从没和你好好聊过，也时常担心林鲸只想在你的照顾下恣意过自己的生活，但是她并不能懂你。"

蒋燃屈着手指骨节敲击着手肘处，沉吟片刻后，说："鲸鲸有自己的闪光点，我不需要她多理解我的处境，她保持这样的状态，我就很好。"

施季玲听了这话后心中熨帖极了，才开始说下面的话："你和鲸鲸结

446

婚了,自然就是我们家的孩子,无论多大,总是需要父母的维护和支持,有困难你一定要和家里人说啊,不能自己憋着。"

蒋燃呼吸紧张了些,有些抖动。

施季玲又说道:"你肯定以为我和老林是爱屋及乌,一切都是因为鲸鲸才对你好,有这方面的原因,但也不全是。你没有生在我们家,我们却很羡慕你的父母有你这样的儿子。我们对你好,把你当作自己的孩子是真心实意的,因为你值得,知道吗?"

蒋燃沉默,已经很多年没有人这样跟他说话了,不适应,因此不能从容应对施主任。

施季玲看了一眼时间,林鲸快回来了:"昨天的事我听说了,家人虽然血脉连着,但时间长了总有自己的目的,得不到满足难免心生积怨情绪。以后你姑姑再这样闹事,你就别搭理她,也别放在心上,告诉妈,妈替你收拾这些烂摊子。"

最后一句话,施主任用开玩笑的语气说的:"妈妈也有妈妈的战场,你们只管过好自己的生活。"

蒋燃正欲开口,门边传来响动,施季玲仰了一下下巴,笑说:"小祖宗回来了,你去看看吧。"

正好不用他斟酌语句回应长辈,温情场面有时在理智面前也很尴尬。

果然是林鲸回来了,她发丝上顶着雨珠,伞倒是被护在怀里。

蒋燃拿了条毛巾走过去,往她脑袋上一盖:"你拿伞当儿子护着呢?"

林鲸的视线被毛巾盖得严严实实的,她仰着脸等他给自己仔细擦拭,嘟哝道:"你都把毛巾给我准备好了。"

蒋燃隔着毛巾捏她的耳郭,他们生活在一起这么久,他不知道她的习惯才怪:"你哪次不是这样,淋雨的感觉很好?不想打伞你可以从地下车库过去。"

"一丁点儿雨而已,我喜欢淋着,下大了自然会打伞啊。"林鲸闭上眼睛,感受着头皮上的摩擦力,还有他的手指的力度,这种感觉非常好。

蒋燃把毛巾扯下来的时候,林鲸还紧闭着眼。

一瞬间,蒋燃看她的样子莫名其妙地觉得乖巧,加上施季玲那一席轻描淡写又充满温情的话,让他第一次感觉到自己真正融入了这个家,家人的支撑力量是无穷尽的。

他浑身的毛孔里都散发着隐隐的感激之情和柔意,一股热气将他蒸腾着,呼吸起伏不定。他把这温柔施加到了林鲸身上,捧着她的脸,旁若无人地啄了一下她的嘴唇，又不满足地用舌尖舔吮着。

林海生忍不住"嗳"了一声，没眼看了："真是的，你们俩在家都这样腻的吗？"

蒋燃笑了笑，松开林鲸，脸上不见一丝尴尬之色。

这一顿饭的气氛很好。

林鲸能感觉到蒋燃的心情很轻松畅快，他和爸爸妈妈相聊甚欢，完全不见丧气的样子。

饭后，老林同志他们要回家了，林鲸为了逃避洗碗任务，主动提出送爸妈下去。

到了楼下，施季玲没有立即上车，把林鲸留住说话。

"你妈妈不是一个势利的人，当初看蒋燃人好让你嫁给他，虽然后来见识到一些糟心事，我也不会落井下石地转头说他不好。"

林鲸有些惊讶："你还在生这个气呢？"

施季玲看着她，说："没有生气，是在跟你说道理。他从来都不容易，淋过雨的小孩才懂得为别人撑伞。你也要多关心关心自己的老公，家是双方的，不能让他一直照顾迁就你。"

父母能这样理解，林鲸顿时也松了一口气："知道，我也没有一直让他迁就我吧，只是很多问题我想帮忙也爱莫能助。"

施季玲点了点头，说道："他身边亲近的人也就只有你，等以后你们有了孩子，成为一个真正的家，就会不一样了。"

林鲸听到"孩子"两个字就有些头皮发麻。

既然妈妈坦诚接受，她也不准备隐瞒："我们很大概率以后不会要小孩，我和蒋燃已经商量好了。"

林海生诧异："蒋燃答应你了？"

林鲸吸了一口气，承认道："其实要小孩无非是除了自己喜欢，就是慰藉或者将来老有所依。但是你们也看到了，蒋燃的爸爸明明不爱自己的孩子还硬要，姑姑也强凑着这对父子，到最后他爸爸不还是孤零零地走了？他们都是把孩子当作自己的所有物进行道德绑架，除了自己，又增加另一个人的痛苦，何必呢？"

林鲸自己说了一堆，见父母无言以对，动了动嘴唇，又说："你们要说我自私，我也不反驳。"

施主任好久才从鼻腔里"呵"出细细的声音来，听不出是不屑还是失

448

望之意。

林鲸说:"是你和爸爸给了我自私的底气和勇气,蒋燃过去的生活太辛苦了,我只想简单轻松一些。"

林海生听到他们不要孩子之后,立马就不淡定了,都走到台阶下面了又折返回来,欲拉着林鲸好好理论一番,被施季玲推开:"你给我滚一边去,我问问她。"

林海生:"……"

施主任说林鲸:"你可别说是我们给你的勇气了,你结婚以后是蒋燃给的吧,他脾气好,你就可劲儿地欺负他。"

林鲸听出妈妈就是不想背这锅,也懒得反驳:"无论谁给的,我只想选择自己喜欢的方式生活。"

施季玲说:"你选择跟我们坦承这件事,在某种程度上,是想得到我们的认同对吗?你想听妈妈说'好,不要孩子是对的,妈妈永远支持你',这样你的良心就不会不安,你也不会为自己的决定恐慌。"

林鲸挑了一下眉毛,老妈不愧是老妈。

施主任就是牛。

施季玲将手袋挂在腕上,抱着手臂,腰背笔直,看上去像个无坚不摧的女战士。

"之前我让你们晚几年要孩子,是考虑到你们的感情还有你的工作。但是现在这个决定,妈妈不能一拍脑袋就支持,太不负责了,因为我也没有尝试过不要孩子所带来的后果,不知道你将来的家庭生活是不是可以继续。"

"本质不是孩子的问题,而是你选择比较少的人走的路。"施季玲看着林鲸,母女俩同款的眉宇浅皱表情,"我还是那句话,不要为了追求而追求,不要人云亦云,有自己的思考能力,并且为自己的决定承担后果。要孩子不代表没有自己的生活,不要孩子也不代表一定过得好,你们才二三十岁,哪里能看到人生尽头?你可以慢慢想。

"你已经长大了,从今以后,大事上爸妈尽量克制自己不干预你们。"

林鲸知道,尽管老妈心中有很多想法,但也不会跟她说了,说白了人生到最后都是要靠自己负责。

甚至不知从何时起,老妈已经不再"强势"。

她目送他们离开小区,心里有些乱。

看了一眼时间才下来不到十五分钟，想来蒋燃还没洗好碗……于是她转身去了门口的便利店。

她挑挑拣拣了几样小零食，拿了一个椰子灰的冰激凌，走到家门口的时候，因为冰激凌太凉才吃了一小半。

蒋燃开门便看见嘴巴跟中了毒似的老婆，他把垃圾袋放在鞋柜边，皱了一下眉："你干什么去了？"

林鲸目光扫过垃圾袋，问道："碗洗好了？"

蒋燃就知道她的目的，抬了抬下巴："别高兴得太早，垃圾留给你了，一会儿送下去。"

"……"林鲸进门换鞋，贼喊捉贼地说道，"做点儿家务还推三阻四，真是的。"

蒋燃将目光落在她手里的东西上，有些无语："你不知道自己的经期要到了吗？就这么没有自制力？"

林鲸坐在沙发上："这不是还没来吗？"

蒋燃走过来，坐在她身边："给我吃一口。"

林鲸剥开下面的包装纸，不设防地将冰激凌递过去，没想到他的"吃一口"是直接把三分之二的冰激凌给吞掉了。

林鲸目瞪口呆。

那口冰激凌在他嘴里太凉了，他的样子狼狈又搞笑，舌尖默默兜卷了几个来回他才将冰激凌吞咽下去，然后仔细观察着林鲸的表情，她看上去没有特别生气，还行。

林鲸快速吃掉了最后一点儿冰激凌，指腹蹭着他的嘴唇，阴阳怪气地说："蒋老师，好有心机呀。"

"为了你的生理健康，蒋老师自我牺牲，不用谢。"

林鲸跪在沙发上，用力捏他的脸："少来，让你洗碗，垃圾还留给我丢，你这也是为我着想？"

蒋燃虚揽住她的腰："自然，怕你长在沙发上，一点儿运动量都没有，不过我可以陪你一起下去。"

"有人全身上下就一张嘴厉害。"林鲸冷哼一声，下地穿鞋子。蒋燃笑了笑，不置可否，嘴是不是厉害她自己知道就行。

他说话算话地陪她下楼丢垃圾，电梯里，林鲸终于忍不住问："晚饭前我妈把我打发出去，跟你说了什么？"

蒋燃将手插在兜里，懒懒散散地靠在电梯墙上，从镜子里看着她：

"说了一些你脑子里想的东西。"

林鲸甘拜下风："你好像说了点儿什么，又好像什么都没说。"

蒋燃："这大概就是说话的艺术吧。"

他这人，一旦不想说实话，别人就没有办法撬开他的嘴，林鲸却不是那种憋得住的人，主动坦白："刚刚在楼下，我跟他们坦白我们可能不要小孩了。"

"妈怎么说？"

两个人说着话就到了垃圾房，蒋燃拿走她手里的袋子，丢了进去。

回来后他听见林鲸说："和你一样的套路，她好像说了什么，又好像没说什么。"

蒋燃："这是我们自己的事，不需要别人干涉。"

林鲸心里感慨着，手被蒋燃拉着，朝湖边走去："干什么啊？"

"散步。"

他抬手感受了一下，这一整天都是这样的毛毛细雨，打不打伞都无所谓。

"没带伞哪。"

蒋燃说："没事，淋点儿雨，我感受一下你喜欢的场景。"

过了五秒，林鲸问："感觉如何？"

蒋燃低头擦拭睫毛上的水珠，其实根本就没有那么夸张，他故意的："这就是传说中的'中二'吗？"

话音落地的第二秒，林鲸就用手掐他的腰："你说谁'中二'？这叫浪漫好不好？"

蒋燃装作恍然大悟的样子："原来陪老婆下楼倒垃圾叫浪漫，一起淋雨叫浪漫，那天天一起睡叫什么？"

"走开呀你。"林鲸嘟了一下嘴巴，又忍不住想笑。因为一起淋雨的确够傻的，她小时候看偶像剧《公主小妹》，男女主角露天吃着西餐，忽然下起了大雨，于是两个人坚持在雨中吃完了饭，还直呼浪漫。

当时她不觉得有什么问题，现在看一些片段，才觉得傻透了。

不过，蒋燃大多时候都很聪明，在这件事上就非常直且呆。

她又没有毛病，怎么可能想淋雨呢？她不打伞单纯是觉得收伞晾干很麻烦！

今天下雨，湖边的人少了很多，只有一两个家里养了毛孩子的人不得不出来。林鲸把手插进蒋燃的裤袋里,隔着内衬,胡乱摸了摸他紧实的大腿,小声说道:"幸亏你不是一个很会撩的人,不然哪里轮得到我?"

蒋燃看了看她:"什么叫撩?"

林鲸说:"就是说一些话或者做一些事,让我的心像小鹿一样怦怦乱跳,让我尖叫。"

他的运动裤很宽松,林鲸的指尖几乎碰到了不该碰的地方,被他一把攥住,他捏着她的手拿出来:"越来越不像话了。"

林鲸吐了吐舌头,催促他:"快点儿,男人不会撩是没前途的。"

半晌,他叹了一口气:"没撩过,不会。"

"不信。"

蒋燃安静了一会儿,说:"你要知道,这个世界上有很多人不会撩也没有办法,只是单纯喜欢你,想尽一切办法让你高兴。"

他似乎看出她的意图,又说:"不要再为那件事纠结和有负担了,从心选择吧。"

林鲸的心脏快跳了几拍。

他的眼神平和而诚恳,比故意撩人令人心动一万倍。

林鲸停下来,忽然捧住他的脸,两个人的眼睛和面孔靠得好近,她弯着眼睛自然而然地笑道:"对,这就是撩,土土的撩人方式。"

的确是蒋燃给了她自私的勇气。

从外面回来,洗完澡,林鲸靠在蒋燃的胸口,蒋燃也没什么睡意,两个人没有说话,各自看着自己的手机。

临睡前,蒋燃接了个电话。

蒋诚华留下了一份遗嘱,律所那边需要蒋燃处理后续的事情。

林鲸隐隐约约把事情听清楚了,把手机倒扣在胸口,听见蒋燃说:"明天周日,你和我一起去?"

林鲸脑后感觉到他的胸腔轻震:"那谁也要去吧,我去凑热闹合适吗?"

"你不去我该不放心了。"蒋燃说,"老头虽然没留下什么东西,但大家还是要坐下来一起聊一下遗产的问题。"

林鲸没吭声,翻身钻进了被子里。

蒋燃替她做下决定:"十点碰头。先睡吧。"

隔天林鲸被蒋燃从被窝里挖了出来,九点五十见到了律师和张敏,自然，陈嬷陪在张敏左右。

遗嘱是蒋诚华几年前立下的，他的资产结构并不复杂，在国外的房产和投资是他和张敏的夫妻共同财产，全都留给了遗孀。

那栋老别墅是蒋诚华的婚前财产，他在几年前仿佛预见了自己的结局，特意留给了蒋燃，像是特有的恩惠。

蒋燃得知这个结果有些意外，旋即恢复平静，有些讽刺地笑了笑。

整个过程很顺利，律师把条款解释清楚之后，问他们还有没有不清楚的地方。

蒋燃二话没说，签了自己的名字。

张敏拿了大头，别人住的房子她也不屑要，自然也没有意见。

送走了律师，蒋燃的目光几乎没有在那对母女身上停留，上车准备离开。

空气中似乎有一丝曲终人散的味道。

但是张敏叫住了他。

餐厅里，场面除了吊诡无可形容，林鲸坐在蒋燃身侧，手指在下面抠了抠，像个陪家长应酬的小朋友。

蒋诚华的死给张敏的打击很大，短短几天她就瘦脱了相，两颊凹陷，鼻翼两边的法令纹充满了幽怨感，使得整张脸看上去死气沉沉。

张敏嘴唇微抖，看了一会儿蒋燃，回忆似的说："好像很久没有好好说话了，我第一次见你的时候，你还在上小学，我给你补习英语。"

蒋燃不予回应："多久的事了，我早就不记得了。"

张敏勉强地笑了笑："在这一点上你和你爸爸很像，想记的事永远记得那么清楚，不想记起的事情就绝不会再提。"

蒋燃听出对方大概要正式告别，但是他们又有什么可说的呢？

他语气平淡地开口："你有话不妨直说，看在我父亲的面子上，只要要求不过分，我都会答应。"

张敏："你爸爸已经走了，我也不准备待在国内了。这应该是我们吃的最后一顿饭，我不希望你爸在地下死不瞑目，所以……"

陈嬷听到这样的话，不由得看向母亲，似乎有些不甘心。

蒋燃径直打断张敏的话："原谅吗？谈不上。作为男人或是晚辈，我应该大度，但我没有资格替别人谅解。至于我自己，"他淡淡地笑了一下，"你们和我，从来没有任何关系，不要再出现在彼此的生活里便是最大的尊重。"

陈嫣猛地抬头。

这次回来,她一直不太敢看向蒋燃,尤其是他身边常常跟着他的妻子,画面总会刺痛她。这会儿,她的大脑像地震似的被人猛晃了几下。

蒋燃盯着桌面的茶杯,一个眼神都没给她。

饭没有吃下去的必要了,蒋燃表达清楚自己的意思后便离开了。

陈嫣追到门口,喊蒋燃:"等一下好吗?"

林鲸瞬间松开蒋燃的手,笑了笑,都没来得及说什么"体谅"的话,便被蒋燃反手抓住。

他的姿势和力度有种说不上来的霸道感和占有欲,他默认了无论陈嫣说什么,林鲸必须在场。

他问陈嫣:"还有什么事?"

"你们……"陈嫣犹疑地看着他们紧紧握在一起的手,浮于表面地笑着,用请求的语气说,"可以单独谈谈吗?"

林鲸抿着嘴,没说话,蒋燃直白地说道:"不太方便,有什么话就这样说吧。"

陈嫣瞬间偃旗息鼓,摇了摇头。

回到车上,林鲸侧头去看餐厅门口,陈嫣站在那里静静地抽着烟。林鲸看得出神,蒋燃屈着手指敲了一下她的脑门:"怎么还依依不舍上了?"

林鲸:"你为什么不听她说呢?"

蒋燃翻了个白眼:"说到这里,我还想问你刚才松开我的手是什么意思?放自己的老公和前女友私聊,不知道你是怎么想的。"

林鲸觉得"前女友"三个字刺耳:"不要提这个称谓好吗?我小心眼儿。"

蒋燃笑了:"那你还松什么手?装大度?"

林鲸在车里没正行,歪着身体靠在他的手臂上:"对啊,她好像有心里话要跟你说,我给你们空间。"

"少来。"蒋燃感受了一下她挨过来的柔软力度,没有立即开车出去。两个人在一起生活久了,说话习惯和吃东西的口味一样,无形中都在向对方靠拢,他学起了林鲸惯用的口吻:"就算以前有点儿关系,也很多年没有关系了,能有什么心里话?"

林鲸那点儿坏心思被戳穿了,她笑得不怀好意,绷直了唇得意着。

紧接着她又听见蒋燃幽幽地说道:"再说,我为什么要花时间听无关的人说心里话?我听老婆讲道理还不够吗?她还能给我写小作文。"

这个人又在内涵她!

他们越来越会相爱相杀了。

林鲸斗嘴斗不过的办法就是上手掐,于是两个人闹成一团,又变成了在隐私空间内纠缠亲呢,直到吻到不能呼吸。林鲸抽了张湿巾擦拭唇上的口红,擦完后用纸巾的背面替他把唇上的红色痕迹也擦掉。

最后她捧着他的脸笑得身体乱颤,一切终于结束了,她很开心,他都知道。

"还在乎前任这事吗?"

林鲸:"其实没那么在乎,但又有一点点介意。"

"介意什么?"蒋燃不明白。

林鲸觉得并不是所有的真心话都适合说出来,比如:我曾经暗恋过你这个"白月光"的,但是你没留意过我,就很遗憾。

见她不说话,蒋燃说道:"我说过,不要轻易怀疑我对你的感情。"

"没有啊。"林鲸摇了摇头。

"以后我和她不会再有任何关系,你想介意也没办法了。"他心里的大石头终于放下。

林鲸瞪着眼睛:"你才少来呢,少把我们之间的矛盾往别人身上扯,你才是我一贯别扭的诱因。"

"看得出来,之前你对我的态度一直很矛盾,说说原因。"他看着她的眼睛,眼神认真,声音低低的。

蒋燃从来不觉得自己给了林鲸不安全的诱因。

林鲸也算舒了一口气,打算把心中掩埋已久的秘密跟他坦白:"还记得我们结婚那天我去找你吗?我在门口听见你和你爸爸说的话了。"

"我们说什么了?"他对这事完全没印象。

"你爸爸问你为什么要在这么短的时间内跟我结婚。"林鲸说得没什么底气,声音越来越低,"你只说因为合适,还有,你想快点儿成家。这话放在当时没有什么毛病,但是让我觉得有点儿丢脸。"

蒋燃眼神直勾勾地锁着她:"我说过?"

"难道是我编的吗?"

"你确定不是听错了,我怎么不记得自己说过这种话?"

看他那副惊讶的表情,林鲸竟分不清他是真不记得还是伪装得太厉害。

林鲸一口气没提上来:"你亲口说的,现在又不承认。"

蒋燃笃定地说:"我肯定没说这种话。我和你结婚从头到尾都是喜欢,不可能只是因为合适,又不是买菜,问了价格就付款。"

林鲸这下真的有点儿生气了,心里闷闷的撒不出气来。

这天她躺在床上,心里堵得都有点儿失眠了,他怎么就不记得了?枉她耿耿于怀了一年。

蒋燃洗完澡抱住她,要做什么不言而喻,抵着她磨蹭了好久,快要进去的时候,林鲸忽然说:"不要了,身体不舒服。"

蒋燃撑起手臂,借着昏暗的光线观察她,问道:"哪里不舒服?"

林鲸觉得他就是在装傻,梗着脖子说:"就是不想做。"

"你这么晾着它坏不坏?"蒋燃已经动情,身体难免激动,还是耐着性子去想白天的事,问题是他真不记得自己说过那种欠打的话,还被她听见了。

他温存地亲亲她敏感的脖颈,嘴唇擦过她的鼻尖和脸颊,贴着她的嘴角说:"好了,当我说过行吗?我跟你道歉。"

林鲸当场气绝,一把推开他。

蒋燃也郁闷,难道他真说过?他可太不想承认了。

两个人有点儿僵持,这倒也不是什么大不了的事,谁都知道,过不了多久两个人又得没皮没脸地和好,甚至更加腻歪。

蒋燃因为家里的丧事耽误了许多工作,终于有喘息的空间,便把精力转移到了工作上。

因为罗特犯的错,蒋燃以此为契机安排人接手了他原本的部分工作。过程没有那么顺利,A市的集采投标已经进入正轨,蒋燃为投标的事忙得头痛,早出晚归成了日常,讲和这件事便无限延期。

这天晚上,林鲸睡前坐在沙发上吃零食,吃到一半不想吃了,见蒋燃出来接水还下意识地塞进他的嘴里。蒋燃也不嫌弃地吃她剩下的东西,吃完之后又想起两个人还在冷战,特意瞅了她一眼。

"看我干什么?不想吃就吐掉。"她有点儿心虚。

蒋燃端着水杯,定定地看了她几秒:"我敢吗?怕自己又罪加一等。"

"呵呵。"她夸张出声。

蒋燃说:"对了,我明早出差。"

"你可以上飞机前再打电话通知我。"

"来帮我收行李。"

隔天早上他因为要赶飞机,五点多就起床洗漱了,手机在床头柜上一直振动,林鲸被吵醒,没好气地喊:"你的电话。"

蒋燃在洗澡,不方便出来,问:"谁打来的?"

林鲸看了来电显示的名字,蒋燃说:"帮我接一下,问问什么事。"

于是林鲸努力地撑开眼皮接电话:"小陆总你好啊,什么事?"

电话那头是陆京延,听见林鲸的声音有点儿诧异,很快又贱兮兮地笑开了:"你老公呢?他怎么不接电话?"

林鲸说:"他在忙,可以转达的话你跟我说吧。"

"说起来有点儿麻烦,等会儿我见到他亲自说。"

林鲸准备挂电话了,陆京延却还有聊下去的兴致:"弟妹别着急呀,聊聊呗。"

林鲸无意说他工作上的事,但和他的朋友也很熟了,想到他最近整日和对方混在一起,不免开了句玩笑:"聊什么啊?你们天天在一起的时间比我都长,都不知道谁是他老婆了,要不我把位置让给你?"

陆京延笑得更贱了:"你要让我也可以,就是你老公不要啊,我就是个工具人。"

林鲸躺在床上笑了笑:"你怎么就是工具人了?不是好朋友吗?"

陆京延挺认真地说:"你可不能乱吃醋啊。他这两年比较特殊,工作忙点儿,你尽量多担待。你们相处的很多问题他都门儿清,他也想尽快解决,但人的精力有限。也是为了以后有更多时间留给家里才玩命工作,不然谁愿意天天泡在公司里啊,回家陪老婆不香吗?"

听听这说的,这人不是游说是什么?林鲸半天不知道自己该说什么。

浴室的门被拉开,蒋燃走了出来,一脸问号地看着她皱眉的表情。

她瞟了他一眼,嫌弃地把手机递出去,倒头又睡下了。

第十二章
冬日姜饼

蒋燃拿了手机,眼睛瞟向林鲸只露出的半个脑袋,头发毛茸茸的。

他简单地和对方说了两句,再回来时林鲸已经睡着了。

直到他离开家,他们也没能说上一句话。

出了小区他和陆京延在车上碰面,这人本来兴冲冲地要调侃他,迎面就看到他一脸不爽的表情:"咱们蒋老板这是怎么了?"

蒋燃没理他,坐进车里给林鲸发消息,叮嘱她早餐在锅里温着,顺便说垃圾已经被他拿下楼了,典型的惹老婆生气后的殷勤表现。

陆京延幸灾乐祸地说道:"看你这模样又是跟老婆吵架了啊,今早我和你们鲸聊天,她可没什么好气地在跟我说话。"

蒋燃扫了他一眼:"注意你的用词。"

"林鲸,林鲸。"陆京延纠正自己的称呼,眼巴巴地看着他,"怎么了?怎么了?快说说。"

蒋燃扭头看了一眼陆京延的那副样子,这人就等着听他说夫妻二人间的八卦,于是话锋一转说道:"我就不说,好奇死你。"

陆京延:"做个人吧。"

蒋燃:"向往你就自己结婚去。"

"你以为搞对象那么容易?"陆京延说,"没有勇气把自己套牢在婚姻里啊。"

蒋燃的脸上终于扬起一丝笑容,他决定施舍陆京延两句话:"要看对的人。过去一年了我还是那句话，和她在一起的感觉很好，就连吵架也是。"

"行了，行了，'单身狗'听不得这些。"陆京延大喊。

两个人安静了一会儿，说起投标的事。

陆京延说新科医疗那边联合其他部门单位串标，此前罗特也有此苗头，这事情节严重，相关人员要被判处三年以下有期徒刑，幸亏被蒋燃及时发现拦下了。

他的同事已经在机场等着了。

陆京延这段时间可谓蒋燃的狗腿子，没什么正经事，顺道跟他去见识见识，见到阵仗才说："你这也太严谨了，事事亲为岂不是要累死？"

罗特的操作给了他足够的教训，蒋燃的意思是不能给自己留下后患，才着急处理了，不然以后睡不安稳。

"你老婆有意见我不奇怪，你这么玩命地工作，哪个受得了？"陆京延走在他的身侧，"罗特算个什么东西，也值得你这样上心？你这么着急是想提前退休吗？"

蒋燃说："提前退休夸张了，只是想多留给自己一点儿时间。我本来是想过两年闲一点儿……不过也是一样的。"

"过两年干什么？"

蒋燃摇了摇头，经济自由以后他的物欲已经不再强烈，养家什么的肯定不在话下，归根结底，他还是想和她在一起的时间多一些。

A市的招标出了点儿问题，还没开始就已经被上头叫停了，串标的事果然被揭露，等待调查，待事情清楚之后再重新招标。

此事引起一片哗然，只有蒋燃像未卜先知一样淡定，因为这个结果早在他的预料之中。

因此，蒋燃在A市待了不到两天，周五晚上提前回了家。

他没把冷战的事放在心上，可能是大脑的排斥反应，他再次发挥男人本性，把那件事忘得干干净净，严谨如他，肯定没说过那种让人抓住把柄的话。

他只当对方矫情了一下。

林鲸不在家。

他洗完澡，在客厅里坐了一会儿，感觉怎么着都不自在，走到房间门口回头看见沙发上被拍得整齐饱满的抱枕、花瓶里鲜嫩的迷你向日葵、倒扣在茶盘里的杯子……

他忽然想起场恶作剧，把家里大大小小的电器都打开，把抱枕拨到地上，喝完咖啡的杯子不洗就往桌上放……一切乱中有序。

　　林鲸不是一个勤快的人，但自小得到了良好呵护，是典型的娇贵女孩，最受不了家里乱糟糟的，回来肯定要主动找他算账。

　　想到这里，蒋燃露出了今晚的第一个笑容，表情恶劣得像个大男孩。

　　瞧瞧男女不同的劣根性，两个人吵架都吵出乐趣来。

　　发现事情不对劲是一个小时后，他去衣帽间放行李箱，发现下面那一大格子空了，和他同款的白色行李箱不见了，不翼而飞的还有她当季的衣服。

　　蒋燃穿着睡衣，头顶的灯光倾泻下来，落在英挺的眉骨和鼻梁上。

　　大脑"轰隆"一声，紧接着后背冒起了虚汗，尽管能想到的结果十分可笑，可他真就信了自己的猜测——林鲸又离家出走了。

　　电话那端是关机状态，林海生那边也说林鲸没有回去。

　　蒋燃唯一比较熟的林鲸的朋友就是鹿苑，但只有微信，礼貌性加上了而已，他没关注这么晚是不是打扰对方，直接打了语音电话过去。

　　鹿苑幸灾乐祸，说了跟没说一样："林鲸这么大的人出去玩一下，你没必要吧？"

　　蒋燃听出她的嘲讽之意，没理，只说："鲸鲸很少一个人出门。"

　　鹿苑这人没什么人品，推托了一句不知道，迅速挂了电话，因为就快憋不住笑了。

　　蒋燃听见对方这么回答，大概清楚是怎么回事了，鹿苑肯定知道林鲸去哪里了，只是不愿意跟他说。

　　他有一瞬间的确智商下线才被戏弄。

　　手机振了一下，不是林鲸。

　　陆京延问："周末去钓鱼吗？带你们家林鲸一起去。"

　　蒋燃稳了稳神："林鲸没空。"

　　陆京延无语："林鲸没空你就不来，吵架还没和好吗？你得支棱起来啊，不能总这么被拿捏！"

　　蒋燃实在没耐心了，脾气很不好，没好气地说道："'单身狗'懂什么？你有老婆吗？"

　　陆京延："……"

　　莫名其妙的男人！

如果蒋燃不拿乔，就能早点打通林鲸的电话了。

　　前一天晚上，林鲸忽然收到了张琪琪的微信喊她出来吃饭，张琪琪辞去这边的工作准备回家乡了，周五就走。

　　吃饭的地点在市区的一家串串店，小店里烟雾缭绕，环境不是很好，周围都是朴素的大学生。张琪琪硬是把自己喝醉了。

　　她和那个从大学走到现在的男朋友分手了，那个男的是个浑蛋，好在对方的家长还算有点儿良心，给了张琪琪十万元作为补偿。

　　她手掌捂脸，声音颤抖又好笑地说："你知道吗？我在这边这么多年了，手头上也就十几万块钱，还有十万是人家给的分手费，可笑吧？我爸妈还以为我在这边工作有多成功呢，谁都不知道我像门外烧火的那个驴屎蛋子表面光，兜里比脸上干净。"

　　林鲸指尖滑过杯沿："怎么才算成功呢？以钱为标准吗？"

　　张琪琪："可能吧，这是显而易见的标准。"

　　林鲸摇头，像个过来人那样说："你不要看网络上一些人吹嘘二十五六岁就年入百万什么的，大多数人是普通人，财富的积累是很缓慢的。没有背景的女孩子能立足，有几万块钱存款就很优秀了。"

　　张琪琪不信："那你看上去为什么那么有钱？"

　　这话把林鲸问住了："要听实话吗？"

　　"说！"

　　林鲸无奈地说道："我之前创业失败，赔光了所有积蓄，抑郁到想自杀。直到我换工作，结婚，生活才算安稳下来。"

　　张琪琪好奇："结婚是条靠谱的致富路吗？"

　　林鲸说："结婚不会致富，但幸运的话，可以遇到一个让你感到安稳的人。"

　　张琪琪歪着脑袋，忽然告诉林鲸一些心里话："其实，说觉得你很棒、想认识你是假的，是我好羡慕你。那天在艺术馆看见你，远远看着你，我觉得你的生活可能是我这辈子都达不到的状态——经济良好，情感稳定。人像飞蛾一样都有趋光性，我是抱着窥视的心态探究一二的。"

　　林鲸对此并不意外，甚至可以理解。

　　"那你看得出来，我们经常因为一点儿小事而发生摩擦，偶尔会质疑婚姻，害怕对方不够爱自己，面对生活的琐碎事情吗？"

　　比如她此刻的矛盾心情，一方面因为蒋燃无心的话意难平了好久，另一方面痛恨自己为什么不能体谅一下对方的辛苦，担心对方嫌弃自己太矫情。

人与人的相处很难，哪怕是最亲密的爱人。

张琪琪说："这哪里看得出来？"

林鲸笑："这不就是了？我很早之前就承认过自己很羡慕你吧，羡慕你独自闯荡的勇气，无论是工作还是生活，你总是一往无前地往里扎，不管前面是不是龙潭虎穴。这份魄力不是所有人都具备的。"

"我们总是羡慕别人看上去光鲜亮丽的生活，但鲜花之下还都是刺呢，焦虑情绪就是这么被制造出来的，你还是多看看自己的生活吧。"

张琪琪愣怔很久，终于点头。

这个道理，每个在焦虑感中碰得头破血流的普通女孩子终会明白的。

当然女孩子们也会明白，自己远比想象中更加优秀。

林鲸决定说走就走是被朋友鼓动的，买了机票，和张琪琪一起去她的老家玩。

如果她要知道自己这一"帅气"举动被蒋燃定义为"离家出走"，肯定要被气吐血。

她周日晚上就回来，一切神不知鬼不觉。

飞机晚点了，在江北机场落地的时候已经是夜里十一点半，林鲸下了飞机又冷又困，到酒店洗完澡后倒头就睡。

第二天上午她醒过来打开手机，才看见蒋燃发来的六个点"……"表明他的无语。

看来他是知道她不在家了。

点什么点？就你会是吧？

林鲸干脆没回消息，起床去洗漱。

旅行就是逃离自己过腻的地方，跑去别人过腻的地方找新鲜感。那天晚上喝了一点儿酒后，林鲸回顾自己的生活，忽然觉得自己很糟糕，想要逃离。

山城本就是旅游热门城市，比她想象的好玩很多。

酒店在解放碑附近，吃过午饭林鲸准备乘地铁去周边地方玩。鹿苑在微信里说蒋燃昨晚急匆匆地找人，一副家里的猫主子逃窜出去的失魂落魄样……

林鲸："你现在才跟我说？"

鹿苑："觉得很有意思，让你们俩互相急一急有什么不好？"

林鲸不自觉地噘了噘嘴，失魂落魄是不可能的，但主子和猫，还真是贴切的形容……地铁线比较长，她又收到了蒋燃的微信："去哪儿了？"

林鲸回："逃离地球了。"

蒋燃："去哪个星球？"

他还接梗，呵呵。

林鲸到站以后，又下了不知道多少层电梯才到一个景点，玻璃栈桥上站满了游客，初秋的凉风都没能将人群的暑热消散。林鲸和朋友站在桥上，仰头望向天空，傻乎乎地等待轻轨穿楼。

有几个女孩子张大了嘴巴，利用位置的交错拍搞怪图。

林鲸抓拍到照片后，想到的第一件事就是点开蒋燃的微信对话框，不知道回他什么，就把照片发给他。

蒋燃："李子坝。"

林鲸抿唇笑了笑："知道吗？我刚才想了一下你偷偷上网去查自己的知识盲区，又立马来跟我装很懂的样子，蒋老师你好搞笑。"

她就不信他什么都知道。

蒋燃把照片发回来，用笔刷在右下角圈了出来，宛如皇帝批奏章或是男老师改作业。

"需要查吗？这里不是写了？"

林鲸微微张嘴，点开图片，那个地方竟然还真有个××站，是她大意了。

她默默翻了个白眼。

蒋燃到底没忍住："以后出门要提前告诉我，除非你想让我年纪轻轻被吓出心脏病。"

林鲸的白眼简直不想翻回来："别这么双标，你很多时候出门也不会告诉我自己去哪儿了吧？"

蒋燃虽然承认，但实在没面子认错，只好说："你不记得自己结婚了吗？"

林鲸哼笑，"啪啪"打字："你也有今天，心慌了吧？知道我当时是什么心情了？"

将消息发送出去后，想象对方被噎到无语的样子，她暗自爽了一下。

蒋燃猜测是第一次两个人吵架的时候他出门没告诉她，还是因为她微信把他拉黑了，顿时失语了好一阵。

两个人有一搭没一搭地聊着天，两部手机仿佛无形中连着牵引的线，两个人偶尔调侃，偶尔互怼，聊天内容也极其敷衍和没营养。两个人游刃有余到像恋爱老手，直到被朋友吐槽她出来玩还抱着手机。

林鲸退出微信。

这天又累又兴奋，山城的夜生活热闹非凡，林鲸是准备吃了晚饭回酒店躺尸的，又被人拉了出来。

于是林鲸只好从行李箱中找出唯一的毛衣套在身上，陪人出去了。

景色很美，游轮上却冷得不像人待的地方，她们没订到好的位置，就趴在栏杆上遥遥望着对面的洪崖洞盛况，灯火通明，亮如白昼。

林鲸的脸蛋都被吹得通红，她听到旁边有人在低低啜泣，张琪琪不知道回忆起了什么，忽然又哭了起来。另一个姐妹忙着安慰张琪琪，两个人随后抱头痛哭。

林鲸从包里抽出一张纸巾递过去，说道："再哭脑子里的水要干了，就谈不了恋爱了。"

张琪琪："跟谈恋爱有什么关系？"

"一般女人脑子里要进点儿水，才能相信男人这个物种，太清醒了谈不了恋爱。"

张琪琪说："我的确不想谈恋爱了，没意思。"

林鲸听完这话，也叹了一口气，被那氛围感染到不和她们一起哭一哭就显得她特别不是人。

手机在裤兜里振动，蒋燃打来电话："还没回去？"

林鲸："有事吗你？"

蒋燃："提醒你在外面小心。"

林鲸："你在查岗吗？"

蒋燃："意思类似。"

女孩子们凑在一起，意识到彼此的好，会很容易恨男人，这放在林鲸身上也不例外，蒋燃理解她此时的心情，并未计较。

游轮走一趟下来半个多小时，林鲸握着手机打了个喷嚏，蒋燃提醒："你有感冒的趋势。"

林鲸："这边晚上好冷。"

蒋燃说："是你穿得太少了，江边风大。"

林鲸一时没听出来有什么不对，码头和岸边的人非常多，车也堵在那里一动不动，她斜着肩膀从人群中穿过，闻到了空气中的汗味、香水味、烟味。

各种味道混在一起，让她的倦怠感很明显，她微微垂着脑袋，身体打摆似的："我要回去了，先挂了。"

蒋燃闷闷地笑了一声："嗯，别低着头，看路。"

电话那端传来汽车鸣笛的声音，几乎和她这边的同步。

林鲸怔住，"毛骨悚然"四个字在脑海中闪现，脊背一阵发麻，她扶着栏杆四处张望，没看到以为出现在这里的人。

朋友问她找什么，车要开过来了。

林鲸说："你们先回去，我等会儿。"

"这么晚了。"

林鲸用手掌盖住听筒："先走吧。"

朋友没坚持，叮嘱了两句便上了车。

林鲸对着手机，有点儿不敢相信地问："你在哪儿？"

蒋燃的笑声终于荡漾开来，他缓缓说道："向后转，走三十米，就能看见我了。"

完全不需要再走三十米，她只需回头便能看见某个丢在人群中依然能一眼被分辨出来的男人。他穿着一件卡其色的风衣，背靠着栏杆，比周围人都高了一头。

她捕捉到他的身影时，他正往这边扫视，说实话那张脸有点儿欠打，但更多的是帅和俊秀以及难得一见的属于年轻人的恶作剧得逞的笑容，紧抿着唇，表情竟有一丝天真和亲切。

很奇怪，一来是她感觉自己像风筝似的，线攥在对方手里，他稍微拖一拖她就被扯回来；二来是她有点儿喜欢这种牵引，类似有归属感。

蒋燃挂了电话站直身体，林鲸一路小跑过去，抬手在他的手臂上拍了一巴掌："站在这里干吗？耍帅啊？"

他咧了一下嘴角，露出莹白整齐的牙齿："你要是不打我，可能会帅一点儿。"

林鲸没心情开玩笑，一脑袋的问号："飞过来的吗？我下午才跟你说。"

蒋燃："聪明人都神通广大。"

林鲸下意识地往他身侧站了站，挡风："别装，说点儿人话好吗？"

蒋燃："好吧，昨晚登录了你的订票账号。"

"还知道得这么具体？"

蒋燃低头凑近她的耳边："别问了，给点儿面子。"

"说。"

"说点儿别的吧。"

林鲸缩了缩肩膀,顺势把自己缩在他的怀里,保证自己不受一点儿冷风。

她又问蒋燃:"这么殷勤干吗?"

蒋燃抿了抿唇,脱下外套给她:"一般这个时候,不是惊喜就是道歉,你选一个猜猜看?"

林鲸用脸颊蹭了蹭他的衣领,都是他的味道,干净的皂香。她猜测两个都有,惊喜是因为他本人,至于另外一个……

"我没多在乎你之前说过什么,那个时候我们只交往了小半年,能有什么感情呢?诚实总是没错的,你要说多喜欢我也很假啊。这件事就算了,有没有觉得我一点儿都不矫情?"

蒋燃眼中的一簇小火苗瞬间熄灭,总之他听了这话不太舒服,手指点了点她的脑袋,吸了一口气:"没有,被你气死也差不多了。"

夜色迷离,很是浪漫,但是两个穿的衣服不多的人被冻得瑟瑟发抖就不太美好了。

最后林鲸被蒋燃领回了酒店。

回去的路上他看着又困又累,拉着她的手搁在自己的腿上闭眼小憩。林鲸虽然有点儿喜欢这样,还是忍不住说:"这样好夸张啊,这么累你就别搞谈恋爱的那一套浪漫法则了吧。年纪轻轻的你没被我吓出心脏病,但是累到猝死也好不到哪里去。"

蒋燃撑开的眼皮瞬间成了三道褶,眼睛更显幽深,他还没来得及说话,眼皮又耷下去成了她比较习惯的内双。

他淡淡地说道:"别招我,刚才见你不是挺惊喜的?"

林鲸不想承认:"你看错了。"

蒋燃认定她的口是心非,无论如何他的目的达到了就行。

林鲸:"你们怎么总喜欢认为我爱生气或者闹别扭呢?我就是一时兴起和朋友出来玩而已。"

蒋燃想了一下,瞥见前头的司机竖着耳朵,便刻意用只有林鲸能听到的音量说:"跟那没关系。我们谈恋爱时间不长就奔着结婚去了,我不想让你觉得是在凑合着过日子。还有,我觉得女孩子有点儿性格很好,你不用因此苦恼,只能说明我养老婆养得好。"

林鲸"扑哧"笑出声来:"屁,你对这种事还有成就感?"

"男人的成就感无处不在啊。"蒋燃叹息了一声,又合上眼皮。林鲸也就没有再打扰他,一路到了酒店。

看他那个样子估计是没精力搞事情了,林鲸便没做什么准备,但是当他得知她的经期走了之后,又变得生龙活虎,房间都没进,直接把她摁在门板上吻了起来,衣服一路从门廊脱到了浴室。

有人饥饿到犹如饿虎扑食,林鲸哀叫连连都不顶用。

计划好的日程表是早上九点起床出门,蒋燃一来,林鲸直接睡到十点半也起不来,腿根像是被人拆了一样酸痛。

蒋燃也没有起来的迹象,正好给了林鲸赖床的理由,于是两个人一起在陌生的城市睡懒觉。

醒来吃了东西,两个人又有了精神,然后纠缠到床上去。

电视一直开着成了背景音,随便调的一个台在放综艺节目,是考验夫妻默契的,夫妻俩背对着在题板上回答问题。

林鲸洗完澡窝在沙发里玩手机,跟朋友解释自己今天不出门的原因,耳朵竖得老高地听着电视节目。蒋燃没带衣服,衬衫挂在浴室里,他光着上身,穿着宽松的睡裤懒懒地坐在椅子上盯着某处。

她看了一会儿,忽然突发奇想地说:"要不要验证一下我们之间的默契?"

蒋燃转过头来:"什么?"

他没听清楚,因此眼神有些茫然,加上短发凌乱着,衣服也穿得不整齐,竟然有点儿性感的感觉。

对上那个眼神,林鲸有点儿不好意思了,低声重复:"夫妻默契考验,你敢不敢?"

蒋燃将目光移到电视上,认真研究了一会儿,不是多难的事,就问问对方的生日、结婚纪念日等,正在放的那对明星夫妻看上去默契很好,就显得很甜。

但是因为综艺节目都是有剧本的,多了那么点儿做作和刻意的感觉。

说实话,蒋燃对一些纪念日什么的并不太记得清楚,这种小事到最后也会成为送命题。他默了一会儿,岿然不动地拍了拍腿:"你说什么?我没听清。"

林鲸两步蹿过去,跨坐在他的大腿上。

"目的是更加了解对方,或者更加了解对方眼中的自己是什么样子的。"

"你的生日、结婚纪念日我知道,这还需要考验吗?"他轻轻勾起嘴角。

林鲸笑得不怀好意,手腕攀上他的脖子:"谁要问这些没营养的问题了,你敢不敢玩点儿刺激的?"

他不是很想玩这个,毕竟没复习好的学生也不敢轻易面对月考,故意说:"刺激的?在床上不刺激吗?我恐怕比你自己都要了解你吧。"

林鲸愤愤地揉乱他的头发:"别打岔,题目很简单,说出对方身上的三个缺点,分先后顺序。"

蒋燃:"然后呢?"

"没了。"

"没有优点吗?"蒋燃眉心轻蹙。

林鲸看着他说:"本来应该是有的,但是我谨慎思考之后,发现我们当初是在冲动下结婚的,只看到了对方的好。因此结婚这一年多来,本质上是一个暴露缺点的过程。"

"一般人很难接受别人指出自己的缺点,你待会儿不要生气。"

这又是一个新问题,林鲸问他:"你会把我的缺点说得太严重或者让我下不来台吗?"

蒋燃表明态度:"我还不想死的话,应该不会。"

林鲸狡黠地笑了笑,松开他的脖子,去书桌抽屉里拿了酒店提供的板夹和A4纸:"先写我的,记住分ABC等级的,A级是第一顺位。"

她拖来一把椅子,坐在书桌的另一边,又提醒:"先写我的。"

蒋燃好笑地看着她,跟看女儿似的,一副愿意陪她玩玩的表情:"为什么先写你的?"

林鲸毫不掩饰自己的心机:"我要看你对我吐槽的程度,再决定怎么吐槽你。"

蒋燃侧了侧头:"原来是吐槽大会。"

林鲸一本正经地说:"有指正才会有进步嘛。"

说完她便闷头写起来,大概是要想一想的,中途又偷偷去瞄蒋燃的表情,只见他用手掌挡了一下,隔开她的眼神:"不是考验默契度吗?还带偷看的?"

林鲸:"怕你瞎写。"

蒋燃"呵"了一声,用铅笔龙飞凤舞地写了三行字,看得林鲸感觉很不好，肚子里隐隐冒出怒气来，他对她的意见很大嘛。

他写完，懒散地瞥着林鲸，像同一考场里的学神蔑视着学渣。

过了一会儿，林鲸说："我写好了，对答案吧。"

她展示出了自己的——A.容易自卑；B.能力配不上野心，才华配不上梦想；C.性格自我。

蒋燃看完她写的内容后问："你对自己的剖析很彻底，但这是真正的你眼中的自己还是想象中的别人眼里的你？"

林鲸被问得有些心虚，没回答："你管我？快给我看你写的。"她把对方的纸扒拉过来：A.不信任老公，B.纠结；C.其他都很好。

最后一条内容表明了他的求生欲，呵呵，男人的小把戏。

林鲸哂笑："你确定放弃最后一条？"

蒋燃纠正她："这是对你的口头表扬，不是放弃。"

一条重合的缺点都没有，两个人果然毫无默契。

少顷，林鲸的心门"哗啦"一声被大大敞开，第一条缺点他就误会她了，她顺理成章地站在制高点上诘问："我怎么不信任你了？除了你前女友的事是你和叶思南欺骗在先，哪次你出差我查过你的岗，还是怀疑你外面有人了？反而是你查岗查得严吧？"

蒋燃被逼问得连连往后撤，半天才问："你为什么不查？"

林鲸："我相信你。"

在蒋燃看来，林鲸还是有点儿傻乎乎的，甚至把这种"信任"当作骄傲。他忽然想起一件事来："去年我让你每天都要在我出远门的时候给我打一通电话，你做到了吗？"

"……"

他的记性真好。

林鲸顾左右而言他："这是另外的问题，你别打岔。"

蒋燃只好认真地给她解释："我说的不信任的点是，你不相信我对你的感情以及我能对这个家负责，有问题不和我沟通，自己生闷气。无论是我在婚礼上说的错话，还是陈嫣回来，你每次都挣开我的手是想干什么？"

林鲸开玩笑逗他："我在给你全身而退的机会。"

"说什么呢？"蒋燃没好气地瞥她一眼，还觉得不畅快，又勾着手指弹了她的脑袋，"但凡你说的是句实话，咱们的婚姻也不用维持了。你对我总有不一样的期待，但是嘴上又不敢表达，对吗？我说和你结婚只是

· 469 ·

因为合适你恨恨地记了一年，只要看见陈嫣和我同框就恨不得过来暴打我……口是心非的毛病什么时候改改？"

林鲸听他说了一通，有点儿晕，找回自己的条理："你好自恋，怎么说得跟我爱你爱到天怒人怨了似的？"

"天怒人怨倒不至于，我还没那么大的魅力。"蒋燃幽幽地说道，"感情是有的，还挺深。"

林鲸无语至极："我刚刚失误了，你的缺点能排满26个字母！最大的一个就是太自信。"

蒋燃语调欠打地说："人无完人，有优点撑着就行。你对自己的评价是自卑，我们中和一下很完美。"

林鲸暗暗压下心中的火："B呢？给你机会小心点儿说。"

蒋燃说："这是一个老生常谈的问题，放在B级就说明已经在改善，和你自己总结的自卑大致相同。今年你在工作的问题上很少来问我，说明你遇到的难题不多，已经很好了。"

他有鼓励的成分，林鲸很清醒地认识到心态的改变需要慢慢来，但更重要的是各方面能力提升让自己强大起来了。

林鲸开心地笑起来："也就是说，除此之外我很完美了。"

蒋燃摸了摸她的头和灿烂的脸蛋，放柔了语气："最后是对你的口头嘉奖。今天你能想到给我出这个问题，就说明你已经在想办法为我们的相处努力了，不是一味想逃避。相信我，以后生活会越来越好的。"

林鲸拍开他摸狗一样的手："口头嘉奖？你敢不敢奖励大点儿，你当哄小学生呢？"

蒋燃也笑了，跟她说："我想给你惊喜，暂时想不到能送什么东西。至于别的……你自己清楚咱们家有一分钱能打上我的名字吗？常用的就一张信用卡，花你的钱给你惊喜，合适吗？"

这倒也是。

林鲸想想自己有好多钱，就很开心。

"好了，开始说你的缺点。"

林鲸的确是个嘴上谦虚，心里却不太能接受批评的女孩子，尤其对方说得很真情实感，像是掀开她的遮羞布一样难堪，于是这会儿十分小人地开启报复模式。

蒋燃写完就给她了，就几个字：忙，少顾家，不浪漫。

林鲸想到的都是非常具象的，A.对待老婆像对下属一样不留情面，要

470

求高得像冲刺绩效；B.在家无论干什么总是要打电话，最讨厌别人和我在一起的时候打超过五分钟的电话；C.生活敷衍，总觉得自己干什么事都游刃有余。

相比于蒋燃的七个字，林鲸大而疏阔的字体就显得抱怨满满，看得蒋燃直皱眉，心说：我有这么多罪行我怎么不知道？

林鲸狡猾地捕捉到他的情绪，立马说："你看，你看，我猜你第一句话就是想反驳或者打死不承认吧。"

蒋燃冤枉："我说什么了吗？"

林鲸伸手捧着他的脸，霸道地揉了揉："你的表情说明了一切，你还说我不喜欢接受批评，你更不接受。"

"……"

林鲸见他不说话，又问："你该不会真认为自己是完美的吧？"

蒋燃认输："就凭我提了你的两个缺点，我就没有资格说自己是完美的。"

林鲸没完没了地说："再加一条，不真诚。"

他捏着林鲸的答卷，一阵郁闷，第一点和第三点他能理解，但是在家打工作电话也能成为她的雷点吗？他从来都不知道。

"你说说，我有些摸不着头脑。"

林鲸说："这个和你把我丢在家里当留守儿童是一个道理，甚至更残酷。每次你回家总是要我陪你，或者来我的房间，名义上是陪我，但基本上没有二十分钟你就必有电话或者工作要处理，我还不能走开，就在旁边看着你忙，否则就是我不主动亲近你，那种感觉像做不喜欢的任务。总而言之，要是用情人的标准来看，你很完美，但我是你的老婆。"

说到这里，她还真情实感地眼睛泛红，心说我可真是受了挺大的委屈，旁人只看到她嫁给蒋燃的好，但细微处的东西只有她自己清楚。

蒋燃定定地看着她的眼睛，嗓音略沉："对不起，这是我疏忽了。"

林鲸其实很聪明，看得也透："这不是疏忽，而是你认为家就应该是你的大后方。你需要感情是真的，支持我好好工作是真的，但也有一定的成分是让我这边不要给你找麻烦吧？这样你就能理直气壮地在公司里骂人了。"

蒋燃否认："不是，我想让你觉得嫁给我是值得的。"

林鲸用指腹摩擦了一下发痒的眼角，并没有蒋燃那么会讲大道理，也不想追究他的话真诚与否，说："其他问题我不想说了，没有意思，总之你们男的这个物种我不理解。你们比谁都渴望有个家,又比谁都不爱回家。"

"是想回的,但很多事情身不由己。"他的嗓音更低一度,大概是他对以往的认知颠覆了。

林鲸核对四张纸,发现他们的确对同一件事的认知差距太大了,说起来毕竟是结婚以后除了上床吃饭,相处的时间还是少。

"综上所述,我们之间的问题还是很大。"她扬了扬手里的纸张,弄得"哗哗"作响。

蒋燃将纸页拿去丢到一边,顺便把她抱到自己的腿上,抚摩她纤细的腰和手臂,说:"这不算什么。"

林鲸:"但也说明了一定的问题。"

蒋燃想起一桩往事:"我们第一次吵架,你质疑过结婚到底是为什么,现在还有这种疑问吗?"

林鲸靠在他怀里把他当沙发,早没了谈判的阵势,没说话,很长时间没想过这个问题了。

蒋燃说:"知道为什么我们认知偏差大吗?除了沟通少,还有你说只能写缺点,本就是带有自我批判和怀疑指向。你要多看看我们在一起的好的地方。"

有什么好的?

还不就是他长得很帅,能赚钱,钱随便她花,最重要的一点是他的脾气最好了。

"感觉我也不能带给你什么价值吧。"

"你的存在本身就是给我的礼物。"

林鲸无语:"这么假大空,你是在哪里抄的答案吧。"

蒋燃认输,又开始花言巧语:"好吧,能带给我每天一睁眼就能看到的美貌、撒娇的快乐、温柔、早餐、回家的灯光,还有性……够吗?"

"滚蛋。"林鲸又翻白眼。

于是两个人笑成一团。

林鲸聊天时总想撩拨蒋燃两句,比如两个人靠在一起接吻的时候,她又说:"你看看,天大的问题你总觉得能搞定我。"

蒋燃摇头,鼻尖蹭了蹭她问:"你想怎么样呢?"

林鲸又不说话了。

蒋燃光裸着上身去把几页纸捡回来,摊在眼前看了一会儿,又丢在一边:"总结下来问题的确不大,相信老公能解决。"

他说话总是让人很有安全感,也会说到做到。

林鲸故意推开他趴到床上去:"又来了,我就说你对我的态度跟对下属没区别吧,说实话,跟我们领导给我画大饼的态度一模一样。"

蒋燃跟过去隔着被子拍了拍她的屁股,甚至直接覆盖在她的后背上压住,犹如泰山压顶。他被这么说,半晌没开口。

沉默了一阵,林鲸觉得自己不该这么娇气,艰难地在他怀里翻了个身,捧住他的脸,问道:"你生气了吗?对不起。"

蒋燃闷闷地说:"没有。我只是在想,你以往逃离的很多问题都有我的原因,这是我该反省的。"

林鲸说:"你这反省过于不动声色了啊,我感受不到。"

蒋燃更加郁闷地瞅着她,竟还委屈地分析起来了:"你为什么总说我?是不是倦怠期到了?"

林鲸弯着眼睛笑,一会儿扯扯他的耳朵,一会儿又揉揉他的头发,觉得他好可爱:"我说你什么了?"

"不想给还撩拨我?"

"有吗?"

"越来越不像话了。"他咬牙说道。

林鲸心中也是一惊,怎么会这样呢?这竟然像老妈对老爸那股吹毛求疵或者霸道劲儿……她也不是不满,就是跟猫主子逗弄猫奴一样,仗着自己可爱就劲劲儿的。

她心里反省了,嘴上却说:"我愿意,我想干什么就干什么。"

"那我也想干什么就干什么。"蒋燃把她揉进怀里,感觉她身上处处都是他爱不释手的玩具,用嘴和手让她溃不成军。

两个人密密地接吻,林鲸从枕下拿出小盒子,倒出最后一个。

蒋燃看着她帮忙把薄膜套上,听见她嫌弃地喟叹:"一盒都用完了,你真可以。"

"谬赞了。"他气息不算稳,好赖话都不管了,真当她是在夸奖他。

"我是夸你吗?"

蒋燃俯身,自顾自地给出完美答案:"用完正好回家。"

林鲸虽然嘴上嗫嚅着"不要",可当他进去的时候,两个人同时发出一声低低的喘息,隐秘地交缠到了一起。

此时风雨静,路面潮湿,变成了黑黢黢的亚光面。

屋内同样是两个湿漉漉的身体，蒋燃还覆在林鲸身上，脸埋进她的颈窝，时不时亲吮一下。林鲸被一股浪潮席卷过后，身体的激情正在渐渐散去，随之松散的还有自己的四肢，无力地搭在蒋燃的背上，忽然听见他说："有分歧是正常的，你不能不告诉我一声就出门，我若真被吓出心脏病来，你可就没老公了。"

林鲸被朋友吐槽，她太"凡"了。

明明有这么个老公，竟然还装模作样地和她们共情骂狗男人，太气人了。

她老神在在地跟"单身狗"解释："婚姻的奥义，只有我们这些已婚人士才知道，我的脑子里偶尔还是要进点儿水的。"

张琪琪来机场送他们，拎了她妈妈准备的特产，说："麻烦你也给我知道知道婚姻的烦恼吧。"

"不是说再也不要谈恋爱了吗？"

张琪琪瞄了一眼蒋燃，猥琐地说："要都是姐夫这样的，我愿意在爱情的油锅里被炸个千八百遍。"

蒋燃说有需要就提，他有不少同事是单身男青年，可以给张琪琪介绍。

张琪琪笑得极其灿烂，让他一定帮忙留意，话说得亦真亦假。

林鲸安检之后进了候机室，收到张琪琪的微信，跟她说细节见人品，蒋燃人真好。

林鲸问："你才见一面就知道了？"

张琪琪给她抠了个细节："虽然只见过一面，但不是听你说过他的职位吗？刚刚他的用词'同事'就显得平等又尊重，而不是员工或者'下面的人'这样的形容，以小见大啊。有些人的修养和尊重是刻在骨子里的。"

"单身狗"真会发现男人的好。

其实林鲸也注意过蒋燃的这个细节，但没放在心上，更多的是被他骂人时的严厉样子吓到了。

林鲸捧着手机会意一笑，被蒋燃察觉："傻笑什么呢？"

林鲸把手机给他看，后者不太能理解那些能戳到女孩子的点，他无奈地摇头，对她表达过这么多次诚意她装看不见，一个稀松平常的称谓她倒是觉得很好。

林鲸细细品了一会儿，也能理解，这个细节是挺戳人的，看蒋燃的目光都柔和了一分。

没多久就迎来了"黄金周"。

林鲸被蒋燃拉着出来参加朋友的订婚仪式，在一家草坪酒店里，到了以后林鲸才知道这位朋友便是去年叔叔开艺术馆的那位，以前也是住在燕家巷的邻居，只是她这个不善交际的脑子实在不记得。

准新郎少年感十足，清秀俊朗，过来跟蒋燃打招呼，后来林鲸才知道新郎、新娘是高中同学，认识十余年的从校服到婚纱的情感路数。

准新郎拜托蒋燃，待会儿有个仪式需要朋友帮忙，让他们夫妻俩去一下。

蒋燃说："这事你找老陆，他最喜欢凑热闹。"

准新郎年龄不大，倒是挺迷信，坏坏地笑了笑："那个单身的人能干什么？你和嫂子的感情开花又结果，不一样。"

蒋燃听了直发笑，心情不错，当下就应了。

待人走后，林鲸悄悄跟他说："你那张嘴……能别骗人吗？人家十几年青梅竹马，咱们俩半道儿相亲相来的，也好意思说开花又结果？"

蒋燃手臂熟练地搭在她的肩膀上，懒懒地问："我有什么不好意思的？你是前两年才认识我的吗？"

"也差不多吧。"

"他们只是认识十年，我们认识二十年了吧。"他忽然笑出声，并不理会她的否认。

"什么啊？"林鲸撇了撇嘴，"人家是谈恋爱，我们认识的程度是——知道你这个人。"

"不止吧。"蒋燃呢喃，用只有两个人才能听见的音量说，"我可记得在燕家巷住的那几年，总有个小姑娘扒着窗户偷看我。"

"……"林鲸的脸蛋"唰"地红成一颗小番茄，他竟然知道！

她急忙辩驳："蒋老师，你不要搞我。"

"还有人告诉我，她的暗恋史在小学时就出现了，真早。"

"……"

"是我吗？"他问。

林鲸再也忍不住，"扑哧"笑出声来，对这样的玩笑并不会恼："你真的好幼稚，小朋友的喜欢有多少含金量？也值得你拿出来炫耀？看来你这些年很缺暗恋者吧。"

他们站在无人的角落,以花篮作掩护,低头咬着耳朵。

"知道不是爱情,只是一份纯真美好的感情。"蒋燃说话时低着头,嘴唇落在她的耳郭处,好似亲吻,"但每一份喜欢都值得被尊重,况且,那份好感给我的感觉很不同。"

在他贫瘠的少年时期,那份好感更像细微的善意。

林鲸眼睛里闪过一丝光亮,她抿了抿唇,羞涩地问:"真的?"

"自然。"

林鲸又得寸进尺地说:"我不是这么想的,那个时候我想和你做好朋友,天天和你说话。"

好在她不是想和他谈恋爱,蒋燃好笑地看着她:"我不想和小姑娘做朋友。"

林鲸有点儿没面子,打了他一下,然后听见他说:"太纯真的感情不想挥霍,长大以后做老婆吧,比较合算。"

参加完朋友的订婚仪式,两个人回家,蒋燃却被朋友喊去谈事。

车子快开到溪平院门口时,林鲸说:"你走吧,我刚刚光顾着鼓掌了,没吃饱,想去旁边的便利店买杯关东煮。"

蒋燃便把她放在便利店门口。

她拉开帘子,迎面撞见了一个人。

对方在买烟。

这场景和第一次见面重合,充满了戏剧性。林鲸十分坦然地跟对方打招呼,态度上疏离很多。

钟渝怔了怔,却没说话,这让林鲸有点儿尴尬。

她忽略对方的态度,进了便利店,出来的时候却看到钟渝还站在那里看着她。

林鲸捧着杯子,很自然地问:"怎么了?"

钟渝挠了一下头:"跟你打声招呼,这边的酒店转让出去了,我也要走了。"

林鲸没有表现出诧异的样子,因为这完全在意料之中:"去别的地方,一定会好起来的。"

钟渝没有听到她的挽留甚至客套的话,难免有些失望,耸了耸肩,走了两步,又不甘心地回头,忽然出声:"林鲸,我想告诉你一件事。"

"什么?"林鲸眉心一跳。

钟渝一口气大吐为快:"我曾经喜欢过你,我知道你已经结婚了,没有别的意思。"

林鲸半天无话,酝酿许久,到嘴边的只有一句"谢谢"。

钟渝自嘲地笑了笑:"看得出来你老公很优秀,你们感情很好,你肯定看不上我。我只是想告诉你,你是一个很吸引人的女生。"

林鲸那一瞬间像被石头砸中了,晕了好一会儿。她曾经想过和钟渝说清楚,斟酌了好多词句,都觉得矫情又怕失去分寸,毕竟没有经验。

这会儿她才明白身体下意识的反应才是最恰当的,只简短大方地说了一句:"谢谢,祝你越来越好。"

钟渝见她面色平和礼貌,并无尴尬或反感的样子,微笑着说:"你怎么一点儿都不意外?"

林鲸说:"你在我的朋友圈的点赞和评论那么多,我还能意外吗?"

钟渝醒悟过来的时候,才发觉自己曾经的行为很不恰当:"对不起,给你造成困扰了吗?"

林鲸摇头:"现在没事了。"

钟渝惋惜地说:"是我出现得太晚了啊。"

林鲸觉得这话过于虚假,想了片刻,忽然问:"你说喜欢过我,那上学的时候为什么没发现?"

"……"

后者回答不上来,林鲸替他想到了:"没意识到有我这号人?"

"有点儿吧。"

林鲸了然地点头:"也是,那个时候我没有存在感,不会化妆,不会搭配衣服,成绩一般,很难被注意到。"

钟渝脸色微变,觉得林鲸这话说得像是他很在乎外貌一样。

她是在讽刺他吧?

林鲸想到对方刻意制造的氛围,还有朋友圈的留言点赞行为,为此她跟蒋燃闹得不愉快,明明什么都没干,她还委屈呢。

钟渝:"不是,你后来变漂亮了。那天在便利店,我一眼就看到你了。"

她坐在窗边,手掌撑着下巴,张望着外面的雨势,迷人的氛围把他吸引住了。她和大学时期的青涩模样判若两人。

林鲸稍稍回忆起那天的情景,大致知道了原因。

"你看见的时候我结婚了。说被对方改变了有些夸张,但是我身上的确有属于另一个人的痕迹，可能是神态，也可能是习惯，这是互相陪伴和琐碎的生活所致，没有一蹴而就的可能。"

钟渝隐约明白林鲸的意思，他看到的并不是一个人，而是一种形象，是他向往的别人的完美生活和娴静的伴侣，并不属于他。

"抱歉，我不该这样说。"钟渝为自己的不知分寸道歉。

林鲸微笑："没事，再见啦。"

南方一下子进入了初冬。

某天，林鲸穿着裙子、踩着高跟鞋刷卡进地铁站的时候，被一股穿堂风击中小腿，打了个哆嗦。

冷空气来得猝不及防。

她冲进地铁的轿厢里，才看到妈妈发来的微信，叮嘱她加衣服，另外晚上去桥湖花园吃饭。

地铁里的温度比外面高了许多，林鲸身体终于舒展，找了个地方坐下，然后干脆把聊天截图发给蒋燃。

一分钟后，蒋燃回复："晚上有事去不了，你跟妈说一声。"

于是，林鲸把原话转达给妈妈，可就不关她的事了。施季玲忧心忡忡地表示让蒋燃注意身体，别太累。

林鲸嘴角一撇，打字："我才是你的宝贝，你怎么不叮嘱我呢？难道蒋燃是你亲生的吗？"

施季玲给她回了条语音："蒋燃要是我亲儿子，我就是让他打一辈子光棍，都不会娶你这个娇气的懒虫。"

言语中流露着掩饰不住的偏爱。

从重庆回来以后，蒋燃便忙得脚不沾地。招标重启，就如罗特所说，他们这个行业做的产品，一个标很有可能决定了一家中小企业的生死存亡，由此可见影响力之大，即使是汇思力这样的企业也不能掉以轻心。

这一个月来，林鲸很少能见到蒋燃，经常是他回来的时候她已经睡着了，等她醒来，他已经走了，只有微皱的床单和下陷的枕头证明曾经有人睡过。

林鲸偶然间听说罗特因为贿赂的问题被查，事情闹得挺大，蒋燃出面保了他，但最终罗特还是狼狈离场。

高层们的钩心斗角平日里不太看得出来，但一出事就注定是你死我活。

林鲸感叹,也替蒋燃捏了一把汗,如果罗特靠A市的项目翻身,倒霉的就是蒋燃了吧。

这还真是挺矛盾的。

当然,她只把这件事当作一个八卦消息琢磨,自己远远不到那个段位。

她正在做品牌年底的线下活动策划,胡思乱想的时候,微信上甲方客户颐指气使地提意见,没多会儿她又被同事喊去帮忙。

谁还不是个打工人了?林鲸忙中有序地做完这些事,已经是晚上八点了,手机在桌上振动,蒋燃问她回家了没。

她拍了一张桌面的照片给他发过去,意思是还在公司。

"不过马上要回去了,你有空也别来接我了,有点儿麻烦。"

蒋燃甩过来一个地址:"来吃饭。"

林鲸以为餐厅是在酒店,待她找过去的时候才知道是在高层很私密的地方,私人局,相熟的朋友。

蒋燃头发一丝不乱,墨蓝色的领带也打得挺整齐,脸色雪白,一副玉树临风的姿态坐在红色的绒布椅子上,瞧见她的时候还拍了拍身边的位置:"过来坐。"

如果不是看见他那双深沉的眼睛已经失焦,她还真以为他清醒着。不过,他就算喝醉也是一贯有风度,忽然把她叫过来是唱哪一出?

林鲸坐下,低声问了一句:"把我叫过来干什么?"

某人高深莫测地笑了笑,心情看着不错,正好服务员端上来一盅木瓜炖雪蛤,他用两根手指将其往她面前推了推,哄道:"饿了吗?特意给你点的。"

"还特意?我谢谢你。"

林鲸低头吃东西,听见他闷闷地笑。

陆京延说:"你们家蒋总最近春风得意了,解除心头大患,终于放心'老婆孩子热炕头'了。"

"去你的。"蒋燃翻了个白眼,眼里仍带着笑意。

迷糊了半天,林鲸才知道他的公司中标了,而且在罗特离职的多事之秋,顺利地把华南的销售市场收回了手里。

换句话说,市场稳定,蒋燃至少有两三年能睡安稳觉了。

林鲸小声问道:"原来是把我叫过来邀功呢?"

另一个朋友起哄道:"两口子说什么不能给我们听的话,有本事大声点儿。"

蒋燃丢了个红色的小盒子过去，盒子在林鲸眼前划过一道抛物线，他轻轻呵斥："你想听什么？"

林鲸注意到那是一包中华香烟，皱眉："你怎么抽烟呢？"

蒋燃笑了笑，跟她保证："偶尔抽一两根，在家不会。"

林鲸在外面一向很给他面子，并没有多问，倒是在饭局快散的时候没忘自己来干什么的，沉了脸，蒋燃尽力配合，于是朋友们就不敢起哄劝酒，顺利放两个人走了。

夫妻俩一唱一和，越来越有默契。

回去的路上林鲸开车，蒋燃窝在座椅里懒懒地看手机，说元旦要到了，给父母订了旅行团，付了全部费用让他们出去放松，又问林鲸有没有想去的地方。

林鲸暂时不能决定，年底节假日多，正是忙的时候，她想起酒局上听到的事，问道："刚才听陆京延的意思是罗特是被你踢出公司的，这样会不会有点儿不近人情啊？"

蒋燃沉吟片刻，告诉她："那是职场，不是电视剧，我不是特权的拥有者，他的所作所为如果愈演愈烈，被调查的人就是我。"

林鲸闻言立马说道："对不起，我不清楚事情的严重性。"她有点儿担心，"只要以后不会有事就好。"

"都妥善解决了。"蒋燃手滑下去捏了捏她的后颈，柔声安慰道，"相信我好吗？答应你的会照顾家，陪你更多时间，我说到做到。"

林鲸心里一软，很配合地说："对啊，蒋老师无往不胜，任何事都信手拈来。"

元旦节前蒋燃经常在家里待着，两个人相处的时间多了起来。

元旦节即将到来，商场和公司里摆了福袋，到处是节日氛围，更有元旦歌声不绝于耳，林鲸被深深地感染到。

她最近一下班就坐在客厅里装点房间，蒋燃对她想怎么折腾都没意见，就是每次进门的时候总感觉自己进了一个货仓。

林鲸注意到他嫌弃的表情，就跑过去抱他："哎，我马上就弄好了，会打扫干净的。"

蒋燃回卧室换了衣服出来，林鲸正在琢磨绕在阳台上的星星灯，却怎么也不亮，就叫他："蒋老师，快来帮个忙。"

蒋燃默默帮她把星星灯弄好，发现还挺耗时间的，便说："我这几天没什么事，帮你弄吧，保证你在元旦节那天拍到好看的照片发到朋友圈里，你只需想好文案。"

林鲸感觉这话有揶揄的意味，愤愤地打了他一下，被蒋燃躲开。

林海生和施季玲听说小夫妻俩去了次山城，心向往之，于是被蒋燃买了两张机票送去了，时不时在家庭群里发照片。

林鲸因为工作不能出门，便嗤之以鼻，蒋燃则极尽吹捧之能事地哄长辈高兴。

元旦节这天是周末，林鲸上午在公司加班，下午全体员工放假。

她走出大厦的时候，竟然下雪了，虽然只飘了几颗雪粒子。

她立马拿出手机要拍照，点进朋友圈，已经有五六个朋友在替她激动了。

林鲸犹记得前年元旦前夕也是下雪，她工作崩溃到大哭的时候和蒋燃重逢了。

情景如出一辙。

但那时候谁也想不到她会变成蒋燃的老婆。

天很冷，林鲸不用去地铁站，蒋燃的车就停在马路对面打着双闪等待她。

两个人在外面吃了饭，看了场没有营养但足够打发时间的电影。外头人太多了，他们还是决定回家煮一壶咖啡，窝在一起看剧。

卧室已经被他装饰好了，房间里多了七八个新的礼物盒，礼盒上站着一只可爱的小麋鹿。

林鲸一开始没有在意。

到了晚上刷朋友圈，她才想起来跑去对方的书房挠他："礼物呢？你没有给我准备礼物吗？"

蒋燃一反常态地端起架子来打发小孩儿："长这大眼睛只用来迷惑人的吗？"

林鲸坐在他的书桌上，俯身盯紧他："看来给我准备了呀，在哪儿？快说！"

蒋燃可受不了她这撒娇的架势，太咄咄逼人了，会让人忍不住屈服，掌根推开她的额头："自己找。"

这并不难想，因为某人不算是一个浪漫到有奇思妙想的人，她猜到礼物大概率在卧室，是那些多出来的礼盒。

他把她准备的用作装饰的空礼盒，全都换成了货真价实的礼物。

林鲸一一拆开礼盒，每一个都有对应的卡片，卡片上有他龙飞凤舞的字迹。

第一张："鲸鲸，按照惯例，应该要对你说一声：元旦快乐。"

第二张："我们总是习惯用'被现实推动'掩饰自己的心意，我们真正相遇的时间不算早，方式略俗套，即使这样，承认自己遇见爱情并不羞耻，你觉得呢？"

第三张："你觉得我把婚姻和你当成工作一样处理，游刃有余又不近人情。不是这样的，至少人性中的热爱，始终不变。"

第四张："我独处时最常想象的就是和你在一起，30岁庸碌地讨生活，40岁有闲暇享受成果，50岁背着行囊走遍大江南北，60岁坦然面对人生的求而不得……我一直相信和你在一起的日子会炽热而绵长，希望你能像我喜欢你一样喜欢自己，以及，喜欢我带给你的生活。"

第五张："鲸鲸，希望我的人间烟火里能融入你的浪漫理想。新年快乐，我爱你。"

第六张："礼物没新意，心意是真的。老公写到这里已经词穷了，大男人写小作文给老婆表白有点儿尴尬，待会儿跑过来亲我的时候记得主动一些。"

林鲸盘腿坐在地上，抿了一口咖啡，眼睛又酸又想笑，仿佛拥有一片宝藏。

每一个小盒子里都有他精心准备的小惊喜，林鲸最喜欢的是当初她自己粘的小鲸鱼3D画，被他拿到办公室保存，又拿回来送给她。

林鲸给他发微信："还有一句话没说。"

蒋燃秒回消息："什么？"

林鲸："故事未完待续。"

蒋燃："嗯，会一直持续。"

林鲸的嘴角又可恶地上扬，再也下不来了。

过了一会儿，蒋燃发来消息："还不过来？"

林鲸："我也爱你，来亲你了。"

蒋燃："快来，等着了。"

番外一
恋爱在结婚之后

元旦节过后,很快就到了春节,几乎所有人都是数着过日子等放假。

当然,在他们家这个"所有人"只是林鲸一个而已。

她太想放假了。

但是作为一个打工人,工作还是要做的,只能一边骂骂咧咧一边咬牙完成工作。本来她是没有什么感觉的,但家里有个拉仇恨的人,她的丈夫。

他作为老板,时间自由到让林鲸羡慕。

这更像是同一个考场里的学霸同学早早做好了试卷,用凝视深渊一样的眼神凝视着学渣同学。

于是,过年前的这段时间,蒋燃肩负起她的司机的任务,每天上下班接送她,风雨无阻,有时周末还会陪林鲸加班,搞得她的很多同事都知道公司楼下的咖啡馆里经常坐在那边玩手机的男人就是林鲸的老公。

虽然他在别人眼里就是一个"玩手机的男人",无所事事,但丝毫不减魅力。

林鲸回家把这事告诉蒋燃,他慢慢品了一下,竟然说了一句:"听着还挺浪漫的。"

林鲸一脑袋"黑线",他果然是不解风情的大直男。

蒋燃却有不同的见解:"慢慢消磨自己喜欢的时光还不算浪漫吗?"

他这样说,林鲸也无法反驳。

是人类赋予了时间意义,只要做自己喜欢的事,就不算浪费。

于是林鲸把自己的想法告诉了蒋燃，换来蒋燃浮于表面的吹捧话语："我老婆果然能逻辑自洽。"

　　林鲸瞅着他："你在讽刺我？"

　　蒋燃一本正经地说："我在夸你。"

　　他们结婚后的第二个春节，就在这样偶尔嬉笑打闹，偶尔斗斗嘴的生活中过去。林鲸这段时间的忙碌是有价值的，项目完成得不错，她也拿到了一笔算是丰厚的奖金，数目比上一份工作的"大锅饭"可观多了。

　　可喜可贺的是，年后她的职位要升了，薪水也会水涨船高。

　　她不愿意在工作上依赖蒋燃，倒是很想谢谢他这段时间在生活上的支持，拿到奖金后的第一件事就是给蒋燃买新年礼物。他们都不是喜欢夸张的人，林鲸思来想去，蒋燃最喜欢的运动就是网球，便给他订了一副网球拍。

　　当然，这和蒋燃送给她的礼物没法比——阳澄湖的一套别墅。

　　房产证上写的是林鲸一个人的名字。

　　这里不得不说到一个很现实的问题，房子和财产。

　　他们现在住的溪平院的房子是婚前买的，只写了蒋燃的名字，婚后林鲸也没想加自己的名字，虽然相亲是可以明目张胆地讨论各方面的条件的。

　　林鲸不太介意这件事，没想到蒋燃把这件事记在了心上，两个人捧着合同从售楼处走出来的时候，林鲸还有点儿不敢相信，声音发抖地问蒋燃："我这也是身家千万了，只写我一个人的名字，你不怕哪天我卷款潜逃吗？"

　　蒋燃看着她说："你说背着房子跑？只要你背得动。"

　　林鲸："我说真的。"

　　"我说的也是真的。"蒋燃大概是被她的天真想法逗笑了，"这是我们的夫妻共有财产，还有现在住的这套房子也是，你跑是跑不掉了。"

　　林鲸不信邪："万一我要卷走你的一半财产呢？"

　　蒋燃想了一下说："那我就连人带房子，一起讨回来。老婆不听话总想着跑，打一顿就好了。"

　　林鲸佯装被吓到，赶紧抱住他："我绝对不会跑的，还要拼命抱着你这个大腿呢。"

　　在蒋燃终于露出一丝笑意的时候，她又说："你才33岁就赚到这么多钱，我相信我这辈子名下肯定不止一套豪宅，跑什么路啊，抱着摇钱树不好吗？"

　　蒋燃："觉悟挺高啊。"

　　"早知道我就早点儿结婚了。"林鲸继续胡说八道，"张琪琪问我结婚是致富路吗？我就应该承认的。"

蒋燃简直没话说她了，回到车里把她拽到自己的腿上狠狠教训了一通，让她知道什么叫"社会险恶"以及拥有千万房产也是需要付出代价的。

不过真夫妻嘛，财产什么的本就不是禁忌话题，想说便说。

当天晚上回到桥湖花园的时候，林鲸把这件事告诉了妈妈，他们买了一栋别墅。

施主任手里的锅铲子都吓掉了："怎么买房子跟买菜一样？现在苏州的房子可不便宜呀。"

林鲸指了指陪爸爸看电视的蒋燃："他要买的，可不是我。"

施季玲点了点她的太阳穴："投资买房产是好事，但不必一下子买那么高端的，不少钱吧，你这是想把你老公累死呀？"

林鲸揉了揉脑袋："妈，看看你这袒护的样子，真像疼亲儿子一样，之前不知道是谁那么小市民。"

施季玲手里快速搅动着锅子里的银耳，说道："那能一样吗？之前你们的感情一般，经济基础差距也大，父母自然是怕你这个傻丫头吃亏的。"

"现在不怕我吃亏啦？"

施季玲说道："嫁汉嫁汉，穿衣吃饭，经济基础决定上层建筑，这没有什么丢脸的。当初蒋蔚华要不是看在咱们家的各方面条件都不错的分儿上，能把侄子介绍给你？"

林鲸没说话，施季玲着重说道："但我们是真心把蒋燃当作自己孩子的，心疼他，才不希望他为了赚钱这么辛苦。"

林鲸说："妈妈，谢谢你们心疼蒋燃。放心吧，如果以后蒋燃破产了我也可以赚钱，会好好养他的。"

施季玲一脸嫌弃的表情："真是肉麻死了，这种话你们关上门说吧，我年纪大了受不了。"

林鲸他们在桥湖花园待到年初二就回家了，因为过年各种亲戚都要走动，老妈知道年轻人不喜欢这样，便自动帮他们挡下了，省得再被问一年赚多少钱、工作如何、什么时候要孩子……

施季玲和林海生担心两个人照顾不好自己，给他们大包小包地塞了不少年货。

蒋燃当时没在意，待回到家第二天发现家里的年货里竟然混进了一个庭颂酒店出售的火腿。

他对这两个字可没什么好感，能想到的就是那个跟花蝴蝶一样的小男生,总是飞到他老婆面前晃悠。

待林鲸起床,蒋燃直接跟林鲸说:"腌制品不健康,把这玩意儿拿去送人。"

他们能送给谁呢?

林鲸正眯着惺忪睡眼到厨房里找水喝,水没找到,倒是摸到了蒋燃剩下大半杯的咖啡,便顺着他的杯口"咕嘟咕嘟"灌了进去:"这就是别人送的啊,再转送出去,多不礼貌啊?"

蒋燃噎了一下:"你这糊弄学大师转送的礼还少?"

林鲸是真没看清楚那个礼盒上面的 logo 就是庭颂酒店的,因为这个火腿是小姨送的,她一共就得了两个,自己都没舍得吃,跟钟渝没半点儿关系。

林鲸被他奚落得有点儿不爽:"我长大了不行?以后再也不干这样的事了。"

蒋燃有点儿郁闷,又不能明说自己在吃飞醋,而且明确说过自己不会干涉林鲸的社交。男人嘛,一次两次介意一下就算了,不能老抓着一件事不放。

他没再说什么,隔天下午趁林鲸不在家,给叶思南打了个电话让她来拿东西。那盒上千元的火腿,被神不知鬼不觉地送走了。

叶思南喜滋滋地搜刮了东西,回头觉得不对,又跟蒋燃说:"哥,我怎么觉得你变抠门了呢?这东西都是人家送的吧,你转手给我……你怎么不直接开个闲鱼账号卖货呢?"

蒋燃:"赶紧走。"

叶思南无语:"跟谁学的毛病啊?"

"你嫂子。你有意见?"蒋燃补充,"这是个好习惯,资源重复利用。"

叶思南吃饱"狗粮"后,被她哥满意地赶出了门。

晚上林鲸回家,蒋燃把叶思南来拿东西的事跟他说了一下。

林鲸洗完澡靠在床头看书:"你这也太敷衍了吧,她是你妹妹,怎么着也得买点儿像样的礼送去啊。"

蒋燃手臂枕在后脑,她的重点竟然搞错了。

林鲸又问:"那你有没有给她包个大红包啊?"

蒋燃撑着手臂:"以后别让我在家看到那小子送你的东西,送人已经是慈悲为怀了,否则我真想浪费食物将其丢到垃圾桶里去。"

林鲸反应了一会儿,看着身侧的男人闷声闷气地说着话,他的额发盖住了额头,从上面看不太清楚他的脸,但是林鲸莫名其妙地觉得他幼稚到可爱。

她很想笑,东西根本就不是钟渝送的啊,年前她就已经说清楚了,而且人家的酒店都要搬走了。

"知道了，知道了，以后尽量不收东西了。"林鲸抿了抿唇，"你也知道，人情往来不是一两句话就能说清楚的，很难哪。"

蒋燃不太高兴，翻了个身直接睡觉。

第二天早上八点多，外面挖掘机的声音"轰隆隆"的，不算大，但是十分密集。

这一两年溪平院附近一直在修地铁，噪声污染是常有的，尽管业主怨声载道，却也无可奈何。

蒋燃醒了后就再也睡不着了，干脆起床去晨跑。

他通常半个小时能绕着湖边的小公园跑一圈，顺便给林鲸买早餐。这天他从外面回来，看见小区门口停了几辆货车，上面还印有庭颂酒店的字样。

因为围栏使道路变窄了一半，几辆车被堵在那无法前进，小区业主的车开出来也被堵了，有人探出脑袋问保安："小区门口怎么那么多车辆啊？上班都迟到了。"

保安无可奈何地说道："前面的酒店马上要拆了，正在搬东西，要不您绕到西门走吧？"毕竟小区前面这条路也没有被物业买断。

业主只好无奈地退回去了。

蒋燃手里握着半瓶纯净水，站在那儿不紧不慢地喝完，然后把瓶子丢进垃圾桶。保安见他没走，赶紧过来询问："蒋先生，是有什么事吗？"

蒋燃问："酒店要拆多久？"

保安不太清楚："搬东西应该很快的，两三天就弄完了，拆的话，我们这边还没听到什么风声，不知道接下来那边的物业要怎么规划。是不是吵到您了？"

蒋燃嘴角一翘，笑得温和："没事，可以理解，反正以后都不会吵了。"

保安："谢谢您的理解。"

之前酒店和小区的合作送餐事宜，中间出了不少岔子，加上环境嘈杂，业主为此投诉过不少次，业委会也出面声讨，搞得物业苦不堪言。

这下终于清净了。

蒋燃回到家时，林鲸刚刚起床，正好赶上热气腾腾的早餐。

她咬了一口烧卖，又喝了一口豆浆，见蒋燃还不进去洗澡，竟和她挤在同一张餐椅上。嗯……他的心情看上去还不错？

昨晚他不是还在生气吗？

蒋燃手指挠了挠林鲸的下巴："好吃吗？"

林鲸觉得他今天说不上来的古怪，郁闷地问："你没吃？"

蒋燃笑："问你呢。"

林鲸手抓烧卖，几个手指头都油油的，不管不顾地攀上他的脖子："想知道啊？我要是让你自己来我嘴巴里吃，会不会显得很油腻？"

她还真有点儿怕蒋燃从她嘴里抢东西吃，以前他还真到她嘴里尝过咖啡，于是赶紧把东西吞咽下去："没啦！"

蒋燃将唇贴在她的唇上蹭了蹭，含混地说道："嘴不油腻，手指那么油还放上来？"

林鲸干脆把他的卫衣当抹布，还真擦了擦手："擦擦怎么了？你这衣服也是夫妻共有财产，都是我洗的，我有使用权。"

蒋燃也不是真在乎，甚至补充了一句："不仅有使用权，你还有脱的权利，想试吗？"

"你这准备不正经到底了？"林鲸一大早被搞得蒙蒙的，"什么事这么高兴？说出来给我听听？"

"对我来说是小事一桩，对某人来说可就不太妙了。"

林鲸很喜欢他这样子，因为知道他从来都是说到做到的性子，从不盲目自信，而是笃定。但她嘴上还不承认："蒋老师不要太自信，小心被打脸。"

蒋燃说："你那个老同学，要搬走了。"

林鲸闻言睁大眼睛，有些诧异。她早就知道这件事了，不是诧异酒店要搬走了，而是诧异蒋燃竟然因为这件事开心？

林鲸心里快要笑疯了，生生忍住，装模作样地说："那挺好啊，以后没有我的暗恋者给你添堵咯。"

她没看见蒋燃耳后的皮肤正在悄悄泛红，只听见他说："添不添堵的无所谓，以后睡觉清净了。"

林鲸也没拆穿他："恭喜你了。"

蒋燃起身顺便把她带起来："我去洗个澡。"

林鲸说："你去啊，拉我干什么？"

"陪我。"

"……"

浴室里水花淅淅沥沥，雾气蒸腾。

林鲸被摆弄了两下就喊累了，不想动，大清早就这样，太废人了，最终以给蒋燃洗头为由躲了过去。

男人微微低着头，发丝任由她用手指穿插揉搓。听说男人都不太喜欢自己的头被拨弄，蒋燃就没有这方面的忌讳，林鲸还玩了一会儿，这种"特权"让她倍感安全。

她说："忘记跟你说了，昨天那个礼盒不是钟渝送的，是人家送给小姨父的。"

蒋燃："……"

"还有和这个老同学，从重庆回来后我就讲清楚了，算是一场误会吧，以后他也不会有任何逾矩行为了，我保证。"

蒋燃忽然攥住林鲸的手腕，眼神狠狠锁住她："怎么不早说？"

"因为觉得没有必要。"

蒋燃低笑了一声，问她："现在怕了？"

林鲸手滑下来，在他的胸口打了个圈，悄声说："不是怕，是不想让你再有芥蒂，虽然我觉得你偶尔吃醋的样子还挺可爱，但我觉得不好。"

"为什么？"

林鲸说："因为我爱你，所以完全不想让你有一点点不舒服的感觉。"

林鲸随口说的，导致她被蒋燃直接掼到墙上抵着，他密密麻麻地吻了下来。

她不知道自己简简单单的一句话，是不是真有这样的威力，于是又多说了一句："因为你从来都不让自己的家人对我说一句不好的话，我都知道的。很多时候，人与人相处的细节才能打动对方。"

这话果然换来蒋燃更激动的反应，他几乎要将她克制的身体和意志力全部击碎，林鲸有点儿承受不了这样的刺激，后脑勺在瓷砖上磕了一下，她隐隐发出了尖叫声。

"对不起。"蒋燃于是把她抱进怀里，手掌也垫在她的脑袋上揉了揉当作道歉。

林鲸看他支棱的头发上还有泡沫没洗干净，便问："还洗不洗？"

他低下头："你继续洗吧。"

林鲸都没来得及揉搓两下，就被他拿开手，他又说："算了，不该这个时候洗的。"

林鲸稍稍无语，心中感慨，一早上洗鸳鸯浴是有点儿尴尬，必须做一点儿接地气的事情，显得她这个人在浴室里是有作用的。

林鲸一向觉得站着不方便，也不太敢让蒋燃就这么在自己身上试验，说了一下，蒋燃便把她抱到浴缸里。怎么说呢？按照以往她看的小说，只能说那些东西有点儿骗人。

蒋燃在这种事上很民主,很会询问林鲸的意见再去做。回到床上蒙上被子,两个人在密闭的空间里,看不到对方绯红的脸,蒋燃说了件事:"站着的话,从后面来会好一点儿,你没感觉到吗?"

林鲸羞耻,又笑得快疯了:"不记得了,但是你为什么会连这种事也记啊?像记路一样吗?"

"你不太喜欢表达,所以我会多看看你的表情和反应,以此猜测你喜欢我怎么对你。"他一副很认真的模样,"就像我知道你的口味、穿衣风格、生活习惯一样。"

林鲸听到这种话,全身的血液都往一个地方涌,哪怕看不太清楚他的表情,也赶紧捂住他的嘴:"不行,你别说了,我这会儿已经在害羞了。"

蒋燃明白她:"好,所以你还没说为什么不喜欢?"

林鲸强忍着羞耻心说:"因为我想做亲密的事情的时候抱着你。"

蒋燃笑着用手指去刮她的鼻梁,戏谑道:"是谁说女孩子比男人还放得开,敢情都是假把式?"

林鲸:"……"

救命,他别再说了,太羞耻了!

被子还是会透光进来,林鲸看着蒋燃硬挺的面孔,感觉实在勾人,没忍住去亲了亲。

就像她在婚前曾经感到消极的那一段时间里,还是想和喜欢的人在一起。

林鲸这一早上被折腾得有点儿狠了,从腰部往下就酸得不像自己的身体了,小腿肉在痉挛,骨骼打战,怎么放都不舒服。蒋燃下床去洗漱了一下又回到床上,把她拢到自己身上,夹住她的腿。

"怎么样?"他诱哄着问。

林鲸靠在他怀里,仿佛一粒泡腾片在水里沸腾,过了几分钟,身体里躁动的因子全都溶解才归于平静。她以为蒋燃是跟她交流感受,琢磨了半天恰当的表述方式,说:"你挺厉害的。"

但好像他不是这个意思,在她头顶笑得胸腔和肩膀都在震动,半响才给回应:"嗯。"

林鲸也不管了,低声感叹:"天哪,结婚之前我肯定没有想过我们在一起一年多,还会是这样的状态。"

"哪样?"

林鲸说:"从早做到晚。"

蒋燃抱着她，配合着说："没办法，太喜欢你了。"

林鲸休息了一会儿，蓦地爬起来，问："认真一点儿说，结婚之前我们对对方的感觉还停留在喜欢和合适吧？你有没有想过，如果磨合下来我们不合适怎么办？"

从男人的角度来说，蒋燃对林鲸的喜欢是有些盲目的，她有多好他很清楚，无须外人评价，甚至他会觉得自己和林鲸相处的小半年已经说明了情况。

无论相爱与否，爱得深浅，他和林鲸一定会很合适的。

婚后令他倍感欣喜和幸运的是，林鲸不仅适合他，而且是那种他会越来越喜欢的女孩子，也是他生命里缺失的一部分烟火和浪漫存在。

喜欢，爱，都是很奇妙的情绪。

他说："现实是，我很幸运。"

林鲸："我觉得我也是。"

谁都没有说，谁都没有发现，其实是蒋燃爱得更多一些。

新年过去之后，林鲸找了个蒋燃不忙的时候，她休了年假，两个人补了蜜月之旅。

他们结婚之前都不算严肃地谈恋爱，结婚之后也是为生活奔波，聚少离多。身边很多亲戚朋友觉得林鲸26岁以后的生活像童话故事，因为嫁给了蒋燃。

无论大家是真羡慕还是假祝福，她自己清楚，一半童话一半现实。

童话来自他本人的爱护，现实来自生活的一地鸡毛。

她的丈夫不是活在书里的王子，而是一个有血有肉的人，也会疲惫，有着一言难尽的家世，也会被生活折磨到喘不过气。

甚至他选择结婚的初衷从某种程度上说是逃避现实，曾经疲于应付婚姻和家庭……但幸运的是，他是一个很有担当且从不言弃的男人，把生活的破败一点点捡起，再拼凑起来。

婚后的第二年，两个人所谓的磨合才算圆满，急着进入婚姻的人生排序和大多数人也不太一样。

很多人是先恋爱再结婚，然后面临生活的各种鸡零狗碎，他们恰恰相反，先解决了生活的琐碎之事和充满棱角看似不可磨合的各种矛盾，在适当的尺度里选择妥协，在这个过程中愈加发现对方的好，由此进入了真正的恋爱期。

林鲸依然是打工人，为了升职加薪拉开自己的张力，偶尔还会郁闷一下，毕竟人外有人、天外有天，她的努力还是会被比下去，会遭遇失败。

每当这个时候，善于心术的蒋老师便开始给她灌各种"鸡汤"。

一开始，林鲸还觉得这个"鸡汤"真的挺有用，后来问了叶思南才知道，她哥那么聪明的脑子，千军万马的考试里都拔得头筹，进入社会又那么会洗脑，业务水平怎么可能差呢？

原来这是毒"鸡汤"！林鲸就再也不相信他了。

见她不再被轻易洗脑，蒋燃就会开玩笑："要不回家躺平，老公养你？"

林鲸："算了。"

蒋燃："嗯，那就爬起来继续。"

林鲸："我还可以收租。"

"……"

唯一没有办法克服的地方就是他们常常被工作所累，相处的时间不够多。

蒋燃依然把出差当成家常便饭，赚钱很重要，有面包才能维持爱情。他吸取了教训，公司的每一个重点项目他都亲自跟，用人重信却要时常监察，关键的人脉都抓在自己手里。

至少他结婚初期的各种危机不会再出现了。

像妈妈说的，淋过雨的小孩才懂得为别人打伞。

蒋燃往往比林鲸更珍视她，他的细心、温柔、爱护，似乎不管多久都不会让这段时光变成泛黄的胶片。

他和林鲸约法三章，吵架永远不过夜，任何矛盾都不可以憋在心里生闷气，不在一起的时间一定要给对方打电话。

林鲸又补充了一句："每周平均要做两次，这是蒋老师实力的证明。"

蒋燃定定地瞧着她。

林鲸继续在老虎头上蹦迪："这是你40岁之前的标准，我要好好珍惜，以后的频率可能会越来越低。"

她大放厥词的后果自然是被蒋燃摁到床上，狠狠教训了一通，美其名曰："为了防止40岁以后不行，那现在改成一周三次吧。"

狗屁！

他们说是一周两次，其实早就超过这个频率了好吗？

不知道是身边人的观念转变了，还是施季玲女士太厉害，已经没有人敢明目张胆地跑到林鲸面前问她什么时候要孩子、老公对她好不好、一个月赚多少钱……

包括蒋蔚华女士，大概是蒋诚华死亡的阴影已经渐渐淡去，她也不再执拗于蒋燃的孝道和约束他的生活模式，最终选择了放手。

蒋燃也不是中学生，爱恨鲜明，姑姑曾真心实意地抚养他长大，加上有林鲸这条纽带，他还是愿意和姑姑家维持表面平和的关系的。

婚后的第三年，林鲸几乎成了她的上司林娜最信赖的人。每个人都有每个人的优点：有人会为人处世，说话漂亮；有人脚踏实地，虽然不善言辞，但技能满点。

显然，林鲸属于后者，有实力且不招摇。

同事来来回回，在团队里除了林娜，林鲸的资历和职位都算是最老的，就在此时，林娜意外怀孕了，前提是她已经37岁了。

要这个孩子可能会影响她今后的职业生涯，但是不要这个孩子又有可能影响她的生活。高龄生产并不是那么简单，女性遇到的这些问题，谁也逃不掉。

林娜决定要自己的小孩，其中肯定伴随着很多艰难的抉择，她知道林鲸这几年也不太喜欢小孩，就问林鲸："你会不会觉得我是在向现实屈服？"

林鲸一瞬间有些不解："这是你的选择，为什么要问我啊？"

林娜："大概是为了找到一丝认同感吧，哪怕是我也会忐忑。"

林鲸认真思考了一下这个问题，然后回答她："这是一个在你心目中的价值排序的问题，本质上与孩子无关。你是更加喜欢工作还是想要生活呢？"

林娜说："我的价值排序里，生活是高于一切的，工作就是为了生活。"

林鲸一针见血地指出问题："那就选择自己最想要的东西，不要在乎别人怎么想。你想生就生，不想生就不生，做自己喜欢的事最重要。"

林娜问："你呢？"

林鲸语气很认真，说出来的话却很像开玩笑："我想和老公多谈两年恋爱。"

林娜孕晚期的时候还是受到了反噬，需要大量时间休息，精力不再跟得上项目。

因此很多事情的对接必须交到林鲸手里，恰恰林鲸来公司两年了，职位升得算是快的，实力也并不差。

林娜是很忐忑的，害怕再回来的时候自己的职位会被林鲸取代。

休产假的那天，她和林鲸交接工作，尽管林鲸嘴巴上说着"Lina姐，我要是有不清楚的地方，可能还要打扰你一下"，林娜笑着说"好"，却不怎么相信这话。

以至于她在工作群里看见项目的验收成果不俗时慌得不行，刚休完产假就着急忙慌地回来上班。

林鲸并没有如她担心的那样，跟老板提升职取代她的要求，甚至把在跟的项目全都交还给她。

林娜的感觉有点儿复杂，又有点儿眼热，她真情实感地说了一句："谢谢。"

林鲸说："如果我想要争取什么，一定会等到我觉得自己配得上的时候，而不是乘人之危。再说，我也有需要你的时候啊。"

她说这话的时候没有想太多，却一语成谶。

其实林鲸并没有思考太多关于以后要不要小孩的事情，但要说让她毫无负担地接受蒋燃一味迁就她，是个人都会于心不安。

偶尔，她看着蒋燃在她身边沉睡的样子也会思考，真的不生一个小孩子吗？哪怕是为了他，或许有一个血脉相连的人加入这个家庭，会更好一点儿？

蒋燃能把她和家庭照顾得很好，肯定也能当一个好爸爸。

当然，这些事她也只是想想而已。

这年国庆节，陆京延和一个女生闪婚了，蒋燃和林鲸去参加婚礼。但是比他们的婚礼来得更早的是一个小孩子，没错，陆京延就是奉子成婚，而且是孩子已经生出来了，来参加爸爸妈妈婚礼的那种刺激玩法。

陆京延的小孩是个男孩，长得却像个小姑娘一样漂亮，才五个月竟然就有了欧式大双眼皮，皮肤白白嫩嫩的，像布丁一样。

此前蒋燃一直在陆京延面前嘚瑟自己有个好老婆，结婚的感觉非常好，可把这个人羡慕死了，没想到这一步他捷足先登，竟然有了孩子。

这下陆京延可着劲儿地在蒋燃面前嘚瑟，贱兮兮地说："你们俩赶紧生，最好生个闺女嫁给我儿子，这样我们家的家产就是你们家的了，蒋老板快别上班了。"

蒋燃无语："我看你是怕儿子随你的德行，娶不到老婆吧？"

"我儿子长得这么帅，长大以后还有钱，怎么可能娶不到老婆？"陆京延挽着自己的太太说，"我这不就娶上老婆了吗？"

蒋燃看了人家的小伙子一眼，用手指戳了戳他的脸蛋，说道："看在你们家家产的分儿上，我努力。"

陆京延说："看你有没有本事生个闺女出来。"

小伙子被蒋燃一逗就笑了，虽然这个笑对婴儿来说并没有什么意义。

孩子的奶奶热情地把孩子给蒋燃，宛如让他赶紧拿起筷子尝尝他们家的拿手菜一般："叔叔来抱抱啊。"

蒋燃有点儿犹豫，没想到孩子的奶奶竟然转向林鲸，将孩子塞进她怀里："婶婶抱抱。"

小孩忽闪着大眼睛看着夫妻俩。

林鲸都没反应过来"婶婶"这样略显老气的称呼是否适合放在自己身上，怀里就被塞了个孩子。

她内心直呼救命，这孩子的奶奶竟然跟陆京延一样虎，怎么能直接塞孩子呢？

林鲸紧张地伸手捧着孩子的小胖腿儿和屁股，他像一条小爬虫一样软软的，身上的肉似棉花般轻而软。

太要命了，毫不夸张地说，这是林鲸第一次抱小婴儿。

她都怕把人家孩子的四肢弄断了。

孩子的奶奶把孩子交出去后，放松地甩了甩手臂，乐呵呵地坐在沙发上跟大家聊天。她完全是因为临时没找到阿姨，就找个人脱手。

林鲸欲哭无泪地看了一眼那小孩，睫毛还挺长，皮肤也好，眼睛还大，果然现在营养好了，人类幼崽越长越漂亮了。

陆京延长得也就一般帅，何德何能生出这么好看的大胖儿子？

哦，原来是孩子的妈妈长得漂亮。

林鲸默默地想着，坚持不到三分钟都找不到合适的人把孩子交出去，只好向蒋燃求助："你抱一下吧，他好像要吐口水在我衣服上。"

她一脸嫌弃的表情。

蒋燃看笑话似的把孩子接过来，匪夷所思地说道："我本来以为你只是不想照顾小朋友，原来是真怕。"

林鲸说："我是怕照顾不好啊，万一给我照顾坏了怎么办？"

"哪有这么夸张？"他一只手就能托住那个小家伙的屁股，然后一条手臂托住小家伙的后脑、脖子和后背的位置，顺利把人接过来，让小家伙横陈在自己的手臂上，对林鲸说，"实在怕，你就别竖着抱了，横着他比较有安全感。"

他演示了一遍，大概是男人的手臂长而健壮，还有力气，总觉得他做得游刃有余的事情她就不一定做得好，林鲸饶有兴趣地观察着，然后开玩笑道："我不想让他躺着，不然看到的全是我的双下巴。"

蒋燃坐在她身边弄小孩，忍不住说："你这个包袱也太重了。"

林鲸说:"是啊,比你的丈夫包袱重太多了。"

蒋燃:"丈夫包袱是假的,但是我怀疑你这个是真的。"

"我当然也是假的了。不过……"

"不过什么?"

"我希望你对我的妻子滤镜一直有,且厚。"

"放心,一直在。"他笑了笑。

"讲道理,你弄小孩还真是挺有一套的。"林鲸还是有点儿吃惊的,"你是不是偷偷练过,真喜欢小孩啊?"

蒋燃看她一眼,放柔了声音说:"不是,别多想。公司团建上过急救课,就顺便学了一下,小时候照顾叶思南,照顾人的经验丰富。"

林鲸挨着他的手臂,盯着那个小娃娃看,他还有嘟嘟唇呢,就是嘴巴在流口水,唉。

"嗯,是照顾得挺好的。"

蒋燃目光扫视一周,压低了声音说:"大庭广众之下,别开车。"

林鲸:"行,回家开。"

蒋燃:"……"

蒋燃还真是个神人,上到八十岁老人,下到襁褓婴儿,强到职场精英,弱到仁慈的老母亲,都能被他糊弄得服服帖帖的。

这会儿孩子在他怀里睡着了就一直没挪动,他也愿意抱着不嫌累,直到月嫂过来把孩子接过去。

但是林鲸没敢再碰孩子。

回去的路上,林鲸问蒋燃:"你还记不记得我们的两年之约要到了?"

蒋燃喝了点儿酒,不能开车,坐在副驾驶座上玩手机,不明所以地转过头看着她:"什么两年之约?"

林鲸皱了一下眉:"就是关于小孩子的啊,之前我们不是说考虑两年再决定要不要?"

蒋燃这才想起这回事,便说:"不是说好了吗?我接受你的决定,不要孩子也可以。有孩子就养,没有孩子退休以后我带着你、带着钱全世界旅行,难道还会空虚不成?"

林鲸被他逗笑,又揪了一下嘴角:"那你现在还想要吗?我要你也从心选择。"

蒋燃并不说自己心中的想法,只是告诉林鲸:"如果你因为今天见了别人的孩子被影响了，那就暂时放放这个冲动想法，慢慢想。"

林鲸说："我没有被别人影响，是被你影响了。"

"为什么？"

"看你对叶思南、对我、对别的小朋友，除了时间方面吃亏点儿，我确信你可以做一个好爸爸。"

蒋燃话赶话地说道："有孩子肯定是没时间也要有时间的，这种事不能敷衍。"

林鲸大概知道其实他心里还是想要孩子的。

其实这一辈子很长，谁又能坚定一个信念到老呢？

两年时间，林鲸觉得自己的生活越来越顺遂，事业之路也越来越平坦，哪还有精力假想另外一种可能？

但是在这一年春节，她还是告诉蒋燃，她决定试着喜欢小孩子。

蒋燃瞧着她搞笑的表情："怎么这副样子？"

林鲸说："因为没有想象过孕育新生命啊，但是我也有基本常识好不好？孕育过程艰难，生产过程痛苦又没尊严，哪个女性会不害怕呢？我们又不是单纯的低等动物。但是我想象了一下，如果运气好开箱开出个漂亮又乖巧的小宝宝，那就还不错。"

蒋燃仔细听着她轻松的口吻，忽然挺有成就感，老婆被他养得真不错，乐观了很多！

培养是培养不出什么兴趣的，关键得是自己的孩子，林鲸才能有母性去爱。

林鲸没有一开始那么惧怕小婴儿了，但也谈不上爱，不过还是决定尝试一下，就像当初辞掉工作去找下一份工作一样。

所有的勇气都来自蒋燃给她的底气。

所以她对蒋燃说自己已经做好准备了。

很久以后，她还记得那天晚上男人沉默的样子，眼里淡淡地浮现笑意，却是一整夜都没睡着觉。后来他才告诉她，大概是要迎接新生命比较激动吧。

林鲸笑他："这么自信，一说生就会立马怀上啊？"

蒋燃说："你不是说我挺厉害的吗？"

做出这个决定后，他们就告诉了爸爸妈妈，因为需要爸爸妈妈帮忙。

施季玲挺高兴的，但表面上还维持着冷静，倒是林海生开心得快要晕过去："好啊，好啊，我还真以为没机会了呢。"

林鲸站在自己的立场说:"你一点儿都不知道女性养小孩的辛苦。"

林海生忍不住戳戳她的脑袋:"少放屁了,你小时候都是爸爸带的好吗?就你老穿的那条花裙子,还是我给补的呢。"

"……"

婚后的第四年夏天,正式开始。

林鲸把家里的小套套全都扔了,轻装上阵,为此还特意锻炼身体,不再熬夜,补充营养。

蒋燃一根烟都不抽了,也不喝酒了,下班就早早回家吃饭陪老婆,还把老房子里的钢琴搬过来,有事没事就用那浅显的功力给林鲸弹首曲子什么的,说有助于陶冶性情,其实他只练过一两年,弹出来的东西着实魔音绕梁。

林鲸让他赶紧停下来,听抖音神曲都比这个好。

万事俱备……然后等到上床的时候,两个人从接吻开始,然后抚摸一下,躺进床褥里,然后再亲热。

林鲸还是会习惯性地去床头柜里翻东西,都怪之前做得太严密了,他们从来没有无措施做过,搞得现在都有肌肉反应了。

蒋燃一开始也没觉得有什么不妥,待她空手而归才想起来:"我们已经不需要那玩意儿了。"

林鲸叹气:"你怎么有种英勇就义的感觉?"

"你也是。"蒋燃说。

林鲸说:"不行,这像做任务,我没有感觉。"

蒋燃这会儿也尴尬极了,显得他很不行一样。

事情就是这么滑稽,以前她不想要的时候老觉得自己会中标,现在想要,做都做不了了。

事情从夏天拖延到秋天,然后再到冬天。

他们即使做了,也没有小宝宝,于是这件事就从排斥变成了渴望。

那天也是元旦节,气氛不错,林鲸在家烤小饼干,满屋子都是奶油的香味,蒋燃一回家就闻到了,循着味道去厨房找人。

烤盘上有好多可爱爱的"姜饼人",他拣了一块儿丢进嘴里,很甜。

"可以再淡一点儿。"他说。

林鲸摊手邀请:"你自己来。"

蒋燃刚从车里走下来,乘电梯的工夫还不足以让身体回温,这会儿手指还凉着呢,摸到她柔软温热的手就不想松开了,便说:"你教我怎么弄。"

两个人一起做烘焙很有意思,林鲸手把手地教他和面,还被他不着边际地夸奖:"越来越有贤妻良母的样子了。"

不过这次,他们做的是姜饼屋,林鲸做好了面坯,用模具往上面压,然后再送进烤箱。蒋燃学得不认真,一直捣乱,林鲸说:"我最喜欢姜饼屋了,和元旦节很配。爸爸练好了这个手艺就可以教小朋友了。"

蒋燃喜欢"爸爸"这个称呼,尽管还没孩子,就莫名其妙地开始激动了,本来在三心二意地捣乱,忽然用心起来,势必要把手艺学到手。

林鲸觉得他可爱:"以后我们的小孩小名也叫生姜好不好?姜汁撞奶也好喝。"

蒋燃感觉大事不妙,皱起眉心:"那大名是……?"

这么远的事谁想啊?能有孩子就不错了,不过也不耽误她现在开始想,然后就无厘头地骗蒋燃:"就叫蒋姜姜。"

果然如此!

蒋燃吐槽她:"连起来是在念咒语?是唱歌,还是唱戏?"

林鲸翻了个白眼:"你竟然吐槽我?你才不行吧,半年了连个孩子的影儿都没有。"

蒋燃解释:"我们之前的措施做得太严密了,也不是一做就中的,你得放松一些。"

两个人开始吐槽对方,等下一批饼干出来前,两个人开始凑在一起接吻。客厅的大灯关着,只亮着星星灯,夜色朦胧而旖旎,气氛很好。

两个人都没来得及去卧室,在客厅的地毯和沙发上纠缠到气喘吁吁,大汗淋漓。

房子里很暖和,缓缓弥漫着烤饼干的香味,房子外面竟然飘着雪花,蒋燃只能用沙发毯子裹住林鲸,两颗脑袋凑在一起。

林鲸惊呼:"这雪也太巧了吧?像偶像剧情节一样。"

蒋燃压在她光裸的肩膀上,低声喘息,又把她裹得更紧一点儿。

林鲸笃定地说:"这么好的运气,一定会有的。"

她的嘴巴一定开过光,蒋燃笃定他的孩子就是那天怀上的。

一个月后,林鲸拆了家里的最后两根验孕棒,看见淡淡的两条红线,两根一样的结果。

她有点儿忍不住,坐在马桶上"哇哇"叫了两声。

蒋燃在外面吹头发,闻言进来:"怎么了?"

林鲸激动得像是祝贺老板开业大吉一样："蒋老师，蒋老师，你真的好厉害！"
　　蒋燃："我又哪里让你崇拜了？"
　　"你真厉害。"她又说了一遍，把两根验孕棒递到他的眼皮下面，人也直接蹿过去抱住他，"虽然三十几岁了，但还是蛮厉害的。"
　　蒋燃被连番出现的这个词夸得有点儿蒙，总觉得她没安好心，待看清了结果，人更蒙了。
　　他的确挺厉害，竟然还真是两条红线。
　　不过他的喜悦感比林鲸浓烈，却没有林鲸那样外放，他定了定心，给她拉下睡裙的下摆，又说："你能不能把裤子穿上？这样像什么样子？"
　　林鲸还激动着，没管他："我不穿裤子怎么了？家里又没别人。"
　　蒋燃回了她一句："被我孩子看见，影响不好。"
　　"……"

　　是的，蒋燃从有了宝宝的那一瞬间开始，就习惯性说"我孩子"。
　　这个孩子对他来说，好像比任何东西都来之不易。
　　林鲸相信，蒋燃这么心切，以后哪怕溺爱孩子，也绝对会当一个好爸爸。
　　怕验孕棒不准，他们第二天一早就请假去了医院检查，结果自然是有的。
　　也是蛮奇怪的，她一开始担心的孕激素使她心态不稳定、焦虑、身材变样等状态几乎没有发生。
　　她从小身体健康，几乎没有生过什么病，这会儿更是没有什么孕期反应，跟没事人一样，能走能跑的，上班下班健步如飞，看得蒋燃揪心。
　　胎儿逐渐大了一点儿，蒋燃作为人家"爸爸"的责任心越发上来了。
　　好几次他来接她下班，隔着马路都在提醒她："你稳重点儿，小心肚子，里头住着个人。"
　　林鲸听多了这种话不免觉得冤枉："你不能因为我走得快就觉得我不在意你的孩子呀，他就一点点大，我完全没有感觉。"
　　"你有恶心想吐的感觉吗？"蒋燃小心翼翼地问，"最近想吃什么东西吗？"
　　林鲸摇头："不想吐，倒是挺想吃麻辣烫的。"
　　"麻辣烫就算了，心情不好？"

林鲸:"你要是别特别关注我的肚子,我的心情会更好一点儿。"

蒋燃敛着眼皮,情绪有点儿深沉地解释:"没有只关心孩子不关心你,只有你好他才会好,你知道的。"

林鲸看得出蒋燃很紧张这个孩子,也能理解,并没有责怪这位爸爸。反而他比以前更顾家,也更会照顾人了。

他35岁了才有一个孩子,算是有点儿晚了。他从小失去妈妈,寄人篱下,虽说姑姑对他不错,但始终带着功利心,他并不能真正感受家庭的温暖。

结婚对他来说算是一个巨大的治愈过程,他有家了,更何况现在又有了孩子,终于组成了一个美满的家。

林鲸不想说以前自己不想要孩子有什么错,她也没有做错什么,每个人想法不同而已,她不应该单纯为了满足某个人的心愿去生孩子,反而更能知道蒋燃对自己的爱护,知道他舍弃了什么。

但是现在她要了这个孩子是绝对没有错的,这对蒋燃有着不一样的意义。

严寒冬日,林鲸忽然抱着蒋燃,不顾在大街上,亲了亲他的嘴巴:"我知道你的心情,我一定会保护好他的。"

蒋燃这才惊觉自己反应过度:"我这样挺可笑的,别误会好吗?"

林鲸摇头:"我没有误会,只是想让你放轻松一点儿。要是我没被弄抑郁,你反而抑郁了,以后谁来照顾我啊?"

"别担心。"蒋燃轻松地笑了笑,"我照顾你和这个小东西不在话下。"

对这点林鲸早就看出来了,无须反复验证。

谁也没想到,她怀个孕,本以为家里最紧张的人是老爸老妈,结果竟然是蒋燃。他事事亲为,施季玲和林海生反而对此很是轻松应对,简直不知道谁是爸爸,谁是爷爷奶奶。

不过,经由这件事可以看出,不同家庭背景下长大的小孩,对安全感这件事的在乎程度不同。

林鲸暗暗发誓,一定要给孩子最好的爱护,让他健康成长。

蒋燃很好,但是太辛苦了。

怀孕初期对林鲸来说是有些新鲜感的,中期就不太好了,时常感到疲倦,这种累让她的不适应体现在方方面面。

工作过后,回到家稍微做点事情就没什么精力了,人总是懒洋洋的。

她的身材没有臃肿,四肢依旧纤细,脸蛋俏巧,只有肚子鼓了起来,藏了个小拳头一样大的东西在里面，裙子盖住了完全看不见。

本以为在日常工作中可以忽略不计，在公司里也不会被同事好奇问一句。但或许是已婚女性的身份吧，大家一看见她穿着平底鞋，还有素颜，就能立马猜出这个人发生了什么。

这就搞得她无论在家里还是公司，都受到了另类的目光。稍有不同的是，在家里当大熊猫是宝贝，在公司里当大熊猫是人人生怕磕碰她，谨慎得敬而远之。

还有烦琐的产检，姑父叶昀已经帮忙安排了，但每次都要一大早去医院检查抽血，看看胎儿的发育情况，一听到有指标不对就提心吊胆。

不仅如此，还有一些宝妈凑在一起聊各种有关于孩子的问题，漂亮女孩变成行动笨拙的孕妇，想想就头大。

林鲸对孩子出生后的问题还没有涉猎太多，家里的几本孕育书早已束之高阁。

宝妈群是一个神奇的八卦群体，林鲸抱着汲取知识经验的目的饶有兴趣地加入，群里倒是各种讨论老公在怀孕期间像个死人，婆婆不体贴还作妖。

她作为一个吃瓜群众，显然成了对照组，一边吃瓜一边想着自己家的情况，顿时就有了小小的幸福感。

除了一些不可避免的生理变化，孕期的心理状态几乎无异样，也就是有人一张嘴两张嘴皮子说的"作"，每天都高高兴兴的。

蒋燚这段时间不在家，周一早上她去医院，回来路上接到鹿苑的电话，得知她一个人，就迅速过来陪她。

"你老公呢，产检也让你一个人，怎么不让你自我繁殖呢？"

林鲸下意识地抚摸自己鼓起来的肚皮，咧着嘴角笑："这不是身体结构不允许吗？这个时候要他何用？还是在外面给我好好赚钱吧。"

鹿苑吐槽她："你现在可是越来越势利了啊。"

林鲸便说了句更加恶心人的："我们是真夫妻，就不搞那些情啊爱啊的，直接搞钱不好吗？"

"我要吐了。"

……

检查结果出来了，"吞金兽"还没成型，在妈妈的肚子里就是一团黑影，林鲸对这件事缺乏想象力，也就没什么感想。

这张单子的质地像是塑料卡纸，硬硬的，她收进包里像个收现金的水果摊老板,就等着拿回家跟蒋燃炫耀,顺便邀功,瞧瞧他们家的"吞金兽"又大了不少!

从医院出来,两个无所事事的人开车去了商场,鹿苑要给未来的干儿子或者干女儿买点小宝宝用的东西,两个人一进去就被琳琅满目的小衣服吸引了,婴儿专区的衣服颜色几乎都是浅色的,粉红,粉黄,粉蓝,可可爱爱。

可太有意思了。

林鲸有些话只适合对闺密说,并不适合对丈夫和父母坦白,比如说:"其实我不是讨厌小孩子吧,如果是那种可爱又粉嫩的,我觉得逗弄一下也很好玩;但是如果让我一直抱着喂奶换尿布照顾,我会很没有耐心。"

鹿苑狂点头:"太同意了,可可爱爱都喜欢,但是很多小孩子都只会张着嘴巴大哭大叫表达各种诉求,我大概会死。"

林鲸叹息:"养孩子这件事,为什么不能简单一点呢?刺溜一下就长大了多好啊。"

两人的危险发言被旁边一个挑衣服的阿姨听见,眼神宛如刀子似的"嗖嗖"射过来,甚至越想越气愤,教训两个小姑娘:"你们年轻人当养孩子是养宠物呢?真不负责任。"

林鲸吐吐舌头,无意与人展开没有结论的争辩。

两辈人思想天差地别,能碰撞出激烈的火花。

她拉着鹿苑走开才说:"我怎么不负责任了?我太负责任了好吗?连妆都不化了,用大腹便便形容我都不为过。"

鹿苑哈哈大笑:"那你是真愿意要这个孩子,还是被逼的啊?"

林鲸说:"那倒是真心诚意要的,预感有他应该会很不错。"

"为什么?"

"人生就像闯关,结婚这一关闯过来了还不错,就想闯第二关了呗。"

买完"吞金兽"的衣服,来到一楼,林鲸从镜子里看到了自己的脸,一向爱漂亮的她简直不忍心再看第二遍,她是淡颜系长相,显得气色不太好。

对比旁边的大美人鹿苑,林鲸赶紧从包包里拿出一支口红涂起来。

鹿苑问:"孕妇可以涂口红?"

林鲸对着镜子啵啵嘴:"又没吃进去,不仅可以提气色,还可以让准妈妈的心情愉悦起来。"

鹿苑又看她一眼,娇娇的,这哪里是心情不好啊?她看好得很!

没有美多久,傍晚回家,老爸看见她红红的嘴巴就忍不住啧啧了两声。

林鲸解释:"这是孕妇可用的好吗?你不要大惊小怪的。"

林海生总是不放心她:"反正老爸随你哄骗咯,不过万事以孩子优先,做妈妈的人了不可以任性胡闹。"

林鲸懒得跟他多费口舌,于是把口红擦掉,出门去了。

天还没黑,她穿了一件毛茸茸的开衫在楼下溜达,下楼的时候是想着要去门口的理发店洗头的,但是碰见一个邻居聊了两句,就给忘了。

小区门口下补习班的小学生们被妈妈牵着手回家,还有保姆或者奶奶下来"遛"孩子,林鲸左看看右看看,心想,孩子生下来的那一瞬间,她是不是立马就能因为泛滥的母爱变成一个负责任又成熟的妈妈?

她正在思考这个问题,没发现身后一直跟着的人。

蒋燃一下车就看见林鲸在散步,几天不见,从背后看见她纤细的身体,轻盈得不像话,走近看见圆溜溜的肚子,他的心情立马轻快起来。

听见脚步声,林鲸扭头看蒋燃,只见那人闲散地站在那看笑话似的,也不叫她:"你怎么不出声?"

"看你闷头走会不会掉进井盖里。"蒋燃和她并肩走在一起,拎着几个盒子,估计是别人送的。

"你很希望我掉进去吗?"林鲸不满地努努嘴巴。

"最好不要吧,我还得下去捞。"他嫌弃地道。

"能不能滚啊……"

蒋燃收敛了面上的玩笑:"好了,好好看路。"

林鲸目光落在他手里就移不开:"你手里拿的什么?吃的?"

蒋燃:"这个是海鲜,需要解冻。你想吃什么?"

林鲸最近胃口挺好的,看见什么都想吃,却还是叹气:"回家吃饭吧,不然我爸妈又要说我不为孩子考虑了。"

蒋燃空出一只手来,蹭蹭她的头发:"怎么了?"

林鲸不想说那么多细小琐碎的东西,又献宝似的对蒋燃说:"这次产检,吞金兽棒棒的,什么问题也没有,回去给你看他的最新靓照。"

"不是周四吗?"蒋燃诧异,他还特意预留好了时间的。

林鲸:"改了,就没告诉你。"

蒋燃说:"那赶紧回去看靓照吧。"

"哦。"

走到楼下,蒋燃犹豫了一会儿,又忽然说:"待会儿拿了东西,咱们就回家吧。"

林鲸问:"有什么事吗?"

蒋燃说："也没什么，几天没见，回去让你好好撒娇，在这里怕你放不开？"

林鲸瞪他一眼："你好烦啊。"

嘴上不承认，但是看见老公回来她比谁都兴奋，屁颠儿屁颠儿地收拾东西跟人走了，被爸爸妈妈咿咿呀呀了半天，"啧啧啧，受不了你们，真腻歪！"

林鲸一点儿都没觉得不好意思，回家心情迫切。

大概是在蒋燃面前，她又能做回一个娇娇的小孩儿了，而不是准妈妈。

进了家门，有人看孕肚的心情竟比她还要迫切。

早春，开衫里面只穿了一件修身的打底，鼓起来的肚子圆圆的，挺可爱。蒋燃看了好半天不过瘾，又上手去抚摸。

林鲸被这"赤裸裸"的目光弄得不太好意思，拍开他的手："再看就吃掉吧。"

蒋燃笑笑，视线上移，挪到她的脸上。

林鲸想起来三天没洗头了，这会儿肯定塌塌地贴着头皮，不好看。这段时间她一直是素颜的状态，完全经不起他这般"放大镜"，瞬间就有点儿窘："别看了，我最近挺丑的。"

蒋燃说："没觉得。"

林鲸觉得他是在安慰自己，便极力澄清："我不是埋怨或者邀功啊，我也没有忌妒'吞金兽'，你们不要给我头上扣任何帽子。"

蒋燃又仔细观察她："其实是变好看了，你信不信？"

林鲸小鸭子一样跪坐在沙发上，手掌撑着布面，侧头抵着他："你猜我信不信？"

蒋燃被那双猫眼儿蛊惑了般，本来没想亲她的，但不由自主嘴唇就凑下去在那片粉粉的唇瓣上嘬了一口。

林鲸对这浅尝辄止的亲吻没够，还想继续亲，追过去攀在他的脖子上，但是蒋燃这人已经准备好了一肚子的鬼话了，他讲究的是哄老婆也要全套，天衣无缝。

他有句讲句地道："你以前是干皮，瘦弱，又总是熬夜，气色会不好。但是现在有孩子帮助你稳定内分泌，皮肤白亮又有弹性，很有韵味。"

听他说得头头是道，林鲸差点儿就信了。在快要挂在他身上的时候急刹车，拿过他的手机检查，果不其然看见了他最新的一条搜索记录：女孩子怀孕变漂亮的原因。

这个男人，对老婆也处处心机啊。

夫妻之间互相太了解也不行，一点儿秘密都兜不住。

林鲸大眼睛定定地看着他，流露出审判的意味。

蒋燃下意识地辩驳："怀孕激素问题是基本常识，我还是知道的。"

林鲸跪坐起来："但我根本就不是干皮，是混合皮，你的花言巧语翻车了。"

蒋燃不想惹老婆："行，行，行，你是混合皮。"

林鲸摇了摇头，握着他的手机继续翻。

除了有关孕妈激素变化的相关知识，前面还有两篇关于小宝宝的科普文章，被他点了星号收藏，便再也没有秘密了。

这是蒋燃最常使用的手机，除了一个游戏就没有别的娱乐APP了。

前两年他们还克己守礼，给彼此留足了私人空间，从来不检查手机。但是日子越往后，那些原则就形同虚设，两个人过得像一个人，互看手机算什么？他们帮对方回消息都已是家常便饭了。

反正又没人出轨，怕什么呢？

林鲸玩游戏玩得起劲，把老公晾在了一边。

蒋燃不想让她一直盯着手机看，在旁边撩拨两下无果，把手机拿走了，终于引起她的注意——不过是火气，林鲸又瞪他："干什么？难道我连玩手机的权利都没有了吗？"

蒋燃说："亲子互动时间。"

林鲸不明白。

蒋燃说得更明白一些："过来再让我摸摸肚子，几天不见没手感了。"

真是的，他刚刚不是才摸完吗？林鲸就知道蒋燃最在乎的是孩子，于是爬过来，肚皮抵了一下他的手背："摸，摸，摸，摸个够。"她又补充，"限时五分钟，多了要收费。"

蒋燃将手覆盖在她的肚子上，里面那件短款打底衫被撑得往上蹿了一些，露出一截白皙紧致的肚皮："除了时间限定，还有别的收费项吗？"

这话充满歧义。

林鲸撑着他的肩膀想了想，不甘示弱地说："扩展地图也是要收费的。"

"比如呢？"

林鲸笑得灿烂，眼神暧昧："我的身体就这么大点儿地方，比如你的手指往上移一寸或是往下移一寸。"

蒋燃在微信上给她转了一万块钱:"先付这些,不够再续。"

"好嘞。"林鲸爽快地收了钱,把肚皮又往前挺了挺,里头大概装的不是孩子,而是鬼主意,就是这肚子实在不大。

蒋燃用指腹蹭了蹭,什么也感受不到,"吞金兽"还没觉醒,在冬眠。

这样有点儿亏,没一会儿他就扩大了版图,向上蔓延,林鲸清晰的肋骨感觉到了指腹的粗糙感和热度。

这段时间她的"棉花团"总感觉胀胀的,内衣本来扣在第三颗扣子都嫌紧,明显是激素作祟,过不了多久就要换内衣了。

被碰到的地方触感异样,血液如淙淙流水般缓缓向大脑流去,很快一发不可收拾,她及时缩回了肚皮,也拉下衣服:"到此为止,营业结束。"

蒋燃的手被拿了出来,隔着毛衣覆在她的后腰上:"收费这么高?五分钟不到,诚信经营生意才能长久,知道吗?"

林鲸下意识地托着肚子:"你解锁地图消耗掉了金币,'林氏镖局'半年卸完货就跑路,只此一笔。"

"我看不是正经生意吧?"蒋燃配合她说。

"少儿不宜的,还是等天黑了再做吧。"她笑眯眯地凑近他的耳边,软绵的身体全都压在他的胸前,像是在蛊惑他。

蒋燃眼底闪过激烈的情绪,转瞬即逝,嗓音逐渐喑哑:"好。"

吃过晚饭,林鲸开始准备明天上班的东西,才想起来傍晚本来要出门洗头发的,碰见蒋燃就给忘了。

她习惯低着头洗头发,可以冲干净,但是怀孕三个月后,孩子的成长速度越来越快,她几乎不能弯腰了。

林鲸虽然没有把爱护小宝宝的话挂在嘴边,可很注意保护他,生怕压扁了、挤坏了,让"租户"住在她的肚子里体验感不好。

这种总忘事、丢三落四、笨手笨脚的感觉让她很烦躁,情绪一下子就涌上来了。

蒋燃正从她的包里找检查单,好几张,浴室里本来停掉的水声再度响起,他走过去敲门:"林鲸,怎么了?"

林鲸没听见,蒋燃探头见她站在那里郁闷地扯头发,便问:"洗这么久?"

她有强迫症:"我的头发没洗干净。"

蒋燃摸了一把:"干净了。"

"我摸了,还油油的。"

蒋燃低下头闻了闻味道:"是你用了护发素,很柔顺。"

可是他根本就没闻到,结婚第一天蒋燃给她洗头发就很敷衍,第二天起来发胶还在头上。

林鲸不相信他,把人推了出去:"地上都是水,你赶紧出去吧。"

蒋燃纹丝不动,卷起袖子:"地上那么多水,你摔倒了怎么办?我来给你洗。"

他指着地上的防滑垫:"你在那上面站好。"

林鲸不想因为怀宝宝就做废物,但是看他不容置疑的样子也不像假的,便老老实实地走过去,又提了提裹在身上的浴巾。

蒋燃走过来打开花洒试了试水,林鲸闷闷地说:"谢谢宝宝爸爸,对不起,总是麻烦你。"

蒋燃把水往她头上淋了淋:"为什么道歉?"

"我事多,情绪不稳定。"

蒋燃的手指穿插在她的发间,撩起来打泡泡,帮她开脱:"孕期激素作祟,不怪你。"

甩锅成功,林鲸的心情又愉快起来,她决定以后再有消极情绪就怪孕激素,勿要上升本人。

蒋燃的宽慰对待比她纠结一个小时都有用,毕竟他抓住了主要矛盾嘛。

林鲸把浴巾裹紧一些,又听见他的声音:"现在四个月就不方便了,还有小半年,以后你可能更累。"

林鲸:"就是啊。"

她可太辛苦了。

蒋燃继续说:"之前我说要孩子的话会和你一起承担责任,一起照顾孩子,不是说说而已。月份大了你更不能自己洗头发、系鞋带、开车。"

"别说了,别说了。"

她已经郁闷了。

"不要因为这些事担心,也不要沮丧,不能做的事你就叫我来。这不是帮忙,是一起承担责任。"

孕妇可太容易感动了,林鲸都想当他的女儿了,他的小孩肯定很幸福。

呃,当他的老婆也是不错的。

"完蛋,我还是吃你花言巧语那一套怎么办?"

"……"

508

"不是,不是。"她在对方严肃的眼神中赶紧改口,"一起承担要宝宝的责任,好啊,那对我呢?"

"你一直是我的双倍责任,爱比宝宝多,满意吗?"

"满意,满意。"

他轻松地笑了笑,手上快速且轻柔地搓洗着她的发根,确认照顾到每一根发丝,才用水冲掉泡沫,像洗韭菜一样。

她回到床上的时候,蒋燃还在浴室里打扫。不仅地上都是水,他的衣服也湿了,要重新洗澡换衣服。

林鲸平躺在床上,身下垫了两个枕头,表面安详,脑海里却天马行空。蒋家的基因好强大,蒋蔚华和蒋诚华就相似到不行,蒋燃的清俊模样也和蒋诚华一脉相承。

她肚子里的这家伙出来多半和蒋燃也是一个模子里刻出来的,这也挺好,可万一性格还和蒋燃一样,那这个家里岂不是就她一个人拖后腿了吗?

林鲸决定改一改自己娇气的性格,孕期也尽量控制,给小"吞金兽"做榜样。

蒋燃回到床上时,她又不自觉地伸开手臂去抱他,蒋燃笑她:"怎么越来越喜欢撒娇?"

林鲸不承认自己这一行径,辩解道:"其实我在孕期不讨人厌吧,你不在家,我产检都是一个人去的。"

"见到我不一样?"

"唉,撒娇真是人的天性啊,没办法。"林鲸叹着气,还想掉眼泪,"我大概就是想恃宠而骄吧。"

蒋燃没有回答,低低地笑出声来。

林鲸用身体去蹭他,被提醒:"老实点儿好吗?再蹭出事了。"

他把她的爪子拿了下去。

林鲸反手攥住他的手,往自己的肚子上拉:"你还要摸肚子吗?"

"他要休息了,爸爸妈妈也赶紧睡觉吧,少来打扰小朋友。"蒋燃用小孩子的口吻表述,有点儿搞笑。

她躺下来,肚皮不紧绷,甚至有点儿软,摸起来很舒服,但是蒋燃不舍得多摸。

林鲸的胸胀胀的,她噎了好久,吐出三个字:"睡不着。"

"那亲一下？"蒋燃捧着她的脸蛋，在嘴角奖励似的啄吻了一下，从浅尝辄止变成啃噬纠缠。

蒋燃明知道这个时候不能做什么，但还是让自己放纵了。

"要不要开启新地图啊？"林鲸在旁边煽风点火，其实很想和他亲亲抱抱。

混乱的夜晚，身上的衣服被丢到被子上、地上，蒋燃下巴搭在她光洁的肩头上，呼吸凌乱，欲望掩饰不住。

他扩展新的版图又没有完全扩展，但的确不一样，最后说了两个字："要命。"

林鲸恶作剧得逞，脸蛋埋进枕头还能笑出"咯咯咯"的声音。

蒋燃本来郁闷，但这事能让她心情好起来，也就由着她了。

他总觉得孕期妈妈不小心的肢体动作会伤到小孩子，在林鲸问出要不要试试的时候，他想了想，说："算了，别弄出事。"

林鲸听话，又问："你还好吗？"

蒋燃捏她的手指："那帮忙。"

最后他用湿纸巾给她擦手，林鲸脑袋上也有汗珠，在昏暗的光线下看他实在忍得辛苦，心生愧疚："我以后不皮了，也不欺负你了。"

蒋燃疑惑："良心发现？"

林鲸痛定思痛，忏悔道："我太过分了。"

蒋燃回到被子里躺下，当欲望退去的时候，身体的中心如潮汐一般平静，耳边传来她的头发摩擦枕头布料的"沙沙"声响。

她很像他小时候捡回来的小猫，钻进他的被子里动来动去，温热又小巧的身体，总是求抱求挠。

他把林鲸揽到怀里揉搓了几遍，餍足感充斥着身体的每一个角落："那怎么办呢？多过分你老公都能忍。"

林鲸不相信自己有这么大的魅力，很好奇一个问题："我都不知道自己有什么优点能配得上你的好。"

蒋燃："眼光好。"

林鲸咬了他一口："认真点儿。"

蒋燃沉默了一会儿，告诉她："爱人不是考核，喜欢就是喜欢，这是契合的问题。"

来了，来了，他的祖传话术，好像说了点儿什么，又好像什么都没说。

林鲸又问:"那你希望我们的小孩生下来像谁多一点儿呢?不考虑男女遗传方面的原因。"

蒋燃把问题抛给她:"你希望怎么样?"

林鲸嘴巴倒豆子似的,开始漫无边际地想象了:"当然是希望像你咯,聪明,个子要高,最重要的是脾气好,工作、学习上又有毅力。"

这完全是"别人家小孩"的模板,不用她这个妈妈操心了。

蒋燃评价:"看不出来,你对孩子的期待很高。"

林鲸仰着下巴:"虽然我普普通通的,但还不允许我想得美啦?毕竟孩子占了你的一半基因,沾沾爸爸的光也不过分吧。"

"无论男孩子还是女孩子,性格像你就好了。"

林鲸太惊讶了,赶紧阻止他大放厥词:"像我就完了!呸呸呸。"

"别这么说自己,你的好我最清楚。"蒋燃说,"我的要求不高,只要父母足够负责,孩子总归差不到哪里去。我只希望他能像你一样单纯、善良,生活虽然有小波折,但能够平稳过去,无忧无虑,甚至可以'任性'地做自己。"

林鲸对这些事比较有经验:"是爸爸妈妈还有稳定的家庭环境给的底气。"

蒋燃:"对。"

林鲸是结婚之后才明白的,自己曾经极力逃离的爸妈、平淡的生活,却是别人不敢想象的美好。

人一生所求,也不外乎如此。

相比于有出息、成功,林鲸对宝宝的期待还是最质朴的健康和快乐,这一点她与蒋燃保持着高度一致。

她问蒋燃:"你小的时候,辛不辛苦?"

蒋燃不想正面回答,目光非常长远地说:"很多经历我来一遍就够了,不想我的孩子也那么累。"

话题逐渐变得沉重,林鲸赶紧岔开,于是旧话重提:"你还没说喜欢我什么?"

"不知道我喜欢你什么你还敢嫁给我,给我生孩子?"

"我不知天高地厚呗。"

之后一直到孩子出生,或许用"一段时间"来概括有些不负责任。

因为几乎每一天都在发生不大不小的变化,就像林鲸的肚子,一天一个样。

林鲸在整个孕期脾气都挺好的,激素也没怎么作怪。

但还是有点儿小情绪的,比如她已经很注意了,每天都擦油,可是某天洗澡的时候,还是看见肚皮下面出现了两条淡淡的白色纹路。

她知道这是妊娠纹,体重增长过快导致皮下弹性纤维断裂,以后能淡化,但是不会完全消失。

那种最害怕的事情还是发生了的感觉笼罩下来,像一朵乌云,或者逃不开的咒语,只有林鲸自己能体会,别人都不理解她,最多说一句:"这不是很正常吗?大家都这样的呀。"

她光着腿坐在床上,肚皮痒痒,似乎又在撑开了。

呜呜呜,她忍不住掉了两颗眼泪,感觉太无助了。

第一、第二条纹出现的时候她心都死了,但是后面又出现了几条,意识到干什么都于事无补,她干脆自暴自弃起来,算了,算了,有失才有得嘛。

肚子不漂亮,只要"吞金兽"健康她也值得。

再比如,怀孕四五个月的时候她胎没坐稳,住了三天院,手背上全是针孔。

医生告诉她胎儿的体重偏低,林鲸像所有的准妈妈一样开始担心,是不是她挑食导致营养摄入不足,害得小宝宝都吃不饱?

尤其是老专家扫了她一眼后,随口说:"你们年轻的女孩子呀,怀孕的时候就不要想着保持身材了,多吃水果,补充蛋白质,宝宝才能健健康康的。"

林鲸也不知道自己哪里显得特别"自私"了,让别人觉得她为了保持身材都不供给宝宝足够的营养,她已经足够自责了。

上次检查说她糖分摄入多,水果都从橙子、苹果换成了黄瓜和小番茄,她吃东西不再是享受了,但每次都有新的问题出现。

她的心情好低落,自己怎么做都是错的。

蒋燃哄她:"别紧张,回头调整一下食谱,别挑食。"

林鲸很郁闷,怎么怪她挑食?

蒋燃看出她情绪有点儿低落:"我想替你承担,但孩子在你的肚子里,我这不是现实条件不允许吗?"

林鲸好气又好笑,不否认他说得在理,可还是有些委屈。

爸妈得知这个结果都有点儿担心,这是他们家第一个外孙子,只能谨遵医嘱,但也没说什么。

今年外婆从小姨家搬到了桥湖花园,一听说胎儿都给林鲸养小了,急火攻心,拉着林鲸打量她的肚子、腰,还有屁股,武断地得出结论:"这么瘦哪里像身怀大肚的啊?你要多吃啊,吃得胖胖的对孩子才好。"

林鲸心说,我已经很努力地养崽了,又不是生育机器。

外婆瞧出她不服气,又说:"你这囡囡被你爸妈娇惯得从小就挑食,这不爱吃那不爱吃,现在都嫁人生孩子当妈妈了,不可以这样了。"

林鲸:"……"

外婆:"赶紧吃东西。"

林鲸:"……"

晚饭,林鲸吃不下肉,就被外婆逼着吃了半条红烧鲈鱼。要知道相比于肉,林鲸最讨厌吃鱼……

外婆八十多岁了,没人敢和她叫板,林鲸也不值当为这点儿小事让外婆不高兴,只能听话照做。

蒋燃于心不忍,悄悄帮她分担了一些,还被眼尖的外婆抓包喝止:"小燃你不许帮她。"

于是林鲸"含泪"吃完了饭,最后食物都堵在了嗓子眼儿里,她几乎是红着眼睛走的。

回到溪平院的时候,林鲸还打着嗝儿,胃也硬邦邦的,特别不舒服。

蒋燃把车停在小区门口,没有急着进去,开了她这边的车门,张开手臂接她:"过来,老公抱抱吧。"

林鲸的委屈情绪瞬间就涌了上来,他好懂她,她抱着蒋燃的脖子不撒手。虽然她马上就要转换角色了,但是不管,她还是宝宝。

准爸爸的安抚很有用,林鲸平静下来后又笑眯眯地说:"对不起,我太废柴了,外婆八十几岁,我不敢驳斥她。"

蒋燃笑:"我也不敢,八十几岁惹不起。"

林鲸:"那我就放心了,不是我的问题。"

林鲸借助他的肩膀从车上滑下来,喘气时嘴里都是鲈鱼的泥腥味,扑到了蒋燃的脸上:"你能不能忽略掉我刚刚那个很丢脸的生理反应?"

蒋燃牵着她的手:"打嗝不是正常的吗?你还要维持什么包袱?"

林鲸说起他们独有的"夫妻哏":"我现在就算大腹便便,还想在你面前保持妻子滤镜。我不想做一个打嗝放屁油头发、不修边幅的孕妇，毕竟我吸引你的最大优点也就只有漂亮。"

自从钟渝家的酒店搬走之后，原来的地方就被物业划下来扩建成了生态公园，供业主们散步。

蒋燃听她侃大山，忍不住笑起来，明明下午和晚饭时她还情绪低落，几度掉眼泪，让他手足无措。

"漂亮孕妇也有正常的生理反应，放心，你没有不好看的时候。"

林鲸哼哼："你哄人真的敷衍，重新来。"

蒋燃："那怎么哄？喊宝宝？小乖乖？亲亲？"

他成功把林鲸涌上来的矫情劲儿弄下头了："还是不要了，你留着喊你的孩子吧。"

夏夜的风很舒服，晚上的公园也没有烦人的蚊虫，风撩起林鲸的裙摆，轻柔的布料拍打着小腿。

蒋燃想了想，还是严肃地跟她坦白心中的想法："现在是大月份了，能不能考虑把工作放一放，先以养小孩为主？"

林鲸有点儿犹豫，其实她很清楚现在挺着孕肚工作不方便，即使做不了太多工作，至少还能和同事接触，不然她提前休产假回家能做什么呢？天天在床上躺着吗？那她会抑郁的。

"再等等吧。"林鲸保证，"我就算上班也不累的。"

蒋燃大概清楚自己的建议不是很成熟："那你要好好吃饭，多休息，各种东西都要吃一吃。"他谨慎地看了林鲸一眼，"可能你觉得我说这些是为了孩子，但现在的确是他最重要。他长得不好，我心里不好受。"

两个人此前最大的分歧就是孩子，现在可算解决了，但心里的想法总是不一样的。

林鲸也说："我对他也是百分之百地在意的，担心一点儿都不比你少，所以你和他们不要总以为我是在敷衍或者完成任务。"

"挑食不是故意的。"林鲸说，"你们得容我慢慢克服吧。"

蒋燃脸上露出一丝缓和的笑容："放心，爸爸也会想办法帮忙的。"

蒋燃比她在乎孩子是真的，推掉了很多出差的工作，也很少加班，总要陪在她身边才觉得安心。

林鲸吃东西不多，蒋燃就专心研究菜谱，虽然这一行为是为了孩子的嫌疑过大，他也不加掩饰，让老婆好忌妒。

蒋燃意识到要雨露均沾，林鲸不爱吃鱼，但是偏偏独爱鱼丸汤，并且会一段时间坚持吃一个菜，直到吃吐为止，蒋燃见她爱吃，就不厌其烦地给她做。

他俨然是预习了怎么养宝宝，又没完全当宝宝养，偶尔坑一下也是常有的事。

比如，某天临睡前，林鲸坐在床上刷了一会儿美食视频，看到大胃王一口气吃了二十碗酸辣粉。

林鲸吐槽这个视频好假，这人要么催吐，要么拉血，可是睡到半夜，她做梦就梦到了酸酸辣辣的酸辣粉，口水都流下来了。

她醒来当即要在某团外卖下单，可是商家休息了，气人！睡到半夜打发老公去买吃的东西这种事显得很过分，但是蒋燃主动问她要吃什么。

林鲸说："我想吃酸辣粉。"

蒋燃听到这三个字当即皱眉，第一反应就是油腻腻的，有各种调味料，她偶尔吃点儿没事，但这不是特殊时期吗？

于是他说："吃别的吧。"

林鲸："就想吃这个啊。"

蒋燃也困着呢，又不是老婆的机器人，随时可以启动程序，迷迷糊糊地把手臂压到她的胸口，哄小孩儿似的问："真想？"

林鲸瞬间进入"娇气宝宝"的角色，以为他要行动起来，赶紧说道："嗯。"

他快去给她觅食！

蒋燃闭上眼睛，用气音吐出几个字："乖，先睡，看做梦是不是酸辣粉的味道。"

"……"

林鲸气得把肚皮挺得老高地去顶他，本来没打算让他出门，他非要过来撩拨一下，撩拨之后又不满足她，比打烊的商家更气人。

第二天林鲸还气着没理他，正巧肚子里的小家伙夜晚总是伸胳膊伸腿的，顺便帮妈妈踹了爸爸一脚。

蒋燃知道这都是那个睡前视频害的，于是在林鲸睡前偷偷把平板电脑藏起来，手机也被没收了。

林鲸什么也看不了，平静地睡觉，果然，除了他做的东西，什么都不想吃了。

经过蒋燃的不懈努力，林鲸的体重终于增加到正常范围内，孩子的体重也正常了，各项检查都很健康，坐等呱呱坠地。

夫妻俩松了一口气。

以前知道孕育生命辛苦，如今他们切实体会到了才知道到底有多辛苦，不仅是生理上的，还提心吊胆，生怕孩子不健康，长不好。

后来林鲸回忆起那九个月的时间，因为有人和她一起承担，并不觉得有多难，反而有琐碎的幸福感，难得的还有孕育带来的满足感。

这大概是孕育生命的一部分意义所在吧。

夏天还没结束，林鲸的公司换了一个办公地点，因为是新装修的办公室，建筑材料还大量散发着甲醛，林鲸为了孩子，暂时搁置了手头的工作，提前休产假。

蒋燃问她会不会不甘心，林鲸这个时候的心态倒是放得很平缓，还很乐观："我不是二十出头的年纪了，迫切地想要成功。工作对我来说很重要，但孩子更重要。圆满的人生不就是这样吗？你为别人牺牲牺牲，别人也为你牺牲牺牲，总比一个人咬牙较劲，固执地追求所谓的完美生活好吧？"

"我想，这大概是我现阶段要追求的幸福吧。"

家里终于找到一个做饭好吃，人又很好的阿姨，蒋燃还是怕林鲸无聊，把工作带回家陪着她待产，偶尔开车去山上采摘，或者去湖边垂钓。

距离孩子出生还有一个月时，两个人都很珍惜这样的三口之家，但是又只有两个人互相陪伴的安静日子，爸爸妈妈等着孩子的到来。

林鲸感觉自己不只经历过一次成长，除了18岁的成人礼，还有她大学毕业决定和学长创业那一年的自命不凡和自恃有才，失败之后就忽然长大了，遇见蒋燃前半年的沉静期各种关于生活的思考也是一次成长，以及和蒋燃结婚磕磕巴巴地生活之后又顺利地走下去。

抛去物质条件，林鲸觉得自己应该是最平凡且幸福的那一批人。

消极、乐观、善良、任性、自我……都是最本真的自己，并且，她一直有爱的人，也一直被人爱着。

番外二
可爱吞金兽

对"吞金兽"的性别,他们虽然好奇,却没有去查。

有心的话还是有很多门路的,但是蒋燃想把这个作为惊喜留到生产那天。

林鲸问他:"你喜欢男孩还是女孩?"

蒋燃:"都喜欢。"

林鲸理解蒋燃想把最好的期待留到最后一天开奖的想法,也想不出来自己更加想要男宝宝还是女宝宝,但是有一点可以确定,她想过和孩子的亲子时光,小家伙乖乖的时候应该会很美好。

小姨是个"百事通",歪门邪说有一套,来家里送东西的时候告诉林鲸,一般来说,如果是男宝,会比预产期早一点儿生,女宝就喜欢在妈妈的肚子里多赖几天。

施主任正在给小外孙准备围兜和小和尚衣裳,也说:"对的,生你的时候我订好了床位,满心欢喜地去卸货,没想到你这拖延症从在娘胎里就有了,黏着妈妈,不肯出来。"

林鲸都不知道还有这事,却不是很好奇。

因为刚刚和鹿苑讨论学区房的时候,她意识到了一个更加严重的问题,小蒋要在九月份出生,岂不是完美错过了九月一日开学日?

那小蒋就要晚上学一年了!

鹿苑无语:"你这么着急让孩子去上学干什么?"

林鲸说:"我希望小蒋是班级里年龄比较小的孩子,这样就能当大家的小可爱了。"

鹿苑女士表示不理解孕妈这些别扭又细腻的心思,准备再说两句时,又听见林鲸说:"算了,算了,反正已经到九月份了,小蒋还是晚点儿出来吧,让我再安安静静地舒服两天,我都能想到生出来的哇哇大哭声了。"

鹿苑:"……"

蒋燃却持不同意见,孕妈辛苦,到最后手脚都肿了,他看着好心疼。"林氏镖局"还是早点儿卸货吧,他来接手。

小蒋:请问我到底什么时候出来?

别看父母都斯斯文文的,小蒋却是个任性的小孩,在妈妈的肚子里装腔作势,乖得不得了,结果距离预产期还有十天的时候,林鲸的肚子就疼了起来。

虽然早就准备好了待产的包包,可是医院的床位紧张,之前精心准备好的一切,安静舒适的单人病房、打好招呼的主任医师、亲切有经验的助产师……全都泡汤了,小蒋表示他现在、立刻、马上就要出来了。

蒋燃开车去医院的路上,林鲸预感自己可能会住在医院的走廊里,未来一两天的状况可能会比较艰苦,又交代蒋燃:"要早点儿给我看病房啊,我不能住太久的走廊的,那也太狼狈了,被人来人往地看着很丢脸。"

这话可不是瞎说的,林鲸的表姐生小外甥的时候就是这么突然,孩子"刺溜"一下就出来了,提前半个月,生产过程半个小时……顺利是顺利,但是表姐住了一天临时床位,被人当作免费观赏的"猩猩"。

蒋燃在看到她喊肚子疼、喊羊水破了的时候,就急得满头汗,哪里还有时间想这些乱七八糟的事:"知道了,我会安排好的,不会让你睡走廊。"

林鲸在想还有什么事可以补充。

蒋燃打断她的思绪:"你休息一会儿吧,别说话了,不疼吗?"

林鲸说:"刚刚那一阵很痛,现在又好了。"

行吧。

蒋燃无话可说,只让她闭着眼睛和嘴巴保持体力。

林鲸想到一件事,小蒋大概率是个男孩,虽然小姨和妈妈都是总结经验,没有什么根据,但她就是觉得自己怀的肯定是个儿子。

见蒋燃神经绷着,嘴唇抿得紧紧地盯着前面的车流,她想帮他放松,于是轻松地说道:"要不要打赌宝宝的性别?"

蒋燃现在的思路是,林鲸说什么他都说"行""好""都可以"。

林鲸:"说啊,你觉得是男孩还是女孩?"

蒋燃犹豫了几秒,说任何话都没有根据,被林鲸抢白道:"我先猜测是男生。"

蒋燃叹气:"为什么?"

她不管他的疑问,自顾自地说:"那你就猜测是女生吧,你想想赌注是什么。"

她得意到像确认了性别一样,蒋燃的思绪莫名其妙地被拉偏,他半天也没想到能给她一个什么像样的礼物做赌注。

浪漫是要花钱的,钱都是她的。

于是他说出了最质朴又实在的礼物:"买套房,再背一个房贷,按照你的逻辑就是我没精力出轨了。"

林鲸用手指戳了戳太阳穴,好笑地看着他:"骗鬼呢吧,你不先看看名下已经有多少房贷了,人家银行才不给你贷款了呢。"

蒋燃随便说:"那就全款买,让小蒋当个货真价实的富家子弟。"

林鲸角度刁钻地说:"哇,听说生儿子你就要买套房,生女儿就不买了?你果然重男轻女。"

蒋燃被气笑了:"生女儿买两套。"

十五分钟后车子到了医院。林鲸此前的判断有误,他们订的这家私立医院哪怕大夫当天不上班,床位也管够,毕竟她老公就是做这一行的,又怎么会让她睡走廊呢?

林鲸换衣服住进病房的时候,蒋燃一路被她搞乱了心态,完全忘了紧张,满脑子都是给儿子几套房、女儿几套房,买房不行,孩子还得有文化,得好好培养孩子念书……就此下去,他老婆想把他累死不成?

值班的医生给她看了一下就轻飘飘地下定论:"距离生还早着呢,先休息吧。"

蒋燃松了一口气,交完了钱,一下子歪倒在陪产床上。

反过来林鲸紧张了,躺在床上玩手机,什么都看不进去,手指头一直在那里刷刷刷。"吞金兽"到底什么时候出来?怎么出来呀?不会让她很疼很疼吧?她不会生出有问题的孩子吧?

下面只开了一点点,宫缩阵痛,痛了一会儿就不痛了,但是下一个阶段会继续痛,然后她想着想着就又开始痛了,感觉比来"大姨妈"还痛十倍那种，小声哭着告诉蒋燃："不行了，不行了，孩子要出来了。"

蒋燃给她把医生叫了过来，对方还是温柔又轻飘飘地说："哎呀，还早呢，你别着急，保持体力乖乖休息吧。"

林鲸：我这哪里睡得着？

她欲哭无泪，本想在蒋燃面前努力挤两颗金豆豆，但愣是挤不出来。她痛经也是哭不出来的，这方面迟钝，倒是在一些细微的感情上很容易共情。

她只好动嘴亲口表述："虽然我没哭出眼泪，但是我真的很疼。"

蒋燃站在病床旁边，手指被她攥住："我知道很痛，我的手指快被你捏断了。"

"喊，根本不及我的十分之一的疼。"

"嗯，别哭了，睡一会儿。"

林鲸松开手指，有点儿不想理他了，便从枕头下面拿出手机调到相机功能，仔细地照了照头发和脸，素颜没有什么好说的，头发拱得太乱了。

于是她跟蒋燃说："给我弄一下头发，不想生的时候太狼狈。"

"……"

蒋燃照做了，但有点儿搞不懂她。

之后林鲸真正开始宫缩阵痛，疼得根本攥不住他的手，五指呈半蜷曲状态，颤抖着，浑身酸软无力，没有意识。

无须她表达，蒋燃就清楚她肯定是疼得没有力气讲话或者控诉。大片大片的汗从皮肤里冒出来，汗湿的头发贴在额角，梳好的头发乱了，可怜巴巴的。

她"呜呜呜"地哭了起来。

蒋燃亲了亲她苍白的脸，实在不忍心："剖吧，别受罪了。"

他心里软得一塌糊涂，成了烂柿子，早知道不生了。他知道她会遭罪，却没想到这么痛，而且看到她这样根本不忍心，要什么孩子啊？

后半夜，医生又过来检查，然后说差不多可以生了，于是才没选择剖宫产。

之后是一系列冷冰冰的操作，生孩子就很没有尊严，林鲸张开的腿被架了起来，好在护士小姐姐很温柔，一边给她擦汗一边鼓励她："宝贝你很棒，一定可以的，要加油啊。"

林鲸整个人是迷糊状态，她一点儿都不棒，好害怕，人家让干什么就干什么，像只小动物。

好在小蒋这小孩争气,关键时刻不掉链子,小拳头一攥,小腿儿一蹬,一鼓作气地就出来了。

然后小蒋被医生拎着两条胳膊两条腿儿,简单粗暴地擦了擦身上的黏液,检查各个器官,胳膊腿儿是否完好无损,往秤上一放,2.8千克,是个不错的小伙子。

林鲸茫然地看着医生在身边忙碌着,小蒋哭得声音嘹亮而凄厉,像受了莫大的冤屈。

林鲸早就猜是个男生,隐约听到护士们通报,果然是,心想她赌赢了。

医生用一块儿布包裹着孩子的身体,拎着腿把关键部位展示给妈妈看,问她:"看看,弟弟还是妹妹?"

林鲸看到了,是个弟弟。

不知道蒋燃是不是已经和这个产房的医生和护士打过招呼了,一边给她收拾"战场"一边聊天,还"贴心"地把小蒋往她胸口放,让她亲亲宝宝。

小蒋张着嘴巴哇哇大哭,脸上和身上都是白白的羊水里带出来的东西,小小的,瑟瑟发抖,无助又可怜,在羊水里泡的时间太长了,完全看不出美丑!

这时候林鲸该哭一哭的,好感动,她竟然生出了个孩子。

但是她狼狈到完全没有情绪,面无表情地擦过小蒋的手指。好神奇,他的指甲形状竟然和蒋燃的一模一样,形状好看还长。

但是大哥能不能不要哭了啊?哭得她脑仁儿疼。

没多会儿孩子就被护士抱走了,说去给爸爸看看,林鲸松了一口气,缓缓闭上了眼睛。

她终于完成任务了。

睡前她是这么想的:期末考试结束了,放假了,她可以好好玩耍了。

早上她醒来的时候,就见七大姑八大姨——哦,不是,家里人带来的东西都放在沙发上,唯独不见人。

蒋燃叫了她一声:"鲸鲸。"

林鲸看见蒋燃,忽然想哭了,又不知道该说什么,胡乱说了一句:"我现在肯定乱糟糟的,像个生产的动物。"

"没有,我帮你把头发整理好了,脸上也干干净净的。"他很懂她,嘴角带着浅笑，"现在很好看，一点儿都不狼狈。"

"……"

林鲸想诉说两句委屈都没办法了，于是问："他们人呢？"

蒋燃说："我在这里看着你，他们去看儿子了。"

儿子……这个称呼就特别滑稽又充满父爱，林鲸不太适应，咧着嘴笑："我就说是男孩子吧。"

蒋燃："嗯，你很棒。"

林鲸又问："他们去哪里看宝宝啊？你去看了吗？"

"在新生儿室，出来就给我看了，健康的。"蒋燃调出一张刚刚拍的照片，小蒋在保温箱里，身上裹着一块淡蓝色的布，脑袋像一杯煮熟的鸡蛋，红红的。

他闭着眼睛号啕大哭，五官变形的一瞬间被爸爸抓拍了下来。

林鲸对第一眼的印象都忘光了，现在看就很心疼，他孤零零地躺在那里好可怜。

妈妈说："他真的好像一只老鼠啊，皮肤也不白。"

爸爸说："他在羊水里泡了这么久，能有多好看？过段时间就好了。"

林鲸擦了擦眼角的湿润痕迹，叹了半天气，又说："再给我看看，怎么一点儿感情都没有呢？你有吗？"

蒋燃说："没关系，养着养着就有了。"

其间护士把小蒋给林鲸抱过来一会儿，比刚出生的时候干净了一点儿，倒是没哭，睡着了。林鲸发现他的眼睛轮廓很长，简直令人欣喜，就是不知道长大以后怎么样。

在健康的前提下，林鲸好在乎这一点。

这几天她一直观察小蒋，想着他千万不要黑、不要丑啊，颜值真的很重要。她在心里默默地念着，但是不敢说出来，否则显得妈妈太肤浅了，怎么可以嫌弃儿子呢？

爸爸听见这话也会不高兴的。

这天林鲸鬼哭狼嚎又羞耻地哺乳之后，小蒋再次被月嫂抱走了。林鲸再醒来时是下午，病房里只有蒋燃的手机扔在沙发上。

她缓缓踱步去新生儿室"偷窥"小蒋，在走廊上碰到了来看她的蒋蔚华，两个人随后一起过去。

这两年蒋蔚华和蒋燃不再针锋相对，她也偶尔流露出一丝丝长辈的关爱，比如这次林鲸生小孩，蒋蔚华就前前后后地帮忙了。

蒋蔚华瞧了孩子一会儿，叹息："这父子真像啊，脾气也像。"

林鲸困惑："什么？"

蒋蔚华从钱包里拿出一张蒋燃的百日照，彩色的，蒋燃的额头上还点了一个小红点。

他现在是瘦窄的脸，狭长的内双，眼尾微微上扬，不说话的时候显得有点儿锐利。

蒋蔚华说："这个小家伙和他爸爸小时候长得一模一样，你看看。"

林鲸凭肉眼无法判断，小婴儿嘛，都是圆圆的脸蛋，况且一个是三个月，一个是三天。姑姑却坚定地说："一个模子里刻出来的，就连这个哭的劲儿也是。"

林鲸悄悄把蒋燃的百日照放到手机壳后面，打算等小蒋百日以后再对比是不是真的像，但是听姑姑这么讲，忐忑的心情就落下来了。她还是比较相信长辈的眼光。

小蒋长相随爸爸，性格也随爸爸就完美了，以后肯定是个很好很好的男孩子，上了学就是"校草"。

于是，她又问："蒋燃小时候，您经常看他吗？"

蒋蔚华说："可不是吗？他出生的时候我还没结婚，天天抱他，能不知道吗？"

林鲸感觉到一丝属于蒋燃的温情，愉悦起来。

姑姑这次过来，给宝宝送来一对小金镯子和小金锁，还有一张银行卡，说里面有几万块钱是给宝宝的。

林鲸怕蒋燃不肯接受，但又不知道怎么推辞，只好暂且收下来放在床头柜里。

中午蒋燃从外面回来，林鲸立马把这事情说了。他愣了一会儿神，欣然接受："是她的心意就收着吧，给儿子买玩具。"

林鲸笑眯眯地应道："好啊。"

傍晚，姑姑和施季玲又过来看孩子，两个中年妇女絮絮叨叨地讨论着蒋燃请来的这个月嫂如何如何，虽然手脚显得没那么利落，但还是蛮有爱的，肯定会好好对待她们的小孙孙，俨然没吵过架的样子。

现在全家人的重心都在小蒋身上，往日的很多矛盾和摩擦一笔勾销，什么也没有孩子重要。

小蒋果然牛，出生三天就是家庭和睦的纽带了。

林鲸觉得，这样也挺不错的。

林鲸生完孩子就能下地走路了，恢复情况也不错，很快就可以出院回家了。

这天是她在医院的最后一个晚上，蒋燃过来陪她，月嫂把小蒋哄睡着以后推过来，让两口子看着。

林鲸不敢抱他，孩子实在太小了，身体都没她的一截手臂长，还瘦瘦的。

这让她很头痛，也倍感压力。

但是更多的是一种茫然感，天性使然，林鲸无疑是很爱小蒋的，但是此时此刻就像面对一个不知底细的特殊客户，而且她还要负责这个客户的吃喝拉撒、衣食住行，再到言行举止，人生都要她来负责。

林鲸对自己有点儿没信心。

压力太大，她干脆不看了，侧着身体躺在床上玩手机，想起手机壳后蒋燃的照片，就拿出来还给他："你姑姑还留着呢，说你和儿子很像，哈哈哈，不用做亲子鉴定也看得出来是你儿子。"

蒋燃看了她一眼，没想到蒋蔚华还留着他的照片，沉默了一会儿，刮了刮林鲸的鼻梁："这张照片的原片在我外婆家，不是姑姑保存的，她后来拿去洗了一张，今天拿出来无非是想骗骗你这个小笨蛋，卖弄一下亲情。"

林鲸从床上坐起来，顺便把被子扯到一边。南方的九月份很热，施季玲不允许屋内空调的温度开得太低，又让她盖被子，林鲸快热死了。

她才不是笨蛋："你还说我呢。你收下她给的那一笔钱还不是代表默认了她，不管这善意是先天出发还是后天弥补，咱们的宝宝有自己的爸爸妈妈赚钱养活就够了，还缺别人给的一点儿钱吗？"

这个男人永远有最理性的思维，又永远有最柔软的内心。

蒋燃说："我无所谓，小家伙不一样。"

他不想让孩子看到爸爸在抵触什么，也不想让孩子接触乱七八糟的家庭关系。

林鲸和他达成一致意见："嗯，小蒋将来要得到很多很多的爱，爸爸大度一点儿吧。"

蒋燃看着孩子的妈妈壮志已酬的模样，不禁想笑，却是发自内心地感到愉悦，拿起床尾的长袜，把她的腿扯过来，给两只脚丫齐齐套上保护衣，再给盖上被子。

俗话说，脚热了全身就热了，林鲸现在是浑身冒火："我热。"

蒋燃："听话。"

林鲸翻白眼："热死了，热死了，那么多人坐月子都不这样了好吗？"

蒋燃把老妈的嘴炮技能学了个全套："别人是什么体质，你是什么体质？我已经迁就你了，答应你洗头发。"

林鲸泪奔地倒在床上，不想说话了。

蒋燃跟看不出来她郁闷似的，闲闲地在她身边侧身躺下，看着她睡觉。

林鲸说："不要看我，看你的宝贝小蒋去！"

蒋燃还挺想问的，这两天一直听她跟岳母、月嫂念叨"把小蒋抱过来""把小蒋抱走"。

"怎么叫儿子小蒋？"他问。

林鲸说："这不是还没起名字吗？这样叫很方便哪，大家都知道我说的是谁，而且赖名好养活。"

蒋燃冷了冷脸："不好，或者给儿子起一个小名。"

小蒋听着像司机，配不上他的儿子。

林鲸饶有兴趣地坐起来，想想给这个小家伙起个什么名字好呢？要顺口又好听，还要可爱的。

碍于她这几天一直研究儿子的颜值，她说："叫蒋美丽？蒋帅？"

"换一个。"

他自己也在想，想的是大名，还没决定，把儿子的小名的决定权交给了林鲸。

"好吧，开玩笑的。"林鲸比较相信自己的第一感觉，"叫生姜、姜姜好不好？听着和蒋也很像，只是声调不一样，姜姜，姜姜，多可爱啊。"也和唱戏差不多，哈哈。

蒋燃记得她去年元旦节就说过这个，但暂时也想不到给这位未来的房哥起一个好名字："好，但是大名不能叫蒋姜姜。"

于是，房哥的官方小名就从小蒋变成了姜姜。

全家人都在喊"姜姜"或者"宝宝"，只有宝宝的妈妈在回到家以后还是天天念叨"小蒋怎么又哭了？""小蒋的被子该晒晒了""小蒋的脸怎么那么红？"

她不像在喊自己的儿子，蒋燃每次听到都要纠正："是姜姜，名字起了要叫的。"

除了名字问题,未来房哥回到家里状况不断,明明一开始一切指标正常,就是喜欢哭,但很快就被月嫂哄好了。

月子期一过,这位用得很好的张阿姨就要去下一家了,签好的合同没法改,他们只好换另一位阿姨。

新的阿姨上手需要时间,于是妈妈作为孩子最熟悉的人,自然是要日日陪伴在他身边的。

林鲸知道带孩子不容易,也愿意花工夫去哄小孩,总归是希望孩子和自己最亲近。再加上一个多月来的母子情,终于让林鲸多了一分"有儿子"的责任心。

但是小蒋一旦哭起来就没完没了,喂奶不行,放他尽情拉屎放屁也不行,横着抱不行,竖着抱也不行,脸蛋越哭越红,总被自己的口水呛到,还一哭就是半宿。

新的阿姨带孩子也尽心尽力地哄着,不厌其烦地抱起来轻轻摇晃,拍拍孩子的后背,哪怕是半夜,也没有丝毫不耐烦的样子,但小蒋就是不买账,老是哭。

施季玲除了带林鲸这一个孩子没别的经验,急得团团转,在建议上却毫无建树。

大家都知道小蒋爱哭,但是他哭成这样多少是不正常的,明明身体没有问题啊。

林鲸听这哭声,实在担心小蒋把身体哭坏了,又被吵得心烦意乱,亲自去抱孩子,给他闻妈妈的味道,学阿姨给小蒋唱儿歌,都不行。

每次小蒋都是哭到力气尽消才堪堪睡去。

白天正常,晚上他就接着来,原本就瘦弱的小身体还没有添膘的迹象。

林鲸急得想哭,养孩子好难。

独自养娃的第三天,林鲸断定小蒋的身体有点问题,只是她没有发现,遂决定第二天一早就带他去医院。

她一直忌讳医院人多、细菌多,现在也不管了。

这天,蒋燃提早回家,听见儿子在隔壁房间里哭得地动山摇,肺活量很不错的样子。

保姆在哄,哭声响一会儿弱一会儿。他照例问过儿子今天睡了几个小时,拉了多少屁屁,喝了多少毫升的奶,又抱着儿子哄了一会儿才离开。

林鲸洗完澡准备睡觉了，就听见那边隐隐约约又冒出叽咕的声音，不放心只好去看看，在门口和蒋燃碰了个正着。

"姜姜睡了，你自己好好休息。"她的黑眼圈都出来了。

林鲸说："他现在睡，待会儿肯定又要爬起来哭，我得去看看。"

蒋燃有点儿奇怪，这两天他事情多就稍稍晚回来了一点儿，偶尔会听到林鲸说姜姜在闹觉哭。他已经接受儿子是个小哭包的事实，所以并未放在心上，现在感觉好像还真有点儿问题。

林鲸过去陪儿子了，蒋燃先回卧室洗澡，出来的时候就听见儿子惨烈的哭声。儿子缩在妈妈的怀里，脸和脖子都涨红了。

林鲸实在舍不得，一直把他抱在怀里哄着，身体保持平稳，姿势标准，很是专业的手法。这段时间她很努力。

可是她越着急，姜姜就哭得越来劲儿，跟妈妈叫嚣似的，差点儿把新手妈妈也弄哭了。

"爱哭好像也是病，需要治，明天我一定要带姜姜去医院。"林鲸着急地说道。

蒋燃走过去把姜姜接过来，儿子一到他手里就变成了个迷你人，养了快两个月竟然还这么小。林鲸看他这可怜兮兮的模样，心疼得都想哭了。

蒋燃也看着儿子，结合林鲸说的他哭得都不正常，想到一件事，说："可能他是肠绞痛，但是不会说。"

林鲸被这个词吓了一跳，但也不是没听说过："可是他才这么小啊，只吃过母乳，我完全没有让他接触过易过敏的食物。"

"这是小婴儿发育过程中的自限疾病，看他这样应该问题不大。"蒋燃说着，把姜姜的小包毯子剥掉，只剩下一件小和尚连体衣和尿布，给他调整体位，让他趴在自己的手臂上，脑袋靠着自己的肩膀，然后轻轻拍着他的后背。

这样的姿势调整不一定保证立马起作用，过了一会儿情况似乎缓解了一点，姜姜感受到爸爸的身形很高大，比妈妈和阿姨的厚实许多，很有安全感，至少情绪上得到了安抚，没有那么焦躁了，不多时就趴在爸爸身上睡着了。

姜姜具体是什么症状还要医生看，爸爸只是凭借经验安抚一下而已。这晚蒋燃把姜姜带到了自己的房间，睡在两个人中间，以便随时照看。

林鲸感到神奇又欣喜，挫败又难过。

她挨在姜姜身边，脑袋凑近他的小身体，有点儿自责地说道："之前我总是把他交给上一个阿姨带,晚上很少去抱他,现在好了,他有肠绞痛我作为妈妈都不知道,还怪他喜欢哭,我真是一个不称职的妈妈。"

小娃娃睡得正香甜。

蒋燃纠正她:"你只是一个新手妈妈而已,和不称职无关。"

林鲸:"你不待在家里,都知道他怎么了,我竟然不知道。不行,明天去完医院我就多买几本育儿书补习补习。"

"就这一个特例,我只是比你早一些知道而已。没有人一生下来就懂这么多东西,养孩子也是学问,孩子嘛,养着养着就会了。"

不过蒋燃也意识到自己并非没有问题,好像又忙疯了,没怎么关心小蒋——哎,不对,是姜姜。

这真是甜蜜的烦恼啊,家里又多了一个让他操心的人。

隔天,两个人把事情都推掉了,带姜姜去医院检查。蒋燃的判断没有错,这种症状在小婴儿里很普遍,不严重的孩子就哭哭,也不怪新手父母忽略。

姜姜的症状算是轻的,并不需要药物治疗,只需爸爸妈妈在家给他调整即可。医生教他们怎么给小婴儿缓解,第一种方法就像蒋燃之前做的那样,让姜姜趴在自己的手臂上,调换体位他就会舒服很多。

第二种方法是给他的小腹部做按摩,在肚脐周围用两三根手指打着圈儿地沿逆时针方向按,频率根据婴儿的啼哭情况来定。

回家路上,林鲸一边在网上下单一些养崽手册,一边崇拜地对蒋燃拍起了马屁:"还是爸爸聪明,爸爸有办法,爸爸怎么什么都懂呀?"

蒋燃对她的"彩虹屁"已经不受用了,看她一眼:"妈妈懂什么?"

林鲸和姜姜对视了一眼,大言不惭地说道:"妈妈懂得撒娇,还懂得碰见问题就找爸爸。"

蒋燃给她补充:"妈妈还懂爸爸,是吧?"

"对!"

林鲸抿了抿嘴唇,并没有觉得不好意思,因为一半是事实如此,还有另外一半是爸爸也有妈妈。

她低头去瞅儿子,只见姜姜小朋友黑葡萄一样的眼珠子正盯着她看,虽然他还不太会扭头,做表情,但已经看妈妈发呆了好久,眼神里还流露着一丝丝的好奇和依赖感。

被一个幼小的生命依赖,其实是一件很美好的事情,以前林鲸并不觉得小孩子有什么可爱的,但是自从有了姜姜之后就改观了。

姜姜除了会大喊大叫，身上还有香香的奶味，藕节似的小手臂，带着小窝窝的手掌，一做噩梦就下意识地往妈妈怀里钻，傻乎乎地卖萌，整天生理性笑眯眯的。

她之前纠结"房子哥"的颜值、性格，还有遗传问题，自从他生病之后，才意识到除了健康，一切都是浮云。

就算姜姜长相不好，她也会爱他的。

好在皇天不负有心人，在姜姜把膘养出来的时候，精神面貌便发生了巨大的变化，当初躺在保温箱里的可怜巴巴的小人，在爸爸妈妈的精心呵护下，转眼就白白胖胖的，水灵可爱。最让林鲸欣慰的是，他三个月以后就不爱哭了，每当有人去戳他的脸颊的时候，他会弯着眼睛笑。

林鲸知道这个笑容没有实质意义，条件反射而已，但就是当儿子在对她表达喜悦之情了。

因为他笑出来的神情，真的好像他老爸，但是比他老爸更加可爱和善。

"房子哥"的颜值巅峰是一岁半的时候，他学会了走路，学会了叫爸爸妈妈。

脸上的婴儿肥不再是被喂出来、挤出来的肥肉，而是俏俏的小帅哥脸，小朋友狭长的眼型和浓黑的睫毛搭配在一起，不说和蒋燃如出一辙，至少也是让不少姨姨神魂颠倒的水平。

其中就有慕名前来家里做客的鹿苑，林鲸有的时候在朋友圈晒一张"房子哥"的"猛男靓照"，大家都没感觉，就是一个普普通通的娃和普普通通的晒娃妈。

但见到真人到底不一样，偶像真人是灵动的，立体的，活的，会叫人的，"房子哥"的性格没有他爸爸这么会装，见到漂亮姨姨他就伸手让人抱抱，还用刚喝过水的嘴唇去亲人家，夸漂亮，不仅把自己的牛奶让给别人喝，还把自己的尿不湿当礼物送给别人。

总而言之，如果不加以管制，"房子哥"这个性格长大以后要么是清纯小奶狗，要么就是"中央空调"。

一岁半的"房子哥"太讨人喜欢了，鹿苑说："要不送我得了。"

林鲸说："我倒是没有问题，就是你得等房哥30年，等他能独立赚钱了，直接给你过60大寿。"

鹿苑说:"想想竟然还挺美。"

林鲸越聊越兴奋:"现在他是你的,赶紧领回去养吧。"

鹿苑:"'房子哥'我带走了你可别后悔。"

大人说话并没有避讳"房子哥",毕竟都是开玩笑的,只是把声音压低了,谅他凭两岁的智商也学不到什么东西,结果这孩子的学习领悟能力一流,他竟然有样学样起来,在鹿苑的脸上真情实感地嘬了一口,留下一摊口水。

还不止于此,当天晚上蒋燃下班回来,轮值给孩子洗澡讲故事,最后将孩子抱到床上安抚他睡觉时,蒋燃哄他:"乖乖睡觉才是好孩子。"

"房子哥"说:"要陪陪!"

林鲸在书房里忙,蒋燃以为"房子哥"叫的是妈妈,便说:"爸爸陪你。"

"房子哥":"姜姜要鹿苑姨姨陪陪。"

蒋燃:"……"

什么鬼东西?

"房子哥":"嫁给鹿苑姨姨。"

"……"

"给她赚钱钱。"

蒋燃很快弄清了事情原委。他太清楚林鲸和她的姐妹团那些德行了,哭笑不得地走出孩子的房间,正好碰上林鲸从书房里出来。

"姜姜睡了吗?"

蒋燃扶额叹息:"我这一周不在家,孩子就成人家的童养夫了。两岁就要结婚,他长大了还得了,你教他什么了?"

"啊?"林鲸一头雾水。

蒋燃将"房子哥"今晚的语录学给林鲸听,她真是没想到儿子两岁领悟能力就这么厉害,两个人明明是压低了声音悄悄说的啊,虽然没避着他。

不过姜姜这方面的天分,林鲸作为他的妈妈自然早已看透,他长相、神态都那么像爸爸,这方面的基因肯定也是从爸爸那里遗传来的。

真是没办法,林鲸同款扶额叹息,倒打一耙:"我还想问你呢,你小时候是不是就是'中央空调'了?不然姜姜怎么对谁都热情?"

这可冤枉蒋燃了,他从来不这样,小时候可没亲漂亮阿姨,还要嫁给漂亮阿姨。

但他也无可辩驳，儿子的确像他。

他琢磨了一会儿，忽然问林鲸："这不对吧，儿子这是感情充沛，我记得有人上小学时就学会暗恋人了，你说他到底遗传的谁？"

"……"

林鲸：甩锅失败！

林鲸说不过孩子的爸爸，谁让她承认自己上小学的时候情窦初开了呢？

"我启蒙早，可没乱撩拨人。"两个人都穿着睡衣站在儿子的房间门口斗嘴，也可以定义为说悄悄话，"儿子还是遗传了你的性格，别否认，从某种程度上说，过分温柔也是'中央空调'。"

"我是'中央空调'？"蒋燃低头拨了一下微湿的头发，去捏她，"扣帽子的本事变本加厉了。"

林鲸的腰被捏得有些疼，她又不敢大声叫，阿姨和孩子都睡了，只能暗暗踩他，腿还没抬上来就被蒋燃单只手掌抓住了——自然，人也近乎挂在他身上。

她凶凶地说了一句："松开，让我踩你一脚。"

蒋燃看着她："小心把孩子吵醒。"

他又来？

每次两个人有什么急需解决的事，他就拿孩子来逃避，"别把孩子吵醒""别当着孩子的面""看在孩子的分儿上"。

中华民族的话术精髓已经尽数被他掌握了，甚至发扬光大，林鲸这次可不吃这套："不行，你捏疼我了。"

两天没见面，见面打打闹闹已经成为习惯，不知道她是怎么想的，蒋燃还是比较想抱着自己的老婆回房间睡觉。

仔细地听了一下隔壁房间的动静，有十分细微的响动，他钩着林鲸的腿，压着嗓音警告："别出声，阿姨醒了。"

自从有了姜姜，父母偶尔留宿，家里还有一位常驻照顾孩子的阿姨，他们牺牲了所有的二人世界。

按照两个人的习惯，刚结婚的时候想想这是一件多可怕的事啊，都没有私密空间了，但有了孩子，不知不觉他们就退让到了这个地步，说话声音要分时段控制，在家穿衣服也要整齐，看手机和电视的时间不可以过长……

谁也不觉得这是牺牲，反而认为是理所应当。

林鲸趴在蒋燃怀里仔细听了听,尽管没听到什么声音,也老实顺从了他:"没有吧?"

蒋燃轻笑:"听见我们在这里说话,人家好意思出声?"

说完,两个人树袋熊似的抱着回了房间。

林鲸咬了口他的耳朵,力气不小,一点儿不肯吃亏。蒋燃把她放进床铺里,自己也躺了进去,这才放开了声音说话。

"想我吗?"

"你骗我的吧?阿姨哪里醒了?"

两个人同时问对方,但蒋燃明显比林鲸更关注夫妻之间的事。林鲸拽着他的领口亲了他一下,算是敷衍着完成任务,他压着人猛亲了几口,以缓解这几天的思念之情。

待情绪平静下来后,蒋燃说到儿子,语气不自觉地严肃起来:"姜姜跟你姐妹俩学什么了?平时你们说话注意点儿,他现在的一举一动都在模仿大人。"

林鲸把自己和鹿苑开玩笑的过程转述后,又说:"这不是一起叹息咱们小蒋挺讨阿姨喜欢嘛,以后就不知道怎么样了。"

蒋燃对儿子有些溺爱,期望也甚高:"以后也是个好孩子,他什么样子我有数。"

林鲸不信:"我每天陪他的时间可比你多,你哪里来的自信?"

蒋燃问:"你不是说他随我吗?"

"哪有这样变相夸自己的?"林鲸感到无语又好笑,但又忍不住和对方分享儿子的优点,"小蒋自从学会说话后,是真的可爱不少。再这样下去我的最爱要转移了。"

蒋燃倒是一点儿危机意识都没有,还问:"怎么说?"

林鲸说:"阿姨休息时我不是一个人带着他吗?之前我们两个人待在一起时总是我絮絮叨叨地教他说话,这孩子连咿咿呀呀都不会,沉闷得很,会说话之后真是一发不可收拾,看见我不说话他就会过来喊'妈妈别生气',给他喂饭他会说'谢谢妈妈'。"

嘴甜这方面儿子无师自通,蒋燃有点儿奇怪,按照道理来说他陪姜姜的时间也不算少,怎么就没享受到儿子这般"孝顺"?

他闷了一会儿。

林鲸猜测:"平时家里带他的人不下于两个,人一多他就淘气。孩子很聪明,只有妈妈一个人陪着他时,他就会听话很多,知道没人会惯着他，下次你试试一个人带他，稍微凶一点。"

她当人家妈妈两年，都当出经验了。

"我对他还不够凶吗？"蒋燃知道自己这张脸以及爸爸的形象，已经给了孩子威严的印象。

夫妻俩对孩子的成长研究一番，不知不觉就到了深夜，总觉得还没聊够。

在有姜姜之前，林鲸绝对没想过自己有一天会变成这样。

林鲸在姜姜来之前做好的准备几乎全都是尽为人父母的责任。

但孩子回馈给她的东西比想象的更多，很多情况下治愈了她。

朋友问林鲸，明明结婚和生孩子之前自己就是个需要人哄的女孩子，怎么突然就有了那么多母爱？

她自己根本毫无察觉，想了想，最终的原因大概是一开始寻求的结果就不是想要从孩子身上获取什么，所以得到的全都是惊喜。

姜姜小朋友从小就是社交牛人，长得又可爱，心地还善良，小鹿阿姨一句话，他就要嫁过去，还要赚钱钱给人家花。

那个拼了老命把他推向富家子弟宝座的爸爸都没享受过这礼遇。

因为可爱和帅气，他几乎赢得了所有人的喜爱，宛如舞台上光鲜亮丽的小偶像。

但是，小偶像"塌房"的概率总是太高了。

孩子几乎一天一个样，可爱是可爱，但也无数次让爸爸妈妈崩溃。

蒋燃是少见的比较宠溺孩子的爸爸，和对老婆一样的程度，原则忽高忽低。

姜姜三岁的时候，同小区的小朋友不少选择去托幼班，为启蒙学习，也为减轻爸爸妈妈的负担，这是一件很平常的事，但蒋燃舍不得小蒋这么小就离开家。平日里两个人上班，对他的陪伴已经很有限，不能再剥夺他短暂的童年快乐时光。

很多托幼班虽然不错，但陪伴质量因人而异。

因此，小蒋在上幼儿园之前除了一点点早教课外，很少学习各种技能，过得比较快乐，没和大家一起"卷"。

随着他长大，很多关于养孩子的问题接踵而至。姜姜无论是学东西、说话，还是各种生活习惯，都在模仿大人，并且有了更高层次的需求，简而言之，就是叛逆。

有一次他去施小姨家玩，被接回来以后就不对劲了。

姜姜在小姨家无意间得知手机和 iPad 上面是可以看动画片的，那并不是爸爸妈妈口中的办公用品，于是一发不可收拾，吃饭的时候吵着要看动画片，洗澡也不肯去，晚上到点也不睡觉。林鲸故意装傻哄骗了几次，但是这个小家伙的毅力太强，直到逼退大人为止。

之前非常好说话的小朋友，在儿童乐园里见识了别的小朋友"打滚撒泼"威胁大人并且收到成效的方式后，也有样学样起来，一不开心就往地上躺，以为这是发泄途径。

实在不行，他还会哭，抱着妈妈的大腿哭，求饶。

基因里再像蒋燃，他也只是个两三岁的小孩子而已，天性里的东西没办法。

作为孩子的妈妈，林鲸当然不能把这个"小麻烦"丢给父母或者是阿姨管，对孩子的一手情况，她必须第一时间掌握。

林鲸和蒋燃从小就有非常严格的家教，对姜姜的要求自然也一样。把孩子从父母那里接回来，连续一个月进行思想教育和习惯纠正后，林鲸获得的成果微乎其微，人却已经被逼得崩溃了。

天使和恶魔也许就在一线之间。

林鲸有的时候着急，自己怎么就对付不了这个小家伙呢？于是深夜里哄孩子的时候她就忍不住郁闷起来，真的好想打他一顿。

每当林鲸脸色不好看的时候，姜姜小朋友洞察人心的那双眼珠就活泛起来，捕捉到妈妈消极的情绪，他赶紧过来抱抱她，还给她擦眼泪，甜腻腻地说道："妈妈不哭，宝宝不哭。"

这种可爱行为和恶魔行径，让林鲸像反复做仰卧起坐一样，被孩子PUA 了。

揍他一顿，还是好好讲道理？林鲸很难抉择。

对姜姜的问题，蒋燃作为爸爸的那套方式也失去了效用，因为三岁的小孩在某种程度上"听不懂人话"。

除了耐心，他们毫无捷径可走。

这让天天在公司里"耀武扬威"的蒋燃马失前蹄，公司里没人敢在明面上不买他的账，唯独到了三岁儿子那里，老父亲说的话就像闹市口嘈杂的背景音乐，毫无意义。

一开始并不理解林鲸的崩溃情绪，直到在姜姜叛逆的时候亲自上手哄骗，蒋总才知道什么叫"社会的险恶"。

一向理智的他忽然赞同林鲸说的"要不我们俩混合双打一下得了,我太生气了"。

打也打不得,骂也骂不得,他们不小心把人家的屁股打疼了点儿还得心尖发颤似的去哄着,跟着一块儿心疼。

这场旷日持久的"战役"终于在夫妻两个相继遭受折磨后拉开序幕,而对手就是他们长了智商和需求的孩子。

对于教育孩子这件事,两个人步调一致,但是计划没实行到孩子那一步,就遇到了阻碍——外公外婆。

施季玲和林海生算是很会带小孩的长辈了,但是这个"带"和教育有着很大的出入,尤其是对待"吞金兽"。

在这两位眼中便是"总有刁民想害我的小孙孙",这个"刁民"自然就是孩子的父母了,因为孩子,两辈人总会摩擦出一点儿火花。

这天阿姨放假,施季玲和林海生过来带孩子,林鲸和蒋燃下班到家的时候孩子正在吃饭。姜姜正坐在儿童餐椅上,长辈分别坐在两边,一个人喂饭,一个人调试 iPad 放着动画片。

蒋燃只扫了一眼,虽然不赞同,但什么话都没说,干脆眼不见心不烦地回房间换衣服。

林鲸走到餐桌边上,跟孩子说了一会儿话:"自己乖乖吃饭,佩奇要休息了。"

然后她把 iPad 拿走关掉了。

房间里顿时响彻姜姜小朋友的哭天抢地声,他大喊着要看动画片,林鲸愣了愣,一时不知所措起来,极力耐着性子哄道:"吃完再看。"

孩子抬手不小心把老妈手里的饭碗给打翻了,剩下的小半碗肉粥撒了一桌……施季玲忍不住说了一嘴:"哎哟,你一回来就惹我们干什么呀?孩子好不容易安静下来吃点儿饭。"

林鲸赶紧拿纸巾给她擦手,说道:"我和阿姨从来不允许他吃着饭看动画片的,明明自己已经能吃饭了还用人喂,怎么能养成这种坏习惯?"

施季玲推开林鲸:"你别管我,赶紧看看孩子有没有被烫到。"

林鲸好惊讶:"你们也太夸张了吧,这粥我都没看见你们给他吹,怎么可能烫到?"

施季玲理亏,又忍不住护着小孩子:"你这人真是吹毛求疵,多大点儿事你就这啊那的,你小时候吃饭时还吵着看电视呢,教孩子哪里能一蹴而就的?"

林鲸看着孩子，又忍不住回了一句："我小时候看电视，你和爸爸可是联合起来把我骂了一顿的。不能给姜姜养成全家人都要迁就他、为他一人服务的错觉。"

"喂个饭而已，说这么多干吗？"

"只是喂饭的问题吗？"

林海生擦完桌子又来和稀泥："哎，哎，你可别乱扣帽子，是你妈妈打你的，从小到大老爸可连你的一根手指头都没碰过。"

林鲸："……"

施季玲当着孩子的面不好和林鲸吵架，只好憋了回去。当天吃晚饭的时候，一家人除了孩子都没有什么讲话的欲望，蒋燃企图缓和气氛也没用。

饭后，老两口要回桥湖花园了，姜姜看见外公外婆要离开，立马跑过去抱着大腿要一起走。

林鲸看了这情形更是头大。

接下来是周末，一家人又聚到了一起，很多习惯就又循环往复。尤其是林鲸在教育姜姜的时候，他一委屈就泪眼汪汪地喊阿婆，像被妈妈欺负狠了似的。

施季玲不知道是什么情况，以为林鲸打小孩，又不开心了。

天知道林鲸碰都没碰孩子，都是这个小捣蛋鬼从中作梗。

母女俩因为孩子的事拌了几次嘴，施季玲说："给你带孩子意见还这么大。行了，过年我和你爸出远门，可就不帮忙了，你们自己带，我倒要看看你们两口子能怎么整治孩子。"

这话酸酸的，又很生分，让林鲸不知道该怎么回答。

其实施季玲知道孩子不好教育，很多时候孩子哭闹起来光哄是没有用的，还是要用东西诱拐，比如玩具、动画片这些东西才能止住孩子哭，但这也只是饮鸩止渴。

大人抚养孩子，不仅需要体力，而且需要脑力。

他们年纪大了，已经没有那么多精力像年轻人那样面面俱到。

很多关于带姜姜衍生出来的问题，蒋燃并不好插手管，于情于理都不能说给他们帮忙的长辈，唯一能做的就是花钱表孝心，把岳父岳母高高兴兴地送去旅行。

很快到了过年，剩下夫妻两个带孩子。

林鲸一边感受压力,又一鼓作气,就不信多花点儿时间和耐心还戒不了这个小屁孩的坏习惯。

"吞金兽"改造计划就此开始。

头天晚上,她把姜姜抱到自己的房间里睡在两个人中间,跟蒋燃说起第二天的出行计划:"明天去动物园,他只要有感兴趣的事,肯定会忘记看电视这回事。"

蒋燃躺下来,隔着孩子望着老婆,感叹了一句:"但愿是这样。"

林鲸皱眉:"你怎么这么没信心?"

蒋燃赶紧改口:"你说得对。"

林鲸怕蒋燃不理解自己,误会自己过于苛刻。大多数家庭的孩子的爸爸比妈妈粗心,或是在该较真的事情上装傻充愣以逃避责任。

她解释:"小朋友看多了视频,注意力会不集中,而且会降低大脑处理问题的能力。我当然也想让他高高兴兴的,有个快乐的童年,但是现实环境下,快乐不是想做什么事就做什么事,找到自己较为舒适的姿态就很好了。"

这话多多少少有点儿向现实屈服的意思,想她以前是多唯我的一个人哪。

蒋燃本来陪儿子都闭上眼睛了,闻言起身,坐到床尾,顺便把林鲸也拉过来,两个人挨在一起,半晌没有说话。

"干吗不说话?"

蒋燃拍了拍她的脑袋,说:"我老婆真是长大了。"

"走开,谁跟你开玩笑啦?"

蒋燃说道:"刚结婚那会儿,我让你少宅在家里刷视频,你跟我生闷气,现在有孩子不一样了?"

林鲸自然记得,当时的确不太高兴。

太阳底下无新事,生活中也没有小事,都是价值观和习惯不同所导致的,可以化小,也可以导致两个人分道扬镳。

她不再钻牛角尖,攀着蒋燃的肩膀撒娇:"怎么样?我就是这样双标的人。"

这哪里是双标,分明是责任。

蒋燃问她:"知道你最吸引我的是什么吗?"

林鲸:"什么?"

"态度。"蒋燃说,"我喜欢你对待每一件事的严肃态度,无论是喜欢还是不喜欢,主动还是被迫接受,都拿出绝对认真的态度。这一点做起来很难。"

难得被吹"彩虹屁",林鲸一天照顾小朋友而疲倦的心情立马消失,过后她想起来又觉得不对劲:"难道你还觉得我不喜欢儿子,只是迫于压力才要的吗?"

蒋燃坦承:"有一些。我担心你对他的喜欢不能抵消他的顽皮,也偶尔担心孩子会消磨掉你好不容易建立起来的自信,有很多因素吧。"

这下,林鲸真的忍不住上手打他了:"难道我养他三年养了个寂寞吗?"

蒋燃:"这只是我内心的顾虑。"

"放心吧,我大概比你想象中要更爱姜姜一些。"林鲸打完人手有点儿疼,甩了甩,"他的到来很多时候治愈了我。别人养孩子是为了什么我不知道,但是我从来没有想过让姜姜变成什么样的人,也不想他长大以后回馈我什么。"

"那是为了什么?"

林鲸说:"我想要他给我的东西他已经给了。开心的时候他会对我笑,不开心的时候对我哭,委屈的时候要妈妈……每一个他需要我的瞬间,都是回馈给我的快乐,这就够了。"

蒋燃把她乱甩的手拨下来,捏着指骨揉了揉,捏得林鲸手掌又酸又爽。

他说:"你总结的和我想的差不多。"

姜姜白天玩累了,发出一点点鼾声。父母聊天聊得有些兴奋,气氛又到了,正准备接吻亲密一下,那鼾声便停止了。蒋燃回头检查,看见穿着睡袋的小朋友像个小狗狗一样爬起来,撅着屁股揉着眼睛,委屈地看着爸爸妈妈。

不出意外他应该是做噩梦了,下一秒会发出哭声。

打脸来得如此之快,林鲸心累,瘫在床铺里踢了踢蒋燃:"我受够了,你去哄。"

说完她眼睛一闭,装死睡觉。

寂静的卧室里热闹起来,蒋燃无奈地扫她一眼,手忙脚乱地去哄姜姜。

第二天一家三口去动物园,虽然靠近动物是臭臭的,但小屁孩的注意力果然被吸引了,一双小肉腿儿像装了马达一样兴奋,姜姜到处跑,张着嘴巴口水都能飞出来。

晚上回到家,姜姜乖乖吃饭,吃饱就睡,什么事也没有。

林鲸心情大好,成就感像在蜂蜜罐子里泡了一遍似的,她抱着蒋燃邀功:"我就说嘛,带出去玩他绝对不会再想着看手机了,再这样下去几天就能彻底忘掉手机了。"

蒋燃见儿子睡着,这才拿手机出来玩,福至心灵地说:"你真棒。"

林鲸沾沾自喜地想,不就是单独照顾孩子吗?有什么难的?她母爱泛滥起来,躺在姜姜身边对着他的小脸猛亲了几口。

她可太爱儿子了。

然而,凌晨姜姜又反常地哭起来,林鲸哄了几次都不见成效,一摸他的额头才发现好烫。

孩子哭闹不止,一心往妈妈的怀里钻,并不知道自己怎么了,只觉得难受。

林鲸打开灯,摸到姜姜的脸蛋热得像一枚熟鸡蛋,太委屈了。

林鲸把姜姜抱在怀里哄,蒋燃出去拿了体温枪,想把他从妈妈怀里抱出来,但是姜姜在最脆弱的时候只想抱妈妈,小手说什么也不撒开。

"要妈妈,要妈妈。"

这肯定是带他出去着凉了。

他全心全意地依赖着林鲸,林鲸很是自责。

孩子给外公外婆和阿姨带的时候都没出问题,单独到了父母手里立马就发烧了,急得她想掉眼泪,所有的自信全部粉碎。

姜姜烧到了38℃多,最保险的做法还是去医院,不能私自吃药,既怕烧出问题来,又怕吃药副作用大。

他哭着哭着就蜷缩在妈妈怀里睡着了,二十多斤的重量也不轻,蒋燃见孩子睡着就要接过来抱:"你先睡一会儿吧,待会儿天亮了去医院。"

林鲸不敢动,只摇了摇头:"不要,我一动他就会醒,醒来就又难受。"

蒋燃看见她心情不好,没说话。

孩子被冻感冒,说到底谁都不想这样,也不是谁的错,但是父母总喜欢把问题归结到自己身上。

他想安慰她,最终选择不在这个时候多说无用的话。

早晨待孩子睡好去医院,医生给开了一些消炎和退烧的药,按时吃和观察就行,又夸这孩子长得这么清秀,看着背影还以为是个虎头虎脑的小伙子呢,结实得很。

爸爸妈妈这才放下心来。

林鲸拿单子取药缴费,小蒋趴在爸爸的肩膀上,视线瞬间变成两米多的海拔,还有点儿兴奋,抬手去够上头的纸牌标语,高兴得不得了,林鲸

· 539 ·

这才放心让他们先离开。

蒋燃回到车上，看见儿子一脸嫩肉堆着笑，眼下还有几滴没擦干的泪，问儿子："还难受吗？"

姜姜没回答，玩了一会儿往窗外张望："妈妈呢？"

蒋燃难得有些酸，心说老爸也为了你这个臭小子焦虑了半宿，忙前忙后一上午，怎么不见你要爸爸呢？难过的时候你不要爸爸抱，开心的时候还是不找爸爸，儿子你可不能没良心，重女轻男。

这话他当然没说出来，自己默默忍了。

他专心陪孩子玩了一会儿，林鲸等药是要一些时间的，姜姜看了点儿绘本又开始想妈妈了，见林鲸长时间不回来难免着急，大大的眼睛又要挤金豆豆。

蒋燃见状，宛如碰见攻不下的城池堡垒，头皮发麻，扶着姜姜的小肩膀，认真严肃地来了一场父子间的谈话："蒋燚小朋友，咱们是男子汉，你总是在妈妈面前哭哭啼啼的，太不成样子了，不仅没有气概，还让你妈妈担心。"

姜姜又开始"听不懂人话"了，小孩子鬼得很，不想听的话就当听不懂。

蒋燃也不管他愿意不愿意，继续说道："再哭爸爸可就要打你的屁股了，你告诉我，听懂了没？"

小孩也怕被揍屁股，立马重复："打屁股，懂了没？"

蒋燃无语了一会儿，严肃地说道："说，懂了。"

姜姜学他："说懂了。"

得，他这是对牛弹琴。

蒋燃："总之，不能让妈妈再难受了，你要说到做到。"

姜姜："……"

爸爸一凶，孩子就害怕，怯生生的。

蒋燃对上孩子的眼睛，自言自语道："在这方面爸爸还是很有经验的，至少很少让你妈妈难过，尽量让她每天都开开心心的。"

姜姜没说话。

"你这爱哭的行为可差点儿毁了爸爸的一世英名，爸爸小时候可不这样，怎么到你这儿就是小哭包？"姜姜："……"

林鲸手掌撑在额头前挡着太阳，走到停车场时正巧看到玻璃窗降下来，父子俩在玩猜拳，玩得不亦乐乎，心里终于好受了点儿。

但是蒋燃总不让着儿子，真是不厚道。

· 540 ·

姜姜一看见妈妈来了,连忙踹了老爸,伸手要抱。

在有更好选择的时候,他还是比较会择优选择。

尽管被妈妈抱的后果是不到两分钟就要被放进儿童座椅里他也高兴。林鲸窝在椅子后面静静地休息,终于松了一口气。

有惊无险,姜姜都没责怪爸妈把他弄发烧了,太感动了。

然后她的结论下早了,晚间施季玲和林海生打视频电话过来的时候,林鲸正陪小孩子看绘本。他们太想念小孙子了,只好"望梅止渴"。

看见姜姜额头上的退烧贴,施季玲紧锁着眉,质问道:"怎么回事?"

林鲸轻描淡写地说:"换季,发了点儿烧,没事的。"

姜姜小朋友从手机里看到外婆很激动,赶紧从地毯的另一端四肢并用地爬过来喊"阿婆"。施季玲告诉他:"阿婆很快就回去了,在家里乖乖的。"

姜姜小朋友说:"是妈妈不乖,把宝宝带到动物园感冒了。"

他是在车上听见爸爸妈妈的谈话,说肯定是在动物园吹风了他才发的烧,这就立马学到了。

林鲸:"……"

施季玲终于找到由头奚落林鲸了,劈头盖脸地说道:"你还好意思说我不会带孩子,我才走几天哪,你就把他冻感冒了?

"两个三十几岁的人,连个三岁的孩子都照顾不好。

"这么冷的天,你们非要带他出去干什么呢?外面细菌那么多,家里已经装不下下你们一家三口了吗?"

林鲸有口难辩,气得差点儿背过气去,最后在老妈的耳提面命下,答应了接下来三天都不出门,好好在家陪小孩。

姜姜小朋友告了妈妈的黑状还不自知,回头隐隐意识到妈妈在生气,还一无所知地过去安慰她:"妈妈不哭。"

要不是看在三岁的孩子智商实在太低的分儿上,林鲸真怀疑他这怕不是故意的?

孩子生病是烦心事,一家人都不得安宁。

两个人就这么在家里憋了三天,专心伺候生病的儿子,林鲸都累得憔悴了,小蒋的膘才长回来一些。

终于等到他的身体完全康复,林鲸把小肉墩往旁边的小床上一丢,自己靠在蒋燃怀里,总结这些天的行为。结论是小朋友的户外活动还是要保持,有利于他的身心健康。

这些天,姜姜小朋友还是会要看动画片,一想起来就哭闹,哭得好伤心的那种，好在蒋燃有耐心，陪他玩玩具才分散了他的注意力。

林鲸的大方向没有错，细小的分歧几乎可以忽略不计，因此，蒋燃从来都是无条件地配合她。

隔天天气晴朗，林鲸表示很想出门逛街，蒋燃趁还不上班，欣然答应。

于是，姜姜小朋友被迫陪爸爸妈妈去商场，不过也得到了实在的好处，去室内的儿童乐园玩了两个小时的太空沙，这里恒温恒湿，人也少，保证他这娇弱的小身体不会生病。

他今天很乖，两个小时结束后爸爸把他拎出来也没哭闹，高高兴兴地出来穿鞋。林鲸很高兴，表示要奖励他去玩具店买个三角龙，但前提是待会儿要好好吃饭。

姜姜小朋友心心念念着三角龙，吃饭十分认真，拿着儿童筷子，把饭扒得一粒不剩，还把空碗给妈妈看："妈妈，要三角龙。"

林鲸说到做到，答应会买就绝对买。

吃完饭，一家三口去了潮牌玩具店，姜姜一路乱看，蒋燃和林鲸却遥遥地看到了玩具店门口摆放的小猪佩奇玩偶。

一些糟糕的回忆立马上头，姜姜天天在平板电脑上看的可不就是小猪佩奇吗？

不会待会儿见到他又要想起来了吧？

夫妻两个对视一眼，眼看着就要走到了。

"怎么办？"林鲸问，"马上他看见就又要看电视了。"

蒋燃抱起了儿子，步伐变得缓慢，低声对林鲸说："要不，不买了？"

林鲸说："答应他的事，怎么能反悔？"

蒋燃想了一下，说："我有办法，你赶紧进去买了就出来，没事的。"

林鲸见他如此自信，便说："好，看你的！"

说着她就走到了玩具店前，在姜姜小朋友看见佩奇的前一秒，蒋燃赶紧捂住了他的眼睛，瞎话张口就来："门口有大虫子咬宝宝，爸爸保护，咱们不看。"

姜姜果然被吓到了，乖乖闭上眼睛躲进爸爸的怀里："宝宝不看！"

于是小猪佩奇和姜姜小朋友完美地擦肩而过。

林鲸："……"

她还以为他有什么办法，原来是欺负儿子智商低？

番外三

蒋姜姜，锵锵锵……

要说蒋燃对姜姜的态度，其实说不上十分宠溺，但也不凶，有的时候还会加上一点儿蒙骗和调侃。

他并没有因为自己早年的缺失，把期待放在孩子身上，甚至不苛求孩子给予自己回馈。

这一点，他和林鲸是一致的。

因此，姜姜小朋友有个很快乐的童年，从来都不知道爸爸有着和他截然不同的过去。

幸福的家庭成长起来的小孩子不仅心胸开阔，还会把自己的爱分给别人。

姜姜小朋友就是这样，除了太小的时候不会控制情绪，他有着与蒋燃和林鲸一脉相承的温柔脾气，继承了爸爸坚定的性格，也有妈妈做事认真的态度。

在学校里，蒋燚小同学说话总是温温柔柔的，不像别的男孩子那样风风火火，莽撞得像一头牛，在老师看不见的时候，他被别的男孩子无意间拍打几下，也不还手。

姜姜回家来和妈妈做游戏的时候，无意间说漏嘴这件事，林鲸听了很心疼，她希望自己的孩子温柔对待这个世界，更希望他被这个世界温柔对待。

于是她告诉姜姜："如果再有小朋友不讲礼貌，动手打你，你就要打回去。"

这把姜姜弄糊涂了："妈妈,可是你说过的在幼儿园里不可以动手打人的,如果别的小朋友犯错了,我应该给他讲道理。"

林鲸:"如果你讲道理没有用呢?"

姜姜只说:"那我也不能打人,小朋友会痛痛的。"

这话让林鲸有点儿心碎,更不知道怎么教育孩子了,儿子不同意还手,但是太讲理防不住很多小朋友在这个阶段是"听不懂道理"。

林鲸对男孩子这方面的教育不是很清晰,就去问孩子的爸爸。

蒋燃对于一些小事是无所谓的,男孩子要多学着让让别人,但听说儿子被打了还不还手也严肃起来。

温柔不等于当包子。

于是,他把孩子叫过来,严肃地问了到底是什么情况,听姜姜的表达那个打他的小朋友应该只是拍了下,否则姜姜不会平静地"讲道理";他的儿子他还是很清楚的。

蒋燃不想教育儿子一旦有人打他就打回去,孩子手里没轻重,万一出问题谁都承担不起。而是告诉他:"再有小朋友不礼貌,虽然不能打架,但是一定要避免自己被对方打到;回来之后要立即告诉爸爸,爸爸去给你帮忙。"

姜姜胆怯地看了一眼爸爸:"那你会打他吗?"

蒋燃说:"不会,但是爸爸可以协调矛盾,保证你们绝不会再打架。"

林鲸检查了一遍姜姜身上的,并没有什么瘀青或者伤口,确认了只是小孩子的摩擦才放他去睡觉。

回头,她编辑了很长的一段微信给幼儿园的老师,提醒他们注意监控。

蒋燃让她放宽心:"小孩子拍拍打打很正常,小时候不也被你打屁股吗?"

林鲸就是担心姜姜太温柔了容易吃亏,蒋燃小时候就因为太善良了,总是被比他还小几岁的叶思南欺负还不计较。

现在想想,林鲸依然心酸,这是她一直耿耿于怀的点。

蒋燃安慰她:"你觉得现在有人能欺负我吗?"

林鲸说:"以后是以后。我就是这样贪心的妈妈,一点儿委屈都不想让自己的孩子受。"

有人心胸开阔,有人锱铢必较。

544

蒋燃说:"这个幼儿园的品质不错,老师和学生家长都是有素质的,别太担心了。男孩子之间需要一些玩闹才能成长,又不是小姑娘。"

林鲸问他:"那你小的时候也会和别人打架吗?"

"当然。"蒋燃把她拉到腿上,轻轻搂着她的腰,"长大一点儿打得也挺厉害。你真以为咱们蒋姜姜小同学被打狠了还傻乎乎站着不还手?他厉害着呢。"

林鲸抱抱他的脖子:"你怎么知道?"

蒋燃:"我的儿子,我自然知道。"

隔天,林鲸接姜姜放学,老师们很用心地给了她反馈,调取监控给她看,园里的确有个很虎的小男孩儿,身体像装了马达一样多动,但并不是坏小孩儿,只是没有界限感而已,在奔跑打闹的过程中难免会撞到同学。

这次是他不小心撞了小女孩,小女孩是姜姜的好朋友,于是姜姜为了保护小姑娘和人发生了冲突。

林鲸又看了一遍监控,的确没有打,而是拍了一下后背,姜姜小朋友抓住别人的错误一直让对方道歉,才把小男孩惹急了。

倒是姜姜小朋友得理不饶人,义正词严地指出对方错误的态度,把对方弄得无地自容又无处闪躲,实在受不了才上手。

林鲸这下才放心了。

幼儿园老师说道:"姜姜妈妈,你放心,我们老师一定会尽到责任,不会让小朋友在园里受到伤害的。"

这反倒显得林鲸兴师动众了。

她也赶紧道歉:"给你们添麻烦了,是我和孩子没有沟通清楚。"

这三年来,林鲸虽然和老师互相加了微信,但是沟通的内容很少,一来她工作比较忙,二来是大部分的对接事项都被外公外婆揽去了,妈妈再掺和会把老师的工作弄复杂。

就连接孩子上学放学,林鲸都很少来。

老师对林鲸说:"您别太担心了,姜姜的性格比一般的男孩子温柔其实是一件好事,他在班级里有很多好朋友,不仅女孩子喜欢她,老师们也喜欢他,都舍不得他毕业呢。"

林鲸捕捉到重点:"女孩子喜欢?"

"长得可爱又帅气的男孩子,还那么绅士,谁不喜欢呢?"老师捂嘴笑,"还有老师开玩笑,要把他偷回家。这次他帮着出头的那个小姑娘就是他的好朋友。"

林鲸大为震惊。

她甚至脑子里闪现出一个疑问：男女之间有纯友谊吗？

在幼儿园里，好朋友等于女朋友吗？

啊，开玩笑。

老师还说："你不知道吗？姜姜外婆和对方家长微信都加上了，还约着出来玩了几次。"

……

回去的路上有点堵，林鲸在开车，姜姜乖乖坐在后面喝牛奶，一大口一大口往里面嘴巴里灌，看上去应该是饿了。

等红灯的时候，她拿出手机看了眼老师发给她的图片，姜姜和那个小女生的合照，女孩子漂亮到可以称为小女神了。

没想到她年纪轻轻的就能嗑到儿子的糖，林鲸心里既酸涩又好笑，还甜得冒泡泡。

她状似无意地问儿子："萌萌可爱吗？"

萌萌是那个小姑娘的名字。

姜姜毫无防备地看着妈妈，把牛奶咽下去，很认真地说："萌萌可爱，妈妈漂亮。"

好吧。

小暖男学会了爸爸的那一套花言巧语。

林鲸嘴角轻勾："今天老师跟妈妈说，你是为了帮助萌萌才被别的小朋友不小心打到，对吗？那妈妈要表扬一下你哦，真不错。"

姜姜："谢谢妈妈。"

林鲸灵机一动，又问道："不过，你保护萌萌，是因为她可爱还是因为她是你的好朋友？"

姜姜一五一十地说："爸爸说，男子汉要保护女孩子。"

他一个小屁孩儿，哪会想到在危险的时候要抢到女孩子前面呢？

林鲸心里软得一塌糊涂，于是道："下周末，你的生日到了，咱们请萌萌来给你过生日好不好？"

姜姜锁着小眉头，有点纠结。

"宝宝怎么了？"

姜姜："萌萌是小朋友，她爸爸妈妈不让她出来的，会被坏人带走。"

林鲸："爸爸和妈妈去和萌萌的爸爸妈妈说就好了。"

于是，姜姜的小嫩手举起来："好呀好呀，谢谢妈妈。"

正巧，林鲸挺想见见儿子的小女神。

萌萌的爸爸妈妈都是很和善的人，他们早就知道了姜姜。

生日这天，这边家长客客气气地寒暄着，维持着体面。

姜姜很开心自己的好朋友能来家里，不仅把自己的恐龙和乐高给萌萌看，还把林鲸早早准备好的艾尔莎送给萌萌。

萌萌说："我妈妈也给我买了一个，可漂亮了。"

姜姜不服气地道："我妈妈比艾尔莎还漂亮。"

萌萌感觉到画风突变，又说不上哪里不对，赶紧说："我爸爸可帅了，会开大汽车呢！"

姜姜："我爸爸不仅帅还很有钱。他老是出门赚钱，买好多房子给我妈妈。我妈妈也很厉害，她可会花钱了，一大把一大把地花，我外婆说她眼睛都不眨的。"

蒋燃 & 林鲸："……"

一家人谁也没有想到，父母都是如此温柔，姜姜性格竟然这样奇奇怪怪，哦不对，是可可爱爱。

他吹一下牛，可把父母的老底都兜出去了，尤其是原本在萌萌的父母眼里知性优雅又漂亮的林鲸，这下劣质属性暴露无遗，还有炫富的嫌疑。

他妈妈可会花钱了……

谁可会花钱了？她花钱还不是因为管家里的钱？孩子的爸爸手上没几毛钱的账怎么花？

林鲸站在蒋燃身边，尴尬得满地找牙，于是决定让孩子的爸爸去丢这个脸，她躲到后面去了。

结果蒋燃不以为耻，反以为荣，笑着和对方父母说："有时候孩子的脑回路大人真是没法跟上。"

萌萌的爸爸说："你们家姜姜很会观察生活啊，将来肯定是个出色的男孩子。"

林鲸："……"

萌萌的爸爸："和我们家萌萌的槽点一样，都是只看到妈妈会花钱。"

蒋燃："孩子嘛，都这样。"

林鲸 & 萌萌的妈妈："……"

啊呸。

最后，几个孩子的爸爸们凑在一起打游戏、喝茶、聊育儿和工作，孩子的妈妈们凑在一堆也是聊育儿，吐槽自己的孩子和丈夫。

林鲸早已不记得自己小时候是什么个性了，更不知道蒋燃小时候的样子，姜姜这社交能力和女性之友的属性是从哪里遗传来的，是她这几年的未解之谜。

成年以后的林鲸变得有些社恐，但因为儿子的性格，她不得不从工作的氛围中脱离出来，发现自己也并不是那么疲于应付看似无用的人际关系。她能与不少孩子的妈妈相处得很好，互相传达育儿经验。

不知不觉间，她成了别人口中的"耐心妈妈"。

当天姜姜的生日会结束后，小朋友们都累瘫了，各自倒在爸爸妈妈的怀里睡着。萌萌小朋友被她妈妈抱走前发生了一个小插曲，两个人本来挨在沙发上看动画片，大人也就没管，谁知道姜姜能喜欢萌萌喜欢到亲人家一口？

而萌萌的手，也牵着姜姜。

小朋友之间的爱意表达是很纯粹的，姜姜亲亲脸蛋就是表达喜欢，就像爸爸妈妈爷爷奶奶也会亲他的脸蛋一样，但人家可是女孩子，这个年龄段已经要开始性启蒙教育了。

林鲸赶紧把自己的调皮儿子给抱回来，当时也不能说什么，只能哄骗："姜姜，你的口水都亲到萌萌的脸上去了，脏脏的，你别亲啦。"

好在萌萌的妈妈并未计较这些，反而很理解姜姜小朋友的热情，说没有关系。

之后，林鲸和阿姨一起收拾客厅的时候，蒋燃抱着快要睡过去的孩子去洗澡。

浴室里，蒋燃卷了一下裤腿站在浴缸边上，拿着莲蓬头对着姜姜的小屁股淋了淋，又冲了冲他的大脑袋。

姜姜小朋友现在还没有办法独立洗澡，主要是洗不干净，但是他三岁的时候，妈妈和外婆就不给他洗了，平时这任务是爸爸的，爸爸不在家的时候就是外公帮忙，他自己没有发现为什么妈妈不给洗了。

蒋燃命令他："转过来，把前面冲一冲。"

于是蒋燚小朋友乖乖地转过身体，去抢爸爸的花洒的时候不小心碰到了自己的"小牛牛"，弹了弹，好奇地低头检查了一眼，没有碰坏，接着和老爸抢花洒玩，完全不在意自己的"小牛牛"被老爸看到。

蒋燃看了他一眼，姜姜挺着圆滚滚的小肚皮去顶爸爸的小腿："爸爸，我要玩。"

"在里面玩，不可以对着爸爸洒水。"蒋燃爽快地将花洒给了他，在这方面并不限制孩子的乐趣。

姜姜把浴缸放满了水，小身体在里面欢快地扑腾着，白嫩嫩、圆溜溜的，活像林鲸技术不成熟时包的馄饨。

等姜姜玩够了，蒋燃用浴巾裹着把他抱出来才告诉他："如果喜欢小朋友你可以告诉她，分给她自己的玩具，不可以不经别人同意就亲别人。"

姜姜被说得莫名其妙，只能问："为什么啊？"

其实林鲸早给姜姜买了一些关于性教育的绘本，平日在客厅的地毯上也会读给他听，一般这事是林鲸做的，蒋燃并未参与其中，现在就搞得他没有办法用孩子能明白的"科学严谨"态度告诉孩子为什么。

开弓没有回头箭，这话题开了就不能半途而废，不然被姜姜识破爸爸有知识盲区，他的人设会倒得太早。

于是蒋燃告诉姜姜："你表达喜欢的方式是亲亲，但不是所有小朋友都喜欢这样，比如萌萌。"

姜姜瞬间情绪低落了。

他太聪明了，立马想到妈妈说过的话："是不是我亲别人的时候有口水？"

蒋燃："有这方面的原因，但是没有经过别人的同意就亲亲有可能不礼貌。"

姜姜又问爸爸："妈妈也不喜欢亲亲吗？"

蒋燃反问："你没发现，妈妈也很少亲你了吗？"

是的，姜姜发现了，好伤心！

他说："可是你老是亲妈妈啊，她为什么还喜欢你？"

蒋燃猝不及防："爸爸和你不一样，爸爸是妈妈的丈夫，可以亲。"

姜姜的小肉胳膊还湿着呢，他就无辜地搂着爸爸的脖子"嘤嘤"起来："错，是因为我有口水，爸爸没有！我好伤心哪。"

孩子情绪低落了好一会儿，蒋燃放任他自己消化，过了一会儿才给他擦身体。没多久姜姜就振作起来，高高兴兴地看绘本了。

蒋燃跟林鲸汇报了一下洗澡时候的情况，林鲸说她改天跟姜姜好好说一下这个问题，就没有再当一回事。

晚间，林鲸回房间洗澡，蒋燃亲自哄孩子睡觉，睡前姜姜还高高兴兴地再次用小肚皮顶爸爸呢，这个时候蒋燃的手机响了，是旅行回来的林海生和施季玲打来的视频电话。

两个人太想孙子了，眼看才八点，远远没到他睡觉的时间，就赶紧拨了个视频电话过来看小孙子。本来昏昏欲睡的姜姜小朋友瞬间精神起来，红红的脸蛋靠近屏幕喊"阿婆"。

这下把施季玲的心都给喊化了，她花好月好地一顿哄，做各种承诺，"外婆给你买了乐高哇""外公买了一只小柴犬养在家里，等你过来看，不给你妈妈看"……

于是，姜姜对外公外婆的爱浓到了极致，但是一想到自己已经快半个月没有看到外婆的真人了，白天开心的时候倒也不怎么想，夜深人静了尤其思念，再次情绪低落起来："阿婆，我好想你。"

蒋燃在屏幕背后，看到孩子白皙的下眼皮有点儿红，要崩溃的趋势，于是提醒："不许哭。"

姜姜是个要面子的孩子，因为太想外婆而哭实在丢脸，但是又想哭怎么办？

他对着屏幕掉了两颗金豆豆："呜呜阿婆，我有口水！"

施季玲："……"

蒋燃："……"

姜姜小戏精："爸爸说我的口水脏，不能亲人，阿婆，我脏了……"

蒋燃自然是被施季玲明里暗里地给说了一顿："哎哟喂，指望你们带个孩子怎么就带成这样了？还不如我们老两口来呢。"

姜姜越哭越起劲，蒋燃耐心沟通无果，最后还是摆出老爸的威严才把这个小戏精给制止了，哄睡着。

他回到了卧室。

这些年来他在事业和老婆的事情上顺了不少，倒是栽在这个五岁小孩身上的次数不少，怪不得说孩子难带。

林鲸吹干了头发，正趴在床上和朋友打电话聊天。蒋燃闷闷地在她身边站了一会儿，结果林鲸没发现他的"丧气"，他只好去洗澡。

他洗完回来时，林鲸终于打完了电话，靠坐在床头，但是没有睡觉的意思，应该是在等他进行夜间话聊。

蒋燃掀开被子和她挨着坐在一处。

"怎么了呀，看着蒋老师有话要说呢？"她挑起一根手指，挑了一下他的下巴。

"怎么还这么调皮？"蒋燃把她的手指抓下来，藏进薄被里紧紧握着。话是这样说，可一点儿责备的意思都没有，他跟林鲸说了姜姜这魔性的

550

个性。

林鲸忽然感觉有点儿害怕是怎么回事？

"姜姜这感情也太饱满了吧，情绪说来就来，也不嫌累。"

蒋燃倾诉过后倒是宽心："孩子成长嘛，就像花园里的花，各有不同很正常。他倒是讨巧，知道跟外婆撒娇，心思很活络。"

总之，他看自己的孩子是怎么都好，就连头发丝都觉得长得棒。

林鲸还在思考姜姜过于跳脱的性格随谁呢，太丰富了也不好吧？虽然她很想姜姜有很多朋友，很多人爱。

林鲸想了一会儿，忽然掀开被子打电话给施季玲求证："妈，我是从小一直文静到大吗？"

这话给施季玲整不会了："听听你这说的什么话？你觉得你文静过吗？"

林鲸："最近是不太文静了，可你不也说了，这是做妈妈的修行，我都有儿子了。"

施季玲听闻这话，沉默了一会儿，不知道是怎么被触动到了，林鲸的童年也已经是很久远的事情了，况且上小学前都是跟奶奶一起生活的，施季玲不太记得了，只有一些片段。她努力地在脑袋里思索了一会儿："好像是挺调皮的，和姜姜没两样。"

听到这里，林鲸嘴角带笑地挂上了电话。

蒋燃说她："怎么那么在乎这方面的事啊？怎么着，你怕儿子长歪啊，还是担心在医院里抱错？"

林鲸说："你看他那张脸，就是你的缩小版，像是抱错的吗？"

蒋燃："……"

林鲸躺进被子里略微安心地闭了闭眼："我并不在乎他以后有多厉害，他开心健康就好，只是很想趁现在找一找我们存在关联的蛛丝马迹。这很微妙，我有点儿高兴。"

蒋燃进被子里揽住她，两个人像往常那样依偎在一起，孩子的话题很快跳了过去。

他们靠得很近，呼吸纠缠着，蒋燃用鼻尖蹭了蹭她的脸颊，两个人偶尔嘴唇碰一下，一会儿说说家里的琐事，一会儿又说说工作上的烦心事。

最终还是林鲸给姜姜解释了为什么不能随便亲女孩子，妈妈解释得细致又温柔，姜姜小朋友很快接受了。

林鲸和萌萌的妈妈虽然接触比较多，还开玩笑说要定下娃娃亲，实际并未引导姜姜的交友情况。这个小暖男的身边倒是围绕着不少小伙伴，连同那些孩子的妈妈和林鲸的关系也好了起来。

　　外人对姜姜赞不绝口，林鲸虽然开玩笑说姜姜像她很开心，但是透过这个天真的孩子的某些善良举动，林鲸仿佛看到了一段旧时光，是关于孩子爸爸的少年岁月，蒋燃应该也是这般温柔、和煦吧。

　　温柔真好啊。

　　姜姜三四岁的时候不亲爸爸，还有点儿怕爸爸，到他有了交友意识的时候，就不自觉地很亲近蒋燃了。

　　爸爸陪他游泳、打球、骑自行车、读书，一起做男孩子或者男人感兴趣的事。

　　爸爸是孩子发自内心的崇拜对象，亲近是自然而然的，不需要林鲸刻意引导和操心。

　　姜姜上幼儿园大班的这段时间，蒋燃在湖边买的别墅也安置好了。

　　别墅买的是毛坯房，装修工程量巨大，五年可一点儿都不夸张。

　　一切都是按照林鲸喜欢的风格装修的，哪怕是简约风也实在耗钱，作为一栋度假用的别墅，林鲸是有点儿心疼的，这几年经济形势一般，大家的压力都很大。

　　虽说蒋燃并不缺这点儿钱，可现金流太珍贵了啊，不如投资到别的房产项目上，或者留给姜姜："不是打定了主意，让他做货真价实的富家子弟吗？"

　　"不是要先完成老婆的愿望吗？"蒋燃调侃地笑了笑，"孩子先一边待着去。"

　　讨论这个话题的时候，林鲸就站在别墅中央，看着自己的房子，心中感慨：这可太漂亮了！

　　蒋燃也喜欢这里的房子，谁不愿意住在世外桃源呢？他补充了一句："到底是花了钱的，很值。"

　　花钱肉疼，林鲸说让老公拼命赚钱都是心怀坦荡的玩笑，正是因为不在乎才坦荡地说出来。

　　"我后悔对你说那句类似于长期饭票的话了，人的欲望毫无止境，但是一辈子的追求只在吃喝拉撒这些基本的需求上其实很虚无缥缈。"

　　这房子刚装修完，还有点儿味道，蒋燃拆了一个口罩递给她。

　　两个人一起去了楼上。

蒋燃接话问她:"你不喜欢钱吗?"

"你以为我只喜欢钱,求一份现世安稳的生活吗?"林鲸反问他,"你还真记住了那句话。"

蒋燃说:"重要场合的话我都记得。如果你只是想要一份现世安稳的生活,不必找我,也不必找另一半了。这些年你在工作上的付出和回报完全足够自己过上远超安稳的生活。"

林鲸点头,又抿唇笑了笑:"是啊,当初在溪平院的物业院子里对你说那些话的时候,是觉得那道坎儿过不去了,我的人生一直跌在谷底,再也起不来了。"

"你对我说,熬着熬着就会发现自己已经走了很远的路,生活并没有我想象的那么难。"

"你不过一年就走出来了,是真的不难。"蒋燃笑着看着她。

"现在看当然觉得很简单,可当时好无望啊。"

林鲸见这边阳台上没人,趁机攀住了蒋燃的脖子,两个人在无人的角落里腻得宛如一个人:"你当时用过期'鸡汤'拉了我一把。"

湖边风大,她的头发被吹得乱中有序地翻飞着,绕在蒋燃的手腕上,像是故意撩拨,而她还在肆无忌惮地笑。他忍无可忍,把她的手腕从自己的脖子上撤下来,说道:"谢我。"

"怎么谢?"

"你说怎么谢?"他眼中表达的意思很明显。

林鲸乖巧地在他的嘴边嘬了一小口:"你还认为我和你结婚,只是因为物质条件和钱吗?"

蒋燃很受用地回吻过去,吻到她喘息略困难:"我从来都不这样认为。我说了你在重要场合说的话我都会记得,那天你对我就没有提过钱字。你说你需要的是陪伴,希望有个人把你从一潭死水里拉出来。"

很多年过去了,林鲸其实不太记得自己曾经说过什么具体的话,只记得大概意思,总觉得自己当初跟蒋燃表达的是找一个依托。

她的眼睛微微泛热,潮湿着。

蒋燃也终于对林鲸坦承:"鲸鲸,也是你把我从一潭死水里拉了出来,给我另一段生活。"

林鲸故意搞破坏地说:"然后我们俩一个遮遮掩掩,一个犹犹豫豫,哈哈哈——"

"孩子都这么大了,你还记得这些事?"蒋燃对她挺无奈的,"谁还没点儿黑历史?"

"哎,我记仇啊。"林鲸故意调皮地晃了他一下,才解释,"就是觉得以前的我们很搞笑啊,又很可爱。"

但是和你结婚的每一秒我都没有后悔过,尽管有失落、迷茫、疲惫的时候,但不可否认都是好时光。

她在心里默默地说。

房子验收完成,晾一段时间就可以住进去了,林鲸却绞着手指数钱。

蒋燃让她只考虑喜欢不喜欢,不要考虑后续的事。

林鲸感慨:"要不是考虑姜姜要在溪平院那边上学近,真的挺想现在就搬进来的。"

"刚才还有人嫌我太花钱?"蒋燃懒得吐槽她了,随随便便一句话戗死人。

林鲸使出自己的撒手锏,直接上去掐人,蒋燃瞬间无语地躲开了:"口是心非不行啊?未雨绸缪不行啊?"

蒋燃说:"偶尔口是心非可以,时刻未雨绸缪就没有必要了,有老公在呢。"

林鲸不想让蒋燃太累了,甚至想让他早点儿退休,四十几岁就实现人生目标和财富自由多爽,要这么拼命赚钱做什么呢?

于是她已经暗暗地计划好了两个人退休以后的生活。

就在这栋别墅里,春天钓鱼,秋天采果子……不对,不对,他们还有姜姜要养呢,暂时不能退休。

林鲸知道蒋燃一向宠溺儿子,又将孩子看得极重,任何事情都忘不了姜姜同学。

姜姜幼儿园大班放寒假的时候房子彻底装修完毕,林鲸计划着在这边过年,顺便让他和外公外婆在这边过一个快乐的寒假。

平日里总生活在市中心,他几乎没有接触过大自然,见到鸭子和大白鹅的时候都不一定分得清。

在小朋友来之前,林鲸给他移植了花花,养了小兔子、小鸭子。

因为她本人对毛茸茸的东西过敏,蒋燃不允许家里养宠物,要不是姜姜有眼力见儿及时长大,恐怕就要被他爸归为"毛茸茸"和妈妈过敏的一类物种了。

林鲸的本意是让姜姜见识大自然的鬼斧神工,倒是这小子一来就被超级大的别墅给吸引了,小兔子和小鸭子也不喂了,不看山不看水,没一会儿就一心奔着大房子的玩具去。

林鲸奇怪:"他不是很喜欢小动物吗?不是很喜欢在操场上踢球打闹吗?一点儿都不接触大自然,他以后会没常识的!"

林海生出来主持公道:"你看不起谁呢?这些小兔子、小鸭子咱们早就在市区的家里看过了,还有这儿哪里是孩子喜欢待的地方?这不都是你们夫妻俩按照自己想象中的度假村装修的吗?连个小伙伴都没有,别赖在我们身上了。"

林鲸:"……"

蒋燃在一旁没说话,微微点了一下头,不知道是对岳父的话认可还是不认可。

岳父看出来了是吗?

好的,他知道了。

年初一过完,林鲸头天晚上有点儿累,早上就起得迟了一些。结果她一出房间,就发现孩子和外公外婆不见了,蒋燃拎着车钥匙走进来,一副刚办完事情的样子。

林鲸问:"他们人呢?"

蒋燃说:"爸妈和儿子都不喜欢待在这里,我给送出去了。"

他做事还真的是……林鲸赶紧问:"是我理解的那个出去玩吗?"

蒋燃笑了笑:"应该不是,昨晚我给订了机票,飞出去要两个小时那种出去玩。"

林鲸一个没站稳,差点儿从楼梯上滑下去:"你怕不是觉得孩子打扰你,才给送走了吧?你有够不耐烦的!"

蒋燃走过来把她的拖鞋拿回来:"没有,他走的时候挺高兴的。这孩子喜欢和外公外婆待在一处,不喜欢爸爸妈妈,那就让他待个够。正好爸妈也希望这样。"

林鲸:"……"

蒋燃说:"喜欢的人,应该和喜欢的人待在一起,你说呢?"

自从老爸说了那话之后,林鲸才真正发觉姜姜是长大了,有了她不知道的经历。想当初她为了控制孩子不看电视还和家里人吵架,扬言自己要掌控他成长的一切事情呢。

果然是孩子大了不由娘。

林鲸有点儿郁闷,又挺开心的。

接下来的几天,只有她和蒋燃住在这里,没有孩子的吵闹声,没有长辈,饭都是蒋燃做的,卫生是找的钟点工,林鲸只需要享受和时时监测"旅行青蛙"即可。

她最喜欢主卧的阳台,风景极好,空气清新,可以眺山望水。

但是这般悠闲的日子需要付出一点点代价——晚上经常累。

有的时候白天氛围到了,她也会累。

姜姜长大了,没有孩子陪伴在身边的日子他们也已经习惯,那段为了养孩子而兵荒马乱的日子终于过去,可是两个人就是怎么腻在一起都不觉得够。

新年的热闹劲儿还没散去,朋友来家里做客。

陆京延带着他的大胖儿子来找姜姜玩,结果这孩子还不在,他又羡慕起来:"你们俩是真爱,孩子是充话费送的吧?我怎么每回见到你们俩,我干儿子总被外公外婆带走了呢?"

也就趁过年这段时间放松,几个人打着麻将。

林鲸煮了壶咖啡,瞟到陆京延的老婆的肚子微微凸起,看来是怀上二胎。两个人结婚的时候林鲸听说他们是奉子成婚,感情没多少,但是六七年过去了,不仅一家美满,还有了第二个孩子。

看来外界传闻并不真实。

蒋燃专注看牌,没搭理陆京延的玩笑话,林鲸笑着搭话:"比不上你们真爱,奋斗二胎,小陆总不嫌累啊?"

陆京延嬉皮笑脸地说:"再生儿子我都没地儿哭了,我想要个女儿,生女儿好啊,可以嫁给你们家小姜姜,不枉蒋总辛苦挣钱,让我歇歇。"

这话当然是开玩笑的。

蒋燃看他一眼,心情不错地说:"那得看看你有没有这运气生个闺女了。"

陆京延:"那是必须的。"

蒋燃和牌了,等着收钱,洗牌的时候闲来无事,又有人问:"姜姜现在大了,你们俩干吗不再生一个孩子啊?"

林鲸怔了怔,看向蒋燃。

蒋燃问:"再生一个干什么?"

"陪姜姜,陪你们俩啊。"朋友说,"响应国家政策嘛。"

夫妻俩互看一眼,笑了。蒋燃没有说话,冲她抬了抬下巴。

556

于是林鲸很有默契地充当了这个家庭的发言人："那倒是不用啦，我们俩陪着对方就行，姜姜从我们家随便抽出一个人也能陪他，保证不会孤单。"

那个朋友没懂这两口子的脑回路，倒是羡慕这两个人的潇洒态度。

结婚这么多年，这两个人感情还这样好。

是的，关于孩子这事，有人催生一胎，就有人催生二胎，人生处处都是让人猝不及防的事情和压力，要是在过去，林鲸肯定嫌烦，现在回答起来却轻轻松松。

蒋燃和林鲸没有商量过，甚至想都想不起来，因为完全没有必要。

他们拥有的东西已经足够了。

得偿所愿是人生最美满的事。

知足常乐，水满则溢。

他们想要的东西从来就不多。

聚餐结束以后，陆京延的胖儿子赖在家里不肯走。他原本是来找弟弟玩的，结果没找到，又看上了弟弟那一柜子恐龙玩具。

这孩子肉嘟嘟的十分可爱，林鲸就把人留了下来。陆京延和他老婆巴不得别人帮他们带孩子呢，逃跑的速度跟兔子似的，赶去过二人世界。

小胖娃娃一开始有新鲜感，小嘴甜得不得了，叔叔婶婶叫得比亲妈还亲。

可是一到晚上，小孩子难免想家又想妈妈，林鲸使出浑身解数都哄不好，蒋燃摆出高冷姿态，孩子竟然也没被吓住，不停地掉着金豆豆。

迫不得已，蒋燃只好打电话把那对夫妻叫回来，让他们把孩子带走。

陆京延回来抱儿子，早已笃定的模样，恐吓道："看吧，看吧，还是老爸最好吧？看你以后还要不要爸爸了。"

孩子哭得眼睛都没缝儿了："我要爸爸，要爸爸。"

原来他把孩子留下来是这个目的？

这人真是个鬼才。

忽然，林鲸想到蒋燃把姜姜送走，怕不是也是一个路子？两个人是朋友，歪门邪道肯定是一脉相承，很大可能还是蒋燃想出来的馊主意，他有前车之鉴。

孩子跟父母不亲近源于审美疲劳，有点儿让人伤心。

林鲸当即没忍住给施季玲打去了视频电话，此时是晚上八点，姜姜小同学还没有睡觉，施季玲正在哄孩子。

林鲸这些天都收到了老妈发来的"旅行青蛙"的动态，每天都傻乎乎地高兴着，并未觉得不妥。

但是她没想到这个时间打视频过去竟然是这样的情况，"旅行青蛙"本来都快睡着了，乖乖巧巧的，但是在手机里一看到妈妈，先是亲切又笑眯眯地喊了声"妈妈"，紧接着越来越情绪低落，然后红着大眼睛表白："妈妈，我好想你呀，你什么时候来接我回家？"

林鲸有点儿蒙，对儿子的撒娇话语也很受用，便回了一句："妈妈也想你，宝宝。"

然后小孩子的眼泪犹如洪水泛滥，林鲸看着小哭脸无法感同身受。她可太知道这个孩子了，于是问："那你什么时候最想妈妈？"

姜姜："……"

林鲸："是不是玩得很开心的时候不太想，晚上的时候才想？"

姜姜懵懂地问："妈妈，你怎么知道的？"

林鲸一边扶额，一边笑得神秘莫测。小屁孩，终于想明白你爱哭随谁了，因为你妈妈就是这样！

她笑得前仰后合："妈妈去了就告诉你这是怎么回事。"